PIOTR ROZMUS

PIĘTNO MAFII

WYDAWNICTWO
SONIA DRAGA

Piętno mafii

Projekt graficzny okładki: Tomasz Majewski
Zdjęcie autora na okładce: Mirosław Korkus

Redakcja: Dorota Koprowska / Słowne Babki
Korekta: Lena Marciniak-Cąkała / Słowne Babki, Marta Chmarzyńska

ISBN: 978-83-8110-662-7

WYDAWNICTWO SONIA DRAGA Sp. z o.o.
ul. Fitelberga 1, 40-588 Katowice
tel. 32 782 64 77, fax 32 253 77 28
e-mail: info@soniadraga.pl
www.soniadraga.pl
www.facebook.com/wydawnictwoSoniaDraga

Skład i łamanie: Wydawnictwo Sonia Draga

Katowice 2019. (N119)

Książkę wydrukowano na papierze One Bulk 65g, vol. 1.2
dostarczonym przez firmę Antalis Poland Sp. z o.o.

Książkę dedykuję mojej Mamie.
Motywujących słów, które usłyszałem od Niej przez całe swoje życie,
było co najmniej tyle, ile zawierały książki,
którymi mnie obdarowywała...

La vendetta è mia, disse il Signore.
Zemsta jest moja, tak rzekł Pan.

Księga Ezechiela 25,17

1.

Faruq al-Kadi miał własny stragan z warzywami i owocami przy Rinkeby Torg. Był z niego dumny, podobnie jak ze swojego imienia, które oznaczało „tego, który odróżnia prawdę od kłamstwa". Imię, które nadali mu rodzice, zobowiązywało i Faruq robił wszystko, co w jego mocy, aby nie przynieść mu hańby. Faruq al-Kadi był również dumny ze swojego pochodzenia, chociaż w ogarniętej wojną Syrii doznał wielu cierpień. Do Szwecji wraz z żoną Aminą – „godną zaufania i wierną" – trafił przed dziesięcioma laty. Dostali azyl i szansę na rozpoczęcie nowego życia. Ich dzieci: Hamid – „kochający Boga" – i Bahija – „piękna i promienna" – przyszły na świat już w Sztokholmie.

Ojciec Faruqa od najmłodszych lat powtarzał mu, że prawdziwy mężczyzna nie lęka się prawdy i dba o swoją rodzinę, dlatego Faruq starał się przestrzegać świętych zasad i był ambitny. Wiedział, że wiele zawdzięcza swojej nowej ojczyźnie, jak zwykł nazywać Szwecję, i nie zamierzał, tak jak wielu imigrantów, od rana do nocy przesiadujących na ławkach i fontannach, egzystować tylko i wyłącznie dzięki zasiłkom socjalnym z budżetu państwa. Dlatego Faruq jako pierwszy otwierał swój stragan i jako ostatni go zamykał, i to bez względu na pogodę i porę roku.

Swoje zasady Faruq od samego początku starał się wpajać Hamidowi. Był jednak świadom ludzkich ułomności i uczył syna, że jeżeli już jakieś kłamstwo opuszcza usta, należy paść na kolana i w głębi ducha prosić Allaha o wybaczenie.

Ostatni raz Faruq al-Kadi skłamał przed kilkoma miesiącami, kiedy trzech zakapturzonych czarnoskórych członków gangu Lwów podeszło do jego straganu. W ciemnych szkłach okularów, które mimo pochmurnej pogody zasłaniały oczy jednego z nich, dostrzegł własne przerażone odbicie i ponad wszelką wątpliwość zrozumiał, że będzie miał kłopoty. Mężczyzna zapytał go, czy w ostatnim czasie rozmawiał z policją. Odpowiedział szybko, bez zająknięcia, jednocześnie skupiając wzrok na skrzynce z jabłkami. Wiedział, że kłamstwo w jego oczach byłoby widoczne jak kropla świeżej krwi w szklance z krystalicznie czystą wodą. Faruq odmówił w myślach modlitwę, podniósł przypadkowe jabłko i przyjrzawszy mu się z każdej strony, zaczął je polerować, jakby miało trafić na wystawę.

Ostrze noża najpierw przebiło jego dłoń, a potem przeszło przez sam środek jabłka. Faruq, krzycząc na całe gardło i wybałuszając oczy w równej mierze ze zdziwienia co z bólu, obserwował, jak krew spływa po owocu, a potem wzdłuż jego przedramienia. Więcej nie pamiętał, bo otrzymał mocny cios w szczękę. Na tyle mocny, że stracił przytomność i przedni ząb, po którym do dzisiaj pozostała pustka.

Tamtego dnia, kiedy ze szpitala odbierała go żona, Faruq obiecał jej dwie rzeczy: po pierwsze, że zawsze będzie słuchał jej rad, i po drugie… że gdy nadejdzie niebezpieczeństwo, zostawi stragan i będzie uciekał co sił w nogach, tak jak w Syrii, kiedy nad ich głowami świstały zabłąkane kule. Amina uczulała go, że zbliża się zima i z każdym dniem coraz szybciej zapada zmrok, a to oznaczało, że Faruq powinien wcześniej zamykać stragan. I z reguły tak właśnie robił, ale dzisiaj miał wyjątkowo wielu klientów. Kiedy pożegnał ostatniego i rozejrzał się wokół, zorientował się, że zdążyło się już ściemnić. Ulice opustoszały, a majaczące w oddali sylwetki nielicznych, zakapturzonych przechodniów wzbudzały w Faruqu złe wspomnienia. Czym prędzej zaczął zestawiać skrzynki z owocami i przykrywać brezentem, ale wtedy po drugiej stronie ulicy zatrzymał się czarny mercedes. Faruq dostrzegł go dopiero po chwili.

Mężczyzna siedzący na tylnej kanapie mercedesa najpierw zerknął na zegarek, a potem spojrzał w okno, skupiając wzrok na pracującym Arabie. Skrzynki z owocami znikały w imponującym tempie, ale straganiarz od czasu do czasu patrzył w kierunku ciemnego auta. Jego pracy przyglądał się także kierowca, który odruchowo zaczął bębnić palcami o kierownicę. Pasażer spojrzał na ogolony kark chłopaka, po którym pełzały ciemnozielone wstążki tatuażu, będące częścią większego wzoru skrytego pod kurtką, i stoczył wewnętrzną walkę, aby go nie uderzyć. Ostatecznie powiedział jedynie:

– Przestań.

Pokryte pierścionkami palce znieruchomiały natychmiast. Ciemne i szeroko otwarte oczy wychwyciły w lusterku blade oblicze bossa. Chłopak nie wytrzymał jego ciężaru i ponownie wyjrzał przez okno. Straganiarz zdążył się już uporać z owocami i zaczął przykrywać skrzynki, w których znajdowały się warzywa.

– Nienawidzę Arabów – wyznał chłopak. – Przybłędy zalały cały ten pieprzony kraj.

Tym razem mężczyzna nie wytrzymał. Cios spadł szybko i choć nie był szczególnie mocny, chłopak się skrzywił.

– Przybłędy? – zapytał mężczyzna, odgarniając z czoła przydługą, przyprószoną siwizną grzywkę. – Jeżeli oni są przybłędami, Marco, to kim my jesteśmy?

Marco rozmasowywał szyję, na której pojawiła się czerwona plama.

– Ten kraj przyjął nas tak samo jak ich – ciągnął mężczyzna.

– My to zupełnie inna sprawa, don Felipe – odparł chłopak.

– Doprawdy? A w jakim sensie?

Młodzieniec nie odpowiadał. Felipe Luciano postukał palcem wskazującym w szybę.

– Oni, podobnie jak my, toczą swoje wojny, Marco. Wszyscy zostaliśmy zmuszeni do opuszczenia naszej ojczyzny. I jestem pewien, że cierpią z tego powodu tak samo jak my. A poza tym tacy jak on pracują dla nas. Nie zapominaj o tym i nie nazywaj ich tak nigdy więcej w mojej obecności. Zrozumiałeś?

Chłopak pokiwał głową i chcąc zmienić temat, rzucił:

– Znowu się spóźnia, don Felipe.

Boss zaczął kaszleć. Krztusił się przez dłuższą chwilę z chusteczką przyciśniętą do ust. W końcu oderwał ją od twarzy i zanim wsunął na powrót do kieszeni, przyjrzał się jej uważnie.

– Wszystko w porządku, don Felipe? – zapytał Marco.

Luciano nie odpowiedział, tylko spojrzał na zegarek. Chłopak miał rację. Umówili się na dziewiętnastą, a dochodził kwadrans po. Felipe Luciano nienawidził czekać. Spóźnienia odbierał jako przejaw braku szacunku.

Nagle drzwi się otworzyły i do wnętrza auta wdarł się chłód. Luciano nie patrzył na mężczyznę, który usiadł obok niego, ale poczuł dojmujący smród papierosów.

– Przepraszam za spóźnienie – powiedział Szwed. – To kawał drogi i…

– Jeżeli spóźnisz się jeszcze raz, każde pięć minut będzie cię kosztowało jeden palec. – Felipe Luciano wyciągnął w kierunku nowo przybyłego otwartą dłoń. – Spóźniłeś się piętnaście, a to oznacza, że następnym razem obetnę ci trzy. – Wyimaginowanym nożem Felipe nakreślił szybkie cięcia i podwinąwszy „odcięte" palce, zaprezentował mężczyźnie dwa, które zostały. – Rozumiesz?

Wystraszone niebieskie oczy nowo przybyłego błądziły od twarzy bossa do lusterka wstecznego, w którym całą sytuację obserwował Marco. Szwed trwał w napięciu, które paraliżowało jego ciało. Miał nadzieję, że zaraz któryś z Włochów parsknie śmiechem i powie coś w rodzaju: żartowałem! Ale to nie nastąpiło. Nie pozostawało mu zatem nic innego jak po prostu kiwnąć głową i powiedzieć:

– Przepraszam, Felipe…

– Przepraszam, don Felipe! – poprawił go Marco, odwracając

się przez prawe ramię. Szwed odruchowo zerknął na okrągłą bliznę na policzku chłopaka. Wyglądało to tak, jakby ktoś zgasił kiedyś na nim papierosa.

– Przepraszam, don Felipe – powtórzył.

Luciano dopiero teraz spojrzał na pulchną, pokrytą niechlujnym zarostem twarz Szweda. Przydługie, tłuste i poskręcane włosy nachodziły mężczyźnie na uszy. Ruchliwe dłonie nie potrafiły znaleźć sobie miejsca.

– Masz je? – zapytał Luciano.

Mężczyzna pokiwał głową i wyciągnął zza pazuchy szarą kopertę.

– Zrobiliśmy je parę dni temu – oznajmił, podając zdjęcia Felipemu.

Luciano rozłożył je w wachlarz. Szwed, spoglądając na profil Włocha, mógłby przysiąc, że ten od ich ostatniego spotkania schudł jeszcze bardziej. Miał wrażenie, że ciemny garnitur wypełnia powietrze, a nie ciało.

Marco nie mógł dostrzec, co jest na fotografiach, ale był prawie pewien, że raczej niewiele się różnią od poprzednich. Mimo to Felipe wpatrywał się w nie zachłannie, jakby ludzi, których na nich uwieczniono, widział po raz pierwszy, a przecież przeglądał niemal identyczne zdjęcia zaledwie przed kilkoma tygodniami. Luciano kolekcjonował je wszystkie i poukładane chronologicznie przechowywał w szufladach swojego biurka.

– Kiedy wyjeżdżacie? – zapytał Felipe. Przyglądał się teraz uśmiechniętemu chłopcu, który szedł u boku ojca, trzymając w dłoni drewniany miecz. Wracali z lasu. Pewnie do domu, gdzie matka dziecka czekała na nich z ciepłym obiadem.

– Robotę mamy już nagraną, czekamy tylko na ostateczne potwierdzenie. Prawdopodobnie za kilka dni.

Włoch pokiwał głową. Kolejna fotografia. Tym razem zbliżenie na kobietę. Drobna, uśmiechnięta, piękna.

– Zrobicie to po powrocie. Pojadą z wami dwaj moi ludzie – oznajmił Włoch. – Dasz mi znać, kiedy wracacie. Zrozumiałeś?

– Tak, don Felipe.

Luciano pstryknął palcami i Marco wyciągnął ze schowka na rękawiczki inną kopertę, odrobinę mniejszą od tej, którą przyniósł Szwed. W momencie gdy chłopak mu ją wręczał, Felipe powiedział:

– Kiedy będzie po wszystkim, dostarczysz mu to.

Zaskoczony mężczyzna kilkakrotnie obrócił w dłoniach kopertę, a potem uniósł pytająco brwi, spoglądając w oczy bossa, jakby w oczekiwaniu na przyzwolenie.

– Śmiało – rzekł Luciano.

Szwed wyjął fotografię. Przełknął ślinę, czując, jak ręce zaczynają mu drżeć. Czasami żałował, że w ogóle dał się w to wszystko wciągnąć. Forsa forsą, ale ci ludzie byli nieobliczalni, a on zrozumiał to, kiedy było już za późno. Zdecydowanie za późno.

Kobieta ze zdjęcia patrzyła na niego oczami, które nie były już w stanie niczego zobaczyć. Żadne słowo nie mogło też opuścić pełnych, lekko uchylonych warg. I to one przykuwały uwagę mężczyzny. A raczej to, co na nich dostrzegł. Dwie prostopadłe, niemal czarne linie, pewne cięcia układające się w znak krzyża. Szwed odruchowo spojrzał na siedzącego obok Włocha, który teraz wydawał się bardziej zainteresowany tym, co działo się za oknem. Mógł dokładnie przyjrzeć się obliczu bossa, na które nigdy nie miał odwagi patrzeć zbyt długo. Don Luciano miał około sześćdziesięciu lat oraz bladą, wychudzoną i zawsze idealnie ogoloną twarz zakończoną wyraźnie zarysowanym podbródkiem.

– Tak w Neapolu znaczyliśmy tych, którzy mówili za dużo – rzekł Luciano, ponownie spoglądając w twarz Szweda, który natychmiast spuścił wzrok. Mężczyzna poczuł, jak serce podchodzi mu do gardła.

– Pamiętaj o tym, na wypadek, gdyby coś głupiego strzeliło ci do głowy.

– Don Felipe, ja nigdy… – Mężczyzna urwał, kiedy Luciano gestem kazał ma wysiąść.

Drzwi otworzyły się i zamknęły. Chłód pojawił się i zniknął, ale smród papierosów pozostał. Don Luciano ponownie utkwił spojrzenie w bocznej szybie. Arab nadal uwijał się jak w ukropie. Felipe sięgnął za pazuchę marynarki i wyciągnął portfel. Wybrał tysiąckoronowy banknot i położywszy go na ramieniu zaskoczonego Marca, powiedział:

– Kup mi owoce.

– Jakie? – zapytał chłopak, odbierając pieniądze.

– Wszystko jedno, tylko zostaw biedakowi resztę.

Marco spojrzał w stronę straganiarza, westchnął ciężko i wysiadł z samochodu.

***

Kiedy Faruq al-Kadi dostrzegł mężczyznę zmierzającego w jego stronę, poczuł, jak uginają się pod nim kolana. Skrzynka, którą trzymał w rękach, zaczęła drżeć, i zdecydował się ją odstawić w obawie, że może ją upuścić. W głowie usłyszał słodki i przejęty głos swojej żony. Amina powtarzała: „Uciekaj, Faruq! Uciekaj już!". Przełknął ślinę i postanowił jej posłuchać. Biegł przed siebie ile sił w nogach, nie zamierzając nawet się oglądać. Po kilkudziesięciu metrach nadepnął na abaję i runął jak długi. Klęcząc i ciężko dysząc, obejrzał się przez ramię, aby z niemałym zaskoczeniem stwierdzić, że ubrany na czarno mężczyzna wcale go nie goni. Faruq patrzył skonsternowany, jak tamten zatrzymuje się przy jego straganie, grzebie w jednej ze skrzynek, a potem odchodzi z reklamówką pełną jabłek. Dopiero wtedy Faruq zdołał się podnieść. Wrócił do swojego miejsca pracy i z niedowierzaniem przyglądał się leżącemu na stole banknotowi, na którym tamten położył duże czerwone jabłko.

2.

Zalogował się na Facebooka od niechcenia, bardziej z obowiązku niż przekonania, że tym razem mu się poszczęści. Sprawdzał konto kilka razy dziennie, ale jak dotąd bez rezultatu. Dlaczego tym razem miałoby być inaczej? Po prostu chciał to już mieć za sobą, aby z poczuciem dobrze spełnionego obowiązku obejrzeć jakiś film z Jasonem Stathamem albo sprawdzić, co tym razem poleca YouTube. Zazwyczaj oglądał amatorskie filmy nagrywane telefonem podczas bójek, czasami walki bokserskie albo najlepsze nokauty i poddania ostatnich gal MMA. Lubił też podpatrywać, jak nafaszerowani sterydami kolesie z siłowni prezentują treningi, w nadziei, że sam wprowadzi jakieś *novum* do swoich. Robił dzisiaj klatę i doskonale czuł, jak napięcie mięśniowe rozrywa mu piersi. Uwielbiał ten niemal euforyczny stan, wynikający z przekonania, że dał z siebie wszystko.

Przechylił shaker z odżywką białkową, ale plastikowe naczynie zastygło w połowie drogi do ust. Gdyby ktoś mógł go teraz zobaczyć, miałby niezły ubaw. Siedział przy biurku i szeroko wybałuszonymi oczami wpatrywał się w monitor, którego blade światło z mizernym skutkiem rozpraszało panujący w pokoju mrok. Zaciągał rolety za każdym razem, gdy zasiadał do komputera.

– O cholera… – szepnął pod nosem.

Strużka białego płynu ściekała mu po brodzie. Przetarł ją odruchowo, wpatrując się w czerwony kwadrat, który pojawił się nad ikoną symbolizującą kobietę i mężczyznę. Zakwitł nad ich głowami niczym czerwona aureola. Oznaczało to dwie rzeczy: albo ktoś zaprosił go do grona znajomych, albo… to ona przyjęła jego zaproszenie. Miał wielką nadzieję, że chodzi o to drugie.

Założył konto na Facebooku, ale nic, co napisał, nie było prawdą. Zdjęcie znalazł w Internecie i na dobrą sprawę niewiele było na nim widać. Chłopaczek w czerwonej bejsbolówce, naciągając daszek na oczy, prezentował swój profil. To mógł być każdy. Wybierając fotkę, zwrócił jednak uwagę na szczękę gościa. Chciał, aby była masywna, dobrze zarysowana tak jak jego, pozwalająca przypuszczać, że reszta ciała też jest niczego sobie. Oczywiście miał swoje prawdziwe konto, ale absolutnie nikt z jego grona znajomych nie mógł podejrzewać, że Jakub Skubski, za którego się podawał, to naprawdę on.

Odetchnął głęboko i skierował kursor na czerwoną ikonę.

– No dalej, maleńka, spraw, żeby to był naprawdę miły wieczór…

Anka B. przyjęła twoje zaproszenie do grona znajomych.

– Tak jest! I o to chodzi! – Klasnął w dłonie z radości, a potem zaczął pocierać je intensywnie, zupełnie nie zdając sobie z tego sprawy. Kliknął w zdjęcie profilowe uśmiechniętej brunetki. – No dobrze, kochanie, zobaczmy, jak wyglądasz…

Musiał przyznać, że była niezłą laską. Spod niewątpliwie sztucznych rzęs spoglądało na niego dwoje dużych brązowych oczu. W delikatnie zadartym nosie tkwił kolczyk, a szeroko rozchylone czerwone wargi odsłaniały rząd równych, wręcz nienaturalnie białych zębów.

Przeglądał kolejne zdjęcia. Ania z rodziną. Ania z… zapewne z młodszą siostrą. Ania na imprezie, ledwie widoczna wśród gęstego dyskotekowego dymu. Ania z psem. Ania z przyjaciółkami. I w końcu… Ania z nią.

Uśmiechnął się pod nosem.

– Mam cię – powiedział, tym razem zdecydowanie głośniej. – Od dzisiaj wszystko się zmieni… – Naprawdę mocno w to wierzył. Miał serdecznie dość bycia traktowanym jak nic niewarty goniec, pracujący w wielkiej korporacji, gdzie nikt nie pamięta nawet jego imienia.

Dostał zadanie – i zamierzał je zrealizować, szansę – i musiał ją wykorzystać. Wybrano go, bo był najmłodszy i… najprzystojniejszy, choć tego już oczywiście żaden z nich nie dodał.

Czerwony kwadracik, który pojawił się przy chmurce informującej o nadejściu wiadomości, sprawił, że uśmiech zniknął mu z twarzy. Głośno przełknął ślinę. Otworzył.

Cześć. Dzięki za zaproszenie, ale… czy my się znamy?

Nerwowo bębnił palcami o blat biurka. W końcu położył je na klawiaturze.

Cześć. Tak, znamy się… – napisał, ale po chwili skasował.

Cześć. Nie, nie znamy się, ale…

Zawahał się. Wydął usta, na ułamek sekundy zerkając w kąt pokoju.

Dopiero założyłem konto i przypadkiem trafiłem na Twój profil…

Tym razem rytm na drewnianej powierzchni wybijały obie dłonie.

Wydałaś mi się bardzo sympatyczna, poza tym też mieszkasz w Szczecinie i tak jakoś wyszło.

Nacisnął enter.

Cisza. Wpatrywał się w wysłaną wiadomość, czując coraz większe podekscytowanie.

A to ciekawe. Sympatyczna? I stwierdziłeś to po zdjęciu?

Palce szybko wystukały odpowiedź.

Okej, okej, ładna… Moją uwagę przykuła przede wszystkim Twoja uroda.

Już lepiej ☺. *Ja o Twojej niewiele mogę powiedzieć, bo profilowe masz dość tajemnicze.*

I o to chodzi.

Tak?

No.

A niby czemu?

Chwila przerwy.

Bo chciałbym zobaczyć Twoją minę.

?

Chciałbym zobaczyć Twoją minę, jak już się ze mną umówisz.

Dłuższa pauza.

☺ *Dobry jesteś.*

Odetchnął z ulgą.

Dziękuję.

Ale nic z tego.

Czemu?

Bo nie umawiam się z nieznajomymi.

Odchylił się na fotel i ciężko westchnął. Podrapał się po skroni, myśląc, co powinien napisać.

Tak naprawdę to już się trochę znamy. Ja jestem Kuba, Ty Ania...
pozwól, że szybko zerknę na Twój profil... Zobaczmy... Lubisz Adele,
Pink, filmy z DiCaprio, kuchnię włoską... O! Wyobraź sobie, że ja też!

Ponownie dłuższa chwila bez odpowiedzi.

To fajnie, ale może innym razem? Na dzisiaj mam już plany.

Okej, rozumiem. W sumie to dość oczywiste.

Co takiego?

Że taka laska jak Ty ma chłopaka.

Nie, to nie tak. Nie mam chłopaka. Umówiłam się z przyjaciółką do
kina i zaraz wychodzę. Jak chcesz, to odezwij się kiedyś.

Wpatrywał się w ostatnie zdanie, uśmiechając się od ucha do ucha. Zanim zaczął pisać, z trzaskiem wyłamał palce.

Masz to jak w banku! A co dzisiaj grają?

Raczej ci się nie spodoba.

Zobaczymy. Dawaj.

Planeta Singli 2.

No faktycznie, nie mój klimat, a poza tym do świąt został jeszcze
szmat czasu... ale z Tobą wybiorę się, na co tylko chcesz... ☺

Zobaczymy ☺. To na razie.

Miłego wieczoru.

Zakończył konwersację. Dokładnie prześledził profil dziewczyny, a potem usunął swoje konto. Sprawdził repertuary kin. Dwa z nich grały drugą część *Planety Singli* o osiemnastej. Zerknął na zegarek. Miał półtorej godziny. Wyczyścił historię przeglądania i wstał od komputera.

3.

SZCZECIN, CENTRUM

– Jak tak dalej pójdzie, to się spóźnimy. – Agnieszka wierciła się na tylnym siedzeniu, nieustannie zerkając na zegarek, co zaczynało już irytować jej matkę.

Było piątkowe popołudnie i sznurek aut ciągnął się przez całą aleję Wyzwolenia. Światła ulicznych lamp i reflektory setek samochodów rozpraszały mrok, który zdążył już opaść na portowe miasto. Szczecinianie wracali z pracy, ruszali na podbój galerii handlowych, niektórzy wybierali się do opery albo teatru, szukając alternatyw na spędzenie jesiennego weekendu.

– Nic nie stracisz – stwierdził jej młodszy brat z fotela pasażera. – Co najwyżej kolejną głupkowatą komedię romantyczną.

– Ktoś cię pytał o zdanie, gówniarzu? – przerwała Agnieszka. – Ciesz się, że pozwoliłam ci jechać z przodu, i...

– Moglibyście się uspokoić?! – Marta posłała piorunujące spojrzenie synowi siedzącemu obok. Bartek zaabsorbowany swoim smartfonem nawet go nie zauważył. Marta zerknęła w lusterko wsteczne.

Agnieszka z nosem zwieszonym na kwintę wpatrywała się w stojące obok auta. Między rodzeństwem było pięć lat różnicy i bez przerwy darli koty. Marta czasami żałowała, że nie są w podobnym wieku. Może wtedy domowych wojen, które ostatnio przenosili również na tereny neutralne, byłoby mniej? Powód do sprzeczek, kłótni i wzajemnej uszczypliwości zawsze znajdowali w trymiga.

– Ja też wolałabym robić coś innego w piątkowe popołudnie – oświadczyła Marta, wpatrując się w czerwone światło sygnalizatora. – Tymczasem stoję w korku, bo jako dobra mamusia obiecałam zawieźć córcię do kina, a synka na trening. Jeśli jeszcze raz usłyszę jakiś niestosowny komentarz, to następnym razem pojedziecie tramwajem. Zrozumiano?

Agnieszka odburknęła coś pod nosem. Bartek kiwnął głową, zatopiony w wirtualnym świecie.

– Odstawimy Agnieszkę do galerii i zrobimy zakupy – oznajmiła Marta, tym samym natychmiast przywracając syna do rzeczywistości.

– Ale mamo…

– Żadnego „ale". Do treningu masz jeszcze pół godziny, a ja nie zamierzam sama taszczyć reklamówek. Zrobimy to szybko…

– Szybko? Zobacz, jaki korek! – Bartek wskazał na przednią szybę. – Kolejki w markecie pewnie też będą jak…

– Cicho! Już jedziemy. Zdążysz.

Światło zmieniło się na zielone i auta ruszyły w żółwim tempie.

– A czemu Agnieszka nie może ci pomóc? Przecież film zaczyna się dopiero za trzydzieści minut…

– Bo umówiłam się z Anką w KFC, imbecylu, dlatego nie mogę… – Agnieszka aż podskoczyła na tylnym siedzeniu.

– W KFC? – Bartek zerknął przez ramię. – A co ty tam będziesz jadła niby? Sałatkę?

– Nie twój interes!

– Cisza! Do cholery jasnej! Czy wy nie możecie choć jeden jedyny raz traktować się normalnie?! – Marta uderzyła z impetem w kierownicę, sprawiając, że na chwilę zapadła cisza.

Agnieszka stawiała pierwsze kroki w modelingu. Odkąd przed rokiem dostała propozycję sesji zdjęciowej, nieustannie się odchudzała, chociaż Marta zupełnie nie wiedziała z czego i musiała przyznać, że zaczynało ją to niepokoić. Bała się, że córka nabawi się w końcu anoreksji.

– Koniec dyskusji – postanowiła Marta. – Aga jest umówiona. Robimy szybkie zakupy, a potem podrzucę cię na halę. Kiedy wrócicie do domu, kolacja będzie już gotowa.

– A co konkretnie? – Bartek znowu wpatrywał się w ekran telefonu.

– Niespodzianka.

– Jeśli nie mówisz o pizzy albo tłustym sosie bolognese, to… – Agnieszka nie zdążyła dokończyć, bo matka jej przerwała.

– Dla ciebie zrobię świeżą sałatkę z dużym dodatkiem fety light. Może być?

– Ewentualnie.

***

Tak jak można się było spodziewać, znalezienie wolnego miejsca na podziemnym parkingu galerii graniczyło z cudem. Nad gęsto ściśniętymi autami świeciły dziesiątki czerwonych żarówek informujących, że miejsce postojowe jest zajęte. Wyglądało to tak, jakby ktoś odrobinę się pospieszył i postanowił zawiesić choinkowe lampki już w listopadzie. Świąteczne szaleństwo powoli atakowało z każdej strony. Choinki przyciągały wzrok na ulicy, kolorowe bombki mieniły się na sklepowych wystawach. Mikołajowie machali z oświetlonych bilbordów, puszczając oko, i z uniesionym kciukiem zachęcali do zakupu sprzętu RTV w megapromocji. Doprawdy Marta nie byłaby zdziwiona, gdyby przyozdobiono nawet parking. Świąteczna atmosfera udzielałaby się klientom już od wjazdu, a oni, nie wysiadając nawet z aut, myśleliby, na co wydadzą swoje pieniądze.

– Tam! – krzyknął Bartek. – Jakaś babka wsiada do samochodu. Mamo, podjedź, zanim ktoś inny wyczai miejsce.

Rzeczywiście po chwili kobieta w białym płaszczu wślizgnęła się do niewielkiego peugeota i opuściła parking. Czerwone światełko zmieniło się na zielone.

– Chociaż tyle z was pożytku… – Marta poczochrała Bartka po włosach i natychmiast ruszyła z delikatnym piskiem opon. Kiedy jednak podjechała bliżej, entuzjazm ją opuścił. Wolne miejsce znajdowało się przy samym słupie, a na dodatek sąsiad parkujący obok zostawił auto pod dziwacznym kątem. Marta bała się, że może zarysować ich rodzinnego SUV-a.

– Cholera… – szepnęła pod nosem.

– Mamo, dasz radę – dopingował Bartek. – Nie mamy czasu. Zresztą i tak nie znajdziemy już wolnego miejsca.

– Wiem, ale strasznie tu ciasno…

– Tamta babka sobie poradziła, to i tobie się uda.

– Widziałeś jej auto? – Marta spojrzała na syna. – Takim maleństwem też bym zaparkowała. Nie wiem, czy toyota się zmieści.

Bartek przewrócił oczami.

– Kiedy ja zrobię prawo jazdy, to nigdy nie będzie problemu.

– Na razie to nie widać cię zza kierownicy – oceniła Agnieszka, śmiejąc się w głos.

Bartek szykował się do riposty, ale nie zdążył, bo Marta odezwała się pierwsza:

– Wysiadać. Oboje. Gdy zaparkuję, nie otworzycie drzwi.

Marta stwierdziła, że najłatwiej będzie wykonać manewr, cofając. Bartek zabezpieczał więc tyły, pilnując, aby toyota nie uderzyła w ścianę, a Agnieszka oceniała odległość prawego błotnika od słupa parkingowego. Współpraca przyniosła oczekiwany rezultat. Cała akcja zajęła pięć minut.

***

Przyglądał się, jak biała toyota RAV4 cofa z przesadną ostrożnością i przy asekuracji dwójki dzieciaków wreszcie wpasowuje się w jedno z nielicznych wolnych miejsc. Sam zaparkował prostopadle do stojących w równej linii aut, blokując co najmniej dwa z nich. Nie przejmował się tym. I tak nie zamierzał wychodzić z samochodu. Jeżeli pojawi się właściciel którejś z luksusowych limuzyn, po prostu odjedzie.

Zdjął z głowy czarną bawełnianą czapkę i rozpiął kilka guzików marynarskiej kurtki. Obserwował matkę i dwójkę dzieci podążających przez parking w stronę szklanych drzwi centrum handlowego, które raz za razem połykały kolejnych klientów gotowych wydać swoje ciężko zarobione pieniądze. Matka i córka szły przodem. Obie wysokie i piękne, zajęte rozmową, zupełnie nieświadome tego, że są obserwowane. Chłopiec został kilka metrów z tyłu. Nawet podczas marszu nie odrywał wzroku od telefonu. Mężczyzna w samochodzie z dezaprobatą pokręcił głową. Gdyby ten dzieciak był jego synem, szybko zabrałby mu to ustrojstwo. Ale mężczyzna nie był jego ojcem. Ani jego, ani żadnego innego dziecka i dawno zdążył oswoić się z tą myślą. Pewnie podobnie jak chłopak, który pogodził się z faktem, że jego ojciec już nigdy nie wróci.

Drzwi galerii otworzyły się i zamknęły. Trzyosobowa rodzina, o której mężczyzna w aucie wiedział wszystko, zniknęła w czeluściach centrum handlowego. Jak znał życie, pewnie przyjdzie mu tu siedzieć co najmniej kilka godzin. Najpierw zakupy, potem może pójdą coś zjeść albo zdecydują się na kino. Westchnął ciężko. Czasami zastanawiał się, ile to wszystko jeszcze potrwa. Czy w ogóle się kiedyś skończy i czy ma jakikolwiek sens? Nie wiedział. Jednak przed laty złożył obietnicę. Zamierzał jej dotrzymać tak długo, jak to możliwe. Zresztą i tak nie miał nic lepszego do roboty. Nie miał marzeń ani celu, do którego mógłby dążyć. Już dawno utracił sens życia. Mijające dni były tylko kolejnymi kartkami z kalendarza, które lądowały u jego stóp zupełnie niezauważone. Nic nieznaczące daty, niezwiązane z niczym, na co warto czekać albo za czym warto tęsknić.

Mężczyzna pogłośnił radio, westchnął ponownie i odchylił się w fotelu.

4.

W galerii wrzało jak w ulu. Na samym środku stała nienaturalnie zielona choinka, która srebrzystym czubkiem niemalże dotykała gwieździstej kopuły dachu centrum handlowego. Wokół niej spacerowały hostessy przebrane za aniołki i elfy. Rozbrzmiewał słodki głos George'a Michaela, który zapewniał, że w te święta podaruje swoje serce komuś wyjątkowemu.

Kino i KFC znajdowały się na trzecim poziomie, market na drugim. Kolejki do wind były ogromne, więc wybrali ruchome schody. Agnieszka zerknęła na zegarek. Najchętniej pobiegłaby na górę, ale stojący przed nimi ludzie uniemożliwiali szybsze dotarcie na szczyt. Dziewczyna, zdając sobie sprawę z faktu, że przez najbliższe kilka minut jest uziemiona, postanowiła poprawić usta błyszczykiem.

– O której będziesz w domu? – zapytała Marta.

– Około dwudziestej trzeciej – oznajmiła Agnieszka, prezentując lśniący uśmiech. Na matce nie zrobił on jednak specjalnego wrażenia.

– Niezła próba, ale masz być z powrotem najpóźniej o dwudziestej drugiej.

– Ja kazałbym jej być nawet o dwudziestej pierwszej – wtrącił Bartek.

Agnieszka posłała mu piorunujące spojrzenie. Gdyby wzrok mógł zabijać, chłopak już by nie żył.

– Film zaczyna się o osiemnastej. Załóżmy, że skończy się choćby i o dwudziestej trzydzieści. Co chcecie robić przez resztę czasu? – Marta nie dawała za wygraną.

– Pochodzimy z Anką trochę po sklepach i wrócimy autobusem.

– Galerianki się znalazły – szepnął pod nosem Bartek, ale Agnieszka usłyszała to i zdzieliła go po głowie.

– Auuuu! Za co?! – Chłopak zerknął na siostrę, rozmasowując potylicę.

– Ty już dobrze wiesz za co. – Marta wbiła w niego palec wskazujący. – Raz jeszcze usłyszę podobny tekst i dostaniesz też ode mnie. Z podwójną siłą. Zrozumiano?

Bartek od niechcenia pokiwał głową.

– A ciebie widzę w domu o dwudziestej drugiej. – Palec powędrował w stronę Agnieszki. – Zostanie wam co najmniej godzina na sklepy. Myślę, że wystarczy. Poza tym będę czekała na ciebie z sałatką. A najlepsza jest na świeżo.

– Dobra, już dobra – powiedziała Agnieszka, przewracając oczami.

Dotarli na drugie piętro.

– Baw się dobrze i pamiętaj, dwudziesta druga – przypomniała Marta, robiąc groźną minę.

Bartek ruszył w stronę marketu, a ona stała jeszcze przez chwilę, obserwując, jak jej córka wjeżdża na trzeci poziom. Agnieszka odwróciła się w ostatniej chwili i pomachała do matki.

***

Sytuacja przy punktach gastronomicznych niewiele się różniła od tej na parkingu i miały spory problem, aby zlokalizować wolny stolik. Agnieszka czaiła się, aż ktoś w końcu zwolni miejsce, a Anka poszła złożyć zamówienie. Gdy tylko jakiś chłopak wstał, chwytając za tacę, dziewczyna ruszyła pędem w jego kierunku. Nie zdążył daleko odejść, kiedy ona już siedziała na krześle.

– Skończyłeś? – zapytała, lekko się uśmiechając.

Małolat pokiwał jedynie głową wyraźnie zaskoczony i odszedł. Gdyby Bartek mógł ją teraz zobaczyć, zapewne nie powstrzymałby się od kolejnego komentarza.

Po kilku minutach siedziały już obie przy stoliku. Agnieszka mieszała widelcem w niewielkiej sałatce, podczas gdy Anka zajadała się frytkami i właśnie odpakowywała duże qurrito.

– Nie wiem, jak ty to robisz – przyznała Agnieszka, spoglądając na przyjaciółkę.

– Co robię? – Dziewczyna ugryzła pierwszy kęs, a chwilę później otarła delikatnie sos barbecue z kącika ust.

– Spalasz te wszystkie kalorie. Jesz jak facet, prawie w ogóle nie ćwiczysz, a waga stoi w miejscu. Wiesz, ile ja muszę się namęczyć, aby tak wyglądać?

Obie miały po siedemnaście lat, znały się od pierwszej klasy szkoły podstawowej i nie miały przed sobą żadnych tajemnic. Agnieszka doskonale wiedziała, że nienaganna figura Anki to zasługa genów, a nie, jak w jej przypadku, drakońskiej diety i katorżniczych treningów. Od zawsze jej tego zazdrościła. Najzabawniejsze w tym wszystkim było to, że jej koleżanka nigdy nawet nie pomyślała o modelingu, podczas gdy ona wiązała z nim przyszłość. O ile łatwiej byłoby jej realizować marzenia z taką przemianą materii.

– Życie jest za krótkie, aby odmawiać sobie przyjemności – powiedziała Anka, przeżuwając. Qurrito znikało w imponującym tempie. – Radzę ci, byś wzięła to sobie do serca.

– Łatwo się mówi, kiedy te przyjemności nie wiążą się z żadnymi konsekwencjami.

Kolejny kęs i po chwili Anka już oblizywała palce, zerkając w stronę kolejki do McDonalda.

– Zaraz wracam – rzuciła, poderwawszy się z krzesła.

– A ty dokąd?

– Wyobraź sobie, że nabrałam ochoty na czekoladowego shake'a.

– Chyba żartujesz?

– Ani trochę. I będzie taki duży. – Dziewczyna zobrazowała przyjaciółce wielkość deseru, rozkładając dłonie na jakieś trzydzieści centymetrów. Ruszyła w stronę kolejki, ale zaraz się odwróciła. – Wziąć ci coś jeszcze? Może kolejną sałatkę?

– Bardzo zabawne. – Agnieszka utkwiła wzrok w swoim wegetariańskim daniu, ponownie zanurzając w nim widelec.

Czasami miała ochotę odpuścić tę całą dietę, pognać do jakiejś cukierni i zamówić największe lody, jakie mieliby w ofercie. Do tego kawałek ciasta czekoladowego albo szarlotki, a najlepiej jedno i drugie. Wszystko popiłaby kubkiem gorącej czekolady i... Szybko odrzuciła kuszące myśli. Poświęciła zbyt wiele pracy, czasu i sił, aby zaprzepaścić taką szansę. Po ostatniej sesji jej zdjęcia wysłano do Włoch. Właścicielka agencji obiecywała okładkę w „Elle", „Vogue'u", „Glamour" i Bóg jedyny raczył wiedzieć gdzie jeszcze, choć ostatnimi czasy Agnieszka zaczęła podejrzewać, że to wszystko to jedynie obietnice bez pokrycia. Zerknęła w stronę McDonalda. Anka najwyraźniej zapomniała o swoim shake'u. Stała teraz z rękoma założonymi na piersiach i prezentując jeden ze swoich najbardziej zniewalających uśmiechów, rozmawiała z jakimś chłopakiem. Poza, którą przybrała, bynajmniej nie oznaczała postawy zamkniętej – Agnieszka dobrze wiedziała, że w ten sposób Anka próbuje jeszcze bardziej wyeksponować swój biust. Stary numer. Zawsze tak robiła, kiedy podobał się jej jakiś facet. Kolejna rzecz, która tak bardzo je różniła – faceci, a raczej podejście do nich. Anka była zdecydowanie bardziej otwarta, zwariowana i wyzwolona. Mimo młodego wieku miała co najmniej kilku partnerów, chociaż Agnieszka poważnie wątpiła, czy można by ich zliczyć na palcach... obu rąk. Z kolei ona wciąż była...

Na chwilę znów zatopiła spojrzenie w sałatce. Anka i nieznajomy zbliżali się do jej stolika.

– Aga, to mój kolega, Kuba. Kuba, to Aga, moja najlepsza przyjaciółka.

Chłopak wyciągnął dłoń w jej kierunku. Agnieszka uścisnęła ją delikatnie, odrywając się od krzesła.

– Usiądź z nami – zachęcała Anka, wpatrując się w znajomego.

– Na pewno? Nie chciałbym przeszkadzać. – Chłopak zwrócił nieśmiałe spojrzenie na Agnieszkę, jakby to ona miała zdecydować.

Ale to Anka była pierwsza:

– Daj spokój. Nie przeszkadzasz, prawda, Aga?

Duże ciemne oczy Anki rozpaczliwie poszukiwały aprobaty na twarzy przyjaciółki. Agnieszka znała to spojrzenie. Mówiło: „No odezwij się wreszcie. Powiedz coś. Zobacz, jakie ciacho!". I trudno się było nie zgodzić. Chłopak był bardzo przystojny i miał zniewalający uśmiech. Kiedy mówił, na policzkach pojawiały mu się charakterystyczne dołeczki. To na plus… Minusem zaś była bejsbolówka z prostym daszkiem (Agnieszka nie lubiła takiego stylu) i zbyt śniada cera, zdradzająca, że chłopak korzystał z solarium.

– Absolutnie. Będzie nam miło, zapraszamy. – Słowa musiały zabrzmieć wyjątkowo nienaturalnie, więc Agnieszka próbowała nadrobić uśmiechem. – A gdzie twój shake? – zapytała, spoglądając na Ankę.

– Słucham? – Dziewczyna z niechęcią oderwała wzrok od nowego kolegi, skupiając go na przyjaciółce.

– Shake. Poszłaś po shake'a, a wróciłaś bez niego. Miałaś wielką ochotę na czekoladowego.

Anka dyskretnie przewróciła oczami, aby chłopak nie zauważył.

– Yyy, tak, ale spotkałam Kubę i…

– Zapomniałaś o bożym świecie.

Chłopak roześmiał się, a Anka posłała Agnieszce piorunujące spojrzenie, jednocześnie zaciskając usta.

– Ania mówiła, że wybieracie się na film – przerwał krępującą ciszę Kuba.

Agnieszka przytaknęła ruchem głowy.

– Chcesz iść z nami?

– Co? Nie, nie… raczej nie. Nie przepadam za…

– Kretyńskimi komediami romantycznymi? Mój brat też je tak nazywa.

– Raczej chciałem powiedzieć „za takimi filmami" i…

– Jakub ma trochę inne plany na wieczór – wtrąciła Anka.

– A, jasne…

– Wybiera się na fajną imprezę.

Agnieszka pokiwała głową z udawanym entuzjazmem.

– To super.

– I zapytał, czy nie chciałybyśmy pójść z nim.

– Co? – Agnieszka nie była w stanie ukryć zaskoczenia.

– To znaczy, jakbyście miały ochotę – dodał pospiesznie chłopak. – Mój znajomy organizuje świetną imprezę, całkiem niedaleko. – Wskazał kciukiem za plecy, jakby zabawa rzeczywiście odbywała się tuż obok. – I…

– Pewnie, że mamy, prawda, Aga?

Dziewczyna nie mogła wydusić z siebie słowa. Przez dobre kilka sekund wpatrywała się wymownie w swoją przyjaciółkę. W końcu przeniosła wzrok na nowo poznanego chłopaka.

– Wybaczysz nam na chwilę?

– Jasne…

Chwyciła Ankę za łokieć, odciągając ją od stolika. Obie na odchodne zmusiły się do uśmiechów, które zniknęły z ich twarzy tuż po tym, jak przeszły kilka metrów dalej.

– Możesz mi powiedzieć, co ty wyprawiasz?! – Agnieszka domagała się wyjaśnień.

– Ale o co ci chodzi?

– Jak to o co? Idziesz po shake'a, zamiast tego wracasz z obcym chłopakiem i informujesz mnie, że idziemy z nim na imprezę. Kompletnie ci odbiło? – Dopiero teraz Agnieszka puściła rękę koleżanki.

– Możesz trochę wyluzować? Co nam szkodzi? Widziałaś, jak ten chłopak wygląda?

– Nawet go nie znasz!

Anka westchnęła.

– Trochę znam…

Aga już chciała coś powiedzieć, ale Anka, widząc, na co się zanosi, dodała szybko:

– To znaczy poznałam dzisiaj, przez fejsa.

– Przez fejsa?

– No tak… Już wtedy próbował się ze mną umówić, ale go spławiłam.

– Tak? A co się pozmieniało? – Tym razem to Agnieszka założyła ręce na piersi.

– To, że nie wiedziałam, że jest taki zajebisty. Na profilowym niewiele było widać.

Obie zerknęły w stronę chłopaka. Miało to być przelotne, dyskretne spojrzenie. Nic z tego nie wyszło, bo Kuba nie spuszczał ich z oczu. Pomachał im, szeroko się uśmiechając. Gest odwzajemniła jedynie Anka.

– Musisz przyznać, że niezłe ciacho. – Dziewczyna nie dawała za wygraną.

– Nieważne. Nie idę na żadną imprezę. Jakby matka się dowiedziała, dostałabym szlaban do końca roku.

– Biorąc pod uwagę, że mamy listopad, chyba warto zaryzykować? Spójrz na niego. Założę się, że ma równie przystojnych kolegów…

– Skąd w ogóle wiedział, że tu będziesz?

– Powiedziałam, że idę z przyjaciółką do kina. Skubaniec sprawdził, gdzie grają *Planetę Singli*, i tadam… – Anka rozłożyła ręce w powietrzu, jakby chciała zaprezentować przyjaciółce magiczną sztuczkę. – Oto jest! Był jeszcze w Heliosie pół godziny przed seansem. Potem przyszedł tu i nas wypatrzył… Wyobrażasz sobie? Wyjątkowo mu zależy. Musimy pójść…

– Nie idę. O dwudziestej drugiej mam być w domu.

Anka spoglądała na przyjaciółkę błagalnie.

– *Please*, zrób to dla mnie… A kto pomógł ci poderwać Rafała?

Agnieszka przymknęła oczy. Mogła się spodziewać, że Anka za chwilę wytoczy najcięższe działa. Miała rację. Dwa miesiące temu czekały pod klubem, aż Rafał skończy trening mieszanych sztuk walki. Anka pierwsza się do niego odezwała, przedstawiając Agnieszkę.

Spotykali się przez kilka tygodni, choć delikatnie rzecz ujmując, matka Agnieszki nie była entuzjastką tej znajomości. W jej oczach umięśniony, wytatuowany, łysy i trenujący „karate" chłopak nie był wymarzonym kandydatem na zięcia. Dlatego też informację o ich rozstaniu matka Agi przyjęła z wyraźną ulgą.

– A kto był przy tobie, jak cię rzucił? – przypomniała bezceremonialnie Anka.

Agnieszka przewróciła oczami.

– Ty...

– A kto cię wyciągał z domu i wyrywał ze szponów depresji?

– Ty...

– No właśnie. A wiesz czemu? Bo od tego są przyjaciółki. A teraz ja, jako twoja przyjaciółka, błagam cię, chodźmy na tę imprezę. Dwie godziny, góra trzy i wracamy.

Agnieszka ciężko westchnęła. Wiedziała, że sprawa jest przesądzona. Cokolwiek by teraz zrobiła, cokolwiek by powiedziała, Anka i tak postawi na swoim.

– To jak będzie? – Anka, nie czekając na odpowiedź, chwyciła przyjaciółkę pod rękę. – Założę się, że jeszcze mi podziękujesz, jeśli spotkasz tam jakiegoś fajnego faceta.

Ruszyły wolno w stronę nowo poznanego chłopaka. Agnieszka z każdym kolejnym krokiem miała coraz większe wątpliwości.

5.

Sennym wzrokiem i z głową wspartą na pięści wpatrywał się w galeryjne drzwi. Powieki ciążyły mu coraz bardziej. Pewnie dlatego, że w nocy znowu kiepsko spał. Nie pamiętał już, od jakiego czasu była to norma.

Kiedy nagle ujrzał dwie znajome sylwetki, natychmiast poprawił się w fotelu, odchrząknął i zerknął na zegarek. Jak długo byli w środku? Nie wiedział dokładnie, ale na pewno wyszli szybciej, niż mógł się tego spodziewać. Zmrużył oczy, jeszcze bardziej wytężając wzrok. Kobieta szła przodem. Chłopak taszczył kilka toreb i próbował dotrzymać jej kroku. Mężczyzna na zmianę wodził spojrzeniem od tej dwójki do szklanych drzwi. Gdzie się podziała dziewczyna? Może poszła do toalety albo właśnie opłaca bilet parkingowy? Pewnie za chwilę do nich dołączy. Mężczyzna obserwował kobietę i chłopca pakujących zakupy do bagażnika, a potem białą toyotę wycofującą ostrożnie i ruszającą w kierunku wyjazdu i zrozumiał, że nic takiego nie nastąpi. Dziewczyna została w środku.

Zasłonił twarz ręką, kiedy biały SUV przejeżdżał obok. W lusterku wstecznym widział, jak samochód zatrzymuje się przed szlabanem i po chwili znika z pola widzenia. Raz jeszcze zerknął w stronę wejścia prowadzącego do galerii. Co powinien zrobić? Czekanie tutaj było bez sensu. Nawet jeśli dziewczyna opuści centrum za godzinę bądź dwie, zapewne skorzysta z innego wyjścia.

Pobudził do życia stary dieslowski silnik, który zaczął się dławić. Dodał odrobinę gazu i najpierw pojedyncze kaszlnięcia odbiły się echem od parkingowych ścian, a kiedy obroty motoru wreszcie się ustabilizowały – powoli ruszył w kierunku wyjazdu.

***

Czasami cieszyła się na samą myśl, że spędzi trochę czasu w samotności. Entuzjazm jednak przygasał w chwili, kiedy zamykała za sobą drzwi i odkładała na szafkę kluczyki od samochodu. Ten dom był zdecydowanie za duży dla ich trójki, a kiedy zostawała w nim sama, zdawał się ją przytłaczać. Nie było kłótni i dobiegających z góry niewybrednych przezwisk. Nie było pytań w stylu: „Widziałaś może moją bluzkę?" albo: „Wyprałaś mi spodenki na trening?". Nie było odgłosów stóp na schodach, rozmów przez telefon, głośnej muzyki i dźwięków gier wideo. Nawet ich pies, czteroletnia suka rasy chihuahua, był cichy jak myszka. Nie szczekał, nie piszczał, tylko z perspektywy stojącego przy kominku fotela obserwował ją tymi swoimi nienaturalnie wielkimi brązowymi ślepkami. Wszechobecna cisza była tak przejmująca, że momentami Marta miała wrażenie, jakby ktoś wykrzykiwał do ucha jej własne myśli.

– Zostałyśmy same, Fifi – oznajmiła, spoglądając na zwiniętą w kłębek sukę. W odpowiedzi dostrzegła nieznaczny ruch ogona, uszy położone po sobie i delikatny… uśmiech. Tak, uśmiech. Marta nie miała wątpliwości, że jeżeli jakaś rasa psów potrafiła się uśmiechać, to jest to właśnie chihuahua.

– Chcesz posłuchać muzyki?

Uszy na krótką chwilę powędrowały do góry.

– A może mała lampka wina?

Łebek psa przechylił się lekko w lewo. Fifi usilnie próbowała zrozumieć, co mówi do niej jej właścicielka.

– Ja mam ochotę na jedno i drugie.

Z głośników popłynął aksamitny głos Céline Dion. Wytrawne czerwone wino wypełniło szkło. Marta zamoczyła usta, jednocześnie przymykając oczy. Dobre. Relaks po ciężkim dniu w pracy, chwila wytchnienia od dzieci, czas dla siebie… Jakiś głos z tyłu głowy zachęcał, aby skupiła myśli na marzeniach, których kiedyś miała całe mnóstwo, a które obecnie błąkały się samotnie po zakamarkach jej duszy, zboczywszy z drogi prowadzącej do ich realizacji. Mimo że Marta starała się go posłuchać, to jej uwaga wciąż wędrowała w stronę zdecydowanie bardziej przyziemnych spraw. Musiała przygotować kurczaka w sosie słodko-kwaśnym dla Bartka i sałatkę dla Agnieszki.

Jej myśli wciąż nieustannie krążyły wokół dzieci. Tak jak teraz. Nie umiała inaczej. Odstawiła kieliszek, chwyciła telefon. *Jak film?* – wystukała. Wysłała. Upiła kolejny łyk wina i zabrała się za przygotowanie kolacji.

***

Całkiem fajny – odpisała Agnieszka i prawie natychmiast poczuła ukłucie wyrzutów sumienia. Czuła się parszywie, okłamując matkę. Przez chwilę zastanawiała się, czy nie powinna napisać, że po prostu się rozmyśliły i od razu poszły na zakupy. W ten sposób choć w połowie powiedziałaby prawdę albo… w połowie skłamała. Jak kto woli. Ona wolała pierwszą wersję, chociaż ani jedno, ani drugie nie było teraz istotne, kłamstwo było bowiem totalne, ewidentne i niezaprzeczalne. Nie mogła ryzykować, że matka zadzwoni, aby zapytać, dlaczego zrezygnowała z filmu, który przecież bardzo chciała zobaczyć. Mogłaby usłyszeć…

– Zajebisty kawałek! – Anka, nie pytając o zgodę właściciela auta, podkręciła głośność. – Najnowszy numer Rihanny. Uwielbiam. A ty?

Kuba nie odpowiedział, zamiast tego uśmiechnął się szeroko i… przyspieszył? Jechali czerwonym sportowym samochodem. Agnieszka nie wiedziała, co to za marka, ale auto należało do tych nowszych i luksusowych. W środku zapach skórzanej tapicerki mieszał się z… O nie! Tego było za wiele… Agnieszka poczuła znajomą, słodkawą woń. Nawet nie wiedziała, kiedy chłopak zdążył wyciągnąć jointa, który teraz tkwił w kąciku jego ust.

– Chcesz? – zapytał, podając skręta Ance.

Dziewczyna przyjęła go bez słowa protestu, odruchowo zerkając na tylne siedzenie, przekonana, że w spojrzeniu przyjaciółki dostrzeże całkowity brak aprobaty. Nie pomyliła się, a jednak mimo to zaciągnęła się i ostentacyjnie wypuściła szary obłok dymu, który natychmiast wypełnił wnętrze samochodu. Podziękowała i oddała skręta chłopakowi.

– A twoja koleżanka, ona nie…? – zapytał, ale nie dokończył.

Anka przerwała mu ruchem ręki.

– Zapomnij.

– Mówiłeś, że ta impreza jest niedaleko. – Agnieszka próbowała przekrzyczeć pochodzącą z Barbadosu wokalistkę, która zdążyła się rozkręcić na dobre. – A jedziemy…

– Właściwie już jesteśmy na miejscu – wyjaśnił chłopak.

Skręcili w jakąś ubitą leśną drogę. Agnieszka poczuła, jak ogarnia ją panika. Jak w ogóle dała się na to namówić? Zdążyło się już całkiem ściemnić, a ona powoli zaczynała tracić orientację w terenie. Jakiś czas temu opuścili miasto, przejechali przez osiedle domków jednorodzinnych, a teraz po obu stronach otaczał ich czarny las. W oddali przed nimi dostrzegła majaczące światła okien. Nie wiedziała, czy to dobrze, czy źle…

***

Sos był gotowy. Marta podejrzewała, że Bartek pojawi się w domu lada chwila, więc zostawiła danie na patelni. Do powrotu Agnieszki było jeszcze sporo czasu, dlatego sałatkę wstawiła do lodówki. Potem dorzuciła drwa do kominka i nalawszy jeszcze jedną lampkę wina, ponownie zasiadła na kanapie. Głos, który jeszcze nie tak dawno podpowiadał jej, że powinna skupić się na własnych marzeniach, teraz upominał ją, że to drugi i ostatni kieliszek. Dwie lampki wina wypijane każdego piątkowego wieczoru już jakiś czas temu stały się tradycją. Wyjątek stanowiła sytuacja, kiedy ojciec kolegi Bartka nie mógł odebrać chłopców z treningu. Wówczas musiała obejść się smakiem.

Mała Fifi, zachęcona delikatnym gestem, natychmiast wskoczyła Marcie na kolana. Obie zapatrzyły się w jasny, trzaskający płomień. Po pięciu minutach pies już spał, więc Marta zaprzestała pieszczot. Zamyśliła się. Dłoń, w której trzymała kieliszek, spoczęła na oparciu kanapy. Szkło z winem przechyliło się niebezpiecznie, grożąc rozlaniem. Zapobiegła nieszczęściu w ostatniej chwili, upijając kolejny łyk. „Dlaczego znowu to sobie robisz?" Głos odezwał się ponownie, tym razem w zupełnie innym tonie. Tonie, którego nie znosiła. Co robię? „Rozmyślasz. Prowokujesz myśli!" Niczego nie prowokuję! Wręcz przeciwnie, próbowała nie myśleć, ale… Czy to nie było tak, że im bardziej człowiek starał się o czymś nie myśleć, tym częściej nieproszone myśli wracały do niego ze zdwojoną siłą?

Nieco ponad rok temu siedziała na tej samej kanapie, wpatrując się w dogasający płomień. Było późno. Bartek zdążył wrócić z treningu i jak zwykle siedział przed komputerem do późnej nocy, a Agnieszka nocowała u Anki. Adam musiał dłużej zostać w pracy. Zdarzało mu się to często. Jak dla niej, za często. W końcu nie wytrzymała.

– Czy ty kogoś masz? – zapytała ot tak, po prostu, gdy zadzwonił, któryś raz z rzędu informując, że niestety nie wróci na kolację.

Minęła dłuższa chwila, zanim udało mu się wydusić słowo.

– Co… co ty wymyślasz? Co ci strzeliło do głowy?

– Mnie? Nie wiem. A co innego może pomyśleć żona, którą mąż po raz kolejny informuje, że nie wróci do domu?

Westchnął ciężko.

– Przecież wiesz, jaką mam pracę.

Tak, wiedziała i… nie wiedziała.

– Mamy dostawę towaru. W weekendy jest największy ruch. Musimy być gotowi na jutro…

Tak. To też wiedziała. Adam sprowadzał odzież z zagranicy, często używaną. Zatrudniał kilkanaście osób, głównie krawcowe. Przerabiali ciuchy, naszywali swoje metki i sprzedawali z co najmniej pięćdziesięcioprocentową przebitką. Adam odziedziczył hurtownię po swoim ojcu, którego ona nigdy nie poznała i nigdy nawet nie chciała poznać. Drań zostawił Adama i jego matkę dla innej kobiety, kiedy Adam był niewiele starszy od Bartka. Pewnego dnia dostali pismo, z którego się dowiedzieli, że mają stawić się na odczytaniu testamentu. Ojciec zginął gdzieś za granicą w bliżej nieznanych okolicznościach. Okazało się, że synowi przepisał hurtownię. Adam nie lubił o nim mówić. To Marta zazwyczaj prowokowała go do tego, tłumacząc, że po prostu chce jak najwięcej wiedzieć o własnym mężu. Czy to źle? Adam – w zależności od nastroju – albo odpowiadał zdawkowo, albo ucinał temat natychmiast. Kiedy dowiedział się o spadku, powiedział, że go nie chce. Minęło kilka dni, podczas których spędzili na rozmowach długie godziny. Marta przekonywała Adama, że powinien go przyjąć. Że jego ojciec jest mu winien chociaż tyle. Zgodził się. Postanowili, że natychmiast sprzedadzą nieruchomość. Nie zrobili tego. Marta nawet nie pamiętała, kiedy dokładnie Adam oznajmił, że poprowadzi interes po ojcu. Był urzędnikiem. Od dawna mówił, że chciałby wreszcie spróbować w życiu czegoś innego, że czuje się niespełniony i wypalony. Zgodziła się.

Wydawać by się mogło, że handel odzieżą to nieskomplikowany interes. I w zasadzie tak było, choć nie zawsze. Na początku Adam sam jeździł po ciuchy, potem zatrudnił dwie osoby, później kolejne. Wynajął halę i otworzył sklep. Po kilku latach wykupił go na własność. Marta rzuciła pracę i mogła się skupić wyłącznie na rodzinie. Postawili dom. Wiele się zmieniło, poza jednym. Adama częściej w nim nie było, niż był.

– Powiedz prawdę…

– Marta, proszę… Nie mam teraz czasu ani siły na te bzdury! Pokłócili się. Bardzo.

– Wiesz, ile kosztuje utrzymanie naszego domu?! – wrzeszczał.

Nie miała argumentów. Czuła się jak nic niewarta szmata.

– A ty wiesz, ile mnie kosztuje jego sprzątanie?! Gotowanie?! Pranie i prasowanie twoich pieprzonych koszul?! Chodzenie na wywiadówki i sprawdzanie prac domowych?! Masz, kurwa, pojęcie?! – Chciała to wszystko wykrzyczeć, ale nie zdążyła. Rozłączył się. To była ich ostatnia rozmowa.

***

Na podjeździe dużego białego domu stały inne luksusowe samochody. Agnieszka miała wrażenie, że przyjechała na imprezę do Justina Biebera. Zerkając na auta lśniące w blasku bladego światła lampy nad wejściem, poczuła, jak nogi zaczynają się pod nią uginać. Słyszała głośną muzykę dobiegającą z wnętrza domu. W oknach widziała dziesiątki postaci przemykających niczym cienie. Zatrzymała się, nie mogąc zrobić kroku, podczas gdy Anka i jej nowy znajomy stali już przy drzwiach.

– Co z tobą? – Anka zeszła z powrotem dwa schodki i chwyciła ją pod rękę.

– Czyj to dom? – Agnieszka nie mogła oderwać wzroku od willi.

Chłopak doskoczył do nich wyjątkowo żwawo. Humor go nie opuszczał. Najwyraźniej trawka zdążyła zrobić swoje.

– Mojego wujaszka – powiedział, zawadiacko poprawiając czapkę. – Niezła chata, co? Poczekajcie, aż zobaczycie wnętrze.

– Mówiłeś, że imprezę organizują twoi znajomi – obruszyła się Agnieszka.

– Bo tak jest.

– Teraz wspomniałeś o wujku…

– Aga, daj spokój… – Anka próbowała się wtrącić.

– Poczekaj. – Agnieszka uciszyła ją, unosząc dłoń. Nie odrywała wzroku od chłopaka. – Kiedy mówię o znajomych, nie mam na myśli wujka.

Kuba przewrócił oczami.

– Ależ się czepiasz. To jest dom wujka, ale w środku jest pełno moich znajomych. Wujaszek to spoko koleś. Totalnie wyluzowany jak na swój wiek. Same się przekonacie.

Chłopak ruszył w stronę wejścia, a Anka rozłożyła ręce w geście niezrozumienia i posłała przyjaciółce spojrzenie mówiące: „O co ci chodzi?!". Potem dołączyła do Kuby, który znowu stał przy drzwiach, z ręką na klamce. Agnieszka szybko zerknęła przez ramię. Wszechobecny mrok nie zachęcał do odwrotu. Ciemność lasu przytłaczała. Żadnego przystanku autobusowego. Nawet gdyby chciała zadzwonić po taksówkę, nie wiedziała, jaki podać adres.

Weszli do wyłożonego marmurem dużego korytarza. Uwagę Agnieszki od razu przyciągnęły egzotyczne rośliny doniczkowe, które swymi rozmiarami bardziej przypominały drzewa niż kwiaty. Po ich lewej spiralne schody ciągnęły się ku górze. Przed nimi zaś salon z olbrzymim kominkiem, w którym tańczyły płomienie, niemal zapraszał do przekroczenia progu. Ale impreza odbywała się w pokoju po prawej i to stamtąd dobiegała piekielnie głośna muzyka. Utwór z lat dziewięćdziesiątych. Agnieszki nie było nawet na świecie, kiedy święcił triumfy, ale znała go doskonale. Dr Alban tłumaczył, że to jego życie. Agnieszka dostrzegła kilka sylwetek kołyszących się do rytmu.

Kuba odwiesił kurtki i delikatnym gestem zasugerował, aby ruszyli w stronę najgłośniejszej części domu. Nie zdążyli zrobić kroku, kiedy usłyszeli:

– Przyprowadziłeś koleżanki?

Po schodach zmierzał ku nim jakiś mężczyzna w towarzystwie skąpo ubranej dziewczyny. Agnieszka oceniła go na jakieś pięćdziesiąt kilka, może sześćdziesiąt lat, natomiast tleniona blondynka u jego boku nie mogła być wiele starsza… od niej.

– Cześć, wujku – przywitał się chłopak. Natychmiast zabrał ręce z pleców dziewczyn i stanął na baczność jak uczniak przed profesorem.

Agnieszka wyczuła w jego zachowaniu nerwowość.

– Tak… pomyślałem sobie, że zaproszę je na najlepszą imprezę w mieście.

Mężczyzna uśmiechnął się szeroko, prezentując krzywe, ale nieskazitelnie białe zęby.

– Dobrze zrobiłeś.

Był wysoki. Wyraźne zakola odsłaniały opalone czoło. Spod rozpiętego kołnierzyka pchało się na zewnątrz bujne, czarne jak sadza owłosienie, pośród którego znikał złoty łańcuch. Zdaniem Agnieszki facet miał w sobie coś z Cygana.

– Jestem Maks. – Mężczyzna, nie przestając się uśmiechać, podał olbrzymią dłoń najpierw Agnieszce, a potem Ance. Nie omieszkał przy okazji dokładnie zlustrować ich od stóp do głów, zbyt długo zatrzymując spojrzenie na ich dekoltach.

– To Ania i Agnieszka – odezwał się Kuba w chwili, kiedy Anka otwierała nieśmiało usta, aby się przedstawić.

Mężczyzna wsparł niedźwiedzie ramię na odsłoniętych plecach swojej towarzyszki.

– A to jest…

– Kochanie, strasznie zaschło mi w ustach. Idę się czegoś napić – przerwała dziewczyna i bezceremonialnie ruszyła w stronę pokoju, w którym trwała impreza.

– …Klaudia – dokończył Maks, odprowadzając kobietę wzrokiem.

Agnieszka podążyła za jego spojrzeniem, dokładnie się przyglądając wystrzałowej figurze dziewczyny. Nie mogła uwierzyć, że taka piękność może być z takim… staruchem. Facet mógłby być jej dziadkiem. Agnieszka wątpiła, by dziewczyna miała szansę w modelingu. Jej zdaniem była odrobinę za niska, co próbowała ukryć kilkunastocentymetrowymi szpilkami, i za bardzo… kobieca. Zbyt wyraźnie zaokrąglone biodra poruszały się rytmicznie z każdym jej krokiem. Seksowna blondynka na pewno zrobiłaby oszałamiającą karierę w branży… porno.

– Wybaczcie. Klaudia jest chorobliwie zazdrosna. Kiedy widzi mnie w towarzystwie innych pięknych dziewczyn, robi się odrobinę niemiła.

Nastał moment krępującej ciszy, podczas której Maks znowu w wyjątkowo mało dyskretny sposób przyglądał się gościom.

– Ale nieważne – odparł wreszcie. – Czego się napijecie?

– Colę poproszę – odpowiedziała Anka. Na twarzy gospodarza pojawił się ironiczny uśmieszek, więc dodała po chwili: – Z odrobiną whisky.

– Już lepiej – rzekł Maks i spojrzał na Agnieszkę. – A co dla ciebie?

– Chętnie napiję się wody, ewentualnie soku pomarańczowego.

Tym razem mężczyzna nie wytrzymał i roześmiał się w głos.

– Chętnie napiję się wody, ewentualnie soku pomarańczowego – powtórzył. – Zabrzmiałaś jak grzeczna uczennica z podstawówki.

Kuba też się zaśmiał, z zainteresowaniem obserwując całą sytuację.

– Aga jest modelką – wyjaśniła Anka. – Przesadnie dba o linię i…

– Modelką? – Maks się ożywił. – No proszę. Patrząc na ciebie, wcale nie jestem zdziwiony.

Agnieszka czuła się niezręcznie. Chciała stąd wyjść. Nawet za cenę zniknięcia w absolutnych ciemnościach lasu.

– Mogę zapytać, dla jakiej agencji pracujesz?

„Pracujesz" to było zdecydowanie za duże słowo. Jedyne, czym mogła się pochwalić, to kilka sesji, po których wróżono jej zaistnienie na okładkach modowych magazynów. Miała tylko to i marzenia, których kurczowo się trzymała. Wybieg był pierwszą rzeczą, o jakiej myślała zaraz po przebudzeniu, i ostatnią, jaka nawiedzała jej wyobraźnię tuż przed zaśnięciem.

– Mystique Models – odpowiedziała.

– Znam ją – przyznał Maks. – Kasprowska obiecała ci wielką karierę?

Agnieszkę zamurowało. Stał przed nią facet, który wyglądał, jakby przed chwilą uciekł z cygańskiego wesela, a znał Lenę Kasprowską, właścicielkę jednej z największych agencji modelingu w tej części Polski.

– Powinienem był chyba raczej powiedzieć Kasprowsky, prawda? Woli, żeby tak o niej mówić. Z angielska brzmi bardziej światowo i profesjonalnie, chociaż dla mnie wyjątkowo kiczowato.

– Zna ją pan? – zapytała Agnieszka.

– Proszę, mówcie mi po imieniu. Maks, okej? Mam wtedy poczucie, że nie jestem jeszcze aż tak stary. – Znów ten uśmiech. – Czy znam Lenę? Bardzo dobrze. Ale znam także Paulę Madejską.

Jeżeli wcześniej Agnieszka nie mogła wydusić z siebie słowa, to teraz miała trudności z tak podstawową czynnością jak oddychanie. Paulę Madejską? Czy to w ogóle było możliwe? Pewnie facet wyczytał jej nazwisko gdzieś w gazecie albo zobaczył ją w telewizji. Madejska większość czasu spędzała ze swoimi modelkami w Paryżu, Mediolanie i Tokio…

– Chcesz ją poznać?

Agnieszka z trudem przełknęła ślinę.

– Mówi pan serio?

– Zawsze. I wiesz co? Tak się składa, że jest tu dzisiaj razem z kilkoma swoimi dziewczynami. Od dawna się przyjaźnimy. – Mężczyzna ujął Agnieszkę pod rękę. – Chodź, przedstawię cię…

– Nie mogę. – Agnieszka stała jak słup soli.

– Co? Dlaczego?

– Nie jestem przygotowana. Miałyśmy iść do kina… Nie jestem odpowiednio ubrana i…

– Ciii. – Mężczyzna położył palec na ustach. – Nic nie szkodzi. Niebawem nie będziesz musiała się przejmować strojem. Coś zaradzimy, ale najpierw załatwimy jakieś drinki. Strasznie jesteście spięte.

***

Tamtego pamiętnego wieczoru Marta zasnęła na kanapie. Kłótnia z Adamem stała się pretekstem do opróżnienia połowy butelki wina. Z każdym kolejnym łykiem podsuwane jej przez wyobraźnię obrazy męża kochającego się w ich hurtowni z jakąś kobietą coraz bardziej się rozmywały. I o to chodziło. Nie wiedzieć kiedy zamknęła oczy. Ogień w kominku przygasł…

Zbudziło ją głośne pukanie do drzwi. Poderwała się wystraszona, nie mając pojęcia, co się dzieje. Najpierw pospieszne spojrzenie na elektroniczny zegarek. 1:27. Potem w stronę drzwi, jakby chciała się utwierdzić w przekonaniu, że naprawdę słyszała to, co słyszała.

Tym razem ktoś po drugiej stronie skorzystał z dzwonka, wyrywając ją z odrętwienia. Serce podeszło jej do gardła. Z trudem wstała. Czuła kołysanie w głowie, jakby szła po pokładzie statku. Nogi miała jak z waty… Przez prostokątne okno drzwi wejściowych, w bladym świetle lampy uruchomionej fotokomórką dostrzegła zamazaną sylwetkę nocnego gościa.

– Kto… kto tam?

Nagle poczuła dotyk na swoim ramieniu. Wrzasnęła.

– Mamo, co się dzieje?

To był Bartek.

– Nie wiem, kochanie, zaraz się…

– Policja. Proszę otworzyć.

Zamarła. Fala złych przeczuć zalała ją z całą siłą.

Otworzyła. Za drzwiami w strugach deszczu stało dwóch policjantów.

– Pani Makowska?

Zaniemówiła. Pokiwała jedynie głową. Funkcjonariusz zerknął na przerażonego chłopca stojącego u jej boku. Widać było, że policjant nie do końca wie, jak się zachować.

– Zdarzył się wypadek – oświadczył wreszcie.

Marta zakryła usta dłonią. Minęły długie sekundy, zanim zdołała wymamrotać:

– Adam?! Czy on…?

– Powinna pani pojechać z nami…

Łzy napłynęły jej do oczu. Policjant dał jej tyle czasu, ile potrzebowała. W końcu pokiwała głową. Zostawiła drzwi szeroko otwarte, pozwalając mundurowym zdecydować, czy wejdą, czy jednak poczekają na zewnątrz. Chwyciła Bartka za rękę i odwróciła się w kierunku schodów. Zdołała zrobić zaledwie kilka chwiejnych kroków, potem zemdlała.

**

I tym razem obudziło ją pukanie. Otworzyła szeroko oczy, czując, jak uczucie *déjà vu* ogarnia jej umysł. Boże, tylko nie to! Zrzuciła z kolan małą Fifi. Pies pognał w kierunku drzwi. Pukanie się powtórzyło. Serce znów kołatało jej w piersi, zupełnie jak tamtej potwornej nocy. Otworzyła drzwi. To był Bartek.

– Sorki, mamo. Zapomniałem kluczy.

Zawsze zamykali drzwi na klucz, bez względu na porę. Przycisnęła syna do piersi. Wtuliła twarz w jego przepocone włosy. Łzy napływały jej do oczu.

– Mamo, nie mogę oddychać…

Zwolniła uścisk, lekko się uśmiechając.

– Płaczesz? – zapytał. – Coś się stało?

Otarła policzki.

– Nie, kochanie. Wszystko w porządku. Usnęłam i… trochę się wystraszyłam. Jesteś głodny?

– Jak wilk.

6.

W pokoju było około kilkudziesięciu osób. Przeważali mężczyźni. Roześmiane towarzystwo w różnym wieku żywo dyskutowało. Niektórzy z gości mieli na twarzy maski, jakby gospodarz organizował spóźnioną imprezę halloweenową. Kilka par tańczyło w rytm muzyki, zaproponowanej przez DJ-a stojącego za konsoletą. Między gośćmi przemykały półnagie kelnerki, proponując kolejne drinki. Ich twarze również zasłaniały maski pokryte brokatem. Anka i Agnieszka stały w wejściu, chłonąc rzeczywistość szeroko otwartymi oczami. Wychwyciły Draculę, który odebrał kieliszek, po czym wpił się w szyję młodej kelnerki. Dziewczyna udawała zachwyconą, ale czym prędzej wyswobodziła się z uścisku wampira. Gdzieś w kącie pokoju w rytm muzyki kołysał się klaun z puklem różowych włosów. Tuż obok tańczył facet w masce małpy.

– Nieźle, co? – szepnął Kuba nad ich głowami. – Mówiłem wam, że to jest megaimpreza.

Agnieszka nie mogła uwierzyć w to, co widzi. Większość facetów była w wieku zbliżonym do gospodarza. Kobiety, podobnie jak kelnerki, dużo młodsze. Najwyraźniej wszyscy bawili się świetnie. Jakaś ruda piękność podeszła do nich ze srebrną tacą. Między szkłem z kolorowym alkoholem Agnieszka dostrzegła tabletki i… uformowany w idealnie równe kreski biały proszek. Maks natychmiast odprawił dziewczynę, wcześniej szepnąwszy jej do ucha kilka słów.

– Witajcie w raju – powiedział do nich. – Czujcie się jak u siebie… – Delikatnie pchnął dziewczyny do przodu, zachęcając, aby ruszyły w stronę tańczących.

Agnieszka ledwo zmusiła sztywne nogi do wykonania kroku. Wiedziała, że muszą stąd wyjść, i to jak najszybciej. Nie miała jednak pojęcia, jak to zrobić. Perspektywa poznania Madejskiej osobiście była kusząca, ale czerwone światełko w głowie Agnieszki błyskało na alarm. Ci ludzie zażywali kokainę! Zamorduje Ankę, gdy tylko opuszczą to miejsce. Poza tym coraz bardziej wątpiła, by ten cały Maks naprawdę znał Madejską. Nie było szans, żeby taka kobieta jak ona brylowała w szemranym towarzystwie... Agnieszka miała wrażenie, że wszyscy się na nie gapią. Czuła się jak okaz w zoo. Jakiś obleśny i podchmielony facet puścił do niej oko. Inny przybił piątkę z gospodarzem. Agnieszka dostrzegła stojącą w kącie Klaudię. Dziewczyna sączyła drinka, patrząc na nich spod byka.

– Zostawię was na chwilę – oświadczył Maks. – Ale zaraz wracam. Obiecuję.

Agnieszka postanowiła wykorzystać szansę. Chwyciła Ankę za rękę i pociągnęła przyjaciółkę w róg pokoju. Kuba nie zdążył zareagować.

– Au! Zabolało!

– Bądź pewna, że później zaboli jeszcze bardziej...

– O co ci znowu chodzi?

– Jak to o co?! Popatrz na tych ludzi. Musimy się stąd zmywać, i to już!

Jakaś roztańczona para wpadła na nich z impetem. Łysiejący facet, który odrobinę przypominał wyższą wersję Danny'ego DeVito, trzymał za tyłek młodą dziewczynę. Spojrzał na nie nieprzytomnym wzrokiem, nie dbając o słowa przeprosin.

– Ci ludzie ćpają! – wrzasnęła Ance do ucha Aga.

– Wiem... ale przecież my nie musimy...

– Słyszałaś, co mówię? Spadamy stąd! – Agnieszka nie mogła uwierzyć, że Anka nie wyczuwa zagrożenia. Zawsze była dość frywolna i wyuzdana, nieustannie gotowa na dziką imprezę, ale teraz to już była przesada. Musiały stąd wyjść. Teraz. Już! Przecisną się między tymi wszystkimi ludźmi, wydostaną na zewnątrz i pobiegną w kierunku lasu. Wezwą taksówkę i...

Znów poczuła dotyk na swoich plecach. Odwróciła się.

– Już jestem. – Maks uśmiechał się od ucha do ucha. – Zobacz, kogo przyprowadziłem.

To musiał być sen. Tak. Na pewno.

– Witam. – Paula Madejska wyciągnęła w jej stronę smukłą dłoń.

Jeżeli to naprawdę był sen, to wyjątkowo niesamowity i nad wyraz rzeczywisty.

***

Bartek naprawdę miał iście wilczy apetyt. Kurczak w sosie nie zdążył jeszcze zniknąć z talerza, a on już deklarował chęć dokładki. Kiedy wreszcie zaspokoił głód, odstawił talerz do zmywarki, cmoknął matkę w policzek i pognał na górę, rzuciwszy na odchodne:

– Dzięki! Było pyszne!

Marta po kilku minutach usłyszała szum płynącej wody. Zazwyczaj najpierw kazała mu wziąć prysznic, a dopiero później pozwalała zasiąść do kolacji, ale kiedy nie było Agnieszki, czasami godziła się na odstępstwo od reguły. Chłopak umierał z głodu, a poza tym, jak znała życie, już był umówiony z kolegami na nocną sesję sieciowych rozgrywek. Zaczął się weekend, więc nie miała nic przeciwko. Inaczej sprawy miały się w tygodniu, kiedy najpóźniej o dwudziestej drugiej wkraczała do pokoju syna i zarządzała ciszę nocną.

Podeszła do zlewu, w którym brudny garnek i patelnia czekały na umycie. Westchnęła i zabrała się do roboty. Myśli na powrót przeniosły ją w inne miejsce, inny czas…

***

– Zdarzył się wypadek… – powtórzył jeden z funkcjonariuszy, kiedy wreszcie odzyskała przytomność.

Siedzieli w radiowozie, a on od czasu do czasu zerkał w lusterko wsteczne, wpatrując się w niewyraźne oblicze przerażonej kobiety tulącej dziecko. Tamtej nocy Marta zmuszona była zabrać Bartka ze sobą. Nie miała z kim go zostawić. Wyczekiwała dalszej części wypowiedzi z zapartym tchem, czując, jak serce próbuje wyrwać jej się z piersi. Łudziła się, że policjant powie: „Pani mąż jest w szpitalu". W tamtej chwili nie pogardziłaby nawet informacją w stylu: „Jego stan jest ciężki". Ale nic takiego nie usłyszała. Zamiast tego padło tylko kolejne: „Bardzo mi przykro".

Nikt nie zabrał jej na oddział intensywnej terapii. W eskorcie policjantów dotarła do schodów, które zdawały się nie mieć końca. W najniżej położonej części szpitala panował chłód.

– Chłopiec zostanie ze mną. – Policjant wyciągnął dłoń w kierunku Bartka. – Pani pójdzie z kolegą.

Bartek płakał, protestował. Co najmniej kilka minut zajęło jej przekonanie go do pozostania przed drzwiami. W środku, niczym niemy aktor drugoplanowy, spowity w mrok, stał lekarz. Dłonie trzymał w kieszeniach kitla. Snop nieznośnie białego światła padał wprost na ciało skryte pod białym prześcieradłem. Marta nie mogła się ruszyć.

– Było bardzo ślisko – odezwał się policjant. Nienawidziła jego głosu. Tak bardzo go nienawidziła. Chciała, aby zamilkł. – Okoliczności wypadku zostaną dokładnie zbadane. Niewykluczone, że na drogę wyskoczyło jakieś zwierzę, pani mąż odbił i…

Drżącą dłonią zakryła usta. Łzy płynęły jej po policzkach. Gorzka, niemożliwa do przełknięcia gula stanęła jej w gardle.

– Wiem, jak jest pani ciężko. – Znów ten głos. – Bardzo mi przykro, ale takie mamy procedury. – Och, zamknij się! Zamknij się! Zamknij się wreszcie!!! – Musi pani zidentyfikować ciało…

Nie pamiętała dokładnie, co się stało potem. Być może bezwiednie wykonała delikatny ruch głową, który pozwolił lekarzowi stwierdzić, że oto nadszedł moment, kiedy zaczyna się jego rola. Jakkolwiek było, biały materiał odsłonił twarz jej męża, a raczej to, co z niej zostało…

***

Paula Madejska była piękną kobietą.

Jej ciemne oczy błyszczały, a wokół mlecznobiałej twarzy rozkwitał ogień. „To nie są włosy – pomyślała Agnieszka. – To płomienie". Ile lat miała Paula Madejska? Na pewno około pięćdziesięciu. Idealnie gładka skóra i brak jakichkolwiek zmarszczek świadczyły o ingerencji chirurgicznej, chociaż Agnieszka pamiętała jeden z wywiadów, w którym Madejska stanowczo temu zaprzeczała. Jakkolwiek było, dziewczyna nie mogła uwierzyć, że siedząca przed nią kobieta jest starsza od jej matki.

– Jesteś bardzo spięta – powiedziała z uśmiechem Madejska. Siedziały teraz w rogu pokoju przy niewielkim stoliku. Kobieta położyła jedną dłoń na ramieniu dziewczyny, drugą skinęła w kierunku kelnerki. Po chwili podała Agnieszce drinka. – Proszę. Napij się. To pomoże ci się rozluźnić.

Agnieszka posłuchała. Upiła łyk, zerkając w stronę towarzystwa wciąż bawiącego się w najlepsze. Skrzywiła się. Cokolwiek było w tej szklance, było mocne... za mocne. Rozejrzała się w poszukiwaniu Anki. Nie znalazła jej.

– Maks mówił, że pracujesz dla Kasprowskiej. – Madejska znów przyciągnęła jej uwagę.

Agnieszka pokiwała głową.

– Od dawna?

– Od kilku miesięcy.

– I jak wrażenia?

– Na razie bardzo pozytywne.

Madejska bacznie się jej przyglądała. Oparła podbródek na pięści, nie przestając się uśmiechać. Długie rzęsy mrugały kokieteryjnie.

– Ile miałaś sesji?

– Kilka... naście.

– Gdzie?

Mimo że nie miała na to najmniejszej ochoty, Agnieszka upiła kolejny łyk. Jeżeli alkohol miał pomóc jej się rozluźnić, lepiej, żeby stało się to jak najszybciej. Na razie bowiem czuła się jak na przesłuchaniu.

– Tu w Szczecinie… u pani Kasprow…

Madejska pokręciła głową z rozbawieniem, a jej rude loki zatańczyły w powietrzu.

– Pracujesz dla niej od kilku miesięcy i nawet nie załatwiła ci sesji za granicą?

– Ostatnio napomknęła coś o wyjeździe do Szwecji…

– Do Szwecji?

– Uhm. Prawdopodobnie moja twarz pojawi się też na okładkach…

– To wspaniale – przerwała jej po raz kolejny Madejska. Objęła Agnieszkę jednym ramieniem, drugim wskazując przeciwległy kąt sali. – Widzisz tę dziewczynę? Tę brunetkę w złotej sukience?

Agnieszka przytaknęła ruchem głowy. Musiała przyznać, że dziewczyna wyglądała zjawiskowo.

– To Monika. Pracuje dla mnie od dwóch miesięcy. Pojutrze już nas tu nie będzie. Jedziemy do Berlina. Zostajemy tam kilka dni, a potem lecimy do Tokio. Załatwiłam Monice kilka kontraktów, które już czekają na podpisanie. Będę obecna przy pierwszych pokazach, paru sesjach. Potem zostanie sama. Na trzy miesiące. Zacznie zarabiać duże pieniądze. A to dopiero początek… – Madejska wyciągnęła smukłą szyję, jakby w roztańczonym tłumie starała się dostrzec jeszcze kogoś. – A tam jest Karolina. Blondynka w czerwonej spódniczce, widzisz?

Agnieszka nie mogła zlokalizować dziewczyny, a gdy w zasięgu jej wzroku pojawiła się przytulona do Kuby Anka, zaprzestała poszukiwań. Co ona wyprawia? Przecież zna tego chłopaka ledwie od dwóch godzin! Jego dłonie bez skrępowania błądziły po ciele przyjaciółki. Para kołysała się w rytm jakiegoś „przytulańca”.

– Widzisz? – zapytała raz jeszcze Madejska. – Stoi tam, przy fortepianie.

Agnieszka z niechęcią oderwała wzrok od Anki i jej nowego znajomego. Dostrzegła blondynkę. Miała niesamowitą figurę.

– Tak, widzę – przytaknęła.

– Leci z nami. Po kilku pokazach wsadzam ją w samolot do Mediolanu – Madejska skinęła w stronę kelnerki. Tym razem sama poprosiła o drinka. Upiła łyk i spojrzała Agnieszce w oczy. – Wiesz, od kiedy dla mnie pracują? No zgadnij.

– Nie mam pojęcia.

– Od dwóch miesięcy.

Agnieszka nie mogła uwierzyć. Po dwóch miesiącach w roli modelek te dziewczyny wyruszały do miast uchodzących za mekki modelingu. To wszystko było niczym sen. Ale ona już teraz miała wrażenie, że śni, siedząc tu z kobietą, którą znała jedynie z telewizji i okładek topowych czasopism modowych. W jej głowie znów rozbrzmiało pytanie: „Co Madejska robiła w takim miejscu?".

– Wierzysz w przeznaczenie?

– Słucham? – Agnieszka ponownie skupiła wzrok na swojej rozmówczyni. Poczuła delikatne zawroty głowy. Drink zaczynał działać.

– W przeznaczenie. Wiesz, że nic się nie dzieje przypadkiem…

– Ach, tak… chyba. Sama nie wiem.

– Ja wierzę. I wiesz, co myślę? Myślę, że właśnie nieprzypadkowo się tu dzisiaj znalazłaś.

Na ustach Agnieszki pojawił się nieśmiały uśmiech.

– Maks często organizuje podobne imprezy. – Madejska rozejrzała się po pokoju, szukając wzrokiem gospodarza. Napiła się drinka. – Ale ja rzadko na nich bywam. W ogóle sporadycznie bywam w Polsce, a kiedy już jestem, to większość czasu spędzam w Warszawie.

– Skąd go pani zna?

Kobieta popatrzyła na nią wymownie. Spojrzenie jej ciemnych, nieprzeniknionych oczu krępowało Agnieszkę.

– Powiedzmy, że wiele mu zawdzięczam… – Szklaneczka znowu powędrowała do góry. Tym razem Madejska opróżniła ją do dna.

Uśmiech, który przez większą część rozmowy gościł na jej twarzy, zniknął na ułamek sekundy. Kiedy ponownie się pojawił, powiedziała: – Masz wszystko, co potrzebne, aby zaistnieć w tej branży.

Zawroty głowy znowu dały o sobie znać. Agnieszka nie wiedziała, czy były spowodowane wypitym alkoholem, czy też tak podziałały na nią słowa, które przed chwilą usłyszała.

– Naprawdę tak pani myśli?

– Wiem to. Jedyne, czego potrzebowałaś, to spotkać na swojej drodze odpowiednią osobę. – Przerwała na chwilę dla większego efektu. – I dzisiaj się to stało. Dlatego uważam, że to przeznaczenie. Kiedy wrócę z Tokio, chcę, żebyś przyjechała do mnie do Warszawy.

– Naprawdę?

– Przestań to ciągle powtarzać. – Tym razem Madejska się roześmiała. – Jesteś piękną dziewczyną! Więcej pewności siebie, bo bez tego daleko nie zajdziesz. Na wybiegu pewność siebie musi od ciebie bić, rozumiesz?

Była modelka zasygnalizowała kelnerce, że ma ochotę na kolejnego drinka. Agnieszka – mimo ogromnego podekscytowania – wykorzystała ten moment, aby rozejrzeć się za Anką. Nie mogła jej zlokalizować wśród tłumu tańczących par. Jakiś obleśny łysy facet całował młodą dziewczynę, inny wciągał kreskę kokainy prosto ze srebrnej tacy. Po wszystkim klepnął kelnerkę w tyłek. Agnieszkę przepełniały sprzeczne uczucia. Z jednej strony chciała stąd wyjść, i to jak najszybciej, z drugiej bardzo pragnęła, by rozmowa z Madejską trwała. Wreszcie dostrzegła Ankę, która grzecznie podążała za nowo poznanym chłopakiem. Para najwyraźniej zmierzała do innego pokoju.

– Znasz Patryka Maszewskiego? – zapytała Madejska, a Agnieszka ponownie skupiła na niej wzrok.

Cóż to było w ogóle za pytanie? Przecież był jednym z najbardziej znanych fotografów w Polsce.

– Tak, oczywiście…

Kiedy Agnieszka zerknęła w miejsce, gdzie jeszcze przed chwilą widziała Ankę, tej już nie było.

– Co byś powiedziała, żeby to on zrobił ci parę zdjęć? Wyślemy je do Tokio i Mediolanu. Za dwa miesiące to ty możesz tam być…

„Czy to się dzieje naprawdę?" – pytanie ponownie zabrzmiało w jej głowie. Nie chciała się ruszać z miejsca, a jednocześnie wiedziała, że powinna pobiec za Anką, zanim ta zrobi coś naprawdę głupiego.

– Przepraszam – rzekła, wstając. – Za chwilę do pani wrócę…

Madejska chyba coś odpowiedziała, ale Agnieszka nie zwracała uwagi na jej słowa. Odstawiła niedopity drink na stolik i ruszyła w stronę holu. Wszystko wokół wirowało. Ktoś ją potrącił. Minęła jakieś dwie wstawione dziewczyny. Z rozmazanymi makijażami i bez masek wyglądały jak klauny. A może tylko jej się wydawało?

Schody. Na ich szczycie dostrzegła Ankę. Chciała krzyknąć, ale nie wiedzieć czemu z jej ust nie wydobył się żaden dźwięk. Zmierzała na górę chwiejnym krokiem, przytrzymując się barierki. Jakiś facet chwycił ją za nadgarstek. Jego twarz była niewyraźna. Cedził słowa, których nie mogła zrozumieć. Odtrąciła jego rękę. Pokonała kilka następnych stopni i dotarła na półpiętro. Oparła się plecami o ścianę. „Boże, co się ze mną dzieje?"

– Ank…! – Wydawało jej się, że zaraz zemdleje. – Anka!

I wtedy znowu poczuła czyjś dotyk. Ktoś silnym ramieniem objął ją wpół.

– O co chodzi? – zapytał.

Znała ten głos. To był Maks. Poczuła zapach jego wody toaletowej i ciepły oddech przesiąknięty alkoholem.

– Po co te krzyki?

– An…ka, ona…

– Ciii. Już dobrze – wyszeptał jej do ucha. – Przecież twoja koleżanka jest dużą dziewczynką. Ty też, prawda?

Maks przesunął dłoń na jej pośladek. Chciała ją strącić, ale był za silny, chciała krzyczeć, ale zakrył jej usta. Przycisnął ją do ściany.

– Nie bądź taka niedotykalska. Znam takie jak ty. Niby grzeczna dziewczynka, ale ja wiem, czego naprawdę chcesz…

Kiedy pokonywali kolejne schody, jej stopy praktycznie ich nie dotykały.

– Na górze jest impreza, której nigdy nie zapomnisz…

Próbowała walczyć, szarpała się ostatkiem sił, lecz czuła, jakby jej ciało krępowały grube liny. Nie mogła się ruszyć, nie mogła oddychać. Zdawało jej się, że kogoś minęli w ciemnym korytarzu. Ten ktoś nawet nie zareagował.

Maks otworzył drzwi. W pokoju było kilkanaście osób. Na wielkim łóżku leżała Anka. Ktoś zdzierał z niej ubranie. Dwóch mężczyzn przytrzymywało jej ręce. Inny zaklejał jej usta taśmą. Agnieszka na ułamek sekundy uchwyciła spojrzenie przyjaciółki. Przez ten krótki moment, mimo wypitego alkoholu, jej wzrok wyostrzył się na tyle, by dostrzec w oczach Anki przerażenie, jakiego nie widziała jeszcze nigdy w życiu. Maks pchnął ją w jej stronę. Wylądowała na miękkim materacu. Natychmiast dopadły ją silne ręce. Odwróciły ją na plecy. Ściągały spodnie. Widziała wampira, małpiszona, klauna i Maksa. Stał nad nią uśmiechnięty.

– A nie mówiłem, że niebawem nie będziesz się musiała martwić o strój? – zapytał, odpinając klamrę paska.

7.

Marta jeszcze ściślej opatuliła ramiona szalem i patrzyła zniecierpliwiona, jak Fifi szuka miejsca pod jedną z tuj, aby załatwić potrzebę.

– Pospiesz się – popędzała psa. – Zimno mi.

Chihuahua najwyraźniej bezbłędnie odczytała sugestię swojej pani, bo natychmiast przysiadła na mokrej trawie.

– Dobra dziewczynka. Chodź do domu, bo przemarzniemy na kość.

Pies posłusznie pobiegł w jej stronę. Marta już zamierzała otworzyć drzwi, ale przystanęła na chwilę z ręką na klamce. W ich ulicę skręciło auto. Ostre światła raziły w oczy i Marta nie była pewna, ale wydawało jej się, że to taksówka. Zerknęła na zegarek. Dziesięć po dziesiątej. Uśmiechnęła się pod nosem. Dziesięć minut spóźnienia to nie tragedia. Bywało gorzej, znacznie gorzej. Czasami Agnieszka spóźniała się nawet godzinę. Zdarzało jej się wcześniej wysłać esemesa z przeprosinami, ale i tak dostawała solidną reprymendę. Fifi zaczęła się niecierpliwić tym, że drzwi są wciąż zamknięte, i zaskomlała cicho. Marta w końcu jej uchyliła.

– No, biegnij, mała. Ogrzej się trochę. Pani poczeka na Agnieszkę…

Taksówka zatrzymała się dwa domy wcześniej. Wysiadła z niej dziewczyna. To nie była jej córka.

***

Mężczyzna siedział w samochodzie co najmniej od dwóch godzin i zdążył nieźle przemarznąć. Przez chwilę zastanawiał się, czy nie odpalić silnika, zmuszając go do wykrzesania z siebie odrobiny ciepła. Szybko jednak doszedł do wniosku, że stary motor może nie sprostać zadaniu. Już dawno powinien kupić nowe auto. Stać go było na najbardziej luksusowe, wyposażone w ogrzewanie webasto i inne udogodnienia. Powinien również zmienić mieszkanie. Kto wie, może nawet kupić mały przytulny domek gdzieś na uboczu? Za każdym razem, gdy o tym myślał, jakiś głos w jego głowie pytał: „Po co?". I mężczyzna nigdy nie znajdował dobrej odpowiedzi. Dlatego wciąż jeździł starym gratem i mieszkał w norze na szóstym piętrze, w samym centrum Szczecina. Czterdziestopięciometrowe mieszkanie opuszczał codziennie jedynie po to, aby kupić mleko i chleb. Nie musiał nawet schodzić na dół, by wynieść śmieci, bo w klatce schodowej znajdował się zsyp, z którego i tak korzystał wyjątkowo rzadko. Kiedy podnosił jego klapę ostatnim razem, z ciemnej gardzieli spojrzały na niego świecące ślepia. Mężczyzna nie miał pojęcia, jak szczur zdołał się wdrapać tak wysoko po niemal całkowicie płaskiej powierzchni. Słyszał, że sąsiedzi uskarżają się na obecność dzikich lokatorów i między innymi dlatego wnioskują o likwidację zsypu. On jednak nie miał nic przeciwko szczurom. Prawdę powiedziawszy, czasami wolał towarzystwo gryzoni niż własnego gatunku. Wrzucił śmieci w ciemną otchłań i delikatnie zamknął właz tak, aby nie strącić futrzanego kolegi. Po chwili usłyszał odgłos pazurków ślizgających się po blasze. Najwyraźniej szczur zamierzał odwiedzić sąsiadów mieszkających jeszcze wyżej. Ponoć szczury miały niesamowity węch. Być może wyczuł zapach świeżego sera?

– Przykro mi, przyjacielu, u mnie tylko mleko i chleb – szepnął mężczyzna pod nosem tamtego dnia i obiecał, że następnym razem zadba, by w lodówce było trochę sera.

Wyjątek stanowiły piątki. Wtedy mężczyzna opuszczał mieszkanie na dłużej, tak jak dzisiaj. Podjeżdżał pod dom Makowskich, gdzie siedział przez kilka godzin, obserwując przez okno krzątające się postaci. Czasami śledził białą toyotę i kiedy wreszcie cała rodzina była już w domu, on wyciągał telefon i wysyłał wiadomość. Krótką i zwięzłą: *Wszystko w porządku.*

Drzwi domu się otworzyły i mężczyzna obserwował, jak kobieta wypuszcza na zewnątrz małego psa. Po chwili suczka wróciła do środka, ale jej właścicielka wciąż stała w miejscu, zapatrzona w reflektory nadjeżdżającego auta. Mężczyzna wychwycił w bocznym lusterku ich oślepiający blask. Zmrużył oczy. Kiedy samochód odjechał, kobieta wróciła do domu. Czekała na córkę. Było już po dwudziestej drugiej. Mężczyzna wiedział, że cała rodzina powinna być o tej porze w domu. Dzisiaj było inaczej. Wyciągnął telefon. Archaiczny model Nokii. Chciałby napisać to, co zawsze, i wrócić do domu. Może po drodze kupiłby kawałek sera, żeby zachęcić nowego przyjaciela do wizyty? Ale nie mógł tego zrobić, ponieważ na razie a b s o l u t n i e n i c n i e b y ł o w p o r z ą d k u.

***

Marta pierwszy raz sięgnęła po komórkę dwadzieścia minut później. Żadnej wiadomości. Żadnego nieodebranego połączenia. Wybrała numer Agnieszki. Nienaturalny głos poinformował ją, że abonent jest niedostępny. Z jednej strony była wściekła, z drugiej czuła, jak zalewa ją fala niepokoju. Ktoś mógłby powiedzieć, że przesadza, a spóźnienia to naturalna rzecz u nastolatków. Telefon pewnie się rozładował. Ale to ona przed rokiem przeżyła najgorszą noc w swoim życiu. I od tamtej pory każdej kolejnej modliła się, aby nic takiego już się nie powtórzyło.

Kręciła się po kuchni tam i z powrotem. Nastawiła wodę na herbatę. Kiedy ta w końcu się zagotowała, Marta nawet nie zareagowała. Spojrzała na wyświetlacz mikrofalówki. 22:47. Nerwowo przygryzła wargę. Fifi wpatrywała się w nią badawczo, wyczuwając jej niepokój. Marta stała tak z rękami założonymi na piersi, a czas płynął nieubłaganie… 22:51, 22:53, 22:55. Poszła na górę. Fifi pobiegła za nią.

Pchnęła drzwi pokoju syna. Bartek siedział tyłem do niej, oświetlony niebieskawą poświatą monitora. Na uszach miał słuchawki. Od czasu do czasu mówił coś do mikrofonu. Prowadził jakąś wojenną rozgrywkę z kolegami. Marta w potoku słów wychwyciła przekleństwo. Podeszła bliżej. Zerknęła na obraz monitora, na który właśnie spadały krople krwi. Bartek najwyraźniej został postrzelony...

– Kurwa! – krzyknął jej syn.

Ściągnęła mu słuchawki. Wzdrygnął się.

– O rany, mamo! Chcesz, żebym dostał zawału?

– Po co te przekleństwa?

– Co? A...trafili mnie... a tu już wysoki poziom. Przepraszam. – Zastopował grę.

– Masz numer do Anki? – zapytała, choć podejrzewała, jaką może usłyszeć odpowiedź.

– Do Anki? Nie. Pamiętam, że ty chyba kiedyś do niej dzwoniłaś.

Dzwoniła, i to nie raz, ale jakiś czas temu, gdy zmieniała telefon na nowy, niefortunnie importowała listę kontaktów. Większość numerów przepadła.

– Ale niechcący skasowałam jej numer.

– Agi jeszcze nie ma?

Marta pokręciła głową.

– Nie odbiera?

– Jest poza zasięgiem.

– Pewnie poszły na jakąś imprezę. Chyba ktoś tu dostanie szlaban. I bardzo dobrze. Ja bym...

– Dobra, przestań się wymądrzać – przerwała. – Wracaj do gry, ale o północy masz być w łóżku.

– Co? Przecież dziś piątek.

– Nieważne. Nie chcę, żebyś potem pół soboty odsypiał. – Już miała odejść, ale zerknąwszy na komputer, wpadła na pomysł. – Może znajdziemy numer do rodziców Anki w internetowej książce telefonicznej?

Bartek przewrócił oczami.

– Mamo, kto w tych czasach ma telefon stacjonarny? Daj spokój. Możemy spróbować skontaktować się z nią przez Facebooka.

– Z Anką?

– No tak. Poczekaj chwilę. Mam ją w znajomych.

Przyglądała się, jak Bartek loguje się do serwisu, wpisując hasło, a potem wchodzi na profil Anki.

– Nic z tego. Niedostępna. Ostatnio była osiągalna kilka godzin temu.

– Cholera.

Bartek spojrzał na matkę z chytrym uśmiechem.

– Po co te przekleństwa?

– To nie przekleństwo.

– Mam jeszcze jeden pomysł.

– Jaki?

– Może rodzice Anki mają konto?

– Szukaj.

– Ale może to jednak za wcześnie? – zawahał się. – To tylko godzina spóźnienia. Może nie róbmy jej siary?

– Szukaj, powiedziałam.

Posłuchał.

– Mama Anki ma chyba na imię Zofia. – Wpisał w wyszukiwarkę Zofia Wysocka. Kobiet o takimi imieniu i nazwisku na Facebooku było całe mnóstwo. Ograniczył poszukiwania do Szczecina i wśród kilkunastu zdjęć rozpoznał uśmiechniętą twarz brunetki, starszej o dwadzieścia kilka lat wersji Anki. – Dobra, jest. – Chwycił za telefon. – Połączymy się przez Messengera. Będzie szybciej. Sprawdzimy tylko, czy jest dostępna. – Przez krótką chwilę wpatrywał się w telefon. – Okej, była aktywna przed kilkunastoma minutami. Mogę wysłać wiadomość albo…

– Dzwoń.

Bartek przyłożył do ucha telefon i wsłuchując się w dźwięk sygnału, spoglądał na matkę. Miał zamiar oddać jej komórkę, gdy tylko usłyszy głos tej babki. Nie zamierzał robić sobie wstydu. Po tym, co stało się z ojcem, mama miała tendencję do przesady. I oto mieli kolejny przykład takiej akcji. Oderwał telefon od ucha tak gwałtownie, jakby ten nagle zaczął parzyć.

– Halo? Witam, dobry wieczór. Z tej strony Marta Makowska, mama Agnieszki. – Marta zaczęła krążyć po pokoju syna. – Przepraszam, że dzwonię o tak późnej porze, ale…

Bartek założył na uszy słuchawki. Wysłuchał pretensji kumpli, że wstrzymuje rozgrywkę. Korciło go, żeby wcisnąć *resume* i powrócić do gry. Ostatecznie postanowił poczekać jeszcze kilka minut, by usłyszeć, jak zakończy się sprawa z matką Anki. Rzucił kilka słów do mikrofonu i ponownie zdjął słuchawki z uszu.

– Rozumiem, ale miały iść do kina i ewentualnie na jakieś zakupy… – usłyszał, jak matka przedstawia tamtej kobiecie skrócony plan wieczoru ich córek. Najwyraźniej i ona nie widziała powodu do niepokoju w godzinnym spóźnieniu. – Gdyby postanowiły pójść dokądś jeszcze, Aga na pewno dałaby mi znać. Czy mogłaby pani po prostu zadzwonić do Ani i sprawdzić, co się dzieje? – Marta nie przestawała krążyć po pokoju. Zatrzymała się, podniosła z podłogi sportowe spodenki syna i zastygła z nimi na wysokości jego twarzy. Jej spojrzenie mówiło: „Dlaczego nie wrzuciłeś ich do prania?". Bartek wzruszył ramionami. Odrzuciła brudną garderobę pod drzwi. – Dobrze, bardzo proszę o kontakt. Ma pani mój numer, prawda? Świetnie, a więc czekam… – Rozłączyła się i oddała synowi telefon. – Nie wiem, jak można mieć takie podejście – powiedziała, patrząc na Bartka. – Mam wrażenie, że tej kobiecie nie przeszkadzałoby, nawet gdyby dziewczyny wróciły nad ranem.

– Mamo, nie wszyscy zamartwiają się tak jak ty, wiesz? A poza tym faktycznie, to tylko godzina. Agnieszka zaraz pewnie wróci, co nie znaczy, że nie powinnaś dać jej szlabanu i…

Zadzwonił telefon Marty.

– Tak? – Bartek znał to rozbiegane i przestraszone spojrzenie matki. Nie wróżyło niczego dobrego. – Też ma wyłączony telefon?

Nie, coś musiało się stać... – Zawiesiła głos. Najwyraźniej inicjatywę przejęła matka Anki, bo Marta milczała przez dłuższą chwilę, słuchając uważnie. – Proszę pani, obie mają wyłączone telefony. To trochę zbyt duży zbieg okoliczności – odezwała się wreszcie. – Spóźniają się od godziny i... – Marta zerknęła na monitor komputera – piętnastu minut. Jeżeli nie wrócą do północy, dzwonię na policję. – Cisza. Do głosu znowu musiała dojść tamta. – Nie, proszę pani, nie przesadzam. Po prostu się martwię i szczerze przyznam, że dziwię się, że tak to pani bagatelizuje. – Kolejna pauza. – Proszę mnie powiadomić, gdyby w tym czasie Ania się do pani odezwała. Tak jak powiedziałam, jeżeli do północy nie dadzą znaku życia, dzwonię na policję. Dobranoc. – Wściekła wcisnęła telefon do kieszeni. – Co z niej za matka?! – Odwróciła się na pięcie i zgarniając po drodze spodenki syna, wyszła z pokoju.

Gdy tylko drzwi się zamknęły, Bartek wrócił do gry.

***

Kiedy minęła północ, Marta wciąż siedziała w fotelu, wpatrując się w płomień dogorywający za szybą kominka. Fifi cichutko pochrapywała na jej kolanach. Marta chwyciła telefon i raz jeszcze wybrała numer córki. „Abonent niedostępny..." Nie dosłuchała do końca. Cisnęła aparatem w przeciwległy kąt pokoju. Obudowa rozpadła się na dwie niemalże równe części, wypluwając z siebie prostokątną baterię. Fifi obudziła się przerażona i spojrzała na swoją panią wielkimi, nierozumiejącymi ślepkami.

– Co mam robić, Fifi? – zapytała Marta.

Suczka przechyliła łebek w lewo.

– Co mam robić?!

Pies zeskoczył z kolan i oddalił się na bezpieczną odległość. Marta schowała twarz w dłoniach i zaczęła płakać. Minęło dobre kilka minut, zanim doszła do siebie na tyle, żeby podnieść się z fotela i pozbierać szczątki telefonu. Złożyła go, ale na ekranie widniało cienkie, długie pękniecie. Kiedy na powrót go włączyła, jej oczom ukazały się uśmiechnięte buzie jej dzieci. Rysa przebiegała dokładnie przez policzek Agnieszki, odrobinę zniekształcając jej twarz. Marta wybrała numer 112 i już miała nacisnąć zieloną słuchawkę, ale się zawahała... Weszła w galerię zdjęć. Większość fotografii stanowiły zdjęcia dzieciaków. Bartek biegający za piłką podczas jednego z turniejów. Na innym Aga i Bartek siedzieli odświętnie ubrani przy stole na urodzinach babci. Na kolejnych uwieczniła ostatniego w tym roku grilla. Oprócz jej mamy i dzieciaków były jeszcze Ula i Ewa, jej najlepsze przyjaciółki. Na kilku następnych Agnieszka przemierzała wybieg w długiej, białej kreacji sięgającej kostek. Na jeszcze innych Agnieszka pozowała do jakiegoś kalendarza. Marta odrzuciła telefon. Kolejny raz skryła twarz w dłoniach. Przez chwilę nabrała ochoty, aby zadzwonić do Uli lub Ewy... A najlepiej do obu. Odrzuciła jednak ten pomysł, gdy tylko zerknęła na zegarek. 00:17. Jej przyjaciółki albo spały, albo oglądały jakiś film wtulone w swoich mężów. Biła się z myślami jeszcze przez kilka minut. W końcu chwyciła komórkę i wybrała numer taxi.

Kiedy wchodziła po schodach, mała Fifi próbowała dotrzymać jej kroku. Drzwi pokoju Bartka były uchylone, a przez szparę sączyło się blade światło. Jej syn nadal grał. Ponownie bezceremonialnie ściągnęła mu słuchawki z głowy.

– Co znowu...? Już się miałem kłaść, tylko...

– Jadę na policję. Ty zostaniesz w domu. Gdyby pojawiła się Agnieszka, masz mi natychmiast dać znać.

Chłopak wyglądał na przestraszonego. O ile wcześniej nie do końca brał słowa matki na poważnie, o tyle teraz najwyraźniej zmienił zdanie.

– Okej... – wymamrotał. – Ale mamo, myślisz, że to dobry...

– I daruj sobie te słuchawki. Nie będziesz słyszał, jeśli twoja siostra wróci do domu.

Bartek obserwował, jak matka znika za drzwiami, a wraz z nią ich pies. Ponownie nasunął na głowę słuchawki, aby powiedzieć kolegom, że na dzisiaj rozgrywka jest skończona. Wyłączył komputer i podbiegł do okna, by zobaczyć, jak jego matka wsiada do taksówki. Kiedy samochód ruszył, w ciemności po drugiej stronie ulicy zabłysły światła innego auta. Bartek widział, jak stary volkswagen zjeżdża z krawężnika i rusza za taryfą.

***

Gdy Marta wysiadła z samochodu, nie zaczekawszy na resztę, której bez zbędnego pośpiechu poszukiwał taksówkarz, zdążyło się rozpadać na dobre. Ściągnęła mocniej poły płaszcza i pobiegła w stronę komendy.

Ciężkie drzwi zamknęły się za nią z głośnym trzaskiem, co ściągnęło wzrok dyżurującego policjanta. Włosy lepiły się Marcie do twarzy. Odgarnęła je szybkim ruchem.

– Dobry wieczór – powiedziała. – Chciałabym zgłosić zaginięcie córki…

Policjant był raczej małomówny. W wywiadzie nie wykraczał specjalnie poza standardowe pytania, na które Marta odpowiadała bez wahania. Ile miał podobnych zgłoszeń? Pewnie dziesiątki miesięcznie. Córka nie wróciła do domu? Aha. Poszła z przyjaciółką do kina. Jak długo się spóźniają? Prawie trzy godziny? Dobrze. Skrzętnie wszystko notował, nie patrząc jej w oczy dłużej, niż to konieczne. Skrupulatnie zapisywał dane dotyczące wyglądu zewnętrznego Agnieszki. Próbował nie dać tego po sobie poznać, ale zapewne myślał dokładnie to samo co matka Anki: przesadza pani, po prostu zabawiły gdzieś na imprezie i…

– Ja nie przesadzam. – Powiedziała na głos ni z tego, ni z owego Marta.

– Słucham? – Policjant wyglądał na zaskoczonego.

– Przepraszam. Jakie było pana ostatnie pytanie?

– Pytałem o znaki szczególne. Czy pani córka ma jakieś blizny, tatuaże?

Marta już miała zaprzeczyć, kiedy przypomniała sobie jedną z pierwszych sesji zdjęciowych córki. Agnieszka miała pozować w kostiumie kąpielowym.

– Ta plama wszystko psuje – żaliła się tamtego dnia. – Wstydzę się rozebrać…

– Przestań dramatyzować – uspokajała ją Marta. – Tylko dodaje ci uroku. A poza tym to nie żadna plama, tylko znamię. Wiesz, jak się na to mówi pieszczotliwie…?

– Myszkę – odparła Marta, wracając do rzeczywistości.

– Co takiego? – zapytał młody policjant.

– Myszkę. Takie znamię. Tak się na to mówi. Agnieszka ma je od urodzenia. Na udzie, tuż nad prawym kolanem. Przypomina mapę Włoch. Wie pan, wygląda jak pantofelek… – Marta urwała, widząc dziwne spojrzenie policjanta, który w końcu pokiwał głową i zaznaczył coś w formularzu. Mapa Włoch… Przypomniała sobie, jak próbowała przekonać Agnieszkę, że jej znamię to znak, że kiedyś zrobi wielką karierę, o której tak marzy. Właśnie we Włoszech, kolebce wielkich domów mody.

– Czy nosi okulary, soczewki, aparat słuchowy?

Marta mimowolnie uśmiechnęła się pod nosem. Okulary, aparat słuchowy? Jej córka robiła aferę z powodu prawie niewidocznego znamienia. Każda z wymienionych przez policjanta rzeczy w jej mniemaniu zrujnowałaby jej karierę modelki.

– Nie.

– Choruje przewlekle? Przyjmuje jakieś leki?

– Nie.

Na kilka kolejnych pytań Marta również odpowiedziała przecząco.

– Jak córka zachowywała się przed wyjściem?

– To znaczy?

Policjant ściągnął usta.

– Była podenerwowana? Może się panie pokłóciłyście? A może pokłóciła się z kimś z rodziny?

Wyobraźnia Marty przypomniała obraz przedrzeźniających się dzieci. Niewinne sprzeczki między rodzeństwem, o których nie zamierzała wspominać.

– Nie – odparła.

– A jaki miała nastrój? Co mówiła? Wspominała coś o swoich planach?

Marta odetchnęła głęboko.

– Już mówiłam. Była wesoła, pogodna. Cieszyła się na wieczór z przyjaciółką. Chciały pójść do kina, a potem na zakupy. Najpóźniej o dwudziestej drugiej miała być w domu.

Funkcjonariusz znowu pokiwał głową. Robił tak za każdym razem, gdy Marta udzieliła odpowiedzi. Pewnie machinalnie, odruchowo. Na początku nie zwracała na to uwagi, teraz działało jej to na nerwy. Zniecierpliwiona odpowiadała na kolejne pytania. Kiedy wywiad wreszcie dobiegł końca, musiała uzupełnić w formularzu swoje dane osobowe.

– Co dalej? – zapytała, przesuwając kartkę w stronę policjanta.

– Ma pani fotografię córki?

– Najbardziej aktualną w telefonie. – Położyła komórkę na biurku. – Może pan ją skopiować?

Znowu to nieznośne skinienie głową. Funkcjonariusz podłączył smartfon do komputera i po chwili obrócił monitor w stronę Marty.

– Proszę wybrać najbardziej aktualne i odpowiednie zdjęcie.

Marta posłuchała. Na wskazanej przez nią fotografii twarz Agnieszki była doskonale widoczna. Jej córka uśmiechała się od ucha do ucha, a blond włosy opadały jej na ramiona. Była szczęśliwa i piękna. Marta poczuła, jak coś w niej pęka… Do oczu znowu napłynęły jej łzy, coś ścisnęło ją za gardło. „A co, jeśli… a co, jeśli już jej nie zobaczę…?"

– Bardzo dobrze pani zrobiła, zgłaszając zaginięcie – odezwał się policjant, jakby wyczuwając to, co za chwilę może nastąpić. Chciał zadziałać, zanim siedząca przed nim kobieta zupełnie się rozklei. – Zazwyczaj dziewczyny w wieku pani córki wracają do domów po kilku godzinach spóźnienia lub ostatecznie następnego dnia. Proszę mnie źle nie zrozumieć i być dobrej myśli. Młodość rządzi się swoimi prawami.

Marta otarła pospiesznie twarz wierzchem dłoni.

– Swoimi prawami, mówi pan?

Mężczyzna wciąż się jej przyglądał z pogodnym wyrazem twarzy. Tym razem nie przytaknął ruchem głowy. Marta była mu za to wdzięczna.

– Pewnie ma pan rację. Modlę się, aby tak było… Jest pan ojcem? – zapytała po chwili, czym wyraźnie zaskoczyła policjanta.

– Nie. Jeszcze nie…

– Więc proszę wybaczyć, ale nie jest pan w stanie zrozumieć, co czuje matka, kiedy jej dziecko nie wraca na noc do domu.

Mężczyzna milczał.

– Co dalej? Zaczniecie jej szukać?

– Natychmiast. Rysopis i dane pani córki trafią do wszystkich jednostek patrolujących miasto. Zostaną wszczęte procedury poszukiwawcze. Sprawdzimy szpitale i… – Policjant zawahał się, jakby w obawie, że powie więcej, niż powinien. – Wszystkie informacje za chwilę wprowadzę do ewidencji, a za pani zgodą – do portalu internetowego Komendy Głównej Policji. Pani córka się odnajdzie. Proszę nie tracić nadziei. Zrobiła pani wszystko, co należy. Proszę teraz wrócić do domu, być może ona już tam na panią czeka. Gdyby tak się stało, proszę niezwłocznie nas poinformować.

Marta powoli podniosła się z krzesła.

– A co, jeśli nie?

– Proszę czekać. Skontaktujemy się z panią.

8.

Anka leżała na łóżku, nie mogąc się poruszyć. Odgłosy muzyki, śmiechy, głośne rozmowy – wszystko zniknęło. Otaczały ją cisza i ciemność, a wewnątrz rozrywał ból. Pierwsze dwa pozwalały jej stwierdzić, że wciąż żyje i że została sama. Wsłuchiwała się w szaleńcze bicie własnego serca i czuła, jak ból rozrywa jej ciało. Nie umiała dokładnie go zlokalizować. Bolało ją wszędzie. Tam w środku najbardziej. Ciemność przyprawiała ją o szaleństwo. Wciąż żywe obrazy nie chciały opuścić jej głowy. Były tak wyraźne, jakby to wszystko nadal trwało. Słyszała ich śmiechy, charczenie, przyspieszone oddechy, okrzyki, kiedy dopingowali się wzajemnie. Widziała pukle różowych włosów klauna kontrastujące z jego trupiobladą twarzą, duży czerwony nos i żółte, wykrzywione w uśmiechu gumowe zęby, kiedy wdzierał się w nią raz za razem. Potem w jego miejscu pojawił się małpiszon. Przez dziurki w czarnej masce wpatrywały się w nią oczy wychodzące z orbit. Do jej uszu dochodziły stłumione sapnięcia i charakterystyczne odgłosy, kiedy goryl napierał brzuszyskiem na jej uda. Potem był wampir i jeszcze inni. Przewrócili ją na brzuch. Złapali za włosy. Mogła wtedy zobaczyć Agnieszkę i tego człowieka pochylającego się nad nią. Jak miał na imię? Maks. Tak, Maks. Nagle poczuła ból, jakiego nie czuła nigdy wcześniej. A kiedy nie była w stanie już go znieść, jej umysł zrobił to, co do niego należało. Wyłączył zasilanie.

Anka nie mogła przełknąć śliny, bo wciśnięto jej coś do ust. Nie mogła poruszyć rękoma, bo przewiązano je do wezgłowia łóżka. Od pasa w dół była kompletnie naga. Poruszyła delikatnie nogami.

Przypłaciła to mocnym ukłuciem bólu, ale przynajmniej wiedziała, że chociaż one nie zostały skrępowane. Jednak co z tego, kiedy i tak nie mogła… Zamarła, usłyszawszy wyraźne skrzypnięcie na schodach. Zaraz po nim nastąpiło kolejne. Ktoś się zbliżał. Czuła, jak zalewa ją panika, a do oczu zaczynają napływać łzy. Jakiś głos w jej głowie krzyczał, że to jeszcze nie koniec, że koszmar zacznie się na nowo i będzie trwał, będzie trwał tak długo, aż… Drzwi otworzyły się z cichym skrzypnięciem i do środka wpadł prostokąt żółtego światła. Jasna plama najpierw rozlała się na ścianie, potem po podłodze, aż w końcu dotarła do łóżka, na którym leżała. Zmrużyła oczy. Widziała jedynie cień stojący w drzwiach. Tak bardzo chciała krzyczeć. Zaczęła się szarpać, walić nogami o materac i wtedy drzwi się zamknęły. Znowu absolutna ciemność, jej przyspieszony oddech i kroki.

– Przestań – usłyszała nad prawym uchem. Nie zmierzała słuchać, więc powtórzył: – Przestań!

Poczuła, jak łapie ją za nogi, próbując je unieruchomić. Stawiała opór jeszcze przez chwilę, ale potem on odezwał się znowu:

– Chcesz żyć? – zapytał.

Boże, cóż to było za pytanie? Pragnęła tego z całych sił. Chciała wykrzyczeć to głośno i wyraźnie, ale zamiast tego z jej ust wydarły się jedynie rzężenie i mamrotanie.

– To posłuchaj, co powiem, i rób, co każę.

Rozpoznała ten głos. Na początku nie była pewna. Teraz nie miała wątpliwości. To był Kuba. Poczuła dreszcze. Oddychała ciężko przez nos. To przez niego się tu znalazły! Gdzie była Agnieszka?! Anka poczuła, jak łzy spływają jej po policzkach.

– Impreza się skończyła. Wszyscy śpią, rozumiesz?

Pokiwała głową w ciemności. Czuła jego oddech na twarzy.

– Ale mogą się zaraz obudzić i na pewno do ciebie wrócą. – Przysunął się jeszcze bliżej. Klęczał teraz przy łóżku, jakby szykował się do odmówienia modlitwy. – Musisz wiedzieć, że nie chodzi tu o ciebie, tylko o twoją koleżankę. To na niej im zależy.

Anka chłonęła kolejne słowa, nic nie rozumiejąc.

– Musisz o niej zapomnieć.

Kiedy wypowiedział ostatnie zdanie, zaczęła energicznie kręcić głową. Złapał ją za brodę. Bolało. Bardzo.

– Posłuchaj mnie! Oni cię zabiją, rozumiesz? Nie jesteś im potrzebna. Jesteś skutkiem ubocznym, którego pozbędą się, gdy tylko się obudzą. Masz wybór. Żyć albo umrzeć.

Pisnęła. Znów pokiwała głową, dając do zrozumienia, że już podjęła decyzję.

– Mądra dziewczynka. Za chwilę cię rozwiążę. Po cichu zejdziemy na dół. Pobiegniesz w stronę lasu. Po trzech kilometrach powinnaś dotrzeć do drogi. Zapomnisz o tym, co tu się wydarzyło. Jeśli nie, jeżeli zrobisz jakieś głupstwo, oni cię znajdą i zabiją. Ciebie i twoją rodzinę. Możesz mi wierzyć. Film z wczorajszej zabawy trafi do sieci i zobaczy go każdy. Wszyscy stwierdzą, że byłaś zwykłą dziwką i sama tego chciałaś. A tak przecież kończą wszystkie dziwki, prawda? Za porcję dobrych prochów dadzą się pokroić. Zapomnij o swojej koleżance. Ona już nie wróci. Gdy będą o nią pytać, powiesz, że nie masz pojęcia, co się wydarzyło. Niczego nie pamiętasz.

Zamilkł, jakby chciał dać jej odrobinę czasu na ostatnie przemyślenia.

– Gotowa? – zapytał po chwili.

Znowu pokiwała głową i zaraz potem poczuła, jak to, co wciśnięto jej do ust, znika.

***

Marta przekroczyła próg domu i oparłszy się o drzwi, na krótką chwilę przymknęła oczy. Odgłos bosych stóp na schodach sprawił, że na powrót je otworzyła. Przez kilka wyjątkowo długich sekund wpatrywali się w siebie bez słowa w nadziei, że któreś z nich powie coś, co sprawi, że koszmar się skończy, zanim na dobre zdąży się zacząć. Matka i syn. Wyczekujące spojrzenia i nieznośna cisza wielkiego domu.

– Odzywała się? – zapytała, choć wiedziała dobrze, jaka będzie odpowiedź.

Bartek zaprzeczył ruchem głowy. Osunęła się na kolana. Łzy znów popłynęły. Mała Fifi pojawiła się nie wiadomo skąd i zaczęła skomleć u jej boku. Bartek podszedł i klęknąwszy przy matce, wtulił się w nią całym ciałem. Kiedy Marta spojrzała mu w oczy, zmuszając się do uśmiechu, zobaczyła, jak bardzo podobny jest do ojca. Wyglądał niezwykle dojrzale jak na swoje dwanaście lat. Nigdy jej nie przytulał, chyba że okoliczności tego wymagały, na przykład urodziny, powrót do domu po długiej nieobecności, życzenia przy świątecznym stole. Jej syn, taki mały, większość czasu siedzący z nosem przyklejonym do komputera, a zarazem jej syn z tym dorosłym, pełnym zrozumienia spojrzeniem. Klon swego ojca. Tak bardzo chciała, by Adam był teraz z nimi…

– Mamo, będzie dobrze, słyszysz?

Pokiwała głową. Otarła policzki wierzchem dłoni. Pomógł jej wstać.

– Napijesz się herbaty? Przemokłaś. Pewnie zmarzłaś. Idź się przebierz. Wykąp się, jeśli chcesz, a ja wstawię wodę na herbatę, okej?

***

Stała pod prysznicem od dobrych dziesięciu minut. Woda była tak gorąca, że aż parzyła, ale Marta zdawała się tego nie czuć. Jeśli wcześniej próbowała nad sobą panować, teraz pozwoliła, aby łzy popłynęły z całą siłą. Tu nie musiała się trzymać, nie musiała niczego udawać. Oczami wyobraźni widziała, jak ona i dzieci wjeżdżają po schodach centrum handlowego. Widziała, jak Agnieszka wymierza bratu cios w głowę za jakąś niewybredną uwagę, której teraz Marta nie potrafiła sobie przypomnieć. Słyszała swój głos i to pytanie, które rozbrzmiewało echem w jej głowie:

– O której będziesz w domu?

– Około dwudziestej trzeciej – odpowiedziała Agnieszka.

– Niezła próba, ale masz być z powrotem najpóźniej o dwudziestej drugiej.

Gdyby mogła cofnąć czas, nie zważając na protesty, wsadziłaby ją do samochodu, przywiozła do domu, zamknęła drzwi na cztery spusty i otworzyła, gdy córka skończy trzydzieści lat. Ale czasu nie można było cofnąć.

Marta niechętnie zakręciła wodę. Wyszła spod prysznica. Zawiązała na głowie turban z ręcznika i przetarła dłonią zaparowane lustro. Zobaczyła Adama stojącego za jej plecami i wstrzymała oddech. Czasami skradał się niepostrzeżenie, kiedy była w łazience. Przytulał ją mocno i szeptał do ucha słowa przeprosin. „Wybacz, że znów musiałem zostać dłużej w pracy". Zdarzało się, że wciągał ją z powrotem pod prysznic, gdzie kochali się namiętnie, tak żeby dzieci nie słyszały albo po prostu sam brał kąpiel, opowiadając przy tym, jak mu minął dzień. Tak bardzo chciała, aby tu był. By zapytał: „Co słychać?". Mogłaby się rozbeczeć i rzucając mu się w ramiona, wyjaśnić, że ich córka jeszcze nie wróciła. On wsiadłby w samochód i przywiózł Agnieszkę do domu, już po drodze decydując o dożywotnim szlabanie. Ale Adama nie było... Jego odbicie stawało się coraz bardziej niewyraźne, aż do momentu, gdy lustro ponownie zaczęło parować. Po chwili zniknęło zupełnie. Marta opatuliła się szlafrokiem i zeszła na dół.

– Herbata już prawie ostygła. – Bartek postawił kubek na stole w salonie.

– Nie szkodzi.

– Jesteś głodna? Może zrobię kanapkę?

Uśmiechnęła się.

– Nie, głuptasie. Dziękuję. A ty?

– Odrobinę.

– Odgrzeję kurczaka, jeśli chcesz. Zostało jeszcze trochę.

Po kolacji Bartek dorzucił do kominka. Płomień ożył i w pokoju zapanowało przyjemne ciepło. Usiedli na kanapie. Nie rozmawiali wiele. Fifi wskoczyła Marcie na kolana i niedługo potem już spała. Po niespełna pół godzinie w jej ślady poszedł Bartek. Marta zasnęła tuż nad ranem.

***

Głośny dźwięk telefonu wyrwał ją ze snu. Marta sięgnęła po aparat gwałtownie, przy okazji wybudzając Bartka. Kiedy zrozumiała, kto dzwoni, rozczarowana opadła na kanapę. Wpatrywała się długo w wyświetlacz, zastanawiając się, czy powinna odebrać. Za długo. Telefon w końcu ucichł.

– Kto to? – Bartek przecierał zaspane oczy.

Fifi zeskoczyła na podłogę. Nagłe poruszenie było dla niej oczywistym sygnałem, że nadszedł czas na załatwienie najważniejszych porannych potrzeb.

– Babcia.

– Dlaczego nie odebrałaś?

– Może nie powinnam jej na razie nic mówić?

– Przecież i tak się dowie. Przychodzi do nas w każdą sobotę.

Bartek miał rację. Sobotnie wizyty jej matki stały się już tradycją.

– Wiem…

Telefon zadzwonił ponownie.

– Cześć, mamo. – Chwila przerwy. – Nie, nie obudziłaś mnie. Co? Nie, nie jestem chora… tylko. Czy coś się stało? – Marta wstała i wskazała na drzwi. Bartek miał wypuścić Fifi na dwór. Potem podeszła do okna kuchennego i obserwowała, jak pies hasa pomiędzy tujami w poszukiwaniu ulubionego miejsca. – W zasadzie tak… Ale obiecaj, że nie będziesz panikować – powiedziała Marta i pomyślała: „Dobre sobie. I kto to mówi?". – Agnieszka nie wróciła na noc do domu. Nie mogę się do niej dodzwonić.

Reakcja była taka, jakiej się spodziewała. Musiała na chwilę oderwać słuchawkę od ucha. Jej matka krzyczała. Marta przetarła oczy.

– Tak, mamo, zgłosiłam to na policję. Nie musisz od razu przyjeżdżać. Jest ze mną Bartek… Dobrze, mamo, jak chcesz. Dziękuję. Czekamy na ciebie. – Zakończyła połączenie i natychmiast wybrała numer Agnieszki. „Abonent niedostępny…" Rzuciła telefon na kuchenny blat. Po chwili sięgnęła po niego ponownie i tym razem wybrała numer Zofii Wysockiej. Bartek, który niedawno wrócił z Fifi, obserwował, jak jego matka przemierza salon tam i z powrotem. Widział, jak posępnieje, kiedy okazało się, że kobieta nie odbiera.

– Nie mogę w to uwierzyć! – krzyknęła Marta, jeszcze zanim zakończyła połączenie.

– Nie sądzę, żeby matka Anki specjalnie się zamartwiała. Chyba zdążyła przywyknąć – ocenił Bartek.

– Jak to? – Marta przyglądała się synowi uważnie.

– Anka chyba dość często balowała poza domem.

Bartek odłożył smycz Fifi. Suczka była zmarzlakiem. Nigdy nie zostawała na dworze dłużej niż to konieczne.

– Skąd wiesz?

– Mamo, żyjemy w czasach Facebooka. Aga pewnie nie raz chciałaby się z nią wyszaleć, ale wiedziała, że się nie zgodzisz.

– I myślisz, że teraz postanowiła wyrwać się bez pozwolenia?

– Nie wiem. Być może. – Bartek wzruszył ramionami.

Marta widziała oczami wyobraźni swoją córkę leżącą w czyimś domu, upitą do nieprzytomności albo odurzoną narkotykami.

– Boże – powiedziała, chwytając się za głowę. – Ja zwariuję…

Trudno było jej uwierzyć, że Agnieszka bez jej zgody wybrała się na całonocną imprezę. Gdyby jednak tak było, córka musiałaby odbudowywać matczyne zaufanie przez następne kilkanaście lat. Marta pomyślała, że to nie miało teraz znaczenia. Po prostu chciała, żeby jej dziecko wróciło do domu…

Odruchowo włączyła ekspres do kawy. Rozległ się charakterystyczny dźwięk, który na chwilę zagłuszył jej myśli. Zaraz potem zadzwonił telefon. Rzuciła się w stronę kanapy, gdzie widziała go po raz ostatni. Gorączkowo rozgarniała poduszki. Spojrzała na ekran. Westchnęła. To była Ulka. Klapnęła na łóżko.

– Halo?

Na śmierć zapomniała, że umówiła się z przyjaciółką na poranny nordic walking.

– Nie, Ula, przepraszam, dzisiaj nic z tego – powiedziała Marta i dodała po chwili: – Aga nie wróciła na noc…

**

Mężczyzna znów widział małego białego psa biegającego po ogrodzie. Nigdy wcześniej obserwacja domu nie zajęła mu całej nocy. Przemarzł na kość. W zasadzie nie czuł dłoni i stóp, ale był do tego przyzwyczajony. Spędził na morzu ponad trzydzieści lat. Najpierw na zwykłych rybackich kutrach, a potem na kontenerowcach. Można było powiedzieć, że odwiedził każdy zakątek świata i nierzadko pracował w nieludzkich warunkach. Jego dłonie zrobiły się twarde i szorstkie. Przemarzły niezliczoną ilość razy, kiedy wyciągał z morza sieci albo wlókł po pokładach ciężkie, żeliwne łańcuchy. Chłód nie robił już na nim wrażenia. To właśnie na statkach zaczął obcować ze szczurami. Było ich tam całe mnóstwo. Czasami siadał gdzieś z boku, z dala od reszty załogi i rzucał gryzoniom kawałki swojego drugiego śniadania. Niektóre z nich przybierały rozmiary kociąt. Sadowiły się u jego stóp i z uniesionymi łapkami czekały na smaczny kąsek.

Pies i dzieciak zniknęli w domu. Dziewczyny nadal nie było. Mężczyzna bił się z myślami jeszcze przez chwilę. W końcu wyjął telefon i wybrał połączenie. Ten, do którego dzwonił, zdecydował się je odrzucić. Mężczyzna westchnął. Po kilku minutach spróbował raz jeszcze.

9.

SZCZECIN, ZDROJE

Olgierd Merk siedział w samochodzie, wpatrując się w przednią szybę, przez którą niewiele było widać. Rozpadało się na dobre, a strugi deszczu waliły w karoserię auta z siłą pocisków. Kolejny powód, aby odpuścić sobie dzisiejszą wizytę, pomyślał. Tak samo dobry jak fakt, że przez długi czas nie mógł znaleźć wolnego miejsca parkingowego. Przekręcił zapłon i wycieraczki ożyły natychmiast z głośnym zgrzytem. Gmach centrum psychiatrycznego zmaterializował mu się przed oczami, by po chwili ponownie zniknąć pod kaskadą wody. Otworzył schowek na rękawiczki i część jego zawartości wypadła na wycieraczkę. Zawsze to samo. Sterta niepotrzebnych papierzysk, w większości rachunków, zapłaconych bądź nie, w każdym razie od dawna wymagających przejrzenia. Ale dwie najważniejsze rzeczy nadal tkwiły w środku. Stary, dawno nieużywany glock, którego usunięcie w ogóle nie wchodziło w rachubę, i opróżniona w jednej trzeciej flaszka wódki. Na jedno i drugie od dawna nie miał pozwolenia.

Sięgnął po butelkę i zaraz potem zanurzył dłoń w poszukiwaniu kieliszka. Kolejne szpargały posypały się na podłogę. Pięćdziesiątka dla odwagi, ni mniej, ni więcej. Jednostka miary odliczająca przy okazji cotygodniowe wizyty. Postanowił tak już jakiś czas temu. Gdyby nie to, w ogóle nie byłby w stanie przekroczyć progu centrum. Nalał i wypił natychmiast, po czym lekko się skrzywił. Teraz nie było już odwrotu.

Wygramolił się z auta, postawił kołnierz płaszcza i przebiegł na drugą stronę ulicy. Drzwi rozsunęły się z sykiem, gdy znalazł się niecały metr od nich. Wytarł buty, zanim zrobił pierwszy krok na wypastowanym linoleum. Skierował się w stronę rejestracji, a dobrze mu znana kobieta spojrzała na niego znad czerwonych oprawek okularów. Miała około pięćdziesiątki. Nie lubił jej. Z wzajemnością.

– Pan Merk. – Otaksowała go wzrokiem. Rozczochrane, zdecydowanie przydługie szpakowate włosy, kilkudniowy zarost i koszula wyłażąca ze spodni, którą teraz pospiesznie próbował wcisnąć na swoje miejsce, nie robiły dobrego wrażenia. Nie dbał jednak o to specjalnie.

– Dzień dobry – burknął.

Zerknęła na zegarek, nie tracąc czasu na wymuszone uprzejmości.

– Doktor prosił, abym dała mu znać, gdy tylko pan przyjdzie. – Podniosła słuchawkę, nie odrywając od niego wzroku.

Merk poczuł delikatne ukłucie w żołądku. To nie mogło oznaczać niczego dobrego. Szansa na natychmiastową rozmowę z Kochańskim graniczyła z cudem. Nawet jeśli byli umówieni, zazwyczaj i tak nie udawało im się porozmawiać, a jeżeli już – to doktor spóźniał się co najmniej trzydzieści minut. Merk szedł wtedy bezpośrednio do pokoju Natalii albo do sali wspólnej, gdzie praktycznie cała wizyta odbywała się w obecności pielęgniarzy. Samo zachowanie rejestratorki też było… dziwne. Przez prawie dwanaście miesięcy pobytu Natalii w tym miejscu Olgierd zdążył odrobinę poznać tę kobietę. Pewna siebie i zdecydowanie mało przyjemna w kontaktach interpersonalnych. Teraz stała niemal na baczność, sprawiając wrażenie wystraszonej.

– Dziękuję – odpowiedział.

Zdjął płaszcz i przerzucił przez ramię. Przejechał dłonią po mokrych włosach, próbując doprowadzić je do jako takiego ładu, i ruszył wzdłuż korytarza, po którym kręciło się kilkoro pacjentów i członków personelu. Skręciwszy za róg, o mały włos nie wpadł na starszą kobietę żywo dyskutującą z niewidzialnym kompanem. Wpatrywała się w nicość z lekkim uśmiechem, cedząc kolejne słowa z takim przejęciem, że Merk był gotów uwierzyć, że naprawdę kogoś widzi. Nienawidził tego miejsca.

Drzwi do gabinetu Kochańskiego były uchylone. Doktor szukał czegoś w stercie papierzysk walających się na biurku, na którym panował mniej więcej taki sam porządek jak w schowku na rękawiczki Merka. Olgierd zapukał delikatnie, natychmiast zwracając uwagę psychiatry.

– Pan Merk. – Kochański zastygł z teczką w dłoni. – Proszę wejść. Dokumenty wylądowały na skraju biurka. Najwyraźniej nie były tym, czego lekarz szukał. Dyrektor centrum usiadł w fotelu, pospiesznym gestem zachęcając Olgierda do tego samego. Zaraz potem poprawił opadające na nos okulary. W tym drobnym ruchu było wiele nerwowości. Merk doskonale to wychwycił. Czerwona lampka ostrzegawcza zapaliła się w jego głowie już wtedy, gdy recepcjonistka poinformowała go, że Kochański oczekuje jego przybycia. Teraz dołączył do niej alarm, którego wycie wywoływało nieprzyjemne pulsowanie w skroniach. Merk znał się na ludziach. Odczytywał ich gesty, spojrzenia, sposób, w jaki mówili. Ponad trzydzieści lat pracy w policji zrobiło swoje.

Kochański był z reguły człowiekiem małomównym. Spojrzenie zazwyczaj miał utkwione w ekranie komputera lub pliku dokumentów i rzadko nawiązywał z rozmówcą kontakt wzrokowy. Było to raczej nietypowe zachowanie jak na psychiatrę, co Merk zauważył już przed rokiem podczas pierwszego spotkania. Gdyby wtedy nie wiedział, w jakiej dziedzinie specjalizuje się siedzący przed nim lekarz, obstawiałby, że Kochański jest zadufanym w sobie chirurgiem albo kardiologiem. Potem doszedł do wniosku, że jeżeli naprawdę istnieje coś takiego jak wypalenie zawodowe, to Kochański przejawia wszystkie jego symptomy. Nie ulegało wątpliwości, że bliżej niż do psychiatry było mu do zmęczonego kierownika przybytku, do którego trafiła córka Merka.

– Dzisiaj w nocy Natalia próbowała popełnić samobójstwo – oznajmił Kochański. Głos wyraźnie załamał mu się na ostatnim słowie. Lewa powieka delikatnie zadrżała.

Zupełne przeciwieństwo Merka, którego twarz nie zdradzała żadnych emocji. Ale w jego wnętrzu aż się gotowało. Spoczywające na kolanach dłonie zacisnęły się w pięści. Natychmiast zaschło mu w gardle. Lont odpalono. Wybuch był tylko kwestią czasu. A potem w jego głowie raz jeszcze zabrzmiały słowa, które przed chwilą usłyszał: „Natalia próbowała popełnić samobójstwo... próbowała... próbowała...". A to oznaczało, że się nie udało. Cichy syk. Lont zgasł.

– Jak...? – Tylko tyle zdążył z siebie wydusić i lekarz natychmiast wszedł mu w słowo.

– Prześcieradło – zaczął psychiatra. – W pokoju nie ma żadnych niebezpiecznych przedmiotów. Wie pan o tym.

Całkowita i bezkresna biel. Nic więcej. Wyobraźnia Merka na ułamek sekundy podsunęła mu obraz pomieszczenia, które przez ostatni rok dla jego córki stanowiło dom. Białe, podobne do więziennej pryczy łóżko, przytwierdzone na stałe do równie białej ściany. Biały fotel. Okno, a za nim białe kraty. Żadnego krzesła, żadnego biurka. Jeśli chciała pisać lub rysować, robiła to w sali wspólnej w towarzystwie innych pacjentów i personelu. W pokoju nie mogła mieć żadnych przedmiotów oprócz książek.

– Zawiązała je sobie wokół szyi... – kontynuował Kochański, z trudem znosząc spojrzenie przekrwionych oczu Merka. – Drugi koniec zamocowała na stelażu łóżka. – Przełknął ślinę i poluzował kołnierzyk koszuli, jakby zabrakło mu nagle powietrza.

– Ale jakim cudem?! Łóżko jest przecież niskie, przymocowane na stałe... – Urwał, widząc, że psychiatra kręci głową. Wyglądało na to, że sam nie zna odpowiedzi.

– Nie wiem, musiała uklęknąć albo się położyć – powiedział, rozkładając ręce. – Aby zamknąć tętnice szyjne, wystarczy nieco ponad trzy kilogramy udźwigu. Do skutecznego ucisku tętnic kręgowych potrzeba około szesnastu...

– Chcę ją zobaczyć! – Nie było czasu na pytanie. Jedynie na krótkie, szybko wyartykułowane żądanie. Teraz, natychmiast!

Kochański milczał.

– Powiedziałem, że chcę zobaczyć córkę! – Merk poderwał się na równe nogi i oparł dłonie na biurku.

Psychiatra odruchowo odchylił się w fotelu.

– Natalii tu nie ma… – oznajmił lekarz. – Musieliśmy przewieźć ją do szpitala. Panie Merk… Natalia zapadła w śpiączkę.

***

Gnał na złamanie karku, łamiąc wszystkie możliwe przepisy. Zmieniał pasy, nie sygnalizując swoich intencji innym kierowcom, którzy zmuszeni do gwałtownego hamowania, wciskali klaksony. Dotarł do szpitala na Unii Lubelskiej po dwudziestu minutach. Nie przejmując się brakiem wolnych miejsc na parkingu, zostawił passata na chodniku tuż przy szpitalnym szlabanie. Wtargnął na OIOM i niemal natychmiast zatrzymała go jedna z pielęgniarek.

– Co pan tu robi?! Tu nie wolno…

– Moja córka! Jest u was! Próbowała popełnić samobójstwo…

W gabinecie lekarza dyżurnego nie spędził więcej niż kilka minut. Lekarz prosił, aby usiadł, ale Merk nie zamierzał posłuchać.

– Co z moją córką?!

– Na razie nie możemy za wiele powiedzieć – tłumaczył lekarz, który na pierwszy rzut oka mógł być w jego wieku. – Wykonamy rezonans magnetyczny. Być może uda się stwierdzić, czy któreś z ośrodków mózgu zostały uszkodzone…

– Kiedy ona się obudzi?

– Naprawdę nie wiem…

– Czy w ogóle się obudzi…?

Milczenie lekarza było wystarczającą odpowiedzią. Poczuł, jak łzy napływają mu do oczu.

Siedział przy niej nieco ponad godzinę. Na tyle mu pozwolili. Natalia była tak blada, że jej twarz zlewała się z bielą poduszki.

Merk spoglądał na zamknięte powieki córki w nadziei, że dostrzeże najdrobniejszy ruch gałek ocznych. Zerknął na jej ogoloną niemalże na łyso głowę. Co się stało z tymi pięknymi, długimi włosami, które pamiętał? Plastikowa maska na białej twarzy ułatwiała dziewczynie oddychanie. Na szyi widniał siny ślad, zdradzający sposób, w jaki Natalia próbowała odebrać sobie życie. Gdyby Merk nie słyszał dźwięku pikających maszyn i nie widział zielonej sinusoidy poruszającej się po czarnym ekranie monitora, mógłby uwierzyć, że się jej udało. Niewiele wiedział o śpiączkach. Wystarczająco jednak, aby zdawać sobie sprawę, że niektórzy pacjenci się z nich wybudzają, inni nie. Że taki stan może trwać kilka dni albo kilka lat. I najgorsze: że tacy ludzie, nawet jeśli się wybudzą, bardzo często nie funkcjonują normalnie.

Usiadł na krześle tuż przy niej. Czuł na plecach wzrok pielęgniarki siedzącej przy biurku w rogu sali. Położył dłoń na zimnym czole córki. Jej brew się poruszyła. A może tylko mu się wydawało? Miała siedemnaście lat, była piękna i nie potrafiła znaleźć najmniejszego powodu, dla którego warto byłoby żyć. Oczami wyobraźni widział ją jako małą dziewczynkę, siedzącą na parapecie, wypatrującą pierwszej gwiazdki. Kiedy wreszcie ją dostrzegła, krzyczała na całe gardło, a on brał ją na ręce i niósł do choinki. Jak na ojca przystało, to on nauczył ją jeździć na rowerze. Zawołał Bożenę, aby zobaczyła, jak ich córka sobie radzi. Stracił ją z oczu zaledwie na chwilę, ale to wystarczyło. Natalia uderzyła w krawężnik, przekoziołkowała i rozbiła głowę. Bożena nie mogła mu tego darować. Nie odzywała się do niego przez kilka dni. Gdyby wtedy wiedzieli, z czym przyjdzie się im mierzyć w przyszłości...

Jego córka o mało nie umarła. Znowu zawalił. Nie pierwszy i pewnie nie ostatni raz. Kiedy to wszystko się zaczęło? Co zrobili nie tak? Gdyby mógł wrócić do przeszłości, jak daleko musiałby się cofnąć, aby temu zapobiec? Wydawało mu się, że odwrócił wzrok tylko na chwilę, a tak naprawdę przegapił całe życie...

Drgnął i zaklął cicho pod nosem, gdy telefon zabrzęczał w kieszeni płaszcza. Na śmierć zapomniał, żeby wyłączyć to cholerstwo. Spojrzał na wyświetlacz. Odrzucił połączenie. Przyglądał się blademu obliczu córki jeszcze przez kilka minut. Zastanawiał się, co powinien zrobić. Głos za jego plecami upomniał go, że musi już wyjść. Pocałował Natalię w czoło i niechętnie zastosował się do polecenia.

***

Wcisnął papierosa do ust już w połowie drogi do wyjścia. Przeglądał historię połączeń. Jego kciuk błądził w okolicy zielonej słuchawki. Nie mógł się zdecydować, czy ją nacisnąć. Jedna z pielęgniarek śledziła każdy jego ruch. Nie spuszczała wzroku z papierosa, zastanawiając się w duchu, czy Merk ma zamiar zapalić go na terenie szpitala. Po zapalniczkę sięgnął, kiedy był już na zewnątrz. Po chwili zaciągał się łapczywie, a papieros podskakiwał za każdym razem, gdy Olgierd aplikował sobie kolejną porcję nikotyny. Ponownie spojrzał na wyświetlacz telefonu. Trzy wielkie litery układały się w słowo JAN. Kiedy rozmawiał z nim ostatni raz? Nie pamiętał i chyba nie chciał pamiętać. Jego telefon raczej nie zwiastował niczego dobrego. Wciąż bił się z myślami, czy powinien oddzwonić, gdy komórka zabrzęczała ponownie. Odebrał.

– Czego chcesz? – zapytał, nie dbając o przywitanie się. – Wybrałeś kiepski moment.

– Ostatnimi czasy masz chyba same kiepskie momenty, Olgierd.

Merk zastanawiał się, skąd Jan może to wiedzieć.

– Dziewczyna nie wróciła do domu.

Olgierd przystanął na schodach, wciąż skryty pod dachem centrum, aby nie zmoknąć.

– To chyba normalne u nastolatków, nie? A poza tym dlaczego uważasz, że powinno mnie to obchodzić?

Mężczyzna po drugiej stronie westchnął.

– Odpowiadając na pierwsze pytanie: tak, to normalne u nastolatków, ale nie w przypadku tej małej. Co do drugiego pytania: powinno cię to obchodzić, bo Wiktor wciąż jest twoim przyjacielem.

Zapadła cisza. Olgierd zastanawiał się, co powinien zrobić. Zaciągnął się ostatni raz. Niedopałek wylądował na mokrych schodach.

– Czego ode mnie oczekujesz?

– Matka dziewczyny zgłosiła zaginięcie...

– Nie jestem już policjantem – przerwał szybko Merk.

– Wiem o tym. Ale wciąż masz swoje kontakty. Proszę cię jedynie, byś sprawdził to i owo. To wszystko. Olgierd, mam przeczucie, że to oni...

Merk przerwał połączenie. Stał jeszcze dobrych kilka minut, wpatrując się w zacinający deszcz. W końcu postawił kołnierz płaszcza i wkroczył w szarą kurtynę łez.

10.

– Wypiję jeszcze jednego i spadam – oznajmił Wiktor. Wpatrywał się mętnym wzrokiem w stojącego za ladą Mariana, u boku którego pojawił się właśnie brat bliźniak. Najbardziej niepokojący był fakt, że Marian nie miał brata bliźniaka. Wiktor zamrugał kilkakrotnie i klon zniknął, ale po chwili znowu zaczął wyłazić z Mariana niczym Patrick Swayze ze swojego ciała w filmie *Uwierz w ducha*. To nie mogło oznaczać niczego dobrego i ewidentnie dowodziło, że Wiktor miał na dzisiaj dość.

Marian był barmanem, a przy okazji właścicielem jednej z najstarszych polskich knajp, jakie powstały na Jackowie. Przyjechał do Chicago pod koniec lat osiemdziesiątych i tak jak większość podobnych mu chłopaków, każdego dnia stawał pod „ścianą płaczu" z nadzieją, że jakiś Amerykanin łaskawie zdecyduje się go zatrudnić. Czuł się jak niewolnik, okaz wystawiony na sprzedaż. Cud, że w tamtym czasie nikt nie kazał mu otwierać ust w celu weryfikacji uzębienia. Zostawił w Polsce żonę i syna oraz obietnicę, że ściągnie ich do siebie po pół roku. Sprawy przybrały jednak obrót inny od oczekiwanego i po niespełna tygodniu Marian chciał uciekać do Zabrza. Ilekroć wracał pamięcią do tych wydarzeń, zastanawiał się, jakim cudem jemu i jego rodzinie udało się przetrwać ten czas.

– Tak chyba będzie najlepiej, Wiktor. Na dziś wystarczy. – Marian zerknął w kąt sali, gdzie kilku Polaków z biało-czerwonymi szalikami na szyjach celebrowało w najlepsze Święto Niepodległości. Stukali kieliszkami, przy okazji rozlewając połowę ich zawartości. – Chociaż pewnie chłopaki będą niepocieszone.

Wiktor półprzytomnym wzrokiem podążył za spojrzeniem barmana. Głowa kiwała mu się na boki, jakby w miejscu szyi zainstalowano mu sprężynę. Zmrużył oczy, już zupełnie im nie wierząc. Wyglądało na to, że jego kompani też przyprowadzili rodzeństwo. Kilkuosobowa grupa zdążyła się powiększyć do rozmiarów drużyny piłkarskiej. Utwierdziło go to jedynie w przekonaniu, że musi się położyć.

– Trudno – odparł, kładąc ręce na ladzie. Próbował wstać, ale dość szybko zrozumiał, że nogi nie zamierzają słuchać jego poleceń. – Muszę...

– Może ktoś powinien cię odprowadzić? – zaproponował Marian.

Wiktor spojrzał w poczciwą twarz barmana i machnął ręką.

– Daj spokój. Przecież to niedaleee... – Nie dokończył, bo ześlizgnął się ze stołka i wylądował na podłodze.

Marian wyjrzał zza lady, przerzuciwszy przez ramię ścierkę. Pokręcił głową z uśmiechem, a potem zagwizdał, czym zwrócił uwagę mężczyzn, którzy właśnie wznosili kolejny toast.

– Chłopaki! Szef ma dosyć na dziś!

Dwóch z nich wstało od stołu i chwiejnym krokiem podeszło do baru. Podźwignęli Wiktora i na powrót posadzili go na stołku.

– Dobra, szefie, odprowadzimy cię do domu – powiedział jeden z nich.

Wiktor westchnął ciężko, zerkając na wciąż uśmiechniętego Mariana.

– Chłopaki piją dziś na mój koooooszt – przypomniał, unosząc do góry palec wskazujący. – Rozliczymy się jutrooo... – Ostatnie słowo zabrzmiało jak „łutro".

Marian nie zamierzał uświadamiać przyjacielowi, że „łutro" zdążyło zmienić się w dziś przed dwiema godzinami. Zamiast tego kiwnął głową, uśmiechnął się szeroko i klepnął Wiktora w ramię. Popatrzył, jak trzech mężczyzn opuszcza jego lokal, i zaraz potem zabrał się za napełnianie kolejnych kieliszków.

Marian doskonale pamiętał, jak Wiktor zasiadł przy jego barze po raz pierwszy. Zerkając wówczas na zadbanego, pięćdziesięciokilkuletniego faceta, wiedział co najmniej dwie rzeczy. Po pierwsze, gość był nowy, bo Marian nigdy wcześniej nie widział go na Jackowie. A po drugie, zdecydowanie różnił się od swoich rodaków. W oczach Wiktora Marian nie dostrzegł zagubienia albo przerażenia typowego dla nowo przybyłych.

– Skąd jesteś? – zapytał, stawiając przed nim piwo.

– Nieważne – odparł Wiktor, a potem upił solidny łyk i przetarł usta wierzchem dłoni.

Marian uniósł brwi, wyraźnie zaskoczony odpowiedzią. Odrobinę zmieszany, wlepił spojrzenie w literatkę, którą pucował od dobrych kilku minut. Wtedy Wiktor odezwał się znowu:

– Nie lubię gadać o przeszłości.

Marian pokiwał głową, dając do zrozumienia, że dotarło do niego to, co przed chwilą usłyszał. Podniósł szkło do światła, aby sprawdzić, czy dobrze wykonał swoją robotę, i rzekł:

– Wszyscy jakąś mamy.

– Ale o mojej nie warto wspominać.

Wiktor wypił duszkiem zawartość kufla.

Ich znajomość nie zaczęła się zbyt dobrze, ale z każdym kolejnym piwem było już tylko lepiej, a Wiktor stawał się coraz bardziej rozmowny.

– Wiesz, gdzie znajdę jakichś ludzi do roboty?

Pytanie całkowicie zbiło Mariana z pantałyku. Nie słyszał go często. W zasadzie to nigdy go nie słyszał. Zazwyczaj bywalcy baru pytali go, gdzie sami mogą znaleźć zatrudnienie. Na początku Marian chciał wysłać Wiktora pod „ścianę płaczu", gdzie niegdyś sam stał godzinami, czekając na łut szczęścia, ale ostatecznie postanowił zgłębić temat:

– O jakiej robocie mówimy?

– Budowlanka.

– Może będę miał kilku chłopaków.

Tamtego wieczora Marian dowiedział się, że Wiktor zainwestował forsę przywiezioną z Polski w lokal, który wymagał remontu. Po niecałych trzech tygodniach otworzył sklep z odzieżą. Kilka miesięcy później – własną szwalnię, a za kolejne pół roku – również firmę remontową. Chłopaków, których polecił mu Marian, zatrudnił na stałe. Czas upływał, a Wiktor zaglądał do baru niemal codziennie po robocie i stał się prawdziwym kumplem Mariana. Rozmawiali o wszystkim, nie wylewając przy tym za kołnierz. No, prawie o wszystkim. Przeszłość Wiktora w dalszym ciągu stanowiła temat tabu. I teraz Marian, obserwując, jak jego przyjaciel w asyście pracowników znika za rogiem Elston Avenue, po raz kolejny pomyślał, że tak naprawdę wciąż niewiele o nim wie.

**

Odprowadzili go pod kamienicę, w której mieszkał. Nalegali, że pomogą mu dotrzeć na górę, ale odprawił ich stanowczym gestem. Nie pozwolił nawet, żeby otworzyli mu drzwi. Stał teraz przy nich, przeszukując kieszenie płaszcza i rozpaczliwie próbując zlokalizować klucze. Dzwoniły w jakiejś kieszeni, ale Wiktor nie miał pojęcia w której. Kiedy wreszcie udało mu się je znaleźć, pierwsza próba trafienia do zamka zakończyła się niepowodzeniem. Klucze z brzękiem upadły na schodki. Wiktor zaklął pod nosem, schylając się po nie. Niełatwa sztuka otwarcia ciężkich drewnianych drzwi powiodła się dopiero za trzecim razem.

Klatka schodowa tonęła w mroku. Przesunął dłonią po ścianie w poszukiwaniu włącznika światła. Kiedy w końcu rozbłysło, Wiktor przykleił się do zielonej lamperii, gotowy rozpocząć wymagającą wspinaczkę na trzecie piętro. Przystanął na półpiętrze i popatrzył w górę. Cienie rzucane przez dwie kolejne kondygnacje tańczyły mu nad głową. Spojrzał w dół – i tu wcale nie było lepiej. Podłoga wirowała mu pod nogami. Czuł się tak, jakby stąpał po pokładzie statku, który wpłynął na wyjątkowo niespokojne wody. Minęło sporo czasu, zanim odbił się od ściany i ruszył w dalszą drogę. Światło zdążyło zgasnąć. Do drzwi mieszkania dotarł po około dziesięciu minutach. Próbował wcisnąć klucz do górnego zamka, ale w tym momencie coś szarego i prostokątnego wypadło zza futryny. Wiktor zerknął na wycieraczkę, kołysząc się na piętach. Koperta? Wsunął ją pod pachę i po raz kolejny próbował poradzić sobie z zamkiem. Światło znowu zgasło. Głośne przekleństwo odbiło się echem od zimnych, tonących w mroku ścian korytarza.

Na łóżku wylądował po kilku kolejnych minutach. Nie próbował nawet ściągnąć kurtki ani butów. Zasnął od razu. Szara koperta leżała tuż obok.

***

Obudził się po dziesięciu godzinach. Przerażający ból głowy i karku przypomniał mu ze zdwojoną siłą, że wciąż jest częścią świata żywych. Postanowił, że poleży jeszcze chwilę, wpatrując się w sufit. Czuł się tak, jakby miejsce języka zajął osinowy kołek, a na dodatek ktoś dla hecy wcisnął mu do ust kilka łyżeczek trocin. Kolejny weekend i kolejny kac gigant.

Zanim zdecydował się wziąć kąpiel, wypił piwo, które w lodówce czekało na takie wspaniałe poranki jak ten. Wszedł pod prysznic i zwymiotował na stopy całą zawartość żołądka.

Przepasany ręcznikiem wciąż niepewnym krokiem poszedł w kierunku łóżka. Plan na resztę dnia nie był zbyt imponujący. Wiktor zamierzał przespać całą niedzielę. Przystanął i wpatrzył się w szary kształt leżący na pomiętolonej pościeli. Wspomnienia wczorajszego wieczora wirowały mu w głowie, próbując ułożyć się we właściwej kolejności. Bar. Impreza. Powrót do domu. Klatka schodowa. Drzwi... Koperta. Podniósł ją i przysiadł na skraju materaca. Obrócił papier w dłoniach. Poczuł, jak serce podchodzi mu do gardła. Znowu zaczynało go mdlić. Na odwrocie nie było dokładnego adresu nadawcy, ale drukowane litery układały się w nazwę kraju, z której wysłano przesyłkę. SWEDEN. Odetchnął głęboko, czując, jak to, co jeszcze zostało w żołądku, ponownie rozpoczyna swoją wędrówkę ku górze. Wpatrywał się w kopertę jeszcze przez jakiś czas, zanim ją otworzył. Wyjął jej zawartość. Zdjęcia. Czarno-białe. Spojrzał na pierwsze z nich szeroko otwartymi oczami. Znajoma twarz. Martwa. Mętne oczy i lekko rozchylone usta. Ciemny krzyż wycięty na białych wargach. Znak, że ich właściciel powiedział za dużo.

Wiktor rozłożył resztę fotografii w wachlarz. Przedstawiały to samo, ale każde kolejne ukazywało bardziej szczegółowe zbliżenie ust mężczyzny. Zdjęcia wylądowały na podłodze. Wiktor pobiegł do łazienki i przykleił się do muszli klozetowej. Wymiotował przez kilka minut, a w przerwie między kolejnymi torsjami powtarzał niczym mantrę: „Boże, spraw, żeby to nie była prawda...".

11.

Ula i Ewa, dwie najlepsze przyjaciółki Marty, pojawiły się u niej po niespełna godzinie. Matka Marty była już na miejscu. Zdążyła wpaść w histerię i przejść do kolejnego stadium, w którym to pierwszy szok zaczynał mijać. W tej chwili drżącymi rękoma robiła Bartkowi śniadanie. Marta nie mogła nawet myśleć o jedzeniu, za to piła drugą już kawę, streszczając przyjaciółkom przebieg wczorajszego wieczoru.

– I kazali ci tak po prostu czekać? – dopytywała Ulka, kiedy Marta dotarła do wizyty na posterunku.

– Mają od groma takich przypadków. Policjant zasugerował mi, że pewnie nad ranem Aga pojawi się w domu. Powiedział, że ktoś się ze mną skontaktuje i…

– Bez jaj! – parsknęła Ewka. Ruda grzywka opadła jej na czoło. W jej wielkich niebieskich oczach ukrytych za szkłem okularów w grubej czarnej oprawce Marta widziała irytację. – Kończcie kawę i tam jedziemy.

Jeszcze jakiś czas temu Marta nie wiedziała, czy przyjazd przyjaciółek był dobrym pomysłem. Teraz była wdzięczna za ich obecność. Pokiwała głową.

– Dajcie mi pięć minut. Muszę się ubrać. – Już miała ruszyć w kierunku schodów, kiedy ponownie zabrzęczał telefon. Natychmiast przyłożyła go do ucha.

– Halo? – Przez dłuższą chwilę po prostu słuchała. Przyjaciółki i matka wpatrywały się w jej blade oblicze i rozbiegane spojrzenie…

Zdawało się, że minęła cała wieczność, zanim Marta rzuciła: – Zaraz przyjadę…

– O co chodzi?! – spytała jej matka.

– To policja. – Marta odłożyła telefon i splotła ręce pod brodą jak do modlitwy. – Znaleźli Ankę. Przyjaciółkę Agnieszki.

– Tylko ją? A Agnieszka?!

Marta zaprzeczyła ruchem głowy i zaczęła płakać.

***

Oczy wszystkich policjantów skupiły się na nich, gdy tylko przekroczyły próg komendy. Na przodzie pewnym krokiem szła Ewka. Stukot ich obcasów odbijał się echem od ponad stuletnich ścian komisariatu. Siedzący w dyżurce funkcjonariusz podniósł wzrok. Nim podeszły do kontuaru, zdążył się dobrze przyjrzeć szczupłym nogom odzianym w ciasne spodnie moro i czarnym kozaczkom na wysokim obcasie. Dopiero po jakimś czasie zorientował się, że rudzielec nie jest sam.

– Dzień dobry – rzuciła Ewka, opierając się o parapet okienka. – Przyszłyśmy w sprawie dziewczyny… – Zawahała się i obejrzała przez ramię.

– Anny Wysockiej – dodała Marta. – Dzwoniliście do mnie z informacją, że się odnalazła. Wczoraj zgłosiłam zaginięcie jej i mojej córki Agnieszki Makowskiej.

Policjant bez słowa podniósł telefon i wybrał jakiś numer wewnętrzny. Ewa przyglądała mu się bacznie, nerwowo bębniąc długimi paznokciami o blat. Ula mocno ścisnęła Martę za rękę.

– Proszę usiąść. – Policjant wskazał ławkę stojącą przy ścianie. – Zaraz ktoś do pań zejdzie.

Nie skorzystały z propozycji. Czekały dobre pięć minut, zanim jedne z niedostępnych dla cywilów drzwi otworzyły się i stanął w nich brodaty mężczyzna. Nie miał na sobie munduru, więc nie były pewne, czy jest policjantem, dopóki się nie przedstawił:

– Witam. Podkomisarz Borys Wolański. Która z pań to pani Makowska?

Marta zrobiła krok naprzód.

– Proszę. – Policjant otworzył szerzej drzwi, zapraszającym gestem wskazując kryjący się za nimi korytarz.

Marta ruszyła przed siebie, czując, jak serce wali jej w piersi coraz mocniej. Wolański skinął głową i posłał dwóm pozostałym kobietom coś na podobieństwo uśmiechu. Już miał zamknąć drzwi, ale w ostatniej chwili Ewka złapała za klamkę.

– Przepraszam. Jesteśmy jej najbliższymi przyjaciółkami. Możemy z nią pójść?

– Bardzo mi przykro, ale niestety nie.

Drzwi zamknęły się za nimi z głuchym trzaskiem. Dyżurny przyglądał się zawiedzionej Ewce, krążącej wkoło i szepczącej pod nosem jakieś przekleństwa. Speszony oderwał wzrok dopiero, gdy posłała mu piorunujące spojrzenie.

***

– Jeden z naszych patroli namierzył przyjaciółkę pani córki, kiedy nad ranem wracała do domu. Była w fatalnym stanie.

Policjant szedł bardzo szybko. Co jakiś czas Marta musiała podbiec, aby dotrzymać mu kroku. W końcu Wolański zatrzymał się przy kolejnych drzwiach, zastygając z ręką na klamce.

– Miała porozrywane i zakrwawione ubranie. Ktoś ją pobił i prawdopodobnie zgwałcił.

– O Boże!

– Jest teraz w szpitalu z matką i policyjnym psychologiem. Udało nam się ją wstępnie przesłuchać. – Komisarz wziął głęboki wdech, jakby to, co zamierzał za chwilę powiedzieć, przychodziło mu z dużym trudem. – Ania zeznała, że nie ma pojęcia, co się stało z pani córką.

Marta czuła, jak cała krew odpłynęła jej z twarzy.

– Jak to?! Przecież były razem w kinie... – Urwała, widząc, że mężczyzna kręci głową.

– Nie poszły do kina. Dziewczyna powiedziała, że spotkały się z jakimś nowo poznanym chłopakiem. Ona chciała pójść na imprezę, Agnieszka – nie. Pokłóciły się. – Policjant otworzył drzwi i zaprosił Martę do środka.

– Proszę usiąść – powiedział, odsuwając jedno z krzeseł. Posłuchała. Usiadł naprzeciwko niej. Marta wpatrywała się w policjanta szeroko otwartymi oczami, wychwytując kolejne słowa. Miała wrażenie, że śni koszmar, z którego za chwilę się obudzi. Nawet siedzący przed nią gliniarz wyglądał irracjonalnie. Ile mógł mieć lat? Trzydzieści? Trzydzieści pięć? Dopiero teraz zauważyła, że podwinięty rękaw koszuli odsłaniał kolorową kombinację wzorów na jednym z przedramion. Tatuaż i przydługie włosy zaczesane do tyłu niewiele miały wspólnego z policyjną aparycją, do której zdążyła przywyknąć. Po śmierci Adama rozmawiała z dziesiątkami policjantów.

– W pewnym momencie między dziewczynami doszło do sprzeczki. – Wolański mówił dalej, utwierdzając ją w przekonaniu, że wszystko to dzieje się naprawdę. – Ale ostatecznie Agnieszka spędziła z tą dwójką resztę wieczoru. Spotkali się przy McDonaldzie i rozmawiali kilka minut. Później podziemny monitoring zarejestrował, jak cała trójka odjechała czerwonym sportowym samochodem.

Marta przymknęła na chwilę oczy. Nie wierzyła, że Agnieszka mogła wsiąść do samochodu z obcym chłopakiem.

– Dziewczyna kłamie – powiedział, patrząc Marcie w oczy. – Próbujemy się teraz dowiedzieć dlaczego.

Anka była najlepszą przyjaciółką jej córki. Widywała ją niemal codziennie. Nieraz zostawała u nich na obiad albo na noc pod pretekstem wspólnej nauki, chociaż Marta doskonale wiedziała, że dziewczyny nawet nie zaglądały do książek. Kilka razy były w kinie we trzy albo podwoziła je na zakupy. A teraz Anka nie chciała powiedzieć, gdzie jest Agnieszka?

– Sama porozmawiam z tą dziewuchą!

– To nie jest dobry pomysł. Proszę zostawić to naszej psycholożce. Poza tym to niemożliwe. Aby potwierdzić, że dziewczyna została zgwałcona, konieczne jest przeprowadzenie badań. Na razie Anka nie chce się na nie zgodzić.

12.

Salon wyglądał jak pobojowisko. Podłoga lepiła się od rozlanego alkoholu, gdzieniegdzie walały się potłuczone szkło, resztki popękanych balonów i kolorowe wstążki. Literatki i kieliszki z niedopitą zawartością stały na stolikach wśród resztek białego proszku. Grubas z rozpiętą koszulą i maską małpy na kolanach spał na kanapie, tuląc do siebie jedną z dziewczyn przebraną za króliczka „Playboya". Klaun z dużym czerwonym nosem chrapał na fotelu z nogą przerzuconą przez oparcie. Dwie roznegliżowane dziewczyny leżały na podłodze tuż obok.

Madejska starała się stawiać ostrożnie każdy krok, aby nie nadepnąć na szkło. Nie udało się. Zastygła w miejscu, kiedy usłyszała charakterystyczny chrzęst pod stopą. Wykonała kolejny ruch dopiero, gdy zyskała pewność, że nie obudziła żadnego z mężczyzn. Wyglądała jak uczestniczka zabawy „Stary niedźwiedź mocno śpi". Uklękła przy nieprzytomnych dziewczynach. Zaczęła delikatnie szturchać je za ramię. Kiedy to nie przyniosło efektu, klepnęła jedną z nich w policzek. Blondynka jedynie wymamrotała coś pod nosem.

– Obudź się – powiedziała Paula Madejska przyciszonym głosem. – Wstawajżeż... – Tym razem szarpnęła dziewczynę zdecydowanie mocniej. Kelnerki jej nie obchodziły. To Maks je skądś załatwił. Martwiła się jedynie o swojej dziewczyny, a dwie z nich leżały nieprzytomne. Cztery inne zniknęły w pokojach z jego ludźmi. I to stanowiło największy problem. Pojęcia nie miała, jak je stamtąd wyciągnąć. Spróbowała podnieść blondynkę, ale odpuściła, gdy usłyszała...

– Gdzie ona, kurwa, jest?! – To był Maks. I co gorsza, był wściekły. Jego głos dobiegał z góry.

Grubas siedzący na kanapie się przebudził. Odsunął od siebie kelnerkę i wlepił w Madejską pytające spojrzenie. Kobieta rozłożyła jedynie ręce. Mężczyzna wstał i bezskutecznie próbując wcisnąć koszulę w spodnie, chwiejnym krokiem podążył w kierunku holu, skąd dobiegał krzyk. Madejska podreptała za nim.

Maks stał na piętrze wsparty o balustradę. Roznegliżowany od pasa w górę, wbijał palec wskazujący w młodego chłopaka, którego Madejska widziała wczoraj po raz pierwszy w życiu. To on przyprowadził te dziewczyny. Jedna z nich najwyraźniej zniknęła. Madejska czuła, że zanosi się na niezłą awanturę, i natychmiast pożałowała, że jej i dziewczynom nie udało się wyjść wcześniej.

– Pytam raz jeszcze: gdzie jest dziewczyna?! – grzmiał Maks.

Młody chłopak, choć zbudowany jak gladiator, trząsł się niczym mały przerażony chłopiec.

– Naprawdę nie wiem… Obudziłem się i… już jej nie było. Myślałem, że poszła do łazienki, ale…

Nóż sprężynowy pojawił się nie wiadomo skąd. Zupełnie jakby jego właściciel popisywał się jakąś magiczną sztuczką, trikiem godnym iluzjonisty. Stal zabłysła w powietrzu, a wszystko trwało zaledwie kilka sekund. Być może chłopak mógłby się obronić. Był przecież młodszy i pewnie silniejszy, ale gdyby nawet poradził sobie z Maksem, to pozostawała jeszcze reszta grupy. Takie myśli pojawiły się w głowie Madejskiej przez tych kilka chwil, podczas których obserwowała, jak niedźwiedzia dłoń Maksa zaciska się na gardle młodego, a druga dźga go w brzuch, raz i drugi, i znowu. Chłopak nie wydał z siebie żadnego dźwięku, za to Madejska darła się wniebogłosy, obserwując, jak bezwładne ciało spada na podłogę, łamiąc barierkę. Widziała Maksa w akcji nie raz. Ale nie sądziła, żeby mogła się kiedykolwiek do tego przyzwyczaić. Był furiatem. Nieobliczalnym psychopatą, od którego nie mogła się uwolnić przez te wszystkie lata.

– Znajdź dziewczyny i zabieraj się stąd! – wrzasnął w jej kierunku, ocierając ostrze noża o spodnie. Zaraz potem zwrócił się do grubasa: – A ty pozbieraj chłopaków. Za dziesięć minut ma tu nikogo nie być.

***

Marcie podano jakieś środki na uspokojenie. Przez kilkanaście minut w ogóle się nie odzywała. W jej głowie znowu pojawiały się najróżniejsze obrazy. Agnieszkę zgwałcono, leżała teraz sama w jakimś pokoju... Później zobaczyła nagie ciało własnej córki leżące gdzieś pod drzewem... Wyobraźnia była bezlitosna.

Po jakimś czasie poproszono Martę, aby przeszła do innego pomieszczenia. W środku było zdecydowanie jaśniej niż w poprzednim pokoju, choć wyposażenie nadal pozostawało surowe: stół i kilka krzeseł. Przez krótką chwilę Marta sama poczuła się jak oskarżona. Postawiono przed nią kawę, ale na dobrą sprawę nie pamiętała, czy o nią prosiła. Żałowała, że nie pali. Gdyby tak było, chętnie poprosiłaby o papierosa, aby przekonać się, czy rzeczywiście pomoże jej ukoić nerwy.

– Ten samochód, o którym pan mówił. – Marta odezwała się do Wolańskiego pierwsza. Byli w pokoju sami. – Nie możecie go po prostu sprawdzić?

– Już to zrobiliśmy. Auto zostało skradzione w Niemczech przed trzema dniami. Numery rejestracyjne nie były prawdziwe. Samochód został nagrany przez monitoring miejski. Niestety, potem ślad się urywa. Ania podała nazwę klubu, do jakiego rzekomo poszli. Nasi ludzie wraz z pracownikami ochrony wciąż sprawdzają zapis z kamer. Nie sądzę, żeby coś znaleźli. Ania mówi, że nie pamięta, do jakiego mieszkania zabrał ją chłopak, bo była pijana. Zrobiliśmy testy. W jej krwi znaleziono śladowe ilości narkotyków.

– Boże... – Marta wsunęła palce we włosy i wbiła wzrok w blat stołu. – Mogę z nią porozmawiać? – zapytała po chwili.

– Na razie nie… to nie…

– Nie jest dobry pomysł! – wrzasnęła Marta, podrywając się z krzesła. – Tak, wiem! To po cholerę mnie tu wezwaliście?! Po co mówi mi pan te wszystkie rzeczy?! Żebym dostała zawału?! Moja córka zniknęła chwilę po tym, jak wsiadła do samochodu z obcym chłopakiem! Anka na pewno wie więcej! Dajcie mi szansę z nią porozmawiać!

Wolański był oazą spokoju. Jego twarz nie zdradzała żadnych emocji. Wpatrywał się w stojącą naprzeciw niego kobietę, nie wypowiedziawszy choćby słowa. Odezwał się dopiero, kiedy Marta, wyraźnie zrezygnowana, w końcu usiadła. Łzy napłynęły jej do oczu. Toczyła ze sobą wewnętrzną walkę, aby znowu się nie rozbeczeć.

– Ma pani przy sobie telefon komórkowy?

– Słucham? – Głos się jej łamał.

– Pytałem, czy ma pani…

– Słyszałam, ale po co panu mój telefon?

– Może powinna pani zadzwonić do przyjaciółek? Poprosić, aby pojechały do domu? To może jeszcze potrwać.

– Poczekają. Zresztą przyjechałyśmy moim autem.

– Dobrze. Proszę dać mi swój telefon.

Wolański wyciągnął dłoń w jej kierunku. Niczego nie rozumiała.

– Śmiało – ponaglił.

Posłuchała i czekała na wyjaśnienia. Wyglądało na to, że komisarz na razie nie zamierza ich udzielić. Wyciągnął za to swój telefon i zadzwonił. Poprosił kogoś o przyjście. Niedługo potem drzwi pokoju się otworzyły. Umundurowany policjant skinął nieznacznie głową w kierunku Marty. Nie odwzajemniła gestu. Wolański podał mu jej biały smartfon.

– Poproś Adamskiego – powiedział.

Marta obserwowała, jak policjant ponownie kiwnął głową i zniknął za drzwiami razem z jej telefonem.

– Co to ma znaczyć? – zapytała w końcu.

– Zainstalujemy pani specjalną aplikację.

– Jaką aplikację?

– Program szpiegujący, dzięki któremu będziemy mogli podsłuchiwać pani rozmowy.

– Ale dlaczego?! Nawet nie zapytał mnie pan o zgodę…

– Pani Makowska – przerwał jej Wolański, opierając łokcie na stole – Pani córka prawdopodobnie została uprowadzona.

***

Kiedy Andrzej Adamski wszedł do pokoju, Wolański dał mu znać, aby po prostu usiadł obok. Przez chwilę obaj w ciszy przyglądali się kobiecie, która cicho pochlipując, ocierała oczy i wycierała nos.

– Wiem, jak jest pani ciężko – zaczął Wolański.

– Doprawdy…? – Marta z trudem przełknęła ślinę.

– Musi pani zrozumieć, że teraz liczy się każda minuta.

– Skąd w ogóle pewność, że moja córka została… porwana?! – Ostatnie słowo ledwo przeszło jej przez usta. Irracjonalność całego wydarzenia po raz kolejny przyprawiła ją o zawrót głowy. Jeszcze wczoraj siedzący w dyżurce policjant sugerował, że być może dziewczyny „zabawiły" dłużej na jakiejś imprezie, a dzisiaj, zaledwie kilkanaście godzin po zgłoszeniu, inny plecie coś o uprowadzeniu. Odruchowo sięgnęła po kawę w nadziei, że jej łyk odblokuje ściśnięte gardło.

Mężczyźni wymienili spojrzenia.

– To jest inspektor Andrzej Adamski z Centralnego Biura Śledczego Policji. – Wolański wreszcie przedstawił kolegę, nie kwapiąc się specjalnie, aby odpowiedzieć na zadane przed chwilą pytanie.

Adamski kiwnął głową, zmuszając się do lekkiego uśmiechu. Surowe, naznaczone zmarszczkami oblicze na ułamek sekundy nabrało odrobinę bardziej przyjaznego wyrazu.

– Nie mamy pewności, że pani córka została uprowadzona, ale mamy podstawy, aby wysunąć takie podejrzenia. – Głos Adamskiego pasował do jego aparycji: gruby i mocny, a przez to niekoniecznie miły dla ucha. – Wsiadła do samochodu z obcym mężczyzną. Auto, jak się później okazało, było kradzione. Biorąc pod uwagę te wszystkie przesłanki, na wszelki wypadek musimy panią wstępnie przygotować. Marta przesuwała wzrokiem po twarzach policjantów zupełnie skonsternowana.

– Przygotować na co?

– Na to, że porywacze mogą się próbować z panią skontaktować. – Tym razem Wolański nie zwlekał z odpowiedzią.

– Zazwyczaj sprawcy kontaktują się z rodziną porwanego w ciągu trzech dni od zniknięcia. Czasami już następnego dnia…

Marta uniosła dłoń, przerywając Adamskiemu.

– Chcecie powiedzieć, że Agnieszka mogła zostać uprowadzona dla okupu?

Zapadła cisza.

– To jest możliwe – przyznał Wolański.

– Przecież nie jesteśmy zamożni… – Marta przerwała, zdając sobie sprawę, jak absurdalnie może zabrzmieć dalsza część jej wypowiedzi.

Obecnie sytuacja finansowa jej rodziny rzeczywiście często spędzała jej sen z powiek, ale zaledwie przed rokiem nie musiała się o nic martwić. Wszystkimi sprawami finansowymi zajmował się bowiem Adam. Jej rola ograniczała się do wyciągnięcia ze skrzynki kolejnego rachunku i przedstawienia potrzeb jej i dzieci, które musiały zostać ujęte w budżecie na dany miesiąc. Wraz ze śmiercią Adama nie tylko zalała ją fala rozpaczy, ale również spadły jej na głowę obowiązki, z którymi wcześniej nie miała do czynienia. Na chwilę zacisnęła mocno powieki, robiąc wszystko, co w jej mocy, aby po jej policzkach nie popłynęły kolejne łzy.

– Wraz ze śmiercią męża popadliśmy w finansowe tarapaty – wydusiła wreszcie. – Adam był przewrażliwiony na punkcie swojej pracy. Powtarzał, że po godzinach interesujemy go tylko my, ale i tak nie mieliśmy dla siebie zbyt wiele czasu. Kiedy zginął, okazało się, że firma wcale nie prosperowała aż tak dobrze, jak myślałam…

Policjanci po raz kolejny wymienili spojrzenia. W sposobie, w jaki to robili, było coś, co wyjątkowo nie podobało się Marcie.

– Firma została sprzedana – dodała po dłuższej chwili. – Musiałam zapłacić pracownikom zaległe pensje. Adam zaciągnął kredyty, o istnieniu których nie miałam pojęcia.

– Porywacze o tym nie wiedzą. Wiedzą za to zapewne, że mieszka pani w pięknym domu i jeździ niezłym autem. To wszystko, co ich interesuje. Porwany może zostać każdy, a kidnaperzy zadowolą się kwotą nawet kilkudziesięciu tysięcy złotych.

– Ja nie mam takich…

– Ale może je pani zorganizować bardzo szybko. Sprzedając samochód bądź dom. Pożyczyć od rodziny albo przyjaciół. Właśnie tak to działa, porwania stały się dla przestępców intratnym biznesem.

Drzwi do pokoju się otworzyły i pojawił się w nich funkcjonariusz, który przed kilkunastoma minutami zniknął z jej telefonem. Bez słowa położył białe urządzenie na stole i szepnął Wolańskiemu do ucha kilka słów. Komisarz kiwnął głową i poderwał się z krzesła.

– Dokąd pan idzie? – zapytała Marta.

Wolański zatrzymał się przy drzwiach.

– Proszę, by została pani z inspektorem Adamskim. To zajmie kilkanaście minut.

***

– Co powiedziała? – Wolański podążał za policjantem w kierunku pokoju przesłuchań.

– Na razie niewiele, poza tym, że chce opowiedzieć, co się naprawdę wydarzyło. Cały czas płacze. Mieczkowska od razu posłała po ciebie.

W korytarzu Wolański dostrzegł roztrzęsioną, żywo gestykulującą kobietę. To była matka tej dziewczyny. Jedna z policjantek próbowała ją uspokoić, ale z mizernym skutkiem. Wolański przemknął obok nich niczym cień i wszedł do pokoju. Siadając przy dziewczynie, wymienił z Mieczkowską porozumiewawcze spojrzenia. Anka wciąż płakała, więc podał jej chusteczkę.

– Jesteś gotowa opowiedzieć, co się wydarzyło?

Wytarła nos i policzki.

– Twoja przyjaciółka może nie mieć zbyt wiele czasu.

– Aniu, jesteś bezpieczna – odezwała się Mieczkowska. – Teraz musimy pomóc Agnieszce.

Anka pociągnęła nosem i zaczęła mówić:

– Pojechałyśmy na tę imprezę, chociaż… Agnieszka nie chciała. Miałyśmy pójść do kina, ale spotkałyśmy tego chłopaka i on nas zaprosił…

Kobieta kiwnęła głową, dając Ance delikatny sygnał, aby mówiła dalej. Tak naprawdę mieli całkiem sporo informacji i psycholożka doskonale zdawała sobie z tego sprawę. Dziewczyna nadal mogła iść w zaparte, milczeć jak grób albo opowiadać niestworzone historie. Mieczkowska przerobiła zbyt wiele podobnych przypadków, by nie zdawać sobie z tego sprawy. Bardzo często pacjenci doświadczający traumatycznych przeżyć pozostawali w szoku albo przez długi czas wypierali je ze swojej świadomości. Potem pojawiał się syndrom stresu pourazowego. Wszystko to skutecznie uniemożliwiało przesłuchanie, a w konsekwencji – poznanie prawdziwego przebiegu wydarzeń.

– Pojechałyśmy z nim do tego domu…

– Gdzie to było? – spytał Wolański.

Anka pokręciła głową. Zerknęła na komisarza, ale tylko na ułamek sekundy. Zaraz potem wlepiła wzrok w podłogę.

– Nie pamiętam dokładnie. Na pewno wyjechaliśmy z miasta. Minęliśmy Mierzyn i… było ciemno… Ja po prostu nie pamiętam… Jechałyśmy przez jakiś las. – Znowu była bliska płaczu.

– Możesz opisać ten dom?

– Duży i bardzo ładny…. Chyba biały… na pewno piętrowy… ogrodzona posesja…

Wolański wyłuskał z kieszeni koszuli mały notatnik i szybko zapisał to, co przed chwilą usłyszał.

Anka mówiła dalej, co chwila wycierając nos w chusteczkę. Zrelacjonowała przebieg imprezy, dość szczegółowo opisując towarzystwo. Skupiła się na człowieku o imieniu Maks i kobiecie, właścicielce agencji modelek.

– Nie mogę sobie teraz przypomnieć jej nazwiska, ale kiedy Agnieszka ją zobaczyła, myślałam, że zemdleje…

Gdy zaczęła opowiadać o tym, co się wydarzyło, później zaniosła się płaczem. Mieli spore trudności, aby zrozumieć choć słowo.

– Nie wiem, co stało się z Agą… – wydusiła wreszcie. – Na początku byłyśmy w pokoju razem… rzucili nas na łóżko… i oni wszyscy…

Mieczkowska już miała się podnieść z krzesła, ale Wolański zatrzymał ją ruchem dłoni.

– Co się stało potem?

– Ocknęłam się w innym pokoju. W środku nocy przyszedł Kuba. Nie wiem, dlaczego mnie uwolnił, ale zagroził, że jeżeli pisnę choć słowo, to zabiją mnie i moją rodzinę…

13.

OKOLICE HÄRNÖSAND

Sven miał swój rytuał związany z powrotami do domu. Kiedy wracali od strony Örnsköldsvik, prosił – na wypadek gdyby przysnął – aby obudzono go, gdy tylko oczom kierowcy ukażą się filary mostu Höga Kusten. Od domu dzieliło ich wówczas kilkadziesiąt kilometrów i Sven przez resztę drogi przygotowywał się mentalnie na spotkanie z rodziną po wielotygodniowej rozłące.

– Sven! – krzyknął Evert, pamiętając o prośbie przyjaciela. Na chwilę oderwał wzrok od przedniej szyby, po czym znów skupił się na prowadzeniu. – Obudź się, widzę już most! Za pół godziny będziemy w Härnösand!

Sven przetarł dłonią zaspane i lekko przekrwione oczy. Potrzebował trochę czasu, by przyzwyczaić się do światła i nowej rzeczywistości. W oddali dostrzegł imponujące, wznoszące się ku niebu pylony mostu. Z tej perspektywy wyglądały, jakby podpierały napęczniałe chmury, które – gdyby nie one – z impetem runęłyby na ziemię.

Höga Kusten porównywano do jego słynnego brata zza oceanu, mostu Golden Gate łączącego San Francisco z hrabstwem Marin. Choć Sven nigdy na własne oczy nie widział osławionych Złotych Wrót, to wiedział co nieco na temat samej konstrukcji. Chociażby to, że most miał długość 2,7 kilometra, a jego dwie bliźniacze wieże pięły się na wysokość 218 metrów. Biorąc pod uwagę techniczne parametry, Höga Kusten, o długości 1,8 kilometra i pylonach wysokich na 180 metrów, ustępował amerykańskiemu mostowi samobójców, jak zwykło się o nim mówić.

– Musisz się tak wydzierać? – zapytał poirytowany Jerk. Siedział tuż obok Everta i jeszcze przed kilkoma minutami błąkał się po krainie snów, zanim ten bezpardonowo go z niej wyrwał.

– Chciałem obudzić Svena i...

– I przy okazji, kurwa, wszystkich świętych! – Jerk wychylił się z fotela, zerkając na tył busa. Sven, choć już przytomny, siedział odchylony na bok, a na jego ramieniu spoczywała głowa pochrapującego Hansa. Po podłodze walały się puszki po wypitym piwie. – Ej, panienki! Pobudka, zaraz będziecie w domu!

Hans przeciągnął się szeroko, wbijając pięści w podsufitkę auta. Ziewnął, a potem wyłamał palce. Kości trzasnęły tak głośno, jakby ktoś nadepnął na suchą gałąź.

– Nareszcie. Mamy jakiś browar? – Hans nachylił się, szukając po omacku kolejnego piwa. Odpowiedział mu nieprzyjemny dla ucha brzęk pustych i częściowo pogniecionych puszek. Spojrzał z nadzieją na Svena. – Zostało coś jeszcze?

– Obawiam się, że wydoiłeś wszystko.

Zazwyczaj kupowali osiem piw i kiedy zbliżali się do domu, okazywało się, że dla Hansa to za mało. Sven wypijał trzy, reszta była jego.

– Cholera. Suszy mnie – oznajmił Hans.

Jerk wyjął małą butelkę wody gazowanej ze schowka na rękawiczki. Uniósł ją ostentacyjnie i spojrzał na przyjaciela pytająco, z ironicznym uśmieszkiem wymalowanym na twarzy.

– Bardzo zabawne – bąknął Hans. – Wyglądam na odwodnionego?

Po przejechaniu kilkudziesięciu kilometrów zjechali z mostu i Evert zatrzymał samochód. Sven odsunął boczne drzwi i wygramolił się z auta, podczas gdy Hans dokonywał kolejnej inwentaryzacji pustych puszek. Narzucił na siebie dżinsową kurtkę i postawił kołnierz.

– Dzięki, chłopaki. Do następnego razu – powiedział.

– Wpadnę jutro, to rzucimy okiem na ten dach – odparł Evert. Jakiś czas temu żona Svena wspomniała coś o przeciekającym suficie. Evert obiecał pomóc.

– Daj spokój. Poradzę sobie.

– Nie wątpię, ale obiecałem, to pomogę. Nie licz jednak, że pojawię się z samego rana. Muszę odpocząć i porządnie zająć się żoną. – Evert puścił do niego oko i się zaśmiał. Jerk poszedł w jego ślady. – Jestem wyposzczony i trochę mi zejdzie.

– Nie spiesz się.

Drzwi trzasnęły z hukiem. Sven zabrał torbę z bagażnika i przerzuciwszy przez ramię, obserwował, jak bordowy bus włącza się do ruchu. Uniósł rękę w pożegnalnym geście. W ostatniej chwili dostrzegł spojrzenie Jerka w bocznym lusterku. Kiedy auto zniknęło za horyzontem, popatrzył na poszarzałe niebo. Kilka kropel spadło mu na twarz. Przed dwoma miesiącami, w dniu wyjazdu, żegnało ich słońce. Dziś Härnösand uczciło ich powrót deszczem. To nie miało jednak najmniejszego znaczenia. Liczyło się tylko to, że niebawem zobaczy Judith i Björna. Nie widział ich od ośmiu tygodni, nie licząc rozmów przez Skype'a. Tęsknota paliła jego serce żywym ogniem.

Poprawił torbę na ramieniu i ruszył w kierunku domu. Do przejścia miał około kilometra. Evert mógłby go podrzucić pod same drzwi, ale Sven zawsze wysiadał w tym miejscu. Tłumaczył, że chce się przewietrzyć. Było w tym odrobinę prawdy, ale w gruncie rzeczy kierowały nim inne intencje. Krótki spacer traktował jak etap przejściowy. Zupełnie jakby przeprawiał się przez most łączący dwa równoległe światy. Właśnie zostawił za sobą ten, w którym czuł się niezwykle samotny. Rozłąka z rodziną miała zły wpływ na jego kondycję psychiczną. Dwunastogodzinna praca przynosiła wprawdzie ukojenie, zmęczenie fizyczne przeganiało niechciane myśli, ale te i tak powracały, nieproszone, zbyt często. Przedzierały się do jego świadomości niczym robactwo przez nieszczelne okna. Sven oczami wyobraźni często widział obrazy, których nie chciał oglądać. W rezultacie odkładał młotek i chwytał za telefon, aby usłyszeć Judith choć na chwilę albo wysłać krótki esemes, żeby upewnić się, że u niej i Björna wszystko w porządku.

Podążając dobrze znanym skrótem po niewielkim urwisku i odpychając gałęzie krzaków sprzed twarzy, starał się myśleć racjonalnie. Próbował być głuchym na podszepty złego głosu, który znów podpowiadał mu, że jego rodzinny dom jest pusty. Jak to możliwe, skoro zaledwie przed dwiema godzinami rozmawiał z Judith? Zapewniała go, że już na niego czekają. Björn nie odchodzi od okna. Wypatruje go na horyzoncie. Ona przyrządza jego ulubione danie.

Tylko raz pozwolił Evertowi odwieźć się pod drzwi domu. Pożałował tego natychmiast, gdy tylko ujrzał w nich Judith. Powinien był przewidzieć, że jego żona nie pozwoli jego przyjaciołom odjechać ot tak. Choć użycie słowa „przyjaciele" było sporym nadużyciem. Za swojego przyjaciela uważał jedynie Everta i za nim pewnie skoczyłby w ogień. Przed dziesięcioma laty to właśnie Evert przywitał go w Härnösand. To on pomógł załatwić Svenowi robotę i wspierał go, gdy inni z niego szydzili.

– Odpuść – mawiał, gdy ktoś zerkał na Judith spode łba. – Wszystkim mordy nie obijesz…

Wówczas w jakiś niezrozumiały dla siebie sposób Sven… odpuszczał. Rozluźniał zaciśnięte w pięści dłonie, odwracał głowę w drugą stronę, otaczał żonę ramieniem i odchodził. Tak, Evert był jego przyjacielem. Jerk i Hans nigdy nie zasłużyli sobie na takie miano. Wręcz przeciwnie. Byli znakomitymi rzemieślnikami, ale przy okazji prymitywami, pijakami i psami na baby, którzy nie przepuszczali żadnej spódniczce.

Tamtego popołudnia, kiedy bus zatrzymał się pod ich domem, Sven chwycił torbę, machnął kumplom na pożegnanie i odwrócił się w stronę Judith. Nie zdążył nawet jej pocałować, kiedy zapytała:

– Może zaprosisz przyjaciół na obiad? Na pewno są głodni po podróży – dodała, wyglądając zza jego ramienia. Zaraz potem dostrzegła, jak Sven zaciska zęby i wbija wzrok w ziemię. Zrozumiała, że powiedziała coś nie tak. Znała swojego męża zbyt dobrze. Ale wypowiedzianych słów nie można było cofnąć.

– No właśnie, Sven. Gdzie twoje maniery? – odezwał się Jerk, wychylając się przez okno busa. – Umieramy z głodu. Prawda, chłopaki? Hans przytaknął mu głośno i w mgnieniu oka wyskoczył z samochodu. Evert najbardziej się ociągał. Podjął nawet próbę przekonania chłopaków, że to nie najlepszy pomysł, ale ci wchodzili już do domu.

– Dziękujemy, Judith – rzucił Jerk, przekraczając próg. – Co dobrego ugotowałaś?

– Lasagne – wymamrotała, nie odrywając wzroku od męża. Jerk aż gwizdnął z zachwytu.

– Uwielbiam lasagne – przyznał i klepnął Svena w ramię. – Chłopie, ty to masz szczęście. Nie dość, że taka piękność, to jeszcze umie gotować.

Judith nie wytrzymała spojrzenia męża pełnego wyrzutu. Zniknęła we wnętrzu domu zaraz za swoimi gośćmi.

– Zjemy szybko i się zwijamy – zapewnił Evert, patrząc przyjacielowi w oczy. – Postaram się, żeby zachowywali się jak należy.

Jerk i Hans rzeczywiście byli wygłodniali. Mieli iście wilczy apetyt, ale ślinili się nie tylko na myśl o pysznych lasagne, lecz także na widok krzątającej się po kuchni Judith. Wodzili wzrokiem po jej smukłym ciele, kiedy serwowała im dokładkę. Sven z trudem panował nad rosnącym gniewem. Po raz kolejny toczył w życiu walkę z najtrudniejszym przeciwnikiem: z samym sobą. Robił wszystko, co w jego mocy, aby utrzymać na wodzy bestię uwiezioną w jego ciele.

– Sven, masz jakiś dobry trunek? – wymamrotał Jerk z pełnymi ustami. – Wiesz, coś mocniejszego do obiadu?

– Dobra, dość tego. – Evert wstał, chociaż nie dokończył jeszcze swojej porcji. – Wychodzimy.

– Co? A niby dlaczego? Nie zdążyliśmy nawet zjeść.

– Judith na pewno chętnie zapakuje ci na drogę, prawda, Judith? Wymuszony uśmiech na ułamek sekundy zagościł na jej twarzy.

Evert nachylił się nad Jerkiem i powtórzył:

– Wychodzimy.

Kiedy wreszcie nieokrzesani goście opuszczali ich dom, Sven obserwował ich przez okno. Evert, niczym szofer, otworzył i zaraz zamknął drzwi za Jerkiem i Hansem. Sven wiedział, że więcej niż uprzejmości było w tym chęci upewnienia się, że odjadą tak szybko, jak to tylko możliwe, zanim przyjdzie im do głowy upomnieć się o deser.

Bus odjechał po szutrowej drodze, wzbijając tumany kurzu, jednak Sven nie ruszył się z miejsca. Wciąż czuł, jak krew buzuje mu w żyłach. Delikatne ramiona Judith oplotły go w pasie. Przycisnęła twarz do jego pleców.

– Przepraszam – wyszeptała.

Nie odpowiedział. Ściągnął z siebie flanelową koszulę, rzucił ją w kąt i nagi do pasa wyszedł na chłodne kwietniowe powietrze. Judith nastawiła wodę na herbatę. Po paru minutach z kubkiem w ręku wpatrywała się w okno, za którym jej mąż dawał upust złości, rąbiąc drwa. W akceptowalny sposób pozbawiał się złej energii. Położyła dłoń na brzuchu. Tego dnia wszystko miało wyglądać inaczej. Wieczorem powiedziała mu, że będą mieli dziecko.

Widok majaczącego w oddali zagajnika sprawił, że Sven wrócił do rzeczywistości. Przystanął, poprawił torbę, która zdążyła zsunąć mu się z ramienia, i uśmiechnął się szeroko. Lasek Björna, bo tak nazywali ulubione miejsce zabaw ich syna, dzieliło od domu zaledwie kilkaset metrów. Co prawda Judith nie pozwalała chłopcu chadzać tam samemu, ale Sven poważnie wątpił, aby przez ponad dwa miesiące ojcowskiej nieobecności Björn był w stanie przestrzegać zakazu. Ruszył ścieżką w kierunku drzew, których korony tworzyły nad jego głową coś na podobieństwo liściastego sklepienia. Intensywna woń lasu sprawiała, że aż kręciło mu się w głowie. Nie był jednak pewien, czy to tylko i wyłącznie wynik naturalnego zapachu, czy kolejnych wspomnień, jakie ten wywoływał. Przed oczami Sven miał chowającego się Björna, przekonanego, że jest niewidoczny. Mały uwielbiał zabawy w chowanego, prawie tak samo jak bitwy, które często toczyli. Wcześniej jednak musieli się porządnie uzbroić, a to oznaczało kolejne sztuki drewnianych mieczy, łuków, toporów i niezliczone ilości strzał, które strugali, siedząc nad płynącym nieopodal strumykiem.

– Tato, myślisz, że Wikingowie mieli takie same miecze jak my? – pytał Björn, zaciekle zeskrobując korę scyzorykiem. Sven z rozbawieniem obserwował syna, jak z lekko wysuniętym językiem i zmarszczonymi brwiami oddaje się swojej pracy.

– Myślę, że mieli prawie identyczne. Właściwie jestem pewien, że Ragnar miał dokładnie taki jak twój.

Chłopiec z wrażenia zaprzestał na moment strugania.

– Serio?

Sven uśmiechnął się i chwycił kawałek trzymanego przez syna drewna.

– Zobacz. – Wskazał na wyprofilowaną rękojeść. – Wystrugaliśmy ją tak, aby idealnie leżała w twojej dłoni. Miecz nie może być za ciężki, żebyś swobodnie mógł walczyć jedną ręką. – Sven uniósł drewnianą broń i przyglądał się jej przez dłuższą chwilę, jakby była prawdziwa, wykuta z lśniącej w słońcu stali. – Ale nie może też być za lekki, bo w przeciwnym razie miecze wroga rozłupią go w okamgnieniu. Cały sekret tkwi w ostrzu. – Sven przejechał palcem po sztychu wilgotnym od żywicy. – Musi być dobrze wyważone, i to jemu musisz poświęcić najwięcej uwagi. Ragnar miał taką samą dwusieczną spathę jak twoja.

Oddał miecz synowi, ale ten wciąż przyglądał się ojcu z szeroko rozdziawioną buzią. Dopiero po pewnym czasie ostrze nożyka na powrót zatopiło się w miękkim drewnie. Białe łuski lądowały u stóp chłopca.

– Tato, wiesz co?

Sven uniósł brwi, czekając na to, co syn chce mu powiedzieć.

– Jesteś dla mnie dzielny jak Ragnar Lothbrok, a może nawet i dzielniejszy.

Uśmiechnął się i zmierzwił chłopcu blond czuprynę. Svenowi schlebił ten komplement, ale zaraz przypomniał sobie sytuację, kiedy Björn zobaczył coś, czego nie powinno oglądać żadne dziecko: ojca w przypływie niemożliwej do okiełznania agresji, wylewającej się z niego z siłą żywiołu i pozostawiającej po sobie równie nieodwracalne spustoszenie. Tamtej niedzieli wracali z kościoła. Trzymali Björna za ręce, a ten, wesoło podskakując, pytał, czy to prawda, że Bóg widzi wszystko.

– To święta prawda, mały – usłyszeli odpowiedź, ale nie udzieliło jej żadne z nich.

Przystanęli. Nie wiadomo skąd tuż obok pojawiło się dwóch mężczyzn. Jeden z nich trzymał w ręku butelkę. Pociągnął łyk i zaraz podał drugiemu. Judith natychmiast przygarnęła Björna do siebie. Sven stanął tuż przed nimi, zasłaniając ich własnym ciałem.

– Bóg widzi wszystko – wybełkotał pijak. – Widział też, jak twoja mamusia się puszczała, a teraz…

Nie dokończył. Zaciśnięte pięści Svena poszły w ruch. Powalił mężczyznę i tłukł go bez opamiętania. Towarzyszący mu kompan, widząc, co się święci, puścił butelkę i uciekł, skręcając w najbliższą uliczkę. Sven był w transie, nie przestał nawet wtedy, kiedy twarz nieszczęśnika zamieniła się w krwawą maskę. Nie pomagał krzyk Judith i gapiów. Nie pomógł odgłos zbliżających się syren. Do rzeczywistości przywrócił go dopiero płacz Björna.

Wtedy nad strumykiem słowa syna wzruszyły go, ale i przeraziły. Chciał, aby mały umiał radzić sobie w życiu, stawiać czoło zagrożeniu. Nie chciał jednak, by pamiętał ojca pochylającego się nad tym łajdakiem.

– Jeżeli ja jestem Ragnar, to ty jesteś Björn Żelaznoboki. Co ty na to?

Chłopiec rozpromienił się i pokiwał głową z aprobatą. Tamtego dnia strugali kilka godzin i wrócili do domu z naręczem nowej broni dopiero późnym popołudniem.

Kolejne wspomnienie uleciało, gdy Sven dostrzegł wyraźną czerwień domu przebijającą przez linię ostatnich drzew. To Judith wybrała kolor. Obramowania okien pomalowali na biało. Dach z kolei zdobiła pomarańczowa dachówka. W promieniu kilometra nie było żadnych sąsiadów. Oto wkraczał w inny wymiar, inny świat – świat Svena Jönssona – i czuł, jak ogarnia go wielkie szczęście.

Wszystko było jak zawsze, a widok wybiegającego mu na spotkanie syna sprawił, że irracjonalne lęki, które odczuwał jeszcze przed kilkunastoma minutami, odpłynęły w siną dal. Chłopiec gnał co sił w jego kierunku, a jego przydługimi blond włosami zabawiał się wiatr.

– Tato! Tato! – krzyczał.

Sven zrzucił torbę na ziemię, przykląkł i czekał, aż Björn wpadnie mu w ramiona. Kiedy wreszcie się to stało, uniósł chłopca wysoko i podrzucił kilka razy, aż mały zapiszczał z zachwytu.

– Jaki ty jesteś ciężki – ocenił, stawiając syna na ziemię. – Za każdym razem, kiedy wracam, jesteś większy.

Potem chwycił malca za rękę i ruszył w kierunku domu. Judith wyszła im na spotkanie. Zupełnie jak według wcześniej nakreślonego scenariusza. Ten sam spektakl odgrywany podczas każdego jego powrotu do domu. Spojrzał głęboko w jej szczęśliwe niebieskie oczy. Odsunął jej z czoła pasmo blond włosów. Musnął palcem różowe usta, a ich kąciki natychmiast powędrowały ku górze.

– Tak bardzo tęskniłam – wyszeptała, gładząc go po szorstkim zaroście.

– Ja też.

Björn z zadartą głową wpatrywał się uważnie w rodziców. Kiedy wreszcie się pocałowali, zaklaskał głośno. Chwycili go za ręce i cała trójka ruszyła w stronę domu. Wiedzieli, co nastąpi później. Najpierw obiad, potem deser. Björn jak zwykle nie będzie się mógł doczekać chwili, kiedy ojciec rozpakuje swoją torbę i pokaże mu, co tym razem przywiózł w prezencie. Potem usiądą przy kominku. Śmiechom i rozmowom nie będzie końca. Zjedzą kolację. Judith i Sven, podekscytowani, nie będą mogli się doczekać, kiedy Björn wreszcie pójdzie spać. On, jak na złość, pokrzyżuje ich plany, siedząc z nimi do późna. Gdy mały w końcu uśnie, Sven zaniesie go do jego pokoju i zostaną z Judith sami. Będą się kochać długo i namiętnie. A potem jeszcze raz, aż sami zasną wyczerpani. Pełnia szczęścia, wszystko rozegra się jak zawsze. Tak przynajmniej powinno być.

***

Sen był tym, czego oprócz rodziny brakowało Svenowi najbardziej. Przez całe dwa miesiące pracy sypiał maksymalnie sześć godzin na dobę. Zazwyczaj zaczynali robotę o szóstej, rzadziej o siódmej, i kończyli między osiemnastą a dwudziestą. Wszystko zależało od tego, na jakim etapie byli i czy gonił ich czas. Stawiali domy praktycznie od zera. Ich czterech – Sven, Evert, Jerk i Hans – tworzyło zgrany zespół, przynajmniej jeśli chodzi o sprawy zawodowe. Umieli zrobić praktycznie wszystko, ale każdy z nich wyróżniał się w innej dziedzinie, przez co uzupełniali się wzajemnie. Konikiem Svena były dachy i w kwestii dekarskiej to on miał najwięcej do powiedzenia. Jerk zajmował się elektryką, Hans hydrauliką, z kolei Evert… całą resztą. Miał wrodzoną smykałkę do tworzenia drewnianych konstrukcji. Jako jedyny dostał się na studia i – mimo że ich nie ukończył – robił własne projekty. Zrealizowali kilka zamówień na ich podstawie, choć w przeważającej mierze stawiali domy według cudzych wizji. Evert miał nadzieję, że kiedyś to się zmieni, a ich usługi przyjmą jeszcze bardziej kompleksowy charakter. Póki co to on miał decydujący głos przy wyborze zleceń. Raz zdarzyło się, że podczas budowy Evert dość mocno zaingerował w projekt, proponując klientom kilka rozwiązań, które przypadły im do gustu do tego stopnia, że odrzucili pierwotny zamysł i poprosili Everta, aby stworzył dla nich coś zupełnie nowego. W tamtym czasie nieźle się pożarli. To znaczy Jerk, Hans i Evert. Mieli do niego pretensje, że przez nieplanowaną zmianę stoją z robotą. I w gruncie rzeczy tak właśnie było, bo przez miesiąc, kiedy on ślęczał nad rysunkami, oni musieli łapać jakieś dorywcze zlecenia. Jedynym, który nie miał pretensji, był Sven.

Z reguły podczas wyjazdów wynajmowali wspólne mieszkanie, ewentualnie mały domek. Jednak egzystowanie pod jednym dachem z Jerkiem i Hansem, delikatnie rzecz ujmując, nie należało do najłatwiejszych. Po ciężkiej robocie Sven chciał odpocząć, zalegnąć na łóżku i za pośrednictwem Skype'a dowiedzieć się, jak minął dzień Judith i Björnowi. Tymczasem Jerk albo Hans, którzy zdążyli już wychylić kilka browarów, zazwyczaj mieli inne pomysły na spędzenie reszty wieczoru. Jeżeli nie oglądali meczu, drąc się przy tym wniebogłosy, to sprowadzali do domu jakieś przypadkowo poznane w barze kobiety, które – w większości – były panienkami lekkich obyczajów. Nieraz podczas rozmów z Judith Sven musiał się tłumaczyć z dobiegających zza ściany stęknięć i stukotu podskakującego łóżka.

Dlatego wracając do domu, Sven cieszył się na myśl, że wreszcie będzie mógł się porządnie wyspać. Wiedział jednak, że nie stanie się to pierwszej nocy. Musieli z Judith nacieszyć się sobą nawzajem. Kochali się jak opętani, rozmawiali do późna, a potem… znowu się kochali. Tuż przed ósmą rano drzwi do ich sypialni otwierały się z cichym skrzypnięciem i Björn, nie pytając o zgodę, wskakiwał do łóżka i sadowił się dokładnie między nimi. Tak też było i tym razem. Kiedy Sven uniósł jedną powiekę, przez szparę w drzwiach dostrzegł twarz syna. Uśmiechnął się, a dla Björna był to wystarczający znak. Chłopiec wskakiwał do łóżka z rozpędu, niczym do basenu, a Sven obowiązkowo musiał sprawdzić, czy mały nadal ma gilgotki. Cała trójka zaśmiewała się do łez. Judith kładła głowę na piersi męża i wpatrywała się w ich syna. Była szczęśliwa.

– Tato, pójdziemy dzisiaj do lasku? – zapytał Björn i w zasadzie nie musiał nic więcej dodawać. Wiedzieli, jaki byłby cel ewentualnej wyprawy.

– Jasne, przecież obiecałem.

Na twarzy malca rozkwitł wielki uśmiech.

– A może pójdziecie jutro? – zaproponowała Judith, ujmując Björna za rękę. – Tata jest zmęczony po pracy. Na pewno chciałby dzisiaj odpocząć.

Uśmiech zniknął w okamgnieniu. Chłopiec nie protestował jednak, tylko wbił wzrok w śnieżnobiałą pościel.

– Pójdziemy dzisiaj. – Sven poklepał syna po kolanie. – Ostatnio zrobiliśmy miecze i strzały. Po moim powrocie mieliśmy zabrać się za tarcze. – Spojrzał porozumiewawczo na żonę. – Nigdy nie wiadomo, kiedy wróg zaatakuje. Musimy być gotowi.

– No tak – roześmiała się Judith. – Ale dopiero po śniadaniu.

Chłopiec energicznie przytaknął ruchem głowy, na powrót się uśmiechając.

– No i wcześniej musimy narąbać trochę drewna do kominka – dodał Sven. – Podczas mojej nieobecności zużyliście prawie wszystko.

– Coś jeszcze zostało – sprostował Björn.

– Zrobimy tak. – Sven wymierzył w syna palec wskazujący. – Przyniesiesz parę szczap, a my z mamą przygotujemy śniadanie.

– A potem?

– A potem pójdziemy do lasu, cwaniaczku. Znajdziemy jakiś pieniek i odetniemy kawałki na tarcze. Zgoda?

– Zgoda! – Mały zeskoczył z łóżka i pobiegł do drzwi, jednak zatrzymał go głos matki.

– Tylko się przebierz. Chyba nie zamierzasz wyjść na dwór w piżamie?

Pospieszne kiwnięcie głową i już go nie było. Kiedy zostali sami, Judith ponownie przytuliła się do męża, pocałowała go w policzek i położyła głowę na jego piersi.

– Jak tak dalej pójdzie, niebawem poprosi, żebyście zbudowali łódź.

– Wiem, że jest to nieuniknione, ale wcześniej… – Sven gwałtownie i bez większego wysiłku przerzucił żonę na bok i przywarł do niej całym ciałem, a Judith aż pisnęła – Mam zamiar przeżyć w spokoju pełen uniesień poranek!

Roześmiała się, ale po chwili szturchnęła Svena w ramię i wyskoczyła z łóżka.

– Nie ma mowy. Musisz wytrzymać do wieczora. Björn zaraz wróci. Chyba nie chcesz, żeby nas przyłapał?

Obserwował, jak jego żona wkłada na swe idealne nagie ciało atłasowy szlafrok. Była piękna. Po tych wszystkich wspólnie przeżytych latach i ciąży nic się w tej kwestii nie zmieniło.

– Idę zrobić śniadanie – oznajmiła. – Co powiesz na jajecznicę?

– Brzmi doskonale.

Judith wyszła z sypialni. Sven opadł na poduszki i wbił spojrzenie w sufit. Czuł się znakomicie. Był w domu, jedynym miejscu na ziemi, w którym pragnął być. Gdyby to od niego zależało, nigdy by się stąd nie ruszał. Na myśl o kilku najbliższych tygodniach czuł niewysłowioną radość.

Przymknął oczy. Nawet nie zauważył, kiedy zmorzył go sen. Przeraźliwy, sprawiający mu niemal fizyczny ból krzyk żony sprawił, że obudził się natychmiast.

– Sven!

Poderwał się jak oparzony, gorączkowo rozglądając się za bokserkami. Wkładał je w biegu. Wpadł do kuchni, ale tu nikogo nie było. Poczuł chłód i natychmiast skierował się w stronę wyjścia.

– Judith? Judith?!

Stała boso na zewnątrz, przytrzymując poły szlafroka, które rozwiewał wiatr. Wzrokiem gorączkowo przeszukiwała otoczenie...

– Gdzie się podział Björn?! – zapytał, obejmując ją ramieniem.

– Nie wiem.

Najpierw zauważył porozrzucane drwa, potem usłyszał warkot silnika. Kilkaset metrów dalej ciemne auto gnało przez lasek Björna.

– Dzwoń na policję! – polecił. Sam wbiegł do domu, ale po chwili był już z powrotem.

Judith stała jak zahipnotyzowana, obserwując męża, który otworzył szopę i wsiadł do ich starego pick-upa. Silnik zaskoczył dopiero za trzecim razem. Kaskada błota bryznęła spod wszystkich czterech kół, kiedy potężna maszyna wchodziła w zakręt. Przez ułamek sekundy Judith widziała przerażone spojrzenie męża. Dopiero wówczas odzyskała zdolność ruchu. Biegnąc do domu, przypomniała sobie, co Sven powiedział Björnowi, gdy rozmawiali o wspólnej wyprawie do lasu: „Nigdy nie wiadomo, kiedy wróg zaatakuje. Musimy być gotowi". Nie byli.

14.

AGNIESZKA

Czuła przejmujący chłód. Zasłonili jej oczy. Wcisnęli jej coś do ust i zakleili je taśmą. Bolał ją każdy centymetr ciała, najbardziej jednak ręce, które unieruchomili i przywiązali do czegoś nad jej głową. Miała na sobie jedynie przewiewną koszulkę. Stała boso na zimnej posadzce w kałuży własnego moczu. Starała się wytrzymać jak najdłużej, ale po prostu nie dała rady. Pęcherz piekł ją żywym ogniem. Kiedy odpuściła, ulga przyszła natychmiast. Ciepło rozeszło się po udach, ale po chwili zniknęło, a ona znów zaczęła dygotać na całym ciele.

Już nie próbowała krzyczeć. To nie miało sensu. Jedyne głosy, jakie słyszała, odzywały się bowiem w jej głowie. Już nie płakała, bo nie miała czym. Zastanawiała się tylko, czy jeszcze kiedyś zobaczy mamę i Bartka, gdzie jest Anka i… czy jeśli w końcu zdecydują się ją zabić, będzie w stanie wytrzymać ból.

Metalowy rygiel odpuścił ze zgrzytem. Zawiasy zaskrzypiały i fala zimnego powietrza wdarła się do środka. Agnieszka poruszyła się nerwowo, kiedy ciężkie podeszwy zastukały na blaszanej podłodze. Ktoś szedł w jej kierunku. Poczuła ciepły dotyk na twarzy, szyi i piersi… A potem jeszcze jeden, ale tym razem zupełnie inny, zimny i ostry. Coś przesuwało się po jej ramieniu, piersi, brzuchu, udzie… najpierw było delikatne ukłucie, potem zdecydowanie mocniejsze. Drgnęła, gdy ostrze wbiło się w miękką skórę. Usłyszała swój krzyk, ale ten rozległ się tylko w jej głowie. Krew płynęła po nodze, a ona poznała odpowiedź na jedno z dręczących ją pytań: Nie, nie potrafiła znieść bólu…

15.

OKOLICE SZCZECINA

Merk miał trudności ze znalezieniem odpowiedniego zjazdu. Kiedy wreszcie wypatrzył szutrową drogę znikającą w lesie, odbił natychmiast. Bezlistne korony drzew tworzyły baldachim nad jego samochodem. Po przejechaniu kilkuset metrów dojrzał elewację domu. Przed ogrodzeniem stało kilka radiowozów. Na terenie posesji kręcili się ubrani w białe uniformy i niebieskie rękawiczki technicy policyjni. Zaparkował, ale wcale się nie kwapił, by wysiąść z auta. Wcisnął do ust papierosa, opuścił szybę i czekał.

Po telefonie Jana pojechał do domu i, prawdę powiedziawszy, nie zamierzał sobie zaprzątać nim głowy. Dziewczyna nie wróciła na noc? Merk nie sądził, że to „oni" – jak sugerował Jan – ją uprowadzili. A poza tym miał na głowie o wiele większe zmartwienia. Sam był ojcem siedemnastolatki, która wczorajszej nocy próbowała odebrać sobie życie.

Tym razem nie zostawił butelki Wyborowej w samochodzie. Zabrał ją ze sobą, zamierzając rozprawić się z tym, co zostało. Już odkręcał korek, ale jakiś głos w jego głowie zaproponował mu układ. „Zadzwoń do Wolańskiego – mówił. – Jeżeli nie odbierze, wypijesz do dna i pobiegniesz po więcej. Co ty na to?". Rozważał w myślach wszystkie „za" i „przeciw". Ostatecznie przyjął propozycję, ale postanowił wprowadzić pewne udoskonalenia, przez co misja o kryptonimie „Trzeźwość" miała dużo mniejsze szanse na powodzenie.

– Wyślę esemesa – odburknął głosowi. – Jeśli Wolański nie odpisze w ciągu piętnastu minut, urżnę się.

Głos nie odpowiedział. Merk uznał to za przyzwolenie. Chwycił telefon i wystukał krótką wiadomość: *Córka Makowskiego nie wróciła do domu. Macie coś?* Wysłał. Wolański odpisał po niespełna kwadransie. Merk zastygł z butelką przy ustach i zaklął siarczyście. I tak oto był w tym miejscu i czekał na swojego byłego partnera. Wolański wyszedł z domu po chwili. Zanim podszedł do samochodu Merka, zamienił kilka zdań z technikami. Olgierd nie znał ich wszystkich. Najwyraźniej przez rok sporo zdążyło się zmienić.

– Napisałem, co napisałem, ale nie mówiłem, że masz od razu przyjeżdżać. – Wolański podał Merkowi dłoń, kładąc drugą na dach jego samochodu. Olgierd wyciągnął w jego stronę paczkę papierosów, ale ten odmówił ruchem głowy.

– Kiedy rzuciłeś? – zapytał Merk.

– Jakiś rok temu.

– Rozstanie ze mną najwyraźniej dobrze ci zrobiło. – Na twarzy Olgierda pojawiło się coś na podobieństwo uśmiechu. Zamiast na Wolańskiego wciąż spoglądał przez przednią szybę.

– Przynajmniej w tej materii – odparł Borys. – Co u Natalii?

Merk nie odpowiedział. Wyłuskał kolejnego papierosa, zapalił i wypuścił przez uchylone okno smużkę dymu. Wolański machnął dłonią przed nosem, jakby chciał odpędzić uporczywego komara.

– Skąd się w ogóle dowiedziałeś o całej sprawie? – zapytał, uznając, że zmiana tematu będzie dobrym pomysłem.

– Powiedzmy, że wciąż mam swoje kontakty. To na pewno córka Makowskiego?

– Na sto procent. Była z koleżanką. Zabrali tylko ją. Drugą dziewczynę wypuścili.

– Czyj to dom? – Merk zaciągnął się kolejny raz, spoglądając na willę.

Wolański kartkował mały notatnik.

– Jakiegoś Schulza.

– To niemieckie nazwisko.

– Brawo.

Merk zerknął na Wolańskiego, tym razem wypuszczając dym nosem.

– Udało wam się go namierzyć?

– Nie. Podejrzewam, że facet nie istnieje.

Przez kolejne dziesięć minut Wolański opowiadał ze szczegółami to, co usłyszał od dziewczyny, którą wypuścili.

– Miała szczęście – ocenił Merk. – Gdyby nie ten chłopak, pewnie by ją zabili albo sprzedali do jakiegoś ruskiego burdelu.

– Mówi ci coś imię Maks? – zapytał Wolański. – Ponoć facet wyglądał jak król Cyganów.

Olgierd pokręcił głową.

– Bardzo możliwe, że będziemy mieli co najmniej jednego trupa – oznajmił Borys. Udało mu się przykuć wzrok dawnego kolegi z wydziału na dłużej.

– Jak to „bardzo możliwe"?

– Technicy pobrali z podłogi próbki krwi. Ktoś pospiesznie i wyjątkowo nieudolnie próbował zatrzeć ślady. Na piętrze wyłamano barierkę. Wygląda to tak, jakby kogoś przez nią wyrzucili.

– Może to jednak krew dziewczyny?

Wolański spojrzał na niego wymownie.

– Mało prawdopodobne, ale sprawdzimy.

– Dałeś Makowskiej ochronę?

– Taa.

– Na pewno się odezwą.

– Pytanie tylko, czego chcą? Muszą wiedzieć, że babka jest spłukana.

– Może wcale nie chodzi o pieniądze? – Merk znowu zerknął na komisarza.

– A o co? Czego mogliby chcieć po śmierci Makowskiego?

– Może to dla nich za mało? Jeśli tak, to dziewczyna nie wróci już do domu.

Usłyszeli chrzęst kół zbliżającego się pojazdu. Wolański wyprostował się na chwilę. Potem trzasnął pięścią w dach i ponownie oparł się o drzwi samochodu Merka.

– Kurwa, to Biernacka. Zabieraj się.

Merk westchnął.

– Nadal ją posuwasz?

Wolański nie odpowiedział. Nie musiał. Merk spuścił na chwilę głowę, po czym spojrzał na niego z politowaniem i wyrzucił przez okno niedopałek papierosa.

– A co słychać u Dominiki?

Cisza.

– Frajer z ciebie, wiesz? – Merk zasunął szybę i odjechał. Zawrócił i opuszczając teren posesji, minął auto prokurator Biernackiej. Ich oczy spotkały się na chwilę. Gdyby spojrzenie mogło zabijać – już by nie żył. Uśmiechnął się zaczepnie. Czerwone usta kobiety pozostały niewzruszone.

***

– Możesz mi powiedzieć, co on tu robił do cholery?! – Biernacka trzasnęła drzwiami.

Idąc w stronę Wolańskiego, odruchowo odgarnęła pasmo ciemnych włosów za ucho. Zawsze tak robiła, kiedy się denerwowała. Wolański zdążył już poznać wszystkie jej bezwiedne gesty. Ciało Kariny Biernackiej nie miało przed nim żadnych tajemnic. Sypiał z tą kobietą od ponad dwóch lat, ale wciąż nie wiedział, jaki jest jej ulubiony kolor czy film. Taki był układ i dotychczas mu to pasowało. Wszystko się zmieniło, gdy Dominika powiedziała mu, że jest w ciąży. Mieszkali razem, planowali ślub. Chciał skończyć z Biernacką, ale… nie potrafił.

– Sam przyjechał – próbował się tłumaczyć Wolański. – Najwyraźniej ktoś dał mu cynk. Kazałem mu się zabierać.

– Przestań pierdolić albo zabiorę ci tę sprawę.

Stała teraz tuż przed nim. Czuł zapach jej niesamowitych perfum.

– W weekend mówiłaś coś zupełnie innego. – Nie mógł się powstrzymać i kącik jego ust uniósł się nieznacznie.

Wściekła przygryzła wargę, nie odrywając od niego przenikliwego spojrzenia brązowych oczu. W końcu odwróciła się na pięcie i niezgrabnie ruszyła w stronę domu. Obserwował z rozbawieniem, jak jedna z wysokich szpilek zapada się w mokrym podłożu.

– Dobre obuwie wybrałaś!

Pokazała mu środkowy palec.

Zanim weszli do środka, zdążył zlustrować Biernacką od stóp do głów, zatrzymując na dłużej wzrok na skrytych pod granatową spódnicą pośladkach. Przez ułamek sekundy przez głowę przeszła mu absurdalna myśl. Zastanawiał się, czy miał już okazję ściągać z niej tę kieckę. Nie pamiętał.

– Mów – zażądała, kiedy przekroczyli próg.

Kilku techników pochylało się jeszcze nad podłogą. Pracowali nad czymś, czego Biernacka nie mogła dostrzec gołym okiem. Błysnęły flesze. Jeden z techników chował właśnie do papierowej koperty wymazówkę. Jej koniec był zabarwiony na czerwono.

– Prawdopodobnie mamy trupa – oświadczył Wolański, zatrzymując się obok prokurator. – No chyba że jedynie nieźle kogoś poturbowali. Może doszło do bójki i ktoś wyleciał przez barierkę.

– Krew?

– Jak widzisz.

– Gówno widzę. Jak dla mnie równie dobrze może to być rozlany sok. Możesz konkretniej?

– Potwierdzone przez Heglostix.

Heglostix był obok Hemastiksu i Hemophanu najpopularniejszym stosowanym przez techników kryminalistycznych testem paskowym. Po kontakcie z krwią żółta kwadratowa bibułka na jego końcu zabarwiała się na zielono.

Bez słowa ruszyła w stronę salonu. Stukot szpilek na drewnianej podłodze zwrócił uwagę kilku funkcjonariuszy. Część z nich kiwnęła prokurator głową. Nie odwzajemniła gestu. Zatrzymała się przed wejściem do pokoju. Tu było jeszcze więcej ludzi. Kieliszki, fragmenty pobitego szkła, niedopałki papierosów i śladowe ilości narkotyków znikały w specjalnych kopertach, workach i kartonikach. Ale było coś jeszcze, czego Biernacka nie potrafiła zidentyfikować.

– A to co? – zapytała, wskazując brodą technika wrzucającego do worka coś włochatego i kolorowego.

– Maska klauna – wyjaśnił Wolański. – Była niezła impreza.

– Co jeszcze mamy?

Komisarz stał z założonymi rękami. Jakby od niechcenia spojrzał na sufit. Wrócili do holu i ruszyli na piętro.

– Dziewczyna zeznała, że obie zostały zgwałcone – przypomniał Wolański, kiedy wspinali się po schodach. – Gwałt zbiorowy. Czekamy jeszcze na potwierdzenie lekarza.

Przystanęli przed jedną z sypialni. Kolejni technicy uwijali się przy rozmemłanym łóżku. Jeden z nich z chirurgiczną precyzją zbierał z prześcieradła włosy i za pomocą pęsety umieszczał je w kopercie.

– Sperma?

– Tak – potwierdził Wolański. – I prawdopodobnie śladowe ilości wydzieliny pochwowej. Najpierw technicy pobrali próbkę za pomocą Phosphatesmo, potem PSA, co potwierdziło obecność nasienia.

Test paskowy Phosphatesmo należał do grona tych niespecyficznych. Wykrywał obecność enzymu, kwaśnej fosfatazy obecnej w spermie, ale ten równie dobrze mógł występować w wydzielinie pochwowej. Zdecydowanie większą pewność dawał test PSA, służący do wykrywania antygenu prostaty.

Przeszli do drugiego pokoju. Tu rozgrywała się niemal bliźniacza scena. Biernacka przemknęła obok łóżka ostrożnie, aby nie potrącić żadnego z pracujących policjantów, i wyszła na balkon. Komisarz poszedł w jej ślady.

– Dziewczyna zeznała, że zostały zgwałcone w tym samym pokoju. – Wolański potarł ręce, a potem w nie dmuchnął. Robiło się coraz zimniej. – Ale sprawdzamy wszystkie.

Biernacka wyciągnęła paczkę papierosów i wcisnęła jednego do ust. To był ten moment, kiedy stojący obok kobiety mężczyzna powinien sięgnąć po zapalniczkę. Sęk w tym, że Wolański jej nie miał, a poza tym nawet gdyby miał, to ta i tak zostałaby w jego kieszeni. Karina Biernacka nie lubiła konwenansów i była nieczuła na męski savoir-vivre. Wolański doskonale pamiętał, jak wylądował w jej sypialni po raz pierwszy. Była świetną kochanką, dziką i namiętną. Być może przeżył wtedy najlepszy seks w swoim życiu, ale po wszystkim poczuł się paskudnie. Wyrzuty sumienia z powodu Dominiki dopadły go szybciej, niż mógł się tego spodziewać. W zasadzie jeszcze zanim opuścił łóżko Biernackiej. Chciał czmychnąć z niego jak najszybciej, ale uznał, że wcześniej wypadałoby coś powiedzieć, cokolwiek, nawet śmieszne „dzięki" albo „byłaś niesamowita". Zwrócił się w jej stronę, ale ona usiadła gwałtownie i jedyne, co widział, to jej nagie i smukłe plecy. Odpaliła papierosa. Pióropusz dymu wzbił się pod sufit.

– Powinieneś już iść – powiedziała, nawet na niego nie patrząc.

Posłuchał. Pasowało mu to i po części był jej wdzięczny za takie zachowanie. Wydawało mu się, że ona czuje się tak samo skrępowana jak i on. Żar zgasł i dwoje napalonych ludzi wreszcie odzyskało panowanie nad sobą. Do głosu doszedł rozsądek, ale było już za późno. Tymczasem prawda była taka, że Biernacka zachowywała się jak pozbawiona uczuć, wyrafinowana suka. I teraz, stojąc na balkonie i wpatrując się w jej profil, Wolański po raz kolejny musiał przyznać sam przed sobą, że chyba właśnie to podniecało go w niej najbardziej.

– Jeżeli to o Makowskiego chodzi – odezwała się wreszcie – to czego mogą chcieć?

– Nie mam pojęcia.

– A może to jednak przypadek? – Zerknęła na niego. – Dziewczyna znalazła się w nieodpowiednim miejscu i w nieodpowiednim czasie. Zwykły pech.

– Daj spokój. Chłopak odzywa się na Facebooku do jej koleżanki. Wie, że idą wieczorem do kina.

– No właśnie. Zaczepia na Facebooku jej przyjaciółkę. Dlaczego nie próbuje nawiązać kontaktu bezpośrednio z nią?

Wolański oparł się o barierkę.

– Bo Agnieszka jest tą grzeczną i bardziej poukładaną. Jej koleżanka to raczej… – Nie dokończył.

– Jej koleżanka to co?

– Powiedzmy sobie, że prowadziła bardziej rozwiązłe życie. Prawdopodobnie chłopak wiedział, że ją będzie łatwiej poderwać.

– Okej – odparła, choć nie wyglądała na przekonaną. – Załóżmy jednak, że chodzi o Makowskiego. Jaki jest motyw?

– Kasa albo zemsta.

– Facet nie żyje. Zdążyli zrobić swoje. Na kim chcą się mścić? Okup? – Biernacka wydęła czerwone usta. – Jestem w stanie uwierzyć w taką wersję, ale przecież musieli wiedzieć, że Makowski zostawił żonę z ogromnymi długami. – Zaciągnęła się głęboko. – A co z tą babką z agencji modelek, o której wspominałeś? Jak jej było?

– Madejska.

– Sprawdziliście ją?

– Uhm. Ponoć miała lecieć do Tokio ze swoimi dziewczynami. Jedyna opcja to lotnisko w Berlinie. Jeżeli faktycznie się tam pojawi, to nasi ludzie ją zgarną.

– Child Alert*? – zapytała, chociaż domyślała się odpowiedzi.

– Na razie cisza.

Biernacka zgasiła niedopałek o barierkę i już miała go wyrzucić, gdy Wolański złapał ją za nadgarstek i delikatnie przechwycił to, co zostało z papierosa.

– Pozwolisz? Technicy i tak mają już pełne ręce roboty.

Wyrwała rękę, zaciskając zęby. Zrobiło jej się głupio, bo zachowała się jak żółtodziób.

– Informuj mnie na bieżąco o postępach – rozkazała. Już miała

---

* System alarmowy, służący do udostępniania fotografii zaginionych dzieci w środkach masowego przekazu.

odejść, ale przystanęła jeszcze na chwilę. Długi palec wskazujący, zakończony czerwonym paznokciem, pojawił się tuż przed nosem Wolańskiego. – I pamiętaj. Jeśli się dowiem, że kontaktujesz się z Merkiem, zabieram ci tę sprawę. Nie żartuję.

Odwróciła się na pięcie i odeszła.

16.

BJÖRN

Było ich czterech i mieli na głowie czarne kominiarki. Dwóch z nich mówiło w języku, którego nie rozumiał. Inny, gdy zaczął płakać, odezwał się do niego po szwedzku. Kazał mu się zamknąć. Ale to odniosło skutek odwrotny do zamierzonego i chłopak rozbeczał się na dobre. Siedział na ostatnim fotelu busa z kolanami podciągniętymi pod brodę i wycierał smarki w rękaw kurtki.

– Zamknij wreszcie jadaczkę! – krzyknął raz jeszcze ten siedzący najbliżej niego. Björn widział dwoje wytrzeszczonych oczu patrzących przez duże, wydarte w materiale otwory. – Chcesz jeszcze kiedyś zobaczyć mamusię i tatusia?

Nerwowo pokiwał głową.

– To zamknij japę, zrozumiano?!

Znowu usłyszał obce słowa. Mężczyzna mówił bardzo głośno, żywo przy tym gestykulując. Björn pomyślał, że jest bardzo zdenerwowany. Ten, który siedział obok kierowcy, chyba próbował go uspokajać.

Było mu zimno i trząsł się na całym ciele. Starał się, jak mógł, zapanować nad drżeniem, ale to było silniejsze od niego. Nie chciał ich denerwować. Zapytali, czy chce jeszcze zobaczyć rodziców. Bardzo chciał. Może jeśli będzie cicho, to naprawdę go wypuszczą?

Skrył twarz w ramionach. Próbował sobie wyobrazić, jak zachowałby się Björn Żelaznoboki, gdyby znalazł się na jego miejscu. Pewnie by walczył, kopał i gryzł jak wściekły lis. Björn żałował, że nie miał przy sobie miecza, który wystrugał wspólnie z tatą. Zaraz potem pomyślał, że ci tutaj pewnie mają pistolety. Jeśli tak, to jego drewniana broń byłaby bezużyteczna.

Zadzwonił telefon. Odebrał mężczyzna siedzący przy kierowcy. Długo rozmawiał i Björn zauważył, że miał wyjątkowo spokojny ton. Nie wiedział, dokąd jechali i jak daleko był od domu. Tak naprawdę rzadko opuszczał Härnösand.

Znów wyobraził sobie, że jest Björnem Żelaznobokim. Nawet jeżeli nie udałoby mu się wydostać, to z całą pewnością Ragnar przybyłby z odsieczą. Nie pozwoliłby, żeby jego synowi stało się coś złego. I jego tatuś też nie pozwoli.

Bus skręcił gwałtownie w jakąś leśną drogę. Kazali mu wysiąść. Znowu krzyczeli. Dwóch z nich wsiadło do innego samochodu. Ruszyli tak szybko, że aż się kurzyło. Wcześniej Björn zauważył, że zdjęli kominiarki. Nie mógł jednak dostrzec ich twarzy. Inny chwycił go za kurtkę w taki sposób, że jego stopy prawie nie dotykały ziemi, a potem wrzucił go na tylne siedzenie trzeciego z aut i zatrzasnął drzwi. Po chwili mężczyzna sam władował się za kierownicę, krzycząc coś do towarzysza, który wciąż stał na drodze. Kiedy i tamten wsiadł, odjechali w przeciwnym kierunku.

17.

Merk bał się, że diabelski głos znowu zacznie go nęcić, więc zamiast do domu ponownie podjechał pod szpital. Pokusa urżnięcia się była duża. Bardzo. Pytanie nie brzmiało, czy jej ulegnie, ale kiedy…
Oparł głowę o zagłówek fotela i spojrzał w kierunku gmachu. Nie zamierzał wchodzić do środka, zresztą pewnie i tak nie pozwoliliby mu zobaczyć Natalii. Nie wiedział jednak, gdzie indziej mógłby pojechać. Teraz bardziej niż kiedykolwiek chciał być blisko niej. Dręczyły go wyrzuty sumienia. „To wszystko przez ciebie… wiesz o tym…"
Znów ten sam podszept. Najwyraźniej właściciel znienawidzonego głosu zmienił strategię. Zauważywszy, że bezpośrednia próba nakłonienia go do picia póki co nie przynosi rezultatu, postanowił uderzyć w inną nutę. „Byłeś fatalnym ojcem… Wiesz o tym, prawda? Najgorszym, jakiego można sobie wyobrazić… Mężem zresztą też… To przez ciebie Natalia tu leży… To twoja wina, że Bożena nie żyje…"
Zamknął oczy. Wspomnienia znów ożyły. Rzuciły się na niego jak ćmy spragnione światła. A jego umysł był niczym szeroko otwarte okno w ciepłą letnią noc.
Widział Natalię siedzącą przy biurku, pochyloną nad książkami. Stanął w progu jej pokoju po powrocie z pracy.
– Cześć, skarbie.
– Cześć, tato.
– Jak w szkole?
– W porządku.
– Co wkuwasz?

– Matmę…

I to by było na tyle. Nigdy nie miał dla niej wystarczająco dużo czasu. A kiedy jakimś cudem udało mu się go wygospodarować, okazywało się, że jego dorastająca córka ma inne plany na spędzenie popołudnia. Praca w policji pochłaniała nie tylko większość jego dnia, ale także i życia. Po powrocie do domu nie mógł, ot tak, przestać o niej myśleć. Jeśli prowadził jakąś sprawę, wsiąkał w nią bez reszty. Ale potrzebował pracy. Nie tylko dlatego, żeby utrzymać rodzinę. Po prostu nie wyobrażał sobie, że mógłby robić coś innego. Nie dopuszczał do siebie możliwości wcześniejszego przejścia na emeryturę. Podświadomie czuł, że wówczas wkroczyłby na ostatnią prostą swojej egzystencji. Zdarzało się, że Bożena przebąkiwała coś na temat jego odejścia ze służby. Nie chciał o tym słyszeć i zawsze miał solidny kontrargument, którego nie wahał się używać. Od kiedy żona straciła pracę, utrzymywali się jedynie z jego pensji. Było im ciężko, ale dzięki temu Bożena mogła w stu procentach poświecić się Natalii. On w pewnym sensie poczuł się zwolniony z bycia ojcem na pełen etat. Wszelkie sprawy rodzinne bez większych wyrzutów sumienia scedował na żonę.

Problemy zaczęły się przed kilkunastoma miesiącami. Natalia zaczęła wagarować, unikać ich, dziwnie się zachowywać i ubierać. Miejsce kolorowych sukienek zajęły długie czarne spódnice albo dżinsy. Zamiast trampek wybierała wysokie niemal do kolan, sznurowane buty tego samego koloru. Byli przerażeni, ale tłumaczyli sobie, że to, co się dzieje z ich córką, to jedynie tymczasowy kryzys rozwojowy, przejaw typowego dla nastolatków buntu. Ich teorię poparł nawet psycholog, do którego zaciągnęli Natalię.

– To normalne w jej wieku – odparł. – Dziewczyna najwyraźniej wciąż poszukuje własnej tożsamości. Chce się wyróżniać. Im bardziej będziecie państwo zmuszać ją do „normalności", tym bardziej będzie się buntować – wyjaśniał powody, dla których Natalia nosiła się jak ci wszyscy szajbnięci pseudomuzycy z kapel heavymetalowych. – Radzę państwu, żebyście spróbowali to zaakceptować. Prawdopodobnie wszystko się zmieni diametralnie. Nawet nie zauważycie, kiedy państwa córka w ciągu najbliższych tygodni wyjmie z szafy dawną garderobę.

Tamtego dnia te słowa ich uspokoiły, a zmiana, o której wspomniał psycholog, nastąpiła po kilku miesiącach. Z tym że któregoś razu ich córka, ich słodka Natalia, zamiast w kolorowej sukience stanęła w progu ich pokoju z kompletnie ogoloną głową i kolczykiem w nosie jak u pieprzonego cielaka. Na dodatek nie była sama.

– To mój chłopak, Patryk – oznajmiła, trzymając za rękę wysokiego, dużo starszego chudzielca o długich, wygładzonych prostownicą włosach, który najwyraźniej też był miłośnikiem ciężkiego brzmienia i piercingu. Niezliczona ilość srebrnych kółek mieniła się w jego dolnej wardze. – A teraz idziemy do mojego pokoju – powiedziała rodzicom, którzy wybałuszali oczy tak ze zdziwienia, jak i z przerażenia.

Długo nie mogąc wydusić z siebie słowa, wsłuchiwali się w przeraźliwe dudnienie, które nie miało wiele wspólnego z muzyką.

– Pamiętaj, co mówił psycholog – uspokajała Bożena, spoglądając na niego i czule gładząc po ramieniu. – To minie...

Jedyne, co minęło, to jego ojcowska cierpliwość, gdy któregoś razu zauważył tego chłopaka przemykającego w samych gaciach do łazienki. Wtedy coś w nim pękło. Chwycił go za szyję tak chudą, że bał się, że trzaśnie w jego dłoni jak sucha gałąź. Żona z przestrachem obserwowała, jak Olgierd wyrzuca przez drzwi niedoszłego „zięcia", serwując mu na koniec mocnego kopniaka w wysuszony tyłek.

– Ona ma szesnaście lat! – krzyczał, wbijając w chudzielca palec wskazujący. – Jeśli zobaczę cię tu jeszcze raz, to – jak mi Bóg miły – zrobię użytek z mojego pistoletu!

Chłopak uciekał w samych slipkach, aż się kurzyło. Kiedy Merk odwrócił się na pięcie, ujrzał Natalię stojącą w progu domu.

– Nienawidzę cię! – wykrzyczała i pobiegła do swojego pokoju.

Od tamtego czasu minęło zaledwie kilkanaście miesięcy, a w głowie Olgierda bardzo często rozbrzmiewały słowa psychologa. „Prawdopodobnie wszystko się diametralnie zmieni". Musiał przyznać mu rację.

Natalia zaczęła wymykać się z domu. Zdarzało się, że nie wracała na noc, a on szukał jej na pustych, skąpanych w świetle latarń ulicach miasta. Pewnego razu przywieźli ją policjanci z prewencji, których znał z widzenia. Nigdy nie zapomniał tego uczucia, kiedy ujrzał ich w drzwiach mieszkania. Natalia była pijana. Jak się później okazało, również pod wpływem narkotyków. Ich życie powoli zamieniało się w piekło. Pomocy psychologa wymagała nie tylko ich córka, ale także Bożena, która balansowała na granicy załamania nerwowego. A najgorsze miało dopiero nadejść…

Tamtego wieczoru siedzieli z Wolańskim w samochodzie pod domem Makowskich. Obserwowali posesję od dwóch godzin. Widzieli córkę Makowskiego wracającą ze szkoły. Była mniej więcej w wieku Natalii. Olgierd pamiętał, że patrząc wówczas na normalną, ubraną w typowo dziewczęce ciuchy nastolatkę, pomyślał, że nawet mafioso nie ma takich problemów jak on. Od pewnego czasu wraz z oficerami CBŚP podejrzewali, że warszawska mafia narkotykowa znów się uaktywniła na Pomorzu. Kilka tropów prowadziło do Adama Makowskiego i jako pierwszy wpadł na nie Olgierd. Potrzebowali tylko ostatecznego potwierdzenia jego przypuszczeń, aby zaangażować do działań antyterrorystów. Pod dom podjechało czarne bmw na warszawskich rejestracjach. Samochodu Makowskiego nie było jednak na podjeździe. Wolański, spoglądając na niemiecką limuzynę, najpewniej należącą do gangsterów, zapytał:

– Skąd wiedziałeś, Olgierd?

– Po prostu miałem nosa… – odpowiedział tajemniczo.

Prawda była jednak zgoła inna, ale nie zamierzał jej wyjawiać młodszemu partnerowi. Jeszcze nie wtedy. Odezwał się jego telefon. Esemes. Odczytał wiadomość:

Olgierd, ona znowu uciekła! Nie wiem, co robić!

Zaklął i schował komórkę do kieszeni.

– Co jest? – zapytał Wolański.

Merk oparł głowę o zagłówek. Jego żuchwa pracowała, jakby żuł gumę. Westchnął.

– Natalia znowu nawiała.

– Kurwa. Myślisz, że do tego chłopaka?

– A do kogo by innego? Bóg mi świadkiem, zabiję tego gnoja.

Wytrzymał godzinę, podczas której czarne bmw zdążyło odjechać, a Bożena wysłała co najmniej kilka wiadomości o podobnej treści. Gdy jednak przez kolejnych trzydzieści minut telefon milczał, Merk nie wytrzymał.

– Borys, cholera, muszę tam pojechać, bo zwariuję… – powiedział do Wolańskiego.

Partner zawiózł go do domu i sam wrócił pod posesję Makowskich. Jak się później okazało, tej samej nocy Adam Makowski zginął w wypadku samochodowym i stało się to mniej więcej o północy, kiedy Merk przekraczał próg swojego mieszkania. Był wówczas święcie przekonany, że zastanie Bożenę w kuchni. Chciał ją uspokoić, powiedzieć, że poprosił chłopaków pełniących służbę, aby pojeździli po mieście, odwiedzili kilka dzielnic. Chciał przekazać żonie, że odnajdzie ich córkę…

– Bożena? – odezwał się, gdy tylko otworzył drzwi, ale odpowiedziała mu cisza. – Bożena?!

W mieszkaniu jej nie było. Wybrał jej numer. Po kilku sygnałach odezwała się poczta głosowa. Mimo to próbował kilkakrotnie. Bez rezultatu. Dzwonił do Natalii, choć wiedział, że szanse na to, że córka odbierze, były jak jeden do miliona. Wybiegł z mieszkania i zdążył zajrzeć w parę miejsc. Zagadnął okoliczne mendy o córkę i żonę, ale nikt nic nie widział i nie słyszał. Większość z nich chowała się po kątach na jego widok, niczym karaluchy, na które ktoś skierował wiązkę światła. I wtedy zadzwonił telefon. Jeden z chłopaków.

– Olgierd, jesteśmy na Długosza, powinieneś przyjechać.

Merkowi nie spodobały się ani jego ton, ani słowa, które usłyszał. Miał bardzo złe przeczucia.

– Znaleźliście je…?

– Po prostu przyjedź.

Na miejscu był po piętnastu minutach. Wbiegł po drewnianych schodach starej, zrujnowanej kamienicy, jakby gonił go sam diabeł. Zanim dotarł na właściwe piętro, dostrzegł błysk fleszy odbijających się od odrapanych, pokrytych bohomazami ścian. Na miejscu byli technicy… Boże! Znajomy funkcjonariusz zastąpił mu drogę. Rozłożył ręce niczym obrońca strzegący drogi do bramki:

– Panie komisarzu, wiem, że to pana żona, ale…

Merk odepchnął młodego na bok i wtedy ją zobaczył. Leżała na półpiętrze, na plecach, w kałuży krwi. Ręce miała bezwładnie rozłożone na boki. Szeroko otwarte, martwe oczy wpatrywały się w sufit. Wyglądało na to, że spadła ze schodów.

– Bożena… – wymamrotał i poczuł, że świat wokół zaczyna wirować.

Ktoś chciał złapać go za ramię. Nie pozwolił na to. Ktoś inny tłumaczył, że jego żona musiała spaść ze schodów. Prawdopodobnie została zepchnięta. Przyklęknął przy zwłokach i mimo że doskonale wiedział, że nie powinien ich dotykać, wziął je w ramiona. Potem krzyczał i płakał. Nie wiedział, jak długo…

Natalię odnaleźli dopiero po kilku dniach, odurzoną narkotykami, w jakimś obskurnym mieszkaniu na Pomorzanach. Nie była nawet na pogrzebie matki. Trafiła do ośrodka leczenia uzależnień. Trwało śledztwo w sprawie śmierci Bożeny. Fakty, które ujawniono, sprawiły, że Olgierd sam zapragnął być martwy. Sprawdzono telefon jego żony i córki. Tamtego wieczora Natalia dzwoniła do matki. Śledczy podejrzewali, że dziewczyna chciała, żeby po nią przyjechała. Po tym, jak Merk potraktował jej chłopaka, prawdopodobnie prosiła, by matka nie mówiła nic ojcu. Taksówkarz, który zawiózł Bożenę pod wskazany adres, zeznał, że zobaczył grupkę osób wybiegających z kamienicy. Jedną z dziewczyn praktycznie niesiono na rękach. Zaniepokojony faktem, że jego klientka nie wraca, wszedł na klatkę schodową.

Znalazł ją martwą na jednym z pięter. Jakaś staruszka mieszkająca obok powiedziała policjantom, że było bardzo głośno, słyszała muzykę i krzyki, a potem hałas na schodach.

Po ośmiotygodniowym odwyku Natalia wylądowała w centrum zdrowia psychicznego. Nie potrafiła odtworzyć wydarzeń tamtej feralnej nocy. Policja poszukiwała chłopaka, którego rysopis podał Olgierd. Ale to on znalazł go pierwszy. Chodził po ulicach i klubach praktycznie każdej nocy, rozpytując o długowłosego Patryka. Naturalnie każdy go zbywał, ale pewnego razu w spelunie, w której heavy metalowa muzyka sprawiała, że człowiek nie słyszał własnych myśli, jakaś dziewczyna krzyknęła mu do ucha: „Tam!". Podążył wzrokiem za jej ramieniem. Chłopak stał w rogu zadymionego pomieszczenia z papierosem w ustach. Oparty o ceglaną ścianę, ubrany w czarną skórę nabitą ćwiekami brylował w towarzystwie. Olgierd podziękował nastolatce, wyszedł i czekał w samochodzie przed klubem. Chłopak pokazał się po godzinie. Nie był sam. Towarzyszyła mu jakaś dziewczyna. Komplikowało to plan Olgierda, ale niespecjalnie. Było mu już wszystko jedno. Jechał za nimi, a potem minął ich, kiedy wspinali się chwiejnym krokiem pod wzniesienie ulicy ks. Warcisława I. Zatrzymał się na parkingu tuż za jednym z marketów. Wokół nie było żywej duszy. Latarnie rzucały mętne światło na dachy stojących nieopodal samochodów. Od czasu do czasu przejechała taksówka albo nocny autobus. Merk dostrzegł podchmieloną parę w lusterku wstecznym. Zmierzali w kierunku betonowego łącznika prowadzącego na osiedle. Idealnie. Wysiadł, wyciągnął z bagażnika klucz do kół i ruszył za nimi.

Śmiali się, głośno rozmawiali, ale on nie był w stanie zrozumieć słów. Nawet nie próbował. Zatrzymali się na samym środku tunelu. Olgierd myślał, że go usłyszeli, ale okazało się, że dziewczyna gorzej się poczuła. Puściła pawia, oparłszy się o ścianę. Patryka najwyraźniej nieszczególnie to obeszło, ponieważ ten niespodziewany przestój postanowił wykorzystać na oddanie moczu na chodnik. Olgierd nie zamierzał czekać dłużej. Kilka ostatnich metrów podbiegł. Chłopak odwrócił się i zanim dostał w czoło metalowym kluczem, zdążył krzyknąć:

– Co jest, ku…!

Padł na chodnik. Dziewczyna akurat w tym momencie przecierała usta z resztek wymiocin. Kiedy zorientowała się, co się dzieje, najpierw zaczęła krzyczeć, a potem, widząc zakrwawioną twarz chłopaka, uciekła. Olgierd zadał jeszcze kilka ciosów i, wreszcie opadłszy z sił, spojrzał na swoje dzieło. Musiał odpocząć. Potem chwycił Patryka za wszarz i posadził, opierając go o ścianę.

– Ty gnoju! – krzyczał przez łzy.

Głowa Patryka przechyliła się bezwładnie. Krew ściekła na skórzaną kurtkę.

– Zabiłeś ją! Wiem, że to ty, zasrańcu…

Kolejne uderzenie mogło być tym ostatnim. Olgierd chciał je zadać, ale ostatecznie odrzucił klucz, który z brzękiem uderzył o chodnik. Gdy wspominał później tę chwilę, Merk wielokrotnie zachodził w głowę, jakim cudem udało mu się opanować. Podczas rozprawy prokurator przekonywał, że Olgierd wystraszył się odgłosów zbliżających się syren. Okazało się, że dziewczyna dość szybko doszła do siebie. Na tyle szybko, że zdążyła wezwać policję. Oskarżyciel wnosił o osiem lat pozbawienia wolności za usiłowanie zabójstwa. Sąd postanowił jednak zakwalifikować przestępstwo do typu uprzywilejowanego, biorąc pod uwagę fakt, że Merk działał pod wpływem silnego wzburzenia psychicznego, potocznie zwanego afektem. Został dyscyplinarnie wydalony ze służby i skazany na dwa lata pozbawienia wolności w zawieszeniu.

Olgierd ocknął się z zamyślenia, a właściwie do rzeczywistości znowu przywołał go ten głos: „Jedź do domu, staruszku… Jedź do domu i zalej się w trupa, rozczulając się nad swoim gównianym, nic niewartym życiem…". I właściwie mniej więcej taki miał plan na resztę dnia. Zerknął po raz ostatni na gmach szpitala i zapuścił silnik. Przejeżdżając obok pobliskiego kościoła, odruchowo wcisnął hamulec. Siedział w samochodzie, przyglądając się budowli z czerwonej cegły przez dobre dziesięć minut. W końcu wysiadł z auta i podreptał w kierunku świątyni. Wielkie drzwi były otwarte, ale dostępu do naw strzegła zamknięta kuta brama. Poczuł specyficzny zapach miejsca. Zacisnął na kracie dłonie jak na prętach celi i zerknął w stronę prezbiterium. Czerwona lampka w kształcie diamentu świeciła się tuż nad tabernakulum. Nie był w kościele od czasu pogrzebu Bożeny. Jeszcze jakiś czas temu próbował licytować się z diabłem, kiedy i czy się napije, a teraz chciał się układać Bogiem...

„Proszę cię... proszę cię, jeśli cokolwiek dla ciebie znaczę, nie zabieraj mi jej. Straciłem już chyba wystarczająco dużo, nie uważasz? Rzucę picie, przyrzekam, że się postaram... – Zerknął na obraz ukazujący udręczone oblicze Chrystusa. – Za mało? W takim razie postaram się pomóc w poszukiwaniach dziewczyny Makowskiego, tylko spraw, żeby Natalia się obudziła...".

Odwrócił się, zamoczył palce w wodzie święconej, wykonał pospieszny znak krzyża i wyszedł.

18.

Christin Carlsson obserwowała, jak jeden z techników przenosi odciśnięty ślad męskiego buta wraz z fragmentem gleby na żelatynową folię traseologiczną. Facet robił to z niezwykłą precyzją. Jeden fałszywy ruch i ślad by diabli wzięli. Na sam widok trzęsły jej się dłonie, które teraz wcisnęła do granatowego ortalionu z napisem POLIS na plecach.

– Mamy tylko jeden rodzaj buta? – zapytała, kucając tuż przy nim, kiedy wreszcie zyskała pewność, że ta część roboty zakończyła się sukcesem.

Mężczyzna przytaknął ruchem głowy. Był łysiejącym, około pięćdziesięcioletnim chudzielcem, którego imienia Christin za żadne skarby nie mogła sobie przypomnieć. Kiedyś już chyba miała okazję z nim pracować. Nie pamiętała jednak gdzie.

– Nie licząc śladów chłopca i jego ojca – usłyszała za plecami.

Wstała. Gunnar Lindberg szedł w jej kierunku z dwoma kubkami kawy, uważnie stawiając każdy krok, na wypadek gdyby się okazało, że technicy zmienią zdanie i postanowią zabezpieczyć jeszcze któryś ze śladów.

– Kiedy facet usłyszał krzyk żony, wybiegł z domu w samych gaciach, wskoczył do samochodu i ruszył w pościg za porywaczami.

Christin pracowała z Gunnarem w wydziale kryminalnym w Skellefteå od ponad dziesięciu lat, z czego pierwsze dwa były istnym piekłem. Gunn – jak mówili na niego kumple – potrafił być prawdziwym sukinsynem, o czym Christin zdążyła się przekonać na własnej skórze. Wysoki, zbudowany jak drwal gliniarz z ponad trzydziestoletnim stażem. Rzadkie przydługie blond włosy powiewały mu teraz na wietrze niczym grzywka Alfa z popularnego w latach dziewięćdziesiątych sitcomu. Przez pierwszy rok ich pracy Lindberg nie odzywał się do niej prawie w ogóle. Przez drugi biegała za nim jak mało pojętna uczennica, z czego zdawał się czerpać niewysłowioną satysfakcję. Przełomowy okazał się trzeci rok, kiedy któregoś dnia, nie owijając w bawełnę, rzucił na korytarzu komisariatu, że takie lalunie jak ona powinny parzyć kawę, pisać raporty i robić ksero, a przy okazji porządnie kręcić przy tym tyłkiem. Do tej pory chłopaki z komendy uważają, że Gunnar był pewien, że Christin nie usłyszy, a niewybredny żart trafi tylko do kumpli zgromadzonych przy automacie z kawą. Pomylił się. Usłyszała. Potem popełnił błąd numer dwa, sądząc, że się pobeczy i ucieknie. Tymczasem Carlsson podeszła do niego. Wtedy wielki Gunnar Lindberg popełnił trzeci i zarazem ostatni błąd tego poranka. Uśmiechał się zawadiacko, będąc pewnym, że ta dwudziestosiedmioletnia wówczas blondyneczka wykrzyczy zaraz coś w stylu „pierdol się, Gunnar" albo ewentualnie zamacha mu przed nosem środkowym palcem. Tymczasem ona zrobiła coś, co na zawsze przeszło do historii posterunku policji w Skellefteå. Kopnęła go w krocze, a kiedy stary glina zgiął się wpół jak scyzoryk, poprawiła prawym sierpowym, zwalając go z nóg. Stała tak nad nim z zaciśniętymi pięściami, ciężko dysząc i nie mogąc uwierzyć w to, co się przed chwilą wydarzyło. Żaden z chłopaków nie potrafił wydusić z siebie słowa.

– Już dawno ci się należało, szowinistyczny fiucie! – wykrzyczała na odchodne, po czym posłała wymowne spojrzenie komendantowi, który – jak się okazało – przyglądał się całej sytuacji. Po wszystkim nie dał Christin nawet nagany.

Fotograf pstryknął kilka zdjęć. Technik, który przed chwilą zabezpieczył odcisk buta, próbował zrobić to samo ze śladem opony wyżłobionym w glebie. Wcześniej jednak upewnił się, że nie zostawił go stary pick-up Jönssona.

– Gość dalej siedzi bez ruchu, jakby ktoś odłączył mu prąd – powiedział Gunnar, podając Christin kubek.

Taki widok przed ośmioma laty byłby niemożliwy. „Zabawne, że facetowi trzeba czasem spuścić solidny wpierdol, by przyniósł ci kawę" – pomyślała Christin i uśmiechnęła się w duchu.

– Rozmawiałeś z nim? – zapytała.

– Próbowałem, ale sukinsyn nie powiedział ani słowa. Siedzi w domu i gapi się w kuchenne okno jak schizofrenik. – Upił łyk. – Bardziej skora do rozmowy jest żona, ale ciężko ją zrozumieć, bo ciągle beczy. Może tobie pójdzie lepiej.

Posłała mu piorunujące spojrzenie.

– Przed chwilą porwano im syna, Gunn. Nie ma się co dziwić. Co z drogami?

– Blokady w promieniu najbliższych stu kilometrów. Skurwysyny nie dostaną się na autostradę, ale na wszelki wypadek ustawiliśmy ludzi w punktach poboru opłat. Przetrzepią każdy ciemny furgon.

Kiwnęła głową i ruszyła w kierunku czerwonego domu. Gunnar odprowadził ją wzrokiem, siorbiąc kolejny łyk kawy. Kiedyś nawet przez myśl by mu nie przeszło, żeby ustąpić jej w jakiejkolwiek kwestii. Ale od tego czasu wszystko się zmieniło. I wcale nie chodziło o tego kopniaka w krocze, choć do tej pory na samo wspomnienie bolały go jaja. Christin Carlsson była dobrą gliną i musiał to otwarcie przyznać, podobnie zresztą jak to, że stała się taka dzięki niemu. Przez dekadę nauczył ją wszystkiego, co umiał. Najważniejsze jednak było to, że zrobił z niej twardą sztukę. Owszem, był kawałem skurwysyna, ale zachowywał się tak dla jej dobra. Kiedy dziesięć lat temu komendant powiedział: „Gunnar, przedstawiam ci twoją nową partnerkę", a on zobaczył młodziutką, drobną i przerażoną blondynkę, mało nie umarł ze śmiechu. Myślał, że to jakiś pieprzony żart. Kiedy dotarło do niego, że jest inaczej, protestował przez najbliższy tydzień. Gdy i to nie przyniosło oczekiwanego rezultatu, postanowił, że złamie tę małą i sprawi, że sama pobiegnie z płaczem do komendanta i poprosi o przeniesienie… A potem dostał w jaja i pogodził się z rzeczywistością. Zupełnie jak w długotrwałym procesie żałoby – od zaprzeczenia aż po akceptację. Z tą tylko różnicą, że Gunnar Lindberg niczego nie żałował i gdyby nawet mógł coś zmienić, nie zrobiłby tego. W pewnym sensie przez te wszystkie lata Christin stała się dla niego jak córka, której nigdy nie miał.

Lindberg zapalił papierosa i raz jeszcze rzucił okiem na kończących swą pracę techników. Miał zamiar za chwilę dołączyć do Christin, aby sprawdzić, jak daje sobie radę z ojcem dzieciaka, gdy nagle jego wzrok przykuła postać stojąca w oddali. Zmrużył oczy i podążył w kierunku wznoszącego się za szutrową drogą, wymagającego remontu drewnianego ogrodzenia. Przeszedł pod nim i ruszył przez dawno niekoszone pole. Jeśli kiedyś hodowano tu jakieś zwierzęta, to teraz nie było po nich śladu.

Mężczyzna stał wsparty o rower. Zorientowawszy się, że policjant podąża w jego stronę, próbował odjechać. Skończyło się na tym, że mało się nie przewrócił.

– Proszę poczekać! – krzyknął Gunnar.

Facet zastygł w śmiesznej pozie, z nogą przewieszoną przez ramę roweru. Miał około siedemdziesięciu lat, choć spoglądając na jego pomarszczoną i wyniszczoną twarz, Lindberg dałby mu więcej. Ubrany w czarny prochowiec, mocno przybrudzoną czapkę z daszkiem i gumowce przypominał lokalnego rolnika.

– Komisarz Gunnar Lindberg, policja w Skellefteå – przedstawił się Lindberg, choć stary, widząc jego niebieski ortalion i zdobiący go żółty logotyp szwedzkiej policji, nie miał najmniejszych wątpliwości, kim był.

– Skellefteå? – zdziwił się stary. Udało mu się wreszcie pewnie stanąć na nogach, bo oparł się na kierownicy. – A w Härnösand nie ma już dobrych policjantów?

– Pewnie są, ale poproszono nas o pomoc – wyjaśnił Gunnar. – Policja znad zatoki to jedna wielka brać.

Facet wydął usta i uniósł brwi. Nie wyglądał na przekonanego, ale mimo to burknął:

– Może i tak…

Skellefteå od Härnösand dzieliło ponad trzysta kilometrów, które Carlsson i Lindberg pokonali w niecałe trzy i pół godziny. Wsiedli do samochodu właściwie z marszu, kiedy ich komendant podczas porannej odprawy wspomniał o porwaniu chłopca i prośbie o wsparcie, z jaką zwróciła się do nich komenda z Härnösand. Christin i Gunnar doskonale wiedzieli, że to im przydzieli tę sprawę, zanim zdążył dokończyć wypowiedź. Odkąd przed trzema laty w piwnicy jednego z opuszczonych bloków odnaleźli uprowadzoną córkę znanego szwedzkiego aktora, uchodzili za specjalistów od kidnapingu. Taki rodzaj sławy nie przeszkadzał Lindbergowi. Carlsson wolała pozostać w cieniu, niejednokrotnie powtarzała, że porywacze po prostu okazali się nastoletnimi amatorami.

– Mieszkasz w okolicy? – zapytał Gunnar.

Mężczyzna przytaknął lekkim skinieniem głowy.

– Jak się nazywasz?

Tamten nie kwapił się z odpowiedzią, więc Lindberg dodał po chwili:

– Spokojnie, chciałem ci tylko zadać kilka pytań.

– Berbt… Berbt Aggbjörk – wyjąkał przestraszony rowerzysta i Gunnar wyraźnie poczuł od niego zapach alkoholu. Być może to dlatego stary chciał dać nogę? Bał się mandatu. Biorąc pod uwagę okoliczności i powód, dla którego blisko dwudziestu funkcjonariuszy przyjechało tego ranka na to wygwizdowie, wydawało się to dość zabawne.

– Palisz, Berbt? – Gunnar wyciągnął paczkę w jego stronę.

Mężczyzna patrzył na nią przez chwilę nieufnie. Ostatecznie sięgnął po papierosa. Lindberg podsunął mu pod nos zapalniczkę.

– Jesteście tu w sprawie małego Jönssona, prawda? – zapytał stary, zachłannie się zaciągając.

„A więc pierwsze lody przełamane" – pomyślał Lindberg.

– Widziałeś całe zajście?

Aggbjörk gwałtownie pokręcił głową.

– Jedynie tę furgonetkę, jak pędziła przez las, aż się kurzyło. Potem widziałem pick-upa Jönssona i słyszałem przerażający krzyk jego żony...

– Furgonetka – przerwał Gunnar. – Dostrzegłeś numery rejestracyjne albo zauważyłeś coś szczególnego?

– Nic, tylko, że była czarna.

Akurat ta informacja była kompletnie bezużyteczna. Wiedzieli to już dawno.

– Znasz Jönssonów?

– O tyle, o ile – odparł Berbt Aggbjörk. – W Härnösand znają się wszyscy, przynajmniej z widzenia i słyszenia.

– A konkretniej?

– Mieszkam niedaleko. – Aggbjörk wskazał kierunek. Gunnar podążył wzrokiem za jego wyprostowanym ramieniem, ale dostrzegł jedynie pole i nieprzeniknione pasma gęsto rosnących drzew. – Czasami się widujemy. Machniemy sobie na powitanie, niekiedy pogadamy. Raz czy dwa Sven pomógł mi odholować samochód. Stary grat wiecznie się psuje.

– Dlatego przerzuciłeś się na rower?

– Powiedzmy. – Mężczyzna zdjął czapkę, przetarł czoło rękawem i na powrót umieścił ją na głowie. Wyraźnie się denerwował.

Lindberga kusiło, żeby mu uświadomić, że poruszanie się rowerem pod wpływem jest takim samym wykroczeniem jak jazda po pijaku samochodem. Ostatecznie odpuścił.

– Berbt, możesz powiedzieć mi trochę więcej na temat tej rodziny? Wspomniałeś, że w Härnösand wszyscy się znają.

Stary zaciągnął się głęboko ostatni raz i rzucił na drogę niedopałek, który po chwili zniknął pod obcasem gumowca.

– Ludzie dużo gadają. Lubią plotkować.

– Czasami w plotkach jest sporo prawdy.

– Bo ja wiem? Może i tak. – Stary wpatrzył się w dal za plecami Gunnara z zainteresowaniem, jakby chciał sprawdzić, czym aktualnie zajmują się policjanci. – Ale osobiście ich nie lubię.

– Ja też niespecjalnie, ale w tym przypadku mogą się okazać przydatne. Czym zajmuje się Sven Jönsson?

Czapka zniknęła z głowy i zanim ponownie wróciła na swoje miejsce, Aggbjörk podrapał się po czole.

– Robi chyba w budowlance. Poza domem. Często wyjeżdża i nie ma go całymi miesiącami. Kobita siedzi sama z dzieciakiem. Nie pracuje. Swoje już w życiu zarobiła… – Urwał gwałtownie, jakby ugryzł się w język.

– Czym się zajmowała?

Stary milczał. Unikał wzroku Gunnara.

– Berbt?

– Sven nie pochodzi z Härnösand – odezwał się w końcu Aggbjörk. – Przyjechał tu z dziesięć lat temu, nikt tak naprawdę nie wie skąd. Judith to co innego. Tu się urodziła i wychowała, chociaż biorąc pod uwagę jej rodzinę, trudno mówić o jakimkolwiek wychowaniu.

Lindberg słuchał uważnie, wpatrując się w swego rozmówcę i dając do zrozumienia, że oczekuje ciągu dalszego.

– Jönssonowie raczej stronią od ludzi – kontynuował Aggbjörk. – Rzadko zapuszczają się do centrum miasta. Chyba że w niedzielę do kościoła albo na zakupy. To odludkowie.

– A dlaczego? – dociekał Gunnar.

– Chodzi o Judith.

– Dowiem się wreszcie, czym się zajmowała?

Berbt Aggbjörk znowu zwlekał z udzieleniem odpowiedzi. Kiedy jednak ją z siebie wydusił, był wyraźnie zażenowany i zawstydzony.

– Była prostytutką albo dziewczyną do towarzystwa, jak kto woli. Ale to dobra kobieta jest – dodał natychmiast. – Każdy ma jakąś przeszłość. Jeden lepszą, drugi gorszą. To, kim była, to nie jej wina.

Lindberg musiał przyznać, że zaskoczyło go to, co usłyszał. Potrzebował chwili, aby to przetrawić. Wciąż przed oczami miał zrozpaczoną twarz Judith Jönsson, błagającej, by odnaleźli i sprowadzili do domu jej syna. Mimo całej sytuacji nie sposób było nie zauważyć, jak bardzo jest atrakcyjna. W życiu nie pomyślałby jednak, że...

– Ojciec Judith to był kawał skurwiela – rzekł Aggbjörk, wyrywając Gunnara z zamyślenia. – To on ją do tego zmuszał, kiedy nie miała jeszcze nawet osiemnastu lat. Stary cep już dawno gryzie glebę. Plotki powiadają, że załatwił go Sven. Za to wszystko, co zrobił tej biednej dziewczynie.

– A ty jak uważasz?

Aggbjörk wydął usta.

– A bo ja wiem? Jakkolwiek było, należało mu się. Jeżeli to naprawdę sprawka Svena, to wyświadczył dużą przysługę nie tylko Judith, ale i całemu miastu. Stary Gren był mendą.

– Myślisz, że Jönsson byłby do tego zdolny?

– To porywczy gość. Raz widziałem, co zrobił z facetem, który powiedział kilka niepochlebnych słów o Judith. Do tej pory łazi bez przednich zębów.

– Pamiętasz jego nazwisko?

Aggbjörk pokręcił głową i Gunnar zastanawiał się, czy stary faktycznie nie zna człowieka, czy może nie chce powiedzieć. Solidny wpierdol wydaje się raczej słabym motywem do uprowadzenia dziecka, ale nigdy nie wiadomo. Jeżeli Sven Jönsson faktycznie był aż tak porywczy, to być może ma równie barwną przeszłość jak jego żona.

– Dziękuję za twój czas, Berbt – powiedział Gunnar. – Byłeś bardzo pomocny.

– Nie ma za co. – Czapka powędrowała do góry po raz trzeci podczas tego spotkania. – Znajdziecie tego małego? To dobry dzieciak.

– Zrobimy wszystko, co w naszej mocy.

Stary kiwnął głową, machnął ręką na pożegnanie i wsiadł na rower. Lindberg wyciągnął kolejnego papierosa i z rozbawieniem obserwował, jak jego rozmówca oddala się zygzakiem. Zaciągnął się głęboko, obrócił na pięcie i podążył w kierunku domu Jönssonów.

***

Christin podjęła decyzję o tym, do kogo zwróci się w pierwszej kolejności, gdy tylko przekroczyła próg domu. O ile Gunnar był znany ze swojej tendencji do przesadzania, o tyle tym razem jego relacja niewiele odbiegała od rzeczywistości. Prawdę powiedziawszy, sprawy wyglądały jeszcze gorzej i najwyraźniej przybrały taki obrót już po wyjściu Lindberga.

Sven Jönsson siedział bez ruchu przy kuchennym stole, z pięściami wciśniętymi pod brodą. Na nadgarstkach pobłyskiwały kajdanki. Potężny, umorusany błotem i prawie nagi mężczyzna nieobecnym wzrokiem wpatrywał się w ścianę. Ciężka pierś unosiła się i opadała z każdym oddechem. Zaciśnięta żuchwa co chwilę wprowadzała policzki w pulsacyjny ruch. Judith Jönsson siedziała tuż obok męża, który wydawał się nie przejmować jej nieustannym szlochem. Wyglądała jak dziewczynka, która właśnie coś przeskrobała i teraz tuli się do ojca w poszukiwaniu przebaczenia. Obok pary stało dwóch policjantów. Jeden z nich krwawił z nosa. Komisarz zaklęła w myślach. Patowa sytuacja. Facet był agresywny, a ona potrzebowała informacji. Teraz. Już. Funkcjonariusze czekali na jakieś polecenie, sygnał. Komisarz lekko kiwnęła głową. Opuścili pomieszczenie.

– Judith – odezwała się Christin.

Kobieta popatrzyła na nią zapłakanymi oczami. Najwyraźniej wczorajszego wieczora była zbyt zmęczona, żeby zmyć makijaż, bo ten zostawiał teraz czarne smugi na jej twarzy. Notoryczne ocieranie policzków tylko pogarszało sprawę.

– Możesz raz jeszcze opowiedzieć, co się tu wydarzyło?

– Kurwa! – Mężczyzna zerwał się na równe nogi, przewracając stół.

Jego żona odskoczyła na bok. Dwaj policjanci, którzy nie zdążyli nawet wyjść z domu, przybiegli z powrotem. Christin pozostała niewzruszona, ale przez głowę przemknęła jej myśl, że gorzej zacząć nie mogła. Uniosła dłoń, dając kolegom do zrozumienia, że panuje nad sytuacją.

– Porwano mi syna! – krzyknął Sven Jönsson. – A wy zamiast go szukać, każecie po raz kolejny opowiadać, jak do tego doszło! Ruszcie wreszcie te leniwe tyłki albo zdejmijcie mi kajdanki, to sam się tym zajmę!

– Z tego, co wiem, to już próbowałeś – powiedziała niezwykle spokojnie Carlsson. – I raczej z mizernym skutkiem.

Jönsson, ciężko oddychając, wpatrywał się w nią nienawistnym wzrokiem. Christin znała podobne spojrzenia. Widziała je nie raz. Było w nich wiele złości, agresji i buntu. Wystarczyło jednak poczekać odrobinę dłużej, aby dostrzec również cierpienie, strach i bezsilność. To samo widziała w oczach Philipa Svenssona, znanego z uwielbianego przez wszystkich Szwedów serialu aktora, któremu porwano córkę.

Podeszła do przewróconego stołu i podniosła go z cichym westchnieniem. Nogi mebla zaszurały na drewnianej podłodze, kiedy przesuwała go z powrotem na miejsce.

– Proszę usiąść.

Judith chwyciła męża za ramię. Siadając, pociągnęła go ze sobą. Carlsson zrobiła krok w jej stronę. Dopiero teraz zauważyła, że kobieta trzyma w dłoni zdjęcie.

– Mogę? – zapytała.

Judith Jönsson pokiwała głową. Chłopiec ze zdjęcia uśmiechał się od ucha do ucha.

– Śliczny. Jak ma na imię?

– Björn. – Kobieta wymówiła imię syna płaczliwym głosem.

Trudno było ją zrozumieć, bo co chwilę ocierała nos wierzchem dłoni. Carlsson podała jej chusteczkę, a zaraz potem oddała fotografię dziecka.

– To wszystko stało się tak szybko. – Kobieta otarła oczy, wpatrując się w zdjęcie syna. – Björn poszedł po drwa, a ja zabrałam się za robienie śniadania. Potem mieli pójść ze Svenem do lasu, strugać... – Nie dokończyła. Kolejny atak płaczu.

– Judith, co było dalej?

– Usłyszałam krzyk. – Kobieta przełknęła łzy. – Bardzo krótki, ale wiedziałam, że to Björn. Myślałam, że może zrobił sobie krzywdę siekierą. Wybiegłam na zewnątrz, ale jego już nie było. Potem usłyszeliśmy ten samochód i Sven... ruszył w pościg.

– Kiedy jechałeś za porywaczami, udało ci się dostrzec numery rejestracyjne?

– Nie – odburknął mężczyzna.

– Nawet jednej cyfry, litery?

– Nie. Kiedy wyjechałem na główną drogę, ich już nie było.

Zapadła cisza.

– Znajdziecie go? – zapytała błagalnym tonem matka.

– Po to tu jesteśmy. Już szukają go najlepsi ludzie. Informacja o zaginięciu Björna zostanie rozpowszechniona za pośrednictwem każdego możliwego środka przekazu. Wraz ze zdjęciem chłopca i opisem czarnej furgonetki dotrze do wszystkich kierowców używających nawigacji internetowej. Ale potrzebujemy punktu zaczepienia, pani Jönsson. Przychodzi wam do głowy, kto i dlaczego mógłby chcieć porwać Björna?

Rozpaczliwe zaprzeczenie ruchem głowy. Drżącym głosem oznajmiła:

– Nie mam pojęcia.

Carlsson kątem oka zerkała na ojca dziecka. Mężczyzna znów siedział bez ruchu, tym razem ze wzrokiem wbitym w swoje bose i brudne stopy.

– Sven?

Cisza.

– Masz jakiś pomysł? Nadepnąłeś komuś na odcisk w ostatnim czasie?

Wciąż nie zaszczycił jej nawet spojrzeniem. Zdecydowanie jednak pokręcił głową. A to już coś.

– Pieniądze? – ciągnęła Christin. – Byłeś je komuś winien?

– Raczej nie – odpowiedziała Judith, patrząc na męża. – Prawda, Sven? – Znowu spojrzała na Christin. – Może jakieś drobne sumy, ale w gronie przyjaciół...

– Jeżeli chodzi o pieniądze, to porywacze prawdopodobnie zgłoszą się z żądaniem okupu w ciągu najbliższych czterdziestu ośmiu godzin.

– Okupu? – zdziwiła się Judith.

Komisarz potwierdziła skinieniem głowy.

– Ale... my... nie mamy takich pieniędzy, aby... – Matka chłopca rozłożyła ręce i omiotła wzrokiem pomieszczenie, jakby chciała powiedzieć: niech pani spojrzy, jak skromnie mieszkamy.

– Gdzie pracujesz? – zapytała Svena Christin.

Wahał się. Ale bestia na łańcuchu łagodniała. Carlsson to czuła. Od czasu do czasu spoglądał w jej stronę. Na początku na buty, potem na pasek. W końcu popatrzył jej w oczy.

– Jestem budowlańcem. Pracuję poza domem – oświadczył.

– Sven wrócił wczoraj – wyjaśniła kobieta. – Nie było go ponad dwa miesiące.

– Nie było cię dwa miesiące – powtórzyła komisarz. – A chłopiec znika zaraz po twoim powrocie.

Mężczyzna wbił w nią lodowaty wzrok. Wytrzymała to spojrzenie.

– Nie wydaje ci się to dziwne? Najwyraźniej zależało im, żebyś był przy tym obecny.

Przerażenie na twarzy Judith Jönsson rosło. Spoglądała to na komisarz, to na swojego męża. Tymczasem Carlsson mówiła dalej:

– Oczywiście mógł to być przypadek, ale osobiście bardzo w to wątpię. Porywacze działają z premedytacją. Zazwyczaj długo planują, zanim uderzą. Sprawdzają każdy szczegół. Znają rozkład dnia czy tygodnia swoich ofiar. Śledzą je. Stoją za nimi w supermarkecie i na poczcie. Obserwują. Sven, to nie był zbieg okoliczności.

Mężczyzna przygryzł wargę. Przetrawiał to, co przed chwilą usłyszał.

– Jeżeli wyjeżdżasz za chlebem na całe dwa miesiące – ciągnęła komisarz – zostawiasz żonę i synka, oznacza to tyle, że musi ci się opłacać. Wracasz z pracy z gotówką. To oczywiste, a sprawcy wiedzą. Być może dla was to nie są astronomiczne pieniądze, ale oni potrafią dostawić do tego kilka zer. A poza tym na pewno macie jeszcze jakieś oszczędności.

Judith z każdym kolejnym słowem wszystko wydawało się coraz bardziej abstrakcyjne. Tak bardzo nierzeczywiste, że aż przyprawiało o zawrót głowy. Wczoraj zasypiała w raju, dzisiaj do snu, jeżeli ten w ogóle przyjdzie, miał ukołysać ją sam diabeł.

Podłoga zaskrzypiała. Do środka wszedł Gunnar Lindberg. Drugi z komisarzy oparł się o ścianę, wcielając się w rolę obserwatora.

– Gdzie pracujesz, Sven? – zapytała Carlsson.

– Różnie. Tam, gdzie jest robota. Na terenie całego kraju. – Sven Jönsson poprawił się na krześle. Zabrzęczały kajdanki. – Zdarzało się, że wyjeżdżałem do Norwegii i Danii. Raz byłem w Polsce. A co to ma do rzeczy?

– A gdzie byłeś ostatnio?

– Niedaleko Malmö, ale na ostatnie dwa tygodnie musieliśmy zjechać do Örnsköldsvik. Trafiła się robota i nie mogliśmy odmówić. Niestety, nie było czasu, żeby po drodze zatrzymać się w domu.

– Będziesz grzeczny? – zapytała.

Wyglądał na skonsternowanego. Ruchem brody wskazała kajdanki. Spojrzał na swoje przedramiona i kiwnął głową. Skinęła na policjantów, którzy, mimo że zrozumieli przekaz, ociągali się z wykonaniem rozkazu. Ruszyli się z miejsc, dopiero kiedy popatrzyła na nich wymownie. Gunnar Lindberg uśmiechnął się pod nosem.

– Powiedziałeś „musieliśmy". Z kim pracujesz?

Sven potarł obolałe i wolne nadgarstki.

– Z różnymi ludźmi. Zależy, gdzie jestem…

– Nie masz stałej ekipy? Wyjeżdżasz sam?

Już na nią nie patrzył. Za to ona wymieniła spojrzenia z wciąż stojącym pod ścianą Gunnarem.

– Sven?

– Sven od prawie dziesięciu lat pracuje z przyjaciółmi, ale…

Judith urwała, gdy tylko mąż wykonał delikatny ruch w jej stronę.

– Wszyscy pochodzą z Härnösand? – pytała dalej Carlsson, ale nie łudziła się, że tym razem Judith Jönsson odważy się odezwać.

– To niedorzeczne! – wrzasnął Sven.

– Być może, ale i tak potrzebujemy to wiedzieć. Dlatego powtórzę pytanie raz jeszcze. Czy wszyscy pochodzą z Härnösand?

Wydawało jej się, że upłynęła cała wieczność, zanim usłyszała odpowiedź.

– Tak.

– Nazwiska, adresy. Musimy wiedzieć wszystko.

Sven Jönsson przymknął oczy. Drapał się po czole, na którym teraz pojawiły się głębokie bruzdy.

– Po co ta cała farsa? – zapytał. Bomba znowu zaczęła tykać. Tym razem eksplozja mogła mieć o wiele większe konsekwencje. – Dlaczego nie szukacie mojego syna?

– Właśnie to robimy.

– Gówno robicie! – Jönsson znowu poderwał się na nogi.

Sytuacja była jednak bardziej niebezpieczna niż ostatnio, mężczyzna miał teraz bowiem wolne ręce i przez głowę komisarz przemknęła myśl, że rozkucie go mogło być poważnym błędem. Policjanci byli w pogotowiu. Nawet Lindberg odruchowo zrobił krok do przodu. Judith Jönsson skryła twarz w dłoniach.

– Tracicie czas! – grzmiał jej mąż. – Znam tych ludzi szmat czasu!

– W porządku – powiedziała Christin. – A więc załatwimy to migusiem. Nikt nikogo nie oskarża, Sven. Pytam, bo być może porywacze odezwą się do twoich współpracowników. Chcemy z nimi tylko porozmawiać – improwizowała. Łgała, robiąc wszystko, aby uspokoić rozjuszonego i zrozpaczonego ojca. – Niewykluczone, że któryś z twoich przyjaciół widział sprawców lub choćby jednego z nich w waszym otoczeniu, nawet o tym nie wiedząc. Teraz liczy się każdy, nawet najdrobniejszy szczegół, każda informacja. Siadaj, Sven.

Scena, która się rozegrała po chwili, była bliźniaczo podobna do tej po poprzednim wybuchu. Judith chwyciła męża za ramię i pociągnęła go w dół. Christin odetchnęła z ulgą. Policjanci rozluźnili się, jakby usłyszeli komendę „spocznij", a Gunnar Lindberg ponownie oparł się o ścianę, zakładając ręce na piersi.

– Z kim pracujesz? – powtórzyła pytanie Carlsson.

Sven Jönsson westchnął ciężko. Nabrał powietrza i zaczął mówić.

Wyszli na zewnątrz po dwudziestu minutach. Gunnar od razu sięgnął po papierosa.

– Nieźle ci poszło – ocenił.

– Dzięki – odparła, wyrywając mu go. Zaciągnęła się i zaczęła kaszleć.

Patrzył na nią z uniesionymi brwiami.

– Od kiedy palisz?

– Od dzisiaj.

Zabrał jej papierosa.

– Nie gadaj bzdur. Nie ma gorszego świństwa.

Przez chwilę wpatrywała się w horyzont. Latem musiało być tu pięknie. Podążył za jej wzrokiem.

– Widziałam już różne rzeczy, Gunn. Wiesz o tym. Ale jeśli chodzi o dzieciaki, chyba nigdy się nie przyzwyczaję.

Milczeli przez dłuższą chwilę.

– Zauważyłaś, w jaki sposób mówił o tym Evercie? – zapytał Gunnar.

Kiwnęła głową.

– O pozostałej dwójce nie wypowiadał się już aż tak serdecznie.

– I chyba jego powinniśmy sprawdzić w pierwszej kolejności – oznajmiła.

– Czemu tak myślisz?

– Pamiętasz bajkę o wilku w owczej skórze? – zapytała i ruszyła przed siebie.

19.

Przybyły na Schönefeld z dużym wyprzedzeniem – do odlotu pozostały jeszcze trzy godziny. Paula Madejska, właścicielka jednej z najbardziej znanych w Szczecinie agencji modelek, i jej dwie dziewczyny, którym wróżyła światową karierę, siedziały teraz w Starbucksie, popijając cappuccino i latte. Madejska była niespokojna, uważnie obserwowała znad filiżanki otaczającą je rzeczywistość. Setki ludzi, wlokących za sobą torby na kółkach i niosących bagaże podręczne, pędziły przez sam środek terminalu. Tłumy w sklepach i restauracjach, księgarniach i lodziarniach. Madejska mierzyła od stóp do głów każdego, kto przekroczył próg kawiarni. Marzyła, aby znaleźć się w samolocie i poczuć błogi stan nieważkości, kiedy maszyna w końcu wzbije się w powietrze.

Wyjechały ze Szczecina dużo wcześniej niż zwykle. Nie zamierzała kusić losu i przekraczać dozwolonej prędkości, przez większość czasu jechała grzecznie prawym pasem. Dziewczyny nie oponowały. Same były przerażone i było to po nich widać, kiedy ze słuchawkami na uszach nieobecnym wzrokiem patrzyły przez szyby auta. Boże, jaka była głupia! Gdyby nie dała się przekonać Maksowi, gdyby spróbowała mu wyjaśnić, wytłumaczyć, że wylatują do Japonii, muszą odpocząć przed podróżą, załatwić formalności, może by zrozumiał...? Podświadomie wiedziała jednak, że to nie była kwestia asertywności, a wszelkie podjęte przez nią starania nie przyniosłyby oczekiwanego skutku. Sukinsyn nie zwykł przyjmować odmowy do wiadomości. Był zdolny do wszystkiego i dał temu dowód w tamtym domu, zabijając chłopaka na jej oczach. Kiedy zobaczyła, jak bezwładne ciało wyłamuje barierkę, a potem z głuchym hukiem spada na drewnianą podłogę, pomyślała: „Mnie też zabije, i dziewczyny, teraz, zaraz…".

Stanowiła własność Maksa, zabawkę, która była na każde jego skinienie. Miała wobec niego dług wdzięczności. Dług, którego – jak się miało okazać – nie sposób było spłacić. Czuła się tak, jakby przed laty parafowała umowę z samym diabłem. Gdyby mogła cofnąć czas, drugi raz nie popełniłaby tego błędu. Wolałaby umrzeć. Lepsze to niż życie w nieustannym strachu. Zgodziła się, by jej dziewczyny umilały czas Maksowi i jego zakapiorom, ale na innych zasadach, niż się mu wydawało. Nie miały być dziwkami, a dziewczynami do towarzystwa. Kurew miał przecież na pęczki. Mówił, że potrzebuje pięknych, inteligentnych dziewczyn, którymi będzie się szczycił w towarzystwie. To wszystko. Jak się szybko okazało, ustalenia można było włożyć między bajki. Jedna z jej modelek, młoda Natasza, wyjątkowo spodobała się któremuś z warszawskich bossów bawiących w Szczecinie. Stary cep chciał zaciągnąć dziewczynę do łazienki, a kiedy Paula zaprotestowała, Maks wymierzył jej policzek. Nataszę zgwałcono, a po wszystkim pokaleczono jej twarz butelką. Marzenie o karierze modelki pękło niczym bańka mydlana.

– Nigdy nie próbuj mi się przeciwstawić – powiedział wtedy Maks.

I nie próbowała. Zapamiętała dobrze tę srogą lekcję. Kiedy Maks zadzwonił i zażądał, by stawiła się na kolejnym przyjęciu, zgodziła się bez wahania, mimo że właśnie pakowała walizki do Japonii.

Upiła kolejny łyk cappuccino, nieustannie lustrując wchodzących i wychodzących klientów kawiarni. Wciąż analizowała w myślach wydarzenia wczorajszego wieczoru. Zupełnie jak film, który za pomocą pauzy można prześledzić klatka po klatce.

Jakiś szpakowaty, przystojny i elegancko ubrany mężczyzna wszedł do kawiarni i rzucił w ich stronę przelotne spojrzenie. Wystarczająco jednak długie i mało dyskretne, aby Madejska zauważyła jego nienaturalne zainteresowanie. Mnóstwo ludzi. Próba odnalezienia wolnego stolika była jedynie pobożnym życzeniem. Ale takie kobiety jak one nie mogły zostać niezauważone. Nie miały co liczyć, że uda się im wtopić w tłum. Przypominały ekskluzywne sportowe auta stojące na parkingu pełnym przeciętnych samochodów. Każdy musiał zawiesić na nich oko. Były jak trzy kolorowe puzzle w olbrzymiej szarej układance. Blondynka, brunetka i ruda. Czy można chcieć więcej? Madejska kazała dziewczynom włożyć dżinsy i adidasy. Żadnych szpilek czy ledwie zakrywających tyłek spódniczek, do których przywykły. Mimo to wciąż przyciągały spojrzenia.

Zerknęła na zegarek. 6:32. Odprawa powinna zacząć się za jakąś godzinę. Godzinę, która miała być dla niej całą wiecznością. Wypatrywała ochroniarzy i policjantów. Raz zauważyła tych pierwszych, i natychmiast pomaszerowały w inną część lotniska. Wiedziała, że jeżeli jej szukają, to bardzo możliwe, że zostaną zatrzymane przy odprawie paszportowej. Maks zabił chłopaka, bo tamten nie dopilnował jednej z licealistek. Jeśli ta mała uciekła, poszła na policję i opowiedziała, co się wydarzyło, to… prawdopodobnie podała jej nazwisko. Wiedziała przecież, kim jest Paula Madejska. Obie gówniary doskonale to wiedziały, bo jedna z nich mało nie zemdlała na jej widok.

Nie tylko policji się obawiała. Wypatrywała również ludzi Maksa. Być może parszywy Cygan zmieniał zdanie i doszedł do wniosku, że będzie lepiej, jeżeli uciszy i je? Nie znała wszystkich jego żołnierzy, ale bywając w ich towarzystwie przez te wszystkie lata, doskonale umiała rozpoznać ten typ ludzi.

Zerknęła na dziewczyny. Karolina beznamiętnie przesuwała palcem po ekranie smartfonu. Monika przerzucała kolejne strony jakiejś kolorowej gazety. Wyglądały na spokojne. W niej samej aż się gotowało. Podniosła się z krzesła, czym zwróciła ich uwagę.

– Zaraz wracam – rzuciła od niechcenia.

Podeszła do baru. Przed nią kilku klientów składało swoje zamówienia. Młody personel uwijał się jak w ukropie. Stukot filiżanek, szum pienionego mleka, głośne rozmowy... Dziesiątki różnych bodźców potęgujących jej stres.

– *Irish coffee* – szepnęła, kiedy wreszcie przyszła jej kolej.

Stojący za kontuarem barista przyłożył do ucha zwiniętą dłoń.

– *Wie bitte?*

– *Irish coffee* – powtórzyła, tym razem głośniej, czując się tak, jakby wyartykułowała wyjątkowo wstydliwą zachciankę.

Chłopak uśmiechnął się szeroko i odwróciwszy się do niej plecami, zabrał się do roboty. Paula liczyła, że być może odrobina whisky pomoże jej ukoić skołatane nerwy. Z utęsknieniem spoglądała na złoty trunek wypełniający dno szklanki.

Ktoś położył dłonie na blacie tuż obok niej. Mankiety ze spinkami przyciągnęły jej wzrok. Podążyła spojrzeniem wzdłuż rękawów tweedowej marynarki. W końcu jej oczy napotkały kilkudniowy zarost i szelmowski uśmiech. Przydługa grzywka opadała na wysokie, opalone czoło mężczyzny, który przed kilkoma minutami wszedł do kawiarni.

– Straszny tłok, prawda? – zapytał łamaną polszczyzną.

Odpowiedziała wymuszonym uśmiechem i krótkim skinieniem głowy, po czym znowu zaczęła śledzić proces powstawania jej kawy. Kolejny amant. Choć musiała przyznać, że Niemiec – jak przypuszczała – był bardzo przystojny i na pewno młodszy od niej, to zaloty były teraz ostatnią rzeczą, na jaką miała ochotę.

– Nie przepadam za lotniskami – wyznał nieznajomy, nie dając za wygraną. – Ale dziś jestem tu służbowo...

Madejska z ulgą obserwowała, jak młody barista stawia przed nią jej wzmocnioną kawę.

– *Wie viel?*

– *Fünf euro.*

Podziękowała, kładąc banknot na ladzie, i już miała się obrócić na pięcie i odejść, kiedy mężczyzna odezwał się po raz kolejny, sprawiając, że zastygła w bezruchu.

– Pani Madejska, prawda? Paula Madejska.

Przełknęła ślinę, czując, jak serce podchodzi jej do gardła. „Spokojnie – powtarzał głos w jej głowie. – Być może facet widział cię na którymś z pokazów. Może to jakiś projektant?". Odwróciła się w jego stronę, wyginając pełne czerwone usta w kolejnym wymuszonym uśmiechu.

– Czy my się znamy? – zapytała.

– Niestety, nie – odparł. – Ale obawiam się, że będzie pani musiała pójść ze mną.

20.

Była otumaniona. Leżała na kanapie w pozycji embrionalnej. Mały, ciepły kształt, który czuła pod ręką, poruszał się od czasu do czasu. Powieki bardzo jej ciążyły i wciąż chciało jej się spać, mimo że dochodziła jedenasta. Otwierała je i zamykała, rejestrując przy tym zamazane obrazy. Ktoś krzątał się po kuchni. Ktoś inny coś do niej szeptał, gładząc ją po włosach, co usypiało ją jeszcze bardziej. Może to wszystko było jedynie złym snem? Przerażającym, nad wyraz realistycznym koszmarem? Jeśli tak, to chciała się obudzić jak najszybciej! Ale coś uparcie wciągało ją w otchłań nieświadomości. Miała wrażenie, że tonie…

– Maaaartaaa – usłyszała swoje imię. – Martaaa.

Głos zdawał się dochodzić z bardzo daleka i z bliska jednocześnie. Chciała go posłuchać, ale czuła się tak, jakby obejmowały ją dziesiątki dłoni, które odciągały ją od przyjemnego szeptu, rozlegającego się tuż nad jej uchem.

– Maarta, obudź się…

Ciemność i jasność, dzień i noc następowały po sobie, kiedy zamykała i otwierała oczy. Na policzku poczuła coś wilgotnego, co poruszało się niespokojnie przy jej twarzy, popiskując… Fifi. Suczka lizała ją i kręciła się nerwowo. Wreszcie Marta otworzyła oczy. Zobaczyła, jak pies unosi się w powietrzu, zupełnie jakby nagle nauczył się latać. Dopiero po chwili dotarło do niej, że chihuahua jest w rękach Ewy, która zaraz potem postawiła ją na podłodze. Mimo to Fifi wsparła przednie łapki na siedzisku kanapy i wesoło merdając ogonem, wpatrywała się w swą panią wielkimi brązowymi oczami. Marta opuściła bose stopy na podłogę i spróbowała usiąść. Świat wkoło zawirował. Przyjaciółka objęła ją ramieniem.

– Spokojnie, kochanie. Pomału – szepnęła Ewa, usiadłszy tuż obok. Marta odchyliła głowę na oparcie. Westchnęła cicho, przeczesując włosy dłonią. Otworzyła oczy. Salon wreszcie nabrał ostrzejszych kształtów. Matka postawiła na ławie przed nią parujący kubek. „Ewa, mama, Fifi – pomyślała. – Gdzie Bartek? Gdzie A g n i e s z k a?".

– Boże, proszę, powiedzcie, że ją znaleźli, że wróciła do domu… Cisza zadała jej fizyczny ból. Marta poczuła ukłucie w sercu, a skronie ścisnęła jej niewidzialna obręcz. Zaczęła płakać.

– Ciii. – Ewa przytuliła ją mocno, przywierając policzkiem do jej włosów. – Nie płacz, kochanie. Wszystko będzie dobrze. Znajdą ją. To tylko kwestia czasu. Zobaczysz.

Matka usiadła po jej drugiej stronie i położyła dłoń na jej kolanie. Marta nie musiała na nią patrzeć, aby wiedzieć, że i ona z trudem hamuje łzy.

– Czego oni chcą… – wydusiła z siebie niewyraźnie w ramię przyjaciółki. – Skrzywdzą moją małą córeczkę…

Ewa nie przestawała gładzić jej po głowie. Kołysały się teraz obie w jednostajnym rytmie. Nie trwało to jednak długo, Marta wyrwała się bowiem z objęć przyjaciółki.

– Telefon…! – krzyknęła. – Gdzie on jest? – zapytała, rozglądając się gorączkowo.

– Spokojnie, jest tutaj. – Ewa wskazała smartfon leżący na ławie tuż obok tabletek nasennych.

– Wolański mówił, że się odezwą. – Marta chwyciła telefon i sprawdziła historię połączeń. Przy ostatnim widniała wczorajsza data. – Nikt nie dzwonił? – Spojrzała na matkę, która pokręciła głową. – Założyli jakąś aplikację szpiegującą czy coś, ale… – Marta zerwała się na równe nogi i podbiegła do kuchennego blatu. – Zapomnieli o telefonie stacjonarnym! – Wyciągnęła słuchawkę ze stacji. – A na ten ktoś dzwonił?

– Nie. – Tym razem odpowiedziała Ewa. – Ale kiedy spałaś, policjanci grzebali również przy nim. Jeżeli porywacze zadzwonią, policja usłyszy każdą rozmowę.

Marta klapnęła zrezygnowana na taboret, odrzucając oba telefony. Znowu skryła twarz w dłoniach.

– Boże – wyszeptała. Przez rozcapierzone palce widziała sylwetki dwóch zatroskanych kobiet. Opuściła ręce na kolana. Myśli kotłowały się w jej głowie. Właśnie do głosu dochodziła kolejna z nich. – Bartek? Gdzie jest Bartek?

– Na górze, u siebie – wyjaśniła matka. – Co chwilę sprawdza ten cały Facebook. Ludzie piszą w sprawie Agi, ale głównie słowa pocieszenia.

– Muszę zadzwonić do tego policjanta – oznajmiła Marta. – Może mają jakieś nowe informacje. – Znowu wzięła do ręki smartfon. Przeszukiwała kontakty, chcąc odnaleźć nazwisko komisarza. Wybrała numer.

– Był tu jakiś czas temu. Mówił, żebyśmy cię nie budziły – wyjaśniła Ewka. – Powiedział, że robią wszystko, by znaleźć Agnieszkę, i że na pewno jeszcze przyjedzie.

– A ja mam tak bezczynnie siedzieć w domu?! Odchodzić od zmysłów i czekać cholera wie na co?!

Przez dłuższą chwilę żadna z nich się nie odzywała. Marta wsłuchiwała się w sygnał po drugiej stronie, a wyobraźnia znowu podsuwała jej najgorsze obrazy. Tym razem widziała nagie ciało swojej córki, leżące na jakiejś brudnej podłodze. Wolański powiedział, że obie były na tej imprezie. Marta nie mogła uwierzyć, że Agnieszka poszła do obcego domu z nieznajomym…

– A co możemy zrobić? – zapytała matka. – Musimy zaufać policji. Nalegali, żebyś została w domu, bo… – Kobieta się zawahała. – Bo porywacze mogą się odezwać. Przed domem stoi samochód…

Marta podeszła do okna z telefonem przy uchu. Odchyliła firankę. Rzeczywiście po drugiej stronie ulicy stał nieoznakowany niebieski sedan.

– To policja – ciągnęła matka. – Obserwują dom przez cały czas.

– Halo? Komisarz Wolański? – Marta odetchnęła z ulgą, słysząc wreszcie głos policjanta. Zaczęła krążyć po pokoju. – Tak, tak wiem, że pan był… Obudziłam się przed chwilą, zresztą nieważne… Ma pan jakieś wiadomości o…

Ewa i matka patrzyły, jak twarz Marty zmienia się wraz z każdym, niesłyszalnym dla nich słowem policjanta. Mała Fifi wciąż kręciła się niespokojnie wokół jej nóg.

– Co ja mam teraz zrobić? Proszę mi powiedzieć, co mam robić?! – Szloch szybko przeszedł w rozpaczliwy płacz i Marta nie była w stanie wypowiedzieć nawet słowa.

Ewka zabrała jej telefon. Matka przytuliła córkę.

– Panie komisarzu, z tej strony Ewa Martel, przyjaciółka Marty. – Tym razem Ewa zaczęła wędrówkę po salonie. Niewiele mówiła. Głównie słuchała, od czasu do czasu odgarniając z czoła kosmyk rudych włosów. Skończyła po kilku minutach.

– Co powiedział? – zapytała matka Marty.

– Przede wszystkim prosił, żebyśmy nie blokowały telefonu dłużej niż to konieczne…

Marta przewróciła oczami.

– Pieprzenie! I jak zwykle żadnych konkretów! – Otarła oczy wierzchem dłoni. Matka podała jej chusteczkę. – Jeżeli faktycznie chodzi o okup… – Ostatnie słowo wypowiedziała z wyjątkowym trudem. – Nie wiem, czy w ogóle powinnyśmy były zawiadamiać policję…

– Marta, co ty mówisz? – Ewka uklękła przy niej.

Fifi źle zinterpretowała jej zachowanie i skakała teraz przy jej boku, oczekując zabawy.

– Dlaczego do tej pory nikt się do nas nie odezwał?

– Wolański powiedział przecież, że czasami…

– To tylko statystki, Ewka! – krzyknęła Marta i przez chwilę groźba kolejnego ataku płaczu zawisła w powietrzu. – A tu chodzi o Agnieszkę! Ewa przymknęła na chwilę oczy. Westchnęła cicho, kładąc dłoń na kolanie przyjaciółki.

– Przecież wiem, że chodzi o Agę, skarbie.

– Po prostu… po prostu może gdybyśmy nie wzywały policji, to porywa… to oni już by się odezwali? Może to odniosło wręcz odwrotny skutek? Wiedzą, że policja stoi pod domem. Jeśli to faktycznie zawodowcy, może wiedzą również o podsłuchach w telefonach?

Matka chwyciła ją za rękę.

– Tego nie wiemy, kochanie. Nie mogłyśmy przecież siedzieć, ot tak, bezczynnie…

– A teraz co niby robimy?!

Przez dłuższą chwilę milczały. Marta wpatrywała się w ścianę, ale zdawała się jej nie widzieć. Matka i Ewka wymieniły bezsilne spojrzenia.

– Gdzie jest mój telefon? – zapytała Marta, po czym zauważyła, że smartfon wciąż tkwi w dłoni Ewy.

Przyjaciółka oddała go bez słowa, a Marta wstała z kanapy. Przeszła przez salon i stanęła przy schodach.

– Bartek! – zawołała. – Bartek!

Usłyszeli kroki. Bartek zszedł i mocno wtulił się w matkę. Objęła go z całych sił. Popłynęły kolejne łzy.

– Szukają jej wszyscy moi znajomi – wyszeptał.

– Wiem, kochanie. – Zmierzwiła mu włosy, ale zaraz potem odsunęła się i podała mu telefon.

Nie zrozumiał.

– Możesz ode mnie zadzwonić do Anki?

Patrzył na nią wielkimi niebieskimi oczami.

– Tak… Myślę, że tak, ale… – zawahał się. – Muszę ci coś powiedzieć. Już od wczoraj próbuję się z nią skontaktować i nic… – Zrezygnowany pokręcił głową.

Czuła, jak łzy napływają jej do oczu.

– Proszę, spróbuj ponownie.

Westchnął i po chwili oddał matce smartfon.

– Nie masz nawet Messengera. Szybciej będzie, jak zadzwonię ze swojego telefonu.

– Okej.

– Mam go na górze.

– Biegnij.

Chłopiec zniknął.

– Myślisz, że to dobry pomysł? – zapytała Ewka.

– W tej chwili jedyny, jaki mam – odparła Marta. – Muszę z nią porozmawiać.

– Przecież Wolański powiedział ci wszystko, czego się od niej dowiedział…

– Założę się, że tylko tyle, ile uznał za stosowne. Gdyby nie ona, Agnieszka byłaby teraz w domu. Byłam głupia, że przez te wszystkie lata pozwalałam się jej z nią zadawać!

Bartek zbiegł na dół.

Wybrał połączenie i wsłuchując się w sygnał, wpatrywał się w zaczerwienione, zmęczone oczy matki.

– Nic – odparł.

– Jeszcze raz.

Posłuchał.

– Nic – powtórzył po chwili.

– Zadzwoń do jej matki.

– Marta… – odezwała się Ewa, ale przyjaciółka zupełnie ją zignorowała.

– Bartek, zadzwoń do matki Anki.

Chłopiec wykonał połączenie, ale i tym razem nikt nie odebrał.

– Skarbie, mogłyśmy się przecież tego spodziewać – powiedziała jej matka.

Marta poczuła, jak uczucia toczą walkę w jej sercu. Żal i bezna-

dzieja ustępowały miejsca złości. Córka tej kobiety siedziała teraz bezpiecznie w domu, a ona nie miała w sobie na tyle empatii, żeby odebrać
ten pieprzony telefon! Jakim trzeba być człowiekiem, żeby zachować
się w taki sposób?!

Podeszła do wieszaka i zerwała z niego skórzaną kurtkę. Narzuciła ją na siebie, zupełnie nie dbając o to, że ma na sobie jedynie
podkoszulek i legginsy.

– Marta… – Ewa podeszła do przyjaciółki. – Co ty wyprawiasz?

– Jeśli nie chcą odebrać, to złożę im wizytę.

– Przestań. – Ewka próbowała zdjąć z niej kurtkę. – Usiądź, proszę…

– Co to jest? – Marta nagle się zatrzymała i patrzyła na stertę
listów leżących na komodzie.

– Korespondencja – odpowiedziała Ewa.

– Leży od wczoraj – dodała matka Marty, wstając z kanapy i ruszając w ich stronę. – Rachunki, listy z banku. Opróżniłam skrzyn-
kę przy okazji spaceru z Fifi i po prostu je tu położyłam. Raczej nie
miałaś do tego głowy…

– Nie o listy pytam. – Marta uniosła małe szare zawiniątko. Wyglądało, jakby ktoś zapakował średniej wielkości pudełko z biżuterią
w wyjątkowo tandetny i nieatrakcyjny, surowy papier. – Co to jest? –
zapytała ponownie.

– Ach, to. Zupełnie o tym zapomniałam. Szczerze powiedziawszy, nie wiem. Dał mi to sąsiad. Powiedział, że listonosz poprosił go
o przekazanie przesyłki, bo u ciebie nikogo nie było…

– I dopiero teraz mi o tym mówisz? – Marta raz jeszcze przyjrzała się paczce. Przyklejono do niej białą kartkę, na której wydrukowano jej imię, nazwisko i adres. Obróciła pudełko kilka razy w dłoni,
zupełnie jakby okręcała kostkę Rubika w poszukiwaniu rozwiązania.

– Nie wiedziałam, że możesz czekać na…

Marta nie dała matce dokończyć. Zamiast tego podała jej kurtkę i pomaszerowała z przesyłką do kuchni. Ponownie klapnęła na
taborecie.

– Nie zauważyłaś, że nie ma tu nawet stempla pocztowego? – spytała z wyrzutem.

Matka nie odpowiedziała. Ściskając w rękach kurtkę córki niczym największy skarb, przestraszona obserwowała, jak ta sięga po nóż i rozrywa papier.

– Marta – odezwała się Ewka. – Może powinnyśmy powiedzieć o tym Wolańskiemu?

– O czym? – Marta posłała przyjaciółce wymowne spojrzenie. – Że dostałam paczkę?

Kawałki papieru jeden po drugim lądowały na blacie. Kiedy wreszcie Marta uporała się z opakowaniem, jej oczom ukazało się czarne, aksamitne... pudełko. Wpatrywała się w nie z walącym sercem przez dłuższą chwilę, podobnie jak jej matka i przyjaciółka. Bartek z perspektywy salonu nie mógł ujrzeć tego, co wzbudziło w nich aż takie zainteresowanie. Podszedł bliżej.

– Co to jest? Dostałaś prezent?

– Nie wiem...

– Otwórz.

Spojrzała na syna. Przygryzła wargę. Otworzyła. Aż rozdziawiła usta ze zdziwienia, kiedy dotarło do niej, że w środku znajduje się drugie pudełko, również aksamitne, tyle że tym razem czerwone. Wzięła głęboki oddech i po nie sięgnęła.

– Marta, naprawdę uważam, że powinnyśmy powiadomić Wolańskiego... – Ewa raz jeszcze próbowała przemówić przyjaciółce do rozumu, ale na to było już za późno. Marta była jak w transie. Postawiła pudełko na blacie kuchennym.

– Marta... – Ewa nie dawała za wygraną.

Marta otworzyła pudełko i ujrzała kolejne, śnieżnobiałe.

Wyprostowała się nagle jak dziewczynka, której zwrócono uwagę, że za mocno się garbi.

– Dobra, dość tego – zaprotestowała Ewka. – Te pudełka są jak pieprzone rosyjskie matrioszki!

Marta uniosła małe wieko po raz trzeci. Kiedy zobaczyła zawartość pudełka, świat wokół zawirował. Stojące obok kobiety i jej syn nie wiedzieli, na co patrzą, ale ona nie miała najmniejszej wątpliwości. Osunęła się z taboretu. Bartek podtrzymał ją w ostatniej chwili.

***

Oprócz policji przyjechali też sanitariusze, którzy przenieśli Martę do drugiego pokoju i zaaplikowali jej kolejną porcję środków uspokajających. Bartek czuwał przy matce. W kuchni z Wolańskim zostały Ewa i matka Marty. Kobiety były blade jak ściana. Sanitariusze poświęcili szczególną uwagę tej starszej. Wolański bardzo chciał zamienić z nią kilka słów, ale musiał poczekać, aż dojdzie do siebie. Tymczasem pierwsza odezwała się przyjaciółka Marty Makowskiej.

– Na początku nie wiedziałam, co to jest – wyznała Ewa. – A potem Marta po prostu zemdlała. Bartek złapał ją w ostatniej chwili...

Wolański pokiwał głową. Technicy robili zdjęcia. Zabezpieczali każde z jubilerskich pudełek, a jeden z nich przy użyciu pęsety chował do papierowej koperty niewielki fragment ludzkiej skóry, który wyglądał jak kawałek zeschniętego chleba.

– Kiedy Marta odzyskała przytomność, zaczęła krzyczeć – kontynuowała Ewa. – A my w dalszym ciągu nie wiedzieliśmy, co jest w tym przeklętym pudełku. Dopiero po chwili Marta powiedziała nam, że to... – Kobieta urwała i na chwilę zakryła usta dłonią. – Że to skóra Agi... znamię, które miała tuż nad kolanem...

Ewa starała się mówić cicho, ale babcia Agnieszki musiała ją słyszeć, ponieważ gdy padły ostatnie słowa, jej oddech wyraźnie przyspieszył. Wolański skinął głową w stronę sanitariusza, dając do zrozumienia, żeby wyprowadził kobietę z pokoju. Potem wezwał do siebie dwóch policjantów i polecił im, by odwiedzili sąsiadów. Byłoby o wiele łatwiej, gdyby matka Makowskiej po prostu powiedziała, który z nich dostarczył tę makabryczną przesyłkę, ale biorąc pod uwagę jej stan, nie ma co na to liczyć w tej chwili. A oni i tak zmarnowali już wystarczająco dużo czasu. Był zły na pilnujących domu policjantów. Stracili czujność. Było oczywiste, że porywacze nie pojawią się osobiście w czarnych kominiarkach zakrywających twarze. Jego ludzie powinni zareagować, nawet gdy do drzwi domu zapukał sąsiad.

– Agnieszka. – Tym razem Ewa mówiła niemal szeptem. Głos jej się łamał. – Boże, czy oni ją… – Nie była w stanie dokończyć.

– Nie sądzę – odparł komisarz. – Porywacze przesłali nam wiadomość, w której ewidentnie dają do zrozumienia, że mają Agnieszkę. Gdyby dziewczyna była martwa, nie zadaliby sobie tyle trudu.

– I co teraz?

– Prawdopodobnie niebawem postawią żądania.

– Co pan zamierza?

Milczał przez chwilę, jakby zastanawiał się nad odpowiedzią.

– Zamierzam ją znaleźć, zanim zdecydują się nam przesłać wiadomość numer dwa.

21.

Evert Backman musiał przyznać sam przed sobą, że wyjątkowo nie chciało mu się ruszać z domu. Przyjechali dopiero wczoraj, a on nie zdążył się porządnie wyspać, bo dzieciaki z samego rana wskoczyły im do łóżka. Mimo zmęczenia uwielbiał te momenty. Zaraz potem na skraju materaca usiadła Lisa, trzymając na kolanach Harry'ego, ich rocznego syna, by po chwili zostawić całą trójkę pod jego opieką. Rozmawiali, bawili się i śmiali, dopóki Lisa nie zawołała wszystkich na śniadanie. Potem stojąc na werandzie z papierosem w ustach i kubkiem kawy w dłoni, patrzył w poszarzałe niebo. Znowu zanosiło się na deszcz. Przypomniał sobie, że obiecał Svenowi pomóc przy naprawie dachu. Lisa nie była z tego powodu szczęśliwa, ale on zamierzał dotrzymać słowa.

Kiedy wreszcie zebrał się do wyjazdu, zbliżała się pora obiadowa. Ku jego zdziwieniu mercedes nie chciał odpalić, a Lisa – jak mógł się tego spodziewać – zinterpretowała to jako znak, że powinien zostać w domu. Stary silnik ożył dopiero za piątym podejściem. Całe szczęście, że samochód nie nawalił im w drodze powrotnej.

Bus podskakiwał na wybojach i przecinających leśną drogę, wrośniętych w nią korzeniach, kiedy pierwsze, ciężkie krople deszczu uderzyły w karoserię. Evert zaczął żałować, że nie zdecydował się na wyjazd zaraz po śniadaniu. Do tego czasu sprawa byłaby już załatwiona.

Ujrzał dom Jönssonów na tle szarego horyzontu i pomyślał, że wygląda jak baśniowa chatka, nad którą zbiera się wielka, napęczniała czarna chmura. Judith i Sven żyli na uboczu, trzymając się z dala od całej społeczności Härnösand. Evert doskonale to rozumiał i oprócz wielu niedogodności takiego stanu rzeczy umiał jednak dostrzec także zalety. A tą największą był brak sąsiadów. Odkręcił delikatnie szybę. Wieś rozbrzmiewała swoją melodią. Śpiewały ptaki, szumiały drzewa, gdzieś z lewej dochodził leniwy szmer potoku, skrytego wśród gęsto porośniętych drzew. Lasek Björna lśnił złotożółtymi liśćmi. Kiedy wyjeżdżali, zieleń otaczała ich z każdej strony.

Zaparkował nieopodal domu. Zanim wysiadł, opierając ręce na kierownicy, przyglądał się przez chwilę otoczeniu. Stary pick-up Svena stał niedbale zaparkowany na pozbawionej ogrodzenia posesji, jak porzucony wrak. Rozwieszone pranie powiewało na sznurkach rozciągniętych między drzewami, mimo że z nieba siąpiło coraz bardziej. Samotna siekiera wbita w pień i porozrzucane drwa sugerowały, że ktoś przerwał pracę w pośpiechu. W tym widoku było coś apokaliptycznego.

„Może po prostu nie ma ich w domu?" – pomyślał, wysiadając z samochodu. Ostatecznie mógł przecież zadzwonić do Svena i powiedzieć, że przyjedzie trochę później. Ale jeżeli naprawdę ich nie było, to dokąd i czym pojechali, skoro samochód wciąż tu stał? Otworzył drzwi busa i zabrał się za odbezpieczanie drabiny. Najwyżej rzuci okiem na ten przeciek, a Sven pewnie pojawi się lada chwila. Zerknął raz jeszcze w stronę drzwi domu i… o mało nie krzyknął. Stojąca w progu filigranowa kobieta wyglądała jak duch. Wiatr rozwiewał jej blond włosy i nocną koszulę, odsłaniając szczupłe, blade nogi.

– Judith? – Zeskoczył i ruszył w jej stronę.

Minęła dłuższa chwila, zanim i ona była w stanie zrobić krok. W końcu zaczęła biec. Wpadła w jego ramiona, głośno łkając. Przytulił ją mocno, nie spuszczając wzroku z okien domu. Mógłby przysiąc, że w jednym z nich dostrzegł potężną sylwetkę swojego najlepszego przyjaciela.

– Judith – powtórzył raz jeszcze. Najdelikatniej, jak potrafił, odsunął ją od siebie. Spojrzał w jej wielkie, załzawione niebieskie oczy i zapytał: – Judith, co się stało?!

– Björn! – krzyknęła.

Serce podeszło mu do gardła.

– Co z nim?!

Nadal zanosiła się płaczem. Nie mógł zrozumieć ani słowa, ale wydawało mu się, że jedno z nich brzmiało: „porwany".

22.

ŚWINOUJŚCIE

Z przeprawy promowej Warszów mogli korzystać jedynie kierowcy ze Świnoujścia i ewentualnie ci, którzy jakimś cudem weszli w posiadanie specjalnych identyfikatorów. Wszyscy pozostali musieli zadowolić się tą ogólnodostępną, znajdującą się w oddalonym o kilka kilometrów Karsiborze.

Maks Mirga nie był mieszkańcem wyspy, nie miał też specjalnych uprawnień, ale już zaczynało się ściemniać, a on nie zamierzał tracić czasu i ustawił swojego czarnego mercedesa klasy S w kolejce tuż za autami tutejszych, na których tablicach rejestracyjnych widniały litery ZSW.

– A co, jeśli nas nie wpuszczą? – zapytał jego bratanek Ramir z tylnej kanapy. – Już jesteśmy spóźnieni. Makaroniarze nie będą zadowoleni.

– Wpuszczą – odpowiedział Maks spokojnym tonem.

Ramir, zerkając w lusterko wsteczne, nie mógł dostrzec jego oczu schowanych za okularami przeciwsłonecznymi, które wuj założył mimo kiepskiej pogody.

Czasami obsługa promu o wdzięcznej nazwie „Bielik" zabierała samochody spoza miasta, ale zdarzało się to raczej rzadko i tylko kiedy na pokładzie zostało jeszcze miejsce, z którego nie chciał skorzystać lokalny kierowca. Tymczasem za nimi ustawiał się sznurek świnoujskich samochodów. Siedzący na fotelu pasażera Heniek z powątpiewaniem popatrzył w lusterko boczne. Strasznie się pocił.

Miał tak, odkąd pamiętał. Waga robiła swoje, ale do tego dochodziło jeszcze jakieś uwarunkowanie genetyczne. Na domiar złego w połowie drogi do Świnoujścia uświadomił sobie, że nie pamięta, co się stało z tą przeklętą maską klauna, którą nosił przez większość tamtego wieczoru. Na pewno miał ją na sobie jeszcze wtedy, gdy zabawiali się z tą małą. A potem? Nie wiedział. Otarł chusteczką wilgotne skronie i grube policzki. Miał jedynie nadzieję, że nie zostawił jej w tym domu. Jeżeli policja ją znajdzie, to...

– Nareszcie. – Z zamyślenia wyrwał go głos Maksa.

Auta ruszyły żółwim tempem. Czarny mercedes trzymał się zderzaka sąsiada tak blisko, jak to możliwe. Rozlegał się metaliczny brzęk, kiedy samochody jeden po drugim wjeżdżały na rampę promu. Pasażerowie wchodzili na pokład z obu stron, wyznaczonymi dla pieszych i rowerzystów alejkami. Jeden z członków personelu w niebieskim uniformie stanął tuż przed maską samochodu Maksa z uniesioną ręką. Zakreślił w powietrzu kółko palcem wskazującym, dając jasno do zrozumienia, że mają zawrócić. Cygan opuścił szybę.

– Co jest, panowie, nie umiecie czytać? – zapytał załogant. – Przecież na tablicy jest napisane, że to przeprawa tylko dla mieszkańców Świnoujścia. Zatrzymujecie mi kolejkę.

– Spokojnie, spokojnie – odezwał się Maks i zaczął szperać w wewnętrznej kieszeni kurtki. – Mam tu gdzieś identyfikator.

Chłopak przewrócił oczami. Z tyłu rozległy się pierwsze klaksony zniecierpliwionych mieszkańców Świnoujścia, nerwowo reagujących na widok obcego auta będącego powodem przestoju.

– Gdzieś tu był... – improwizował dalej Maks. – No słowo daję... – Odsłonił połę kurtki w taki sposób, że wyłoniła się spod niej błyszcząca bursztynowa rękojeść pistoletu.

Chłopak aż cofnął się z wrażenia.

– Nożeż kurwa mać! Zawsze to samo! Gdzieś posiałem tę pieprzoną kartę.

– No trudno... – wyjąkał mężczyzna. – Skoro pan ją ma...

– Mam, mam, tylko nie mogę znaleźć. – Maks sięgnął do drugiej kieszeni i wyciągnął z niej stuzłotowy banknot. – Ale mam też to. – Wysunął zwitek w stronę chłopaka, który natychmiast wcisnął go do kieszeni, jednocześnie dyskretnie rozglądając się na boki.

– Niech panowie jadą – zarządził wreszcie młody.

Maks kiwnął głową i ruszył. Zanim zdążył zasunąć szybę, usłyszał, jak chłopak tłumaczy jednemu kierowcy, że mercedes spieszy się do szpitala, bo jakaś kobieta właśnie zaczęła rodzić.

Ramir uśmiechnął się od ucha do ucha.

– Mam nadzieję, że nie zadzwoni na policję.

– Żartujesz? – Heniek obejrzał się przez ramię. – Widziałeś jego minę? Myślałem, że zemdleje, jak zobaczył gnata. Założę się, że ma pełne portki.

Przejeżdżali skąpanymi w świetle latarni wąskimi uliczkami Świnoujścia, obserwując tłumy ludzi. Sezon skończył się przed dwoma miesiącami, a turyści mimo to nadal okupowali wyspiarskie miasto, jakby w nadziei, że uda im się nakłonić lato do powrotu. Wchodzili do restauracji, przesiadywali w kawiarniach i pubach, podążali w kierunku parku, aby dotrzeć do plaży albo pospacerować promenadą.

Ramir wyjął pistolet, wyciągnął magazynek, sprawdził, czy aby na pewno jest nabity, i ponownie włożył go w rękojeść berretty. Zrobił to już drugi raz, odkąd opuścili hotel. Pewnie nawet nie zdawał sobie z tego sprawy, ale ten bezwiedny odruch, ewidentnie będący przejawem zdenerwowania, nie uszedł uwadze Maksa. Heniek, chcąc wyglądać na wyluzowanego, obserwował to, co działo się na świnoujskich ulicach. Maks był spokojny. Oczywiście sprawy mogły się potoczyć różnie, ale on zawsze zachowywał zimną krew, chyba że coś szło wyjątkowo nie po jego myśli. Wtedy zdarzało się, że puszczały mu hamulce, a opanowanie przychodziło dopiero, gdy polała się krew. Tak właśnie było z tym chłopakiem. Może powinien zachować się inaczej? Może wystarczyłoby jedynie porządnie go zlać? Kiedy jednak spojrzał w oczy młodego, oczekiwał, że zobaczy w nich coś więcej niż strach. Skruchę, przyznanie się do winy, błaganie o litość. Tymczasem gówniarz zachowywał się tak, jakby nic wielkiego się nie stało. Zadziałał instynkt, gdzieś w głowie Maksa zwolniła się blokada i reszta potoczyła się sama…

Wszystko zaczęło się przed miesiącem. Maks dostał telefon z Warszawy z informacją, że jest robota w Szczecinie. Ludzie ze stolicy zaproponowali mu wejście do gry. Pierwsze pytanie Maksa brzmiało: „Za ile?". O szczegóły dopytał dopiero wtedy, gdy usłyszał satysfakcjonującą odpowiedź. Włosi ze Sztokholmu szukali dziewczyny. „Bułka z masłem" – pomyślał. Było ich na pęczki. W klubach, barach i pubach. Wystarczyło wysłać Ramira do pierwszej lepszej dyskoteki i przyprowadziłby ich tyle, ile dusza zapragnie. Ale zaraz potem okazało się, że Włosi to nie jacyś tam zwykli makaroniarze. Kiedy usłyszał słowo *camorra*, pojawiły się pierwsze wątpliwości. Następne, gdy powiedziano mu, że poszukują konkretnego „egzemplarza". Wizja kilkudziesięciu tysięcy euro przyćmiła ryzyko. Dostał imię, nazwisko i adres. Miał wszystko, czego tamci potrzebowali. Kilka razy wysłał Ramira pod wskazany dom, ale nie nadarzyła się okazja, aby zawinąć dziewuchę do samochodu. W zasadzie ta mała rzadko wychodziła, a jeśli już, to w towarzystwie koleżanki wsiadała do taksówki i jechała w jakieś zatłoczone miejsce. Często też wyjeżdżała z matką, a to zupełnie niweczyło ich plany. Dlatego zlecił robotę temu nowemu, kumplowi Ramira. Chłopak miał aparycję filmowego amanta i Maks wiedział, że żadna mu się nie oprze. Kuba zaproponował, że najpierw spróbuje poderwać koleżankę dziewczyny, i trzeba przyznać, że to był trafiony pomysł…

Potem się okazało, że Włosi oczekują kompleksowej usługi. Zażądali, by Maks wysłał matce dziewczyny wiadomość, że ją mają. Kiedy się z nią zabawiali, zauważył znamię na jej nodze. Każda matka zna swoje dziecko jak nikt inny. Taka przesyłka nie pozostawiała wątpliwości.

Ale to nie był koniec. Neapolitańczycy potrzebowali pomocy w przetransportowaniu dziewczyny do Szwecji. Procedura była ta sama. „Za ile?" Kiedy padła wysoka suma, Maks się zgodził. Miał układy z marynarzami. Statki z kontrabandą nieustannie przewoziły do Skandynawii jego towar: prochy, papierosy, broń, a nawet samochody. Nigdy jednak ludzi. Ale zawsze musi być ten pierwszy raz, prawda? Wykonał telefon jeszcze tej samej nocy. Dostarczyli dziewczynę do Świnoujścia. „Ludzie morza" podstawili kontener. Spędziła w nim kilkanaście godzin. Przesyłka miała zostać nadana dziś. On miał jedynie wydać dyspozycję. Wcześniej jednak Włosi chcieli zobaczyć swój towar i najważniejsze: musieli zapłacić. Nic prostszego.

Zjechali z asfaltowej drogi, wjeżdżając w ubitą parkową alejkę. Wokół nie było żywej duszy. Samochód toczył się pomiędzy drzewami i rzucającymi blade światło latarniami.

– To na pewno tu? – zapytał Ramir z powątpieniem w głosie. Zdążyło się ściemnić i teraz młody Cygan wiercił się nerwowo na tylnym siedzeniu, spoglądając w mrok za oknem.

– Na pewno – uspokoił Maks.

Nawierzchnia znowu się zmieniła. Tym razem mercedes wjechał na odcinek pokryty kocimi łbami, co utwierdziło Maksa w przekonaniu, że zmierzają w dobrym kierunku. Wjechali w korytarz utworzony przez stare, pordzewiałe garaże z blachy falistej. Kiedy wreszcie zostawili je za sobą, ksenonowe reflektory auta oświetliły dziesiątki kolorowych, kwadratowych kształtów. Kontenery stały jeden przy drugim nieopodal kei. Maks zatrzymał samochód. Zerknął przez ramię na wystraszonego bratanka. Ramir wciąż ściskał w dłoni rękojeść pistoletu.

– Schowasz go wreszcie? – zapytał.

Chłopak sprawiał wrażenie, jakby ocknął się z transu i dopiero teraz wsunął broń z powrotem na jej miejsce.

– Weź się w garść, synu, bo trzęsiesz się jak galareta.

Ramira korciło, żeby zaprzeczyć, ale ostatecznie jedynie skinął głową, zdając sobie sprawę, że wuj ma rację.

– Który to kontener? – zapytał.

Maks wskazał brodą stojący naprzeciwko nich, niebieski i odrapany. Dokładnie w tym samym momencie w oddali zamigały reflektory samochodu. Dwa krótkie sygnały zdradzające lokalizację ich włoskich „przyjaciół".

– Są. – Maks ruszył. Podjechał jakieś sto metrów i zatrzymał auto. – Dobra, wychodzimy – zarządził, kładąc rękę na klamce. Zanim jednak otworzył drzwi, spojrzał na bratanka i dodał: – Panuj nad emocjami. Zaraz będzie po wszystkim.

Chłopak znowu pokiwał głową. Wysiedli z samochodu. Od razu do ich nozdrzy wdarł się zapach morskiego, mroźnego powietrza. Pulsujące gdzieś w oddali światło latarni wskazywało marynarzom drogę do portu. Białe punkty kilku statków, wciąż znajdujących się dziesiątki kilometrów od brzegu, majaczyły w oddali, przypominając gwiazdy rozrzucone na granatowym niebie. Słyszeli skrzek mew i głuche odgłosy fal rozbijających się o keję.

Ruszyli przed siebie. Drzwi samochodu, w kierunku którego podążali, otworzyły się i jego wnętrze zajaśniało bladą poświatą, zdradzając liczbę pasażerów. Trzy postacie wygramoliły się z terenowego audi.

– *Buonasera* – przywitał się Maks, rozkładając szeroko ręce na widok ludzi, których spotykał pierwszy raz w życiu. Jego znajomość włoskiego ograniczała się do kilku podstawowych słów, dlatego zaraz potem, w obawie przed kompromitacją, zdecydował się przejść na angielski, z którym radził sobie o wiele lepiej.

– Mam nadzieję, że nie czekacie panowie za długo. Wybaczcie to małe spóźnienie.

– *Meglio tar diche mai* – odpowiedział wysoki Włoch, podając Maksowi dłoń. Cygan odetchnął z ulgą, gdy po chwili tamten powtórzył po angielsku: – Lepiej późno niż wcale.

Maks wiedział, że mężczyzna ma na imię Alessandro i to on przewodził dwóm pozostałym członkom camorry stojącym za jego plecami. Alessandro uśmiechnął się szeroko, obnażając prawie wszystkie zęby. Miał długie czarne włosy, które spięte w kucyk lśniły w blasku księżyca równie intensywnie jak lakier ich samochodu. Nie kwapił się, by przywitać się z Ramirem i Heńkiem. Skinął tylko głową w ich kierunku. Odpowiedzieli tym samym gestem. Maks nie zauważył, aby pozostali Włosi wykonali jakikolwiek ruch, który mógłby zostać odebrany w podobny sposób. Stali z szeroko rozstawionymi nogami i rękoma splecionymi z przodu. Maks i na ich temat dowiedział się sporo od ludzi z Warszawy. Flavio, łysy, o twarzy filmowego amanta, z małym kolczykiem w lewym uchu, i Giovanni, zdecydowanie najniższy z całej trójki, grubasek, na którego wołali Gigi. Na twarzy żadnego z nich nie widać było chociażby cienia uśmiechu. Za to ich lider uśmiechał się nieustannie.

– Gdzie wasz *capitano*? – zapytał Alessandro.

– Spokojnie – odparł Maks. – Na pewno dojedzie. – Starał się brzmieć przekonująco, chociaż czuł, jak niepokój wlewa się do jego serca. Kapitan Grzegorz Świrski, dowodzący jednym z kontenerowców pływających pod norweską banderą, powinien być tu od dobrych piętnastu minut. Prowadzili interesy od kilku lat i nigdy nie zdarzyło się, aby Świrski nawalił. Kilkakrotnie jednak sugerował Maksowi, że ich współpraca powoli zbliża się do końca. Kapitan był ojcem i dziadkiem – odliczał już miesiące do emerytury.

– Mam za dużo do stracenia – powtarzał ostatnio w kółko. – Nie chcę wszystkiego spieprzyć.

Maks klepał go wtedy po ramieniu, nie przywiązując zbyt dużej wagi do słów starego wilka morskiego. Wyglądało jednak na to, że Świrski zdecydował się spełnić wcześniejsze zapowiedzi. Gdy dowiedział się o rodzaju niecodziennej przesyłki, pobladł i usiadł z wrażenia. Tym razem zamiast kilogramów heroiny, amfetaminy i niezliczonej ilości tabletek extasy, wciąż cieszących się niesłabnącym zainteresowaniem gówniarzy po obu stronach Bałtyku, miał przetransportować żywy towar.

– Nie mogę tego zrobić – powtarzał, kręcąc głową.

– Ależ możesz – uspokajał go Maks. – Potraktuj to jak kolejny zwyczajny transport. To w dalszym ciągu przesyłka, Grzesiu. Zrób to dla swojej rodziny…

Na dźwięk tych słów spojrzenie starego marynarza stało się ostre niczym nóż...

– Nie mieszaj w to mojej rodziny...

Nie dokończył, bo Maks poklepał go po policzku.

– Po prostu zrób to, o co proszę. To wszystko. Potem porozmawiamy o twojej emeryturze i solidnej odprawie. Co ty na to?

Maks zobaczył wtedy przerażenie w oczach kapitana. Nie było najmniejszych wątpliwości, że zakamuflowana groźba została bezbłędnie rozszyfrowana. Świrski nie zaryzykowałby życia bliskich.

A jednak wciąż nie słyszeli nadjeżdżającego samochodu.

– Chcę zobaczyć dziewczynę – odezwał się Alessandro. Odwrócił się w stronę kontenerów. – Gdzie ona jest?

Na znak Maksa Heniek ruszył w kierunku jednego z nich. Wyciągnął telefon komórkowy i włączył funkcję latarki. Grzebał w kieszeni w poszukiwaniu kluczy i kiedy wreszcie je odnalazł, te wyślizgnęły mu się z rąk i wpadły w błoto. Zaklął pod nosem. Przyglądający mu się Włoch przewrócił oczami. Maks miał wrażenie, że upłynęła cała wieczność, zanim zasuwa wreszcie została odsunięta ze zgrzytem i drzwi stanęły otworem niczym wrota pradawnego grobowca. Wewnątrz panował nieprzenikniony mrok.

– Przesyłka musi zostać wysłana z samego rana – przypomniał Alessandro. – Taka była umowa. Nie możemy pozwolić sobie na jakiekolwiek opóźnienie.

– Nie będzie żadnego opóźnienia. Możesz mi zaufać – uspokajał Maks.

– *Fiducia* – powiedział Alessandro. – Zaufanie. Nie słowa je budują, a spełnione obietnice. A wy już jednej nie dotrzymaliście.

Uśmiech, choć odrobinę przygaszony, wciąż błąkał się po twarzy Włocha. Maks wiedział, że to jedynie maska. Kamorysta był dobrym aktorem, mógł przywdziać każdą. Ale jego spojrzenie było bystre i czujne. Zdradzało prawdziwe intencje. Nie dało się ich ukryć.

– *Capitano* miał być na miejscu. Gdzie on jest?

– Zaraz przyjedzie. Bez obaw.

Alessandro kiwnął do swoich towarzyszy. Flavio i Giovanni zniknęli wewnątrz kontenera. Do ich nozdrzy dotarł dojmujący smród uryny. Zapłonęły światła latarek. Dziewczyna była przywiązana do biurowego krzesła na kółkach, które Flavio i Giovanni właśnie pchali po blaszanej podłodze kontenera. Miała zaklejone usta i zasłonięte oczy. Spod ciemnej opaski wystawał jedynie kawałek nosa. Jeden z Włochów zerwał taśmę i dziewczyna zaczęła łapczywie chwytać powietrze sinymi ustami.

– Nie krzycz, bo cię zabiję – szepnął Flavio po angielsku.

Zrozumiała i posłuchała. Opatulono ją niedbale kocem, który nie zdołał przykryć brudnych, nagich i zakrwawionych nóg. Alessandro zauważył, że jedna z nich na wysokości kolana jest obwiązana bandażem, spod którego zaschnięte plamy krwi biegły wzdłuż kostki. Przypominały mało istotne arterie naniesione na mapę.

Alessandro odwrócił się w stronę Maksa.

– Przesyłka jest bardzo ważna dla adresata. Wydawało mi się, że o tym wspominałem.

– Wspominałeś – potwierdził Maks. – I zostanie dostarczona. *Capitano…*

Włoch uniósł palec do ust. Szybki, zdecydowany gest. Zupełnie jak ruch gaszący wątły płomień świecy. Cygan zamilkł.

– Co to jest? – zapytał Alessandro, wskazując na dziewczynę.

Maks patrzył na nią i na stojących po obu stronach krzesła, czekających na rozkazy szefa Flavia i Giovanniego. Nie rozumiał.

– Miała być nietknięta – wyjaśnił Alessandro. Maks wpatrywał się w dziewczynę. Gdyby nie fakt, że wciąż głośno oddychała, byłby gotowy uwierzyć, że nie żyje.

– Nie rozumiem…

Alessandro roześmiał się głośno, zerkając na swoich towarzyszy. Na ich twarzach również pojawiły się uśmiechy. Najpierw nieśmiałe, potem coraz wyraźniejsze. Skoro śmiał się ich szef, to sytuacja naprawdę musiała stać się zabawna.

– *Non capisco* – rzekł do nich po włosku. – On nie rozumie… – Alessandro spoglądał to na swoich ludzi, to na Maksa. Ściągnął usta i uniósł brwi, jakby czekał, aż jego rozmówca dozna pełnego olśnienia. – Pozwól zatem, że ci wyjaśnię. – Podszedł do dziewczyny i czule musnął ją po policzku. Odsunął koc, jakby chciał się przekonać, co się pod nim kryje. Dziewczyna drgnęła. Skrawek materiału wrócił na swoje miejsce. Alessandro przyklęknął przy niej i odwinął przesiąknięty krwią bandaż, którym obwiązano dziewczynie kolano. Włoch zamknął oczy i na chwilę zwiesił głowę. Wyglądało to trochę tak, jakby poczuł nieodpartą potrzebę zwrócenia się do Boga. Wstał.

– Ta ślicznotka jest bardzo ważna dla don Luciana i powiedziałem to twoim przyjaciołom z Warszawy. Nie powtórzyli ci?

– Przecież sami kazaliście wysłać jej matce jasny sygnał! – uniósł się Maks. – Musisz przyznać, że to było niezwykle oryginalne. *L'originale.* Tak to się mówi po waszemu? – Maks się uśmiechnął, odwracając się do swoich kompanów.

Kąciki ust Heńka też drgnęły delikatnie, ale wargi Ramira nie poruszyły się nawet o milimetr. Był przerażony. Czuł, że sprawy zaczynają przybierać wyjątkowo kiepski obrót, a wuj jak zwykle próbuje robić dobrą minę do złej gry.

Alessandro podszedł do Maksa. Ich nosy prawie się stykały. Ramir i Heniek poruszyli się nerwowo.

– Oryginalne, powiadasz? Mieliście wysłać pukiel włosów albo kawałek garderoby, a nie okaleczać dziewczynę!

Maks wbił spojrzenie w czubki swoich butów.

– A poza tym – ciągnął Alessandro. – Nie potrafiliście trzymać swoich brudnych kutasów w spodniach, prawda?!

Cygan poczuł na twarzy kropelki śliny Włocha. Toczył ze sobą wewnętrzną walkę. Ten pieprzony makaroniarz mu ubliżał. Musiał natychmiast dokonać oceny sytuacji, analizy wszystkich możliwych rozwiązań, przygotować w myślach ewentualny rodzaj reakcji. Błyskawicznie wyobrażał sobie dostępne opcje. Być może jednak ten dureń tylko grał? Próbował ich zastraszyć? Co jednak, jeśli nie? Może pierwsi powinni sięgnąć po gnaty? Z prędkością światła pojawiały się kolejne myśli. Nawet jeśli uda im się załatwić Włochów, co dalej? Przyjadą następni, to było pewne. Narazi się Warszawie…

– Nie mogliśmy się oprzeć – odparł nagle, sam odrobinę zdziwiony. – Tak jak powiedziałeś. Niezła ślicznotka z tej małej… Gdybyśmy wiedzieli, że ma być nietknięta, przyrzekam, że byśmy jej nie ruszyli. – Próbował wytrzymać spojrzenie Alessandra. Ale nie spodziewał się tego, co nastąpiło później. Włoch kopnął go w krocze. Kiedy Maks zgiął się wpół, Alessandro sięgnął pod połę kurtki i wydobył pistolet. Wsparł lewe ramię na plecach Maksa i nacisnął spust. Rozległ się ledwo słyszalny dla ucha dźwięk wystrzału. Przypadkowy przechodzień mógłby pomyśleć, że się przesłyszał. Tymczasem ciało Heńka zatańczyło w ciemności. Ramir nie zdążył sięgnąć po broń, bo Flavio i Gigi byli szybsi. Kolejne pociski pruły powietrze tuż przy uchu Alessandra, sprawiając wrażenie, jakby obok przelatywał rój pszczół. Ramira zwaliło z nóg, a Alessandro uderzył Maksa kolanem w głowę. Mężczyzna ze złamanym nosem runął na ziemię. Heniek trzymał się za prawy bok, krew sączyła mu się między palcami. W lewej dłoni ściskał rękojeść pistoletu, ale nie było mowy, żeby w ogóle podniósł ramię. Mimo to spróbował, robiąc jednocześnie dwa kroki w prawo, kiedy rozległa się kolejna seria. Jeden z najbardziej zaufanych ludzi Maksa wpadł do Odry z głośnym pluskiem.

Maks jęczał, leżąc i trzymając się za zakrwawioną twarz. Czuł, jak połamana kość nosowa ustępuje pod dotykiem palców. Przeklinał, ale jego oprawca nie mógł go zrozumieć. Alessandro stanął tuż nad nim. Niesforny kosmyk czarnych włosów opadał mu na prawy policzek. Dmuchnął, odsuwając go z twarzy.

– Ty mały cygański fiucie – powiedział. – Myślałeś, że jesteś cwany? Pokażę ci, jak kończą ci, którzy próbują wykiwać Alessandra Santoro. – Sięgnął do rozporka i po chwili oddał mocz prosto na głowę Maksa. – I jak ci się podoba? Chciałbyś coś jeszcze powiedzieć?

Po wszystkim otarł dłoń o nogawkę spodni i nie zwlekając dłużej, wymierzył pistolet zakończony tłumikiem w czoło swojej ofiary.

– *Ci vediamo all'inferno* – powiedział i nacisnął spust.

– Co teraz zrobimy? – Flavio podszedł bliżej, patrząc na ciało Cygana.

– Zapalimy. – Alessandro szeroko się uśmiechnął. Wyciągnął paczkę i podsunął ją w jego stronę.

Flavio przewrócił oczami.

– No dalej, bierz – ponaglił Alessandro.

Tym razem jego kompan posłuchał. Po chwili przyłączył się do nich Giovanni i teraz cała trójka, paląc, przypatrywała się efektom swojej pracy.

– Możemy włączyć Ermala? – Giovanni zerkał to na Alessandra, to na Flavia. Wyglądał jak dzieciak patrzący z nadzieją na rodziców, którzy zastanawiali się, czy spełniać jedną z jego zachcianek.

Flavio wypuścił dym nosem i wyrzucił papierosa.

– Dajcie spokój z tym gównem! Zabierajmy się stąd.

– Pozwól mu się nacieszyć. – Alessandro szturchnął go barkiem. Stary, zaczepny gest, który wszedł im w krew jeszcze w czasach dzieciństwa.

Flavio przeklął pod nosem i od niechcenia poczłapał w kierunku samochodu. Po chwili czarne audi podjechało bliżej. Ciemne szyby zjechały w dół, a z głośników dobiegła włoska muzyka. Utwór Ermala Mety *Vietato Morire*. Alessandro przymknął oczy i oparłszy się o drzwi auta, zaczął się kołysać do rytmu. Śpiewał razem z wykonawcą. Po chwili śpiewali już wszyscy:

Pamiętam te oczy pełne życia.
Twój uśmiech jak cios w twarz.
Pamiętam nieliczne światła wśród nocy,
Ale przynajmniej na zewnątrz nie było wilków [...].

Giovanni zaczął tańczyć. Alessandro bił brawo, przytrzymując papierosa ustami.

Synu mój, pamiętaj:
Mężczyzna, którym się staniesz,
będzie tylko tak wielki jak miłość, którą dajesz.
Nie zapomniałem chwili,
W której stałem się dość duży,
By ochronić cię przed tymi rękami.

Nawet Flavio wyraźnie dał się porwać. Uczynił z maski audi bęben perkusji.

Wiesz, że rana się zagoi, a od środka nie można jej zobaczyć.
Czego oczekiwałeś? Nie jest za późno, by zacząć od nowa.
Wybierz inną ścieżkę i pamiętaj, że miłość nie jest przemocą.
Pamiętaj, żeby być nieposłusznym, i pamiętaj, że jest zabronione
umierać, zabronione umierać.

Giovanni rozłożył ręce i obracając się wokół własnej osi, spoglądał w niebo. Ostatnie akordy należały do niego:

Zmień swoje gwiazdy, jeśli spróbujesz – uda ci się.
I pamiętaj, że miłość nigdy nie strzela w twarz.
Synu mój, dobrze zapamiętaj [...].

Kiedy muzyka ucichła, cała trójka przybiła piątki. Uściskali się serdecznie. Trzej przyjaciele wychowani na ulicach Scampii i Secondigliano ciągnących się u stóp Wezuwiusza.

Do rzeczywistości przywrócił ich rozpaczliwy szloch dziewczyny. Spojrzeli na nią w tym samym momencie.

– Co z nią zrobimy? – zapytał Flavio. – Jak niby przetransportujemy ją do Szwecji?

– Spokojnie. – Alessandro zaciągnął się po raz ostatni i rzucił niedopałek wprost na leżące u jego stóp zwłoki. – Coś wymyślę, jak zawsze.

– Don Luciano się wkurwi...

– Zostaw to mnie. Dziewczyna jeszcze jutro dotrze do Sztokholmu. Wrzuć ją do bagażnika. A teraz musimy posprzątać ten burdel.

Gigi przykląkł przy kei, spoglądając na ciało grubasa dryfujące twarzą w dół. Z tej perspektywy wyglądało jak drewniana kłoda.

– Kurwa, nie dosięgniemy go – ocenił. – Co robimy?

Alessandro zastanawiał się przez dłuższą chwilę. Flavio przyglądał mu się, czekając na decyzję. Wyglądało na to, że tym razem ich szef nie ma dobrego pomysłu.

– Zostawcie – postanowił wreszcie. – Trudno. Zmywajmy się.

23.

– Mogę prosić o papierosa? – Duże niebieskie oczy Pauli Madejskiej spojrzały z nadzieją na siedzącego po drugiej stronie stołu komisarza Borysa Wolańskiego. Znajdowali się w tym samym pokoju, w którym przed dwudziestoma czterema godzinami Marta Makowska dowiedziała się, że jej córka została uprowadzona.

Komisarz wyciągnął z kieszeni biało-niebieską paczkę papierosów. Nie palił, ale podczas przesłuchania często miał je przy sobie. Przydatny atrybut pełniący funkcję nagrody. Powiedz, co wiesz, a dam ci lekarstwo, które pomoże ci ukoić skołatane nerwy. Czasami Wolański wkładał papierosa do ust, udając, że ma ochotę zapalić, tylko po to, aby pastwić się nad spragnionym nikotyny biedakiem. Nauczył się tego w szkole policyjnej podczas zajęć z psychologiem z technik przesłuchań. Od tamtej pory stosował tę metodę nieustannie. Jeżeli delikwent nie palił, za kartę przetargową mogło posłużyć coś innego. Kawa, woda, telefon do rodziny. Cokolwiek...

Poczęstował Madejską papierosem, mimo że tak naprawdę nie zaczęła jeszcze mówić. Obserwował, jak trzęsącą się dłonią próbuje trafić papierosem pomiędzy czerwone wargi. Kiedy wreszcie jej się to udało, skupiła wzrok na zapalniczce, którą obracał w dłoniach.

– Zacznijmy od najprostszego pytania. Gdzie jest dziewczyna?

Kobieta wyjęła papierosa z ust.

– Nie wiem.

Odchylił się na krześle. Zapalniczka pojawiała się i znikała pomiędzy palcami. Ugniatał ją jak piłeczkę antystresową.

– Okej. Zanim zadam pani pytanie numer dwa, a pani znowu zdecyduje się skłamać, powiem, co wiemy.

– Ja nie...

– Agnieszka była z koleżanką – przerwał jej, opierając łokcie na stole. Patrzył teraz Madejskiej prosto w oczy. – Dziewczynę, z jakiegoś powodu, wypuszczono. Zeznała, że była pani tej nocy w tamtym domu. To od niej wiemy, że miała pani lecieć do Tokio.

Westchnęła i przygryzła dolną wargę, wbijając wzrok w blat stołu. Nie wytrzymała jego spojrzenia. Wyglądała, jakby się zastanawiała, czy powinna powiedzieć prawdę, czy może ewentualnie spróbować zaprzeczyć temu, co przed chwilą usłyszała. Wolański nie zamierzał jednak czekać, aż kobieta podejmie decyzję. Pochylił się do przodu, wsparł brodę na splecionych dłoniach i zadał kolejne pytanie:

– Kto to jest Maks?

Na dźwięk wypowiedzianego imienia Madejska poruszyła się nerwowo. Przygryzła koniec długiego, pokrytego lakierem hybrydowym paznokcia.

– W domu znaleźliśmy ślady krwi – ciągnął Wolański. I zaraz potem zapytał: – Ile lat mają pani modelki?

Madejska zmarszczyła brwi. Pytanie zbiło ją z pantałyku.

– A co to ma do rzeczy?

Uśmiechnął się nieznacznie pod nosem.

– Nie jestem pewien, czy do końca zdaje pani sobie sprawę z powagi sytuacji. Zgwałcono dwie dziewczyny i jedną z nich uprowadzono. Prawdopodobnie zginął człowiek, a ja śmiem twierdzić, że wie pani, kto go zabił. Być może czas jest dla pani pojęciem względnym. Nie wiemy, czy dziewczyna, której szukamy, jeszcze żyje. Jeśli tak, to na pewno nie ma go zbyt dużo. Zeznania jej koleżanki panią pogrążą. Chciałbym pani uświadomić, że jeżeli nie zacznie współpracować, to trafi pani do więzienia. Kiedy je pani opuści, uroda najmłodszej modelki będzie jedynie niewyraźnym wspomnieniem. Rozumie pani?

Madejska przymknęła oczy. Wargi zaczęły jej drżeć. Po policzkach spłynęły dwie łzy.

– On mnie za… zabije – powiedziała niewyraźnie, niemal szeptem.

– Kto?

– Maks.

– Wróćmy zatem do pytania numer dwa. Kim jest Maks? – Podał jej chusteczkę. – Kim jest Maks? – powtórzył.

I wtedy stało się coś dziwnego. Mógłby przysiąc, że nagle czerwone wargi kobiety uniosły się w nieśmiałym uśmiechu.

– Powiedziałem coś zabawnego? – zapytał Wolański.

– Poniekąd.

– Oświeci mnie pani?

– Pytacie mnie, kto to jest Maks, a przecież to wy powinniście wiedzieć.

Komisarz przyglądał się kobiecie uważnie, czekając na ciąg dalszy.

– Ale on jest dla was jak duch, prawda? Widzicie tylko skutki jego działań. On sam pozostaje poza zasięgiem waszego wzroku. Zawsze dwa kroki przed wami.

– Może pani mówić jaśniej?

– Jaśniej? Bardzo proszę. Z czym wy tutaj walczycie? – Madejska odchyliła się na krześle i rozłożyła szeroko ręce. – Ze złodziejami, dilerami, alfonsami, przemytnikami? Niech mi pan pomoże, bo kończą mi się pomysły. Zresztą nieważne. – Kobieta machnęła ręką. – Cokolwiek pan powie, już teraz mogę pana zapewnić, że za wszystkim stoi Maks. Od lat gra wam na nosie. To on trzęsie tym miastem. Jest wrzodem na dupie Szczecina, rozumie pan? Ma układy z gangsterami z całej Polski…

– Jak zatem taka kobieta jak pani poznała Maksa?

Westchnęła. Na chwilę skryła twarz w dłoniach. Kiedy na powrót położyła je na stole, w jej oczach znowu zabłysły łzy. Zatrzęsły się przez kilka chwil na długich rzęsach, zanim popłynęły po policzkach. Przełknęła ślinę. Wolański pomyślał, że najwyższy czas, aby jeszcze bardziej zachęcić Madejską do mówienia i przy okazji sprawić, by odrobinę się uspokoiła. Podsunął jej pod nos zapalniczkę. Natychmiast włożyła papierosa do ust i podstawiła pod płomień. Wypuściła pod sufit szarą smużkę dymu i złożyła ręce na piersi.

– Maks… kiedyś bardzo mi pomógł – wyznała.

Wolański uniósł brwi.

– Pomógł?

Madejska potrząsnęła rudą grzywką.

– Tak. Kiedy otworzyłam agencję, początki, jak to się zdarza, były trudne. Gdy pojawiły się pierwsze sukcesy, pojawił się też Morris. A jego pan znał?

Komisarz przytaknął skinieniem głowy. Morris był w latach dziewięćdziesiątych królem szczecińskiego podziemia. Delegat mafii pruszkowskiej na Pomorzu. Układał się z policją i ówczesnymi władzami. Nietykalny. Tak o nim mawiano. Wolański był kilkunastoletnim chłopakiem, gdy Morris rządził portowym miastem. Pamiętał białe porsche gangstera przemykające ulicami centrum. Takie samochody widywało się tylko w motoryzacyjnych gazetach albo w *Dynastii*.

– Morris któregoś dnia pojawił się w agencji – kontynuowała swoją opowieść Madejska. – Jak się pewnie pan domyśla, zażądał tego, czego żądał od wszystkich. Nazywał to opłatą za ochronę, której – w jego ocenie – bardzo potrzebowałam. W rzeczywistości był to zwykły haracz. Nie było mnie na niego stać. Pewnego razu jedna z moich modelek przedstawiła mi Maksa. Wiedziała, z jakim problemem się borykam, a Maks miał pomóc mi go rozwiązać. Zapytał mnie, czy tego chcę. Chciałam, ale nie wiedziałam, jaka będzie cena za tę niecodzienną usługę.

– I wtedy Morris zniknął. – Wolański nie musiał zgadywać, co było dalej.

– Tak, ale ja nie wiedziałam, że Maks planuje go… – Urwała, a po chwili dodała: – Maks zajął jego miejsce. A to było jeszcze gorsze. Czułam się tak, jakby ktoś wyleczył mnie z AIDS, wszczepiając w zamian do mojego ciała komórki nowotworowe. Rozumie pan, co chcę powiedzieć?

– Usilnie się staram.

– Zniknął problem haraczu, ale ja i moje dziewczyny stałyśmy się niewolnicami Maksa. Tamtego dnia, zgadzając się na jego propozycję, podpisałam cyrograf z diabłem. Byłyśmy na każde jego skinienie. Jedna z moich dziewczyn została zgwałcona i oszpecona... – Głos Madejskiej zadrżał. Skupiła uwagę na masywnej, kryształowej popielniczce. Próbowała strącić do niej popiół, ale rezultat był taki, że większość wylądowała na stole.

Wolański przyglądał się smukłym palcom właścicielki agencji. Przez dłuższą chwilę oboje milczeli.

– Dzisiaj ja proponuję pani rozwiązanie kolejnego problemu – oznajmił.

Madejska spojrzała na niego i pociągnęła nosem, niewiele rozumiejąc.

– Sprawię, że Maks zniknie z pani życia na dobre. W zamian chcę jedynie, aby mi pani dokładnie opowiedziała, co się wydarzyło tamtej nocy.

Wahała się. Wpatrywała się w niego uważnie, jakby chciała ocenić, czy mówi poważnie.

– To jak będzie? – zapytał.

Zaciągnęła się kolejny raz, wypuściła dym i pokiwała głową.

24.

Rinkeby, w większości zamieszkałą przez imigrantów, prasa określała mianem „strefy wojny"lub „getta", nad którym nie ma kontroli. Przekraczanie jej granic wieczorami było wyjątkowo ryzykownym i nierozsądnym posunięciem. Prawdę powiedziawszy, większość mieszkańców stolicy i za dnia omijała Rinkeby szerokim łukiem. Niebyło bowiem tygodnia, aby w telewizji nie wspomniano o kolejnych zamieszkach, strzelaninie czy wojnach konkurujących ze sobą muzułmańskich gangów.

O ciemnej stronie szwedzkiego miasta wiedzieli prawie wszyscy Europejczycy, a ci, którzy nie wiedzieli, dowiedzieli się z głośnego reportażu nakręconego i zamieszczonego w sieci przez znaną parę dziennikarzy. Młodzi reporterzy uwiecznili na filmie pogrążone w mroku ulice, na których próżno było szukać rodowitych Szwedów. Oko kamery zarejestrowało zastępy zakapturzonych postaci, małoletnich przestępców, noszących broń za paskami szerokich spodni, handlujących amfetaminą i heroiną. Niewiele brakowało, a projekt zakończyłby się tragedią. Do dziennikarzy otworzono ogień, a wcześniej dziesiątki gardeł krzyczały z całą mocą: „Biali ludzie to diabły! Wynoście się stąd…!".

Jedną z bohaterek reportażu była dwudziestoletnia Karen Olsson, zgwałcona przez pięciu imigrantów. Dziewczyna miała wysiąść z metra, kiedy napastnicy zagrodzili jej drogę. „Pojedziesz z nami" – powiedzieli jej. Następną stacją była już Rinkeby. Po wszystkim zostawili nagą i krwawiącą Karen gdzieś przy śmietniku. Film kończy przejmujące wyznanie dziewczyny: „Nie mogę pogodzić się z tym, że za to, co mi zrobili, skazano ich na dziewięć miesięcy poprawczaka...".

Kiedy czarny, lśniący w świetle ulicznych latarni mercedes podjechał pod jeden z odrapanych bloków, natychmiast przykuł spojrzenia ubranych w puchowe kurtki młodych śniadoskórych mężczyzn. Takich aut nie oglądało się w Rinkeby na co dzień. Żaden kierowca przy zdrowych zmysłach nie zaparkowałby tu takiego wozu. Ale właściciel tego samochodu mógł się czuć spokojnie. Każdy wiedział, że ten konkretny mercedes był nie do ruszenia.

– To tutaj, don Luciano – powiedział Marco, zerkając w lusterko wsteczne. Zaraz potem ponownie spojrzał przez boczną szybę, by z rozbawieniem i dumą obserwować poruszenie, jakie wśród miejscowych wywołał widok czarnego samochodu. Uśmiech zniknął z twarzy chłopaka, gdy tylko do jego uszu dotarł odgłos otwieranych drzwi.

Don Luciano stał już na zewnątrz, mocno przyciskając do siebie poły płaszcza. Po chwili ruszył przed siebie. Marco wygramolił się z auta, o mało się nie przewracając.

Stojący u wejścia do klatki schodowej mężczyźni kiwnęli głowami w geście uniżenia. „Dobry wieczór, don Felipe" – przywitało go dwóch, ale Luciano nawet nie zaszczycił ich spojrzeniem, tylko bez słowa podążył w kierunku drewnianych schodów. Marco przystanął przy mężczyznach i wydał im kilka pospiesznych poleceń. Nie mógł się powstrzymać. Manifestowanie władzy sprawiało mu niewysłowioną przyjemność. Tutejsze mniejsze i większe gangi mogły toczyć sobie lokalne wojenki, ale rozkazów don Luciana musieli słuchać wszyscy.

Klatka schodowa stanowiła obraz nędzy i rozpaczy. Od ścian pokrytych graffiti odłaziły szerokie pasma farby, a różnego rodzaju malunki i napisy w języku szwedzkim i arabskim ciągnęły się od podłogi aż po sufit. Odgłosy kroków na schodach sprawiały, że drzwi uchylały się od czasu do czasu, a wystraszone, ciekawskie oczy spoglądały przez szpary, chcąc poznać źródło hałasu. Zatrzaskiwały się jednak natychmiast, kiedy w bladym świetle rozpoznawały znajomą, budzącą lęk sylwetkę. Jeśli ktoś okazywał się na tyle głupi, by być dociekliwym, Marco rzucał w jego kierunku kilka przekleństw po szwedzku lub machał w powietrzu lśniącym ostrzem motylkowego noża.

Kiedy pokonali pierwszą kondygnację, boss przystanął i puścił chłopaka przodem. Nie był pewien, do którego mieszkania zmierzają.

– To na drugim piętrze, don Luciano – oznajmił Marco, wbiegając na kolejne stopnie.

Zatrzymali się przy pierwszych drzwiach po lewej. Marco wystukał wcześniej ustalony kod i drzwi otworzyły się po krótkiej chwili. W progu stanął młody Arab, który na widok Włochów wyjął z ust nadpalonego skręta i cisnął go na podłogę, po czym przydeptał podeszwą adidasa. Zamaszystym gestem zaprosił gości do wnętrza obskurnego mieszkania.

Wnętrze niewiele różniło się od tego, co widzieli na klatce schodowej. Najwyraźniej ci sami mało zdolni artyści zabrali się za udekorowanie ścian. Po starej, popękanej podłodze walały się puszki, niedopałki po papierosach, potłuczone butelki i pokruszony tynk, który zachrzęścił pod podeszwami błyszczących butów don Luciana, kiedy ten przemierzał ciasny korytarz. Podążał za bladą poświatą, rzucaną przez włączony telewizor. Gdy wszedł do pokoju, dwóch Arabów siedzących na kanapie zerwało się na równe nogi. W pokoju obecny był także Szwed, który stał już na baczność przy zasłoniętym roletą oknie jak żołnierz zaskoczony wizytą dowódcy. Don Luciano omiótł ich wszystkich beznamiętnym spojrzeniem i zerknął w kąt pokoju, gdzie na niewielkim materacu siedział przywiązany do kaloryfera, wystraszony chłopiec. Umorusany, trzęsący się na całym ciele, z podkulonymi nogami, wyglądał jak przerażone małe zwierzę. Don Luciano złapał najbliżej stojącego Araba i pchnął go w stronę dziecka.

– Rozwiąż go! – rozkazał.

195

Mężczyzna natychmiast wykonał polecenie, po czym cofnął się na swoje miejsce.

– *Bastardi!* – krzyknął don Luciano. – Może was powinienem tak przywiązać?! A może założyć wam obrożę i smycz jak psom?!

Spuścili głowy i wbili wzrok w podłogę. Żaden z nich nie odważył się spojrzeć w oczy bossa. Don Luciano podszedł do chłopca i przyklęknął tuż przed nim.

– Jak masz na imię? – zapytał, choć znał odpowiedź.

Mały patrzył na niego szeroko otwartymi niebieskimi oczami, które lśniły w jego brudnej twarzy. Minęła dłuższa chwila, zanim drżące wargi wyszeptały:

– Björn.

Don Luciano pokiwał głową.

– Bardzo ładnie. – Zmierzwił chłopcu włosy. – Powiedz, Björn, boisz się?

Mały natychmiast pokiwał głową, z trudem przełykając ślinę. Nie odrywał wzroku od bladego i chudego oblicza obcego mężczyzny.

Don Luciano uśmiechnął się pod nosem.

– To normalne, chłopcze. Każdy się boi. Sztuka polega na tym, żeby umieć nad strachem zapanować. Spróbujesz?

– Spróbuję, ale chciałbym wrócić do mamy i taty… – Sine usta zaczęły drżeć. Do oczu napłynęły łzy i po chwili ciężkie krople kapały po policzkach, żłobiąc w nich jasne korytarze.

– Ile masz lat?

Chłopiec otarł buzię wierzchem dłoni.

– Osiem.

Don Luciano ponownie skinął głową. Tym razem jakby z uznaniem.

– Duży już z ciebie chłopak. Kiedy byłem mniej więcej w twoim wieku, zabrano mnie od rodziców, wiesz?

Niebieskie oczy zdawały się jeszcze większe niż poprzednio.

– I nigdy już ich nie zobaczyłeś?

– Czasami… Przypadkiem, gdzieś na ulicach Neapolu. Ale nie pozwolili mi się z nimi spotykać. Nie mogłem już grać w piłkę z tatą ani jeść obiadów mamy.

– Kto cię zabrał?

– Moja nowa rodzina. Wiesz, gdzie jest Neapol?

– Nie…

– To we Włoszech. Włochy to piękny kraj, a Neapol to piękne miasto. Chciałbyś kiedyś je zobaczyć?

– Może…

– To możliwe… gdybyś chciał. Wiesz dlaczego? Bo jeżeli o czymś marzymy, to nic nie stoi na przeszkodzie, aby po to sięgnąć. Rozumiesz? Absolutnie nic!

Björn aż drgnął na dźwięk ostatnich słów.

– Rozumiem, że tęsknisz za rodzicami. Pewnie bardzo ich kochasz, prawda?

Delikatne skinienie głową.

– Ja swoich też kochałem. Ale musisz wiedzieć, że rodzice są w naszym życiu tylko przez chwilę. Prędzej czy później każdy z nas podąża własną drogą. To nieuniknione i czasami nawet lepiej, żeby stało się to wcześniej.

– Ale ja chcę wrócić do domu! Proszę…

Włoch westchnął i przeczesał dłonią gęste, opadające na czoło włosy.

– Na razie musisz tu zostać. Przynajmniej przez jakiś czas. Potem zobaczymy, jak się ułożą sprawy. Obiecuję, że miło spędzisz czas…

Chłopiec spuścił głowę. Kolejne łzy spływały mu po twarzy.

– Lubisz gry komputerowe? – zapytał don Luciano. Zdziwił się, kiedy chłopiec nie wykazał żadnego zainteresowania. – Zobacz, jaki mamy tu duży telewizor. Poproszę twoich nowych kolegów, żeby przywieźli ze sklepu konsolę. Co ty na to? Grałeś w domu w gry?

Björn pokręcił głową.

– Dlaczego?

– Mama mi nie pozwalała.

– Rozumiem. Ale tu jest jak na wakacjach i myślę, że mama nie miałaby nic przeciwko. A jakie zabawy lubisz? W co się bawiłeś w domu?

– Lubiłem chodzić z tatą do lasu...

Jeden ze stojących z boku Arabów roześmiał się piskliwie. Zamilkł jednak natychmiast, kiedy don Luciano posłał mu piorunujące spojrzenie.

– Lubiłeś spacery po lesie?

– Robiliśmy z tatą broń – ciągnął Björn. – Łuki, miecze i strzały. Takie, jakich używali Wikingowie. Jakich używał Ragnar Lothbrok. Znasz Ragnara...?

Don Luciano zamyślił się, po czym odpowiedział:

– Chyba kiedyś o nim słyszałem.

– Był bardzo dzielny, silny i nieustraszony, jak mój tata. – Björn wyraźnie się ożywił.

– Twój tata jest silny i nieustraszony?

– Tak. Jak Ragnar, a może i bardziej!

Nagle całe podekscytowanie odpłynęło.

– Mieliśmy dziś robić tarcze. Szykować się do wojny... – Przygaszone spojrzenie ponownie powędrowało w dół.

– Lubisz broń?

Björn nieśmiało znów zerknął na pochylającego się nad nim mężczyznę.

– Lubię.

Don Luciano się uśmiechnął.

– Dobrze. – Sięgnął pod połę płaszcza i wydobył połyskujący w mętnym świetle pistolet. Wysunął z rękojeści magazynek z nabojami, schował do kieszeni i podał broń chłopcu.

– Proszę.

Björn się wahał. Spoglądał to na pistolet, to na twarz człowieka budzącego w nim uczucia, których wcześniej nie doświadczył. Bał się nieznajomego, ale jednocześnie coś go w nim fascynowało i chyba zaczynał go lubić.

– Śmiało… – zachęcił don Luciano, podsuwając broń chłopcu niemal pod nos.

W końcu Björn posłuchał. Zaskoczyło go, jak ciężki jest pistolet. Przyglądał się mu, ważąc go w dłoni. Delikatnie położył palec na spuście.

– Podoba ci się? – zapytał Włoch.

– Tak.

– Z taką bronią nie mieliby szans nawet Ragnar i jego wojownicy. Przy niej na nic się zdadzą drewniane miecze i łuki. Jest twój, jeśli chcesz…

Chłopiec zamarł.

– Naprawdę?

– Tak. Kiedy przyjdę następnym razem, może nauczę cię strzelać.

Don Luciano wstał z klęczek i obserwował jeszcze przez jakiś czas, jak chłopiec z niemą fascynacją przygląda się broni. Zaraz potem przywołał do siebie Szweda.

– Macie zadbać, aby mu niczego nie brakowało, rozumiesz? – szepnął do ucha chłopakowi, który wystraszony jedynie przytaknął ruchem głowy. – Przywieźcie mu jakieś czyste ubrania. Kupcie coś do jedzenia, nie wiem, pizzę, lody, wszystko, co będzie chciał. Jeśli następnym razem, gdy tu przyjadę, zobaczę, że traktujecie dzieciaka tak jak teraz, pogadamy inaczej, jasne?

– Tak, don Luciano – odparł tamten.

Zanim odszedł z zamiarem wypełnienia rozkazu, Felipe klepnął go w policzek. Sam po chwili również ruszył w kierunku wyjścia, a towarzyszący mu Marco podążył za nim jak cień. Przystanęli w korytarzu. Don Luciano sięgnął po komórkę. Wybrał numer i z telefonem przy uchu, wyraźnie zniecierpliwiony, wpatrywał się w odrapaną ścianę klatki schodowej.

– Macie dziewczynę? – zapytał, kiedy wreszcie usłyszał znajomy głos po drugiej stronie.

Marco przyglądał się profilowi szefa, który nagle zmarszczył brwi.
– Jakie problemy, Alessandro? Nie chcę żadnych problemów! Macie ją dostarczyć najpóźniej jutro, rozumiesz?! – Don Luciano słuchał tego, co ma mu do powiedzenia jego rozmówca przez następnych kilkanaście sekund, a potem powtórzył: – Jutro, Alessandro. Chcę ją tu widzieć jutro…

25.

Samochód prowadził Gunn, Christin zaś, z głową przyciśniętą do szyby, poszukiwała domu o numerze 42. W tej okolicy Härnösand wszystkie wyglądały niemal tak samo. Drewniane konstrukcje z okiennicami i gankiem różniły się jedynie kolorem.

Z samego rana otrzymali informację, że jakiś przypadkowy kierowca, który zatrzymał się na parkingu oddalonym od miasta o kilka kilometrów, natknął się na czarnego busa porzuconego w krzakach. Zaintrygowały go rozsunięte drzwi auta. W okolicy nie było nikogo i mężczyzna postanowił zgłosić ten fakt na policję. To była kiepska wiadomość, ale Gunnar i Christin mogli się jej spodziewać. Porywacze zmienili auto i teraz poruszali się samochodem nieznanej im marki. We wnętrzu busa, które teraz wyglądało, jakby ktoś rozsypał w nim kilogramową torbę z cukrem pudrem, nie znaleziono żadnych odcisków poza tymi, które należały do Björna Jönssona.

– Zatrzymaj się, Gunn – powiedziała Christin. – To ten dom.

Lindberg zaparkował, najeżdżając na krawężnik. Zanim wysiedli, przyglądali się przez kilka minut domowi i zaniedbanej posesji, która kontrastowała z wzorowo utrzymanymi trawnikami sąsiadów. Budynek pomalowano na biało, ale pokryta łuszczącą się farbą elewacja wołała o pomstę do nieba. Jedną z okiennic przytrzymywał tylko pojedynczy zawias.

– Że niby czym on się zajmuje? – zapytał Gunn, wyglądając zza ramienia partnerki. – Budowlanką? Jeśli tak, to zdjęcie jego domu powinno się wysłać wszystkim potencjalnym klientom.

– Najwyraźniej szewc bez butów chodzi – oceniła Christin. – Dobra, chodźmy.

Wysiedli z auta. Furtka wydała z siebie nieprzyjemne dla ucha skrzypnięcie, kiedy weszli na teren posesji. Gunnar zauważył, że w rogu stoi stara i dziurawa buda dla psa, a tuż obok niej leży pordzewiały łańcuch. Natychmiast rozejrzał się gorączkowo w poszukiwaniu jej mieszkańca, ale wyglądało na to, że podwórka od dawna nie pilnuje żaden psi stróż.

Christin zapukała do drzwi. Raz, drugi, trzeci. W końcu zrezygnowana zeszła stopień niżej.

– Chyba go nie ma – oceniła, zerkając w okna.

Gunnar nie zamierzał dawać za wygraną i spróbował ponownie, tylko tym razem pukanie zamieniło się w walenie, kiedy kilkakrotnie uderzył pięścią w drzwi. Już mieli odejść, gdy usłyszeli odgłos zbliżających się kroków. Zdążyli jeszcze wymienić spojrzenia, zanim drzwi się otworzyły. Stanął w nich obnażony do pasa mężczyzna. Dość obfity brzuch unosił się nad rozpiętym paskiem dżinsów. Wyglądało na to, że facet naciągał je w pośpiechu.

– Jerk Magnusson? – zapytała Christin.

Mężczyzna wyglądał na wyraźnie zaskoczonego wizytą niespodzianych gości. Spoglądał to na kobietę, to na mężczyznę. Potargane i zdecydowanie przydługie włosy sterczały każdy w inną stronę, jakby dopiero wstał z łóżka.

– A wy to kto? – odpowiedział pytaniem na pytanie, opierając się o framugę i ostentacyjnie drapiąc po brzuchu.

– Jesteśmy z policji – wyjaśniła Christin. – Komisarz Carlsson i komisarz Lindberg.

Mężczyzna wyprostował się nerwowo, co nie umknęło uwadze Christin.

– Możemy wejść? – Tym razem zapytał Lindberg.

Magnusson nie wyglądał na gościnnego typa i wyraźnie nie kwapił się z odpowiedzią.

– Jak wolisz, możemy pogadać na zewnątrz, ale to może trochę potrwać – oznajmiła Christin. – Jeszcze się przeziębisz. – Zerknęła na brzuch mężczyzny, który nagle jak na zawołanie pospiesznie zapiął pasek. – Przeskrobałem coś? – zapytał. – Pracuję poza domem i mogło się zdarzyć, że nie opłaciłem jakiegoś mandatu...

– To nie o mandat chodzi – wyprowadził go z błędu Gunn. – To jak będzie? Wpuścisz nas czy nie?

Jerk Magnusson stanął bokiem, przepuszczając policjantów. Zanim poszedł w ich ślady, mało dyskretnie rozejrzał się po okolicy.

Wnętrze domu świadczyło o tym, że żadna kobieta nie mieszkała w nim na stałe. Po lewej, w kuchni wyposażonej w niebieskie, obskurne meble, walały się brudne naczynia. Na podłodze salonu znajdującego się po prawej leżały porozrzucane kolorowe magazyny, puszki po piwie, a na stoliku stała miska z popcornem.

Magnusson wskazał pokój i policjanci ruszyli w jego stronę. Gunn podniósł jedno z czasopism i zerknął na okładkę, na której cycata blondynka przygryzała własny sutek.

– Jestem już dużym chłopcem – rzekł gospodarz, zabierając komisarzowi świerszczyk. – Z tego, co wiem, pornografia w tym kraju nie jest zabroniona. Nie jarają mnie dzieciaki, tylko kobitki. – Odrzucił gazetę na stolik. – Może przejdziemy do konkretów? Czemu zawdzięczam waszą wizytę?

– Pracujesz ze Svenem, z Hansem i Evertem, zgadza się?

Magnusson poczuł, jak serce zaczyna mu walić w piersi. Jeszcze przed chwilą miał nadzieję, że odwiedziny gliniarzy mogą dotyczyć jakiegoś wcześniejszego wybryku, bójki albo zakłócenia porządku publicznego. Przez głowę przeszła mu nawet myśl, że któraś z jego ostatnich lasek oskarżyła go o gwałt – i o takich numerach słyszał. Ale gdy policjanci zdradzili powód swojej wizyty, czerwona lampka w jego głowie zaczęła wyć na alarm.

– Tak – przytaknął niechętnie. – Czemu pytacie? Wszystko u nich okej?

– Niezupełnie – odpowiedziała Christin. – Björn, syn Svena Jönssona, został wczoraj uprowadzony.

Mężczyzna wybałuszył oczy ze zdziwienia, jednocześnie otwierając usta.

– Jak to uprowadzony?! Przez kogo?

– Tego nie wiemy – odpowiedział Gunnar. – Próbujemy to ustalić.

Magnusson klapnął w fotelu. Gunn wybrał kanapę. Christin – ze względu na kiepski stan mebla i fakt, że nie mogła odgadnąć pierwotnego koloru tapicerki – obawiała się uczynić to samo. Ostatecznie zdecydowała się delikatnie przycupnąć na poręczy. Jerk Magnusson zatopił obie dłonie w przetłuszczonych włosach. Jego spojrzenie zdradzało, że cały czas próbuje przetrawić to, co przed chwilą usłyszał.

– Jasna cholera – odezwał się wreszcie. – Jak to się stało?

Christin i Gunn streścili mu przebieg wydarzeń.

– Jak długo pracujesz ze Svenem Jönssonem? – zapytała Carlsson.

Magnusson sięgnął po paczkę papierosów. Był u siebie, nie zamierzał pytać, czy jego gościom nie będzie przeszkadzało, jeśli zapali. Po chwili z papierosem w dłoni ponownie rozparł się w fotelu.

– Kupę lat. W zasadzie to chyba z dziesięć będzie – odparł. – Odkąd Sven przyjechał do Härnösand, zdaje się.

– Czyli dobrze się znacie – stwierdziła bardziej niż zapytała Christin. – Szmat czasu.

– Żebyś wiedziała. Spędzamy ze sobą po kilka miesięcy pod jednym dachem. Chociaż jesteśmy raczej ulepieni z innej gliny.

– Jak to?

Jerk się zaciągnął. Po chwili dłoń, w której trzymał papierosa, na powrót spoczęła na oparciu.

– Normalnie. Sven to poukładany gość. Żona, dzieciak. A ja – Magnusson rozłożył ręce, jakby zachęcał policjantów, aby rozejrzeli się wokoło – mieszkam sam. Nie wytrzymałbym za długo z żadną babą. Co nie znaczy, że od czasu do czasu jakaś kobitka tutaj nie wpada. Rozumiecie? – Puścił oko do Christin.

Patrzyła na niego niewzruszona. Facet był obleśny. Zadziwiające, że nad wyraz szybko minął mu pierwszy szok po tym, jak się dowiedział, że syn jego kumpla został uprowadzony.

– Słyszałem o pewnym zdarzeniu – odezwał się Lindberg. – Kiedyś ktoś ubliżył żonie Jönssona. Nieźle się wściekł.

– Taa, pamiętam. Nie widziałem samego zajścia, ale całe miasto o tym gadało. Zresztą Jönssonowie chyba się do tego przyzwyczaili. Judith była kiedyś...

– Wiemy, kim była Judith Jönsson – przerwał Gunn. – Interesuje nas facet, któremu Sven skopał tyłek.

Magnusson zaciągnął się ponownie, mrużąc przy tym oczy. Wypuścił dym kącikiem ust.

– To miejscowy menel – wyjaśnił. – Czasami można go spotkać na mieście. Sven nie pierwszy i pewnie nie ostatni spuścił mu wpiernicz.

– Myślisz, że mógł mieć coś wspólnego ze zniknięciem Björna?

– Nie sądzę. Po tym, jak urządził go Sven, bał się nawet spojrzeć w ich stronę. Nie ruszyłby dzieciaka. Zresztą to zbyt wyrachowane dla kogoś takiego. Jedynym zmartwieniem gościa jest codzienne załatwienie butelki.

– A przychodzi ci do głowy ktoś, kto wyjątkowo nie lubi Jönssonów?

Mężczyzna wzruszył ramionami.

– Bo ja wiem? Chyba nikt specjalnie za nimi nie przepada. Nie mają wielu przyjaciół czy nawet znajomych. Z powodu przeszłości Judith zaszyli się na tym odludziu i żyją jak para odszczepieńców. Stronią od reszty Härnösand. Czasami się zastanawiam, dlaczego wciąż tu mieszkają.

Im dłużej Christin słuchała, tym większą niechęcią pałała do tego człowieka. Para odszczepieńców? Jakoś nie mogła sobie wyobrazić zastępów przyjaciół tego jaskiniowca.

– A ty, Jerk, jak spędziłeś wczorajszy wieczór? – zapytała.

Facet się zdziwił.

– Ja? A co to ma do rzeczy? Chyba nie myślicie…

– Bez nerwów – uspokoiła go Carlsson. – To tylko pytanie. Musimy wykluczyć pewne rzeczy.

– Zawsze pierwszy dzień po powrocie chodzę jak skołowany. – Zagasił niedopałek w popielniczce. – Padam na pysk po kilkumiesięcznej harówie. Śpię do południa. I tak było dzisiaj. Wczoraj walnąłem kilka browarów i poszedłem w kimę. Właściwie to mnie obudziliście.

Christin westchnęła, ostentacyjnie klepiąc się w kolana.

– To możesz w zasadzie wracać do łóżka, prawda, Gunn?

Lindberg przytaknął skinieniem głowy. Oboje wstali.

Carlsson położyła na stole swoją wizytówkę.

– Tak na wszelki wypadek, gdyby coś ci się przypomniało.

– Tak bez ceregieli zostawiasz mi swój numer telefonu? – zachichotał Magnusson.

– To namiary do kolegi.

Jerk zerknął na Lindberga i mina mu zrzedła. Odprowadził policjantów do wyjścia.

Zatrzymując się przy drzwiach, Christin odwróciła się jeszcze na chwilę.

– A kiedy ostatni raz widziałeś chłopaka Jönssonów?

Magnusson wydął wargi.

– Jakiś czas temu, gdzieś na mieście. Ja i Hans raczej nie odwiedzamy Svena. Z naszej trójki najlepszy kontakt ma z nim Evert.

Pożegnali się i opuścili dom. Jerk przez brudną szybę obserwował, jak para policjantów wsiada do auta i odjeżdża. Zaraz potem poczłapał na górę po telefon. Spoconą dłonią wybrał numer Hansa.

26.

Alessandro Santoro stał na drugim piętrze świnoujskiego terminalu promowego, wpatrując się w gigantycznych rozmiarów promy cumujące przy kei. Były niczym monumentalne budowle, niezdolne, aby ruszyć się choć o milimetr. Aż trudno było uwierzyć, że za chwilę wypłyną i tnąc niespokojne tego ranka wody Bałtyku, ruszą w kierunku Skandynawii. Mieli się znaleźć na pokładzie jednego z nich, on, Flavio, Gigi i ta dziewczyna.

Widok załogantów poruszających się po pokładach sprawił, że Alessandro przeniósł się w inne miejsce i inny czas. Był w Scampii, obskurnej dzielnicy Neapolu, w której dorastał. Wielkie osiedla, miejskie dżungle, których wizytówką były bloki w kształcie żaglowców – *navi avela* – zupełnie jak promy, które teraz miał przed oczami. W setkach okien „mrówkowców" – jak zwykło się o nich mówić – nie powiewały flagi ani bandery, tylko pranie przewieszone przez sznurki przymocowane do parapetów. Na balkonach i obsmarowanych graffiti tarasach betonowej floty próżno było szukać marynarzy. Załogę stanowili oni – klepiące biedę rodziny i ich dzieci, całymi dniami biegające po korytarzach i placach w centrum neapolitańskich slumsów. Alessandro dokładnie pamiętał krzyki, odgłosy zabawy i ryk silników tysięcy *motorino* przejeżdżających wąskimi uliczkami. Ogłuszające wycie policyjnych syren i huki wystrzałów, które były tak powszechne jak dźwięki wuwuzeli na stadionie FC Napoli, wciąż rozbrzmiewały mu w głowie.

Matka Alessandra chroniła go przed otaczającą ich rzeczywistością, jak tylko mogła, ale w takich dzielnicach jak Scampia czy sąsiednia Secondigliano dzieciaki nie kończyły dobrych szkół, nie zostawały prawnikami czy lekarzami, nie spełniały marzeń o wielkich karierach piłkarskich. Tu droga była jedna i wiodła wprost do świata przestępczego, przed którym jedynym ratunkiem mogła być ucieczka, na jaką nie było stać żadnej z tutejszych rodzin. Czyhające na niego zło przypominało krążący nad głową rój wściekłych pszczół. Matka za każdym razem próbowała swoimi naukami przyodziać go w pancerz odporny na żądła, ale prędzej czy później któremuś z owadów udawało się przedrzeć przez niego i dotrzeć do młodego umysłu Alessandra. Jad trafiał do krwiobiegu, a w konsekwencji – do serca.

– Zaraz po szkole prosto do domu, Alessandro. Zrozumiałeś? – nakazywała matka, przykucając przed nim, gdy wychodził z domu. – Zrozumiałeś?! – Chciała mieć pewność, że dotarło do niego to, co mówiła. Ujmowała jego twarz i patrzyła mu głęboko w oczy.

– *Si, mamma* – odpowiadał zazwyczaj, ale bardzo często zdarzało się, że podczas drogi powrotnej zaczepiali go starsi koledzy, nagabując, aby poszedł z nimi. Kilkakrotnie odmówił, ale wówczas śmiali się z niego, szydzili i go opluwali. Kilkakrotnie pobili. Kiedy robił zakupy, rzadko donosił je do domu. Któregoś razu drogę zajechała mu czerwona alfa romeo.

– Co tam niesiesz, mały? – zapytał kilkunastoletni kierowca, którego Alessandro dobrze znał z okolicznych podwórek.

– Nic…

– Nic? Przecież widzę, że taszczysz coś w tych siatkach. Mama nie mówiła ci, że nie wolno kłamać? – Chłopak odwrócił się w stronę siedzącego obok pasażera i zaśmiał się piskliwie. Po chwili drzwi się otworzyły i młody kucnął tuż przy Alessandrze.

– Słuchaj, koleżko, zrobimy tak. Wiem, gdzie mieszkasz. Tak się składa, że zupełnie niedaleko mieszka też mój kumpel, któremu muszę coś dostarczyć. Trochę się spieszę, a ty masz po drodze. – Wyciągnął zza pazuchy zawiniątko i wcisnął chłopcu do torby.

– Co to jest? – zapytał Alessandro.

– Cukier – odparł tamten i zaraz potem do uszu chłopca dobiegła kolejna fala śmiechu. – Mój kumpel piecze ciasto. Dzwonił do mnie, żebym przywiózł mu cukier, ale jak mówiłem, nie mam czasu. Ty mu podrzucisz...

– Ale...

– Spokojnie, to po drodze. Wiesz, gdzie jest pomnik Najświętszej Panienki?

Chłopiec przytaknął skinieniem głowy. W zasadzie przechodził tamtędy każdego dnia w drodze do szkoły albo na boisko. Najświętsza Panienka z szeroko rozłożonymi rękoma i aureolą z gwiazd nad głową, które po zmierzchu mieniły się wszystkimi kolorami tęczy, stała nieopodal jego osiedla.

– No właśnie. Będzie tam na ciebie czekał. Podejdziesz do pomnika, przeżegnasz się i położysz to, co ci dałem, przy stopach Panienki. Zrozumiałeś?

– Ale...

– Żadnych „ale".

Alessandro patrzył, jak znajomy chłopak grozi mu wyprostowanym palcem. Wiedział, że *madre* nie byłaby zadowolona. Tamten należał do grupy, od której kazała mu się trzymać z daleka.

– Albo posłuchasz, albo zabiorę ci zakupy. Matka będzie zła. Na pewno nie ma pieniędzy na następne. – Chłopak wyciągnął banknot, pomachał nim Alessandrowi przed oczami i wsunął go do kieszeni chłopca. – Masz na zachętę. Jeśli się spiszesz, to może dostaniesz więcej. Mój kumpel to dobry piekarz. Często piecze i potrzebuje dużo cukru, rozumiesz?

– *Si*...

– Nazywam się Giacobe – powiedział chłopak. – A ty?

– Alessandro.

– Miło cię poznać, Alessandro. – Chłopak poklepał go po twarzy. – A teraz zmykaj i zrób, o co prosiłem.

Stojąc tak i wpatrując się w uwijających się jak w ukropie marynarzy, Alessandro poczuł, że musi zapalić. Obejrzał się przez ramię. Kilku turystów siedziało na obitych dermą ławeczkach, czekając na embarkację. Część z nich bawiła się telefonami, inni przeglądali jakieś magazyny i mapy, głośno dyskutując na temat miejsc, które powinni odwiedzić. Alessandro zerknął na sufit. W rogu zainstalowano kamerę, na samym środku zaś kilka czujników dymu. Musiał zapomnieć o paczce Marlboro, którą miał w kieszeni. Zamiast tego podszedł do automatu ze słodyczami i wybrał czekoladowy batonik.

Tamtego dnia dostarczył „cukier" i położył u stóp Najświętszej Panienki. Podobnie następnego i kolejnego. Któregoś wieczora nakrył matkę siedzącą przy stole w ich mikroskopijnej kuchni i pochylającą się nad kartką papieru. Była przygnębiona. Kiedy zapytał, o co chodzi, zbyła go machnięciem ręki. Ale on – mimo że miał dopiero dziewięć lat – wiedział, co stanowiło problem. Pieniądze. Jak zawsze. Bez słowa podszedł do niej i położył na stole dwa banknoty. Dwa tysiące lirów. Minęła dłuższa chwila, zanim *mamma* się odezwała.

– Skąd to masz? – zapytała.

Nie odpowiedział. Poderwała się z krzesła i powtórzyła pytanie, tym razem szarpiąc Alessandra za ramiona:

– Skąd to masz, pytam?!

– Zarobiłem – odparł wreszcie.

– Co?!

– Zarobiłem, *mamma*.

– Niby jak?! – Marcella Santoro spoglądała w wielkie brązowe oczy syna, nie mogąc uwierzyć w to, co przed chwilą usłyszała. – Jak je zarobiłeś?!

Nie odpowiedział.

– Pomogłeś panu Grassi w piekarni?

Pokręcił głową.

– A może rozładowałeś towar w sklepie rybnym?

Wbił wzrok w podłogę. Chwyciła syna na podbródek, zmuszając go, aby ponownie na nią spojrzał.

– Jeżeli nie robiłeś żadnej z tych rzeczy, Alessandro, to znaczy, że nie zarobiłeś tych pieniędzy, rozumiesz?

Zasępił się jeszcze bardziej.

– Masz w tej chwili oddać je człowiekowi, który ci je dał. Słyszysz?! Pokiwał głową.

– A potem masz się trzymać od niego z daleka! Powiesz mu, że nigdy więcej nic dla niego nie zrobisz. Jeżeli nie będzie chciał przyjąć tych pieniędzy z powrotem, to pójdziesz do kościoła i wrzucisz je do skarbonki. Zrozumiałeś?

– Tak, *mamma*.

– Idź już. – Pchnęła go delikatnie w stronę drzwi.

Tego dnia nie spotkał już Giacobe. Ani następnego. Czerwona alfa romeo zajechała mu drogę dopiero po kilku dniach, kiedy wracał ze szkoły.

– Cześć, Alessandro! – krzyknął chłopak przez uchyloną szybę.

– Cześć, Giacobe – odpowiedział.

– Szykuje się wielkie przyjęcie. – Giacobe wysiadł z auta i położył dłoń na ramieniu chłopca. – Mój przyjaciel będzie piekł jeszcze więcej niż ostatnio. Potrzebuje dużo cukru. Bardzo dużo. – Wypowiedziawszy te słowa, obszedł Alessandra i rozpiął zamek jego plecaka. – Po co ci tyle książek? – zapytał.

– Do szkoły – odparł chłopiec, zerkając przez ramię.

– W szkole nie nauczą cię niczego pożytecznego, chłopaku. A te książki tylko niepotrzebnie zajmują miejsce.

Kilka z nich poszybowało w powietrze, a Alessandro obserwował, jak lądują nieopodal na stercie śmieci. Giacobe machnął w kierunku swojego kolegi i ten wysiadł z auta. Podszedł do nich z przewieszoną przez ramię czarną torbą.

– Zrobisz tak, Alessandro. Pięć paczek cukru zostawisz w tym samym miejscu, co zawsze. Pozostałe zaniesiesz do...

– Nie! – Alessandro zaprzeczył stanowczo, obracając się twarzą do obu mężczyzn.

Spojrzeli po sobie wyraźnie zaskoczeni.

– Co powiedziałeś?

– Niczego już nie zaniosę. – Wcisnął dłoń do kieszeni i wyłuskał z niej pomiętolone banknoty. – Mama kazała mi je oddać. Jeśli ich nie weźmiecie, zaniosę je do kościoła i...

Giacobe uderzył go w twarz. Alessandro upadł na tyłek i chwycił się za policzek.

– Posłuchaj, gnojku. – Giacobe przykucnął przy nim. – Jeżeli nie zrobisz tego, co ci każę, to jedyną rzeczą, jaką będziesz nosił, będą kwiaty. Na grób twojej matki. Wiem, gdzie mieszkasz, pamiętasz? Zabiję ją, jeśli mnie nie posłuchasz.

Alessandro patrzył wystraszony w twarz pochylającego się nad nim Giacobe. Zaczął płakać. Matka była dla niego wszystkim. Nie miał brata ani siostry jak jego koledzy. Ojca więcej w domu nie było, niż był.

– Zrobisz, co mówię, albo twoja matka dostanie kulkę. O tu. – Giacobe dźgnął go w czoło palcem wskazującym tak mocno, aż odskoczyła mu głowa.

Wtedy wydarzyło się coś, co było jak sen, który później Alessandro przywoływał w myślach niezliczoną ilość razy. Czarne auto zatrzymało się z piskiem opon, a on usłyszał huk wystrzałów z karabinu maszynowego. Zaraz potem na beton posypały się puste łuski, a chłopiec usłyszał charakterystyczny metaliczny dźwięk. Kolega Giacobe, którego imienia Alessandro nigdy nie poznał, zamachał rękoma i runął na ziemię. Alessandro widział podziurawioną bluzę chłopaka i plamę krwi wypływającą spod jego ciała.

Drzwi samochodu się otworzyły i wyszło z niego kilku ludzi. Jeden z nich, w czarnym płaszczu, wyciągnął pistolet i przyłożył lufę do czoła Giacobe.

– Na kolana! – rozkazał.

Chłopak posłuchał, kątem oka zerkając na Alessandra.

– Handlujesz w moim rewirze, gnojku?!

Giacobe nie odpowiadał. Klęczał z uniesionymi rękoma i zaciśniętymi ustami.

– Myślałeś, że jeśli wepchniesz towar dzieciakowi, to niczego nie zauważę? – Mężczyzna nachylił się nad Giacobe, jeszcze mocniej przyciskając lufę do jego czoła. – Scampia jest moja! Nacisnął spust i Giacobe upadł na bok. Mimo że były martwe, jego oczy wciąż wpatrywały się w Alessandra.

– Co robimy z chłopakiem, don Luciano? – zapytał jeden z mężczyzn.

Wtedy Alessandro zrozumiał, że mężczyzna w czarnym płaszczu jest kimś bardzo ważnym. Odwrócił się w jego stronę i dopiero teraz chłopiec dostrzegł, że twarz Luciana pokrywają czerwone kropki krwi, jakby ktoś pochlapał go kropidłem. Człowiek, na którego mówiono don Luciano, otarł ją wierzchem dłoni.

– Boisz się? – zapytał, przykucnąwszy przy nim.

Alessandro przytaknął skinieniem głowy.

– To normalne. Każdy się boi. Sztuka polega na tym, żeby umieć nad strachem zapanować. – Mężczyzna wstał, podszedł do sterty śmieci i podniósł porozrzucane książki. Kiedy pakował je do plecaka chłopca, pozostali mężczyźni zbierali leżące tu i ówdzie paczki „cukru".

– Biegnij do domu, chłopcze. – Pomógł mu wstać. – I zapomnij, co tu widziałeś, jasne?

Alessandro pokiwał głową.

– Jesteś bardzo dzielny – powiedział don Luciano. – Być może niebawem się zobaczymy.

Alessandro zgniótł papierek po batoniku i wrzucił do kosza. Obserwował ciąg ciężarówek z łoskotem wjeżdżających na rampę promu. Mijając kolejną grupę pasażerów, przeszedł pod przeciwległe okno, aby zerknąć na plac, na którym tiry ustawiły się w kolejce. Było ich kilkadziesiąt. Opuszczały skwer powoli i równym rzędem zmierzały w kierunku bramek. Następnie zatrzymywał je jeszcze jeden z członków załogi, po czym ruszały dalej, w stronę olbrzymiego statku, który czekał na nie z opuszczoną rufą. Niektóre z nich były poddawane rutynowej kontroli przez strażników celnych. Alessandro policzył, że podczas sprawdzania jednego auta, zdążyło przemknąć obok co najmniej dziesięć ciężarówek. Błyskawicznie podjął decyzję. Sięgnął po komórkę, zmierzając w kierunku schodów.

– Flavio, posłuchaj – rzucił do telefonu. – Podjedziecie pod plac, na którym stoją tiry. A potem czekajcie na mój telefon.

Rozłączył się i zbiegł po schodach, pokonując kolejną kondygnację. Kiedy dotarł na parter, skonstatował, że tu pasażerów jest jeszcze więcej. Niektórzy stali przy kasach, inni z plecakami i torbami na kółkach okupowali windę. Być może on, Flavio i Gigi nie wyróżnialiby się z tłumu aż tak bardzo, ale wolał nie ryzykować.

Wyszedł przez rozsuwane drzwi terminala i zmrużył oczy, kiedy słońce wyjrzało zza ciemnych chmur. Tuż przed nim zatrzymał się autobus. Minął go poirytowany i podążył w kierunku placu, na którym parkowały ciężarówki.

Dzisiejszą noc spędzili w jednym z pobliskich hoteli. Jego standard odbiegał znacznie od tych wszystkich luksusów, do których przywykli. Budynek był zaledwie piętrowy i bez trudu wpisałby się w obskurną rzeczywistość cieszących się złą sławą dzielnic Neapolu. Ale o to im chodziło. Nie chcieli zwracać uwagi. Recepcjonista słabo mówił po angielsku, więc rezerwacja pokoi trwała dużej, niż Alessandro przypuszczał. Zarezerwował dwa, jeden dla Flavia i Giovanniego i jeden dla siebie i... zawartości ich wielkiej walizki na kółkach.

– Niestety, nie mamy tu windy. Hotel jest jednopiętrowy – powiedział recepcjonista, zerkając na imponujących gabarytów bagaż. – Na parterze mamy pełne obłożenie, więc...

– Nie szkodzi – przerwał Alessandro. – Poradzimy sobie. – Zmusił się do uśmiechu i położył na kontuarze sto euro. – Dobranoc.

Zanim Flavio i Gigi zniknęli w swoim pokoju, Alessandro kazał im kupić coś do jedzenia. Nie liczył na to, że uda im się zamówić dobre spaghetti, więc zaproponował pizzę. Kiedy jego kompani wyszli, otworzył odrapane hotelowe drzwi, wymacał po swojej prawej stronie włącznik światła i wepchnął walizkę do środka.

Na skromne wyposażenie małego pokoju składały się pojedyncze łóżko, nocna szafka i niewielkich rozmiarów komoda, na której ustawiono telewizor pamiętający jeszcze lata dziewięćdziesiąte. Alessandro podszedł do okna i szczelnie zasłonił rolety. Dopiero potem podszedł do walizki postawionej na środku dywanu. Odsunął zamek i uniósł jedną część karbonowej obudowy. Widok był przejmujący, nawet jak dla niego.

Dziewczyna leżała w pozycji embrionalnej, z zaklejonymi ustami i rękoma przywiązanymi do kostek. Spod fali posklejanych blond włosów łypało na niego jedno przerażone niebieskie oko. Była brudna, ubrana w ciemny dres, który kupili w pierwszym, lepszym sklepie, i drżała na całym ciele.

– Już dobrze – powiedział po angielsku cicho, niemal szeptem, gładząc dziewczynę po policzku. Chciał zerwać taśmę z jej ust, ale zawahał się w ostatniej chwili. Wstał i poszedł do łazienki. Popękana wanna nie zachęcała do kąpieli. Odkręcił wodę, sprawdził jej temperaturę i nalał odrobinę płynu z małej plastikowej butelki. Wrócił i ponownie ukląkł przy dziewczynie. Położył palec wskazujący na swoich wargach. – Musisz być cicho. Rozumiesz? – Odlepił kawałek taśmy, dając do zrozumienia, że za chwilę zerwie ją w całości. – Jeżeli chociaż piśniesz, zakleję ci usta z powrotem i całą noc spędzisz w walizce. Zrozumiałaś?

Agnieszka, na tyle, na ile było to możliwe, przytaknęła ruchem głowy. Szarpnął mocno i zdecydowanie. Nie wydała z siebie żadnego dźwięku. Uśmiechnął się. Wyciągnął nóż sprężynowy, a ona drgnęła, gdy ujrzała ostrze.

– Spokojnie.

Rozciął więzy. Najpierw te krępujące kostki, potem te wokół nadgarstków. Nie kazał jej wstać, nie próbował do tego zachęcić. Zamiast tego wsunął pod nią dłonie i podniósł ją jak dziecko, po czym położył na podłodze. Pisnęła cicho, kiedy z zaskakującą delikatnością rozprostowywał jej ręce i nogi. Potem znów zniknął w łazience. Kiedy wrócił, nie słyszała już szumu płynącej wody.

– Gotowa?

Nie czekając na odpowiedź, wyciągnął do niej rękę. Chwyciła jego dłoń i pozwoliła się podnieść. Chwiała się na nogach, więc przerzucił jej ramię przez swoją szyję.

– Powoli. Krok za krokiem – pouczył.

Posłuchała, ale każdy kolejny był wyzwaniem i sprawiał jej ból. Jej ciało się buntowało. Czuła, jakby nie należało do niej. Posadził ją na sedesie. Uklęknął i delikatnie podwinął nogawkę dresowych spodni. Bandaż nad lewym kolanem pociemniał od zaschniętej krwi. Sięgnął do rany. Położyła dłoń na jego dłoni i zdecydowanie pokręciła głową.

– Zrobię to najdelikatniej, jak to możliwe – obiecał i zabrał się za rozwiązywanie prowizorycznego opatrunku.

Tamtego dnia zadano jej ból, jakiego nigdy wcześniej nie czuła. Wycięli kawałek skóry tuż nad kolanem, a tym samym znamię, którego nienawidziła przez całe życie, zniknęło bezpowrotnie. W jego miejscu miała pozostać szkaradna blizna.

Alessandro spojrzał na krwawiącą ranę i na chwilę zamknął oczy. Dziewczyna drżała i płakała z bólu.

– Wstań. – Podniósł się i podał jej rękę.

Posłuchała. Zaczął ściągać z niej ubranie. Próbowała mu się wyrwać. Przytrzymał ją.

– Nie walcz. Nie chcę ci zrobić krzywdy.

Jak mogła mu wierzyć? Wiedziała, że musi być posłuszna. Nie miała wyjścia. Czy mogło ją spotkać coś jeszcze gorszego od tego, co zrobili jej tamci ludzie?

Stała bez ruchu, kiedy zsuwał spodnie z jej ud. Uniosła ręce grzecznie jak dziecko, gdy zdejmował z niej brudną bluzę. Nie zaprotestowała, kiedy odpiął stanik, a potem zdjął majtki. Delikatnie pociągnął ją w stronę wanny.

– Usiądź tak, aby nie zamoczyć rany – nakazał.

Woda była przyjemnie ciepła. Oparła plecy o zimną ceramikę, dostosowując się do poleceń Alessandra. Usłyszeli pukanie do drzwi. Wyszedł, ale pojawił się po kilku minutach. Podał jej dwie tabletki i szklankę wody. Zawahała się.

– Śmiało. Nie bój się. To na ból. Zniknie.

Potem ponownie ukłęknął przy brzegu wanny. Ujrzała w jego dłoni butelkę wody utlenionej.

– Oczyścimy ranę. Będzie bolało, ale musisz być dzielna.

Nie potrafiła powstrzymać krzyku, który w ułamku sekundy wypełnił małą łazienkę. Ciężko oddychała, sycząc przez zaciśnięte zęby. Kiedy się uspokoiła i wykąpała, Alessandro zrobił jej nowy opatrunek. Po wszystkim wstał i przyglądał się jej przez chwilę.

– Odpocznij. Potem zjemy kolację i pójdziesz spać. Ja położę się na podłodze.

Już miał wyjść, ale w progu zatrzymał go jej przyciszony głos.

– A jutro? Co będzie jutro?

– Jutro… jutro będziesz musiała wrócić do torby… – powiedział. Usiadł na łóżku i włączył telewizor. Szum dobiegający z odbiornika nie zdołał zagłuszyć jej płaczu.

Grupa kierowców stała przy jednej z ciężarówek. Dyskutowali, paląc papierosy, śmiali się i żywo gestykulowali. Mówili po polsku. Alessandro zastanawiał się, czy ich zagadnąć, ale ostatecznie odgonił tę myśl. Potrzebował jakiegoś samotnego drivera, outsidera, który trzyma się z dala od reszty towarzystwa. Czasami faceci byli jeszcze gorszymi plotkarzami niż baby. Jeśli dostaną intratną propozycję, pewnie nie będą potrafili utrzymać języka za zębami.

Jego wzrok przykuł kierowca, którego auto stało na końcu placu. Mężczyzna w dresie i puchowej kamizelce klęczał przy jednym z kół. Alessandro wcisnął do ust papierosa i przyglądał się kierowcy przez dłuższą chwilę. Zapalił. Kiedy tamten się wyprostował, Alessandro zauważył, że mężczyzna nie jest Polakiem. Sądząc po karnacji, prawdopodobnie pochodził z któregoś z krajów arabskich. Ten fakt pomógł mu podjąć decyzję.

– Problem z kołem? – zapytał, zatrzymując się przy mężczyźnie. Zaskoczone brązowe oczy spojrzały na niego nieufnie.

– Powietrze ucieka – odparł tamten ze śmiesznym akcentem i wyraźnie niezainteresowany dłuższą wymianą zdań z nieznajomym na powrót przykląkł przy kole.

Alessandro dyskretnie rozejrzał się wokoło, sprawdzając, czy ktoś ich nie obserwuje. Zaciągnął się po raz kolejny.

– Co przewozisz? – spytał bezceremonialnie.

Mężczyzna zmierzył go spojrzeniem. Tym razem uczynił z dłoni daszek, chroniąc wzrok przed słońcem. Wstał.

– Czemu pytasz?

Alessandro wzruszył ramionami.

– Tak po prostu. Ciekaw jestem, czy masz jeszcze miejsce. Muszę coś przewieźć. – Alessandro wyjaśnił swoje intencje, ale zaraz potem odbiegł od tematu, wyciągając w stronę Araba paczkę papierosów. – Palisz?

Ten skinął głową i chętnie skorzystał z propozycji. Alessandro wyciągnął zapalniczkę.

– Jak masz na imię?

– Salim – odpowiedział kierowca, wypuściwszy kłąb dymu.

– Salvatore – skłamał Alessandro, wyciągając dłoń w kierunku nowopoznanego. Salim uścisnął ją niepewnie.

– Włoch?

– Zgadza się. A ty?

– Turek.

– Tak myślałem. A więc, Salim, co tam masz? – Alessandro wskazał kciukiem w stronę naczepy.

– Łazienka – odparł Turek. – Wiesz, wanna, sedes… coś takiego. Alessandro domyślił się, że chodzi o armaturę łazienkową. „Wanna" zabrzmiało w ustach kierowcy jak „kąpiel".

– Więc znajdziesz trochę miejsca?

Turek po raz kolejny się zaciągnął i przygryzł dolną wargę. Zastanawiał się. Wyglądał, jakby żuł gumę.

– Na co? – zapytał.

– Dam ci pięćset euro za to, że coś wwieziesz na prom i z niego zwieziesz. Gdy tylko wjedziesz na pokład, zabiorę od ciebie walizkę. Pod koniec rejsu dam ci ją z powrotem.

– Co jest w walizce? – Salim nie dawał za wygraną.

– Nic szczególnego. Po prostu rzeczy. – uśmiechnął się Alessandro. – Mogę zobaczyć twoją naczepę?

Salim rzucił niedopałek papierosa na ziemię i zgniótł go obcasem buta. Przeszedł na tył ciężarówki. Wysokie skrzydło drzwi otworzyło się ze zgrzytem. Promienie przedpołudniowego słońca odbiły się od lśniącej śnieżnobiałej ceramiki. Alessandro ujrzał rzędy sedesów, wanien i pisuarów, umieszczonych na specjalnych stojakach. Miejsca zostało niewiele, ale walizkę wcisnęłoby się bez problemu.

– Dobrze, ustawimy walizkę. Nawet jeśli będzie kontrola, to i tak nikt jej nie zauważy – ocenił Alessandro. – To jak będzie?

– Co tam masz?

Włoch zrobił krok naprzód. Jego twarz znajdowała się teraz bardzo blisko twarzy Turka.

– Czasami lepiej nie wiedzieć. Wtedy głowa jest spokojna. – Włoch popukał Salima w czoło.

– Narkotyki?

– Nie. Narkotyki nie.

– Broń?

– Nie. Nie broń – zaprzeczył po raz drugi Alessandro.

Salim milczał, wpatrując się w swojego nowego włoskiego znajomego. Widać było, że ocenia ryzyko, próbując podjąć decyzję.

– Myślisz, że Salim głupi?

– Myślę, że Salim będzie głupi, jeśli nie weźmie pięciuset euro za dziesięć minut roboty.

Arab mierzył Alessandra mało przyjaznym spojrzeniem, jak bokser swego rywala przed początkiem starcia. Żaden z nich nie odwracał wzroku.

– Walizka ustawić z przodu – powiedział w końcu Salim.

Alessandro przytaknął skinieniem głowy. Kącik jego ust delikatnie powędrował w górę.

– Pięćset euro wjazd. – ciągnął Salim. – Pięćset euro zjazd. Sto euro ekstra. Ryzyko duże.

Jeżeli wcześniej na twarzy Alessandra pojawiło się coś na podobieństwo uśmiechu, teraz nie było po nim śladu.

– Salim niegłupi – dodał Turek, pukając się w skroń.

Alessandro pokiwał głową z uznaniem.

– Nie. Nie głupi. Niech będzie.

Podał mu dłoń, po czym sięgnął po telefon i wybrał numer Flavia.

***

Wjeżdżając po rampie, obserwowali, jak ciężarówki znikają wewnątrz statku jedna po drugiej. Z ich perspektywy wyglądały jak gąsienice potulnie zmierzające wprost do gardzieli drapieżnika. Alessandro dostrzegł tira, który interesował go najbardziej. Samochód Turka nie został zatrzymany do kontroli i to była najważniejsza wiadomość.

Kiedy wjechali na pokład, załogant w odblaskowej kamizelce wskazał im miejsce parkingowe. Alessandro zaparkował audi tuż za niekończącym się rzędem aut. Wysiedli. Flavio przeszedł na tyły SUV-a i wyjął walizki z bagażnika. Giovanni stanął przy Alessandrze, który wpatrywał się w wielkiego przekreślonego papierosa namalowanego na ścianie. Miał ogromną ochotę zapalić.

– Musimy zjechać niżej – oznajmił Gigi.

– Zgadza się, geniuszu. – Alessandro nasunął na oczy ciemne okulary i ruszył w kierunku najbliższej windy, przy której zbierała się już grupka pasażerów. Giovanni podał Flaviowi walizkę. Sam zaopiekował się bagażem szefa. Alessandro musiał mieć wolne ręce, najważniejszy pakunek miał bowiem czekać na nich na drugim pokładzie. Minęło co najmniej dziesięć minut, zanim drzwi pustej windy rozsunęły się z sykiem. Weszli do środka wraz z kilkoma innymi pasażerami. Ci zapewne nie byli zadowoleni z faktu, że zanim dostaną się na pokład szósty, na którym znajdowała się recepcja, będą musieli zjechać niżej w towarzystwie trzech Włochów.

Na pokładzie drugim co najmniej setka ciężarówek stała zderzak w zderzak, jedna przy drugiej. Przywitał ich zapach opon i oleju silnikowego dolatujący z wciąż rozgrzanych maszyn. Kierowcy krzątali się przy swoich samochodach, niektórzy dopiero z nich wysiadali. Część rozmawiała między sobą, inni słuchali poleceń marynarzy. Alessandro stanął na palcach i dostrzegł interesującą go postać. Polecił swoim towarzyszom poczekać przy windzie, a sam ruszył w kierunku Salima.

– Wszystko w porządku? – zapytał.

– Będzie w porządku, jak zobaczyć moje pieniądze – odparł Turek.

Alessandro wcisnął mu do ręki banknoty i ruszył za nim. Przystanęli na tyłach ciężarówki. Zanim mężczyzna otworzył drzwi naczepy, rozejrzał się w lewo i prawo, jakby szykował się do przejścia na drugą stronę ulicy. „Twoje zachowanie wcale nie wzbudza podejrzeń, imbecylu" – pomyślał Alessandro, obserwując, jak Turek mocuje się z zamkiem. Dziesiątki sedesów, pisuarów i umywalek mieniło się, jakby wykonano je z kości słoniowej. Włoch przesunął ciemne okulary z nosa na czoło i mrużąc oczy, próbował dostrzec to, co interesowało go najbardziej. Sam załadunek trwał dłużej, niż przypuszczał, i Alessandro zaczynał się martwić, że mimo otworów wentylacyjnych w walizce dziewczyna może się udusić. Czerń karbonowej obudowy bagażu prześwitywała nieznacznie pomiędzy poszczególnymi elementami ceramiki. Salim wszedł do środka i przesuwając stojaki, na których ustawiono wyposażenie toalet publicznych, przeciskał się między nimi, czego nie ułatwiał mu pokaźnych rozmiarów brzuch. Włoch słyszał sapanie i stękanie mężczyzny, kiedy ten mocował się z nieplanowanym ładunkiem. Kółka walizki szorowały po drewnej podłodze naczepy, sugerując dużą wagę jej zawartości. Niespodziewanie Salim przystanął, jakby nagle się rozmyślił i chciał poinformować Alessandra, że nastąpiła mała zmiana planów i nie zamierza oddać bagażu. Spojrzał na Włocha ciemnobrązowymi oczami. Podwójny podbródek sprawiał, że wyglądał jak psi bohater jednej z kreskówek.

– Wszystko okej? – zapytał Alessandro, czujnie mu się przyglądając. Nie miał wątpliwości, że Turek musiał coś usłyszeć.

Salim wyprostował się na chwilę, otarł czoło przedramieniem i pociągnął walizkę. Zanim dotarł do drzwi, Alessandro rzucił ukradkowe spojrzenie na lewo i prawo. Zrobił to jednak znacznie dyskretniej niż Turek.

Salim zeskoczył z podestu i razem postawili walizkę na pokładzie promu, po czym mężczyzna zatrzasnął drzwi pospiesznie, jakby bał się, że nowy partner biznesowy przedstawi mu kolejną propozycję nie do odrzucenia. Potężny kark lśnił od potu, który zalewał jego ciało nie tylko w wyniku wysiłku fizycznego, ale także stresu.. Serce waliło mu jak oszalałe.

– Załatwione – powiedział, ostentacyjnie otrzepując ręce.

– Załatwione – potwierdził Alessandro.

Rozbiegane oczy kierowcy nie potrafiły zatrzymać się na jednym punkcie. Zerkał raz na Włocha, raz na czerwoną walizkę. Alessandro czekał, aż…

– Co w walizce?

…ponownie padnie to pytanie.

– Nie twój interes – odpowiedział, robiąc krok do przodu.

Turek przełknął ślinę. Żałował, że zgodził się wejść w ten układ, i Alessandro wyraźnie widział to w jego oczach. Salim myślał, że kontrabanda dotyczy prochów, ewentualnie broni, nie spodziewał się jednak, że w środku może być…

– Wydawało mi się, że coś słyszeć…

Nie dokończył, Alessandro zrobił bowiem kolejny krok naprzód. Teraz ich nosy prawie się stykały.

– Masz rację – powiedział niemal szeptem. – Wydawało ci się.

– Salim dużo ryzykować, bardzo dużo… – Turek zerknął w prawo, sprawdzając, czy ktoś ich obserwuje, po czym znowu spojrzał w zimne i czujne oczy Włocha. – Ryzyko duże i… chyba nie chcieć już zwozić…

Palec wskazujący Alessandra wbił się kilkakrotnie w pulchną pierś kierowcy. Zabolało.

– Zawarliśmy umowę. Tam, skąd pochodzę, ważne są dwie rzeczy – powiedział Włoch. – Wiesz jakie?

Salim energicznie pokręcił głową.

– *Mantenere la promessa* i *omerta*. Dotrzymywanie słowa i zachowanie tajemnicy. – Wypowiadając pierwsze słowa, Alessandro poklepał się w okolicy serca. Kończąc zdanie, wykonał charakterystyczny gest, jakby zapinał usta na zamek. – Jeżeli ktoś tego nie potrafi, to… – Tym razem przyłożył do skroni dwa palce i impulsywnie poruszając kciukiem, powiedział: – Bum, bum. *Capito?*

Krople potu zalewały oczy Araba. Powieka mu zadrżała i Salim, nie mogąc się powstrzymać, otarł twarz.

– *Capito?* – powtórzył Włoch.

Turek przytaknął ruchem głowy.

– Nie próbuj mnie wykiwać. Jeśli będziesz próbował, skończysz na dnie morza. – Spojrzał na zegarek. – Dobijemy do Ystad o dwudziestej. Masz być tu dwadzieścia minut wcześniej. Przekażę ci walizkę. Zjedziesz z promu. Miniesz celników i dostaniesz drugie pięćset euro i sto ekstra. Zgodnie z umową. – Alessandro z powrotem nasunął okulary na nos i poklepał Salima po szorstkim policzku.

Arab nie mógł dostrzec jego oczu przez ciemne szkła i poczuł z tego powodu ulgę.

– Za dwadzieścia ósma. Pamiętaj – przypomniał Alessandro i odszedł.

27.

ŚWINOUJŚCIE

Słońce, które rankiem zwiastowało wyjątkowo pogodny jak na tę porę roku dzień, teraz schowało się za chmurami. Karina Biernacka miała wrażenie, że kilka kropel deszczu spadło jej na twarz. A może była to jedynie morska bryza? Odruchowo otarła policzki i raz jeszcze przyjrzała się obliczu trupa, zanim suwak czarnego worka zamknął się ze zgrzytem. Sina twarz, lekko uchylone fioletowe usta, policzki pokryte cienkimi, zielonkawymi arteriami żył i szeroko otwarte, szklane oczy. „Zupełnie jak u jakiejś naturalnych rozmiarów lalki" – pomyślała.

– Ciało znalazł miejscowy rybak – poinformował Witold Krauze, komendant Komendy Miejskiej Policji w Świnoujściu. Skinieniem głowy dał sanitariuszom do zrozumienia, że mogą zabrać zwłoki. – A właściwie ciało znalazło rybaka – uściślił. – Zaczepiło się o sieci przewieszone przez burtę.

– Takiego połowu pewnie się nie spodziewał – stwierdził Wolański, spoglądając na zamykające się drzwi karetki. Półtorej godziny po otrzymaniu informacji o znalezisku byli już na miejscu. Komunikat Biernackiej przesłany świnoujskim policjantom był prosty: „Niczego nie dotykać".

Wolański ruszył w kierunku kontenera stojącego kilkadziesiąt metrów dalej. Para techników w białych kombinezonach właśnie otwierała drzwi. Przypominali mu ubranych na biało wojowników ninja albo archeologów uchylających wieko pradawnego sarkofagu.

Przyjechali z nimi ze Szczecina. Biernacka uparła się, żeby zabrać swoich ludzi. Nie ufała miejscowym. Nie było w tym nic dziwnego, zazwyczaj bowiem nie ufała nikomu. Wolański nawet nie próbował oponować. Kilku techników pracowało na klęczkach, analizując ślady opon na terenie odgrodzonym policyjną taśmą. Komisarz przystanął z lekko przechyloną głową, próbując dostrzec, co znajduje się w kontenerze. Usłyszał za plecami kroki Biernackiej i komendanta.

– Dowiedzieliśmy się, że tuż przed naszym przybyciem załoga jednego ze statków skończyła załadunek kontenerów – wyjaśnił szef świnoujskiej policji. – Zdziwiło nas, że jednego z nich nie zabrano. Skontaktowaliśmy się z szefem terminala, a ten z kolei z kapitanem. Ponoć tego konkretnego kontenera nie było w zleceniu. Coś mnie tknęło i kazałem go otworzyć... – przerwał, jakby spodziewał się pochwały lub reprymendy. Nie doczekał się ani jednej, ani drugiej.

Najpierw ujrzeli srebrną gwiazdę mercedesa, a następnie dwa szerokie reflektory luksusowego auta. Wolański zmrużył oczy i dostrzegł kierowcę i pasażera. Nie mógł się oprzeć wrażeniu, że samochód za chwilę ruszy z piskiem opon wprost na niego. Poczuł, jak jego mózg przesyła ciału sygnał ostrzegawczy. Miało być gotowe do ewentualnego działania. Dopiero po chwili zrozumiał, że to fałszywy alarm. Siedzący wewnątrz ludzie mieli w sobie tyle samo życia, co manekiny biorące udział w testach zderzeniowych. Ktoś zadbał, aby trupom zapięto pasy bezpieczeństwa, zanim wyruszą w swoją ostatnią podróż. Podeszli bliżej. Biernacka sięgnęła po kolejnego papierosa.

– Cyganie – stwierdziła, podsuwając jego koniec pod płomień zapalniczki.

Krauze potwierdził skinieniem głowy. Fotele lekko odchylono, aby zwłoki się nie zsunęły. Pasażer siedział z przechyloną głową i zamkniętymi oczami. Przesadnie szeroki kołnierz niegdyś białej koszuli pociemniał od brudu i zaschniętej krwi. Niewidzące, szeroko otwarte oczy kierowcy patrzyły wprost na nich. Uwagę Wolańskiego zwróciła czarna dziura na czole mężczyzny. Znajdowała się niemal na samym środku głowy. Facet wyglądał jak martwy hindus. Ktoś musiał strzelać z bardzo bliska.

– Gdy tylko zwłoki zostaną przetransportowane do Szczecina, poprosimy Madejską o ich zidentyfikowanie – rzekł Wolański. – Choć obstawiam w ciemno, że jeden z nich to nasz Maks.

Spojrzał na Biernacką. Delikatne zmarszczki w kącikach jej oczu pogłębiały się nieznacznie za każdym razem, gdy zaciskała czerwone usta na filtrze papierosa. Przeplatające się nitki dymu uniosły się w powietrze. Prokurator nie odrywała wzroku od zwłok.

– Dla pewności o identyfikację poprosimy jeszcze tę małą, którą wypuścili – powiedziała. – Madejska może coś kręcić. Nie ufam jej.

„A to mi nowość" – pomyślał Wolański i zwrócił się do komendanta:

– Znaleźliście jakieś dokumenty?

– Tylko przy topielcu – odparł Krauze i wskazał brodą w kierunku samochodu. – Z przeszukaniem tych dwóch czekaliśmy na was. Kazaliście niczego nie ruszać.

– Jak nazywał się ten, którego wyłowiliście?

Krauze machnął w kierunku jednego z policjantów i ruszył w jego stronę. Po chwili był z powrotem.

– Henryk Borkowski – oznajmił, zerknąwszy na dowód osobisty skryty w foliowym worku.

A więc topielec był Polakiem. Wolański ponownie spojrzał na przednią szybę samochodu. Dziewczyna zeznała, że Maks miał około pięćdziesięciu lat. Siedzący za kierownicą Cygan był w podobnym wieku. Drugi to gówniarz.

Komisarz obserwował, jak technicy, niczym białe zjawy, w pierwszej kolejności przeszukują kieszenie denatów. W końcu jeden z nich spojrzał na Wolańskiego i pokręcił głową.

– Zabójcy prawdopodobnie zabrali portfele – zaryzykował stwierdzenie Krauze, ale zaraz zapytał: – Ale dlaczego nie wzięli trzeciego?

– Spieszyli się. Facet musiał wpaść do wody podczas strzelaniny i nie zawracali już sobie głowy jego wyławianiem – wyjaśnił komisarz, po czym sam zadał pytanie: – Jacyś lokalni watażkowie?

Komisarz wydął usta, lekko kręcąc głową:

– Szczerze? Nie sądzę. Za gruba sprawa. Mieliśmy tu jakiś czas temu gościa próbującego kierować niewielką grupą. Głównie kradli auta z Niemiec, ale kombinowali też z dilerką. Mieli jakieś zatargi ze szczecińskimi gangsterami. Całą grupę rozbiliśmy trzy lata temu. Wszyscy siedzą w Czarnem, w Pomorskiem.

Wolański wysłuchał, co komendant miał do powiedzenia, i odszedł bez słowa. Zatrzymał się przy łopoczącej na wietrze biało-niebieskiej policyjnej taśmie. Przywołał do siebie jednego z techników.

– Co macie? – zapytał.

Technik odchylił z twarzy białą maseczkę. Wyglądał jak chirurg szykujący się do przekazania wieści po skomplikowanej operacji.

– Ślady opon. Część z nich to stara historia – powiedział, wciąż patrząc w stronę pracujących kolegów. – Należą do co najmniej kilku różnych aut. Cholernie trudne podłoże. Pozostałości kocich łbów, fragmenty asfaltu. Reszta to utwardzona gleba. Zobaczymy, czy uda nam się coś zebrać. Jeśli nie, to będą musiały wystarczyć zdjęcia. Podobnie wygląda sprawa ze śladami stóp.

– Łuski?

Mężczyzna skinął głową.

– Znaleźliśmy kilka. Pewnie posprzątali po sobie, ale nie bardzo się przyłożyli. Broń krótka. Trzy różne kalibry.

Wolański podziękował i wrócił do czekających na niego prokurator i komendanta. Idąc w ich stronę, usłyszał, jak Biernacka dopytuje o świadków.

– W pierwszej kolejności przepytaliśmy tutejszych rybaków – wyjaśnił Krauze. – Nikt nic nie widział. Część zdążyła wypłynąć w morze z samego rana. Gdy tylko wrócą, przesłuchamy także ich. Chłopaki rozmawiają z mieszkańcami, ale wszystko pewnie rozegrało się w nocy. Zresztą w tej okolicy trudno kogoś spotkać nawet w dzień. Nie sięga tu żaden monitoring.

Wolański z rękoma w kieszeni wpatrywał się w cumujące przy drugim brzegu ogromne promy należące do kilku różnych przewoźników. Ich bandery powiewały dumnie na wietrze. Członkowie załóg maszerujący po pokładach w różnokolorowych kombinezonach wyglądali jak ołowiane żołnierzyki.

– O której odpływają? – zapytał.

Krauze, zaabsorbowany rozmową z prokurator, nie od razu zrozumiał. Odpowiedział, dopiero gdy podążył wzrokiem za spojrzeniem komisarza.

– Różnie. – Zerknął na zegarek. – Jeden z nich odpłynął o dziesiątej, drugi o trzynastej, czyli pół godziny temu, a trzeci odpłynie za…

– Porozmawiajcie z załogą tego statku – przerwał Wolański. – Pana ludzie mają być obecni podczas embarkacji. Macie sprawdzić listy pasażerów. Ochrona niech wyrywkowo sprawdza bagaże.

– Dobrze.

– Do jakiego portu dobijają promy?

– Do Ystad i Trelleborga – odpowiedział komendant.

Wolański pokiwał głową, wciąż patrząc przed siebie.

– Co myślisz? – zapytała Biernacka, kiedy Krauze odszedł.

– Że powinniśmy skontaktować się ze szwedzką policją.

28.

Kiedy drzwi windy się rozsunęły, zobaczyli ludzi tłoczących się wokół recepcyjnego kontuaru. Wyglądali jak pszczoły, które obsiadły plaster miodu. Panująca wokół wrzawa męczyła. Głośne rozmowy przyprawiały o ból głowy. Obsługa hotelowa wskazywała pasażerom korytarze prowadzące do ich kabin. Inni z niecierpliwością czekali na wydanie kart magnetycznych. Jakaś kobieta, żywo gestykulując, próbowała coś wytłumaczyć jednemu z ochroniarzy. Wysoki i dobrze zbudowany mężczyzna w białej koszuli od razu zwrócił uwagę Alessandra. Włoch nie widział, w którym kierunku powinni pójść, ale to nie było teraz najważniejsze. Musieli po prostu jak najszybciej opuścić to skupisko ciał.

– Mogę zabrać walizkę do bagażowni? – usłyszał po swojej prawej stronie i drgnął. Śliczna, uśmiechnięta dziewczyna w grantowym kostiumie czekała na jego decyzję.

– Nie. Walizka zostaje ze mną – odparł sucho. Nawet gdyby się zgodził, niemożliwe było, aby taka filigranowa osoba jak ona zdołała ruszyć bagaż z miejsca.

– Rozumiem. A jaki mają panowie numer kabiny?

Alessandro bez słowa podał jej kartę pokładową i ponownie zerknął w stronę ochroniarza. W tłumie zauważył dwóch kolejnych.

– Kabiny 336 i 335 – poinformowała dziewczyna, wskazując środkowy korytarz.

Alessandro, ku swojemu niezadowoleniu, zorientował się, że aby dotrzeć do celu, będą musieli przedrzeć się przez cały ten tłum. Podziękował dziewczynie i niechętnie ruszył przed siebie. Giovanni na odchodne puścił do niej oko. Odpowiedziała uśmiechem.

Pasażerowie przyglądali im się z zainteresowaniem. Alessandro wlókł za sobą walizkę, cicho posapując. Nie zamierzał jednak oddawać jej żadnemu z towarzyszy. Wyglądał, jakby po zakończonym secie ciągnął za sobą walec do wygładzania kortu tenisowego.

Okazało się, że ich kabiny znajdują się na końcu korytarza. Alessandro wcisnął do zamka niewielką kartę magnetyczną i niebieskie drzwi stanęły otworem. Odetchnął z ulgą.

– Idźcie do siebie – zarządził, patrząc na Flavia i Gigiego, którzy najwyraźniej zamierzali wejść do środka razem z nim. – Spotkamy się później. Musimy dać dziewczynie odetchnąć.

Posłuchali bez słowa sprzeciwu, a on przekroczył próg, ciągnąc za sobą walizkę, i zapalił światło. Pozbawiona okna kabina była klaustrofobicznych rozmiarów. Na ścianie naprzeciwko drzwi zawieszono obraz w kształcie bulaju, przedstawiający niekończący się horyzont. Bezpośrednio pod nim stał stolik, a na nim dwie butelki wody. Łóżka ustawiono dokładnie naprzeciwko siebie. Kiedy zamknął drzwi, dostrzegł w wiszącym lustrze własne, zmęczone oblicze. Ostrożnie położył walizkę na niebieskiej wykładzinie i przyklęknął przy niej, jakby szykował się do modlitwy. Zawsze klękał na jedno kolano, kiedy wraz z matką przekraczali progi kościoła. Jeśli zdarzyło mu się o tym zapomnieć, *madre* delikatnie ciągnęła go w dół za ramię. Teraz, odpinając zamek walizki, przypomniał sobie jedną z wizyt w świątyni. *Nel nome del Padre e del Filio, e dello Spirito Santo* – żegnając się, zawsze wypowiadał te słowa i czuł na sobie uważne spojrzenie matczynych oczu.

– Alessandro, popatrz – powiedziała matka, wskazując wielki krzyż nad ołtarzem. Wiszący na nim Chrystus miał przymknięte powieki i udręczoną twarz.

– On widzi wszystko, mój synku. Może mieć zamknięte oczy, a ty możesz się schować nawet pod ziemią, ale on i tak cię widzi. Zawsze jest o krok przed tobą. Cokolwiek zrobisz, cokolwiek pomyślisz... On się o tym dowie. Rozumiesz? Postępuj zawsze tak, abyś mógł spojrzeć mu w twarz z wysoko uniesioną głową, dobrze? Bardzo cię proszę... Matczyne słowa rozbrzmiewały mu w głowie, kiedy odpinał zamek walizki. Zmęczone i przerażone oczy zerknęły na niego tylko na chwilę. Przyzwyczajone do ciemności musiały skryć się za mocno zaciśniętymi powiekami. Zakneblowane usta wykrzywiły się w nienaturalnym grymasie, do twarzy kleiły się cienkie pasemka blond włosów. Nie chciał już używać taśmy. Pamiętał, jak cierpiała, kiedy ściągał ją ostatnim razem. Piersi dziewczyny unosiły się i opadały wraz z każdym łapczywym oddechem. Wsunął dłoń pod jej kolana i plecy i ją uniósł. Jęknęła, gdy kładł na podłodze jej zesztywniałe ciało. Rozciął więzy przy kostkach i nadgarstkach i najdelikatniej, jak potrafił, zabrał się za rozprostowywanie jej zdrętwiałych kończyn. Celowo nie ściągał knebla, wiedział bowiem, że dziewczyna będzie krzyczeć z bólu. Kawałek szmaty wciśnięty do ust tłumił odgłosy jej cierpienia. Pogładził ją czule po policzku.

– To już przedostatni raz – wyszeptał. – Za parę godzin będzie po wszystkim.

Łzy ściekały jej po policzkach i wsiąkały w niebieską wykładzinę. Zamknięte powieki rozchyliły się delikatnie, ale zacisnęły się ponownie, kiedy uniósł jej głowę. Rozsupłał knebel zawiązany na wysokości potylicy. Odkasłała kilkakrotnie i zaczęła łkać.

– Ciii. – Położył palec na ustach. – Już dobrze. Musisz być cicho, bo w przeciwnym razie znowu będę musiał ci to założyć. – Uniósł fragment materiału na wysokość jej oczu. – Rozumiesz?

Przytaknęła ruchem głowy, wpatrując się w kawałek szmaty zwisający mu między palcami. Jej spojrzenie błagało o litość. Ile razy w swoim życiu patrzył w oczy pełne strachu? Ile razu zamykał je na zawsze pociągnięciem spustu? Nie wiedział. Ale mimo tych wszystkich lat nie potrafił odbierać życia kobietom i dzieciom. Don Luciano to wiedział. Alessandro nie był pewien, czy według bossa bardziej zasłużył tym na szacunek czy na pogardę. Czasami po prostu trzeba było wykonać wyrok. Otwierali drzwi mieszkań lub samochodów zatrzymywanych na ulicach Neapolu, aby zabić członków konkurencyjnych klanów. Ale pewnego razu okazało się, że oprócz celu była jeszcze kobieta z dzieckiem. Broń drżała i ciążyła w ręku Alessandra, jakby ktoś przywiązał do niej pięciokilogramowy ciężarek. Słyszał krzyki i błagalny lament, słowa modlitwy skierowane do Najwyższego. Matka wciskała w piersi głowę córki, aby mała nie widziała tego, co się działo. Alessandro zamknął oczy, czując, jak palec zsuwa się ze spustu. Powinni się spieszyć, bo lada moment zjadą się *carabinieri,* a on po prostu nie mógł tego zrobić. I wtedy Flavio delikatnie odepchnął go na bok. Uniósł broń i – BUM BUM – było po wszystkim. Alessandro otworzył oczy i ujrzał plamy czerwieni na szybie, tapicerce i podsufitce samochodu. Matka z głową przyciśniętą do drzwi wciąż miała usta otwarte w niemym krzyku. Dziecko wyglądało, jakby spało…

– Chcę do domu… – wyszeptała Agnieszka przez łzy. – Do mamy i…

Urwała, kiedy zauważyła, jak marszczy brwi. Teraz, kiedy jej oczy przywykły do światła, mogła się rozejrzeć wokoło. Wiedziała, gdzie jest. Nieraz pływała przecież z rodzicami do Skandynawii. Chciała zapytać, dokąd ją zabiera, ale widząc, jak zareagował na jej poprzednie słowa, ugryzła się w język.

– Albo będziesz cicho, albo wrócisz do torby – powiedział, po czym poszedł do łazienki.

Jeżeli kabina była mała, to tu trudno było się obrócić. Oparł się o blat, w którym zatopiono owalną umywalkę, i spojrzał w lustro. Zdjął z czoła okulary i odłożył je na bok. Odkręcił wodę i przemył twarz. Kiedy ocierał ją ręcznikiem, wspomnienia na chwilę przeniosły go do Scampii. Przechodził pod balkonami „mrówkowca" – bloku, w którym mieszkał z matką wraz z setkami innych rodzin. Pomiędzy upstrzonymi graffiti ścianami, tworzącymi coś na podobieństwo pasażu, zauważył poruszenie. Grupka dzieciaków, które znał z widzenia, pochylała się nad czymś, krzycząc i wiwatując. Zatrzymał się i zaintrygowany postanowił podejść bliżej.

– No dalej, twoja kolej, Fabrizzio, nie bądź baba! – usłyszał.

Pomiędzy nogami dzieci dostrzegł leżące zwierzę. Kot się nie ruszał, ale zielone oczy miał szeroko otwarte. Różowy język wystawał z pyszczka, z którego sączyła się krew.

– No dalej, Fabrizzio, masz! – Dzieciak o imieniu Marcello wciskał koledze do ręki zapalniczkę. Dopiero teraz Alessandro poczuł swąd palącej sierści. – Teraz podpal mu uszy!

Tamtego dnia Alessandro przypomniał sobie słowa matki, które wypowiedziała w kościele: „Postępuj zawsze tak, abyś mógł spojrzeć mu w twarz z wysoko uniesioną głową, dobrze? Bardzo cię proszę…”.

– Zostawcie go! – usłyszał swój własny głos.

Grupa dzieciaków rzuciła mu zdziwione spojrzenia. Fabrizzio zastygł z zapalniczką w ręku. W końcu odrzucił ją na ziemię, bo płomień poparzył mu palce.

– A ty co? – zapytał zaczepnie Marcello. – Chcesz spróbować? Proszę bardzo… – Podniósł zapalniczkę i wyciągnął ją w kierunku Alessandra. – No dalej!

Usłyszeli warkot nadjeżdżającego skutera. Mężczyzna w koszulce na ramiączkach i z tatuażami na obu ramionach zatrzymał się przy grupie. Zerknął z dezaprobatą na konające zwierzę.

– Co wy tu wyrabiacie?

Chłopak schował zapalniczkę za plecy.

– Nic takiego, Emilio. Bawimy się.

– Bawicie się? Właśnie widzę. Szukałem was, bo robota czeka. Gdzie macie plecaki?

Dwaj chłopcy pobiegli pod ścianę, pod którą leżały ich tornistry. Tylko jeden stał niewzruszony. Po chwili Emilio spakował do teczek dodatkową zawartość.

– Wiecie, dokąd to zanieść. Pospieszcie się, bo już na was czekają.

Marcello i Fabrizzio pokiwali głowami i popędzili ile sił w nogach. Emilio wpatrywał się w kota.

– Ty. – Wskazał na Alessandra. – Chodź no tu…

Chłopiec posłuchał polecenia.

– Ten zwierzak cierpi.

– Wiem, proszę pana.

– Trzeba mu pomóc. – Mężczyzna sięgnął za pasek spodni, a oczy chłopca rozszerzyły się na widok pistoletu. – Masz – powiedział, wyciągając broń w jego kierunku. – Skróć jego cierpienia.

Alessandro nie mógł się ruszyć. Zerkał jedynie to na kota, to na pistolet.

– Śmiało! – ponaglił mężczyzna.

– Ja to zrobię! – odezwał się stojący obok chłopiec.

Emilio spojrzał na niego z uśmiechem. Cofnął skuter w jego stronę i podał mu broń.

– Strzelałeś kiedyś?

– Nie, proszę pana.

– To proste. Kot nigdzie nie ucieknie. Po prostu przyłóż lufę do jego głowy i naciśnij spust.

Huk wystrzału odbił się echem od ścian „mrówkowca", ale tu nikt nie zaprzątał sobie tym głowy. Dla mieszkańców Scampii i Secondigliano były to powszednie odgłosy. Emilio aż gwizdnął z wrażenia, patrząc na zbryzganą kocią krwią twarz chłopca, kiedy ten oddawał mu broń.

– Brawo, dzieciaku! Jak masz na imię?

– Flavio.

Emilio zmierzwił mu czuprynę i zaraz potem zerknął w stronę Alessandra.

– Widzisz, jak się to robi? Jeśli chcesz, aby byli z ciebie ludzie, ucz się od kolegi.

Z zamyślenia wyrwało go ciche szuranie. Wyszedł z łazienki i zobaczył, że dziewczyna podniosła się do pozycji klęczącej. Próbowała wstać, ale nie miała siły. Jej usta na zmianę to się otwierały, to zamykały. Alessandro nie wiedział, czy łapie oddech i chce coś powiedzieć, czy raczej zacznie za chwilę wołać o pomoc. Nie chciał ryzykować, więc klęknął przy niej i zasłonił jej wargi dłonią.

– Ciii – szepnął.

Słyszał stłumiony szloch dziewczyny, czuł, jak jej pierś drży pod jego ramieniem.

Kiedy ją rozbierał, wpatrywała się w martwy punkt niczym manekin. Powłóczyła nogami, gdy prowadził ją pod prysznic. Wszystko wyglądało niemalże tak jak wczoraj w hotelowym pokoju, zupełnie jakby działali według doskonale znanego schematu. Po kąpieli przemył ranę i kazał jej się położyć do łóżka. Tymczasem Flavio i Gigi przynieśli dziewczynie coś do jedzenia, ale niczego nie tknęła. Alessandro nie nalegał. Kazał natomiast połknąć kilka tabletek. Dwie na uspokojenie i sen oraz dwie na uśmierzenie bólu.

Siedział teraz na przeciwległej koi, wpatrując się w skulone pod kołdrą ciało. Plecy dziewczyny unosiły się i opadały wraz z każdym oddechem. Alessandro, wsłuchując się w szum klimatyzacji, oczami wyobraźni ujrzał wentylator, który zawsze pracował w ich mieszkaniu na pełnych obrotach. Na to wspomnienie nagle poczuł się tak, jakby zabrakło mu powietrza. Rozejrzał się po pomieszczeniu. Miał wrażenie, że ściany przybliżają się do niego z każdą chwilą coraz bardziej. Pokój, w którym mieszkał jako chłopiec, nie był wiele większy. Do tego łazienka, kuchnia i salon, w którym spali rodzice. To było całe ich królestwo.

Do blokowiska wprowadzili się na początku lat dziewięćdziesiątych. Wcześniej tułali się z miejsca na miejsce, z ośrodka do ośrodka, kiedy więc władze miasta zaproponowały im po latach oczekiwania mieszkanie w Scampii, rodzice nie zastanawiali się długo. Scampia i Secondigliano, neapolitańskie dzielnice biedy. Śmierć włóczyła się po ulicach każdej nocy, zbierając krwawe żniwo.

Zamysł włodarzy Neapolu i Di Salvo – architekta, który zaprojektował „żagle" – był inny. Pod koniec lat sześćdziesiątych przyświecała im wizja stworzenia wzorowego osiedla, mającego stać się dla mieszkańców rajem na ziemi. To tu, u stóp Wezuwiusza, w stolicy Kampanii, miały powstać szkoły, boiska, teatry i baseny. Te plany pokrzyżowało wielkie trzęsienie ziemi, które w 1980 roku spustoszyło Irpinię. Trzysta tysięcy ludzi zostało bez dachu nad głową, w tym również Alessandro i jego rodzice, którzy cudem uniknęli śmierci. Vincenzo, jego ojciec, ucierpiał najbardziej. Lekarze musieli amputować mu nogę.

Głód mieszkań był tak ogromny, że ambitne przedsięwzięcie architektoniczne musiało zostać przerwane, a w niedokończonych blokach Scampii i Secondigliano zamieszkali ludzie, którzy ucierpieli na skutek klęski żywiołowej. Państwo miało im wypłacić odszkodowanie w wysokości czterdziestu miliardów lirów, ale ostatecznie na ten cel przeznaczono około jednej czwartej tej sumy. Reszta, za sprawą współpracujących z mafią urzędników i władz miasta, trafiła w ręce lokalnych bossów camorry. Camorra była jak grzech pierworodny. Przychodząc na świat w Scampii i Secondigliano, byłeś nią naznaczony i nic nie mogło zmienić tego faktu. Nie mogłeś się od niej uwolnić. Wiązałeś się z nią na śmierć i życie, przy czym zazwyczaj ta pierwsza przychodziła niespodziewanie, a to drugie trwało krótko...

Tamtego dnia Flavio mu zaimponował. Alessandro nie potrafił strzelić kotu w głowę. Nowo poznany chłopak zrobił to bez mrugnięcia okiem. Spotkali się przypadkowo po paru dniach.

– Chcesz zarobić? – zapytał Flavio.

Co to było za pytanie? Matka ledwo wiązała koniec z końcem. Ojciec był kaleką i pijakiem. Nie pracował. Alessandro – mimo że miał niespełna dziesięć lat – wiedział, że ta propozycja nie będzie ani bezpieczna, ani legalna. *Madre* kazała mu się trzymać z daleka od ludzi pokroju Emilia, a on czuł, że to, co za chwilę usłyszy, jest z nim związane. Pokiwał jednak głową.

– Szukają chłopaków – oznajmił Flavio. – Takich jak ja i ty. Widziałeś Fabrizzia i Marcella? Widziałeś ich ciuchy? Niczego im nie brakuje i na dodatek jeszcze pomagają rodzicom.

– Co mam zrobić?

– Spotkajmy się tu o dwudziestej drugiej. Zobaczysz.

– O dwudziestej drugiej? Matka w życiu nie wypuści mnie z domu…

– Po prostu przyjdź.

Matka już spała, zmęczona po całym dniu pracy, kiedy wymykał się z domu. Ojca nie było. Alessandro przebiegał tarasami, łącznikami i pasażami „mrówkowca" z duszą na ramieniu. Nigdy nie wychodził z domu o tej porze, a matka zamykała drzwi na cztery spusty, zasuwę i łańcuch. Wokół rozbrzmiewały odgłosy dziesiątek *motorino* i głośne pokrzykiwania. W bramach mijał zakapturzone postaci ze złotymi łańcuchami na szyi. Biegł ile sił w nogach, nie patrząc na nie.

Flavio czekał na niego w umówionym miejscu. Na jego widok wyraźnie się rozpromienił.

– Jesteś – powiedział, klepiąc go po ramieniu. – Myślałem, że spękasz.

– Nigdy nie pękam – odparł buńczucznie Alessandro.

– Się okaże. Chodź.

Szli dobre dwadzieścia minut. Podczas marszu Alessandro bez przerwy oglądał się za ramię, jakby w obawie, że może nie zapamiętać drogi powrotnej. Zatrzymali się przy starych pustostanach i chłopak ze zdziwieniem zauważył, że nie są sami. Kilku chłopców stało przy wejściu do jednego z budynków. Nagle rozległ się huk wystrzału. Alessandro drgnął i chciał uciec, ale Flavio złapał go za łokieć.

– Spokojnie. Nie bój się. To tylko test.

– Jaki test?

– Zobaczysz.

Pogrzebał w kieszeni spodni i wyciągnął paczkę papierosów. Alessandro przyglądał się z podziwem nowemu koledze, jak ten wypuszcza dym kącikiem ust, tak jak robili to dorośli.

– Chcesz?

– Nie, dzięki. Raczej nie…

– Daj spokój. Bierz. – Flavio wyciągnął paczkę w jego stronę. – Dzisiaj staniesz się mężczyzną.

Alessandro, nie chcąc wyjść na tchórza, sięgnął po papierosa. Nie zdążył porządnie się zaciągnąć, a już zaczął się krztusić. Nie potrafił zapanować nad kaszlem. Flavio klepał go po plecach, nie mogąc przestać się śmiać. Wtedy rozległ się kolejny strzał i nie wiedzieć czemu kaszel nagle ustąpił. Alessandro zamarł, wpatrując się w mrok, który skrywał niewiadomą. Chłopcy kolejno znikali w budynku, na który składały się właściwie trzy ściany i fragment dachu. Kiedy padł strzał, Alessandro pomyślał, że żaden z nich nie wyjdzie stamtąd żywy. Tymczasem wyłaniali się z ciemności jeden po drugim niczym zjawy, powłócząc nogami.

– Teraz twoja kolej. – Flavio klepnął go w plecy.

Oczy Alessandra rozszerzyły się ze strachu. Już chciał coś powiedzieć, zaprzeczyć, wycofać się, ale tamten nie pozwolił mu wykrzyczeć myśli na głos.

– No dalej! – ponaglił.

Ruszył przed siebie. Nogi niosły go naprzód, ale rozum kazał mu wiać gdzie pieprz rośnie. Ciemność ogarnęła go niczym mgła. Niewiele widział i szedł z ręką wyciągniętą przed siebie. Gdzieś w oddali zatańczył pojedynczy pomarańczowy ognik. Po kilku krokach przed jego oczami zmaterializowały się dwie niewyraźne sylwetki.

– O, proszę, kogo my tu mamy? – zapytała jedna z nich.

Alessandro znał ten głos, ale nie mógł skojarzyć go z żadną twarzą. Przypomniał sobie dopiero po chwili. Emilio stał oparty o swój skuter i zaciągał się papierosem. Obok na motorze siedział mężczyzna, którego Alessandro widział po raz pierwszy.

– Przyszedłeś się sprawdzić, mały? – zapytał Emilio.

– Chyba tak, proszę pana…

– Chyba tak, proszę pana – powtórzył mężczyzna i zachichotał. – Nie potrafiłeś nawet strzelić kotu w łeb. Tutaj trzeba mieć jaja, chłopaku.

– Mam je – odparł Alessandro, sam odrobinę zdziwiony tonem własnego głosu.

– Doprawdy? Zaraz się przekonamy.

Emilio skinął głową swojemu kompanowi. Ten zszedł z motoru i ruszył w kierunku chłopca. Trzymał coś w ręku. Alessandro czuł, jak z każdym krokiem nieznajomego nogi drżą mu coraz bardziej. Toczył ze sobą wewnętrzną walkę, aby nie rzucić się do ucieczki. Mężczyzna włożył mu przez głowę coś na podobieństwo kamizelki. Alessandro znał to uczucie, ponieważ ojciec – zanim stracił nogę – zabierał go czasami na ryby. Wtedy nie pozwalał mu wejść do łódki, dopóki nie włoży kapoku. Jednak to, co teraz dźwigał na swoich wątłych barkach, nie mogło chronić przed zatonięciem, ponieważ było zdecydowanie za ciężkie. Gdyby w takim ekwipunku skoczył do wody, poszedłby na dno jak kamień. Flavio mówił coś o teście. Gdyby znajdowali się na wybrzeżu, Alessandro byłby gotów pomyśleć, że wrzucą go do morza, aby sprawdzić, czy będzie w stanie utrzymać się na powierzchni. Do plaży było jednak daleko… Nagle stojący przed nim mężczyzna pchnął go, sprawiając, że wszystkie myśli zaprzątające mu głowę uleciały. Alessandro zrobił dwa kroki w tył, aby nie upaść, i wtedy wszystko potoczyło się błyskawicznie. Ujrzał połyskujący w ciemności kształt broni, która, nie wiedzieć kiedy, pojawiła się w rękach nieznajomego. Najpierw usłyszał przeraźliwy huk, a potem poczuł, jakby w okolicy klatki piersiowej kopnął go koń. Odrzuciło go na dobre dwa metry. Podniósł głowę, nie będąc pewnym, czy żyje. Usiadł z trudem. Pierś paliła go żywym ogniem, dzwoniło mu w uszach. Odruchowo jego dłoń powędrowała do miejsca, w którym utkwił pocisk. Z niedowierzaniem musnął jego gładką, wciąż ciepłą powierzchnię, po czym spojrzał na strzelca, którego całe zajście wyraźnie rozbawiło.

– Brawo, mały! – krzyknął Emilio. Rzucił niedopałek na posadzkę i podszedł do chłopca. Podał mu dłoń i pomógł wstać. – Będą z ciebie ludzie – ocenił, ściągając z niego kamizelkę, a potem klepnął go w policzek. – Zmiataj teraz i zawołaj następnego. Znajdziemy cię w odpowiednim czasie.

Jedyne, na co było go stać, to skinienie głową. Opuszczał miejsce na drżących nogach, trzymając się za pierś. Wciąż czuł ustępujące powoli ukłucie bólu i szaleńcze bicie serca. Flavio czekał na niego w tym samym miejscu. Kiedy Alessandro wyszedł, chłopiec rzucił mu się w ramiona, jakby byli kolegami z boiska, a Alessandro właśnie strzelił bramkę na wagę zwycięstwa.

Wspomnienia przyprawiały o zawrót głowy. Alessandro skrył twarz w dłoniach, a potem przetarł oczy z taką siłą, jakby zamierzał wcisnąć je do wnętrza czaszki. Klimatyzacja wciąż szumiała, dziewczyna oddychała ciężko, śpiąc. Tabletki zdążyły zrobić swoje. Poderwał się na równe nogi i zaczął krążyć po kabinie jak zwierz zamknięty w klatce. Rozpuścił włosy, włożył w usta gumkę i na powrót zebrał włosy w koński ogon. Musiał wyjść. Odetchnąć świeżym powietrzem, bo czuł, że w przeciwnym razie się udusi. Pukał do drzwi sąsiedniej kabiny kilkakrotnie, zanim stanął w nich przepasany ręcznikiem Giovanni, który najwyraźniej wyszedł przed chwilą spod prysznica. Alessandro zajrzał mu przez ramię i dostrzegł siedzącego na łóżku Flavia, ciągnącego piwo z butelki i przeglądającego jakiś magazyn.

– Co jest, szefie? – zapytał Gigi odrobinę zaskoczony, widząc Alessandra opartego o framugę drzwi.

– Chciałbym, żebyście posiedzieli trochę z dziewczyną. Muszę coś zjeść, zapalić i…

– Dobrze się czujesz? Trochę kiepsko wyglądasz, jesteś blady…

Flavio, słysząc te słowa, wyraźnie zainteresował się rozmową.

– Wszystko w porządku – uspokoił go Alessandro. – Umieram z głodu, to wszystko.

Gigi przyjrzał mu się uważnie, po czym pokiwał głową. Kto jak kto, ale on doskonale rozumiał, co to znaczy być głodnym. Bez przerwy coś podjadał. Widok Gigiego bez przekąski w ręku należał do rzadkości.

Flavio wstał z kanapy. Sięgnął po pistolet leżący na stoliku i wcisnął go za pasek.

– Ja pójdę – oznajmił, klepiąc Gigiego po ramieniu. – Ubierz się spokojnie.

Przechodząc do kabiny obok, Flavio zabrał ze sobą swój zestaw: piwo i gazetę. Przez ułamek sekundy Alessandro zastanawiał się, czy przyjaciel ją czyta czy jedynie przegląda. Po polsku Flavio nie mówił w ogóle. Z angielskiego znał raczej podstawy. Zdecydowanie najlepiej radził sobie po szwedzku. Przez te wszystkie lata cała trójka zdołała nieźle opanować ten język.

– Wrócę za pół godziny – oznajmił Alessandro.

– Nie śpiesz się – odparł Flavio, po czym uniósł butelkę. – Może kupisz po drodze parę piw?

***

Stojąc na zewnętrznym pokładzie i wpatrując się w horyzont, Alessandro musiał przyznać, że morze było wyjątkowo spokojne. To dobrze, bo choroba morska kogokolwiek z ich grupy była teraz ostatnią rzeczą, jakiej potrzebowali. Kilka mniejszych i większych jednostek sunęło w oddali po tafli gładkiej niczym szkło. Delikatny wiatr bawił się kosmykiem włosów opadających mu na skroń. Oparł się o barierkę, do której przymocowano tabliczkę informacyjną. Dalsze przejście było zabronione. Spojrzał w lewo na wysuwający się poza obrys kubatury statku przeszklony fragment mostku, po którym kręciło się kilku ubranych na biało oficerów. Po jego prawej dziesiątki pasażerów ekscytowały się widokami. Roześmiani Szwedzi wracający z wycieczki po Polsce. Rodzice i dzieci. Ale też grupki przyjaciół, młodych Skandynawów, których głośne zachowanie ewidentnie wskazywało, że wypili trochę za dużo. A wśród nich Polacy. Posępne twarze, na których nie było widać nawet cienia uśmiechu. Alessandro ich rozumiał. Opuszczali kraj, zostawiali swoje rodziny i przemierzali morze w poszukiwaniu pracy.

Włoch pomyślał o Salimie. Przypomniał sobie jego przerażone spojrzenie, kiedy usłyszał groźbę. Miał nadzieję, że wywarł na Turku odpowiednie wrażenie. Jeśli Salim zdecyduje się ich wykiwać, mogą być problemy. Będą musieli zaryzykować zejście z promu wraz z pozostałymi pasażerami, a tego by nie chciał. Podążając terminalem w Ystad, musieliby ciągnąć walizkę przez rękaw długi na jakieś dwieście metrów w towarzystwie setek pasażerów. Ktoś mógłby coś zauważyć, usłyszeć. Mogło być różnie. Przez chwilę zastanawiał się, czy nie pójść na salę przeznaczoną dla kierowców ciężarówek i raz jeszcze dać do zrozumienia Turkowi, że mówił absolutnie poważnie. Ostatecznie jednak odrzucił tę myśl.

Zszedł do restauracji. Większość okrągłych stolików była zajęta. Pomiędzy nimi biegali ubrani w białe koszule kelnerzy. Dzierżyli tace pełne najróżniejszych dań w sposób, w jaki dawni wojownicy nosili na tarczach swych wodzów – w jednej ręce. Alessandro był pewien, że lada chwila sterta talerzy poleci na podłogę. Nic takiego się jednak nie stało.

Kiedy wreszcie udało mu się znaleźć wolne miejsce tuż przy bulaju, musiał czekać kilka minut, aż któryś z kelnerów się nim zainteresuje. Zamówił cannelloni i lampkę czerwonego wina. Delektował się smakiem wołowiny i makaronu w sosie beszamelowym, wpatrując się w widok za oknem. Od czasu do czasu zerkał na gości restauracji. Roześmiana para właśnie zabierała się za deser. Jakiś ojciec wpychał w kilkuletnią córkę kolejną łyżkę zupy, na co mała reagowała energicznym kręceniem głową. Grupa głośnych Szwedów była tak liczna, że kelnerzy zmuszeni byli połączyć kilka stolików. Uwijali się jak w ukropie, donosząc kolejne talerze i kufle z piwem. Szwedzka mentalność nie przeszkadzała Alessandrowi. W pewnym sensie Szwedzi i Włosi byli do siebie podobni. Lubili dobrą zabawę i nie mieli oporów, żeby w dość ostentacyjny sposób dawać temu wyraz.

Przeżuwając kolejny kęs, dostrzegł kobietę siedzącą do niego tyłem. Trochę za luźny czarny kok opadał na opalony kark. Ciemne włosy i jasna sukienka w kwiaty kontrastowały ze śniadą cerą. „Zupełnie jak *madre*" – pomyślał Alessandro. Wyobraził sobie, że matka odwraca się do niego, macha mu, a potem unosi lampkę wina w toaście. Uśmiechnął się lekko na tę myśl. Czy byłaby szczęśliwa, widząc swojego syna? Nigdy nie było ich stać na wizyty w restauracjach. Ten sam posiłek jadali przez kilka dni. Kiedy już jako dorosły mężczyzna przynosił do domu pieniądze, nie chciała na nie patrzeć… Zamiast tego spoglądała z wyrzutem w oczy syna, mówiąc:

– Przecież prosiłam cię, Alessandro… Błagałam cię, byś trzymał się z dala od tych ludzi!

Przytulał ją do siebie, całował w czoło i szeptach jej do ucha.

– Nie ma innej drogi, *madre*. Nie ma. Tak musi być…

Kończyło się tak, że matka łkała, stojąc w rogu kuchni, a on obejmował ją, całował w pachnące włosy i wychodził bez słowa. Pewnego dnia przyszedł w odwiedziny, choć nie miał za wiele czasu. Pukał kilkakrotnie w odrapane drzwi, ale matka nie otwierała. Nie mógł poradzić sobie z solidnym zamkiem, więc w przypływie bezsilności wyciągnął pistolet i strzelił kilkakrotnie. Fontanna drzazg posypała się z futryny. Matka leżała w kuchni na plecach. Z rozrzuconymi na boki rękoma i delikatnie zgiętymi nogami wyglądała, jak we śnie. Tulił ją w swych ramionach, płacząc i lekko się kołysząc. Gładził ją po włosach, przepraszając i prosząc, aby otworzyła oczy.

To był zawał.

Kobieta wstała od stolika i Alessandro wrócił do rzeczywistości. Była młodsza od jego matki. Opłacił rachunek i wręczył kelnerowi dwadzieścia euro napiwku. Na chudej i zmęczonej twarzy natychmiast zakwitł uśmiech. Chłopak zapytał, czy gość życzy sobie coś jeszcze, ale Alessandro zaprzeczył ruchem głowy. Opuszczał restaurację z zamiarem powrotu do kabiny, lecz ostatecznie nogi poniosły go w kierunku baru. Kilku klientów siedziało na krzesłach przy owalnym kontuarze. Setki różnego rodzaju barowego szkła pobłyskiwały nad ich głowami. Mieniły się wszystkimi kolorami tęczy od świateł stojących naprzeciwko automatów do gry. Liczący na fart pasażerowie pakowali kolejne korony do głośnych maszyn i ciągnęli za dźwignię jednorękiego bandyty. Jeden z barmanów nalewał piwo, drugi przyrządzał jakiegoś kolorowego drinka. Wszyscy jak zahipnotyzowani wpatrywali się w zielony ekran telewizora. Liga angielska. Manchester United kontra Liverpool, stwierdził Alessandro. Musiał przyznać, że mecz był dość ciekawy. Akcja przenosiła się z jednego pola karnego na drugie w błyskawicznym tempie, na co widzowie żywo reagowali. Kiedy wreszcie jeden z barmanów stanął przed nim, Alessandro wskazał na butelkę whisky. Lód zatrzeszczał, kiedy postawiono przed nim szklaneczkę z bursztynową zawartością. Wychylił łyk. Chwilowo bezrobotny barman zabrał się za polerowanie kufla. Alessandro obserwował, jak chłopak czyni to odruchowo, nie odrywając wzroku od telewizora. Podejrzewał, że każdego dnia czyści to samo szkło, ot tak, z przyzwyczajenia, aby po prostu zająć czymś ręce. Kiedy arbiter ogłosił przerwę, rozmowy przybrały na sile. Barman ściszył głośność, a do uszu Alessandra dotarły dźwięki gitary. Obrócił się na stołku i oparł łokcie na barze. Jakiś zespół – dziewczyna i dwóch chłopaków – wszedł na scenę. Śpiewali po polsku i Alessandro nie rozumiał ani słowa, musiał jednak przyznać, że muzyka wpadała w ucho. Kilka osób siedziało przy ruletce. Ładna blondynka zgrabnie wprowadziła kulkę w ruch. Czarne czy czerwone? Druga z krupierek rozdawała karty na zielonym stole.

Tuż obok niego zwolniły się dwa miejsca. Chłopak i dziewczyna dokończyli swoje drinki i odeszli, najwyraźniej niezainteresowani drugą połową meczu. Ktoś natychmiast klapnął na opuszczony hoker, delikatnie trącając Alessandra w łokieć. Nawet nie zareagował. Wpatrywał się w plecy gracza, który z impetem uderzył w ruletkę. Przegrał. Towarzyszący mu kumpel od butelki chwycił go pod ramię, dając mu jasno do zrozumienia, że powinni się zabierać. Dzisiaj nie mieli fartu.

Kątem oka dostrzegł, że człowiek, który przysiadł się przed chwilą, bacznie mu się przygląda. Alessandro zerknął w jego stronę.

Owalna, nieogolona twarz, brązowe, na wpół przytomne oczy, rozdziawione usta, które – jak podejrzewał – za chwilę podejmą próbę wypowiedzenia kilku słów. Nie mylił się. Niczego jednak nie zrozumiał. Nie tylko dlatego, że tamten bełkotał, po prostu mówił po polsku. Głowa mężczyzny bujała się na boki, jakby zamiast szyi miał sprężynę. Zupełnie jak u tych ludzików, które kierowcy ciężarówek stawiali na deskach rozdzielczych swoich samochodów. Alessandro ponownie pociągnął łyk. Alkohol przyjemnie palił przełyk. Mężczyzna odezwał się ponownie. Tym razem po szwedzku:

– Nieeee chcemy tu taki…ch. – Czknęło mu się. – Jaaak tyy… – Wypowiadając ostatnie słowo, o mało nie spadł ze stołka.

– Kolego, uspokój się, bo będziesz musiał stąd wyjść – odezwał się barman, który stał wystarczająco blisko, aby usłyszeć zaczepkę.

Jednak tamten niespecjalnie się przejął groźbą. Chwiejąc się, ciągle wpatrywał się w profil Alessandra.

– Nie chceeemy tu przybłędów…

Alessandro zauważył uniesioną rękę barmana. Jeden z ochroniarzy zjawił się prawie natychmiast. Był to ten sam człowiek, którego spotkali przy windach podczas embarkacji.

– Jakiś problem? – zapytał po angielsku.

– Najmniejszego – odparł Alessandro, wciąż patrząc przed siebie. Może sam powinien spróbować szczęścia i zagrać w ruletkę? A może w black jacka? Kiedyś bywał dość częstym gościem neapolitańskich kasyn, ale wydawało się to być wieki temu.

Ochroniarz wypowiedział kilka słów po polsku i chwycił pijanego rodaka pod rękę. Tamten protestował jedynie przez chwilę. Delikatne wykręcenie dłoni pomogło mu w podjęciu decyzji.

– Przepraszamy za to zajście. – Mężczyzna o kwadratowej twarzy zwrócił się do Alessandra.

– Nic się nie stało.

Lód uderzył go w zęby, gdy dopijał swojego drinka, a potem zastukał w pustej szklance, kiedy odstawiał ją na bar. Przez chwilę zastanawiał się, czy aby nie zamówić jeszcze jednego i nie powędrować z nim w kierunku ruletki. Ostatecznie stwierdził, że powinien już wracać do kabiny. Miał nadzieję, że dziewczyna prześpi cały rejs. Podziękował barmanowi skinieniem głowy i wrzucił do pojemnika na napiwki pięćdziesiąt koron.

Idąc w kierunku schodów, minął sklep. Przez szybę dostrzegł dziesiątki pasażerów tłoczących się pomiędzy półkami z perfumami i alkoholami. Hostessy oferowały im próbki zapachów i częstowały słodyczami, zachęcając do zakupów. Przeszedł przez kafeterię. Miał wrażenie, że tu jest jeszcze więcej ludzi. Siedzieli przy stolikach, przeżuwając hamburgery i frytki. Inni stali w niekończącej się kolejce, zamierzając dopiero złożyć zamówienie. Chciał jak najszybciej opuścić ten tłum. Nie czuł się tu komfortowo. Wróci do kabiny. Zwolni Flavia i Gigiego, a potem weźmie prysznic i być może spróbuje się przespać.

Już miał zejść na niższy pokład, ale przystanął przy schodach. W wiatrołapie prowadzącym na zewnątrz stał mężczyzna, który zaczepił go w barze. Oparty o drzwi, próbował trafić papierosem do ust. Wreszcie dał za wygraną, wyrzucił go i począłpał w kierunku toalet. Zatrzymał się i oparł się o ścianę. Alessandro myślał, że facet zaraz zapaskudzi wypastowaną podłogę. Zdołał jednak zapanować nad nudnościami i jakimś cudem dotrzeć do drzwi. Spędził przy nich kolejne kilka chwil z ręką na klamce, jakby były zamknięte albo jakby się zastanawiał, czy to na pewno te właściwe. W końcu wszedł do środka.

Alessandro wiedział, że nie powinien tego robić, tak jak wielu innych rzeczy w swoim życiu. Ale tak jak wtedy, tak i teraz wiedział, że to zrobi. Nie umiał się powstrzymać. Ruszył w kierunku toalety.

Mężczyzna stał przy pisuarze. Chwiał się, jedną ręką wsparty o ścianę. Dwa stanowiska dalej inny z pasażerów załatwiał swoją potrzebę. Alessandro spuścił głowę i podszedł do umywalki. Mył ręce, obserwując pozostałych mężczyzn w szerokim lustrze. Oderwał wzrok, kiedy drugi z nich skończył. Nie kwapił się nawet, żeby umyć ręce. „I dobrze" – pomyślał Alessandro. Kiedy drzwi się zamknęły, zakręcił wodę i wysuszył dłonie. Tamten wciąż stał przy pisuarze, chwiejąc się i próbując zapiąć pasek. Alessandro podszedł bliżej, patrząc na niego z politowaniem i odrazą. Kiedy gość podniósł głowę, Alessandro chwycił go za kark i gruchnął o kafelki. Mężczyzna upadłby natychmiast, ale Alessandro mu na to nie pozwolił. Przytrzymał go, a potem trzasnął raz jeszcze. Krew trysnęła na białą ścianę. Dopiero wtedy zwolnił uścisk i tamten osunął się na kolana przy pisuarze, jakby szykował się do modlitwy. Alessandro zadał ostateczny cios. Szczęka trzasnęła o porcelanę. Coś chrupnęło i Alessandro nie wiedział, czy bardziej ucierpiał pisuar, czy zęby pijaka. Bezwładne ciało upadło na terakotę. Czerwień po chwili zmieszała się z bielą. Krew szukała ujścia między kafelkami, zakrywając fugę. Reszta połamanych zębów wypadła biedakowi na brodę, kiedy jęczał, charczał i mamrotał pod nosem niezrozumiałe słowa. Alessandro splunął, po czym umył ręce. Poprawił włosy i nie spiesząc się, opuścił toaletę.

29.

Olgierd Merk zaparkował samochód nieopodal placu Grunwaldzkiego i sięgnął po paczkę papierosów. Wcisnął jednego do ust, wysiadł z auta i odpalił. Wpatrywał się w wielką szybę, na której widniał napis „Mystique Models". Zaciągnął się i podszedł bliżej. W witrynie wisiały dziesiątki zdjęć, a na nich młode dziewczyny w dziwacznych strojach, w których nie sposób było wyjść na ulicę. Długonogie, chude jak tyczki, niewiele mające wspólnego z kobiecym pięknem modelki w różnych pozach i plenerach.

Wypalił papierosa zaledwie do połowy, wyrzucił niedopałek, pchnął drzwi agencji i wszedł do środka. Na skórzanej kanapie tuż po prawej siedziało kilka dziewcząt i przeglądało jakieś kolorowe magazyny. Nie wyglądały na modelki, a raczej na typowe nastolatki, które zapewne chciały nimi zostać.

– Dzień dobry – powiedział, rozglądając się po pomieszczeniu. Nie był pewien, czy któraś z panien mu odpowiedziała.

Niewielkich rozmiarów pokój pomalowano na szaro. Ściany kontrastowały z czarną, błyszczącą podłogą. Kiedy zrobił pierwszy krok, miał wrażenie, że stąpa po tafli jeziora. Na ścianach wisiało jeszcze więcej zdjęć. Pokój pełnił funkcję czegoś w rodzaju poczekalni, chociaż nie było tu recepcjonistki, która mogłaby zaanonsować jego przybycie.

Przed zagadnięciem dziewcząt powstrzymał go odgłos zbliżających się kroków. W drzwiach po lewej pojawił się mężczyzna z aparatem. Ubrany był w czarny golf z podwiniętymi rękawami i spodnie

tego samego koloru. Wyglądał, jakby się spieszył, i widok Merka niewątpliwie go zaskoczył.

– Dzień dobry – rzucił, zatrzymując się nagle. – Mogę jakoś pomóc?

Merka aż korciło, żeby odpowiedzieć, że zamarzyła mu się sesja
zdjęciowa, ale ostatecznie odparł:

– Szukam pani Kasprowskiej.

Mężczyzna zmarszczył brwi, nie przestając obracać w dłoniach
pokaźnych rozmiarów aparatu, co nie umknęło uwadze Olgierda.

– A w jakiej sprawie, jeśli mogę…

– Jestem z policji.

Zapanowała chwila niezręcznej ciszy. Mężczyzna zerknął na jedną z siedzących na krześle dziewcząt.

– Która następna? Kasia?

Merk nie odrywał od niego wzroku. Nie słyszał, aby Kasia odpowiedziała, ale gdy fotograf wskazał pokój, z którego wyszedł, dziewczyna przemknęła tuż obok. Jako ojciec nie wyobrażał sobie sytuacji,
że ten facet mógłby znaleźć się z jego córką sam na sam w jednym
pomieszczeniu. I to bez względu na to, czy miałby jej robić zdjęcia,
czy udzielać korepetycji z matematyki.

– Proszę chwilę zaczekać – powiedział fotograf. – Powiem Lenie, że pan przyszedł.

Merk skinął głową i obserwował, jak mężczyzna znika w drugim pokoju. Po chwili usłyszał kroki na schodach. Został w towarzystwie przyszłych modelek. Przemknęło mu przez myśl, żeby zapytać,
czy nie znają Agnieszki Makowskiej, ale fotograf pojawił się na dole
szybciej, niż Olgierd przypuszczał.

– Lena czeka na pana – oznajmił. – Drzwi do jej biura znajdują się na wprost.

– Dziękuję.

Przeszedł pod owalnym sklepieniem i ruszył do góry po krętych,
metalowych schodach. Na piętrze panował półmrok. W przedpokoju
nie było żadnego okna. Jedyne światło sączyło się z dwóch kinkietów

wiszących po obu stronach obrazu. Merk rzucił okiem na dzieło, które zapewne stworzył jakiś malarz impresjonista. Za nic w świecie nie podjąłby się próby odgadnięcia, "co autor miał na myśli". Komisarz dostrzegł trzy pary drzwi, ale najbardziej interesowały go te znajdujące się na wprost. Były delikatnie uchylone. Zapukał i nie czekając na oficjalne zaproszenie, przekroczył próg pokoju.

– Niech pan wejdzie – powiedziała kobieta siedząca przy biurku, mimo że przecież był już w środku. Miała długie proste blond włosy. Gdy oderwała wzrok od pliku dokumentów, spojrzały na niego duże niebieskie oczy schowane za szkłami okularów w czarnej oprawce. Piękna właścicielka agencji pewnie sama była kiedyś modelką. Czasy zawodowej świetności minęły jednak bezpowrotnie, musiała być bowiem po czterdziestce. W świecie modelingu to był podeszły wiek.

– Nazywam się Olgierd Merk. Jestem z policji – powiedział, zamykając za sobą drzwi.

– Tak, wiem. Mateusz mi powtórzył.

– Chciałbym porozmawiać o Agnieszce. Pracowała dla pani.

Kobieta wyprostowała się w fotelu, jednocześnie wskazując mu małą skórzaną kanapę pod ścianą. Merk usiadł i zapadł się w miękki mebel.

– Rozmawiałam już z policją – oznajmiła Kasprowska. – Nie bardzo wiem, co jeszcze mogłabym panu powiedzieć.

– Obawiam się, że dopóki sprawa zaginięcia Agnieszki nie znajdzie swojego finału, jeszcze nie raz będziemy panią odwiedzać – wyznał Merk.

– No cóż. Rozumiem. – Kobieta odchyliła się w fotelu. Zdjęła okulary i położyła na biurku. Najwyraźniej używała ich tylko do czytania. – A ja, tak długo jak będzie trzeba, będę starała się państwu pomóc. W dalszym ciągu trudno mi uwierzyć w to, co się stało. O co jeszcze chce pan zapytać?

Merk kiwnął głową na znak, że docenia to, co przed chwilą usłyszał. Zaskoczyło go jednak, że kobieta, składając tę deklarację, nie zdradzała szczególnych emocji. Jej twarz pozostawała niewzruszona, zupełnie jakby mówiła o kradzieży samochodu, a nie o uprowadzeniu siedemnastoletniej dziewczyny. Założył nogę na nogę, zerkając na blat biurka, na którym walały się dziesiątki zdjęć.

– Tak to wygląda? – zapytał.

Kasprowska podążyła za jego spojrzeniem, najwyraźniej nie rozumiejąc, o co mu chodzi.

– Przesyłają pani zdjęcia, a pani na ich podstawie ocenia ich potencjał? – dodał.

– To akurat są zdjęcia, które Mateusz zrobił nowym dziewczynom – wyjaśniła. – Mogą być piękne, wyglądać zjawiskowo na amatorskich fotkach. Ale to oko fachowca wychwyci to, co najważniejsze. A Mateusz jest fachowcem w każdym calu. Bezbłędnie weryfikuje, czy się do tego nadają, czy nie. Wiem, o co pan pyta, i odpowiedź brzmi: rzadko. Zazwyczaj chcę, aby dziewczyny pojawiły się u mnie osobiście. Oczywiście nie zawsze jest to możliwe. Wiele z nich pochodzi z różnych rejonów Polski i wtedy tak, przysyłają mi swoje zdjęcia. Jeżeli mi się spodobają, dzwonię i zapraszam je na próbną sesję.

– A jak było z Agnieszką?

Kobieta westchnęła. Zebrała kilka zdjęć, stuknęła nimi o biurko, formując zgrabny plik, i odłożyła je na bok.

– Agnieszka pojawiła się u nas kilka miesięcy temu. Przyszła z koleżanką. Ot tak, bez zapowiedzi. Wracały ze szkoły i – jak wyznała podczas rozmowy – to właśnie jej koleżanka ją do tego namówiła. Mateusz nawet nic mi nie wspomniał. Miał akurat godzinkę przerwy, więc po prostu zachęcił Agnieszkę, aby zrzuciła plecak i dżinsy. – Kasprowska przerwała, najwyraźniej zdając sobie sprawę, jak to musiało zabrzmieć. – Poprosił, by włożyła jedną z sukienek, i postawił ją przed obiektywem. Po jakimś czasie, chyba nawet po paru dniach, pokazał mi efekt swojej pracy.

– I spodobał się pani?

Kasprowska pokiwała głową.

– Dostrzegłam potencjał, jak pan to ujął.

– Pomogła pani zrealizować marzenie o wielkiej karierze którejś ze swoich dziewcząt?

Kasprowska przyglądała się swojemu gościowi, lekko się uśmiechając.

– Myślę, że można tak powiedzieć. Kilka pracuje za granicą. Ale musi pan wiedzieć, że Mystique Models to agencja z ograniczonymi kontaktami. Pomagamy dziewczynom stawiać pierwsze kroki w tym biznesie. Niektóre z nich mają szczęście i trafiają na europejskie wybiegi. Ale bądźmy szczerzy, dzieje się to rzadko. Zazwyczaj praca u mnie to po prostu świetna okazja do tego, aby się zaprezentować. Fajnie spędzić czas, zdobyć doświadczenie, no i oczywiście trochę zarobić.

– Zarobić?

– Tak. Współpracujemy z agencjami reklamowymi. Nasze dziewczyny grają w reklamach kosmetyków, ciuchów, suplementów diety, podpasek. Kilka zagrało nawet w serialu… paradokumentalnym – dodała znacznie ciszej. – Nie wszystkie dziewczyny, które do nas trafiają, nadają się do modelingu, ale szukamy dla nich innych rozwiązań.

– A jakich rozwiązań poszukiwała pani dla Agnieszki?

– Sprawa z Agnieszką, a raczej z jej mamą, była dość skomplikowana.

– W jakim sensie? – zainteresował się Merk.

– Jej matka pojawiła się u nas, gdy tylko zaproponowaliśmy Agnieszce sesję. Takie procedury. Rodzice niepełnoletnich dziewcząt muszą podpisać zgodę, zanim Mateusz zrobi pierwsze zdjęcie – wyjaśniła.

– Z tego, co pani mówiła, wynika, że pierwsze zrobił bez takiej zgody – wtrącił Merk.

– W zasadzie ma pan rację, ale…

– Wróćmy do mamy Agnieszki.

– Dziewczyny często po prostu przynoszą nam podpisany dokument. Mama Agnieszki, pani Makowska, pojawiła się u nas osobiście. Miała mnóstwo pytań, była bardzo ostrożna…

– To chyba dobrze?

– Nie miałam nic przeciwko i starałam się cierpliwie odpowiadać na każde pytanie. Pani Makowska powiedziała, że sprawdziła nas w Internecie, nie omieszkała również wspomnieć, że wyczytała, że agencje takie jak nasza bardzo często okazują się agencjami towarzyskimi.

– Uraziło to panią?

– Raczej zaskoczyło. Zresztą nieważne. – Kasprowska machnęła ręką. – Matka Agnieszki bardzo często przychodziła na zdjęcia razem z nią. Chciała uczestniczyć w sesjach, co krótko mówiąc, nie podobało się Mateuszowi. On nie pracuje w ten sposób.

– Nadopiekuńcza matka? – zapytał.

– Moim skromnym zdaniem bardzo. Kiedy dowiedziałam się, że Agnieszka zaginęła, pomyślałam sobie, że dziewczyna po prostu miała dość i uciekła gdzieś na parę dni z chłopakiem. Jestem przekonana, że on też nie przypadł do gustu pani Makowskiej… Ale gdy policja powiedziała mi, że została uprowadzona, nie mogłam w to uwierzyć.

– Z chłopakiem? Agnieszka miała chłopaka?

– Nigdy go tak nie przedstawiała, ale kilkakrotnie odbierał ją po sesjach.

– Wie pani, jak się nazywa?

Kasprowska się zamyśliła.

– Nie jestem pewna, ale chyba Rafał. Agnieszka musiała zwrócić się do niego po imieniu, stąd pamiętam. Trzeba przyznać, że rzucał się w oczy.

Merk przypomniał sobie wybranka Natalii i poczuł, jak coś ściska go w żołądku. Poprawił się na kanapie.

– Co ma pani na myśli, mówiąc, że „rzucał się w oczy”?

– Dobrze zbudowany. Na pewno starszy od Agnieszki. Przystojny, z twarzą o wyraźnych, ostrych rysach. Nawet Mateusz to zauważył. Co prawda współpracujemy tylko z dziewczętami, ale założę się, że zdjęcia tego chłopaka też by się sprzedały. W modelingu, niestety, raczej nie miałby szans.

– Dlaczego?

– Mateusz powiedział, że chłopak musiał walczyć. Był zawodnikiem. Prawdopodobnie uprawiał MMA czy jak tam nazywają się te walki. Miał takie dziwne ucho. – Kasprowska dotknęła swojego prawego kolczyka. – Jak brokuł…

– Kalafior – poprawił Merk. – Kalafiorowe ucho. Takim mianem określają je zawodnicy. Ucho odkształca się i puchnie na skutek niezliczonej ilości przyjętych ciosów.

– I chyba tak nazwał je Mateusz. – Kasprowska aż pokręciła głową. – Zupełnie nie rozumiem fascynacji tym całym sportem.

– Tak jak niektórzy nie rozumieją fascynacji modelingiem – zauważył Merk. – Czy matka Agnieszki kontaktowała się z panią od czasu porwania?

Kobieta znowu pokręciła głową.

– Szczerze powiedziawszy, trochę się tego obawiałam. Nie wiedziałabym, co powiedzieć tej kobiecie, jak zareagować. Sama jestem matką. Nie wyobrażam sobie, jak…

– Czy Agnieszka przyjaźniła się z innymi pani dziewczynami? Spotykała się z nimi poza planem zdjęciowym?

– Pracowała u nas od kilku miesięcy, ale nie zauważyłam, by się z kimś zżyła. Owszem, lubiła się z innymi dziewczętami. Chętnie z nimi rozmawiała. Ale czy spotykały się po pracy? Nie wiem. Może pan kilka z nich sam zapytać.

– A czy zauważyła pani kogoś podejrzanego w towarzystwie Agnieszki?

– Nigdy nie widziałam jej z nikim poza jej koleżanką… chyba Anią, o ile dobrze pamiętam. No i z tym chłopakiem.

– A może jednak ktoś rzucił się pani w oczy?

Kasprowska splotła palce i oparła łokcie na biurku.

– Musi pan wiedzieć, że przez naszą agencję przewija się mnóstwo ludzi. Piękne dziewczyny przyciągają najróżniejsze środowiska. Licealistki po skończonych zdjęciach wsiadają do sportowych samochodów chłopaków, którzy zazwyczaj są dużo starsi od nich. My nie zajmujemy się tutaj ich niańczeniem. Staramy się załatwić im interesujące kontrakty.

Merk przyglądał się Lenie Kasprowskiej jeszcze przez chwilę, w końcu uderzył dłońmi w kolana i wstał.

– No cóż. Na razie nie mam więcej pytań. Dziękuję za pani czas.

Wyciągnął rękę w kierunku właścicielki agencji. Kasprowska uśmiechnęła się lekko i już miała ją uścisnąć, kiedy skonstatowała, że pomiędzy palcami komisarza tkwi wizytówka.

– Tak na wszelki wypadek. Gdyby przypomniała sobie pani coś interesującego – powiedział Merk. Obrócił się na pięcie i wyszedł.

30.

HÄRNÖSAND

Rodzinny dom Backmanów był zupełnym przeciwieństwem lokum Jerka Magnussona. „Niesamowite, ile wygląd budynku może powiedzieć o ludziach go zamieszkujących" – pomyślała Christin Carlsson, spoglądając na białą elewację, kontrastującą z ciemnozielonym dachem i okiennice tego samego koloru. Posesję z idealnie przystrzyżonym trawnikiem okalało drewniane ogrodzenie. Znajdowało się na niej wyraźnie wiekowe już drzewo. Do jednej z gałęzi przymocowano huśtawkę, która teraz kołysała się delikatnie, jakby jakieś dziecko dopiero przed chwilą zdążyło z niej zeskoczyć. Christin dostrzegła porozrzucane tu i ówdzie kolorowe zabawki. W żadnym razie ich widok nie kojarzył się z bałaganem, a raczej przywodził na myśl rodzinę, która wraz ze swoimi pociechami sporo czasu spędza na powietrzu. Całość stanowiła sielski, niemalże bajkowy widok, obrazek, który miało się ochotę oprawić i zawiesić nad łóżkiem. Jeżeli w domu Magnussona mieszkała Baba Jaga, to tu zapewne Królewna Śnieżka i siedmiu krasnoludków.

Furtka była delikatnie uchylona, więc weszli na posesję. Podczas gdy Gunnar pukał do drzwi, Christin wciąż rozglądała się dookoła wyraźnie zauroczona miejscem. „Dom, rodzina, dzieci – pomyślała. – Czy nie to jest najważniejsze w życiu?". Jeśli tak, to jej najwyraźniej było pozbawione sensu. Wiedziała, że jej zegar biologiczny tyka nieubłaganie, i powoli godziła się z myślą, że nigdy nie zostanie matką. A miało być tak pięknie. Przyszłość przestała jawić się w kolorowych barwach, kiedy Johan, jej narzeczony, uderzył ją pierwszy raz. Na drugi nie musiała długo czekać. Na trzeci nie pozwoliła. Zostawiła gnoja i opuściła Göteborg, poprosiwszy o przeniesienie. Obojętnie dokąd, byleby daleko. I tak trafiła do Skellefteå i na Gunnara Lindberga, który na pierwszy rzut oka wydawał się być ulepiony z tej samej gliny co Johan. Na szczęście z czasem okazało się, że jest inaczej.

– Dzień dobry. Jestem komisarz Gunnar Lindberg, a to komisarz Christin Carlsson.

Słysząc głos Gunna, natychmiast wróciła do rzeczywistości i odwróciła się. Ujrzała stojącą w progu ładną, wyraźnie zaskoczoną kobietę trzymającą na rękach niemowlaka. Duże niebieskie oczy chłopca przykuły uwagę Carlsson. Nie dość, że malec miał oczy po matce, to na dodatek wpatrywał się w nich z takim samym zaskoczeniem jak ona.

– Lisa Backman – przedstawiła się kobieta.

– Czy zastaliśmy męża?

– Tak. Evert jest za domem. Czy coś się stało? – Kobieta patrzyła na Christin, więc to ona poczuła się zobowiązana do odpowiedzi.

– Chcieliśmy zamienić z nim parę słów na temat Svena Jönssona.

Lisa Backman skinęła głową. Nic więcej najwyraźniej nie musieli dodawać. Kobieta odwróciła się i ruszyła w głąb domu. Gunnar i Christin wymienili spojrzenia, nie bardzo wiedząc, czy ów gest mogą potraktować jako zaproszenie. Postanowili zaryzykować i podążyli śladem gospodyni.

Szli niewielkim korytarzem. W pokoju po prawej Carlsson zobaczyła dwoje starszych dzieci leżących na podłodze i wpatrujących się w telewizor. Byli tak pochłonięci oglądaniem bajki, że nawet nie zauważyli, że w domu pojawili się goście. Policjanci przeszli do sypialni, z której drzwi tarasowe prowadziły na podwórko.

– Evert! – krzyknęła Lisa Backman, wychodząc na zewnątrz. – Masz gości! – Odwróciła się do policjantów. – Napijecie się czegoś?

Gunnar chyba chciał potwierdzić, ale nie zdążył, bo pierwsza odezwała się Christin:

– Nie, bardzo dziękujemy. Postaramy się nie zabrać zbyt wiele czasu.

– W takim razie zostawiam was. Wracam do dzieci. – Lisa Backman już miała odejść, ale zatrzymała się jeszcze na chwilę. – To, co się stało... – zaczęła, ale słowa jakby uwięzły jej w gardle. Zakryła usta dłonią i pokręciła głową. – Gdyby coś takiego spotkało nas... – Spojrzała na malca trzymanego na rękach. – Chybabym postradała zmysły. – Miała łzy w oczach. – Czy udało się wam coś ustalić?

– Jak na razie niewiele – odpowiedział Gunnar.

Spuściła wzrok i jedynie skinieniem głowy dała znać, że przyjęła odpowiedź do wiadomości. Wróciła do domu, zostawiwszy drzwi tarasowe lekko uchylone.

Evert Backman szedł w ich stronę, wycierając dłonie w szmatę, która kiedyś musiała stanowić fragment jakiejś białej bluzki. Miał na sobie flanelową koszulę z podwiniętymi rękawami, a jego przedramiona były ubrudzone smarem niemal do łokci. Otwarta maska mercedesa, wsparta na metalowym pałąku, wyglądała jak rozdziawiona paszcza potwora.

– Poważna awaria? – zapytał Lindberg, spoglądając w stronę samochodu.

– Mam nadzieję, że nie – odparł Backman, lekko się uśmiechając. – Problem z odpalaniem. Na razie wymieniłem świece. Zobaczymy. Dziadek ma przejechane ponad pół miliona kilometrów, ale jak dotąd jeszcze mnie nie zawiódł.

– Komisarz Gunnar Lindberg, a to jest komisarz Christin Carlsson – przedstawił ich Gunn. – Jesteśmy z policji w Skellefteå.

Evert pokiwał głową, ostentacyjnie prezentując brudne ręce.

– Evert Backman. Wybaczcie, ale musimy sobie darować uścisk dłoni.

– Jasne. Możemy zająć kilka minut?

– Pewnie. Możemy pójść do domu, ale na zewnątrz jest całkiem przyjemnie. – Evert zerknął w niebo. – Od rana straszą deszczem,

ale jak na razie nie spadła nawet kropla. Zapraszam. – Wskazał stół ogrodowy i krzesła, obok stał grill, prawdopodobnie własnej roboty. – Napijecie się czegoś? – zapytał, sięgając do torby. – Mam tylko piwo, a wy jesteście na służbie, ale mogę pójść do domu i...
– Dziękujemy. Twoja miła żona już nam proponowała.

Christin obserwowała, jak gospodarz sprawnym ruchem otwiera butelkę. Kapsel pofrunął w powietrze i zniknął w krzakach. Spojrzała na silne, przyzwyczajone do pracy dłonie gospodarza. Tacy ludzie jak Evert Backman nigdy nie są w stanie porządnie ich domyć. Nie wiedzieć czemu, Carlsson przed oczami stanął obraz Backmana dotykającego nimi żonę. Skupiła spojrzenie na żyłach pulsujących na muskularnych przedramionach mężczyzny. Wyobraziła sobie, jak kołysze na nich do snu najmłodsze z dzieci.

– Jesteście tu z powodu Svena, prawda? – Evert obracał w dłoniach zieloną butelkę.

– Zgadza się – potwierdził Gunnar.

– Aż boję się zapytać, czy macie jakieś dobre wieści.

– Gdybyśmy je mieli, Evert, toby nas tu nie było – wyjaśniła Christin. – Prawda jest taka, że w ogóle niewiele mamy.

Evert upił łyk. W momencie kiedy odrywał od ust butelkę, rozległo się charakterystyczne cmoknięcie.

– Jezu, to jakiś koszmar. Tak bardzo się cieszyliśmy na powrót do domu.

Patrzył im prosto w oczy. Christin uważnie mu się przyglądała. Być może jednak dzieciak miał spojrzenie po ojcu? Żadnego mrugnięcia. Żadnej ucieczki wzroku. Żadnego stresu. „Zobaczymy, jak będzie dalej" – pomyślała, zadając pytanie, na które przecież doskonale znała odpowiedź.

– Kto wiedział o waszym powrocie do domu?

Brwi mężczyzny uniosły się nieznacznie. Backman zaczął bębnić brudnymi paznokciami w butelkę. Czyżby pierwsza oznaka zdenerwowania?

– W zasadzie to chyba tylko nasze rodziny.

– A jak dowiedziałeś się o zniknięciu chłopca?

– Pojechałem do Svena. Obiecałem, że wpadnę do niego następnego dnia pomóc przy dachu. W życiu nie spodziewałem się, że na miejscu dowiem się czegoś takiego.

– Znasz go najdłużej z waszej trójki, prawda? – Gunnar splótł palce i wsparł na nich brodę.

– Najdłużej jak najdłużej… Ale na pewno najlepiej – odparł Evert, po czym wypił kolejny łyk. – Chłopaki w zasadzie też znają Svena od co najmniej dziesięciu lat.

– Jesteś jego przyjacielem. – Christin bardziej stwierdziła, niż zapytała.

– Jedynym, jakiego ma.

– Jak się poznaliście? – Tym razem odezwał się Lindberg, jakby nagle zaczęła obowiązywać niepisana zasada naprzemiennego zadawania pytań.

Evert westchnął. Poprawił się na drewnianym krześle. Ponownie przyłożył butelkę do ust, a potem odstawił ją na stół.

– Spotkaliśmy się przypadkiem. Można powiedzieć, że chyba mu pomogłem. – Umilkł, zaraz jednak dodał: – Ale pewnie i tak poradziłby sobie sam. – Odchylił się na oparcie, rozprostowując długie nogi pod stołem. Już nie patrzył na żadne z nich. Wlepił wzrok w butelkę.

Christin i Gunnar wymienili spojrzenia.

– Z czym by sobie poradził?

Evert Backman westchnął ciężko.

– Można powiedzieć, że Sven po przybyciu do Härnösand miał pieprzonego pecha. Nie tylko nie mógł znaleźć porządnej roboty, ale także los postawił na jego drodze kobietę, która… – zawahał się. – Jakby to ująć…

– Była prostytutką? – wyręczył go Gunn.

Przewrócił oczami.

– Powiedzmy raczej, że miała skomplikowaną sytuację rodzinną.

Lindberg przypomniał sobie podchmielonego rowerzystę, który wspomniał mu o ojcu Judith. W takim mieście jak Härnösand mieszkańcy wiedzieli o sobie wszystko.

– Sven poznał Judith w U Jensa – ciągnął Backman.

– U Jensa? – powtórzyła Carlsson.

– Miejscowy bar. Każdy go zna i raczej nie spotkacie tam grzecznych dziewczynek. Pewnego wieczoru po pracy Sven zajrzał do Jensa. Kiedy wyszedł, zobaczył, jak dwóch typów próbuje wciągnąć dziewczynę do samochodu.

– To była Judith?

Backman przytaknął skinieniem głowy.

– I co było dalej?

– A jak myślicie? Sven spuścił im łomot.

– Spuścił im łomot, uratował dziewczynę i tak spotkał przyszłą żonę. – Lindberg uśmiechnął się lekko. – Niezwykle romantyczna historia. Gdzie tu pech?

– Tak jak powiedziałeś, Judith była prostytutką. Ale nie robiła tego z własnej woli. Zmuszał ją ojciec. Kawał skurwysyna. Po zdarzeniu pod barem nie miała gdzie się podziać. Sven zabrał ją ze sobą. Ojczulek i jego zbiry zjawili się już następnego dnia.

– I wtedy na drodze Svena Jönssona pojawiłeś się ty, jak mniemam? – zapytał Lindberg.

– Chyba można tak powiedzieć. Wychodziłem ze sklepu z dwoma pełnymi siatkami i wtedy ich zobaczyłem. Wysokiego faceta i filigranową, wystraszoną blondynkę. Wyglądała przy nim jak dziewczynka. Nigdy nie zapomnę tego widoku. Dobrze znałem Judith, ale Svena widziałem pierwszy raz na oczy, co nie znaczy, że nie zdążyłem o nim usłyszeć. Härnösand to niewielkie miasto, a ludzie żywią się plotkami. O tym, co się wydarzyło poprzedniego wieczoru, dowiedziałem się przy kasie, płacąc za zakupy. Dwie babki paplały o tym, aż miło. Pojęcia nie miałem, że wychodząc ze sklepu, spotkam ich osobiście.

– I co było dalej?

– Wielki SUV zajechał im drogę. Wtoczył się na krawężnik i zatrzymał tuż przed nimi. Judith schowała się za plecami Svena, a on stał nieruchomo jak posąg. Zresztą ja też. Czułem, że znalazłem się w nieodpowiednimi miejscu o nieodpowiedniej porze i za chwilę stanę się świadkiem wydarzenia, które niekoniecznie chciałbym oglądać. W domu czekała na mnie Lisa w szóstym miesiącu ciąży. A ja obiecałem, że zrobię zakupy i wrócę tak szybko, jak się da. Ale po prostu nie mogłem się ruszyć z miejsca. Drzwi samochodu się otworzyły i najpierw wysiadł z niego stary Lennart Gren, ojciec Judith, a zaraz za nim dwóch jego ludzi. Polecił dziewczynie wsiąść do samochodu, a Sven, jak się pewnie domyślacie, kazał im iść do diabła. No i się zaczęło. Dwóch karków rzuciło się na niego, a ojczulek złapał Judith za rękę. Pamiętam, że wszystko wydarzyło się bardzo szybko, a ja bez namysłu postawiłem na chodniku siatki z zakupami, delikatnie, by nie pobić jajek. Zanim do nich doskoczyłem, jeden z chłopców Grena leżał na ziemi, trzymając się za zakrwawioną twarz. Drugi zdołał kilka razy mocno trafić Svena, który zachwiał się jak bokser na granicy nokautu. Ale przetrzymał. Przetrzymał i powalił tamtego na ziemię taranem. Gren puścił Judith i postanowił przyłączyć się do zabawy. Sprzedałem mu prawy prosty na szczękę i stracił na nią ochotę. Pierwszy z jego ludzi – widząc, co się dzieje – próbował wstać, ale nie zdążył, bo kopnąłem go prosto w nos. Kiedyś grałem w piłkę. Coś chrupnęło i gość rozłożył się na chodniku. Kiedy wreszcie spojrzałem na Svena, pochylał się nad przeciwnikiem, niemiłosiernie miażdżąc mu twarz. Z trudem go odciągnąłem. Judith, zapłakana, przybiegła do Svena, a ja wróciłem po swoje zakupy. Kiedy nachylałem się, aby podnieść torby, zobaczyłem, że widowisku przygląda się kilkanaście osób. Mógłbym przysiąc, że niektórzy bili brawo. Sven i Judith wsiedli do samochodu. Wcześniej Sven kiwnął głową w moją stronę. Chyba w ten sposób mi podziękował. Zanim ruszyłem do domu, stary Gren zdążył wstać i opierając się o maskę samochodu, wypowiedział słowa, o których potem myślałem przez całą noc. Powiedział: „Jesteś już martwy, synku". Miałem ochotę przywalić mu raz jeszcze, ale wtedy rozległy się syreny. Jak dla mnie i tak stanowczo za późno. Albo wezwano gliny, kiedy przedstawienie dobiegało końca, albo ci specjalnie się nie spieszyli. Dostali cynk, że stary Gren i jego ludzie dostają solidny łomot, więc postanowili poczekać. Po powrocie do domu nie pisnąłem Lisie o niczym choćby słówkiem. Nie spałem jednak pół nocy. Bałem się o nią, o nas. Gren był nieobliczalny. Kiedy następnego dnia dowiedziałem się, że nie żyje, odetchnąłem z ulgą.

– To był Sven? – zapytał Gunnar.

Backman przyglądał się Lindbergowi przez dłuższą chwilę. Potem zerknął na Christin i ponownie sięgnął po butelkę. W końcu opróżnił ją do dna i odstawił z hukiem na stolik.

– Pewnie mi nie uwierzycie, ale nie wiem. A nawet gdybym wiedział, naprawdę sądzicie, że bym wam powiedział?

– Nie jesteśmy tu po to, by ustalić, czy Sven zabił Grena, czy nie, ale żeby odnaleźć jego syna – oznajmiła Christin.

– Tak? W takim razie dlaczego zamiast go szukać, gadacie ze mną? – Backman nawet nie próbował ukrywać sarkazmu.

– Musimy ustalić pewne rzeczy – odezwał się Gunnar. – Sprawdzić, czy ktoś z otoczenia Svena mógłby uprowadzić chłopca.

Evert Backman westchnął i wstał od stołu.

– Mam ochotę na jeszcze jedno piwo. Na pewno się nie napijecie?

Christin Carlsson zaprzeczyła ruchem głowy za nich oboje i obserwowała, jak jedyny przyjaciel Svena Jönssona wyjmuje z torby kolejną butelkę. Zauważyła, że na ostatnie pytanie zareagował bardziej emocjonalnie, niż kiedy Gunn zapytał o winę Jönssona. Kapsel ponownie wystrzelił w powietrze. Pokryte kilkudniowym zarostem jabłko Adama porusza się wraz z każdym łapczywym łykiem mężczyzny.

– Jak wyglądało twoje kolejne spotkanie ze Svenem? – zapytał Gunnar, chcąc zmienić temat.

Christin doskonale wiedziała, że powrót do niego to tylko kwestia czasu.

– Spotkaliśmy się jakiś tydzień później. Też przez przypadek. Podał mi dłoń i podziękował za pomoc. Zaprosił na piwo. Powiedział, że gliniarze zatrzymali go w areszcie w związku z podejrzeniem o zamordowanie Grena. Maglowali przez czterdzieści osiem godzin. W końcu wypuścili. Zabronili opuszczać miasto, a Sven aż się palił, żeby wyjechać z Härnösand. Chciał zabrać ze sobą Judith.

– Dokąd chciał pojechać?

Backman wzruszył ramionami.

– Tego pewnie nie wiedział nawet on sam. Dokądkolwiek, byle jak najdalej stąd.

Gunnar wyciągnął paczkę papierosów. Przesunął ją w kierunku Backmana, który z wyraźnym entuzjazmem skorzystał z poczęstunku.

– W końcu policja odpuściła? – zapytał, podając Evertowi ogień.

– W końcu tak. – Backman wypuścił szary obłok dymu. Listopadowy wiatr uniósł go wysoko. – Nic na niego nie mieli. Kilka tygodni później zatrzymali jakiegoś faceta, z którym Gren miał na pieńku. Stare porachunki. Facet siedzi do dzisiaj.

– A zatem nie całkiem taki pechowiec z tego Svena. Z tym mu się poszczęściło.

– Chyba można tak powiedzieć.

– Ale niektórzy mieszkańcy nadal uważają, że to Jönsson załatwił Grena. Zresztą wcześniej sam powiedziałeś, że nie jesteś przekonany o niewinności Svena.

– Odpowiedziałem szczerze – odparł Backman, strzepując popiół do pustej butelki. – Nidy więcej nie rozmawiałem o tym ze Svenem. Jakkolwiek było, ten, kto zabił Grena, wyświadczył temu miastu przysługę.

– A nie pomyślałeś, że jakiś niewinny facet może od dziesięciu lat siedzieć w więzieniu?

– Możecie mi wierzyć, że każdy z otoczenia Lennarta Grena miał tyle za uszami, że powinien siedzieć co najmniej dwadzieścia lat.

Carlsson nie przekonał ten argument.

– Skoro Svena oczyszczono z podejrzeń, dlaczego ostatecznie nie wyjechał? – zapytała.

– Pracował u Lindmana, lokalnego budowlańca i przy okazji niezłego cwaniaka. Kiedy ten się dowiedział, że Svena podejrzewają o morderstwo, wywalił go na zbity pysk. Sam zajmowałem się budowlanką, więc pomogłem Svenowi znaleźć robotę. Poza tym Judith powiedziała, że też chciałaby zostać. Więc zostali.

– Ale w końcu i tak musieliście szukać pracy poza miastem.

– Nie od razu. – Backman zaciągnął się ponownie, po czym wrzucił niedopałek do butelki. Rozległ się cichy syk. – Najpierw pracowaliśmy na miejscu, dla jednego z tutejszych przedsiębiorców. Z czasem było coraz trudniej, więc skrzyknąłem chłopaków i zaczęliśmy pracować na własny rachunek.

– Sven nie bał się zostawić Judith?

– Oczywiście, że się bał. Ale nie było wyjścia. Raz pracowaliśmy na jednym końcu kraju, innym razem na drugim. Potem zaczęły się wyjazdy za granicę. Bez względu na to, gdzie się przenosiliśmy, i tak Judith musiała zostawać sama. Nie mógł jej zabrać ze sobą. Zawsze mieszkamy we czterech: Hans, Jerk, Sven i ja. Sven ledwo znosi ich towarzystwo. Nie ma opcji, że dołączyliby do nas Judith i Björn.

– Nie przepada za kolegami? – Carlsson przypomniała sobie Jerka Magnussona i jego opasły, nagi brzuch. Wspomnienie wywołało mdłości.

– To dość delikatne określenie.

– Doszło kiedyś między nimi do jakiejś poważnej scysji? – Gunnar, podobnie jak Backman, wrzucił niedopałek do butelki.

Evert zaprzeczył ruchem głowy, po czym upił kolejny łyk.

– Nie, choć pewnie Sven nieraz miał ochotę im dokopać.

– Dlaczego?

Backman wzruszył ramionami.

– Jerk i Hans to raczej nie są wymarzeni współlokatorzy.

– Ochlapusy i brudasy. – Carlsson nazwała rzecz po imieniu, co najwyraźniej zaskoczyło Everta i Gunnara.

Obaj posłali jej wymowne spojrzenie, ale mimo to Backman przyznał jej rację:

– Dosadne, ale prawdziwe. Kilka razy Sven stracił cierpliwość. Po robocie Jerk i Hans rzadko są trzeźwi. Wystarczyło, że powiedzieli kilka słów za dużo, i awantura gotowa. Nieraz musiałem studzić ich zapały.

– A jaki mógłby być wynik takiej konfrontacji? – spytał Lindberg.

– Tylko jeden. Jerk i Hans są, jacy są, ale w robocie dają z siebie wszystko. Nie możemy pozwolić sobie na ich utratę. Wybite zęby może i nie przeszkadzałyby bardzo w pracy, ale połamane kości już tak. Nie mam wątpliwości, że Sven byłby do tego zdolny.

– Wcześniej zapytałem, czy podejrzewasz kogoś o uprowadzenie chłopca. – Lindberg wreszcie wrócił do tematu.

Christin aż poprawiła się na krześle. Powoli zaczynała się martwić, że Gunn jednak odpuści. Obserwowała, jak Evert Backman najpierw zwilża usta, a zaraz potem przełyka ślinę. Milczał zbyt długo. Christin korciło, żeby powtórzyć pytanie, ale dokładnie w momencie, kiedy szykowała się, żeby je zadać, Evert zaczął mówić:

– Każdy człowiek ma jakąś przeszłość. Jeden lepszą, drugi gorszą. Sven zdecydowanie należy do tej drugiej kategorii.

„Przeszłość" – pomyślała Christin. Do tej pory skupiali się na teraźniejszości albo cofali się do czasu, kiedy Jönsson przybył do Härnösand. Może powinni pogrzebać głębiej?

– Co masz na myśli?

Backman odchrząknął. Na chwilę spuścił wzrok, jakby szukał czegoś pod stołem.

– Sven, mimo że jest moim przyjacielem, wciąż stanowi dla mnie pewną zagadkę. Nigdy do końca się przede mną nie otworzył. Wiem, że pochodzi ze Sztokholmu. Kiedyś przy piwie wyznał, że pokłócił się z ojcem. Dlatego wyjechał. Dodał też, że nie zdziwiły się, gdyby stary był już trupem, i że jego pewnie spotkałby taki sam los, gdyby został.

– Co miał na myśli?

– Pojęcia nie mam.

– Nigdy więcej o tym nie rozmawialiście?

Backman zaprzeczył ruchem głowy.

– Wyraźnie unikał tematu. Powiedział, że w ogóle niepotrzebnie go zaczynał i że im mniej wiem, tym lepiej dla wszystkich. Powiem wam, że nic byście ze mnie nie wyciągnęli, gdyby nie to, że mam przeczucie, że zniknięcie Björna może mieć związek z rodzinnymi stronami Svena.

– Sądzisz, że uprowadził go jego ojciec?

– Nie wiem. Błądzę we mgle, tak jak i wy. Ale skoro Sven pochodzi z takiej rodziny, to kto wie? Być może pod tym względem Sven i Judith są do siebie podobni?

Niebo pociemniało. Christin uniosła wzrok. Wyglądało to tak, jakby ktoś na górze naciągał czarny brezent oddzielający Królestwo Niebieskie od ziemskiego padołu. Kilka kropel spadło jej na twarz.

– Chyba jednak meteorolodzy nie kłamali – oznajmił Evert Backman. – Może przeniesiemy się do domu, zanim rozpada się na dobre?

Gunnar spojrzał na Christin, jakby to ona miała podjąć decyzję.

– Nie, dziękujemy. Będziemy się już zbierać. I tak zabraliśmy ci więcej czasu, niż zamierzaliśmy. O ile nie chcesz nam powiedzieć czegoś jeszcze…?

– Nie bardzo wiem, co mógłbym dodać.

Christin kiwnęła głową. Wstała, a Gunnar natychmiast uczynił to samo.

– Masz wspaniałą rodzinę – oznajmiła. – Aż miło popatrzeć.

Evert uśmiechnął się od ucha do ucha.

– Dziękuję. Sven również. I serce mi pęka, kiedy widzę, jak cierpi.

Pożegnali się i odeszli. Tym razem nie przechodzili przez dom, a obeszli budynek dookoła.

– I co myślisz o naszym wilku w owczej skórze? – zapytał Gunnar, kiedy dochodzili do furtki.

Christin raz jeszcze zerknęła w stronę domu. Dostrzegła firankę poruszającą się w jednym z okien. Evert Backman odprowadzał ich wzrokiem.

– Sama nie wiem – odparła.

31.

SZCZECIN

Merk zaparkował samochód pod kolejnym klubem sportów walki. Zdążył odwiedzić trzy i powoli tracił nadzieję, że uda mu się znaleźć chłopaka, którego szukał. Nie znał jego nazwiska i niewiele o nim wiedział poza tym, że był łysy, tak jak większość zawodników MMA, i miał kalafiorowe ucho, tak jak zdecydowana większość zawodników MMA. Jedynym plusem było to, że miał jego imię. Rafał. W pierwszym klubie, który odwiedził, okazało się, że nie znają żadnego Rafała. W drugim znalazł jednego zawodnika o tym imieniu, ale ten miał dopiero czternaście lat. W ostatnim też trenował Rafał, ale nie był łysy, a jego uszy nie były zniekształcone.

Na klub, przed którym teraz stał, trafił zupełnie przypadkiem, przejeżdżając ulicą Krzywoustego. Dostrzegł charakterystyczne logo, przedstawiające dwóch walczących zawodników, i napis SPARTA, umieszczony bezpośrednio nad ich głowami. Postanowił zaryzykować. Ten ostatni raz.

Kiedy przekroczył próg, uderzył go mocny zapach, który znał doskonale: mieszanka potu, woni gumowego sprzętu, tak intensywnej, że człowiek miał wrażenie, że wszedł do zakładu wulkanizacyjnego, i stęchlizny typowej dla pomieszczenia wymagającego remontu. Zaraz potem dotarły do niego kolejne bodźce, tym razem bombardujące zmysł słuchu. Głuche odgłosy ciosów spadające na kołyszące się na łańcuchach worki bokserskie i głowy sparingpartnerów. Głośne pokrzykiwania zachęcające do walki i trzaski przerzucanej stali, właściwe siłowniom i klubom fitness. Na olbrzymiej sali trenowało co najmniej pięćdziesięciu zawodników. Część z nich tarzała się na matach w specjalnych kimonach, inni prowadzili trening bokserski, a jeszcze inni siłowy, przerzucając sztangi i stosy kilogramów na najróżniejszych maszynach. W samym centrum sali stały ring i klatka do MMA. W obu miejscach toczyły się walki. Trenerzy zachęcali zawodników do większego wysiłku, od czasu do czasu rzucając mięsem. Ten klub był zdecydowanie największym ze wszystkich, które Merk zdążył odwiedzić. Kroczył pomiędzy ćwiczącymi, ściągając na siebie ich wzrok. Wysoki, nie najmłodszy facet. Wystarczyło tylko na niego spojrzeć, aby wiedzieć, że pod płaszczem raczej nie skrywa się góra mięśni. Podszedł do klatki. Jeden z zawodników wszedł drugiemu w nogi, rzucił nim o siatkę, a potem obalił na matę. Trener piał z zachwytu.

Mieszane sztuki walki. Olgierd doskonale pamiętał, z jakim odbiorem ta odmiana sportu spotkała się na początku. MMA zawojowało Stany Zjednoczone i przywędrowało do Europy, ale w Polsce kojarzyło się ze zwykłą bójką. Merk lubił sporty walki. Jeszcze w szkole policyjnej trenował boks, aikido i krav magę. Zamierzchłe czasy.

– Nie klep, Łukasz! – krzyczał trener, przyciskając twarz do klatki. Merk widział kropelki śliny pryskające mu z ust i wielką pulsującą żyłę na jego szyi. – Ani mi się, kurwa, waż!

Przeciwnik Łukasza zastosował gilotynę i niemiłosiernie dusił rywala, uczepiwszy się jego pleców. Nogi zawinął wokół tułowia chłopaka. „Beznadziejna sytuacja" – pomyślał Olgierd. Jak dla niego, było już po walce. Lecz nagle Łukasz zrobił coś podobnego do przewrotu w przód i wylądował na macie razem ze swoim rywalem, zmuszając go do zwolnienia uścisku.

– Tak jest! – wydzierał się trener, waląc pięścią w siatkę. – Oto właśnie chodzi!

Zawodnicy zerwali się na równe nogi i walka rozpoczęła się ponownie w stójce. Pięści młóciły powietrze, polała się krew, a konfrontacja już w niczym nie przypominała sparingu, raczej regularną wojnę.

Niektórzy z trenujących przerwali zajęcia i z zainteresowaniem obserwowali to, co działo się w centrum oktagonu. Po kilku kolejnych zamaszystych sierpowych przeciwnik Łukasza znowu zdołał go obalić.

– Przepraszam – usłyszał Olgierd za plecami i obrócił się w stronę mówiącego. – Szuka pan kogoś?

Stał przed nim zdecydowanie niższy, ale krępy człowieczek. Przekrzywiony i bulwiasty nos sugerował kilkakrotne złamanie i zapewne dosyć bogate doświadczenie bokserskie. Mężczyzna miał przewieszony przez ramię biały ręcznik, a na piersi napis SPARTA – TRENER.

W tym samym czasie drugi ze szkoleniowców, który żywiołowo reagował na wydarzenia rozgrywające się w klatce, grzmiał:

– Dajesz, Rafał! Kurwa, to jest to…

Usłyszawszy imię, Merk zerknął w stronę oktagonu, pozostawiając zadane pytanie bez odpowiedzi.

– Przepraszam – powtórzył mężczyzna, domagając się uwagi.

Olgierd ponownie na niego spojrzał.

– Pytałem, czy kogoś pan szuka.

– Nie – skłamał. – W zasadzie nie. Chciałem się tylko rozejrzeć.

– Rozejrzeć?

– Tak. Mogę?

Trener wzruszył ramionami i rozłożył ręce, co sugerowało, że chyba nie widzi przeciwwskazań.

– Chce się pan zapisać?

– Ja? – Merk się uśmiechnął. – Nie, nie. Raczej jestem już za stary.

– Na sport nigdy nie jest za późno – odparł tamten.

– Pewnie ma pan rację, ale szukam miejsca dla mojego syna. – Olgierd wymyślił na poczekaniu bajeczkę. Miał nadzieję, że zabrzmiał wiarygodnie. – Jest odrobinę nadpobudliwy. Myślę, że w takim miejscu jak to pozbyłby się trochę negatywnej energii.

Gość pokiwał głową.

– Ile ma lat?

– Szesnaście.

– Trudny wiek.

– Nie musi mi pan mówić. – Znowu uśmiech. – To co, mogę się rozejrzeć?

– Jasne.

Kiedy mężczyzna odszedł, Olgierd powrócił do obserwowania konfrontacji. Rafał zdobył dosiad. Tłukł Łukasza młotkami, przedzierając się przez nieszczelną gardę. Brutalne *ground and pound* siało coraz większe spustoszenie. Chłopak był jak w amoku. W końcu drzwi klatki się otworzyły, do środka wtargnął trener i zrzucił go z przeciwnika.

– Dobra, dobra, już wystarczy, bo go zatłuczesz!

Rafał podniósł się z klęczek, wyciągnął z ust ochraniacz na zęby i ruszył w kierunku drzwi klatki. Trener odprowadził go wzrokiem i podał rękę pokonanemu, klepiąc go po plecach. Mimo że przegrał, należała mu się pochwała. Nie odklepał, chociaż pod koniec dostawał straszne manto.

Rafał pomaszerował do szatni, w połowie drogi zdejmując przepoconą i zakrwawioną koszulkę. Merk zauważył zarysowane i lśniące mięśnie pleców, tatuaż na prawym ramieniu i co najważniejsze – wyraźnie odkształcone ucho. Odwrócił się i opuścił klub.

Stał wsparty o maskę samochodu, z papierosem w ustach. Czekał. Rafał wyszedł po około dwudziestu minutach. Zdążył wziąć prysznic, wskoczyć w joggery w kolorze moro i narzucić na siebie skórzaną kurtkę. Sportowa torba przewieszona przez ramię podskakiwała na jego prawym udzie. Prawe oko było wyraźnie podpuchnięte i mniejsze od lewego. Trzeba było przyznać, że dzieciak miał zacięcie. Stoczył dobrą walkę, ale sposób, w jaki obijał w zasadzie bezbronnego już rywala, nie spodobał się Merkowi. Podobnie zresztą jak zachowanie trenera, który na to, co się działo w oktagonie, powinien zareagować o wiele szybciej.

Chłopak otwierał bagażnik zdezelowanej mazdy 323F, kiedy Merk stanął obok.

– Niezła walka – powiedział.

Chłopak obrzucił go zaskoczonym, nieufnym spojrzeniem. Niebieskie oczy zmierzyły nieznajomego od stóp do głów, zanim Rafał odpowiedział:

– Dziękuję.

Wrzucił torbę do bagażnika i ruszył w stronę drzwi kierowcy, ewidentnie dając do zrozumienia, że nie jest zainteresowany kontynuowaniem rozmowy. Olgierd obszedł auto i zatrzymał się po drugiej stronie, opierając łokcie na dachu niskiego, sportowego wozu. Rafał przystanął z ręką na klamce.

– Długo trenujesz? – zapytał Merk.

– Dość długo – odparł chłopak chłodno. – Kim pan jest?

Olgierd wydął wargi, na których zaraz potem pojawił się delikatny uśmiech.

– Powiedzmy, że kibicem.

– To był zwykły sparing, żadne KSW. Nie ma czemu kibicować.

Chłopak otworzył drzwi auta i już zamierzał wsiąść, ale Merk odezwał się ponownie.

– Być może, ale nieźle załatwiłeś tamtego gościa…

– Przepraszam, trochę się spieszę. – Jedna noga zniknęła we wnętrzu samochodu, jednak młody fighter zastygł bez ruchu, gdy Merk odezwał się ponownie:

– Powinieneś mieć trochę więcej cierpliwości, chłopcze. Dla kibiców. Być może będziesz kiedyś sławny. A fani zasługują na odrobinę uwagi. W końcu to dla nich wchodzisz do klatki.

– Ja wchodzę do klatki wyłącznie dla siebie – zaprzeczył stanowczo chłopak. – Dla nikogo innego.

Rafał nachylił się, zamierzając wreszcie wsiąść, ale Merk nie dawał za wygraną:

– Jak długo byliście z Agnieszką parą? – zapytał, spoglądając na własne dłonie. Zaczął masować jedną z nich.

Pytanie wyraźnie zbiło dzieciaka z pantałyku. Stał teraz na chodniku pewnie dwiema nogami i wpatrywał się w obcego.

– Nie znam żadnej Agnieszki. Musiał mnie pan z kimś pomylić.

Olgierd westchnął, nie odrywając spojrzenia od własnych pięści.

– Być może – szepnął pod nosem. – Być może…

Chłopak wsiadł do auta. Merk wciąż stał wsparty o dach starej mazdy. Silnik zaskoczył dopiero za trzecim razem i szarpnął nieco lekką konstrukcją. Pasek klinowy zapiszczał niemiłosiernie. Zazgrzytał zużyty mechanizm i z otworu tuż przy tylnej szybie wynurzyła się srebrna antena radiowa. Zatrzymała się w połowie drogi, po chwili wróciła do punktu wyjścia i znowu powędrowała do góry, jakby nie mogła się zdecydować. Merk chwycił za nią i spróbował ją ułamać. Stawiała opór jak soczysta gałązka młodego drzewa, ale w końcu ustąpiła z trzaskiem. Chłopak wyskoczył z samochodu i z niedowierzaniem patrzył na antenę, którą Merk trzymał w dłoni. Teraz bardziej przypominała szkolny wskaźnik.

– Co ty, kur…! – zaczął, ale urwał natychmiast, kiedy dostrzegł przedmiot, który pojawił się w drugiej ręce mężczyzny.

– Wsiadaj – rozkazał Merk, wyciągając pistolet nad dachem.

Ręce, które nie tak dawno siały spustoszenie w oktagonie, powędrowały do góry.

– Człowieku, o co ci cho…

– Po prostu wsiadaj.

Chłopak kłamał. Merk nie miał co do tego żadnych wątpliwości. Widział to w jego oczach, które rozszerzyły się, kiedy padło imię Agnieszki. W sposobie, w jaki wsiadł do samochodu – absolutnie zaskoczony pytaniem – chcąc jak najprędzej przerwać kontakt wzrokowy. Szybka, krótka odpowiedź. Bez chwili zastanowienia, zawahania, analizy… Oczywiste kłamstwo. Przez trzydzieści lat pracy w policji kłamano Olgierdowi w twarz setki razy…

Dzieciak posłuchał. Merk wgramolił się na siedzenie pasażera. Z kolanami wbitymi w deskę rozdzielczą czuł się wyjątkowo niekomfortowo w mikroskopijnym aucie.

– Opuść wreszcie te łapy – rozkazał.

Rafał, nie odrywając wzroku od lufy pistoletu, zacisnął dłonie na kierownicy.

– Jedź. – Merk odrzucił ułamaną antenę na tylne siedzenie.

– Dokąd?

– Jedź.

Zielone autko wytoczyło się na ulicę.

– Wybierzemy się na małą wycieczkę – oznajmił Merk, wpatrując się w przednią szybę. – Nie rób głupstw, to wszystko powinno się dobrze skończyć. Wyjedziemy z miasta.

Zatrzymali się na światłach. Ręce chłopaka wyraźnie drżały na kierownicy, więc zacisnął je na niej tak mocno, że aż pobielały mu kłykcie. Patrzył przed siebie, na długi rząd aut czekających, aż sygnalizator zmieni światło na zielone. Kiedy do jego uszu dobiegł stukot tramwajowych kół, zerknął w lewo. Usłyszał pisk, gdy przez krótką chwilę metal tarł o metal, i dwuwagonowy skład zatrzymał się tuż przy małej mazdzie. Rafał zerknął na pasażerów siedzących z nosami przyklejonymi do szyby. Wyglądali jak manekiny. Gdyby któryś z nich zaszczycił go chociaż chwilowym spojrzeniem, być może dostrzegłby pojedynczą strużkę potu ściekającą mu po skroni albo wyczytał przerażenie w jego szeroko otwartych oczach. Ale nic takiego się nie stało. Pasażerowie byli jak w letargu, pogrążeni w codziennym wielkomiejskim śnie. Rafał też mógłby pomyśleć, że śni, gdyby nie lufa pistoletu, którą ten człowiek co chwila dźgał go w żebra. Tak jak teraz.

– Zielone! – warknął Merk. – Jedź!

Rafał miał taki zamiar. Wbił jedynkę, puścił sprzęgło, ale zaraz potem autem szarpnęło raz, drugi i w końcu silnik zgasł w konwulsjach. Rozległy się klaksony. Chłopak przekręcał gorączkowo kluczyk w stacyjce, obserwując przez przednią szybę oddalające się auta. Jakiś zniecierpliwiony kierowca ominął ich z lewej strony, wjeżdżając na torowisko. Posłał Rafałowi mało przyjemne spojrzenie. Zaraz potem w jego ślady poszli następni. Wreszcie mazda się ocknęła i wystrzeliła do przodu z piskiem opon.

– Spokojnie – powiedział Merk.

– Człowieku, jak mam być spokojny, skoro do mnie celujesz?

Olgierd wsunął dłoń pod siedzenie i sięgnął do znajdującego się pod nim uchwytu. Fotel cofnął się ze zgrzytem o kilkanaście centymetrów. Merk otworzył schowek na rękawiczki, z którego natychmiast wysypały się pogniecione papierzyska, płyty CD i uchwyt do nawigacji.

– Niezły syf. – Merk wsunął dłoń do środka, po omacku eksplorując to, co zostało.

– Czego tam szukasz?

Rafał nie mógł się zdecydować, czy powinien obserwować to, co dzieje się we wnętrzu samochodu, czy raczej skupić się na drodze.

– Jak znajdę, to ci powiem.

Kolejne szpargały lądowały na wycieraczce i w końcu Merk wyprostował się, trzymając w ręku owalny metalowy przedmiot.

– Niezły – ocenił, podsuwając Rafałowi pod nos odrapany kastet. Chwilę później rzucił go na tylną kanapę. Narzędzie wylądowało tuż obok połamanej anteny.

Kolejny sygnalizator i kolejny przymusowy postój. Tym razem Rafał patrzył prosto przed siebie. Pot zaczynał już obficie zalewać mu oczy.

– Dokąd jedziemy? – zapytał ponownie, odruchowo ocierając czoło przedramieniem.

– Mówiłem już – odparł Merk, ponownie wsuwając dłoń do schowka. – Wyjedziemy z miasta. Kieruj się na Świnoujście. – Poczuł pod palcami znajomy kształt. Wydobył przedmiot ze skrytki. – Co my tu mamy? – zapytał, obracając pistolet w ręku.

Znowu ruszyli. Rafał zerknął na broń. Milczał.

– Glock czwartej generacji – stwierdził Olgierd, uważnie się przyglądając znalezisku. Schował za pazuchę własną broń, a potem wyciągnął magazynek z pistoletu chłopaka. Po chwili załadował go z powrotem z głuchym trzaskiem. – Kaliber dziewięć na dziewiętnaście milimetrów. Obustronny magazynek. Można go szybko i sprawnie wymienić, bo zwalniacz został powiększony w porównaniu do tych z poprzednich modeli. Jesteś mańkutem?

Właśnie wjeżdżali na most Długi. Chłopak jechał prawym pasem z przepisową prędkością. Przełknął ślinę i przytaknął ruchem głowy wyraźnie zaskoczony.

– Skąd go masz?

Nie odpowiedział.

– Ktoś, kto polecił ci ten pistolet, musiał znać się na rzeczy. Idealny dla leworęcznego strzelca. – Merk zacisnął dłoń na uchwycie broni. – Faktura rękojeści została zmieniona w stosunku do wcześniejszych generacji. Co ciekawe, ma wymienne nakładki, dzięki czemu bez trudu możesz ją dopasować do kształtu swojej dłoni. Dla mnie zdecydowanie za mała. Ale w sumie świetna spluwa. I bezpieczna, co w przypadku takiego amatora jak ty jest dość ważne.

– Kim jesteś?! – Rafał zerknął na niechcianego pasażera.

– Patrz na drogę.

Chłopak posłuchał.

– Producenci glocka stworzyli go na potrzeby austriackiej armii. Wiedziałeś o tym? Nie spodziewali się, że zrobi taką karierę. Dzisiaj to najpopularniejsza broń policjantów na całym świecie. Swoimi łapskami po prostu ją bezcześcisz.

– Jesteś gliną?

– Mam dla ciebie złą wiadomość – oznajmił Merk. Nie zamierzał odpowiadać na zadane pytanie. – A w zasadzie kilka złych wiadomości. Ale zacznijmy od początku. Broń zostanie u mnie. To po pierwsze. Po drugie, wiem, że kłamiesz, i bardzo mi się to nie podoba. Nie znoszę, kiedy ktoś łże mi prosto w oczy. Wiem, że byliście z Agnieszką parą. Nie mam pojęcia, jak taka dziewczyna mogła się zainteresować taką łajzą jak ty, ale powiedzmy, że to nieistotne. Mogłeś rozegrać sprawę inaczej. Powiedzieć, że Agnieszka zniknęła, a ty nie masz pojęcia, co się z nią stało. Osiągnąłbyś lepszy efekt, gdybyś dodał, że odchodzisz od zmysłów czy coś takiego... Ale w sumie ułatwiłeś mi zadanie. No i po trzecie, i chyba najgorsze: za chwilę się zatrzymamy. Zjedziemy na parking. Chcę, żebyś przygotował się psychicznie na to, co się wydarzy. Zadam ci kilka pytań, a że się odrobinę spieszę, nie będziesz miał zbyt dużo czasu na odpowiedź. Każde kłamstwo, zawahanie, próba ucieczki skończą się dla ciebie solidnym laniem. Rozumiesz?

Cisza.

– Spuszczę ci taki wpierdol, jakiego jeszcze w życiu nie dostałeś, a jedyne, czego potrzebuję, to pretekst.

Właśnie minęli osiedle Słoneczne. Ręce chłopaka jeszcze mocniej zacisnęły się na kierownicy. Merk to zauważył.

– Myślisz, że jesteś twardy?

Cisza.

Merk palnął go w potylicę otwartą dłonią.

– Tak myślisz?!

Rafał sapał, próbując zapanować nad złością. Jego nozdrza rozszerzały się i zwężały. Żuchwa ciężko pracowała.

– Zadałem ci pytanie!

– Tak.

– Nie słyszałem.

– Tak mówią!

– Tak mówią? Kto tak mówi? Ten twój niezrównoważony psychicznie trener?

Krótkie spojrzenie. Wystarczająco jednak długie, aby Olgierd dostrzegł nienawiść gotującą się w niebieskich oczach.

Zbliżali się do drogowskazu na Świnoujście.

– Zjeżdżaj – rozkazał Merk.

Chłopak posłuchał.

– Zatrzymasz się na najbliższym parkingu.

Po kilku minutach skręcili w leśną drogę. Szyszki chrzęściły pod kołami, kiedy auto toczyło się po ubitej ziemi. Kilka zadaszonych miejsc wydzielonych dla chcących odpocząć podróżnych świeciło pustakami. Idealnie.

– Wysiadaj.

Chłopak położył dłoń na klamce, ale zastygł w bezruchu, kiedy Merk odezwał się ponownie.

– Spróbujesz nawiać, a dostaniesz kulkę z własnego gnata. Jak zdążyłeś zauważyć, wiem sporo o broni. Strzelam jeszcze lepiej.

Chłopak wygramolił się z samochodu i uniósł ręce.

– Opuść łapy – rozkazał Merk.

– Solidny wpierdol – burknął młody pod nosem.

– Co?

– Solidny wpierdol. Powiedziałeś, że spuścisz mi solidny wpierdol, jeśli nie powiem ci tego, co chcesz usłyszeć. Bardzo odważnie, biorąc pod uwagę, że to ty masz broń.

Merk stał przez dłuższą chwilę, nie poruszywszy się choćby o milimetr. W końcu opuścił broń i skierował lufę do ziemi. Chłopak obserwował z zainteresowaniem, jak niechciany autostopowicz otwiera tylne drzwi mazdy, nachyla się do wnętrza samochodu i na powrót staje naprzeciwko niego. Kastet wylądował u jego stóp.

– Podnieś – rozkazał Olgierd, wskazując przedmiot lufą pistoletu. Nie był pewien czy to, co zamierzał zrobić, było dobrym pomysłem. Głos w jego głowie, inny od tego, który zazwyczaj zachęcał go, by sięgnął po butelkę, podpowiadał mu, że kompletnie postradał zmysły. Być może właśnie tak było, ale Olgierd czuł, że musi to zrobić. I co więcej, miał na to wielką ochotę. Gówniarz był fighterem. Dobrym fighterem. Ale jednocześnie sporo od niego niższym i – co najważniejsze – lżejszym o co najmniej dwadzieścia kilogramów. To właśnie w tej dysproporcji Merk upatrywał swoją szansę.

Chłopak się wahał. Nie spuszczał oczu z broni. Z niedowierzaniem patrzył, jak Olgierd kładzie ją na masce mazdy.

– Podnieś kastet – powtórzył Merk.

Rafał nachylił się i sięgnął po niego. Zrobił to niemal po omacku, nie odrywając spojrzenia od Merka.

– Zrobimy tak. Jeśli zdołasz mi spuścić solidny wpierdol, jesteś wolny. Jeżeli będzie odwrotnie, powiesz mi wszystko, co chcę wiedzieć.

Chłopak ocenił odległość między bronią i Merkiem. Czy on mówił serio? Olgierd był wysoki. Sporo wyższy od niego. Pewnie w niezłej formie jak na emerytowanego gliniarza, ale... w dalszym ciągu człowiek, który przed nim stał, był tylko niegroźnym dziadkiem. On zaś przez cały czas ciężko trenował. Stał na bramce w klubie. Toczył wojny niemal codziennie, jak nie na ulicy, to w klatce. Wynik tej konfrontacji mógł być tylko jeden. A poza tym czuł pod palcami chłodny metal kastetu. To pozwoliło mu podjąć ostateczną decyzję. Ściągnął z siebie skórzaną kurtkę i odrzucił ją na trawę. Uniósł pięści. Kastet pobłyskiwał na lewej. Prawą nogę wysunął do przodu w sposób charakterystyczny dla walczących z odwrotnej pozycji. Trudno było jednak nazwać ją czysto bokserską, bo wykrok był zdecydowanie za szeroki. Zaczął się rytmicznie bujać na boki, robiąc jednocześnie małe kroki naprzód. Z każdym kolejnym zbliżał się do swojego przeciwnika. Merk stał zupełnie niewzruszony, z opuszczonymi rękoma. Prawy prosty wystrzelił w jego stronę w błyskawicznym tempie, ale Olgierd zbił go lewą dłonią jeszcze szybciej, po czym wypuścił prawy krzyżowy i trafił chłopaka w szczękę. Młody wylądował na tyłku wyraźnie zdziwiony. Cios nie był najmocniejszy, ale i tak Olgierd podejrzewał, że może być po sprawie. Jeśli dostawałeś prosto w zęby, walka zazwyczaj dobiegała końca. Tym razem było jednak inaczej. Dzieciak najpierw przyklęknął na jedno kolano, ale chwilę później stał już na nogach. Był twardy, to trzeba było mu przyznać. Na kolejny furiacki atak Merk nie musiał długo czekać. Pięści młóciły powietrze ze świstem, ale Olgierd każdy cios przyjmował na gardę. Czuł ogień na przedramieniu, ilekroć trafił w nie kastet. W końcu chłopak rzucił mu się do nóg. Merk się tego spodziewał i z całych sił wcisnął jego głowę do ziemi, a zaraz potem wystrzelił prawym kolanem. Rafał tym razem padł na plecy. Z nosa wytrysnęła fontanna krwi. Było po wszystkim.

Chłopak jęczał, kiedy Merk podszedł do niego, rozcierając piekący nadgarstek. Chwycił go za koszulkę, która powoli zmieniała kolor na czerwony, i pociągnął w stronę samochodu. Oparł słabnącego dzieciaka o zderzak auta.

– Kurwa, człowieku, złamałeś mi nos… – Rafał ugniatał palcami kość, która co chwilę zmieniała swojej położenie.

– Na to wygląda. I na tym się skończy, jeśli grzecznie odpowiesz na moje pytania. W przeciwnym razie nos będzie twoim najmniejszym zmartwieniem.

– Jesteś nienormalny!

– Tak mówią.

– Nie możesz! Jesteś gliniarzem…

– A kto tak powiedział?

Chłopak ciężko oddychał. Zakrztusił się, przełykając własną krew. Od czasu do czasu wypluwał jej nadmiar pod buty Merka.

– Co chcesz wiedzieć? – zapytał w końcu.

– Najlepiej zacznij od początku. Kiedy poznałeś Agnieszkę?

– Parę tygodni temu.

– Jak?

– W klubie. Stoję na bramce w weekendy. Wpadła mi w oko.

– Okej. Lody mamy przełamane. Przejdziemy teraz do bardziej konkretnych pytań. Kto ją porwał?

– Nie wiem.

Pięść Merka uniosła się i zawisła w powietrzu tuż nad połamanym nosem dzieciaka. Chłopak natychmiast podniósł ręce w obronnym geście.

– Spokojnie! Coś tam wiem, ale nie mam pewności…

– Mów.

Rafał westchnął. Raz jeszcze otarł twarz. Ręce lepiły mu się od krwi, która zaczynała krzepnąć.

– Na bramce stoję w weekendy, ale w tygodniu zajmuję się też innymi rzeczami. Ja i kilku moich kumpli ze Sparty. Zresztą nie tylko ze Sparty. Pracujemy dla lokalnego watażki.

– Nazwisko.

– Nie znam.

Pięść znowu zatańczyła przed oczami młodego.

– Człowieku, naprawdę nie wiem! To Cygan. Mówią na niego Maks. Jego ludzie czasami najmują nas do jakiejś roboty, kiedy trzeba komuś wpierdolić, ściągnąć dług albo po prostu tylko nastraszyć. Kolesia widziałem kilka razy w życiu. Słyszałem, że ponoć ma jakieś układy z warszawką.

– Mów dalej.

– Któregoś razu jeden z nich pojawił się w klubie z informacją o kolejnej robocie. Myślałem, że chodzi o to, co zawsze, tymczasem on powiedział mi, że mam im wystawić dziewczynę, z którą się zadaję. Nie wiedziałem, o co w ogóle chodzi. Nie chciałem tego robić, ale, człowieku... Tym ludziom się nie odmawia. Nie będę ściemniał, o żadnej miłości nie było mowy, tak naprawdę nie zdążyłem jej nawet dobrze poznać, ale... – przerwał na moment. – Zacząłem pytać tu i tam. Dlaczego akurat chodzi im o nią. Dowiedziałem się tylko tyle, że ponoć interesują się nią jacyś Włosi, którzy rozdają karty w Sztokholmie.

Merk przerwał mu, unosząc dłoń.

– Włosi ze Sztokholmu? Jesteś pewien? Widziałeś ich?

Chłopak pokręcił głową.

– Nie, ale rozumiałem, że to nie przelewki. Nie miałem wyjścia, jednak sam nie potrafiłem wystawić im Agnieszki. Zerwałem z nią jeszcze tego samego dnia. Wiedziałem, że Cyganie mi nie odpuszczą, zwłaszcza że chodziło o włoską mafię. Poprosiłem o pomoc kumpla, z którym stałem na bramce i z którym trenowałem w klubie. Agnieszka ma koleżankę. Raczej jedną z tych łatwych. Kumpel uderzył do niej na fejsie. Wyciągnął ją na imprezę do domu Maksa. Liczyliśmy na to, że Agnieszka z nią pójdzie. Mieliśmy rację. Potem... – Znowu urwał. Już nie patrzył w twarz Merka. Spuścił wzrok, jakby za chwilę miał się rozbeczeć.

– Co było potem?

283

– Dowiedziałem się, że tej Ance udało się nawiać. Ponoć mój kumpel ją wypuścił. Nie wiem, co strzeliło mu do łba, ale dostał kosę od Maksa. Pieprzony Cygan zadźgał go jak psa!

– Gdzie jest teraz Agnieszka?

– Nie wiem.

– Kłamiesz!

– Naprawdę nie wiem. Jak Boga kocham! Pewnie trafiła w końcu do tych Włochów, chociaż pojęcia nie mam, czego od niej chcą…

Chłopak przerwał w pół zdania, widząc, że pochylający się nad nim mężczyzna wstaje.

– Jesteś pieprzonym tchórzem, wiesz o tym? – Merk sięgnął po pistolet, który wciąż leżał na masce samochodu. Wycelował w głowę dzieciaka.

– Nie, proszę. Nie rób tego… Powiedziałem ci, co chciałeś. Mieliśmy umowę. – Skrył głowę w dłoniach, jakby chciał się obronić przed kolejnym gradem ciosów. Zaczął płakać. Kiedy przez kilka następnych chwili nic się nie działo, niepewnie zerknął przez rozcapierzone palce. Zobaczył, jak dziadek, który stłukł go na kwaśne jabłko, szedł w stronę drogi ekspresowej.

32.

Kiedy Merk zatrzymał samochód w rzędzie innych aut przy ulicy Unisławy, zaczynało się ściemniać. Rozmasował bolące nadgarstki. Wciąż miał przed oczami zakrwawioną twarz tego chłopaka. Naprawdę chciał zrobić mu krzywdę. Kiedy mierzył do niego z broni, wcale nie planował nacisnąć spustu, ale głos w jego głowie wyraźnie go do tego zachęcał: „To tacy jak on są odpowiedzialni za śmierć Bożeny – powtarzał. – To tacy jak on są odpowiedzialni za to, co się stało z Natalią…".

Merk popatrzył na poszarzałą elewację kilkunastopiętrowego bloku sięgającego równie poszarzałego nieba. Gdyby nie światła żarzące się w oknach, szeroki i wysoki budynek wyglądałby jak wielki mur z Tolkienowskiej epopei. Zapalił papierosa. Wraz z pierwszym nikotynowym wdechem jego wzrok powędrował w kierunku schowka na rękawiczki. Butelka Wyborowej wróciła na swoje miejsce na wypadek kolejnej trudnej wizyty. Tym razem, co prawda, nie chodziło o Natalię, ale ta, którą zamierzał złożyć dawno niewidzianemu przyjacielowi, też nie miała należeć do najłatwiejszych. Znowu ten głos. Udzielał mu alkoholowej dyspensy, przekonując o wyjątkowości sytuacji. Merk bezwiednie wyciągnął rękę w kierunku deski rozdzielczej, ale zastygł w połowie drogi i ostatecznie objął lewarek skrzyni biegów.

– Niech to szlag – zaklął pod nosem, wysiadając z auta. Zaciągnął się zachłannie jeszcze kilka razy, a potem przyjrzał się uważnie temu, co zostało z papierosa, jakby chciał zyskać absolutną pewność, że wypalił go do cna. Przydepnął niedopałek obcasem buta, postawił kołnierz płaszcza i ruszył przed siebie. Przez dłuższą chwilę stał z palcem wskazującym wymierzonym w podświetloną kombinację cyfr. Etykiety z nazwiskami przy domofonie zdążyły pożółknąć i wyblaknąć, fundując przy okazji odwiedzającym ten przybytek nędzy i rozpaczy nie lada zagadkę. Już miał nacisnąć któryś z przycisków na chybił trafił, kiedy drzwi powoli się otworzyły. Skinął starszej, zgarbionej kobiecinie, lekko się uśmiechając, ale na dobrą sprawę nie był nawet pewien, czy go zauważyła. Zdecydowanie jednak spostrzegł go jej pies, odziany w różowy kubraczek. Zanim podążył za swoją właścicielką, zdążył porządnie obwąchać jego nogawkę.

Liczniki cykały na spowitej w mroku klatce schodowej jak świerszcze letnią wieczorową porą. Merk wymacał na ścianie włącznik światła i bladożółta poświata rozlała się po korytarzu, odsłaniając dość strome schody i lekko uchylone drzwi windy. Ani jeden, ani drugi widok nie był zachęcający, ale ostatecznie Merk zdecydował się na schody, czego pożałował już na wysokości trzeciego piętra. Po stoczonej walce, która przecież i tak nie trwała długo, serce wciąż dawało mu do zrozumienia, że o takich ekscesach już dawno powinien zapomnieć. Właśnie ponownie szykowało się do odegrania rytmu godnego werbla. Ciężko dysząc, otarł pot ze skroni i wsparł się o balustradę, zerkając w szczelinę pomiędzy kolejnymi kondygnacjami. „Które to było piętro?" Nie pamiętał. Obstawiał szóste albo siódme, ale znajomy głos podpowiadał, że ósme też brzmi całkiem prawdopodobnie. Liczył na to, że na drzwiach ujrzy tabliczkę z nazwiskiem. Jeśli jej nie będzie, po prostu zadzwoni. Wolał tego nie robić. Nie chciał rezygnować z elementu zaskoczenia.

Światło zgasło. Nacisnął włącznik, a potem przywołał windę. Podróż na szóste piętro nie trwała długo, ale telepiąca się kabina przypomniała mu wjazd kolejką na Kasprowy Wierch. Kiedy byli tam ostatni raz? Jakieś dziesięć lat temu. Natalia chodziła do pierwszej klasy. Wszedłby na tę górę choćby teraz, byle na kilka chwil móc cofnąć się do tamtych czasów.

Na dwóch z trzech par drzwi widniała tabliczka z nazwiskami, ale żadne nie było tym, którego szukał. Patrząc na trzecie drzwi, poczuł dziwną pewność, że i to nie jest właściwy adres. Wrócił do windy i wjechał piętro wyżej. Od razu zerknął na mieszkanie po prawej. Na starej, mosiężnej tabliczce dostrzegł wygrawerowane nazwisko. Guzowski. Zapukał. Światło znowu zgasło. Nie zdążył go zapalić, kiedy drzwi się otworzyły. Ujrzał szczupłą, odrobinę skonsternowaną twarz Jana, który najwyraźniej nie był pewien, kto stoi u progu jego mieszkania. Sięgnął do włącznika. Stała się jasność.

– Cześć – mruknął Olgierd. – Mogę wejść?

– Oczywiście. Przepraszam. – Guzowski wyglądał, jakby ocknął się z transu. Odsunąwszy się na bok, wyciągnął ramię w zapraszającym geście. Wziął od Merka płaszcz i odwiesił go na samotny hak. – Nie spodziewałem się, że przyjdziesz.

– Ja też nie – przyznał Olgierd.

– Rozgość się. Czego się napijesz?

„Pięćdziesiątka czystej jest tym, czego mi potrzeba. Tak na dobry początek" – pomyślał Merk, ale powiedział coś zupełnie innego.

– Nie pogardzę gorącą herbatą. Na zewnątrz straszny ziąb.

Guzowski zniknął w kuchni oddzielonej od reszty mieszkania kurtyną kolorowych koralików przyczepioną do sufitu. Merk, słysząc szum wody napełniającej czajnik, rozejrzał się po czterdziestometrowym mieszkaniu rozświetlonym bladoniebieską poświatą telewizora. Poczuł się tak, jakby podróże w czasie były jednak możliwe. Miał wrażenie, że stara, chybocząca się winda zdołała przenieść go do wczesnych lat osiemdziesiątych. Pod ścianą pokrytą tapetą w kwieciste wzory stała wersalka. Na wprost niej – niewysoka ława, a po obu jej stronach – fotele z drewnianymi oparciami. Kwadratowy telewizor został wkomponowany w meblościankę z błyszczącej płyty co najmniej dwadzieścia lat temu i najwyraźniej przez cały ten czas nie zmieniał swojego miejsca. Tak wyglądał przybytek mężczyzny, który nie zagrzał miejsca u boku żadnej kobiety. Guzowski ślubował

morzu i jako marynarz spędził większość życia na kiwających się łaj-
bach i śliskich pokładach.

Merk, zastanawiając się, gdzie powinien usiąść, raz jeszcze zerknął na wersalkę przykrytą narzutą w kolorowe wzory. Nie wiedzieć
czemu, przez głowę przeszła mu dziwna myśl. „Ciekawe, czy kiedykolwiek leżała na niej jakaś kobieta?" Olgierd szczerze w to wątpił.
Ostatecznie zdecydował się na fotel i już miał w nim usiąść, kiedy
jego wzrok przyciągnął jakiś ruch w kącie pokoju. Coś zaszeleściło
i Merk aż drgnął, gdy cień ponownie się przemieścił. Cokolwiek to
było, było szybkie, zwinne i... intrygujące. Podszedł bliżej. Nachylił
się, marszcząc brwi. Na szafce stało akwarium. Obok niego lampka
nocna. Nacisnął włącznik i kiedy ujrzał dwoje wpatrujących się w niego
błyszczących ślepi, odruchowo się cofnął. Mały różowy nos poruszał
się szybko, a wraz z nim długaśne wąsy. Ich właściciel przykucnął na
tylnych łapkach, przednie unosząc. Szczur nie wyglądał na jednego
z tych, które czasami trzyma się w domu w roli pupila rodziny. Nie
miał białego albo biało-czarnego umaszczenia jak większość gryzoni
ze sklepu zoologicznego, tylko ciemnoszarą sierść jak jego pobratymcy
z miejskich kanałów. Na dodatek miał rozmiary kocięcia i Merk podejrzewał, że opuszcza swój szklany dom, kiedy tylko mu się podoba.

Olgierd oderwał wzrok od dzikiego lokatora dopiero w chwili, gdy
usłyszał gwizd czajnika. Niedługo potem plastikowe koraliki znowu
zabrzęczały, zwiastując nadejście gospodarza. Jan postawił na ławie
tacę z cukiernicą i trzema szklankami. Dwie z nich, wciśnięte w bla-
szane uchwyty, wypełniał ciemny napój. Herbata musiała być mocna
jak diabli. Do trzeciej szklanki Jan wrzucił kilka słonych paluszków.

– Tylko to mi zostało – powiedział przepraszającym tonem. –
Gdybym wiedział, że przyjedziesz, to...

– Wystarczyłaby sama herbata – odparł Merk i ponownie spojrzał w stronę akwarium. – Fajne zwierzątko.

Olgierd mógłby przysiąc, że na wysuszonej twarzy przyjaciela dostrzegł cień uśmiechu. Jan wyłuskał ze szklanki dwa paluszki

i podszedł do akwarium. Zastukał lekko w szklaną szybę i nagle gryzoń wskoczył na krawędź akwarium z niesamowitą zwinnością, po czym znieruchomiał. Czekał z pazurkami zwiniętymi w pięści. Długi brudnoróżowy ogon zwisał wzdłuż ściany. Jego koniec dotykał rozgrzebanych trocin. Merk przypuszczał, że właśnie ta najdłuższa część ciała szczura pozwala mu utrzymać równowagę. Guzowski podał kawałek paluszka swojemu pupilowi. Różowe łapki przechwyciły kąsek, a ostre żółte ząbki szybko zabrały się do roboty. Po chwili Guzowski podał zwierzęciu następny kawałek, a szczur wypuścił to, co trzymał, i sięgnął po kolejną porcję. Niby nie było w tym nic nadzwyczajnego, ale pierwszy paluszek wpadł pomiędzy trociny. Merk wiedział, że gryzoń odłożył zapasy na później. Wpatrywał się w całą scenę jak zahipnotyzowany.

– Wiesz, że gdyby szczury ważyły dwadzieścia kilogramów więcej, to one byłyby panami świata, a nie my? – zapytał Guzowski, czule drapiąc zwierzę tuż nad nosem. – Tak twierdził Albert Einstein i ja mu wierzę.

Wrócił do fotela i usiadł. Szczur zrozumiał, że pora kolacji i czułych pieszczot się skończyła, i z powrotem wskoczył do akwarium. Merk poszedł w ślady gospodarza. Posłodził herbatę i ostrożnie przyłożył szklankę do ust.

– Skąd go masz? – zapytał.

– Sam do mnie przyszedł. Wylazł ze zsypu na śmieci. A ja – w przeciwieństwie do reszty świata – go nie wypędziłem.

Merk poczuł, jak zaczyna go mdlić. Pogorszyło mu się, kiedy zauważył, że Jan sięga po paluszek i po chwili wciska go sobie do ust. Jeszcze przed chwilą tą samą dłonią pieścił gryzonia.

– Prawdopodobnie w tym mieście szczurów jest trzy razy więcej niż mieszkańców – ciągnął Guzowski. – Szczecinianie robią wszystko, aby je wytępić, nie chcąc pogodzić się z faktem, że na dobrą sprawę to niemożliwe. Zamiast tracić na to czas, powinni się nauczyć żyć z nimi w symbiozie.

Olgierd siorbnął łyk i raz jeszcze zerknął w stronę akwarium.

– Gdzieś czytałem, że w jednym z warszawskich szpitali szczury zjadły ludzkie zwłoki.

Guzowski poprawił się w fotelu.

– Ludzie lubią opowiadać bajki na temat szczurów. Boją się tego, czego nie znają. Ale to możliwe. Wygłodniałe stado mogłoby sobie poradzić z ludzkim ciałem. Szczur zazwyczaj schodzi ludziom z drogi. Atakuje tylko w sytuacji zagrożenia. Może podskoczyć nawet do wysokości półtora metra. Ten tutaj należy do zwiadowców. – Jan wskazał brodą akwarium.

– Zwiadowców – powtórzył Merk.

– Taa. Ci najsilniejsi pozostają niewidoczni dla ludzkich oczu. Żerują nocą. W dzień wysyłają na zwiady słabsze osobniki. Mają rozeznać się w terenie, odwalić najgorszą robotę. I to one najczęściej giną. Struktura szczurzego stada przypomina odrobinę mafijny schemat organizacyjny. Są szeregowi żołnierze i członkowie zarządu. – Nastała krótka chwila ciszy, podczas której Guzowski przyglądał się Merkowi uważnie. – Ale jak mniemam, nie przyszedłeś tutaj, aby rozmawiać o szczurach.

Merk westchnął i odstawił szklankę na ławę. Guzowski zerknął na jego sine nadgarstki i zakrwawione mankiety koszuli.

– Co ci się stało? – zapytał.

– Zrobiłem, jak prosiłeś. Dowiedziałem się kilku rzeczy.

– Najwyraźniej nie było łatwo.

– Trochę zardzewiałem. Ale nie martw się, to nie moja krew.

– Ale ręce już tak. Może przyniosę lód?

Merk zignorował pytanie i opowiedział Guzowskiemu wszystko, co udało mu się ustalić. Wspomniał o Maksie i koleżance Agnieszki, którą ostatecznie uwolniono. Napomknął o makabrycznej przesyłce, którą porywacze wysłali Marcie Makowskiej. Jan, słysząc o fragmencie skóry zapakowanej w biżuteryjne pudełko, aż się wyprostował w fotelu. Na koniec Olgierd zostawił zawodnika MMA, któremu rozkwasił nos.

– Miałeś rację. To Włosi zlecili porwanie – przyznał, choć nie przyszło mu to łatwo. Kiedy Jan zadzwonił do niego po raz pierwszy, Merk myślał, że Guzowski się myli. Chciał wierzyć, że Agnieszka naprawdę stała się przypadkową ofiarą jakichś amatorów, chcących wyłudzić parę tysięcy. Pokonany na leśnym parkingu fighter ostatecznie pozbawił go złudzeń.

Nagle Guzowski wstał z fotela i podszedł do komody. Przez chwilę grzebał w szufladzie, a potem położył na stole kilka kartek formatu A4.

– Co to jest? – zapytał Merk.

– Wiktor przesłał mi to mailem – wyjaśnił Jan.

Merk raz jeszcze rozejrzał się po mieszkaniu w poszukiwaniu jakiegoś archaicznego komputera, który wcześniej mógł umknąć jego uwadze. Nie znalazł go, więc skupił wzrok na wydrukowanych fotografiach. Widniała na nich twarz martwego mężczyzny, któremu wycięto na wargach znak krzyża. Poczuł, że znowu musi się napić.

– Wiktor jest już w Warszawie – rzekł Guzowski. – Powinien być w Szczecinie około północy.

– W jaki sposób Włosi dowiedzieli się, że Wiktor żyje?

Guzowski popatrzył na swoje wielkie dłonie. Potarł je nerwowo.

– Był na pogrzebie swojego syna. Prosiłem, aby nie przyjeżdżał, ale nie chciał słuchać. To wtedy lokalni albo ludzie z Warszawy musieli go przyuważyć.

– Dureń… – szepnął Merk pod nosem.

– Nigdy się nie pogodził z tym, co się wydarzyło… Co spotkało jego i… Adama.

Olgierd sięgnął po plik zdjęć. Wpatrywał się w twarz martwego mężczyzny, ale oczami wyobraźni widział Wiktora. Nie miał wątpliwości, że tamten użala się głównie nad własnym losem, a nie losem rodziny, którą porzucił przed laty, wyjeżdżając do Szwecji. To tam poznał Mikaela Jönssona. Ten z kolei zabrał go do Neapolu i przedstawił bossowi jednego z klanów camorry. Kiedy Wiktor nawiązał współpracę z nowymi „przyjaciółmi", sądził, że złapał Pana Boga za nogi. Chciał zdobyć nowe rynki zbytu dla swoich ciuchów. Tymczasem wrobiono go w przemyt i oprócz sukienek, bluzek oraz garniturów miał przewozić narkotyki i broń. Czasami Merkowi przychodziło do głowy, że właśnie w taki sposób Bóg postanowił go ukarać…

– Kiedy Wiktor uciekł do Stanów, poprosił mnie, abym monitorował sytuację na miejscu – ciągnął Guzowski, wyrywając Merka z zamyślenia. – Często śledziłem rodzinę Adama. Po jego śmierci przesiadywałem pod domem Marty i dzieciaków i informowałem Wiktora na bieżąco. Musisz wiedzieć, że rodzina jego syna nigdy nie była mu obojętna.

Olgierd westchnął, odrzuciwszy na stół plik zdjęć. Przez kilka chwil siedział w milczeniu. W końcu wstał i ruszył w stronę drzwi.

– Daj mi znać, gdy przyjedzie – powiedział, sięgając po płaszcz. – Zanim znowu zrobi coś głupiego.

33.

HÄRNÖSAND

Jeżeli turysta odwiedzający Härnösand chciał się napić piwa, zazwyczaj odsyłano go do centrum. Prawdopodobnie zabrakłoby mu wieczoru, aby odwiedzić każdy z pubów. Nikomu jednak z tutejszych nie przyszłoby do głowy, by polecać przyjezdnym U Jensa. U Jensa nie było pubem, tylko barem, do którego w zasadzie bardziej pasowało określenie „speluna".

Sven Jönsson zatrzymał pick-upa i przez dobre kilka minut wpatrywał się w migające s. Wiedział, że właściciel nie zamierzał naprawiać neonu. W pewnym sensie to był znak rozpoznawczy tego miejsca. Opuścił szybę i zapalił papierosa. Do wnętrza wdarł się chłodny listopadowy wiatr, który porwał siwą smużkę dymu. Z głośników sączyła się muzyka, ale Sven nie słuchał.

Judith spała, kiedy się wymykał. Taka ilość środków nasennych powaliłaby nawet konia. Siedzieli w salonie, a on wpatrywał się w ekran telewizora, delikatnie gładząc ją po włosach. Był przy niej przez cały czas, chociaż kosztowało go to wiele sił. Chciał coś zrobić, cokolwiek. Nie mógł po prostu siedzieć bezczynnie w domu i czekać Bóg jeden wiedział na co. Prosiła jednak, żeby został. Zupełnie jak tamtej nocy przed dziesięcioma laty, kiedy U Jensa spotkał Judith po raz pierwszy. A może raczej to ona spotkała jego? Jakkolwiek było, tego wieczoru zmieniło się życie ich obojga. Nigdy później nie przekroczył progu baru. Aż do dzisiaj.

Mieszkał w Härnösand od miesiąca. Za krótko, aby się zadomowić, i wystarczająco długo, żeby zrozumieć, że dla tutejszych zawsze będzie obcy. Zatrudnił się na pobliskiej budowie. Miał trochę oszczędności, więc wynajął pokój na poddaszu u wdowy o wdzięcznym imieniu Margaret. Margaret – kobieta niewątpliwie piękna, choć dobiegająca pięćdziesiątki, z czym wyraźnie nie mogła się pogodzić – każdego wieczoru przynosiła mu ciastka i mleko. Prawie jak matka, którą przecież na dobrą sprawę mogłaby być. Któregoś razu dwudziestoczteroletni Sven wrócił zmęczony po pracy, a jedyne, o czym marzył, to prysznic i łóżko. Kiedy stał pod strumieniem gorącej wody, wsparty o ścianę, a jego obolałe ciało powoli zaczynało się rozluźniać, usłyszał skrzypnięcie drzwi łazienkowych. Tamtego wieczoru dotarło do niego, że Margaret nie chciała mu matkować. Odsunęła zasłonkę. Zardzewiałe metalowe kółka zaszurały na zawieszonej pod sufitem szynie. Przylgnęła do niego całym ciałem, oznajmiając szeptem: „Umyję ci plecy". Jak powiedziała, tak też zrobiła, a on nie protestował. I nie skończyło się na plecach… Zrobili to jeden, jedyny raz i Sven bardzo szybko zrozumiał, że to był błąd. Każdego dnia po robocie, mimo zmęczenia, zamiast iść do domu, jeździł po okolicy. Robił wszystko, aby uniknąć spotkania z Margaret, chociaż musiał przyznać, że brakowało mu jej… ciasteczek.

W taki oto sposób trafił do baru. Neon przyciągał jego wzrok, tak jak on przyciągnął spojrzenia stałych bywalców knajpy, kiedy przekroczył jej próg. Niektórzy znali go z widzenia. Młodego, nowo przybyłego do ich miasta mężczyznę o chłodnych brązowych oczach. Zdążyli się zorientować, że skryte za obfitym zarostem usta czasami unoszą się w czymś na podobieństwo uśmiechu, ale spojrzenie nie zdradza żadnych emocji. Tak też było i tym razem, kiedy kiwnął głową w kierunku kilku miejscowych, których kojarzył z placu budowy. Wiedzieli, że był silny. Czasami obserwowali jego lśniące od potu mięśnie, gdy tachał kolejne worki z cementem. Zerkali na niego podczas przerwy, kiedy stał, w samotności paląc papierosa lub nalewając kawę z termosu. Żaden z nich nie zdecydował się jednak, aby poznać go bliżej.

Sven klapnął na barowym stołku, pochwytując spojrzenie ładnej blondynki siedzącej w rogu. Towarzyszyło jej dwóch sporo od niej starszych mężczyzn. Ona pierwsza oderwała wzrok. Odłożył na kontuar czapkę z daszkiem i przeczesał dłonią zdecydowanie za długie włosy. Barmanów było dwóch, ale każdy z nich miał coś do roboty. Jeden nalewał piwo, drugi się na niego gapił.

– Ty jesteś Jens? – zapytał Sven.

Tamten aż drgnął, mało nie połykając trzymanej w zębach wykałaczki. Nie spodziewał się, że obcy przemówi pierwszy. Już chciał odpowiedzieć, ale nagle zabrakło mu języka w gębie. Nie zdarzało mu się to często.

– Nad wejściem wisi neon U Jensa – ciągnął Sven, wskazując kciukiem za ramię. – To twoja knajpa?

Wykałaczka powędrowała z jednego kącika ust do drugiego, kiedy barmanowi wreszcie udało się odezwać.

– Knajpa jest moja. Ale to nie ja jestem Jens.

Sven zerknął na drugiego barmana, który na oko mógł być mniej więcej w jego wieku.

– On też nie – wyjaśnił chłopak.

Zaczesane do góry, lekko już przerzedzone włosy lśniły w barowym świetle, sprawiając wrażenie mokrych. Gęsta sieć zmarszczek i blizn, które pokrywały gładko ogoloną twarz o ostrych rysach, zdradzała, że facet ma około pięćdziesięciu, może sześćdziesięciu lat i brał udział w niejednej bójce. Z taką aparycją wyglądał jak stary recydywista żywcem wzięty z filmów Tarantina.

– Jestem Mats – powiedział, wyciągając rękę w kierunku Svena. – Mats Bengtsson.

– Sven Jönsson – odparł Sven, ściskając mu dłoń. Była to trzecia dłoń, którą uścisnął od chwili przybycia do Härnösand. Pierwsza należała do Margaret Öhman, a druga do Larsa Lindmana, właściciela firmy budowlanej, w której zatrudnił się na czarno.

– Jens to mój ojciec – wyjaśnił Mats. – Odziedziczyłem tę budę po nim. Nie wyobrażam sobie, bym mógł zmienić nazwę. A więc, Sven, czego się napijesz?

– Zacznijmy od zimnego piwa.

Mats kiwnął głową i sięgnął po stojący obok kufel. Zanim podszedł z nim do nalewaka, szkło obróciło się w powietrzu dwa razy i bezbłędnie wylądowało w dłoni barmana.

– Nigdy wcześniej cię nie widziałem. Od dawna jesteś w Härnösand? – zapytał, nalewając piwo. Gdy kufel był już prawie pełen, delikatnie nim potrząsnął, w wyniku czego na górze powstała idealna piana. Mats podał piwo klientowi.

– Od miesiąca. – Sven poczuł przyjemny chłód, kiedy zacisnął palce na uchu naczynia. Upił pierwszy łyk i wytarł usta.

– Skąd przyjechałeś?

– Ze Sztokholmu.

Bengtsson cicho gwizdnął pod nosem, a potem wykrzywił usta jakby w geście uznania. Bez skrępowania przyglądał się Svenowi.

– No proszę. Muszę przyznać, że nie wyglądasz na chłopaka ze stolicy. Bez urazy.

– I chyba dlatego postanowiłem wyjechać. Powiedzmy, że tam nie pasowałem.

– Rozumiem. Gdzie się zatrzymałeś?

– U Margaret Öhman.

Kiedy stary barman trzasnął dłonią w bar, Sven mało nie ugryzł szkła.

– No tak! A gdzie indziej miałbyś mieszkać, jeśli nie u Margaret? – zaśmiał się, delikatnie trącając go w ramię.

Svenowi to się nie spodobało.

– Znasz ją?

– Tutaj, mój drogi, znają ją wszyscy. Margaret słynie ze swojej gościnności i… ciasteczek oraz mleka. Rozumiesz? – Mats puścił do niego oko i znowu się zaśmiał. – Kiedyś znaliśmy się z Margaret o wiele lepiej. Byliśmy, jak to się mówi, w bliskich stosunkach. Demon nie kobita, mówię ci. Zresztą co ci będę gadał, pewnie sam zdążyłeś się przekonać. Ostatnią laskę zrobiła mi jakieś dwadzieścia lat temu, a ja wciąż o tym śnię, rozumiesz, chłopie? Pukałem do jej drzwi wielokrotnie, ale całkiem się jej w głowie pomieszało. Jeśli liczysz sobie więcej niż trzydzieści parę lat, nie masz czego u niej szukać.

Sven wiedział już, że będzie musiał rozejrzeć się za innym lokum. Im szybciej, tym lepiej. Gapił się w jeden punkt, sącząc piwo. Wyraźnie stracił chęć na dalszą konwersację. W przeciwieństwie do nowego znajomego.

– Gdzie się załapałeś do roboty?

– U Lindmana.

– U Lindmana? – westchnął barman. – No to uważaj, chłopaku, Lindman to…

– Chyba masz klienta – przerwał Sven, zerkając w lewo.

Młody barman uwijał się jak w ukropie, ale chętnych do wodopoju było więcej, niż mógł ich obsłużyć. Bengtssonowi zrzedła mina. Bezbłędnie zrozumiał aluzję i bez słowa pożegnania przyszedł młodemu z odsieczą.

Sven obracał pusty kufel, czując, że zainteresowanie bywalców baru jego osobą nie słabnie. Co jakiś czas wyłapywał ciekawskie spojrzenie. Blondynka siedząca w kącie gdzieś zniknęła, podobnie jak towarzyszący jej znajomi. Zastanawiał się, jaka jest szansa, że Margaret już śpi. Był zmęczony, a jutro z samego rana musiał się stawić na placu budowy. Rzucił na bar pomiętolone pięćdziesiąt koron, włożył czapkę, wcisnął ręce do kieszeni i powlókł się do wyjścia.

Kiedy wyszedł, zobaczył jakieś zamieszanie w pobliżu swojego samochodu. Na początku pomyślał, że to właśnie jego pick-upem zainteresowały się trzy stojące na parkingu osoby. Odetchnął z ulgą, gdy okazało się, że jest inaczej. Podszedł bliżej i dopiero teraz dostrzegł znajomą twarz blondynki z baru. Szedł skupiony na drzwiach swojego wozu, kiedy usłyszał podniesiony głos jednego z towarzyszących jej mężczyzn.

– Wsiadaj do samochodu!

– Nie chcę! – protestowała dziewczyna.

– Mam w dupie, czego chcesz, a czego nie! Już dość wypiłaś za moją forsę! Uzgodniłem wszystko z twoim ojcem. Powiedziałem: wsiadaj!

– Nie!

Pociągnął ją za podwinięty rękaw dżinsowej koszuli. Do uszu Svena doleciał charakterystyczny odgłos rozrywanego materiału. Zaparła się całym ciałem. Drobne stopy skryte w trampkach zagrzebały się w piachu. Drugi z napastników, stojący za plecami dziewczyny, uniósł ją i rozkazał pierwszemu, by otworzył drzwi. Wyrywała się, machając rozpaczliwie nogami, które nie mogły znaleźć podparcia. Sven przyglądał się zajściu z dłonią zaciśniętą na klamce pick-upa.

– Zostawcie ją – powiedział.

Facet, który otwierał drzwi, spojrzał na niego zdziwiony. Ile mógł mieć lat? Pięćdziesiąt, sześćdziesiąt? Rysujący się pod podkoszulkiem wyraźny kształt brzucha i spore zakola mogły sugerować drugą opcję.

– Wsiadaj do samochodu i jedź w swoją stronę, synku. Nie wpierdalaj się!

Drzwi się otworzyły. Wepchnęli dziewczynę do środka. Próbowała je otworzyć. Słychać było, jak mocuje się z uchwytem, jak raz po raz uderza w szybę otwartą dłonią.

Sven podszedł do paki samochodu. Nie spieszył się, ale wciąż nie odrywał wzroku od dwóch mężczyzn, którym – w przeciwieństwie do niego – najwyraźniej zależało na czasie. Półtorametrowa rurka, którą zawsze woził ze sobą, służyła jako przedłużka do klucza do kół. Gumę złapał już kilka razy i zawsze się sprawdzała. Dzisiaj miała zadebiutować w nowej roli.

Napastnicy wyprostowali się na widok młodego mężczyzny zmierzającego w ich stronę z błyszczącą pałką w dłoni. Jeden z nich wyciągnął przed siebie ramię w geście sugerującym, że nie chce kłopotów, ale na to było już za późno. Drugi, grubas każący mu wcześniej wypierdalać, sięgnął ręką za pasek, i to on dostał jako pierwszy. Metalowa rurka trafiła go w głowę na wysokości ucha, z którego bryznęła krew. Dziewczyna patrzyła na leżącego na ziemi mężczyznę, zakrywszy usta dłonią. Myślała, że nie żyje. Żył, ale tego wieczoru już na zawsze stracił słuch w lewym uchu. Jego towarzysz rzucił się do ucieczki i Sven nie zamierzał go gonić. Zamiast tego otworzył drzwi samochodu.

– W porządku? – zapytał, pomagając dziewczynie wysiąść.

– Chyba tak – wyjąkała.

Kiwnął głową i ot tak, odszedł w kierunku swojego auta.

– Zaczekaj! – zawołała za nim.

Zatrzymał się. Obejrzał się przez ramię.

– Dziękuję.

Wsiadł. Już miał odjechać, ale w bocznym lusterku dostrzegł, że dziewczyna wciąż stoi w miejscu jak słup soli. Odkręcił szybę.

– Chyba lepiej będzie, jeśli już pójdziesz. – Zerknął na tarzającego się po ziemi mężczyznę, który trzymał się za ucho i nie przestawał jęczeć. Pomiędzy jego palcami sączyła się krew. – Tu nadal nie jest bezpiecznie.

– Nie mam dokąd – odparła.

Oparł głowę o zagłówek i ciężko westchnął. Ruszył. Nakreślił niewielkie koło i zatrzymał się tuż przy niej, po czym otworzył drzwi pasażera.

– Jak masz na imię?

– Judith.

– No to wsiadaj, Judith.

Tego wieczoru Margaret Öhman nie zamierzała kłaść się spać wcześnie. Siedziała w kuchni, wpatrując się w ułożone na talerzu ciastka. Wyczekiwała znajomego warkotu amerykańskiego silnika, ale ten, nie wiadomo czemu, wciąż nie rozcinał nocnej ciszy. Mleko stało w mikrofalówce. Podgrzewała je już dwukrotnie. Blond włosy spięła w kok. Kilka niesfornych kosmyków opadało na jej opalony kark. Miała na sobie jedynie atłasowy szlafrok. Materiał kleił się do ciała, które dokładnie wysmarowała olejkiem. Kiedy usłyszała charakterystyczny ryk, podbiegła do okna. Samochód właśnie parkował przed domem. Zgasiła lampkę i podeszła do mikrofalówki. Nastawiła podgrzewanie na trzydzieści sekund. Duży kubek obracał się na talerzu, a podniecona kobieta ponownie wyjrzała na zewnątrz. Kiedy zauważyła, że chłopak przywiózł towarzystwo, wyprostowała się, długo nie mogąc uwierzyć własnym oczom. Mikrofalówka zapiszczała trzy razy, sygnalizując koniec programu. Margaret wyjęła ciepły kubek i wylała jego zawartość do zlewu. A potem czym prędzej pobiegała na górę. Chciała być w swoim pokoju, zanim otworzą się drzwi.

Dziesięć lat temu Sven Jönsson przyjechał do baru U Jensa, aby wypić piwo i przeczekać dwie godziny w nadziei, że po powrocie dane mu będzie bez przeszkód zmrużyć oko. Nie szukał kłopotów. Same go znalazły. Ale oprócz nich znalazł również przyszłą żonę.

Dzisiejsza noc była zupełnie inna. Sen omijał go szerokim łukiem, a on przyjechał do Jensa w konkretnym celu. Wiedział, że tym razem będzie musiał narozrabiać.

Wysiadł z auta i rzucił na ziemię niedopałek papierosa. Obchodząc samochód, zatrzymał się przy pace. Stara, pordzewiała rurka wciąż leżała na swoim miejscu. Przez chwilę zastanawiał się, czy nie zabrać jej ze sobą, ale porzucił ten pomysł. Wchodząc do baru z pałką w dłoni, zdradzasz swoje intencje. Barman nie pyta cię wtedy, czego się napijesz, tylko od razu chwyta za telefon i dzwoni po gliny.

Kiedy wszedł do środka, wspomnienia odżyły. Był tu raz w życiu, ale mógłby przysiąc, że od tamtego czasu to miejsce w ogóle się nie zmieniło. Ta sama klientela. Ten sam wystrój… Krótko mówiąc, ten sam syf. Sven miał wrażenie, że z głośników leci nawet ta sama muzyka. Spojrzenia klientów baru skupiały się na drzwiach za każdym razem, gdy te się otwierały. Przed dziesięcioma laty przekraczał próg jako obcy. Był samotnym wilkiem wchodzącym na teren innego stada. Dzisiaj było podobnie, z tą różnicą, że był ranny i krwawił, a to nie mogło wróżyć niczego dobrego. Tak jak wtedy, tak i teraz jego pojawienie się sprawiło, że głośne rozmowy nagle ucichły, jakby ktoś wyłączył dźwięk.

– Sven – powiedział Mats, kiedy Jönsson usiadł na stołku, kładąc na barze czapkę. W zasadzie trudno było to uznać za powitanie, ale Sven odpowiedział:

– Cześć, Mats.

– Dawno cię nie widziałem.

– I wzajemnie.

Minęli się gdzieś na mieście jakieś dwa lata temu. Wymienili szybkie uprzejmości. Bengtsson nie zmienił się zbytnio od tego czasu, ale w porównaniu do mężczyzny z ich pierwszego spotkania sprzed dekady różnica była zauważalna. Czas nie oszczędza nikogo. Żylaste, wytatuowane ciało skryte pod czarnym barmańskim podkoszulkiem straciło dawną jędrność. Włosów zostało niewiele, a te, które przetrwały, mieniły się srebrem w mętnym barowym świetle. Kiedy Sven uścisnął Matsowi dłoń po raz pierwszy, właściwie go nie znał. Podając mu rękę dzisiaj, po dziesięciu latach mieszkania w Härnösand, wiedział o nim o wiele więcej. Wszystkie tatuaże Bengtssona powstały w więzieniu. Podobno Mats zabił człowieka. Tak głosiła plotka. Ale ludzie mówią różne rzeczy. Każdy miał jakąś przeszłość. Sven także. Być może jeszcze barwniejszą niż większość bywalców tej speluny. Dzisiaj obchodziło go to, co będzie, a nie to, co było. Zamierzał wziąć przyszłość we własne ręce.

Rozejrzał się wokoło. Przez chmury papierosowego dymu dostrzegał zgarbione sylwetki unoszące do ust kufle z piwem. Rozmowy znów trwały w najlepsze. Jakiś gość walnął pięścią w stół. Z rogu sali do uszu Svena dobiegł dziki śmiech. Ktoś musiał opowiedzieć niezły dowcip. Bile uderzały o siebie, nogi krzeseł szurały po podłodze. Z automatu do gry posypały się dziesięciokoronówki. Ktoś miał fart.

– Mam wrażenie, że to miejsce w ogóle się nie zmieniło – oznajmił Sven.

– I dobre masz wrażenie. Ni cholery się nie zmieniło. Po co poprawiać coś, co przyciąga tłumy? – Mats rozłożył ręce, jakby chciał powiedzieć: „Zobacz, to wszystko jest moje". – Myślałem o remoncie, o małej metamorfozie, ale boję się, że bar straciłby duszę. Te ściany mają śmierdzieć piwskiem i papierosowym dymem, a nie świeżą farbą, rozumiesz?

Sven uśmiechnął się pod nosem. Rozumiał.

– Piwo nadal masz to samo?

Mats chwycił za kufel.

– Jasne! – Już miał ruszyć w kierunku nalewaka, ale Sven zatrzymał go ruchem dłoni.

– Dzisiaj potrzebuję czegoś mocniejszego. Daj mi whisky, najlepiej podwójną.

Lód zabrzęczał, lądując w szklance, i zatrzeszczał, kiedy brunatny trunek wypełnił ją niemal po brzegi. W końcu Mats postawił ją przed dawno niewidzianym gościem.

– Na koszt firmy – oznajmił Bengtsson, opierając się o bar.

– Dzięki, Mats – odparł Sven z uśmiechem. – Muszę przyznać, że trochę kiepski ze mnie klient – powiedział, drapiąc się po czole. – Ostatni raz byłem tu przed dziesięcioma laty i zamówiłem jedno piwo. Kiedy pojawiam się ponownie, dostaję drinka na koszt firmy.

Mats Bengtsson się zaśmiał.

– Cholera, masz rację, Sven. Ale pamiętam, że zostawiłeś sto procent napiwku.

Jönsson uniósł szklankę w geście toastu i wypił pierwszy łyk. Odstawił drinka i utkwił spojrzenie w whisky. Uśmiech szybko zniknął z jego twarzy. Mats bacznie mu się przyglądał. Nastała cisza, której ciężar szybko stał się nie do zniesienia.

– Przykro mi z powodu twojego chłopaka, Sven – powiedział w końcu Bengtsson. – Jakieś wieści? Policja coś ma?

Sven otarł twarz dłonią. Po raz drugi uniósł szkło i tym razem wypił do dna. Barman napełnił je ponownie, zanim Sven zdążył otworzyć usta.

– Gówno ma, Mats. Prowadzą to swoje śledztwo. Wypytują ludzi. Niby szukają. Blokują drogi. Coś tam przebąkiwali o możliwości uprowadzenia dla okupu, ale minęło już kilka dni i cisza. Całą tę ich teorię można o kant dupy potłuc.

– Przykro mi, stary. Nie wiem, co powiedzieć… Jak Judith to znosi?

– Nie znosi. Funkcjonuje tylko dzięki prochom.

– A ty? Masz jakiś pomysł, kto to mógł być?

Jönsson zaprzeczył ruchem głowy. Zacisnął zęby, aż Mats zobaczył, jak napinają się mięśnie jego żuchwy.

– Mam trochę znajomości, Sven. Pewnie wiesz. Znam ludzi, których lepiej nie znać. Popytam tu i tam. Może ktoś coś słyszał.

– Dzięki, Mats.

– Nie ma za co. – Bengtsson z wyraźnym niezadowoleniem zauważył, że dwóch klientów czeka przy barze, aż właściciel łaskawie poświęci im trochę uwagi. – Przepraszam. Zaraz wracam.

– Jasne.

Jönsson lubił Matsa. Nie znali się za dobrze, ale dość szybko nawiązali nić porozumienia. Pewnie pod wieloma względami byli podobni. Ulepieni z tej samej gliny. Teraz jednak Sven cieszył się, że Bengtsson wrócił do roboty, zostawiając go samego. Nie przyszedł tu na pogaduszki. Dopił drinka, odwrócił się na stołku i oparł łokcie na barze. Przeczesywał pomieszczenie wzrokiem. Stolik po stoliku, krzesło po krześle… Szukał. W końcu znalazł. Jerk i Hans rozgrywali partyjkę bilardu. Jerk szykował się do strzału, położywszy niemal cały brzuch na stole obszytym zielonym materiałem. Hans polerował końcówkę kija, jakby za chwilę miał zamiar wbić go w wypięty tyłek kumpla. Ciekawe, czy go zauważyli? Sven nie miał wątpliwości, że tak. Jego obecność nie umknęła żadnemu bywalcowi baru. Po prostu udawali, że jest inaczej. Ruszył w ich stronę.

– Kto wygrywa? – zapytał, opierając się o stół.

Jerk Magnusson wyprostował się natychmiast. Wyglądał na zaskoczonego. Jak na półgłówka, za którego zawsze uważał go Sven, był niezłym aktorem.

– Yyy, jest remis. Rozgrywamy trzecią partię. – Jerk zerknął na Hansa, jakby oczekiwał, że tamten potwierdzi. – Chcesz zagrać?

– Nie, dzięki. Nie jestem dobry w te klocki – odparł Sven.

Przez chwilę się nie odzywali. W barze było duszono jak diabli, ale kiedy Sven podszedł do tych dwóch, atmosfera zrobiła się jeszcze gęstsza.

– Nie wiedziałem, że zaglądasz do Jensa. – Hans sięgnął po piwo, które przez cały czas stało na krawędzi stołu. Patrzył na Svena, jakby się zastanawiał, czy ma upić łyk już teraz, czy może poczekać, aż Jönsson się odezwie.

– Bo nie zaglądam – odpowiedział Sven, wpatrując się w białą bilę.

Hans zamoczył wreszcie wąsy w pianie. Nieustannie spoglądał na Jerka.

– Nie przeszkadzajcie sobie. – Sven uniósł ręce w przepraszającym geście. – Zauważyłem was, więc pomyślałem, że podejdę i się przywitam.

Nawet on wiedział, jak mało przekonujące było to kłamstwo. Spędził w ich towarzystwie ostatnie dwa miesiące, podczas których próbował robić wszystko, co w jego mocy, aby ograniczyć ich wzajemny kontakt do absolutnego minimum. Patrzył na ich gęby podczas dwunastu godzin pracy. Każdego dnia. A potem wysłuchiwał ich pijackiego darcia się przez kilka kolejnych, kiedy sam chciał odpocząć. Obserwował, jak chwiejnym krokiem zmierzają do lodówki, by sięgając po kolejny browar, przy okazji „poczęstować się" jego zapasami. Sam nie był porządnisiem i nie przeszkadzał mu nieład w łazience czy nieopuszczona deska klozetowa. Być może przymknąłby oko na niespuszczoną wodę, gdyby zdarzało się to sporadycznie. Ale ci dwaj robili z ich wspólnego mieszkania prawdziwy chlew. Głośna muzyka i wieczne imprezy, ludzie, których wolałby nie oglądać, ciągły syf i jego własne rzeczy, które, nie wiedzieć kiedy, dostawały nóg. Minusów było wiele, ale zdaniem Everta był też jeden wielki plus. Hans i Jerk byli dobrzy w swoim fachu. Sven uważał, że to niestety za mało. Zdecydowanie za mało.

– Całe czy połówki? – zapytał w końcu Sven, wskazując brodą stół.

– Słucham? – Jerk sprawiał wrażenie, jakby myślami był w zupełnie innym miejscu.

– Bile. Całe czy połówki?

– A. Całe.

Sven zmrużył oczy. Zerknął najpierw na białą bilę, a potem na tę znajdującą się najbliżej niej, zieloną, oznaczoną cyfrą pięć.

– Piątka do środkowej łuzy?

Jerk podążył za jego spojrzeniem. Odchrząknął.

– Tak właśnie myślałem.

– Wygląda na prosty strzał.

– Zobaczymy.

Jerk ponownie się nachylił. Rozcapierzył palce dłoni na blacie stołu. Pobłyskujący kij ślizgał się między kciukiem a placem wskazującym. Mężczyzna zmrużył jedno oko. Mierzył. Kalkulował. Oceniał odległość. W końcu uderzył. Rozległ się charakterystyczny pusty dźwięk i zielona bila ugrzęzła w skórzanej kieszeni.

– Nieźle – ocenił Sven, z uznaniem kiwając głową.

Jerk z zadowoleniem obchodził stół, wypatrując kolejnej bili.

– Miał fart i tyle. – Hans ponownie przechylił kufel.

Obaj mieli nieźle w czubie, ale to on wyglądał na zdecydowanie bardziej wstawionego. Z każdym kolejnym łykiem tracił szansę na przechylenie szali zwycięstwa na swoją stronę. Jeżeli Jerk w ogóle pozwoli mu na kolejny strzał, bo oto następna bila z łoskotem wylądowała w łuzie.

– A jak nazwiesz to? – zapytał, uśmiechając się lekko.

Hansowi mina zrzedła całkowicie. Odeszła mu ochota na jakikolwiek komentarz. Sven obserwował, jak na stole z każdą chwilą przybywa wolnej przestrzeni. Kolejne uderzenie i kolejny punkt. Następny, tym razem delikatny strzał, biała bila dosłownie musnęła niebieską, która leniwie potoczyła się w kierunku łuzy. Po kilku minutach Jerka interesowały już tylko dwie bile: biała i czarna.

– Nie mogę na to patrzeć – wymamrotał Hans, upijając ostatni łyk. Odstawił pusty kufel i podreptał w kierunku baru.

– Nigdy nie umiał przegrywać. – Jerk posłał do łuzy ostatnią, czarną kulę. Biała w momencie uderzenia dostała dziwnej rotacji i obracała się w miejscu jeszcze przez jakiś czas. Sven patrzył, jak Jerk ukląkł z wyraźnym trudem. Jedną ręką wsparł się o krawędź stołu, drugą szukał bil skrytych w jego trzewiach. Sapał i stękał przy tym nieustannie, jakby wykonywał przysiady ze sztangą na plecach. Owłosiony brzuch wylał mu się na uda. Svenowi zrobiło się niedobrze.

– Na pewno nie chcesz spróbować? – zapytał Jerk. Zerknął w stronę baru, przy którym Mats nalewał Hansowi kolejne piwo. – Z nim już raczej dziś nie pogram.

– Na pewno. Dzięki – odpowiedział Sven.

Jerk sięgnął po wiszący na lampie drewniany trójkąt. Uformował kolorowe kule w zestaw startowy.

– Jakieś wieści w sprawie twojego dzieciaka? – zapytał ni z tego, ni z owego, chwytając za kij. Wsparł się na nim oburącz jak na lasce.

Sven gapił się na niego, nie mogąc powiedzieć słowa. Pytanie padło niespodziewanie, w dodatku zostało zadane bez cienia jakichkolwiek emocji. Zupełnie jakby Jerk mówił o jego starym pick-upie, a nie o synu, którego uprowadzono przed paroma dniami.

– Nie. Żadnych wieści. – Nie patrzył na Jerka. Skupił wzrok na białej bili, której tamten nie zdążył jeszcze ustawić w odpowiednim miejscu. Sven podszedł do stołu i obrócił ją. Okręciła się wokół własnej osi.

– Kurwa, stary, to straszne – stwierdził Jerk, obserwując, jak Sven podnosi bilę i tym razem obraca ją w dłoni, po czym podrzuca kilkakrotnie.

– Tak. To straszne.

– Wczoraj byli u mnie ci gliniarze.

Sven wreszcie spojrzał na Jerka.

– Wypytywali mnie o różne rzeczy. O ciebie i Judith. Powiedziałem, żeby w końcu zabrali się do roboty, a nie tracili czas na takie wizyty. Rozumiesz?

Sven pokiwał głową. Biała bila znowu poszybowała w powietrze. Jerk obserwował go wyraźnie zdenerwowany.

– Pytali mnie, gdzie byłem i co robiłem, kiedy Björn zniknął. Dasz wiarę? Kazałem im…

– A gdzie byłeś, Jerk?

Kula wylądowała w wielkiej dłoni i tym razem została tam na dłużej.

– Co? – Jerk nie wierzył własnym uszom. Z trudem przełknął ślinę.

– Pytałem, gdzie byłeś i co robiłeś, kiedy zniknął Björn.

Jerk przeczesał dłonią rozczochrane włosy, jakby chciał je ułożyć, ale nie na wiele się to zdało. Drugą rękę wciąż zaciskał na kiju.

– Wiesz, jak to jest po powrocie do domu. Byłem padnięty. Przez większość czasu albo żłopałem piwsko, albo spałem. – Wypowiadając ostatnie słowo, zerknął w kierunku baru, jakby chciał sprawdzić, co u licha zatrzymało Hansa. Najwyraźniej przydałoby mu się wsparcie, ale jego kumpel jak na złość wdał się w pogawędkę z Matsem. – Kiedy dowiedziałem się, co się stało, nie mogłem w to uwierzyć. Natychmiast zadzwoniłem do Hansa, a potem do Everta…

Sven zacisnął palce na bili tak mocno, że aż pobielały mu kłykcie. „Zadzwoniłeś do Everta i Hansa – pomyślał. – A czemu nie zadzwoniłeś do mnie? Nie ruszyłeś swojego tłustego tyłka, by zapytać, czy możesz jakoś pomóc?"

– Evert był u mnie jeszcze tego samego dnia – oznajmił Sven.

Jerk wytrzeszczył oczy tak mocno, że wyglądały, jakby miały zaraz wypaść mu z oczodołów i dołączyć do ułożonych w trójkąt bil. Mężczyzna rzucił szybkie spojrzenie w kierunku Hansa. Odsiecz nie nadciągała.

– My też chcieliśmy przyjść, stary. Naprawdę. Ale… ale zabrakło nam jaj. Nie wiedzieliśmy, co mielibyśmy powiedzieć, jak się zachować, wiesz…

– Nie było nas dwa miesiące – przerwał Sven. – A Björna porwano tuż po naszym powrocie. Gliniarze uważają, że nie ma mowy o przypadku. – Podrzucił bilę. – Termin zjazdu znaliśmy tylko my, Jerk. Ja i Judith, Evert i Lisa… no i wy.

Milczeli.

– Ale co to ma do rzeczy, Sven? – zapytał wreszcie Magnusson. – Nie sugerujesz chyba, że…

– Wiesz, że jestem tu drugi raz w życiu?

Sven rozejrzał się wokół. Wciąż rzucano im wiele ciekawskich spojrzeń. Jerk znał tę historię, zresztą jak każdy mieszkaniec Härnösand. Historię o obcym, który wpadł do baru na piwo, a przy okazji spotkał miłość swojego życia i obił ryj facetowi, który chciał skrzywdzić dziewczynę. A potem żyli długo i szczęśliwie, chciałoby się rzec. Ale czy na pewno?

– Drugi raz, Jerk – powtórzył Sven, ponownie podrzucając bilę. – Za pierwszym spotkałem tu Judith. Pojęcia nie miałem, że zostanie moją żoną. Nie przypuszczałem, że w takiej spelunie spotkam kobietę, z którą będę chciał spędzić resztę życia. – Uśmiechnął się smutno. – Z perspektywy czasu mogę powiedzieć, że był to jeden z najszczęśliwszych dni mojego życia. Po dziesięciu latach jestem w tym samym miejscu po raz drugi i chyba mogę powiedzieć, że jest to jeden z najgorszych dni, jakie przeżyłem, rozumiesz? Ktoś uprowadził mi syna…

– Wiem, stary, i naprawdę mi przykro… – Jerk podniósł ręce w uspokajającym geście. Zrobił krok do przodu, jednocześnie raz jeszcze szukając wzrokiem Hansa. Coś się zbliżało i Jerk to czuł.

– Ja niczego nie sugeruję, Jerk. Pytam wprost. Czy masz coś wspólnego ze zniknięciem Björna?

Jerkowi opadła szczęka. Kij, który trzymał w dłoni, wylądował na podłodze.

– Co ty mówisz, Sven?

Nie mógł znieść spojrzenia Svena. Żeby jednak nie uciekać wzrokiem, co mogłoby sugerować, że coś jest na rzeczy, Jerk nachylił się, by podnieść kij, ale nim zdążył się wyprostować, bila trafiła go w sam środek czoła. Wrzasnął, tak z zaskoczenia, jak i z bólu, i runął na podłogę. Trzymał się za głowę i przewracał z jednej strony na drugą. Wokół zapanowało ogólne poruszenie. Nogi krzeseł szurały po podłodze, kiedy podekscytowani obserwatorzy wstawali od stolików, aby móc dokładniej się przyjrzeć temu, co się dzieje. Jakiś palant gwizdnął i klasnął w dłonie, błędnie sądząc, że stał się świadkiem kolejnej pijackiej bójki, które w U Jensa nie należały do rzadkości. Sven spokojnym krokiem obszedł stół i nachylił się nad leżącym Jerkiem. Siłą odciągnął jego dłonie od czoła. Krew zalewała mu oczy.

– Co ty, kurwa, zrobiłeś? – wymamrotał Jerk.

Alkohol przytępił umysł Hansa, który na całą sytuację zareagował z opóźnieniem. Być może mężczyzna w ogóle niczego by nie zauważył, gdyby nie Mats, który zaklął głośno i wybiegł zza baru.

– Sven, co ty wyprawiasz? Zostaw go! – wrzeszczał.

Sven Jönsson nie zamierzał jednak słuchać. Przytrzymywał nadgarstki Jerka, który oczekiwał kolejnego ciosu.

– Zapytam raz jeszcze, Jerk. Czy masz z tym coś wspólnego?!

– Sven, kurwa, zostaw go! – krzyknął Mats. – Bo będę musiał zadzwonić po gliny!

Do Hansa wreszcie dotarło, co się dzieje. Chciał zeskoczyć ze stołka, ale skończyło się tak, że wyrżnął o ziemię. Podniósł się szybko i ruszył w stronę Svena z wyciągniętymi przed siebie rękoma. Nie wiadomo było, czy przybrał taką pozycję asekuracyjnie, na wypadek, gdyby nogi znowu odmówiły mu posłuszeństwa, czy szykował się do ataku. Sven nie zamierzał czekać, by się przekonać. Puścił ręce Jerka i chwycił leżący obok kij. Rozległ się charakterystyczny świst, kiedy cienki, wyprofilowany kawałek lakierowanego drewna przeciął powietrze, a potem trzask i krzyk, gdy uderzył Hansa w głowę, łamiąc się wpół. Mężczyzna poleciał wprost na stojący nieopodal stół. Stojący przy nim klienci zdążyli odskoczyć w ostatniej chwili. Kufle i miseczki z orzeszkami spadły na podłogę wraz z Hansem. Okrągły blat odpadł od nogi i zanim znieruchomiał, zadźwięczał na deskach niczym moneta rzucona na bar.

Sven obrócił ostry koniec kija w stronę Matsa. Gdy białe, drewniane ostrze zatrzymało się na wysokości jego twarzy, barman uniósł ręce, jakby zaglądał w czarny otwór lufy pistoletu. Zerknął na wijących się na podłodze kumpli, którzy jeszcze przed paroma minutami rozgrywali partyjkę bilardu.

– Sven, nie rób głupot – powiedział.

Słowa te zabrzmiały odrobinę zabawnie, mleko bowiem już się wylało. Sven obrócił się wokół własnej osi. Chciał sprawdzić, czy któryś ze stałych bywalców baru nie zechce spróbować szczęścia.

– Wracaj do domu, słyszysz?

Mats nie opuszczał rąk, ale Svenowi wydawało się, że barman zrobił mały krok do przodu. Ponownie wymierzył w niego kij. Mats zastygł w bezruchu.

– Wracaj do Judith – powiedział spokojnie. – Potrzebuje cię teraz bardziej niż kiedykolwiek.

– Skąd ty wiesz, czego ona potrzebuje, Mats? Jesteś starym cepem, który całe swoje życie spędził w tym zasranym miejscu. Nie masz żony, nie masz rodziny!

Mats przytaknął ruchem głowy.

– Masz rację, chłopie. Nie mam nikogo, ale nawet ja wiem, że kobieta w takiej sytuacji nie powinna być sama.

– Wiesz, czego ona oczekuje ode mnie, Mats? – Sven urwał, jakby sądził, że barman udzieli mu odpowiedzi.

Ten jednak milczał, obserwując go tymi swoimi czujnymi brązowymi oczami.

– Powiem ci. Oczekuje, że przyprowadzę naszego dzieciaka do domu. I zamierzam to zrobić.

Rozległo się wycie policyjnych syren, które z każdą chwilą przybierało na sile. Stojący wokoło ludzie zaczęli się powoli rozchodzić. Niektórzy z nich ponownie zasiedli przy stolikach, straciwszy zainteresowanie tym, co się przed chwilą wydarzyło. Przedstawienie dobiegało końca, a oni znali już zakończenie. Finał zawsze był taki sam.

– Björn zniknął zaraz po naszym przyjeździe – powiedział Sven. – To nie przypadek, Mats. Tylko te mendy wiedziały, kiedy wracamy. – Tym razem wycelował ostrze kija w Jerka, który próbował podnieść się na kolana.

– Co ty pieprzysz, Sven?! Nie mamy z tym nic…

Jönsson postąpił w kierunku Jerka, a ten wystraszony na powrót klapnął na tyłku.

Syreny wyły już tak głośno, że ledwo się słyszeli. W końcu drzwi się otworzyły i jakiś głos nakazał Svenowi rzucić to, co trzymał w ręku.

Posłuchał dopiero za trzecim razem.

34.

YSTAD

Kiedy kierowca czarnego mercedesa poszukiwał miejsca na portowym parkingu w Ystad, dochodziła dwudziesta pierwsza. Don Luciano opuścił szybę i patrzył, jak wielki prom cumował, zbliżając się do kei prawą burtą. Boss zerknął na ogolony kark Marca, który gorączkowo spoglądał to w kamerę cofania, to w boczne lusterka, jakby nie mógł się zdecydować, którym powinien zaufać bardziej. Zaparkowanie pięciometrowej limuzyny pomiędzy dwoma innymi autami nie było wielką sztuką. Natomiast niewątpliwie prawdziwym wyzwaniem było zakotwiczenie tego prawie dwustumetrowego olbrzyma w ściśle wyznaczonym miejscu, tak by nie uszkodzić poszycia statku.

Mimo że jesienny wieczór był raczej chłodny, w porcie nie brakowało ludzi. Spoglądali na statek, zapewne czekając na przybycie swoich bliskich albo po prostu podziwiając majestatyczną konstrukcję jednostki z takim samym niemym zachwytem jak don Felipe. Spacerowicze podążali wzdłuż oświetlonego nabrzeża, trzymając się za ręce. Przy kei wędkarze z długimi wędkami wpatrywali się w mrok, jakby widzieli to, co było skryte przed wzrokiem zwykłych śmiertelników.

– Mają opóźnienie – zauważył Marco, patrząc w lusterko wsteczne. – Według rozkładu powinni być o dwudziestej trzydzieści.

Don Luciano nie odpowiedział. Zamiast tego pstryknął włącznik światła zamontowany w podsufitce. Marco usłyszał szelest gazety i obserwował, jak jego szef oddaje się lekturze.

– Wyglądaj samochodu – rozkazał boss.

– Jasne.

Po chwili don Felipe podniósł wzrok. Marco podchwycił jego chłodne spojrzenie i natychmiast wyprostował się w fotelu.

– Masz zamiar robić to, siedząc w samochodzie?

– Yyy. Jasne, że nie, don Felipe.

Speszony chłopak wysiadł z auta i poprawił dresową bluzę, jakby wygładzał garnitur przed spotkaniem z wyjątkowymi gośćmi. Don Luciano odprowadzał go wzrokiem, kiedy chłopak szedł szybko w kierunku statku, po którego rampie zjeżdżała już kawalkada wozów. Nagle pod terminal podjechało kilka policyjnych samochodów. Koguty mieniły się niebieskim światłem. Marco wrócił biegiem do mercedesa.

– Don Felipe, policja! – rzucił, nachylając się nad opuszczoną szybą.

– Spokojnie – odparł don Luciano. – Rób swoje. Wypatruj auta i zachowuj się normalnie.

Marco obejrzał się przez ramię. Pokiwał głową. Wyprostował się i odszedł, pociągając nosem.

Marco Fabri był jak setki chłopaków pochodzących z Secondigliano i Scampii i zwerbowanych w szeregi mafii. Bez szkoły, bez marzeń, bez perspektyw... Kiedy w trzeciej klasie szkoły podstawowej nauczycielka zapytała go, kim chce zostać, gdy dorośnie, odpowiedział bez wahania: kamorystą. Traf chciał, że pod swoje skrzydła wziął go don Luciano. Chłopak nie grzeszył intelektem, ale nie raz dał dowód lojalności i kompletnego oddania. Poza tym Cesare, syn Felipego, zawsze mówił o Marcu w samych superlatywach. Zapewniał, że chłopak jest gotowy oddać życie za rodzinę Luciano. To dlatego don Felipe zdecydował się zabrać go ze sobą, kiedy się okazało, że są zmuszeni opuścić Neapol.

Faktycznie Marco był odważny, chociaż niektórzy mówili, że jest po prostu głupi. Don Luciano doskonale zdawał sobie sprawę, że w jednym i drugim stwierdzeniu jest odrobina prawdy. Marco miał tylko jedno jądro, ale dużo o jego charakterze mówiło to, jak stracił drugie. Nie spanikował, kiedy wpadł w ręce Graziana Brasiego, szefa jednego z konkurencyjnych klanów camorry, człowieka, którego don Luciano nienawidził najbardziej. To Brasi kilka lat wcześniej zabił mu żonę i córkę. Don Luciano nie pozostał mu dłużny. Jego ludzie ostrzelali samochód, którym żona Brasiego, w eskorcie ochroniarzy, odwoziła dziesięcioletniego syna do szkoły. Nie przeżył nikt.

Pewnego dnia żołnierze Brasiego otworzyli ogień do ludzi don Felipego w jednym z neapolitańskich tuneli. Dla kierowców, przypadkowych świadków zdarzenia, był to bodziec nakazujący odwrót. Rozlegały się klaksony, opony piszczały na asfalcie, blacha tarła o blachę, kiedy samochody jeden po drugim wpadały na siebie. Nikt się tym nie przejmował. Liczyło się tylko to, by jak najszybciej zabrać swoje rodziny w bezpieczne miejsce.

Jakimś cudem przeżył tylko siedzący za kierownicą Marco, mimo że karoseria była podziurawiona niczym sito. Straszliwie poharatany, jednym okiem, bo drugą część twarzy zalewała mu krew, obserwował sylwetki zbliżających się wrogów, chcących dopełnić dzieła zniszczenia. Był gotowy na śmierć. Witał się z nią. Chciał z godnością przyjąć gościa, który wcześniej czy później odwiedzi każdego. Wiedział, że umrze młodo. W wieku szesnastu lat za pierwsze zarobione w szeregach mafii pieniądze zrobił sobie na plecach tatuaż. Zielone litery układały się w napis: *Live fast, die young*. Na osiemnaste urodziny w okolicy żeber wytatuował sobie kolejny cytat, tym razem fragment tekstu piosenki 2Paca i Dra Dre, których zagorzałym fanem był od najmłodszych lat: *A coward dies a thousand deaths, a soldier dies, but once*. Marco był żołnierzem. Żołnierzem don Luciana. Kiedy jednak wśród grupy zbliżających się do wraku auta ludzi dostrzegł samego Graziana Brasiego, dokonała się w nim przemiana. Jakaś część jego bijącego ciągle serca chciała żyć, jakiś podszept podpowiadał mu, że nie umrze dzisiejszej nocy. Chociaż w jego ciele tkwiły trzy kule – o czym wtedy jeszcze nie wiedział – postanowił, że będzie walczył do samego końca. Drzwi zaskrzypiały, kiedy szef znienawidzonego klanu je otworzył. Rzucił okiem na tylną kanapę, a potem na fotel pasażera. Uśmiechnął się. Pozostali nie mieli tyle szczęścia co Marco. Krew była wszędzie. Ściekała z podsufitki, deski rozdzielczej, foteli i szyb. Brasi trzymał w ustach papierosa. Zaciągnąwszy się ostatni raz, zgasił go na policzku Marca. W porównaniu z bólem rozrywającym jego ciało było to niczym ugryzienie komara. Brasi nachylił się nad nim i odpiął pas. Marco poczuł, że traci kontrolę nad własnym ciałem, i wypadł wprost na ulicę. Widział czarne, lśniące buty don Graziana i reflektory samochodów. Kierowcy zawracali swoje auta i odjeżdżali w popłochu, nie dbając o to, że poruszają się pod prąd. Camorra załatwiała swoje sprawy. Prawo zostało zawieszone. To dotyczyło również przepisów ruchu drogowego.

– Gdzie jest don Luciano? – zapytał Brasi, kiedy jego ludzie wreszcie postawili Marca do pionu i oparli go o karoserię samochodu.

Chłopak łypał na niego jednym okiem, ale jego usta pozostały zamknięte.

– Spytam po raz ostatni. Gdzie ukrył się ten tchórz?

Cisza. Graziano Brasi ponownie się uśmiechnął. Potem skinął w stronę swoich żołnierzy i jeden z nich płynnym ruchem ściągnął Marcowi spodnie aż do kostek. Chłopak zacisnął zęby. Krew spływała mu nawet po chudych udach. Było mu zimno, nie wiedział, czy to dlatego, że został w samych gaciach, czy może czuł już na karku mroźny oddech śmierci. Wiedział natomiast doskonale, co się zbliża. O wyrafinowanych torturach don Brasiego krążyły legendy. Marco trząsł się na całym ciele, ale zmusił się do uśmiechu.

– Chcesz mi na koniec obciągnąć? – zapytał, robiąc wszystko, co w jego mocy, by zapanować nad drżącym głosem.

Graziano Brasi się uśmiechnął. Jeden z jego ludzi podał mu kombinerki. Marco z trudem przełknął ślinę wymieszaną z krwią, patrząc, jak Brasi kilkakrotnie zaciska narzędzie. Bokserki Marca zjechały w dół, a potem od ścian tunelu odbił się przeraźliwy, niosący się przez kilkaset metrów okrzyk bólu, kiedy jedno z jego jąder pękało w żelaznym uścisku niczym śliwka.

I wtedy pojawili się oni. Prowadził Flavio, Alessandro siedział z boku. Na tylnej kanapie swoje AK-47 przeładowywali Gigi i Cesare. Ich audi omijało slalomem prujące pod prąd samochody. Flavio z piskiem opon ustawił samochód bokiem. Opuścili szyby i się zaczęło. Kałasznikowy pluły ołowiem. Nie dbali o to, że mogą ucierpieć niewinni ludzie. W każdej wojnie giną cywile. Tak już po prostu jest. Kule świstały nad głowami ludzi Brasiego, którzy w popłochu wskoczyli do samochodu. Na koniec, choć niechętnie, we wnętrzu auta zniknął szef klanu. Marco leżał na ziemi nieprzytomny z bólu i nieświadomy tego, co się przed chwilą wydarzyło.

Tydzień później do sali pooperacyjnej wszedł don Luciano. Marco, wciąż podłączony do szpitalnej aparatury, dostrzegł go kątem oka. Spróbował usiąść, ale powstrzymała go uniesiona ręka Felipego. Boss nie odezwał się słowem. Położył jedynie na kolanach Marca bukiet czerwonych róż i poklepał go po ramieniu. Dla chłopaka był to gest droższy niż jakiekolwiek słowa. Najbardziej krwawe w historii konfliktu klanów Luciano i Brasi były lata 2004 i 2006. Między „żaglami", jak mówiło się o charakterystycznych blokowiskach Scampii, płynęła rzeka krwi, kiedy camorra toczyła zaciętą wojnę o strefę wpływów. Scampia i Secondigliano były narkotykowymi bazarami. Zarówno don Brasi, jak i don Luciano chcieli pozyskać przedmieścia Neapolu wyłącznie dla siebie. Szefowie nienawidzących się klanów nie mieli skrupułów i wytaczali najcięższe działa. Ginęli nie tylko ich żołnierze, ale także członkowie ich rodzin. Bezgłowe zwłoki odnajdowane w spalonych wrakach samochodów były na porządku dziennym. Zmasakrowane trupy walały się po ulicach. Zamaskowani gangsterzy strzelali do siebie z samochodów i motorów. Kule trafiły również przypadkowych przechodniów.

Przełom nastąpił w 2006 roku, kiedy w wyniku mafijnych porachunków zginęło ponad pięćdziesiąt osób. Graziano Brasi, ku zdziwieniu don Luciana, zaproponował zakopanie topora wojennego. W dowód szczerości zaproponował wspólny interes. Camorra miała swoich ludzi wszędzie, także w lokalnym samorządzie. W tym czasie burmistrzem Neapolu był człowiek namaszczony przez Brasiego. Przed klanem rysowały się nieograniczone perspektywy. Polityczne koneksje umożliwiały wielomilionowe zyski. Brasi postanowił wejść w „biznes śmieciowy". Co godzinę na ulicę Neapolu trafiało ponad pięćdziesiąt ton śmieci, a miasto nie radziło sobie z ich utylizacją. Conti ustawiał fikcyjne przetargi na wywóz odpadów, które wygrywały równie fikcyjne firmy. Ich właścicielami byli Brasi i... Luciano. Zaaferowany nowym biznesem Graziano nie mógł marnować energii na toczenie wojen. Bardziej niż na walce musiał się skupić na poszukiwaniu nowych wysypisk śmieci.

– Zakończmy to – powiedział, wyciągając rękę w kierunku don Luciana. – Zginęło zbyt wielu ludzi. Skoncentrujmy się na zarabianiu pieniędzy. Jest do zrobienia biznes, o jakim nawet nie śniłeś. Wystarczy dla wszystkich.

Don Luciano uścisnął dłoń don Brasiego i kiwnął głową, patrząc w czujne oczy człowieka, który zabił mu rodzinę. Graziano czekał na decyzję. Tamtego dnia ubili interes i przypieczętowali zawieszenie broni. Jednak w spojrzeniu don Luciana można było wyczytać obietnicę, a Brasi nie był analfabetą. Spojrzenie mówiło: „Zabiję cię, wcześniej czy później będziesz martwy...".

– Krew za krew – oznajmił Brasi, jakby posiadł umiejętność czytania w myślach. – Jesteśmy kwita. Zacznijmy zarabiać pieniądze...

W całym mieście uzbierały się ponad cztery tysiące ton odpadków. Neapol tonął w śmieciach. Biura podróży oferowały odwiedzającym Kampanię turystom tak zwane *horror tours*, a ci w ochronnych maseczkach robili sobie pamiątkowe zdjęcia na tle hałd parujących śmieci. Nowi wspólnicy, Brasi i Luciano, zaczęli poszukiwać terenów, gdzie mogliby je ulokować. Tylko w okolicach Giugliano pod Neapolem opróżniono dwadzieścia osiem tysięcy tirów. Śmieci lądowały na nielegalnych wysypiskach i na dnie morza. Jakby tego było mało, pod Wezuwiusza trafiały toksyczne odpady z północy. Don Brasi i don Luciano mieli trudności ze znalezieniem kierowców do ich przewożenia. Zatrudniali więc młodych chłopców, którzy po przyspieszonym kursie nauki jazdy siadali za kierownicami ciężarówek. Podkładali pod tyłki poduszki, aby widzieć drogę. Za kilkanaście euro, nieświadomi zagrożenia, przewozili beczki i kontenery z toksycznymi odpadami we wskazane miejsca. Ładunki takie jak azbest, arsen, siarka, kobalt, rakotwórcze dioksyny i substancje psychoaktywne lądowały na dnie wąwozów, gdzie były przysypywane tonami ziemi i piachu.

Przez kilka lat trwania procederu zachorowalność na raka w regionie Kampanii wzrosła o trzydzieści sześć procent. Camorra i skorumpowani przedstawiciele lokalnych władz zarobili na „biznesie śmieciowym" blisko czterdzieści milionów euro. Odpady ginęły pod tonami ziemi, a zakopany przed laty wojenny topór zaczynał spod niej wyzierać. Zarówno don Brasi, jak i don Luciano zainkasowali pieniądze, których w żaden sposób nie mógł wygenerować handel narkotykami. Brasi czuł jednak, że ich współpraca powoli dobiega końca…

Luigi Amato, jeden z najodważniejszych opozycjonistów i krytyków burmistrza Neapolu, mówił otwarcie o jego współpracy z neapolitańskim półświatkiem. Interesy camorry były zagrożone. Nikt nie miał wątpliwości, że młody Amato musi zginąć.

Pewnego letniego wieczoru don Luciano, wracając do domu, dostrzegł w lusterku wstecznym alfę romeo należącą do *carabinieri*. Nie panikował. Zmarszczka będąca oznaką podenerwowania pojawiła się na jego czole dopiero wtedy, kiedy rozbłysły policyjne światła. Zatrzymał się i posłał kontrolującemu go policjantowi najbardziej naturalny i szczery uśmiech, na jaki było go stać. Przekazał niezbędne dokumenty. Zapytał, czy przekroczył dozwoloną prędkość, gotów bez mrugnięcia okiem przyjąć każdy mandat. Był zmęczony. Chciał jak najszybciej znaleźć się w łóżku. Policjant poprosił go, aby przeszedł na tyły mercedesa i otworzył bagażnik. I tym razem nie protestował.

To była rutynowa kontrola, a on nie miał nic do ukrycia. Kiedy klapa bagażnika się uniosła, trudno było stwierdzić, czy bardziej zdziwił się don Luciano czy policjant. Obaj patrzyli w puste oczodoły młodego mężczyzny, na twarzy którego zastygł grymas bólu i przerażenia. Jak się później okazało, Luigiemu Amacie obcięto również uszy. Potem wszystko potoczyło się błyskawicznie. Policjant sięgnął po pistolet w tym samym momencie, w którym uczynił to don Luciano, ale podczas krótkiej szamotaniny wystrzelić zdążył tylko ten drugi. Kula trafiła oficera w pachwinę, z której natychmiast trysnęła fontanna krwi. Zanim ten zdążył upaść, don Felipe wpakował na oślep to, co zostało w magazynku berretty, w przednią szybę alfy romeo, w której siedział drugi z *carabinieri*, po czym wskoczył za kierownicę i ruszył z piskiem opon, nie dbając o to, żeby zamknąć bagażnik. Na którymś z zakrętów ciało odważnego opozycjonisty wypadło na drogę i potoczyło się do pobliskiego rowu.

Tego wieczoru don Luciano, ściskając kurczowo kierownicę i nieustannie zerkając w lusterko wsteczne, kalkulował czy to, co przed chwilą zrobił, było właściwe. Nie miał wątpliwości, że to Brasi go wrobił. To on zabił człowieka, który bezpośrednio zagrażał interesom camorry. Pozbawił go oczu i uszu, dając wszystkim do zrozumienia, że w taki właśnie sposób mafia karze tych, którzy widzą i słyszą za dużo. Przy okazji Graziano Brasi chciał posłać do więzienia swojego odwiecznego wroga, który za kratkami miałby spędzić resztę życia. To byłby koniec don Luciana. Nie wytrzymałby w zamknięciu. Kiedyś spędził w więzieniu trzy lata i otarł się wtedy o obłęd. Zewsząd dochodziły do niego informacje o jego ludziach odchodzących do konkurencyjnych klanów. Zostali tylko najwierniejsi. Kiedy wreszcie wyszedł, okazało się, że stracił znaczną część wpływów w mieście. Teraz nie mógł sobie na to pozwolić. Zanim dotarł na przedmieścia, wykonał trzy telefony. Jeden do Alessandra, drugi do Cesarego i trzeci do Marca. Czekali na niego w umówionym miejscu między blokowiskami. Rozkazał Marcowi pozbyć się samochodu, a sam w towarzystwie syna i swojego najbardziej zaufanego człowieka, zbiegł do podziemia jednego z mrówkowców. Kilka połączonych piwnic tworzyło jedno wielkie pomieszczenie, wyposażone w podstawowe sprzęty, takie jak łóżko, toaleta, lodówka i mała kuchenka. Wejścia do swego rodzaju bunkra strzegły pancerne drzwi, zastawione starą meblościanką. Don Luciano spędził tam kilka miesięcy, kierując z ukrycia swoim klanem. Alessandro każdego wieczoru odbierał nowe dyspozycje i składał raporty z kończącego się dnia, a te były coraz mniej optymistyczne. Don Brasi zdominował lokalny rynek, a winą za całe zło, które dotknęło miasto, obarczono don Luciana. Armia jego żołnierzy, pozbawiona przywódcy, zmniejszała się z każdym dniem.

– Musimy wyjechać – powiedział któregoś razu don Felipe w obecności Cesarego i Alessandra.

– Chcesz opuścić Neapol, *padre*? – zapytał go syn.

– Nie. Nie Neapol. Musimy opuścić Włochy.

– Dokąd mielibyśmy wyjechać, don Felipe? – spytał Alessandro.

– Do Szwecji…

Alessandro wiedział, że jeden ze stałych punktów odbioru prochów znajduje się właśnie w Szwecji. Każdego miesiąca z Neapolu do Ystad i Malmö wyruszał transport narkotyków. W kontenerze z ciuchami przemycano kokainę. W drodze powrotnej wśród spodni, sukienek i garniturów umieszczano skrzynie z bronią, dzięki której klan don Luciana mógł toczyć swoje lokalne wojny. Typowy handel wymienny, podstawa ekonomii. Alessandro nie zdążył jednak dopytać o szczegóły, bo jego boss mówił dalej:

– Zanim jednak to zrobimy, chcę zobaczyć Brasiego martwego. On musi zginąć… Zemsta… – wycedził przez zęby. – Myśl o niej sprawia, że nie mogę oddychać, rozumiecie? Nie daje mi żyć…

Obaj pokiwali głowami. Cesare miał łzy w oczach.

Dopadli Brasiego w pokoju hotelowym, kiedy posuwał jedną ze swoich dziwek. To było jedyne miejsce, w którym nie towarzyszyli mu ochroniarze. Nie pozwalał im siedzieć nawet przed drzwiami. Don

Luciano nigdy nie zapomniał jego miny, tyleż przerażonej, co zasko-czonej, kiedy wtargnęli do środka. Dziewczyna nie zdążyła z niego zejść, kiedy dostała kulkę między idealnie kształtne piersi. Spadła z łóżka, nakrywając się nogami i zrywając przy tym firankę z okna. Przypadkowa ofiara. Nie mieli innego wyjścia.

Brasi próbował zgrywać twardziela do samego końca. Zakrył prześcieradłem przyrodzenie i jak gdyby nigdy nic, sięgnął po pa-pierosa.

– Niezłe wejście – powiedział, zaciągnąwszy się głęboko. Wie-dział, że umrze, mimo to jakimś cudem panował nad drżącym gło-sem. – Czego ty się spodziewałeś, Felipe? – zapytał. – Przecież wie-działeś, że wcześniej czy później musiało do tego dojść. Gdybym cię nie załatwił, ty załatwiłbyś mnie. Widziałem to wtedy w twoim spoj-rzeniu, Felipe. Czułem w sposobie, w jaki uścisnąłeś mi dłoń. Ubili-śmy dobry interes, ale zdawałem sobie sprawę, że nasza współpraca dobiega końca. Z dnia na dzień stąpałem po coraz to kruchszym lo-dzie. Nie jestem aż takim ryzykantem i…

– Trzeba było mnie zabić – przerwał mu Luciano.

Graziano zastygł z papierosem uniesionym tuż nad popielniczką.

– Ale ty chciałeś więcej. Chciałeś mnie upokorzyć, wrobić, a przy okazji wybielić siebie. Chciałeś, żebym gnił w więzieniu ze świado-mością, że straciłem wszystko. Założę się, że nie odmówiłbyś sobie tej przyjemności i co jakiś czas odwiedzałbyś mnie w pudle, przyno-sząc reklamówkę pomarańczy i garść informacji o tym, ile zarabiasz na moich rejonach. Chełpiłbyś się tym, że ludzie, którzy niegdyś pra-cowali dla mnie, teraz są u ciebie chłopcami na posyłki.

Don Luciano sięgnął do kieszeni i po chwili przed oczami Gra-ziana zmaterializowało się ostrze noża sprężynowego. Felipe skinął głową w stronę swoich ludzi i Brasi poruszył się nerwowo. Nie miał siły, aby udawać. Usiadł i wsparł się o wezgłowie łóżka, podciąga-jąc kolana niemal pod brodę. Alessandro chwycił go za prawe ramię, Flavio za lewe, a Gigi i Marco za nogi. Cesare odrzucił na podłogę prześcieradło, które częściowo przykryło zwłoki dziewczyny. Brasi leżał teraz kompletnie nagi, rozciągnięty na materacu, jakby za chwilę miał zostać ukrzyżowany. Po niedawnej erekcji nie pozostał nawet ślad, a wystający z kępy czarnych włosów sflaczały penis leżał teraz na lewym udzie jak martwe pisklę.

Don Luciano włożył rękę pod kark Graziana, delikatnie unosząc mu głowę, a nóż zbliżał się do jego ust. Brasi czuł na wargach dotyk zimnej stali i wiedział, co się za chwilę stanie. Obiecał sobie, że nie będzie krzyczeć, aby nie dać satysfakcji Felipemu. Kiedy jednak ostrze nacinało krwawe linie, nie był w stanie wytrwać w swoim postanowieniu. Darł się wniebogłosy, a krew sączyła się na materac. Znak krzyża na ustach. Symbol camorry, która w ten sposób karała donosicieli łamiących święty obowiązek milczenia… Po chwili Brasi zaczął się krztusić własną krwią. Dusił się i charczał, próbując ją przełknąć. W końcu Luciano wbił nóż w jego szyję i patrzył, jak z jego największego wroga uchodzi życie.

Światła reflektorów zbliżającego się auta omiotły mercedesa. Siedzący w nim Luciano zmrużył oczy, złożył gazetę i wysiadł. Z wnętrza audi wynurzyli się jego zaufani ludzie: Alessandro, Flavio, Giovanni i Marco. Podszedł do nich spokojnym, dystyngowanym krokiem, trzymając ręce w kieszeniach. Uśmiechnął się delikatnie i kiwnął głową, witając się z każdym z osobna. Zdecydowanie najdłużej ściskał dłoń Alessandra, który rozglądał się wokół nerwowo. Jego spojrzenie przyciągały policyjne samochody.

– Wszystko w porządku? – zapytał Felipe.

– Tak – odparł Alessandro. – Ale skąd tu tyle policji…?

– Jak się czuje dziewczyna? – Luciano zignorował jego pytanie.

– Zmęczona i obolała. Gdy tylko wyjedziemy z miasta, wypuścimy ją z walizki, aby…

– Zrób to teraz.

– Co?

– Słyszałeś, wypuść dziewczynę teraz.

– Don Luciano, ale… – Alessandro uniósł brwi. Rozłożył ręce i ostentacyjnie rozejrzał się wokół.

Don Luciano powtórzył:

– Powiedziałem, wypuść dziewczynę. Teraz.

Alessandro westchnął, pokiwał głową i bez słowa przeszedł na tył SUV-a. Otworzył bagażnik. Gigi pomógł mu wyciągnąć walizkę z jego wnętrza. Przeciągnęli ją bliżej szefa i położyli między autami, tak aby pozostawała niewidoczna dla przypadkowych spojrzeń.

– Otwórz – ponaglał don Luciano.

Zamek świsnął i po chwili wieko karbonowej walizki uderzyło o asfalt. Felipe patrzył w na wpół otwarte oczy dziewczyny, próbujące przyzwyczaić się do nowej rzeczywistości. Słyszał, jak ciężko oddycha, wydając ledwie słyszalne odgłosy, jakby chciała coś powiedzieć.

– Zanieście ją do samochodu – wydał kolejną dyspozycję Luciano.

Alessandro i Flavio pochylili się nad dziewczyną. Pierwszy poluzował więzy, drugi wsunął dłonie pod jej plecy, unosząc ją delikatnie. Don Felipe nie widział jej warg, ale zauważył, że niebieskie oczy przymknęły się na chwilę. Pogładził ją po policzku.

Marco otworzył drzwi mercedesa.

– Naprawdę bardzo mi przykro, że musiałaś znosić te wszystkie niedogodności – powiedział po angielsku Felipe, kiedy siedziała już na tylnym siedzeniu. – Mogę ci jednak obiecać, że najgorsze już za tobą.

35.

Bosa i opatulona kocem podeszła do okna. Czuła chłód kuchennej posadzki, kiedy stojąc na palcach, dyskretnie odchylała zasłonę. Samochód wciąż stał przed domem, chociaż Marta przez pokrytą szronem szybę nie była w stanie dostrzec siedzących w nim policjantów. Usłyszała odgłos psich łapek, odwróciła się i przykucnęła. Fifi natychmiast wskoczyła jej na kolana, popiskując.

– Cicho, bo obudzisz panią – szepnęła, ale jej czuły ton wywarł skutek odwrotny od zamierzonego.

Chihuahua skomlała i wierciła się w jej ramionach, wyczuwając niecodzienność sytuacji. Matka Marty spała w pokoju na górze. Po takiej ilości tabletek uspokajających i nasennych prawdopodobnie nie zdołałoby jej obudzić nawet stado piszczących psów. Bartek był w swoim pokoju. Ula i Ewka wyszły przed dwiema godzinami. Marta nie mogła oczekiwać, że będą u niej przesiadywać przez cały czas. Miały swoje rodziny, obowiązki. Ona zaś chodziła z kąta w kąt z telefonem w ręku w nadziei, że ten w końcu zadzwoni. Tymczasem komórka milczała, co doprowadzało ją do szału.

Fifi znowu pisnęła.

– Chcesz na dwór? – zapytała Marta.

Pies wykręcił wesoły piruet.

Marta ponownie dyskretnie wyjrzała przez okno. Czuła się jak więzień we własnym domu. Kiedy wyprowadzała Fifi ostatni raz, nieustannie się na nią gapili. Tylko tracili czas.

Tym razem postanowiła wyjść z psem za dom. Odłożyła koc na krzesło i narzuciła na siebie kurtkę. Bose stopy wcisnęła w adidasy. Już miała ruszyć w kierunku drzwi tarasowych, ale zmieniła zdanie i poszła do kuchni. Nie powinna pić. Tym bardziej że i ona łyknęła tabletki uspokajające. Wahała się jeszcze przez chwilę, ale ostatecznie wypełniła szkło czerwonym winem. Było jej już wszystko jedno. Z lampką w dłoni poczłapała w kierunku tarasu, po drodze zatrzymując się przy gabinecie Adama. Wyraźnie nie spodobało się to suczce, która teraz zaprezentowała cały wachlarz psich emocji. Marta uchyliła drzwi i stanęła w progu. Patrzyła na połyskujący w blasku księżyca blat biurka i dosunięty fotel. Od śmierci męża zaglądała tu niemal codziennie. Ścierała kurze, czyściła zamknięty od miesięcy laptop, myła podłogę. Adam właśnie tutaj najczęściej przesiadywał wieczorami – czasami nawet do późnej nocy – przeglądając rachunki i planując kolejne zamówienia przy szklaneczce whisky. Niezliczoną ilość razy otwierała te drzwi, by zobaczyć swojego męża pochylającego się nad stertami papierzysk, zmęczonego, podchmielonego, zmartwionego. „Kochanie, kolacja gotowa" – mówiła. „Jeszcze chwila". „Adam, przyjdziesz do łóżka?" – pytała. „Za parę minut" – odpowiadał, nawet na nią nie patrząc. Tym razem przemawiała do niej jedynie przejmująca cisza. Cisza i mrok były esencją tego pokoju. Ewka często jej powtarzała, że powinna zabrać stąd rzeczy Adama, że w ten sposób jedynie przedłuża okres żałoby, że zamiast wychodzić z grobu męża, coraz bardziej się w nim zapada. Nie zamierzała jej słuchać. Nie chciała niczego zmieniać, bo w głębi serca czuła, że w ten sposób utraciłaby go na zawsze. Zupełnie jakby odcięła dryfującą przy brzegu łódkę, która z każdą chwilą oddalałaby się coraz bardziej, aby wreszcie rozpłynąć się we mgle…

Zamknęła drzwi i wyszła na taras. Fifi wybiegła uradowana do ogrodu. Hasała przez kilka chwil wokół tui, zanim zdecydowała się załatwić swoją potrzebę. Marta mocniej ścisnęła poły kurtki i upiła kolejny łyk wina. Było zimno. Po paru minutach przywołała Fifi, ale pies nie posłuchał. Zniknął za klombem, a potem zaczął szczekać. Marta aż drgnęła. Po chwili odezwał się owczarek sąsiadów, wyraźnie zachęcony ujadaniem suczki. Marta ruszyła przez trawnik, cicho nawołując:

– Fifi, wracaj w tej chwili.

Obeszła kwiaty i wreszcie dostrzegła psa biegającego wzdłuż ogrodzenia. Tym razem chihuahua powarkiwała.

– Co jest, mała…? – Głos zamarł jej w gardle, kiedy zrozumiała, co zaniepokoiło zwierzę.

Ktoś stał na podwórku sąsiadów. Nie była w stanie dostrzec twarzy znikającej w mroku. Widziała jedynie półbuty i nogawki dżinsów. Przed domem parkował samochód z włączonymi światłami.

– Dobry wieczór – powiedział mężczyzna, robiąc krok naprzód.

To nie był jej sąsiad.

– Kim pan jest? Co pan tu robi…? – zapytała drżącym głosem.

Wzięła psa pod pachę i cofała się powoli. Żałowała, że nie wyszła z Fifi przed dom.

– Nazywam się Wiktor Makowski. Jestem ojcem Adama.

Lampka z winem upadła na trawnik.

***

Jan siedział za kierownicą samochodu, patrząc, jak Wiktor przeskakuje przez płot cudzej posesji i znika z pola widzenia. Podenerwowany rozejrzał się po osiedlu. W kilku oknach wciąż paliły się światła. W innych migotały ekrany telewizorów. Pies sąsiadów nie przestawał ujadać. Mężczyzna sięgnął po komórkę i odszukał numer Merka. Wodząc kciukiem po zielonej słuchawce, przypomniał sobie słowa Olgierda: „Daj mi znać, gdy przyjedzie Wiktor. Zanim zrobi jakieś głupstwo". „Chyba jest już za późno" – pomyślał Guzowski.

36.

Olgierd Merk zapuścił silnik i otworzył okno. Ogień trawił pierwszą warstwę tytoniu, kiedy mężczyzna przyłożył telefon do ucha. Wolański odebrał dopiero po piątym sygnale.

– Możesz rozmawiać? – zapytał, nie zawracając sobie głowy przywitaniem. Wolał się upewnić. Dochodziła dwudziesta druga i Merk nie byłby specjalnie zaskoczony, gdyby się okazało, że Wolański leży w łóżku Biernackiej. Miał bujną wyobraźnię. Na samą myśl zaczynało go mdlić.

– Mów – odparł Wolański.

Merk zaciągnął się dymem.

– Jest kilka spraw, o których powinieneś wiedzieć – wyznał.

– Na przykład?

– Nie przez telefon.

Olgierd usłyszał po drugiej stronie westchnienie.

– Okej. Jestem w domu. Wpadniesz?

– Nie za późno? Dominika jest?

– Tak.

– W takim razie to chyba nie jest najlepszy pomysł.

– Ucieszy się na twój widok.

„Ty fiucie" – pomyślał Merk.

– Będę za pół godziny.

***

Zanim pojechał do Wolańskiego, wpadł do domu wziąć szybki prysznic. Wrzucił do brudów przepoconą i zakrwawioną koszulę i wskoczył w sweter, który dostał kiedyś na urodziny od Dominiki i Borysa. Chciał sprawić dziewczynie przyjemność. „Niewiarygodne, ile zdążyło się zmienić przez ten rok" – pomyślał, przeglądając się w lustrze. Kiedyś z Bożeną odwiedzali ich co weekend. Pewnego razu po jednej z takich wizyt jego żona się rozpłakała. Stała w łazience, zmywając makijaż.

– Mamy lepsze relacje z tymi ludźmi niż z własną córką, Olgierd – powiedziała wtedy, patrząc na jego odbicie. Miała rację.

Teraz Merk, siedząc w samochodzie pod blokiem Wolańskiego, znowu wsłuchiwał się w podszepty diabła. Nie miał szans wygrać tej walki. Nawet nie próbował. Wyciągnął butelkę ze schowka na rękawiczki i wziął trzy solidne łyki.

Dominika i Borys nie mieli własnego mieszkania. Od ponad dwóch lat wynajmowali lokum niedaleko centrum. Merk przywołał windę, czując, że zaczyna się pocić. Zanim wszedł do budynku, rozważał możliwość wstąpienia do Żabki i kupienia miętówek lub gum do żucia. Ostatecznie porzucił ten pomysł. Z reguły tylko pogarszały sprawę.

– Cześć, Olgierd. Wejdź. – Drzwi otworzyła Dominika. Przytuliła się do niego. Pięknie pachniała. Długie blond włosy spięła w niedbały kok. Nawet w luźnej dresowej bluzie wyglądała ślicznie. Kiedy wreszcie się odsunęła, zauważył, że jest umorusana gliną.

– Jesteś brudna – powiedział, dotykając swojego policzka.

– Co? A, tak. – Uśmiechnęła się, przecierając twarz. – Pracowałam…

Była artystką. Merk rozejrzał się po przedpokoju. Stało w nim kilka nowych rzeźb, których nie było tu podczas jego ostatniej wizyty.

– Piękne – ocenił.

Podążyła za jego spojrzeniem.

– Dzięki. Żeby jeszcze tak pięknie się sprzedawały.

– To tylko kwestia czasu.

– Obyś miał rację.

Dominika wzięła od niego płaszcz.

– Dobrze wyglądasz. – Nie potrafiła kłamać. – I wciąż masz ten sweter. – Kąciki jej ust uniosły się jeszcze wyżej.

– To mój ulubiony. – On też raczej nie był utalentowanym łgarzem.

W drzwiach salonu stanął Wolański. Oparł się o futrynę z butelką piwa w ręce. Kiwnął głową w stronę Merka.

– Szkoda, że Borys nie dał mi znać wcześniej, że wpadniesz. – Dominika zerknęła w stronę Wolańskiego. – Ugotowałabym coś dobrego. A tak zdążyliśmy tylko zamówić pizzę.

– Niepotrzebnie – odparł Merk. – Zresztą nie powinienem was nachodzić o tej godzinie.

– Daj spokój. – Dominika złapała Olgierda za ramię i pociągnęła go w kierunku salonu. – Usiądźcie, a ja zaraz wszystko przyniosę. Czego się napijesz?

Wzrok Merka bezwiednie powędrował w kierunku butelki, którą trzymał Wolański.

– Herbaty – odparł.

Dominika zniknęła w kuchni, a oni usiedli w fotelach. Salon nie był duży, ale urządzony z pomysłem. Widać było rękę artystki. W telewizji leciał jakiś serial. Wolański sięgnął po pilot i nastała cisza.

– O czym chciałeś pogadać? – zapytał.

– Małej Makowskiej nie ma już w Polsce – powiedział Merk spokojnie.

Ręka z butelką zastygła w połowie drogi do ust, jakby Wolański nagle stracił ochotę na kolejny łyk.

– Skąd wiesz?

– Co wiecie na temat tego Maksa? – Merk odpowiedział pytaniem na pytanie.

– Przesłuchaliśmy Madejską, tę babkę od agencji modelek. Facet prześladował ją od lat. Potwierdziła, że to on uprowadził dziewczynę.

Nie wiemy jednak dlaczego. Nie udało nam się też ustalić, czy Cygan miał coś wspólnego z ojcem Makowskiej.

– Macie go?

Wolański przytaknął ruchem głowy i wreszcie upił łyk.

Merk poprawił się w fotelu i oparł łokcie na kolanach.

– Przyznał się?

– Z tym jest problem. Facet nie jest w stanie przyznać się już do niczego.

Merk zmarszczył brwi.

– Dziś w Świnoujściu znaleziono trzy trupy – ciągnął Wolański. – Byliśmy z Biernacką na miejscu. Jednym z nich był ten Maks.

Do pokoju weszła Dominika i postawiła na stole talerze z parującą pizzą.

– Trochę ją podgrzałam – powiedziała z uśmiechem. – Zaraz przyniosę herbatę.

Borys odprowadził ją wzrokiem. Ugryzł kawałek cienkiego ciasta i opowiedział Merkowi szczegóły dotyczące wyjazdu do Świnoujścia. Zrobił przerwę, kiedy dziewczyna znowu pojawiła się w pokoju, i wznowił opowieść, gdy zniknęła.

– Znaleźliśmy trupy w porcie i sam nie wiem… Pomyśleliśmy, że może próbowali ją przewieźć do Szwecji. Po wszystkim na wszelki wypadek skontaktowaliśmy się z policją w Ystad. Chcieliśmy, żeby sprawdzili promy, które dobiją do portu. Przesłaliśmy im i pracownikom tamtejszego terminala promowego zdjęcia dziewczyny.

– Musicie się skontaktować z posterunkami w Sztokholmie – oznajmił nagle Merk, po czym ostrożnie wypił łyk herbaty.

– Dlaczego akurat w Sztokholmie? Z portu w Świnoujściu żaden prom nie kursuje prosto do…

– Bo prawdopodobnie dziewczyna już tam jest albo właśnie ją tam wiozą.

– Kto?

Merk zaczął opowiadać. Wspomniał o swojej wizycie w Mystique

Models i w klubie sportów walki. Napomknął o chłopaku, któremu spuścił łomot na parkingu i który wyznał, że uprowadzenie dziewczyny zlecili Włosi.

Kiedy skończył, obaj zamilkli na dłużej. Wolański wyglądał na zagubionego i co najmniej lekko poirytowanego. Nerwowo przekładał butelkę z ręki do ręki.

– Nie dajesz znaku życia przez ponad rok – rzekł w końcu. – Kiedy znika mała Makowska, pojawiasz się natychmiast. Teraz przynosisz nowe rewelacje. Mówisz, że porwanie dziewczyny zlecili jacyś Włosi, a my mamy szukać jej w Sztokholmie. Skąd to wszystko wiesz?

Merk westchnął, zatapiając spojrzenie w zawartości parującego kubka.

– Olgierd? – Wolański nie zamierzał odpuszczać. – Biernacka dobierze mi się do dupy, gdy się dowie, że się z tobą spotkałem.

– Na razie to ty zdążyłeś dobrać się jej do dupy – odburknął Merk.

Borys zerknął w kierunku zacienionego przedpokoju.

– Mów ciszej, na litość boską. – Wolański przybliżył się do Merka. Teraz niemal szeptał. – To nie czas ani miejsce na pouczające gadki. Albo powiesz mi, skąd to wszystko wiesz, albo ta rozmowa się kończy.

– Adam Makowski był synem mojego przyjaciela – powiedział wreszcie Merk. – Dlatego cała ta sprawa z jego ewentualnymi układami z mafią miała dla mnie dość osobisty charakter. Potem zniknęła ta dziewczyna i…

Wolański opadł na oparcie fotela i przeczesał palcami gęste włosy.

– Kurwa. Mogłem się domyślić, że coś jest nie tak.

– Nie, nie mogłeś.

– Jak poznałeś starego Makowskiego?

– Znaliśmy się w zasadzie całe życie – powiedział Merk. – Było nas trzech. Kumple z podwórka i z jednej klasy. Wiktor, Jan i ja. Synowie stoczniowców. Dzieciaki z tego samego środowiska, którym przyświecał jeden cel: nie skończyć jak ich ojcowie. Mieliśmy te same marzenia i taki sam gust. Zakochaliśmy się w tej samej dziewczynie.

Zresztą w Joannie bujaliśmy się nie tylko my. Umawialiśmy się z nią wszyscy i właściwie nie wiem, dlaczego wodziła nas za nos. Być może czerpała z tego przyjemność? Wiedzieliśmy, że tylko Wiktor ma u niej szanse. Nie dość, że przystojny niczym amant, to jeszcze z ambicjami. Oczywiście się pobrali, ale po kilkunastu latach Wiktorowi odbiło. Zawróciła mu w głowie jakaś siksa. Zostawił żonę i kilkunastoletniego syna. Sielanka nie trwała długo, a kiedy oprzytomniał, Joanna nie chciała go już widzieć. Stracił rodzinę, a firma, którą prowadził, zaczęła podupadać. Wyjechał do Szwecji i wdepnął w wielkie gówno.

Wolański tym razem wziął trzy solidne łyki, jakby miały mu pomóc przetrawić to, co przed chwilą usłyszał.

– Przemyt – mówił dalej Merk. – Kokaina i broń. Czechosłowackie pistolety i karabiny maszynowe marki Skorpion. Organizował ją Włoch mieszkający w Warszawie, odpowiedzialny za kontakty z polską mafią. Wiktor woził kontrabandę przez siedem lat. Wystarczająco długo, aby zrozumieć, że z camorrą zostaje się do końca życia. Miał dwa wyjścia: albo umrzeć naprawdę, albo zniknąć, upozorowawszy własną śmierć. Dogadał się z największym wrogiem Luciana, Grazianem Brasim. Podał mu datę kolejnej dostawy i wystawił narkotyki. Upozorowali napad. Brasi zwinął prochy, a Makowski nawiał do USA. – Merk urwał i nabrał powietrza. – Przez te wszystkie lata zapewniał, że go wrobiono, ale… – Pokręcił głową bez przekonania. – Sam już nie wiedziałem, w co mam wierzyć. Kiedy wokół jego syna zaczęli się kręcić watażkowie ze stolicy, pomyślałem, że po prostu kłamał, że od teraz interesami zajmie się Adam, a Wiktor zarządza z Chicago. Na samą myśl trafiał mnie szlag, bo… – Znów przerwał.

– Bo co? – zapytał Wolański.

– Bo z Janem zrobiliśmy sporo, aby go z tego gówna wyciągnąć, ale to długa historia – dokończył.

W tym momencie zadzwoniła komórka Merka. Zerknął na wyświetlacz. To był Jan. Odebrał. Przez dłuższą chwilę jedynie słuchał. Kiedy odłożył telefon, oznajmił:

– Musimy jechać.

– Co? Dokąd? – zdziwił się Wolański.

– Dowiesz się po drodze.

– Kto dzwonił? – Wolański nie chciał odpuścić.

– Trzeci z muszkieterów – odburknął Merk, wstając z fotela.

W przedpokoju natknęli się na Dominikę.

– Wychodzicie? – zapytała.

– Tak – odparł Merk i pocałował ją w policzek. – Wypadło coś ważnego. Dzięki za kolację.

Kiedy byli już na zewnątrz, Wolański skierował się do samochodu Merka.

– Musimy jechać twoim – powiedział. – Zanim przyszedłeś, zdążyłem walnąć jeszcze jedno piwko.

Zawahał się jednak z ręką na klamce.

– Ty chyba nie…?

– No co ty – odparł Merk. – Jak Bozię kocham. – I po chwili siedział już za kierownicą.

37.

SZCZECIN WARSZEWO

– To niemożliwe – zaprotestowała Marta. Czuła, że nogi zaczynają jej drżeć. – Ojciec Adama nie żyje…

Pies nie przestawał się wyrywać i powarkiwać. Próbowała go uspokoić, jednocześnie robiąc kilka kroków w tył.

– Poczekaj, Marto. – Wiktor uniósł powoli dłonie, chcąc ją zatrzymać. – Masz rację… To znaczy, tak właśnie mieliście wszyscy myśleć, ale…

– Kim pan jest? – zapytała Marta i dodała: – Przed domem stoi policja. Jeśli pan…

– Wiem, że tam stoją, dlatego podjechaliśmy od tyłu. – Wiktor wskazał kciukiem za plecy. – Jestem z przyjacielem.

Marta spojrzała na samochód. Stary dieslowski silnik wciąż klekotał głośno, wprawiając reflektory w delikatne drżenie.

– Wracam do domu – oznajmiła stanowczo. Nie zdążyła się jednak odwrócić, kiedy Wiktor rzekł:

– Wiem, kto uprowadził Agnieszkę.

Zamarła. Znów na niego spojrzała. Tym razem poczuła, jakby ktoś wbił jej w skronie długie, zimne szpilki.

– Co?

– Wiem, kto uprowadził Agnieszkę. Chcę pomóc.

Marta rozejrzała się wokoło w poszukiwaniu któregoś z sąsiadów. Ulica świeciła pustkami. Nie wiedziała, jak powinna się zachować. A co, jeśli ten człowiek mówił prawdę?

– Chcę pomóc – powtórzył. – Po to przyjechałem. Mieszkam w Stanach. Kiedy dowiedziałem się, że porwano Agnieszkę, wsiadłem w samolot. Rozumiem, że trudno ci w to wszystko uwierzyć, ale to prawda. Mogę wejść? Wszystko ci wyjaśnię.

Marta stanowczo zaprzeczyła ruchem głowy.

– Pójdę po tych policjantów... – zaczęła.

– W porządku – przerwał. – Ale najpierw chciałbym wszystko ci wyjaśnić. Zaufaj mi.

Wahała się jeszcze przez chwilę, w końcu, ku własnemu zdziwieniu, pokiwała głową.

– Mogę wejść?

Głos uwiązł jej w gardle. Serce odgrywało szaleńczy rytm, krew tętniła w skroniach. Załzawionymi oczami obserwowała, jak obcy mężczyzna przekłada nogę przez ogrodzenie.

– Mam swoje lata, ale chyba dam radę – powiedział, próbując nadać całej sytuacji odrobinę komizmu.

Kiedy mężczyzna stanął po drugiej stronie płotu, pies rozszczekał się na dobre. Marta zakryła mały pysk dłonią. Dopiero teraz mogła przyjrzeć się człowiekowi, który podawał się za jej teścia. Zmęczona, poorana zmarszczkami twarz. Zaczesane do góry, przerzedzone siwe włosy. I to spojrzenie... Czuła na sobie jego ciężar.

Idąc w kierunku domu, kilkakrotnie obejrzała się przez ramię, jakby w obawie, że nieznajomy się na nią rzuci. „Będę krzyczeć – pomyślała. – Będę się drzeć jak jeszcze nigdy w życiu!". Kiedy weszli do środka, Marta natychmiast podeszła do okna wychodzącego na ulicę i odchyliła firankę.

– Wciąż stoją przed domem – oznajmiła, dając do zrozumienia, że w każdej chwili może zaalarmować siedzących w samochodzie policjantów.

– W porządku – powiedział Wiktor.

– Niech pan mówi – ponagliła go Marta.

– Proszę, mów mi po imieniu. Wiktor.

– Po prostu się wytłumacz. – Przeszła obok niego i podeszła do aneksu kuchennego.

Usiadł na jednym z wysokich krzeseł. Sięgnęła po stojący na blacie karton soku jabłkowego. Nalała go do szklanki i przesunęła w jego stronę.

– Dziękuję – rzekł, obejmując naczynie oburącz.

– Gdzie jest Agnieszka? – zapytała, nie zamierzając tracić więcej czasu.

– W Szwecji.

Zmarszczyła brwi. Usta zaczęły jej drżeć.

– Wiem, że to dla ciebie szok – dodał natychmiast. – Ale pozwól, że zacznę od początku. Chciałbym powiedzieć, że nigdy nie przestałem żałować, że zostawiłem Adama i...

– Chryste, nie mam teraz na to czasu! – Głos jej się łamał. – Co Agnieszka robi w Szwecji?!

Uniósł dłoń, jakby chciał ją uspokoić.

– Wyjechałem do Szwecji, kiedy Adam miał kilkanaście lat. Poznałem ludzi, których nie powinienem był poznać. Wpadłem w tarapaty. Człowiek, którego uważałem za swojego przyjaciela, wciągnął mnie w brudne interesy. Musiałem współpracować z mafią. – Umilkł, jakby chciał sprawdzić, jakie wrażenie zrobiły na Marcie słowa, które przed chwilą usłyszała. – Próbowałem się z tego wyplątać, ale...

– Co z tym wszystkim ma wspólnego Agnieszka?!

Westchnął.

Nagle usłyszeli pukanie do drzwi tarasowych. Spojrzeli w ich stronę w tym samym momencie. Za szybą stał mężczyzna i uderzał w nią pięściami. Wykrzykiwał coś, ale go nie słyszeli.

– Jan? – Wiktor zmarszczył brwi i poderwał się z krzesła.

I wtedy rozległy się strzały. Seria z karabinu maszynowego. Jan się zachwiał. Szkło zbielało niczym zamarznięte jezioro, a potem kryształowy deszcz posypał się na podłogę. Jan wpadł do środka zaplątany w firankę. Marta darła się wniebogłosy.

– Na ziemię! – krzyknął Wiktor, przeskakując przez kontuar. Przykrył ją własnym ciałem, kiedy pociski siały wokół spustoszenie. Tynk posypał się im na głowy. Gdy wreszcie strzały ucichły, słyszeli tylko szloch Marty i jego przyspieszony oddech. A potem kroki. Szkło chrzęściło pod podeszwami czyichś butów. Nagle drzwi do domu otworzyły się z impetem i padła kolejna seria przerywana wrzaskami. Kilka mocnych męskich głosów. A później znowu nastała cisza, ale i tym razem nie trwała długo. Usłyszeli czyjś rozpaczliwy krzyk. Po chwili kilka pojedynczych strzałów i znowu odgłos ciężkich butów, jakby przez salon przebiegło co najmniej kilka osób.

Drgnęli, kiedy dostrzegli cień na podłodze.

– Jesteście cali? – zapytał Merk, opierając się o blat. Trzymał się za lewe ramię. Pomiędzy palcami sączyła się krew.

Pierwszy podniósł się Wiktor i natychmiast pomógł wstać Marcie. Kręciło jej się w głowie i dzwoniło w uszach. Jej umysł próbował zrozumieć obraz, który przekazywały oczy. Salon wyglądał jak pobojowisko. Przez otwór, w którym kiedyś było okno, wszedł Wolański z pistoletem w ręku.

– Uciekli! – powiedział, szukając komórki w wewnętrznej kieszeni kurtki.

Marta zerknęła na podłogę. Mężczyzna leżał w powiększającej się kałuży krwi, przykryty welonem firanki. Mimo to Wolański sprawdził mu puls, jakby istniał cień szansy, że tamten może być robocopem. Potem z telefonem przy uchu, wzywając posiłki, przykląkł przy drugim ciele. W końcu pokręcił głową i spojrzał na trzeciego z mężczyzn, siedzącego przy drzwiach. Policjant krztusił się własną krwią. „Chryste!"– pomyślała Marta. To musieli być jej ochroniarze.

– Bartek i moja matka… – wymamrotała, wskazując na sufit.

Merk tylko kiwnął głową i wbiegł po schodach. W połowie drogi dostrzegł kobietę i chłopca.

– Już dobrze. Już wszystko w porządku – powiedział.

Babcia i wnuczek patrzyli na ciała leżące w ich salonie i nie byli w stanie mu uwierzyć.

***

Biernacka szła przez pokój, ostrożnie stawiając każdy krok. Szkło chrzęściło pod obcasami kozaków. Technik robił zdjęcia ciału Jana zawiniętemu w firankę niczym w całun. W ogrodzie stał Wolański. Jego twarz rozświetlały niebieskie rozbłyski rzucane przez migoczące koguty radiowozów. Podeszła do niego, wyciągając papierosa.

– No to się doigrałeś – oznajmiła, nawet na niego nie patrząc.

Za to on posłał jej przelotne spojrzenie.

– Dwa trupy. A na miejscu zdarzenia ty i pijak wyrzucony ze służby. Mówiłam, żebyś się trzymał od Merka z daleka.

– Tak już mam, że przyciągam niewłaściwych ludzi. – Zerknął na nią i natrafił na jej chłodny wzrok.

Zrozumiała aluzję. Wypuściła dym prosto w jego twarz.

– Możesz mi łaskawie powiedzieć, co się tu wydarzyło, do kurwy nędzy?

Delikatnie wyciągnął papierosa z jej ust i wcisnął go pomiędzy własne wargi. Patrzyła na niego odrobinę zdezorientowana. Zaciągnął się, mrużąc oczy, i po chwili na powrót umieścił go w kąciku czerwonych ust prokurator. Biernacka natychmiast rozejrzała się nerwowo. Technicy na szczęście byli zbyt zaaferowani swoją pracą, aby wychwycić ten gest.

– Co ty wyprawiasz? – syknęła, robiąc krok w jego stronę.

– Mieli pieprzone kałachy – powiedział Wolański.

Biernacka raz jeszcze zerknęła na leżące nieopodal ciało, a potem powiodła wzrokiem po podziurawionych ścianach pokoju, który wyglądał, jakby do środka wpadły zastępy szaleńców z wiertarkami udarowymi.

– Tyle zdążyłam zauważyć. Pytam, kim byli…

– Widziałem tylko odjeżdżający czarny samochód. Prawdopodobnie bmw. Nie widziałem numerów rejestracyjnych…

***

Dochodziła pierwsza, kiedy dotarli na komendę. Na miejscu dowiedzieli się, że bilans ofiar uległ zmianie. Drugi z policjantów strzegących domu zmarł w drodze do szpitala. Wszystkie dostępne patrole poszukiwały czarnego bmw, podobnie jak operatorzy miejskiego monitoringu. Na razie nie mieli nic.

Rana Merka okazała się powierzchowna. Kula w zasadzie drasnęła prawe ramię. Niechętnie dał się opatrzyć i teraz z gorącym kubkiem w dłoni stał na korytarzu razem z Wolańskim i Makowską. Wiktor Makowski w towarzystwie Adamskiego siedział w pokoju przesłuchań. Bartka i matkę Marty psycholożka odprowadziła do innego pokoju. Chciała zabrać i ją, ale Marta się uparła, że nigdzie nie pójdzie, dopóki nie dowie się, co ma do powiedzenia jej „zmartwychwstały" teść.

Gdy usłyszeli stukot obcasów, cała trójka spojrzała w kierunku zbliżającej się szczupłej kobiety odzianej w granatowy kostium. Biernacka zatrzymała się tuż przy Merku. Były komisarz poczuł intensywny zapach jej perfum.

– Fakt, że nie masz jeszcze kajdanek na rękach, potraktuj jako przejaw mojej dobrej woli – powiedziała prokurator. – Nigdzie się nie ruszaj, Merk. Najpierw przesłuchamy Makowskiego, ale ty i Wolański jesteście następni w kolejce. – Powiedziawszy to, zerknęła w stronę Borysa, a potem zwróciła się do Marty. – Dlaczego nie poszła pani z psycholożką? – zapytała.

Makowska chciała coś odpowiedzieć, ale Wolański ją uprzedził, posyłając jej porozumiewawcze spojrzenie.

– Mieczkowska kazała nam poczekać – skłamał. – Zaraz tu będzie.

Biernacka bez słowa wślizgnęła się do pokoju przesłuchań. Wolański zerknął na Merka, a potem podążył za nią jak cień.

Olgierd ujął Martę pod rękę i pchnął delikatnie w kierunku pomieszczenia przylegającego do pokoju przesłuchań. Była lekko zaskoczona, ale nie oponowała. Siedzący w środku funkcjonariusze oderwali spojrzenia od szerokiej szyby. Widok Merka wyraźnie ich zaskoczył. Skinął delikatnie głową, czekając na ich reakcję. Liczył się z tym, że mogą kazać im wyjść. Zamiast tego funkcjonariusze odpowiedzieli tym samym gestem. Nie protestowali, więc wskazał Makowskiej puste krzesło, a sam oparł się o ścianę.

Wszyscy wpatrywali się w siedzącego przy stole Wiktora. Właśnie kończył odpowiadać na pytanie Adamskiego, który intensywnie bazgrał w swoim notatniku. Marta pamiętała go doskonale. To on towarzyszył Wolańskiemu podczas jej pierwszego przesłuchania. Zaraz potem inicjatywę przejęła Biernacka. Adamski włączył kamerę stojącą na statywie i mała dioda zaczęła świecić czerwonym, pulsującym światłem.

– Gotowe – oznajmił, z powrotem zajmując swoje miejsce.

Biernacka odsunęła krzesło, usiadła, odpaliła papierosa.

– Jest pan ojcem Adama Makowskiego – powiedziała, przysuwając do siebie stojącą na stole popielniczkę. – Dziadkiem uprowadzonej.

– Tak.

Adamski położył przed nią jego paszport. Prokurator wsunęła na nos okulary. Przerzuciła kilka stron, zatrzymując się dłużej na ostatniej. Wlepiła w Makowskiego spojrzenie ciemnych oczu. Wyglądał na spokojnego.

– Zdjęcie się zgadza, ale nazwisko już nie – oświadczyła Biernacka, zamykając paszport.

Dokument wrócił do Adamskiego.

– Bo to nie jest moje prawdziwe nazwisko.

Biernacka wypuściła kolejną porcję dymu. Żarzący się czubek papierosa kilkakrotnie uderzył w kant popielniczki.

– No proszę. Robi się coraz ciekawiej. Za posługiwanie się fałszywym dokumentem grozi do pięciu lat.

– I myśli pani, że robi to na mnie jakiekolwiek wrażenie?

Pytanie wisiało w powietrzu przez dłuższą chwilę. Biernacka postanowiła zostawić je bez odpowiedzi. Zadała inne:

– Kto do was strzelał?

– Ludzie z Warszawy. Ci sami, którzy zabili mojego syna.

– To Adam nie zginął w wypadku?

– Tak zamierza to pani rozgrywać? Naprawdę?

Chwila ciszy. Kolejna smużka dymu uleciała pod sufit. Ciemne brwi Biernackiej powędrowały ku górze.

– To oni uprowadzili dziewczynę?

– Jeśli tak, to tylko na zlecenie.

– Czyje?

– Człowieka, który nazywa się Felipe Luciano.

– To przed nim się pan ukrywał?

– Tak.

– Luciano to włoskie nazwisko. – Biernacka bardziej oznajmiła, niż zapytała, ale mimo to Makowski przytaknął skinieniem głowy.

– To znaczy, że dziewczyna jest we Włoszech?

– Nie.

– A więc gdzie?

– W Szwecji.

W pomieszczeniu obok dłoń Marty Makowskiej bezwiednie powędrowała do ust. Łzy nabiegły jej do oczu. Ten człowiek potwierdził to, co zdążył powiedzieć jej w domu, zanim rozpętało się piekło. Merk przeniósł ciężar ciała z jednej nogi na drugą. W głowie usłyszał głos Jana. Przypomniał sobie, jak mówił, że pewne rzeczy Wiktor chce mu wyjaśnić osobiście. Po kilkunastu godzinach Guzowski już nie żył i zanosiło się na to, że wyznania Makowskiego Olgierd wysłucha przez szklaną szybę.

– Dlaczego właśnie tam? – spytała prokurator.

– Bo tam jest Luciano. W Neapolu był skończony. Policja szukała go za zabójstwo lokalnego polityka. Schronienie znalazł w Sztokholmie, u mojego dawnego przyjaciela Mikaela Jönssona.

Biernacka strzepała popiół do popielniczki. Czekała. Czuła się co najmniej lekko zdezorientowana. Korciło ją, aby zadać kolejne pytanie, ale ostatecznie milczała. Poznanie odpowiedzi było jedynie kwestią czasu. Musiała być cierpliwa. Z przesłuchaniem było jak z dominem. Właśnie pchnęła pierwszy klocek. Reszta powinna potoczyć się samoistnie. Podstawowa zasada brzmiała: daj przesłuchanemu szansę swobodnego wypowiedzenia się. Na dopytywanie przyjdzie jeszcze czas. Makowski, jakby czytając jej w myślach, sięgnął pod połę kurtki. Wyciągnął pomiętą kartkę, rozprostował ją i przesunął po blacie w kierunku prokurator. Papieros spoczął w popielniczce, kiedy Biernacka ponownie nasuwała na nos okulary w czarnej oprawce. Wolański stanął jej nad głową jak anioł stróż. Oboje wpatrywali się w czarno--białe ksero fotografii. Męska twarz. Puste, martwe spojrzenie. Delikatnie rozchylone usta, na których wycięto dwie prostopadłe linie.

– Wiecie, co to jest? – zapytał Makowski.

– Nie mogę się doczekać, aż nas pan oświeci – odparła Biernacka, odrywając wzrok od kartki i składając z powrotem. Papieros wrócił do ust.

– To znak camorry, neapolitańskiej mafii, która w ten sposób karze swoich wrogów. Nacinają znak krzyża na ustach ludzi, którzy złamali święte prawo milczenia. Człowiek, na którego patrzycie, nazywał się Graziano Brasi i był bossem jednego z klanów. Sama fotografia jest wiadomością dla mnie. Obietnicą, że skończę tak samo.

– Intrygujące, ale co to wszystko ma wspólnego z dziewczyną? – Wolański najwyraźniej nie miał w sobie aż tyle cierpliwości. Stał teraz wsparty o kant stołu, wpatrując się w Makowskiego wyczekująco.

– Mogę zapalić? – Wiktor zbagatelizował pytanie komisarza i patrzył tęsknie w stronę paczki papierosów.

Biernacka pchnęła ją w jego kierunku. Wyłuskał jednego i wcisnął go w kącik ust. Prokurator podsunęła mu pod nos płomień zapalniczki. Wolański przyglądał się temu z dezaprobatą. Papieros podczas przesłuchania był nagrodą. W ocenie komisarza Makowski jeszcze na nią nie zasłużył. Wiktor zaciągnął się dymem i odchylił na krześle. Wolański przewrócił oczami, ale Makowski tego nie zauważył, bo cały czas spoglądał w twarz siedzącej przed nim kobiety.

– Tu nie chodzi o dziewczynę – powiedział wreszcie. – Tylko o mnie. Agnieszka to przynęta. Jestem pewien, że wywieziono ją do Sztokholmu, bo tam ukrywa się teraz ten włoski skurwysyn. Jeżeli naprawdę chcecie ją odbić, to, czy wam się to podoba, czy nie, musicie zabrać mnie ze sobą...

***

Po wszystkim Adamski wyłączył kamerę. Biernacka i Wolański opuścili pokój przesłuchań. Drzwi nie zdążyły się jednak zamknąć, kiedy ktoś naparł na nie z impetem. Adamski i Makowski spojrzeli w ich kierunku. Spodziewali się ujrzeć prokurator, która być może zapomniała o jakiejś ważnej kwestii, ale ich oczom ukazał się inny widok. Do pokoju wpadła Marta i zdecydowanym krokiem ruszyła w stronę Wiktora. Zdążyła zadać kilka ciosów, zanim Adamski zareagował.

– To twoja wina, ty gnoju! – krzyczała, lejąc Makowskiego po twarzy. – To przez ciebie zginął Adam! To przez ciebie Agnieszka... – Potem były już tylko płacz i potok słów, których nie można było zrozumieć.

Makowski nie próbował się bronić przed atakiem, choć niewątpliwie mógł unieść ręce w czymś na podobieństwo gardy. Jego głowa odskoczyła dwa razy po uderzeniach z otwartej dłoni, a potem patrzył nieruchomo na szalejącą kobietę, której stopy nie dotykały już podłogi. To Adamski chwycił Martę w pasie i cofał się w stronę wyjścia.

– Niech się pani uspokoi!

Drzwi otworzyły się raz jeszcze i z odsieczą przybyło dwóch innych funkcjonariuszy. Kiedy udało się wreszcie wyprowadzić Makowską, w pokoju ponownie pojawili się Biernacka i Wolański.

– Spokojnie – mruknął Makowski. – Ona ma rację. To wszystko moja wina...

***

– Jakim cudem ta kobieta wszystko słyszała?! – Biernacka wparowała do pomieszczenia obok, żądając odpowiedzi od dwóch stojących na baczność mundurowych. Funkcjonariusze nie odpowiedzieli. Unikali kontaktu wzrokowego jak wystraszone dzieci. Prokurator wpatrywała się w nich przez kilkanaście sekund, w końcu obróciła się na pięcie i opuściła pokój, mamrocząc pod nosem jakieś przekleństwa.

Na korytarzu czekał na nią Wolański, opierając się o ścianę. Kiedy wyszła, ruszył za nią.

– Gdzie jest Merk? – zapytała, nawet na niego nie patrząc.

– Poszedł na papierosa.

Przystanęła.

– Wołaj go tu natychmiast, bo zaraz mnie szlag trafi!

Wolański poczuł kropelki śliny na swoim nosie.

– Macie mi obaj w tej chwili wyjaśnić, w jaki sposób znaleźliście się w tamtym domu!

– Posłuchaj. – Borys uniósł dłonie. – Gdyby nie Merk, trupów mogło być więcej.

– O czym ty mówisz?!

Wolański westchnął ciężko.

– To długa historia.

– To zacznij mówić, do cholery!

– Merk chyba zrobi to lepiej.

38.

Christin Carlsson nie mogła usnąć tej nocy. Przewracała się z boku na bok, od czasu do czasu zerkając na stojący na szafce nocnej zegarek elektroniczny. Kiedy spoglądała na niego ostatnim razem, czerwone cyfry wskazywały 1:43. Teraz dochodziła 3:00. „No nieźle" – pomyślała. Zostały jej maksymalnie trzy godziny snu, jeżeli w ogóle uda jej się zasnąć. Znała to uczucie i szczerze go nie cierpiała, ale od pewnego czasu nawet nie próbowała z nim walczyć. Powodem bezsenności było nie tyle mało komfortowe hotelowe łóżko, ile głównie myśli krążące wokół śledztwa. Zaprzątały jej głowę o każdej porze, a najczęściej, niestety, domagały się uwagi właśnie w nocy. Raz sprowokowane, nie chciały ustąpić.

Christin myślała o Evercie Backmanie. Kiedy opuszczali dom Jönssonów, intuicja podpowiadała jej, że to właśnie jego powinni sprawdzić jako pierwszego. Był jedynym prawdziwym przyjacielem rodziny, człowiekiem, o którym Sven wypowiadał się wyjątkowo serdecznie. Ten fakt sprawił, że w jej głowie zapaliła się czerwona lampka. Jej światło przybladło jednak wyraźnie, kiedy osobiście odwiedzili Backmanów. Evert nie miał żadnego motywu, a dodatkowo podał niepodważalne alibi, bo od momentu powrotu nie rozstawał się z rodziną nawet na chwilę, i co najważniejsze, a zarazem najbardziej irytujące, sprawiał wrażenie porządnego gościa.

Leżała, wpatrując się w ciemność. Kiedy zadzwonił telefon, drgnęła. Komórka podskakiwała na nocnej szafce, a prostokąt pulsacyjnego niebieskiego światła częściowo rozproszył mrok.

– Gunn? – rzuciła do aparatu. Zapewniono im zakwaterowanie w tym samym hotelu. Lindberg dostał pokój piętro wyżej. – Wiesz, która jest godzina?

– Wiem, ale wiem też, jak małe jest prawdopodobieństwo, że cię obudziłem.

Westchnęła. Zapaliła nocną lampkę i przetarła przyzwyczajone do mroku oczy.

– Co się stało?

– W spelunie o wdzięcznej nazwie U Jensa była rozróba.

Christin odrzuciła głowę na poduszkę i zapatrzyła się w sufit.

– Burdy barowe chyba nie należą do naszych kompetencji?

– Ta wyjątkowo tak. Zgadnij, kto wystąpił w roli głównej.

Zaintrygował ją, więc podniosła się do pozycji siedzącej i oparła się plecami o wezgłowie łóżka.

– Dawaj.

– Sven Jönsson.

Zbyt długa cisza po drugiej stronie utwierdziła Gunnara w przekonaniu, że udało mu się ją zainteresować.

– Ale to nie wszystko – powiedział. – O wiele ciekawsze jest to, komu spuścił łomot.

Christin nie zadała pytania. Bez słowa czekała na ciąg dalszy. Wiedziała, że nastąpi, a Gunnar Lindberg nie był mistrzem suspensu.

– Jerkowi Magnussonowi i Hansowi Almkvistowi. Zadzwoniły do mnie chłopaki z komendy. Odrobinę się wkurzyłem, bo w przeciwieństwie do ciebie spałem jak niemowlę. Następnym razem powiem im, żeby najpierw telefonowali do ciebie. A ty zdecydujesz, czy warto budzić starego Gunna.

– Gdzie jest Jönsson?

– Siedzi na dołku.

– No to jedziemy.

Usłyszała, jak Lindberg cicho wzdycha.

***

Sven Jönsson podniósł głowę, kiedy klucz zazgrzytał w zamku celi. Siedział na pryczy, gniotąc w dłoniach daszek brudnej czapki.

– Masz gości – poinformował go policjant dyżurny, kiedy kółka kraty z piskiem przesuwały się po szynie zatopionej w posadzce.

Christin weszła do środka i od razu skonstatowała, że twarz Jönssona nie nosi żadnych śladów stoczonej walki. Gunnar, zanim do nich dołączył, zamienił szybko kilka słów z policjantem.

– Dobry wieczór, Sven – przywitała się Carlsson, wspierając się plecami o kraty.

– Nie możecie spać? – zapytał Jönsson, nie bardzo przejmując się grzecznościami.

– Coś w tym stylu, ale wygląda na to, że nie tylko my.

Cisza.

– Podczas naszego ostatniego spotkania zareagowałeś bardzo nerwowo, kiedy zapytałam cię o twoich kumpli. Mówiłeś, że niemożliwe, aby mieli coś wspólnego ze zniknięciem Björna. Coś się zmieniło od tamtego czasu?

Cisza. Sven znów wlepił spojrzenie w czapkę.

– Nieźle ich załatwiłeś, Jönsson – odezwał się Lindberg. – Cholera, kość czołowa to najtwardsza część ludzkiego ciała, a u biednego Magnussona pękła jak gliniana doniczka. Almkvist miał trochę więcej szczęścia, jeśli można tak powiedzieć o facecie, któremu na łbie założono kilkanaście szwów.

Policjant, który otwierał celę, wrócił. Trzymał w dłoniach dwa papierowe kubki z kawą. Najpierw podał kubek Christin, a potem Gunnarowi. Lindberg szepnął słówko, aby przyniósł ją również aresztantowi. Dyżurny posłuchał, ale prośba nie spotkała się z przesadnym entuzjazmem.

– Czas ucieka, Jönsson – powiedział Lindberg, podając mu kawę. – Na razie nie mamy nic w sprawie twojego dzieciaka, więc lepiej zacznij mówić.

Jönsson nie odrywał od Gunnara lodowatego spojrzenia. Choć pozycja Christin tego nie zdradzała, jej ciało pozostawało napięte, gotowe do akcji. Carlsson już raz była świadkiem możliwości Jönssona. Nie mogło mu dać rady dwóch policjantów. Oczami wyobraźni widziała, jak gorący napój ląduje na twarzy Lindberga, a Sven skacze do ataku. Nic takiego się nie stało. Jönsson upił ostrożnie łyk.

– Co się zmieniło? – zapytał Lindberg. – Dlaczego tak ich urządziłeś?

– Kiedy będę mógł wyjść? – odpowiedział pytaniem na pytanie Jönsson.

– To zależy. Myślę jednak, że nieprędko. Mogłeś ich pozabijać, Jönsson, zdajesz sobie z tego sprawę? A może właśnie taki miałeś zamiar?

– Chcę być przy Judith, kiedy się obudzi.

Christin mogłaby przysiąc, że w głosie Jönssona wychwyciła błagalny ton. Lindberg popatrzył na nią wyraźnie zdziwiony. Stanął teraz tuż przed Svenem. Pochylił się nad nim.

– Istnieje coś takiego jak okoliczności łagodzące, Jönsson – oznajmił. – Daj nam coś wreszcie, to może uda nam się zadziałać. Dlaczego tak dokopałeś kumplom?

Sven Jönsson przygryzł dolną wargę. Zaciskał i rozluźniał mięśnie żuchwy. Obracał w palcach brązowy kubek.

– Bezsilność mnie dobijała… – wyrzucił wreszcie z siebie. – Wiesz, jak to jest, kiedy znika ci dziecko, a ty nie możesz nic zrobić?

– Jestem w stanie to sobie wyobrazić. Ale na pewno nie rozpieprzyłbym baru i nie posłał do szpitala dwóch kumpli, aby dać upust emocjom.

– To nie są moi kumple – zaprzeczył Sven.

– Już nie? – Gunnar komicznie uniósł brwi.

– Nigdy nimi nie byli.

– Podczas pierwszego przesłuchania mówiłeś coś innego.

– A wy koniecznie chcieliście się dowiedzieć o nich jak najwięcej. – Sven odbił piłeczkę. – Sugerowaliście, że tylko oni wiedzieli, kiedy wracamy, i że to co najmniej trochę podejrzane, że Björn znika dokładnie następnego dnia. Tak było, czy mi się wydawało?

– Tak było.

– Więc powiedzmy, że przemyślałem sobie pewne sprawy. Chciałem to sprawdzić. Przekonać się osobiście.

– A jaki mieliby motyw?

Sven pokręcił głową. Przetarł twarz dłonią.

– Może chcieli mi dopiec? Nie przepadamy za sobą. Z wyjazdu na wyjazd coraz trudniej było mi wytrzymać w ich towarzystwie.

– Strasznie słaby powód, żeby porywać dziecko – ocenił Lindberg.

– Hans i Jerk to popaprańcy. Kto wie, co mogło im strzelić do łbów.

– I dlatego na wszelki wypadek postanowiłeś je im rozwalić?

Sven Jönsson milczał, wpatrując się w posadzkę celi. Christin zrobiła krok do przodu. Dla Gunnara był to znak, że teraz to ona chce przejąć inicjatywę. Zamienili się miejscami.

– Evert bardzo się o ciebie martwi, Sven – powiedziała, czym zwróciła jego uwagę. – To prawdziwy przyjaciel, prawda?

Jönsson nieznacznie przytaknął skinieniem głowy.

– Ale nawet on niewiele o tobie wie. To prawda, że pochodzisz ze Sztokholmu?

Sven poruszył się nerwowo.

– Szukasz kidnapera drogą eliminacji? Teraz już wiesz, że prawdopodobnie Jerk i Hans nie mieli z tym nic wspólnego. Kto zajmuje na twojej liście podejrzanych pozycję numer dwa?

Wypił kawę tak łapczywie, że niemożliwe było, aby się przy tym nie poparzył. Zgniótł kubek w ręce.

– Kiedy będę mógł wyjść? – zapytał ponownie.

***

Nie tylko Christin Carlsson nie mogła usnąć tej nocy. Jerk Magnusson przewracał się z boku na bok w szpitalnym łóżku, wsłuchując się w głośne pochrapywanie gościa, z którym dzielił pokój. Dziadek nie dość, że chrapał jak parowóz, to jeszcze pierdział.

Hans Almkvist miał więcej szczęścia. Założyli mu kilkanaście szwów i zwolnili do domu, podczas gdy u niego stwierdzono wstrząśnienie mózgu i zatrzymano go na dobową obserwację. Głowa mu pękała, a on czuł się tak, jakby ktoś wywiercił mu w czole pieprzoną dziurę. Kiedy ten kutas Jönsson walnął go kulą bilardową, Magnusson miał wrażenie, że kopnął go koń. Ból był nie do zniesienia, choć wtedy, ocierając krew zalewającą mu oczy, nie miał pojęcia, że Sven rozwalił mu czaszkę. Jerk miał wyjątkowo twardy łeb. Nie raz, nie dwa jakiś cwaniak rozbijał na nim butelkę po piwie, myśląc, że to załatwi sprawę. Jakie było ich zdziwienie, kiedy Magnusson jedynie potrząsał głową, gotowy do dalszej bitki. Ale bile to zupełnie inna sprawa. Jerk grał w bilard od zawsze. Kiedyś usłyszał, że na początku robiono je z kości słoniowej, a potem zaczęto wytwarzać z jakichś ekstratwardych tworzyw sztucznych. To musiało się tak skończyć. Jego czaszka kontra supertwarde tworzywo. Inna sprawa, że Jönsson zaatakował znienacka. Gdyby Jerk mógł przewidzieć jego zamiary, nieźle by gnoja urządził. Zresztą nic straconego. Załatwi go na cacy, gdy tylko stąd wyjdzie, a potem dobierze się do tej jego małej dziwki. Ostatnia myśl poprawiła mu humor.

Ból nie był jedynym powodem, dla którego sen nie nadchodził. W głowie Magnussona kłębiły się najróżniejsze myśli i pytania, a najważniejsze brzmiało: Skąd Jönsson wiedział, że on i Hans mieli coś wspólnego z uprowadzeniem dzieciaka?

Jerk Magnusson powrócił pamięcią do wydarzeń sprzed kilku miesięcy, kiedy podłapali robotę w Norwegii. Stacjonowali niedaleko Bergern, więc któregoś razu wybrali się z Hansem do miasta, aby odrobinę zaszaleć. Siedzieli przy barze jednego z wielu klubów, które zaliczyli tego wieczora, kiedy przysiadło się do nich dwóch facetów. Jeden z nich, łysy, z kolczykiem w uchu, wpatrywał się w rzędy butelek poustawianych na szklanych półkach, od których odbijały się refleksy stroboskopowego światła. Nie odezwał się ani słowem. Mówił ten drugi, z lśniącymi, spiętymi w koński ogon włosami. Muzyka łupała niemiłosiernie, więc zaczął szeptać Jerkowi do ucha. Jerk i Hans nie mieli ochoty na towarzystwo, przynajmniej nie na męskie, i kazali mu spadać, ale wtedy facet odchylił kurtkę i pokazał rękojeść wciśniętego za pasek pistoletu. Niespodziewany widok sprawił, że Jerk szybko wytrzeźwiał, a gdy mężczyzna wskazał ruchem głowy drzwi klubu, oblał go pot.

Kiedy wyszli na zewnątrz, długowłosy sięgnął po fajkę, zaciągnął się i zaczął mówić:

– Sven Jönsson. Znacie go, prawda?

Jerk i Hans pokiwali głowami jak wytresowane małpki. Magnusson wpatrywał się w mężczyznę, którego aparycja i akcent zdradzały południowe pochodzenie.

– Czego chcecie? – zapytał, starając się nie zdradzać zdenerwowania.

– Informacji. Na razie. Potem może będziemy mieli dla was robotę. Wpadnie kilka koron. Zainteresowani?

Wymienili spojrzenia, zdając sobie sprawę, że właśnie usłyszeli propozycję nie do odrzucenia. Odpowiedzieli na wszystkie pytania, które stawiali nowi znajomi. Po wszystkim długowłosy wcisnął im do kieszeni po tysiąc koron, a w dłoń Jerka telefon.

Następnego ranka Jerk i Hans musieli porównać wspomnienia z poprzedniego wieczora, aby zyskać pewność, że to wszystko im się po prostu nie przyśniło. Włosi odezwali się po kilku tygodniach i zażądali zdjęć Svena oraz jego rodziny. Umówili się dokładnie w połowie drogi między Sztokholmem a Härnösand. Pojechali z duszą na ramieniu. W ustalonym miejscu czekało na nich czarne auto. Stali przed nimi znajomi mężczyźni. Długowłosy kazał Jerkowi wsiąść do samochodu. Hans miał zostać na zewnątrz w towarzystwie łysego. To wtedy Magnusson poznał ich prawdziwego pracodawcę, Felipego Luciana. Przez kilka pierwszych minut blady i chudy jak szczapa Włoch mówił coś o współpracy, zaufaniu i milczeniu, które jest świętością. Magnusson niewiele z tego kapował i tak naprawdę chciał, aby to spotkanie jak najszybciej dobiegło końca, ale wtedy tamten powiedział:

– Macie mi przyprowadzić dzieciaka Jönssona. Moi ludzie wam pomogą.

Jerk myślał, że się przesłyszał, ale w uszach wciąż dzwoniło mu echo ostatnich słów wypowiedzianych przez Luciana. Zaniemówił i wyschło mu w ustach.

– Jakiś problem? – zapytał Włoch, spoglądając na niego w sposób, który paraliżował.

– Najmniejszego – odparł Magnusson.

Na kolejne spotkanie musieli się już pofatygować do Sztokholmu. Magnusson przekazał Włochowi kilka fotografii i... sam otrzymał kopertę pełną zdjęć. Widniała na nich martwa kobieta, której ktoś wyciął na ustach krzyż.

Leżąc teraz w szpitalnym łóżku, Jerk Magnusson zdał sobie sprawę, że zapomnieli o drobnym szczególe, i poczuł się tak, jakby przez jego bolącą głowę przepłynął prąd. Poprawił się do pozycji siedzącej i odruchowo dotknął zabandażowanego czoła. Spojrzał w zacieniony kąt pokoju. Stary wciąż chrapał w najlepsze. Sięgnął po leżącą na szafce komórkę i wybrał numer Hansa. Wiedział, że musi być cierpliwy, bo Almkvist pewnie dla złagodzenia bólu strzelił kilka głębszych, zupełnie niewzruszony faktem, że alkoholu nie można mieszać ze środkami przeciwbólowymi. Na wpół przytomny Hans odebrał dopiero za trzecim razem.

– Posłuchaj, Hans! – wrzasnął do słuchawki Jerk. – Gówno mnie obchodzi, że śpisz! Posłuchaj, bo o czymś zapomnieliśmy...

***

– Mam nadzieję, że wiesz, co robisz, mała – powiedział Gunnar Lindberg do Christin Carlsson, obserwując przez okno, jak Sven Jönsson powoli znika z pola widzenia. – Jeżeli nasz Pan Porywczy postanowi odwiedzić starych kumpli, to raczej nie będzie już co z nich zbierać. – Spojrzał na partnerkę. – A my się z tego nie wywiniemy.

Przez chwilę milczała. Choć Jönsson powinien posiedzieć na dołku jeszcze co najmniej kilka godzin, poprosiła, żeby go wypuszczono. Gunn zachodził w głowę, jak udało jej się przekonać chłopaków. Zastanawiał się, czy by osiągnąć swój cel, wykorzystała swój autorytet, czy raczej urok osobisty.

– Widziałeś, jak zareagował, kiedy zapytałam o Sztokholm?

Gunnar nie odpowiedział, jedynie siorbnął łyk kawy. Przez te wszystkie lata Christin nauczyła się, że brak kąśliwego komentarza ze strony Lindberga na temat jej teorii to bardzo dobry znak. Dziwne zachowanie Jönssona musiało i jemu rzucić się w oczy.

– Evert wspomniał coś o jego mrocznej przeszłości – ciągnęła. – I wygląda na to, że ona znów się o niego upomina, Gunn.

– Wybacz, że zapytam, ale czy ty jesteś pieprzoną wróżką?

– Raczej nauczyłam się polegać na intuicji.

– Która podpowiada ci, że…?

– Że Jönsson wie, kto porwał dzieciaka. A tłukąc tych dwóch na kwaśne jabłko, chciał tylko zyskać pewność.

Lindberg westchnął. Znowu milczał. Niemalże słyszała jego myśli.

– Jaki zatem mamy plan? – zapytał.

– Kończ kawę, bo podejrzewam, że może nas czekać długa podróż – odpowiedziała, lekko się uśmiechając.

39.

Wchodzili obskurną klatką schodową. Dwaj mężczyźni z przodu, ona w środku, a za nimi ten z długimi włosami, który spędzał z nią najwięcej czasu. Agnieszka żałowała, że starszy mężczyzna z limuzyny zniknął. Był w pewnym sensie miły. Wiedziała, że znalazła się tu przez niego, ale z jakiegoś niezrozumiałego powodu czuła się bezpieczna w jego obecności. W samochodzie powiedział jej kilka miłych rzeczy. Kiedy dojechali na miejsce, oznajmił, że musi ją opuścić, ale wróci. Zostawił ją pod opieką tych samych ludzi, którzy ją tutaj przywieźli, i zapewnił, że niczego jej nie zabraknie. Z każdym kolejnym krokiem, który stawiała na trzeszczących, pokrytych obsypanym tynkiem i potłuczonym szkłem schodach, zaczynała w to poważnie wątpić.

Drzwi otworzył im jakiś czarnoskóry mężczyzna z dredami. Przybił piątkę z nowo przybyłymi, wyraźnie ciesząc się na ich widok. Ją samą zmierzył wzrokiem od stóp do głów. Spojrzenie było hipnotyzujące. Ocknęła się dopiero w chwili, gdy poczuła lekkie szturchnięcie w plecy. Długowłosy zachęcał, aby przekroczyła próg mieszkania.

Na kanapie, oświetlony zielonkawą poświatą, siedział chłopiec. Mały był zaabsorbowany tym, co rozgrywało się na ekranie telewizora. Mecz piłki nożnej. Ale nie taki zwykły. To on i siedzący obok niego czarnoskóry mężczyzna dyrygowali zawodnikami. Gra komputerowa. Ci dwaj w najlepsze grali na konsoli. Szybko rozejrzała się po pokoju. Tynk sypał się ze ścian, które, podobnie jak klatka schodowa, pokryte były najróżniejszymi bohomazami. Mimo to w pokoju stały podstawowe meble, a na podłodze rozłożono dywan. Towarzyszący im od samego początku grubasek usiadł na kanapie. Wyrwał mężczyźnie gamepada z ręki i teraz sam zaczął grać. Tamten protestował jedynie przez chwilę, a potem zaczęli się śmiać i żywo dyskutować o wydarzeniach na boisku. Chłopiec nie odzywał się słowem, jakby zupełnie odciął się od tego, co się wokół niego działo. Energicznie naciskał przyciski, wystawiając przy tym język. W końcu grubasek, który sam przypominał dziecko, uniósł ręce, krzycząc radośnie. Chyba strzelił gola.

Długowłosy ujął Agnieszkę za łokieć, dając delikatnie, aczkolwiek stanowczo do zrozumienia, że ma pójść z nim. Zaprowadził ją do łazienki. Jej wyposażenie też pozostawiało wiele do życzenia i Agnieszka wzdrygnęła się na samą myśl, że miałaby z niej korzystać. Pożółkła wanna stała pod ścianą pokrytą kafelkami, które pewnie były kiedyś białe. Obok zlew na ceramicznej nodze i sedes z podniesioną klapą. Agnieszka zerknęła w lustro, w którym dostrzegła swoje zniekształcone odbicie. Dokładnie przez sam jego środek biegło zakrzywione pęknięcie.

– *Take a bath* – powiedział stojący za nią mężczyzna.

Podszedł do wanny i puścił wodę. Potem krzyknął coś po włosku. Agnieszka nie rozumiała, co mówił, ale była pewna, że w gąszczu obco brzmiących słów wychwyciła imię. Flavio. Łysy mężczyzna po chwili wszedł do łazienki z naręczem kąpielowych akcesoriów. Położył je na wannie. Ręcznik, płyn do kąpieli, szampon, pasta i zapakowana w folię szczoteczka do zębów. „Zupełnie jak w hotelu" – pomyślała. Jednak ten, do którego trafiła, nie zasługiwał nawet na pół gwiazdki.

Obaj mężczyźni wyszli. Została sama. Słyszała szum płynącej wody i odgłosy rozmów prowadzonych za drzwiami w co najmniej dwóch językach. Stała przez dłuższą chwilę, nie mogąc się ruszyć. Była więźniarką. A teraz wprowadzono ją do jej celi. Coś poruszyło się w jej wnętrzu, całkiem blisko serca, i podążało do góry. Przesuwało się w gardle i w końcu dotarło do ust, wprawiając je w drżenie. Znowu popłynęły łzy. Szloch i delikatne spazmy targały jej obolałym i zmęczonym ciałem. Odłożyła rzeczy do zlewu. Dostrzegła, że pod ręcznikiem jest coś jeszcze. Bielizna i nowa para dresów. Ściągnęła spodnie, potem majtki i nachyliła się nad sedesem. Nie zamierzała na nim siadać. Kiedy skończyła, zakręciła wodę, która powoli zaczynała zbliżać się do krawędzi wanny. Nalała płynu do kąpieli. Poczuła przyjemny kwiatowy zapach. Zasyczała cicho, kiedy zanurzała się w gęstej pianie. Zamknęła oczy, a potem zanurkowała pod jej powierzchnią. Pragnęła przenieść się w inne miejsce. Wyobraziła sobie, że kąpie się w wannie we własnym domu, że kiedy się wynurzy, zobaczy swoją łazienkę. Kiedy jednak zaczerpnęła powietrza, okazało się, że wciąż jest w tym samym obskurnym miejscu. Gdy rozległo się ciche pukanie do drzwi, drgnęła. Po chwili usłyszała kolejne, tym razem bardziej stanowcze. Odruchowo przycisnęła kolana do piersi. Nie wiedziała, jak się zachować, zareagować, co powiedzieć… W tym momencie ktoś stojący po drugiej stronie zdecydował, że nie będzie dłużej czekał. Drzwi się uchyliły. Na początku nie widziała nikogo, ale kiedy otworzyły się szerzej, dostrzegła tego chłopca. Przeszedł obok niej, mówiąc coś, czego nie zrozumiała. Nie patrzył w jej stronę. Podszedł do sedesu i zaczął sikać. Potem spuścił wodę, umył ręce i opuścił łazienkę niemal biegiem. Prześlizgnął się pod ramieniem stojącego w drzwiach mężczyzny. Agnieszka wzdrygnęła się na jego widok i głębiej zanurzyła się w wodzie.

– Powiedział, że przeprasza – wytłumaczył mężczyzna. – Björn. Tak ma na imię. Bardzo chciało mu się siku i nie mógł wytrzymać. Za dużo coli.

Milczała.

– Możesz siedzieć w wannie, jak długo zechcesz – oznajmił. – Kiedy wyjdziesz, zjemy kolację.

Drzwi już miały się zamknąć, ale znieruchomiały, kiedy Agnieszka powiedziała:

– Poczekaj!

Przez szparę widziała profil mężczyzny. Niesforne pasmo czarnych włosów opadało mu na policzek. Nie patrzył na nią, ale słuchał. Czekał.

– Dlaczego tu jestem?

Milczał. Zbyt długo, więc padło kolejne pytanie.

– Kiedy wrócę do domu?

Tym razem spojrzał jej w oczy.

– Nie wszystko zależy od nas – odparł tajemniczo.

Drzwi się zamknęły. Patrzyła na nie jeszcze długo. Myślała, że zdążyła już wypłakać wszystkie łzy. Myliła się.

40.

Dochodziła dziewiąta rano, kiedy Sven Jönsson opuszczał areszt. Zimny wiatr przeszył jego ciało, więc mężczyzna ściągnął mocniej poły kurtki, rzucając okiem na popielate niebo. Kilka pojedynczych kropel zwiastujących deszcz spadło mu na twarz. Zmrużył oczy, postawił kołnierz, nasunął na czoło daszek czapki i ruszył przed siebie dziarskim krokiem. Samotna postać podążająca poboczem drogi, równie szara jak otaczająca ją rzeczywistość. Pieszy, którego nikt nie zabrałby na stopa, nawet gdyby stał tak z uniesionym kciukiem do wieczora.

Do przejścia miał co najmniej kilka kilometrów, bo tyle dzieliło komendę od baru Matsa. Pick-up został pod speluną, gdy Svena zabrała policja. Mężczyzna chciał odebrać auto i jak najszybciej znaleźć się w domu. Najgorsze było to, że nie miał telefonu. Musiał mu wypaść podczas bójki. Judith zapewne odchodziła od zmysłów. Najpierw zniknął Björn. Teraz on.

Ktoś tam na górze wreszcie postanowił odkręcić kurek mocniej i rozpadało się na dobre. W celi Sven umył ręce niezbyt dokładnie i gdzieniegdzie zostały na nich ślady zaschniętej krwi Jerka Magnussona. Deszcz sprawił, że dłonie znowu zrobiły się nieprzyjemnie lepkie, więc wcisnął je do kieszeni spodni.

Przekraczając próg baru Matsa, wiedział doskonale, co zamierza zrobić, ale jakaś część jego umysłu podpowiadała mu, że nie ma to większego sensu. Tłukąc niemiłosiernie Jerka i Hansa, łudził się jednak do samego końca, że usłyszy to, co chciał usłyszeć. Ale wyglądało na to, że te mendy nie miały nic wspólnego z uprowadzeniem Björna, i tego faktu nie zmieniłyby kolejne porachowane kości i wybite zęby. A zapewne właśnie tak by się to skończyło, gdyby nie interwencja Matsa i policji.

Ta policjantka, Carlsson, miała cholerną rację. Szukał porywacza metodą eliminacji, chociaż zanim zaczął skreślać pierwsze nazwiska, oczami wyobraźni widział twarze sprawców, dokładnie i wyraźnie, tak jak tamtego dnia, kiedy wrócił do rodzinnego domu. Włosi siedzieli w salonie, a jego matka krzątała się wokół stołu. Wykształcona kobieta, która go wychowała, właścicielka kwiaciarni i restauracji, usługiwała grupie obcych mężczyzn niczym kelnerka, którą była za czasów studenckich. Często o tym opowiadała, a on lubił słuchać. Chciała, żeby wiedział, że nie zawsze byli bogaci, a do wszystkiego, co mieli, doszli ciężką pracą. Okazało się, że nie do końca była to prawda.

Tamtego dnia na twarzy matki nie dostrzegł uśmiechu, którym witała go za każdym razem, kiedy pojawiał się w domu. Niebieskie oczy nie emanowały szczerą radością na jego widok. Zobaczył w nich coś, co było mu obce – zmieszanie, być może nawet wstyd, żal, ale przede wszystkim – strach. Chciała coś powiedzieć, wyjaśnić. Zamiast tego spuściła głowę.

Było ich pięciu. Mężczyzna z długimi włosami siedział plecami do niego i nawet nie spojrzał w stronę Svena, kiedy ten wszedł do kuchni. Drugi, łysy, w brązowej skórzanej marynarce i z kolczykiem w uchu, w najlepsze nawijał makaron na widelec. Trzeci, najtęższy z nich, z ulizanymi, świecącymi w blasku kuchennego światła włosami, przeżuwał z otwartymi ustami, mlaskając. Czwarty, z cienkim wąsikiem, chudymi wytatuowanymi ramionami i różańcem zwisającym z szyi, właśnie wycierał twarz chusteczką. Po wszystkim odrzucił ją na talerz, dokładnie w momencie, kiedy matka Svena zabierała go ze stołu. Nie pozwolił jej odejść. Przytrzymał za nadgarstek. Sięgnął po wykałaczkę. Podłubał w zębach. Zwolnił uścisk dopiero, kiedy i ona wylądowała na talerzu. Piąty, z przyklapniętym irokezem na głowie, chyba najmłodszy z nich, stał oparty o kuchenny blat i patrzył na Svena spod byka.

Nieuchronne pytanie cisnęło się chłopakowi na usta, ale ostatecznie słowa uwięzły mu w gardle, bo odpowiedź przyszła szybciej, niż się spodziewał. Poczuł na plecach czyjąś dłoń. To był ojciec.

– Dobrze, że jesteś, Sven. Mamy gości.

Ojciec nie był sam. Towarzyszył mu jeszcze jeden mężczyzna, o mocnych, wyrazistych rysach i chłodnym, czujnym spojrzeniu. Zdecydowanie starszy od pozostałych. Przydługie szpakowate włosy opadły mu na opalone czoło, kiedy delikatnie skinął głową. Cienkie usta uniosły się na chwilę w czymś na kształt uśmiechu, ale oczy nie zdradzały żadnych emocji.

– To Felipe Luciano – ciągnął ojciec. – A to Alessandro, Flavio, Giovanni, Marco i Cesare, syn Felipego. Przyjaciele z Włoch. Zostaną u nas przez jakiś czas.

W tym momencie matka upuściła talerz, który z hukiem uderzył o podłogę, rozbijając się na dziesiątki kawałków. Nie mogła zaakceptować tego, co usłyszała. Sven też nie.

Tego samego wieczoru, kiedy jego matka już spała, a głośni goście raczyli się whisky w salonie, Sven wyciągnął ojca przed dom i zażądał wyjaśnień.

– Kim są, do cholery, ci ludzie?!

Ojciec uniósł palec do ust i zerknął w stronę drzwi.

– Mów ciszej. Nie znają szwedzkiego, ale nie chcę, by usłyszeli twój podniesiony głos – szeptał, na wszelki wypadek odciągając Svena kilka metrów w głąb ogrodu. – Muszą u nas zostać przez jakiś czas.

– To już słyszałem, ale dlaczego? Skąd w ogóle ich znasz?

– Wiesz, że robię interesy we Włoszech…

Tamtego dnia Sven przyparł ojca do muru. Zażądał, aby powiedział mu prawdę. Ci ludzie nie wyglądali na biznesmenów. Dowiedział się wreszcie, na czym jego ojciec zarabiał największe pieniądze. Czym zajmował się podczas swoich częstych wyjazdów do Włoch, kiedy dzwonił do niego: „Muszę wyjechać na parę dni w interesach. Zaopiekuj się mamą…". Ale jego matka była silną kobietą i tak naprawdę doskonale radziła sobie ze wszystkim. Czasami Sven się zastanawiał, czy ojciec angażuje go, bo faktycznie się o nią martwi, czy raczej chce mieć ją pod kontrolą. Poczuł się oszukany i wykorzystany. Zacisnął pięści. Nie mógł uwierzyć w to, co słyszał. Wpatrywał się w zawstydzoną twarz ojca. Ojciec wyjaśnił mu, jak poznał ludzi, którzy siedzieli teraz przy ich stole. Jak szmuglował dla nich papierosy, a potem narkotyki i broń. Włosi ukrywali kontrabandę w samochodach, które ojciec ściągał z Włoch do Szwecji. Ze łzami w oczach wyznał, że przez te wszystkie lata żył w wiecznym strachu. Był jak chłopiec na posyłki, nie rozstawał się z telefonem, czekał na dyspozycje, które mógł dostać w każdej chwili. Zawsze zwarty i gotowy do drogi. Opowiedział synowi, jak któregoś razu zebrał się na odwagę, aby stanąć przed Lucianem i oznajmić, że ich współpraca musi się skończyć. Ale Włoch tylko roześmiał mu się w twarz. Potem poklepał go po policzku i nad wyraz spokojnie powiedział:

– Mikael, Mikael, ty nic nie rozumiesz. Od nas nie można odejść. Z nami zostajesz do końca. Tylko od ciebie zależy, kiedy nastąpi koniec.

Tak mijały kolejne lata. Któregoś razu ojciec Svena postanowił złożyć Lucianowi propozycję.

– Musimy porozmawiać, don Felipe – powiedział, zwracając uwagę bossa, stojącego z rękami w kieszeni i wpatrującego się w okno, za którym Wezuwiusz niknął we mgle. Luciano odwrócił się, ale nie odezwał się ani słowem, tylko patrzył na Mikaela tymi swoimi ciemnymi, uważnymi oczami. Czekał.

– Robi się niebezpiecznie – oznajmił Jönsson.

– O czym ty mówisz?

– Celnicy. Przyglądają nam się coraz uważniej.

Luciano zmarszczył brwi. Część skorumpowanych celników od dawna pracowała dla camorry. Ale nie wszyscy.

– Możesz mówić jaśniej?

– Sprawdzają lawety i auta, bardzo dokładnie. Za dokładnie, don Felipe. W zasadzie nie zdarza się, żebyśmy przejechali bez kontroli. – To była tylko część prawdy. – Przewożenie aut i handlowanie nimi na taką skalę budzi podejrzenia.

– Sugerujesz, że powinniśmy ograniczyć przemyt?

Boss spojrzał na niego, a Mikael z trudem przełknął ślinę.

– Sugeruję, że powinniśmy zmienić metodę.

– Zamieniam się w słuch.

– Mam w Polsce zaufanego człowieka. Przyjaciela. Od lat prowadzi hurtownię odzieżową, handluje tekstyliami. Zapotrzebowanie na materiały na rynku włoskim jest ogromne. Nikogo nie zdziwią samochody przewożące tkaniny i ciuchy.

Felipe uniósł brwi. Wyglądał na zainteresowanego.

– Mów dalej.

– Zaprosiłem go do siebie. Odwiedzi mnie w przyszłym tygodniu. Przyjadę z nim do Neapolu. Poznasz go i sam zdecydujesz…

Sven patrzył na ojca szeroko otwartymi oczami, wciąż nie mogąc uwierzyć w to, co słyszy. Reszta szacunku, który żywił do tego człowieka, znikała w zatrważającym tempie jak piasek przesypujący się między palcami.

– Wrobiłeś własnego przyjaciela…?

– Nie miałem wyboru…

Mikael urwał, widząc, że jego syn kręci głową.

– Nie, tato. Zawsze jest wybór…

Sven obrócił się na pięcie i odszedł. Nie zamierzał nocować w domu.

Kiedy w oddali ujrzał zarys pick-upa, poczuł, że coś jest nie tak. Utwierdził się w tym przekonaniu, gdy podszedł bliżej. Samochód miał kapcia w tylnym kole. Cały lewy bok, od błotnika przez dwoje drzwi aż po poszycie paki, wszystko było porysowane. Myślał, że to już koniec niespodzianek, ale wtedy przeszedł na przód auta i okazało się, że szyba była stłuczona. Na szczęście pęknięcie nie uniemożliwiało jazdy. Wyglądało to tak, jakby ktoś, chcąc zwieńczyć dzieło zniszczenia, rzucił w nią kamieniem.

Sven zaklął głośno. Był wściekły. Nie chodziło o samochód, a o czas, którego nie miał. Westchnął i chociaż było zimno, zdjął kurtkę. Rzuciwszy ją na tylne siedzenie, zabrał się za zmianę koła. Zapasówkę ulokowano w podwoziu. Kręcąc energicznie niewielką korbą, rzucił okiem na budynek baru. Nie miał wątpliwości, że to sprawka Jerka i Hansa, którzy w ten sposób chcieli się zrewanżować za spuszczony im łomot. Prawdopodobnie Mats wciąż był w środku i sprzątał knajpę po nocy. Pewnie mógłby mu powiedzieć, co się tu wydarzyło, ale Sven nie zamierzał go o to pytać. Chciał jak najszybciej pojechać do domu.

Uporał się ze zmianą koła w niecałe dwadzieścia minut. Gnał przed siebie na złamanie karku, więc w domu był po kolejnych piętnastu. Nie powinien był zostawiać Judith samej. Jeśli to Luciano porwał Björna, równie dobrze mógł wrócić i po nią. A jeżeli nie on, to kto wie, co mogło strzelić do wciąż zamroczonych alkoholem łbów Hansa i Jerka.

Kiedy zatrzymał samochód, jego umysł nawiedziła niepokojąca myśl, że dom jest pusty. Uchylone mimo chłodu drzwi mogły sugerować, że ktoś opuszczał go w pośpiechu. Minęła dłuższa chwila, zanim zdołał wysiąść z auta. Pierwsze metry pokonał żwawym krokiem, ostatnie już biegł. Wpadł do przedpokoju razem z wiatrem.

– Judith?

Wbiegł do kuchni. Pusto.

Sprawdził sypialnię i salon.

– Judith?!

Pusto.

Ruszył do pokoju Björna.

Stanął w drzwiach i odetchnął z ulgą, opierając się o futrynę. Przymknął na chwilę oczy, a potem przetarł je dłonią. Leżała na łóżku ich syna w pozycji embrionalnej, ściskając w dłoniach drewniany miecz, który dla niego wystrugał. Chciała mieć go przy sobie, aby poczuć obecność Björna, czy może zamierzała się nim bronić? Teraz bardziej przypominała małą dziewczynkę niż dorosłą kobietę. Sven pomyślał, że gdyby mieli córkę, na którą ostatecznie nigdy się nie zdecydowali, pewnie byłaby odzwierciedleniem swojej matki. Piękna, mądra i tak bardzo niewinna. Łzy napłynęły mu do oczu. Ukląkł przy niej i wtedy jego dłoń natrafiła na gładki, biały kształt leżący na podłodze, którego nie zauważył wcześniej. Zmarszczył brwi. Podniósł przedmiot. Dopiero teraz zrozumiał, że to fotografia. Przyglądał jej się przez chwilę. Dłoń zaczęła mu drżeć, a palce rozluźniły się wbrew jego woli. Zdjęcie zawirowało w powietrzu i upadło na podłogę. Tym razem jednak doskonale było widać uwiecznioną na nim, martwą, szarą twarz. Sven klapnął na tyłek, a potem przerażony cofnął się pod ścianę niczym rak. Podciągnął kolana pod brodę jak wystraszone dziecko, nie mogąc oderwać spojrzenia od czarno-białej fotografii. Matczyne oczy, które niegdyś patrzyły na niego z miłością, teraz były puste i zimne. Usta, które całowały go niezliczoną ilość razy, wypowiadały jego imię i czytały bajki na dobranoc, gdy był małym chłopcem, już nigdy nie miały zaczerpnąć oddechu. Sven chwycił dłońmi włosy i bezwiednie kręcił głową. Jego umysł chciał wyprzeć to, co widziały oczy, z których teraz płynęły łzy. Otarł je wierzchem dłoni, zaciskając powieki w nadziei, że kiedy ponownie je otworzy, koszmarny widok zniknie. Nic takiego się nie stało. Na fotografii nadal była twarz jego matki.

Upłynęło kilka minut, zanim zdołał się poruszyć. Na czworakach pokonał dystans dzielący go od zdjęcia i ponownie uniósł je na wysokość oczu. Obraz był jednak rozmazany, bo przesłaniały mu go kolejne łzy. Kiedy wreszcie się wyostrzył, Sven delikatnie dotknął fotografii opuszkami palców. Musnął czule, niemal z namaszczeniem matczyne usta, jakby sądził, że zdoła poczuć rany nacięte na wargach.

Spojrzał na Judith i dopiero teraz dostrzegł, że obok niej leżą kolejne zdjęcia. Każde następne było w zasadzie wierną kopią poprzedniego. Judith poruszyła się nieznacznie. Mruknęła coś pod nosem. W końcu długie rzęsy powędrowały leniwie ku górze i ich oczy się spotkały.

– Gdzie byłeś? – zapytała.

– Przepraszam – wyszeptał, gładząc ją po włosach.

– Odchodziłam od zmysłów.

– Wiem, skarbie.

Jego palce znów dotknęły jej skroni, ale tym razem delikatnie odtrąciła jego dłoń. Usiadła, opuszczając bose stopy na podłogę.

– Gdzie byłeś? – powtórzyła z wyrzutem.

– U Jensa.

Zmarszczyła brwi. Tam się poznali. Pokochała go już wtedy. Wiedziała, że Sven, podobnie jak ona, nigdy więcej nie był w U Jensa. To miejsce budziło w nich złe wspomnienia. Jeżeli Sven mówił prawdę i faktycznie postanowił przekroczyć próg tej speluny raz jeszcze, to nie mogło to oznaczać niczego dobrego. Nie był pijany, wyczułaby to. Ale jego kurtka... była poplamiona krwią. Takie same zaschnięte ślady widniały na jego palcach. Ujęła je w swoje drobne dłonie.

– Znowu wdałeś się w bójkę... – powiedziała tak, jakby ostatnia awantura miała miejsce w miniony weekend. A przecież od czasu, kiedy zmasakrował tego pijaka, który jej ubliżył, minęły lata. Raz jeszcze spojrzała w jego twarz. Tym razem bardziej uważnie, z ulgą odnotowując, że nie nosi śladów walki. Krew na kurtce nie była jego. Potem jej wzrok przykuła fotografia leżąca na podłodze. Podniosła ją i położyła na kolanach.

– Znalazłam to w szarej kopercie przed drzwiami. Ktoś ją podrzucił. Myślałam, że to jakaś wiadomość od nich... – Głos jej się załamał. – Od porywaczy... Jest tego więcej – oznajmiła, sięgając za siebie. Teraz trzymała w dłoni kilka dodatkowych zdjęć. – Kim jest ta kobieta? – zapytała, oczekując wyjaśnień.

Sven westchnął.

– To moja matka – powiedział.

Patrzyli na siebie przez dłuższą chwilę. W końcu Sven położył głowę na kolanach żony. Płakał, ale Judith nie odezwała się słowem, chociaż na usta cisnęły jej się kolejne pytania. Tym razem to ona gładziła go po włosach.

Nagle do ich uszu dobiegł znajomy dźwięk. Drzwi skrzypnęły cicho, jednak wystarczająco głośno, by to usłyszeli. Sven zerwał się na równe nogi. Judith zamarła.

– Sven…? – wyszeptała, odruchowo unosząc dłoń do ust.

Sven przyłożył palec do swoich, dając jej do zrozumienia, że ma być cicho. Sięgnął po drewniany miecz, który wciąż leżał na łóżku. To była tylko zabawka, wystarczająco jednak ciężka, by porządnie się nią zamachnąć i roztrzaskać intruzowi czaszkę.

Ruszył na palcach w kierunku drzwi. Modlił się w duchu, żeby drewniana podłoga nie zatrzeszczała pod jego ciężarem. W końcu jednak usłyszeli charakterystyczne skrzypnięcie. Jedno, a potem drugie i Sven niemal natychmiast zastygł w bezruchu. Nie on je spowodował, a ktoś, kto się zbliżał i komu najwyraźniej nie zależało na dyskrecji.

– Sven, Judith?! – usłyszeli znajomy głos.

Obojgu kamień spadł z serca.

– Jesteście w domu?

Drewniany oręż wylądował na podłodze. Judith wstała i ruszyła za mężem. W przedpokoju stał Evert.

– Drzwi były otwarte, więc… – Backman wskazywał kciukiem za plecy. – Co się stało? – zapytał. – Chodzi o Björna?

Żadne z nich nie odpowiedziało. Zamiast tego Judith, ku jego zaskoczeniu, rzuciła mu się w ramiona, a zaraz potem odsunęła się od niego równie niespodziewanie. Otarła wilgotne oczy wierzchem dłoni, a później poszła do kuchni i jak gdyby nigdy nic zapytała:

– Napijesz się kawy, Evert?

Backman odprowadził ją wzrokiem, po czym zmarszczył brwi i posłał Jönssonowi pytające spojrzenie.

– Dzwonił do mnie Hans... – powiedział z nadzieją, że Sven sam pociągnie temat.

Jönsson jednak milczał. Usłyszeli dźwięk ekspresu budzącego się do życia, a potem poczuli przyjemny aromat świeżo mielonej kawy.

– Jerk ma pękniętą kość czołową – oznajmił Backman. – Hansowi musieli założyć kilka szwów. Co cię opętało, Sven?!

Judith znowu pojawiła się w drzwiach do kuchni. Przemknęła obok nich i zniknęła w pokoju Björna. Po chwili wróciła, trzymając w dłoni plik zdjęć.

– Sven jest winien nam obojgu wyjaśnienia – oznajmiła.

***

Christin Carlsson i Gunnar Lindberg siedzieli w samochodzie zaparkowanym pośród gęsto porośniętych drzew. Rozpadało się na dobre, więc Gunn od czasu do czasu włączał zapłon, czym zmuszał wycieraczki do pracy. Za każdym razem majacząca w oddali posesja Jönssonów materializowała im się przed oczami.

Kiedy Jönsson opuścił areszt, postanowili przyjechać pod jego dom. Wiedzieli, że Sven najpierw pójdzie po samochód, który został pod barem, co dawało im sporo czasu, ale mimo to wyjechali wcześniej, aby spokojnie skryć się w bezpiecznej odległości. Nie spodziewali się jednak, że przyjdzie im siedzieć bezczynnie tak długo. Powoli zaczynali tracić nadzieję, że Jönsson w ogóle się pojawi.

– Mówiłaś coś o intuicji – powiedział Lindberg, sięgając po papierosa. – A wiesz, co podpowiada mi moja? – Zerknął na Christin, która nie odrywała spojrzenia od przedniej szyby. – Że nasz tatuś wcale nie spieszył się do domu. Pewnie wrócił, by dokończyć to, co mu przerwano. Dokopie tamtym, tak że...

– Zamknij się, Gunn – przerwała mu Carlsson. – Spójrz.

Gunnar odpalił wreszcie papierosa i mrużąc oczy, obserwował, jak szary pick-up wyłania się z lasu, a potem parkuje pod domem.

– Długo mu zeszło – ocenił i wydmuchał dym kącikiem ust.

– Najważniejsze, że jest. – Carlsson machnęła pod nosem dłonią kilka razy. – Chryste, Gunn, musisz palić w samochodzie?!

– Nie, nie muszę, ale leje jak z cebra, a chyba nie chcesz, żebym się przeziębił? A poza tym jeszcze by nas zdemaskowano.

– To chociaż uchyl okno trochę szerzej z łaski swojej, dobrze?

– Już się robi. Nie rozumiem tylko, dlaczego tak się wzdrygasz z obrzydzeniem. Jeszcze nie tak dawno chciałaś, żebym cię poczęstował.

– Chwila słabości. Już nieaktualne.

Patrzyli, jak Sven Jönsson wbiega do domu.

– I co teraz? – spytał Lindberg.

– Czekamy.

– Tego się obawiałem, a zaczynam się robić głodny.

Minęło dwadzieścia minut i Gunnar Lindberg zdążył wypalić kolejnego papierosa, kiedy z lasu wynurzył się drugi znajomy samochód.

– A kogóż my tu mamy?

– Czy to nie przypadkiem Evert Backman?

***

Cała trójka siedziała przy stole. Sven zatopił spojrzenie w filiżance kawy, która zniknęła w jego dłoniach. Obłok pary unosił się tuż przed jego twarzą.

– Myślałem, że to oni – odezwał się w końcu. – Że mogą mieć coś wspólnego ze zniknięciem Björna.

Backman odchylił się na krześle.

– Chryste, Sven – powiedział, przykładając obie dłonie do czoła. – Jerk i Hans to idioci, ale nie byliby zdolni do czegoś takiego…

– Tylko oni wiedzieli, kiedy wracamy, Evert! – krzyknął Jönsson. – Policja też ich podejrzewała!

Evert westchnął, przymykając oczy.

– Bo nic nie mają, rozumiesz? Na tym etapie podejrzewają wszystkich. Ich, mnie, być może nawet was…

– Nieważne – przerwał Jönsson. – Teraz to już nieistotne…

Judith położyła na stole plik fotografii. Evert sięgnął po jedną z nich. Nie oponowała. Wpatrywała się w swojego męża, człowieka, którego kochała nad życie, ale o którym wciąż tak niewiele wiedziała. Ona sama nie miała przed nim tajemnic, on pozostawił za sobą strefę mroku, do której nie wolno jej było zaglądać. Taka była niepisana zasada. Judith starała się jej przestrzegać, ale przez te wszystkie lata jakaś jej cząstka domagała się wyjaśnień. Była mu wdzięczna za jego miłość, za to, że zaakceptował jej przeszłość. Teraz podejrzewała, że przyszło mu to z taką łatwością, bo sam doświadczył jeszcze gorszych okropności. Sven zostawił za sobą stado demonów. One wciąż tam były i powarkiwały. Myślał, że utrzyma je na smyczy, ale najwyraźniej się mylił. Co najmniej kilku z nich udało się zerwać i pochwycić ich syna. Ich małego Björna. Judith była przerażona na myśl o tym, że wreszcie pozna powód, dla którego jej mąż milczał tak długo. Z jednej strony pragnęła tej wiedzy, z drugiej obawiała się, że to, co może usłyszeć, zmieni wszystko.

– Kto to jest? – zapytał Evert, odkładając fotografię.

Judith spoglądała na Svena, który upił niewielki łyk kawy, po czym odstawił filiżankę. Nie wiedział, co zrobić z rękoma. Nieustannie je pocierał, jakby chciał zetrzeć z nich zaschniętą krew. Judith łudziła się, że to Sven odpowie na pytanie Everta. Jednak przedłużająca się cisza stawała się nie do zniesienia, więc to ona odparła:

– To matka Svena.

Evert nawet nie zdawał sobie sprawy, że wpatruje się w przyjaciela z otwartymi ustami. Zaschło mu w gardle, ale ręce drżały mu tak bardzo, że bał się, że nie zdoła utrzymać filiżanki.

Judith położyła dłoń na dłoni Svena.

– Już czas, Sven – powiedziała niemal szeptem. – Powiedz nam wreszcie to, co już dawno powinniśmy byli wiedzieć…

***

– A ty dokąd? – zapytał Gunnar, widząc, że Christin otwiera drzwi samochodu.

Lało jak z cebra. Do środka wdarł się nieprzyjemny chłód.

– Zaraz wracam… – odpowiedziała i zatrzasnęła drzwi.

Lindberg znowu pobudził wycieraczki do życia, patrząc, jak przygarbiona sylwetka jego partnerki przemyka najpierw między krzakami, potem biegnie przez pole, przechodzi pod ogrodzeniem i w końcu wbiega na teren Jönssonów.

– Co ty kombinujesz? – zapytał sam siebie, sięgając po kolejnego papierosa. Uderzył nim kilka razy o wierzch dłoni i włożył go do ust.

Carlsson zatrzymała się przy pick-upie. Wyglądała, jakby szykowała się do zmiany koła. Potem podbiegła do furgonu Backmana i również przykucnęła przy przedniej osi. Po chwili ruszyła w drogę powrotną.

Kiedy wsiadała do samochodu Gunnara, w środku było szaro od dymu. Odkaszlnęła kilkakrotnie.

– Gunn, cholera, wykończysz mnie.

Nie odpowiedział, tylko otworzył okno szerzej. Natychmiast poczuł na policzku zimne krople deszczu. Christin sięgnęła po torbę leżącą na tylnej kanapie. Po chwili niewielki laptop spoczął na jej kolanach. Gunnar patrzył z niechęcią, jak jej smukłe palce śmigają po klawiaturze z niesamowitą zręcznością. Ilekroć Carlsson zasiadała do komputera, czuł się przy niej jak gamoń. Odpychał od siebie negatywne myśli, zrzucając swoje informatyczne braki na różnicę międzypokoleniową. Tęsknił za czasami, kiedy raporty wystukiwało się na maszynie do pisania. Przewrócił oczami, gdy na ekranie dostrzegł mapę. Dwa jaskrawoczerwone punkty świeciły pulsacyjnie. Trzeci, zielony, znajdujący się od nich w pewnej odległości, nie migał. Gunn wiedział, że to ich samochód. Czerwone punkty określały lokalizację pick-upa Jönssona i furgonu Backmana.

– Nienawidzę tego elektronicznego badziewia – syknął.

– Bo zatrzymałeś się w epoce kamienia łupanego – odparła, nie odrywając wzroku od ekranu komputera.

– Może i tak, ale dobrze mi z tym. – Zaciągnął się i wyrzucił za okno kolejny niedopałek. – I co, teraz będziemy ich śledzić?

Zerknęła na niego, uśmiechając się lekko.

– Zgadza się, Einsteinie.

***

Sven mówił krótkimi, urywanymi zdaniami, przez większość czasu wbijając wzrok w blat stołu. Z każdą chwilą Judith i Evertowi to wszystko wydawało się coraz bardziej nieprawdopodobne. Kiedy skończył, w jego oczach pojawiły się łzy. Wiele można było wyczytać w jego spojrzeniu. Judith błagał o wybaczenie. Z kolei Evert widział szaloną determinację i taką samą pewność siebie, jaka biła z jego oczu przed dziesięcioma laty, kiedy spotkał Jönssona po raz pierwszy. Młodego i silnego buntownika, którego dłonie – poza chwilami, kiedy spoczywały w kieszeniach – były zaciśnięte w pięści. Zaimponowało mu, gdy Sven stanął w obronie Judith. Evert przez te wszystkie lata zastanawiał się, czy jemu wystarczyłoby odwagi. To, o czym teraz mówił przyjaciel, brzmiało jak szaleństwo.

Judith chciała coś powiedzieć, ale Sven ją uprzedził.

– Przepraszam… – wyszeptał. – Przepraszam, że wciągnąłem w to naszą rodzinę… – Zaraz potem zwrócił się do Backmana: – Wiem, że nie mam prawa cię o to prosić, Evert, ale… – westchnął głośno. – Musisz zabrać stąd Judith, Lisę i dzieciaki i wyjechać…

– O czym ty mówisz, Sven?! – krzyknęła Judith. – Nie zgadzam się!

– Nie mamy wyjścia – starał się mówić spokojnie. – Oni wiedzą, gdzie jesteśmy.

– Nie obchodzi mnie to! Nie ruszam się nigdzie bez ciebie! Nie rozumiesz?

– To ty nie rozumiesz! Ci ludzie nie cofną się przed niczym! Zabiją ciebie, rodzinę Everta! Wszystkich. Oni czekają, Judith! Czekają na mnie. Zdjęcie mojej matki jest tego dowodem! Dlatego je tu podrzucili. To zaproszenie!

Kręciła głową, a po policzkach płynęły jej łzy.

– Zadzwońmy do tych policjantów – błagała.

– Nie – zaprotestował. – Oni go zabiją, Judith. Zabiją naszego syna.

Jej głośny szloch wypełnił małe pomieszczenie. Sven Jönsson patrzył na swojego jedynego przyjaciela, szukając akceptacji, najdrobniejszego znaku, czegokolwiek, co mógłby odczytać jako obietnicę, że zaopiekuje się Judith. Kiedy Evert skinął głową, Sven odpowiedział mu tym samym i ruszył do drzwi.

***

– Au! – syknęła Christin, kiedy Gunnar walnął ją w ramię. Oderwała oczy od ekranu komputera i najpierw zerknęła na niego, a potem podążyła wzrokiem za spojrzeniem partnera.

Obserwowali, jak Sven Jönsson wybiega z domu i wsiada do samochodu. Jego żona pojawiła się zaraz potem, brodząc boso w błocie. Niecodziennego widoku dopełniał Evert Backman, który próbował ją zatrzymać.

– A co to za cyrk? – zapytał Lindberg, wpatrując się w przednią szybę.

– Nie wiem – odparła Carlsson.

Pick-up Jönssona ruszył z impetem, a Christin rozkazała:

– Jedź!

Lindberg zapuścił silnik.

– Spokojnie, mała – powiedział, wskazując brodą komputer na jej kolanach. – Przecież mamy to cudeńko. Nie ucieknie.

– Zatrzymaj się przy domu.

– Co? – Zerknął na nią zdziwiony.

– Rób, co mówię.

Judith Jönsson i Evert Backman wciąż stali w strugach deszczu. Na widok komisarzy Judith wyrwała się z objęć Everta.

Gunnar i Christin wysiedli z samochodu.

– Co tu się wyprawia, Judith? – zapytała Carlsson, odgarniając z czoła mokre włosy.

Kobieta patrzyła na nią zaskoczona.

– Skąd się tu wzięliście?!

– Dokąd pojechał twój mąż? – Carlsson zlekceważyła jej pytanie.

– Po Björna. – Głos jej się załamał.

Evert Backman znów objął ją ramieniem.

– Oni go zabiją...

Komisarz zrobiła wielkie oczy.

– Kto?!

– Pomóżcie nam... błagam...

Carlsson obróciła się na pięcie, obiegła samochód i otworzyła drzwi kierowcy.

– Gunn, dowiedz się, o co chodzi! Będziemy w kontakcie!

– Co? Co ty wyprawiasz?! – Nie doczekał się odpowiedzi. Patrzył, jak jego volvo rusza, wyrzucając spod kół grudy błota. – Nożeż kurwa mać... – syknął, gapiąc się w znikający samochód. Ocknął się dopiero po chwili.

– Może wejdziemy do środka? – zaproponował.

41.

Marcus Hakansson pokonywał kolejną kondygnację gmachu posterunku policji przy Tingsvägen, kiedy plik papierów wysunął mu się z dłoni. Kilkanaście kartek formatu A4 zawirowało w powietrzu i opadło na schody niczym jesienne liście. Marcus nie cierpiał jesieni, podobnie jak złych wiadomości z samego rana. Szczerze powiedziawszy, to nie znosił ich bez względu na porę dnia, ale przez dwadzieścia siedem lat pracy w szwedzkiej policji, a szczególnie przez ostatnich osiem, podczas których piastował stanowisko naczelnika wydziału kryminalnego, zdążył się przyzwyczaić, że stanowią nieodłączną część tej roboty. Miał sześćdziesiąt dwa lata i nie mógł się doczekać emerytury.

Zaklął głośno i zszedł parę stopni niżej, aby pozbierać dokumenty. Najpierw usłyszał „dzień dobry" i stukot obcasów, a potem ujrzał szczupłe łydki Eriki Berggern i resztę ciała pani komisarz, które skrywał idealnie skrojony kostium. Nachyliła się i podniosła kilka kartek.

– Dokąd się tak spieszysz, szefie? – zapytała Erika, prezentując jeden ze swoich zabójczych uśmiechów.

Była niewątpliwie atrakcyjną kobietą. Nie tylko pracownicy wydziału kryminalnego ukradkiem wodzili za nią wzrokiem, gdy przemierzała korytarze posterunku. Hakansson przypuszczał, że oprócz wystrzałowej figury to zasługa drobnej twarzy, piwnych oczu i krótkich ciemnych włosów, które Berggern często zaczesywała za ucho. Zestaw stanowiący rzadki widok wśród typowych blond piękności kręcących się po komisariacie. Podobno matka Eriki była Tunezyjką, ale Hakansson nigdy nie zweryfikował tych rewelacji.

– Spotkanie zaczyna się dopiero za piętnaście minut – przypomniała Erika, podając mu dokumenty.

Hakansson wziął je, posyłając Berggern lodowate spojrzenie. Wiedział o tym doskonale, sam bowiem wyznaczył godzinę zebrania, gdy tylko dotarła do nich kolejna informacja z SÄPO, policji bezpieczeństwa. Ponieważ gminę Sollentuna, na terenie której mieścił się ich posterunek, od Rinkeby dzieliło zaledwie kilkanaście kilometrów, to właśnie z nimi kontaktowano się najczęściej w przypadku zagrożenia terrorystycznego. W kryzysowych sytuacjach policjanci z posterunku przy Tingsvägen, bez względu na to, czym się obecnie zajmowali i w jakim wydziale pracowali, rzucali wszystko, wkładali kamizelki kuloodporne i hełmy i ruszali w sam środek piekła zwanego Rinkeby.

Do Departamentu Policji Bezpieczeństwa znowu zgłosiła się TT News Agency. Dzisiejszego ranka redakcja otrzymała e-mail z pogróżkami, napisany w języku arabskim i szwedzkim, aby dziennikarze nie tracili czasu na tłumaczenie. Treść wiadomości była dość lakoniczna: *Ulice Sztokholmu spłyną krwią*. Nikt nie zamierzał jednak bagatelizować jej przesłania – nie było podstaw, by traktować ją jako groźbę bez pokrycia czy żart, podobna sytuacja miała bowiem miejsce przed rokiem. Do agencji wpłynął wówczas inny e-mail, o czym TT niezwłocznie poinformowało SÄPO, a ta z kolei postawiła na nogi wszystkie posterunki i ogłosiła pełną mobilizację. Wiadomość zawierała pliki dźwiękowe po arabsku i szwedzku, a wrogi głos nawoływał do dżihadu w Szwecji. Zarzucał wszystkim Szwedom, że nie zareagowali na karykatury proroka Mahometa, którego autorem był artysta i karykaturzysta Lars Vilks. Głos wspomniał również o obecności szwedzkich żołnierzy w Afganistanie i groził: „Nasze czyny będą mówić same za siebie. Tak długo, aż nie zaprzestaniecie swojej wojny przeciwko islamowi i upokarzania proroka, i waszego głupiego poparcia dla tej świni Vilksa. […] Nadszedł czas odpowiedzi, nie zwlekajcie dłużej, nie obawiajcie się nikogo, nie bójcie się więzienia, nie bójcie się śmierci. [...] Teraz wasze dzieci, wasze córki i wasze siostry będą umierać jak nasi bracia, nasze siostry i nasze dzieci [...]".

Niespełna godzinę później w pobliżu Drottninggatan, w centrum Sztokholmu, doszło do wybuchu zaparkowanego nieopodal samochodu. Śmierć poniosła tylko jedna osoba: kierowca, który, jak się potem okazało, miał przymocowanych do ciała sześć ładunków wybuchowych. Udało mu się zdetonować zaledwie jeden. Gdyby nie to, skutki ataku mogłyby być tragiczne. Säkerhetspolisen nazwała atak nieudanym przestępstwem terrorystycznym.

Naczelnik wydziału kryminalnego Marcus Hakansson zwołał odprawę trzydzieści minut wcześniej niż zazwyczaj, aby wydać swoim ludziom konkretne dyspozycje, ale po przyjściu do pracy okazało się, że groźba ataku terrorystycznego to nie jedyny problem dzisiejszego poranka.

– Widziałaś Kallströma? – zapytał, czując, jak po skroni cieknie mu zimna strużka potu.

– Tak. Minęliśmy się na górze jakieś... – Berggern nie dokończyła, bo Hakansson ominął ją i pognał na górę, nie zaprzątając sobie głowy podziękowaniami za okazaną pomoc.

Zaklął pod nosem, zerkając na kartki, które najpewniej zupełnie się pomieszały. Erika Berggern ruszyła się z miejsca, dopiero kiedy jej szef zniknął z pola widzenia, rzuciwszy wcześniej pod jego adresem niewybredny epitet.

Kurt Kallström stał oparty o automat do kawy, czując, jak jego cierpliwość zaczyna się kończyć. Potrzebował kofeiny bardziej niż kiedykolwiek, a maszyna kolejny raz poinformowała go, że przyrządzenie napoju nie jest możliwe z powodu braku styropianowych kubków.

– To jakiś cholerny żart! – krzyknął, uderzając w nią otwartą dłonią.

Wczorajszej nocy nie mógł usnąć, a kiedy wreszcie mu się udało, pobudka wypadła wcześniej niż zwykle. Tym razem obudził go nie budzik, a dźwięk telefonu. Kiedy po niego sięgał, wciąż spał. Oprzytomniał dopiero w chwili, kiedy usłyszał głos Eriki, która poinformowała go, że wszyscy mają się pojawić w pracy natychmiast, bo TT otrzymała kolejną groźbę ataku terrorystycznego. I oto stał przed bezdusznym automatem do kawy, nieogolony, w pomiętym garniturze i niechlujnie zawiązanym krawacie. Byłoby zdecydowanie lepiej, gdyby w ogóle go nie wkładał.

– Kurt! – usłyszał i spojrzał w lewo.

Marcus Hakansson szedł w jego kierunku energicznym krokiem, a rozrzucone na boki poły szarej marynarki odsłaniały dość pokaźny brzuch. W uniesionej prawej ręce trzymał plik dokumentów.

– Ktoś już jest w konferencyjnej? – zapytał.

– Nie wiem, chyba nie. – Kurt zerknął na zegarek. – Spotkanie jest o...

– Wiem, o której jest spotkanie, do cholery! Chodź ze mną.

Hakansson nawet się nie zatrzymał. Kallström, zanim podążył za naczelnikiem, rzucił ostatnie tęskne spojrzenie w kierunku automatu z kawą, który wciąż wyświetlał ten sam znienawidzony komunikat.

Weszli do sali konferencyjnej. Hakansson pstryknął włącznik światła i z mroku wyłoniły się nakryte granatowymi obrusami stoły ustawione w kształt litery U. Naczelnik wcisnął Kallströmowi plik pogniecionych kartek.

– To przyszło do nas z samego rana – oznajmił.

Kurt spojrzał na dokumenty odrobinę zdziwiony, że Hakansson zaczyna temat już teraz, nie poczekawszy na resztę załogi.

– Wiem, szefie. Znowu ISIS.

– Nie, Kurt. Nie ISIS. Dodatkowe gówno. Jakbyśmy mieli mało problemów na głowie.

Kallström pobieżnie przejrzał dokumenty. Zatrzymał się na zdjęciu młodej dziewczyny.

– To jakiś sądny dzień. Przysłali nam to z Komendy Głównej – wyjaśnił Hakansson. – Dostali je z Polski. Dziewczyna, Polka, lat siedemnaście. Uprowadzona przez mafię. Według tego, co udało im się ustalić, bardzo możliwe, że jest przetrzymywana w Sztokholmie. Kazali nam sprawdzić Rinkeby.

Kurt na zmianę zerkał na plik kartek i niezadowoloną twarz przełożonego. W głowie echem odbijało mu się słowo „mafia". Tutaj raczej używało się określeń „gang" lub „zorganizowana grupa przestępcza". Czekał na ciąg dalszy, choć prawda była taka, że doskonale się go domyślał.

– Zajmiesz się tym, Kurt… – powiedział naczelnik.

Kallström popatrzył na niego zdziwiony i już chciał coś powiedzieć, ale Hakansson nie dał mu na to szansy, dodając:

– Nie możemy sobie pozwolić na kolejną wpadkę i dopuścić, aby media znów nas obsmarowały.

Zaledwie przed miesiącem stołeczne gazety rozpisywały się o kryzysie w szwedzkiej policji, trafnie zresztą zauważając, że ta cierpi na deficyt funkcjonariuszy. Jak donosiła Szwedzka Rada ds. Zapobiegania Przestępczości, liczba popełnionych przestępstw wzrosła znacznie w porównaniu z ubiegłymi latami. Ostatnie badania wskazały, że za taki stan rzeczy odpowiadał problem imigracyjny. Liczba stref, zwanych strefami *no go* lub strefami wojny, zdominowanych przez muzułmańskich imigrantów, które szerokim łukiem omijała nawet policja, wzrosła do sześćdziesięciu jeden. Jedną z nich była właśnie Rinkeby. Któryś ze stołecznych dzienników opisywał sytuację zrozpaczonej matki, której dwunastoletnia córka została zgwałcona przez kilku Arabów. W tej sprawie nie zostało wszczęte żadne postępowanie, bo, jak tłumaczyła matka, policja nie dysponowała wolnymi funkcjonariuszami, którzy mogliby przesłuchać podejrzanych. Rozpętała się medialna burza, a przed gmachem Komendy Głównej pojawiły się tłumy pikietujących, domagając się efektywnej walki z muzułmańskimi przestępcami.

– Niebawem będziemy mieli gości – oznajmił Hakansson. – Policja z Polski. Ze Szczecina. Stamtąd pochodzi uprowadzona.

W pierwszej kolejności pojawią się pewnie na Polhemsgatan. Licz się z nadgodzinami.

Kallström przetarł twarz dłonią.

– Powiedziałeś: mafia.

Hakansson westchnął.

– Tak. Wszystko, co wiemy, masz w dokumentach. Ale gdy będziesz to czytał, lepiej usiądź.

– Dlaczego?

– Camorra.

Kurt Kallström zmierzwił włosy, czym jeszcze bardziej je potargał. Wypuścił ciężko powietrze. Camorra? Informacje o tym, że na ich terenie pojawili się mafiosi z Włoch, dotarły do nich już jakiś czas temu. Nigdy jednak nie mieli z nimi do czynienia. Rinkeby była dzielnicą emigrancką, zamieszkaną głównie przez Arabów. Włosi, ze swoją południową urodą, byliby praktycznie niezauważalni. Następny rodzaj robactwa gnieżdżący się w tej przeklętej części miasta.

– Przyda ci się pomoc – oświadczył Hakansson. – Co powiesz na Berggern?

Jak na zawołanie drzwi się otworzyły i stanęła w nich Erika z papierowym kubkiem kawy.

– Czy mi się wydawało, czy słyszałam swoje nazwisko? – zapytała, a potem upiła łyk.

– Dobrze słyszałaś – odparł Kurt.

– A w jakim kontekście, jeśli mogę zapytać?

– W kontekście twojej przydatności.

– Możesz jaśniej?

– Skąd masz kawę? – zapytał Kallström, zmieniając temat.

– A jak myślisz, Sherlocku? Z automatu.

– Ta wredna maszyna wyświetlała komunikat, że nie ma kubków.

– Trzeba mieć na nią sposób.

Kallström wsunął dokumenty pod pachę i ruszył w stronę drzwi.

– Chodź, mamy fajną robotę.

Erika zerknęła na szefa w nadziei, że usłyszy wyjaśnienia. Kiedy zrozumiała, że raczej nie ma na co czekać, podążyła śladem Kurta. Po drodze minęli kilkunastu funkcjonariuszy, którzy spieszyli się na spotkanie w sprawie potencjalnego ataku terrorystycznego.

***

Erika próbowała dotrzymać kroku Kurtowi, co nie było łatwe, biorąc pod uwagę, że była od niego sporo niższa. Gdyby ktoś zerknął teraz na nich z tyłu, miałby niezły ubaw.

– Zwolnij trochę! – zażądała, opierając się o poręcz schodów i posyłając mu gniewne spojrzenie. – I powtórz, z łaski swojej, co mówiłeś, bo nie wszystko usłyszałam.

Kallström zatrzymał się na półpiętrze, przewracając oczami.

– Uprowadzono nastolatkę z Polski.

– Tyle zrozumiałam.

– Mają się tym zająć wszystkie posterunki. My również i… Urwał, widząc jej uniesioną dłoń.

– Powiedziałeś: camorra?

– Taa.

Nie zdążyła zapytać o więcej, bo Kurt zbiegł po schodach. To był cały on. Nie bardzo zainteresowany konwenansami, zasadami dobrego wychowania i faktem, że zostawia w tyle kobietę. Prawda była taka, że w departamencie za nim nie przepadano. Szczególną antypatią darzyła go płeć piękna. Żadnej z pracujących przy Tingsvägen kobiet nie dziwiło, że zostawiła go żona. Zaskoczone były natomiast faktem, że wytrzymała z takim palantem aż dziesięć lat.

Idąc do jego biura, Erika myślała o tym, co jej powiedział. W Sztokholmie działało co najmniej kilkanaście różnych gangów, w tym dwa najbardziej znane, Lwy i Bractwo, które od dekad toczyły krwawe wojny o wpływy na lokalnym rynku handlu narkotykami. Ich członkami byli imigranci, przede wszystkim Syryjczycy i Irakijczycy, ale bossowie grup przestępczych w swe szeregi często werbowali też młodych, rozczarowanych otaczającą ich rzeczywistością Szwedów. Mniejszości narodowe zalewały ten kraj i obecność członków camorry w takich dzielnicach jak Rinkeby, Tensta, Husby, Ronna, Geneta, Lina czy Botkyra nie powinna nikogo dziwić. Ci ludzie byli jak szczury, a wspomniane rejony miasta jak wysypiska śmieci.

Kiedy Erika weszła do biura Kurta, ten stał przed otwartą szafą i ściągał koszulę. Chude ramiona i lekko zaokrąglony brzuch nie stanowiły kuszącego widoku.

– Trzeba było mnie uprzedzić, że urządzisz striptiz.

– Możesz poczekać na zewnątrz.

– Taki mam zamiar, ale walczę z pokusą, aby nie zwołać tu reszty piękniejszej części komendy, abyśmy mogły się razem pośmiać.

– Rób, jak chcesz, ale wcześniej włóż to.

Kallström pogrzebał w szafie, ściągnął coś z wieszaka i rzucił w kierunku Eriki. Nie zdołała złapać. Bez entuzjazmu przyglądała się plamie czarnego materiału, który wylądował pod jej stopami.

– Kamizelka kuloodporna? Serio? Szykuje się impreza?

– Włóż, jeśli nie chcesz, by cię ominęła.

Gdy Kurt uporał się ze swoją kamizelką i zamknął szafę, Erika ponownie ją otworzyła i skryła się za skrzydłem drzwi jak za prowizorycznym parawanem.

– Opowiadaj! – rozkazała, rozpinając żakiet.

Kallström przekazał jej wszystko, co usłyszał od Hakanssona.

***

W samochodzie siedzieli po piętnastu minutach. Erika wciąż wierciła się na siedzeniu, próbując poprawić schowaną pod garsonką kamizelkę. Strasznie ją uwierała. Zajęta była lekturą dokumentów, chociaż wszystko, co najważniejsze, już wiedziała.

– Felipe Luciano – powiedziała. – Nic mi nie mówi to nazwisko.

Kurt zauważył, że przygląda się zeskanowanym fotografiom.

– Piękna dziewczyna – oceniła.

Kallström jedynie zerknął, ale musiał przyznać jej rację. Sam nie miał dzieci i był z tego zadowolony. Nie sprawdził się w roli męża i miał uzasadnione powody, aby sądzić, że byłby równie kiepskim ojcem. Ale w takich chwilach chodziło o coś jeszcze. Znał Erikę wystarczająco długo, by zauważyć, że jeśli sprawa dotyczyła dzieci, stawała się wyjątkowo miękka.

– Od czego zaczynamy? – zapytała, odkładając papiery do schowka na rękawiczki.

– A jak myślisz? Od warzywniaka. – Uśmiechnął się, skręcając w kierunku Rinkeby.

– Faruq się ucieszy – powiedziała.

Pierwsze promienie słońca próbowały przebić się przez popielate niebo.

***

Na pierwszy rzut oka Rinkeby niczym się nie wyróżniała. Ktoś, kto zapuścił się na owiane złą sławą sztokholmskie przedmieście po raz pierwszy, mógłby powiedzieć, że opinie na jego temat były zdecydowanie przesadzone. Wybudowane w latach sześćdziesiątych i siedemdziesiątych blokowiska nie pozostawiały wątpliwości, że dzielnicę zamieszkuje uboższa część stołecznej społeczności. Nic jednak nie wskazywało na to, że miejsce to przysparza policji tylu problemów, przyczyniając się do powstania zatrważających statystyk. Złe rzeczy zazwyczaj działy się po zmroku. Cała sztokholmska policja tylko w tym roku prowadziła łącznie czterdzieści siedem śledztw w sprawie morderstw i pięćdziesiąt siedem w sprawie usiłowania zabójstwa. Odnotowano kilkadziesiąt strzelanin, w wyniku których zginęło kilkanaście osób. Grupy przestępcze dokonały czterystu trzydziestu sześciu wymuszeń i porwań. Gangi pojawiały się i znikały, rozrastały się i werbowały nowych członków. Camorra, siejąca w Rinkeby swoje przestępcze ziarno, trafiła na podatny grunt.

Dzielnicę w dziewięćdziesięciu procentach zamieszkiwali imigranci arabskiego pochodzenia, którzy w swych oknach instalowali anteny satelitarne, aby móc odbierać telewizje nadające z odległych zakątków świata. Bloki wyglądały przez to, jakby ktoś powbijał w nie gigantycznych rozmiarów pinezki.

Na ulicach roiło się od dzieci i kobiet odzianych w burki albo chociaż zakrywających swe włosy szajlą, hidżabem lub al-amirą. Większość z nich nigdy nie wyściubiła nosa poza liczącą szesnaście tysięcy mieszkańców dzielnicę. Całe dnie przesiadywały na ławkach i fontannach, obserwując ruch uliczny i bawiące się dzieci. Było to możliwe, ponieważ każdy imigrant mógł liczyć na zasiłek w wysokości sześciu tysięcy koron, dzięki czemu Szwecja stała się istnym rajem dla uchodźców. Zagorzałymi przeciwnikami takiej polityki była opozycyjna partia Szwedzkich Demokratów. Akurat w tej kwestii popierał ją Kurt Kallström, który łapał się za głowę, słuchając publicznych wypowiedzi swoich rodaków: „Potrzebujemy ich, potrzebujemy uchodźców. Dla Szwecji to wielka szansa i, podobnie jak Niemcy, będzie kiedyś czerpała zyski, które okażą się nagrodą za jej empatię i otwartość. Uchodźcy to miliony rąk do pracy, dodatkowi konsumenci, klienci i… pacjenci, między innymi gabinetów dentystycznych".

Wyjątek stanowił Faruq al-Kadi, straganiarz pochodzący z Syrii. Ciężko pracował, by utrzymać siebie i rodzinę, i można było powiedzieć, że Kurt czuł do niego coś w rodzaju sympatii. Ostatni raz widzieli go przed kilkoma miesiącami, kiedy odwiedzili jego stoisko, by zasięgnąć informacji na temat lokalnego gangu. Al-Kadi dużo wiedział, bo jego stragan był doskonałym punktem obserwacyjnym. Inna sprawa, że Faruq raczej niechętnie dzielił się swoją wiedzą.

Kurt i Erika przejechali pod kolejnym wiaduktem, których w Rinkeby nie brakowało. Erika odruchowo się skuliła. Przypominało to reakcję żółwia, który w sytuacji zagrożenia chce schować głowę w skorupie. Podczas częstych zamieszek członkowie gangu albo zwykłe dzieciaki właziły na mosty i rzucali w policyjne samochody kamieniami. Erika kilkakrotnie uczestniczyła w takim zdarzeniu i od tego czasu nie mogła zapanować nad tym bezwarunkowym odruchem. Zapuszczanie się w te okolice radiowozem nie byłoby dobrym pomysłem. Na szczęście jechali saabem Kurta, który teraz parkował przy krawężniku nieopodal bramy prowadzącej do Rinkeby Torg.

– Jest i nasz Faruq – powiedział, wskazując majaczący w oddali kolorowy stragan.

Kiedy podeszli bliżej, Faruq podawał właśnie jakiejś kobiecinie torbę pełną pomidorów. Odbierając zapłatę, zaprezentował jeden ze swych zniewalających uśmiechów, który zdradzał brak jedynki. Uśmiech ów był zarezerwowany dla jego stałych klientów i kiedy mężczyzna dostrzegł zmierzających w jego stronę policjantów, nie było po nim śladu.

– Cześć, Faruq – przywitał się Kurt i oparł plecy o drewniany filar straganu. – Jak leci?

Przez jakiś czas Syryjczyk nie odpowiadał, zajęty obsługą kolejnej klientki. Tym razem w reklamówce wylądowały ziemniaki, papryka i ogórki. Faruq podał je kobiecie, schował pieniądze do czarnej sakiewki, którą był przepasany, uniósł rękę w geście pożegnania i ponownie wyszczerzył się w uśmiechu.

– Cieszysz się, że nas widzisz? – zapytał Kurt.

– Chyba nieszczególnie – oceniła Erika, zakładając ręce na piersi.

– Czego chcecie? – Faruq rozejrzał się dookoła, sprawdzając, czy nikt ich nie obserwuje.

– Tego, co zwykle – odparł Kurt, sięgając do skrzynki z jabłkami. Dłoń zatrzymała się nad owocami, jakby nie mógł się zdecydować, które wybrać. Wreszcie sięgnął po najbardziej czerwone. Otarł jabłko o rękaw kurtki i wgryzł się w nie ostentacyjnie, jakby grał w reklamie pasty do zębów. – Informacji.

– Dajcie mi spokój! Ja nic nie wiem…

– Jeszcze nawet nie słyszałeś, o co chcemy zapytać.

– Nieważne. Raz wam pomogłem i oto jak skończyłem.

Faruq uniósł otwartą dłoń i obrócił nią kilkakrotnie przed ich oczami. Na samym środku widniała kilkucentymetrowa blizna. Zaraz potem al-Kadi otworzył usta i odciągając dolną wargę, zaprezentował ubytki w uzębieniu.

– Przebili mi rękę nożem! Załatwili mnie tak tuż po waszej wizycie! – krzyknął Faruq.

Kurt i Erika wymienili spojrzenia. Kilka miesięcy temu prowadzili dochodzenie w sprawie gwałtu, którego dokonano na siostrzenicy radnego rady miasta. Nikt nie dociekał, co dziewczyna robiła po zmroku w takiej dzielnicy jak Rinkeby. Postępowaniu nadano priorytet i gwałciciela w końcu ujęto, między innymi dzięki informacjom, jakie uzyskali od Faruqa.

– Gdybyś nam powiedział, kto cię tak urządził, to... – Erika chciała zapewnić Faruqa, że na pewno dorwaliby sprawcę, ale zamilkła, widząc, że straganiarz machnął ręką.

– Jasne.

Z powodu braku klienteli Faruq zabrał się za przestawianie skrzynek z warzywami. Kurt wiedział, że jest to bezproduktywne zajęcie, mające na celu jedynie odwrócenie uwagi potencjalnych obserwatorów.

– Spójrz chociaż na to zdjęcie. – Erika nie chciała dać za wygraną. Wyciągnęła w jego stronę fotografię siedemnastoletniej Polki.

Faruq rzucił okiem, ale szybko zabrał się za przerzucanie kapusty. Wziął do rąk jedną z nich i utkwił w niej wzrok, jakby była szklaną kulą.

– Nigdy nie widziałem dziewczyny – odparł, sięgając po kolejne warzywo.

Erika nie zamierzała łatwo odpuścić i zamachała mu przed oczami zdjęciem Agnieszki Makowskiej.

– Na pewno?

– Przecież mówię! – Faruq posłał jej piorunujące spojrzenie.

Erika westchnęła ciężko i popatrzyła na Kurta, jakby to jemu chciała oddać inicjatywę. Kallström właśnie kończył jabłko i zanim wyrzucił ogryzek do kosza, obejrzał go z każdej strony, chcąc się upewnić, że nie przeoczył żadnego soczystego kawałka.

– Bardzo dobre – ocenił, wycierając dłonie w chusteczkę higieniczną. – Wezmę dwa kilo.

Faruq niechętnie załadował jabłka do siatki i położył ją na wadze. Zapatrzył się w czerwony wskaźnik, który zatrzymał się zdecydowanie za daleko.

– Nic nie szkodzi. Może być więcej – uspokoił Kurt, a potem spojrzał na Berggern. – A ty nie chcesz? – zapytał. – Naprawdę wyborne.

Erika pokręciła głową, ale mimo to Kurt zwrócił się do Faruqa.

– Wrzuć parę jabłek dla mojej partnerki. Ja stawiam. Założę się, że po ich spróbowaniu zostanie twoją stałą klientką.

Po kilku chwilach al-Kadi podał mu dwie reklamówki i odebrał pięćdziesiąt koron. Grzebał w poszukiwaniu reszty, kiedy ujrzał uniesioną dłoń Kallströma.

– Daj spokój, Faruq. Uznaj to za napiwek.

Sakiewka zamknęła się ze zgrzytem i jej właściciel bez zbędnych uprzejmości wrócił do pracy. Skrzynki z warzywami i owocami zupełnie bez powodu znowu zaczęły zmieniać swojej miejsce.

– Rzadko na ulicach Rinkeby spotyka się urodziwe blondynki, prawda, Faruq? – Kurt bardziej stwierdził fakt, niż zapytał. – Gdyby się tu jednak jakaś pojawiła, z pewnością byś ją zauważył. Tak jak było w przypadku siostrzenicy radnego. Od lat sterczysz na głównej ulicy całymi dniami. – Kallström rozejrzał się dookoła. – To świetny punkt obserwacyjny. Nic ciekawego nie może umknąć twojej uwadze. Wiesz, co się dzieje w dzielnicy. Być może faktycznie nie widziałeś tej dziewczyny, ale gdyby, na przykład, zaczęli się tu kręcić jacyś Włosi, na bank by ci się rzucili w oczy, prawda?

Faruq zastygł ze skrzynką w rękach.

– Nikogo nie widziałem.

– Niewątpliwie. – Kurt wlepił spojrzenie w czubki własnych butów, ale po chwili znowu śledził każdy ruch al-Kadiego. – Kiedyś powiedziałeś nam, co oznacza twoje imię w waszym ojczystym języku. Możesz mi przypomnieć? Pamiętam, że byłeś z niego bardzo dumny. Faruq wyprostował się jak struna i ciężko westchnął.

– Jak to było? – ciągnął Kurt. – „Mówiący prawdę" czy „prawdomówny"? Jakoś tak.

– Odróżniający prawdę od kłamstwa – poprawił al-Kadi.

– No właśnie. Byłem blisko – zaśmiał się Kurt. – Co za ironia. Komuś o tak wdzięcznym imieniu chyba nie wypada kłamać, Faruq. A wydaje mi się, że łżesz jak pies.

Kallström zrobił trzy kroki do przodu i stanął na wprost Syryjczyka. Dzieliło ich jedynie kilka skrzynek z owocami. Do straganu podeszła kolejna klientka, ale Kurt odprawił ją gestem.

– Każdy z pracujących w naszym wydziale policjantów powinien mieć na drugie Faruq. Wiesz dlaczego? Bo my doskonale potrafimy odróżnić prawdę od kłamstwa. Jesteśmy wyczuleni na krętaczy. A ty łżesz wyjątkowo nieudolnie, Faruq. To pewne, że wcześniej czy później odnajdziemy tę dziewczynę. Wiem, że się boisz, ale to od ciebie może zależeć, czy ta mała będzie wtedy żywa, czy martwa. Możesz ją uratować, Faruq.

Al-Kadi się wahał.

– Dwa razy dziennie obok twojego straganu przejedzie policyjny patrol. Co ty na to? – dodał zachęcająco Kallström.

– Widziałem ich kilka razy – powiedział wreszcie al-Kadi. Rozbiegane oczy znowu zaczęły taksować okolicę.

– Kogo?

– Włochów.

– Kiedy?

– Nie pamiętam dokładnie.

– Ilu ich było?

– Kilku.

– Jak wyglądali?

– Jeden na pewno był łysy, a drugi – z długimi włosami. To wszystko, co wiem. Allah mi świadkiem. A teraz dajcie mi spokój.

Do straganu podszedł mężczyzna i zaczął przebierać jabłka. Kurt znowu sięgnął po owoc i podrzucił go kilkakrotnie.

– Bardzo dobre. Szczerze polecam.

Uśmiechnął się do leciwego muzułmanina. Ten odpowiedział tym samym.

– To na razie, Faruq. Dzięki za pomoc. – Puścił oko do al-Kadiego i wgryzł się w jabłko.

***

– Niewiele się dowiedzieliśmy – stwierdziła Erika, kiedy szli w kierunku samochodu.

– Ale wiemy, że tu są.

Zanim wsiedli do auta, Kurt wrzucił jabłko do śmietnika. Przez kilka chwil obserwowali jeszcze Faruqa al-Kadiego.

– Być może nasz odróżniający prawdę od kłamstwa wie więcej, ale i tak by nam nie powiedział. Ze strachu trzęsie się jak osika.

– Co robimy? – zapytała Erika, gdy Kurt włączał się do ruchu.

– Złożymy wizytę jeszcze jednemu znajomemu.

Berggern nie miała pojęcia, o kim mówi Kallström.

42.

Agnieszka leżała zwinięta w kłębek z kołdrą przyciśniętą do policzka. Pościel była sztywna, niewyprasowana, ale miała przyjemny, świeży zapach. Dziewczyna nie spała prawie całą noc i wcale nie chodziło o niewygodną wersalkę, której sprężyny czuła przy każdym ruchu, a o to, co powiedział ten człowiek, Alessandro. Zapytała, czy wróci do domu, a on odparł, że nie wszystko zależy od nich. Co to miało znaczyć? Czy o jej losie miał zdecydować ten drugi mężczyzna? Ten najstarszy? Mógłby być ich ojcem. Zrobił na niej dość dobre wrażenie. Był miły i uprzejmy. Jeśli faktycznie ostatnie słowo należało do niego, to być może uda jej się go przekonać, aby pozwolił jej odejść. Szybko zganiła się za te naiwne myśli. Była zakładniczką. Porwano ją. A po co się porywa ludzi? Dla pieniędzy. To oczywiste. A jeśli tak, to miała poważny problem. Odkąd zginął ojciec, jej matka bez przerwy borykała się z trudnościami finansowymi.

Wczorajszego wieczoru po kąpieli włożyła dresy, które przyniósł jej Alessandro. Długo rozczesywała włosy, przyglądając się własnemu odbiciu w pękniętym lustrze. Słyszała ich podniesione głosy. Wydawało jej się, że się kłócą, ale co jakiś czas potok niezrozumiałych słów przerywały śmiechy. Nie chciała opuszczać łazienki. Bała się.

Drzwi zaskrzypiały. Zobaczyła w lustrze, jak się uchylają, i zastygła ze szczotką wczepioną we włosy.

– Kolacja w końcu wystygnie – powiedział Alessandro. – Dlaczego to wszystko zajmuje tyle czasu?

Przełknęła ślinę i odłożyła szczotkę na zlew. Odwróciła się, stojąc niemal na baczność. Nie wiedząc dlaczego, starała się uśmiechnąć i ruszyła przed siebie. Przepuścił ją w drzwiach. Zanim je zamknął, zdążył dokładnie przyjrzeć się wnętrzu łazienki.

Siedzieli przy dużym, okrągłym stole. Grubasek, na którego wołali Gigi, ugryzł spory kęs pieczywa i uśmiechnął się do niej, puszczając oko. Drugi, łysy z kolczykiem w uchu, tylko na nią zerknął i zajął się swoim talerzem. Przy stole siedział jeszcze czarnoskóry mężczyzna, którego nie znała. Jego oczy lśniły, kontrastując z ciemną skórą twarzy. On też zachował powagę. Obok niej chłopiec o imieniu Björn próbował z mizernym skutkiem nawinąć makaron na widelec. Kiedy mu się wreszcie udało, wciągnął go szybko kącikiem ust jak pies z bajki Disneya.

– Siadaj – zachęcił Alessandro.

Posłuchała. Patrzyła na spory garnek stojący na środku stołu. Tuż obok leżało coś jeszcze. Pistolet.

Alessandro krzyknął kilka słów po włosku. Giovanni odpowiedział, nie przestając się uśmiechać. Sięgnął po broń, zakręcił nią w powietrzu jak kowboj i schował ją za pasek spodni. Alessandro najwyraźniej chciał, aby pistolet zniknął. Agnieszka nie miała już wątpliwości, że to on rządził w tym gronie.

– Spaghetti? – zapytała po angielsku.

– Tak. Bardzo je lubimy – odparł Giovanni i wpakował sobie do ust kolejną porcję.

– Tak myślałam.

Próbowała się rozluźnić. Pokazać, że się nie boi, ale prawda była taka, że wciąż waliło jej serce i ręce drżały. Ci ludzie byli zdolni do wszystkiego. Teraz wydawali się mili, ale jeszcze wczoraj związali ją, zakneblowali i zamknęli w walizce. Nałożyła sobie porcję makaronu. Alessandro podał jej szklankę coli.

– Spaghetti i cola. Trudno przy was utrzymać linię – powiedziała.

Giovanni zachichotał i poklepał się po brzuchu.

– Nie martw się. Ja się nie martwię.

– Widzę.

Tym razem nieznajomy, który do tej pory siedział cicho, się zaśmiał. Zamilkł, kiedy Gigi na niego spojrzał. Björn nie radził sobie z makaronem, który bez przerwy ześlizgiwał mu się z widelca. Alessandro powiedział do chłopca kilka słów po szwedzku, pokazując, jak powinien to robić. Björn pokiwał głową. Po kilku próbach szło mu już dużo lepiej.

– Smakuje ci? – zapytał Alessandro Agnieszkę.

– Całkiem dobre.

– To według przepisu mojej matki. Nigdy nie zdołam jej dorównać. Była świetną kucharką.

Przez dłuższą chwilę jedli w milczeniu.

– Kiedy wrócimy do domu? – spytała nagle. Słowa same wyrwały jej się z ust.

Nie odpowiedzieli.

– Tym się właśnie zajmujecie? – zapytała, patrząc na nich. – Porwaniami?

– Nie twoja sprawa – odezwał się Flavio, który właśnie sięgał po dokładkę.

– A właśnie, że moja! – krzyknęła Agnieszka. – I mam dla was kiepską wiadomość. Moja matka wam nie zapłaci, bo nie mamy kasy! – Łzy napłynęły jej do oczu.

– Nie tylko kasa jest ważna, mała – odparł Giovanni.

– Zamknij się! – krzyknął Alessandro, grożąc mu palcem.

– Dlaczego tu jestem?!

– Zamknij się i jedz! – wrzasnął Flavio, uderzając pięścią w stół. Talerze zadrżały. Agnieszka odruchowo uniosła dłonie do twarzy, jakby spodziewała się ciosu. Stało się. Łzy popłynęły. Płakać zaczął również Björn.

– Widzisz, co narobiłaś? – zapytał Alessandro. – Wystraszyłaś dzieciaka. Przeproś.

Nie odpowiedziała. Jedynie pociągnęła nosem.

– Powiedziałem, przeproś!

Aż podskoczyła. Zerknęła na jego zaciśnięte pięści. I w końcu odburknęła:

– Prze… przepraszam.

– Nie słyszę.

– Przepraszam.

– Głośniej!

– Przepraszam!

Pokiwał głową.

– Tak lepiej. Dużo lepiej. I na przyszłość panuj nad sobą. Chyba że chcesz wrócić do walizki. Mnie to zupełnie obojętne. Wszystko zależy od ciebie. Skończyłaś już? – Alessandro wskazał na jej talerz i prawie nietknięte danie.

Nie odpowiedziała.

– Pytałem, czy skończyłaś.

Pokiwała głową.

Zabrał talerz i wstał od stołu. Wrzucił makaron do śmietnika, a brudne naczynie do zlewu.

– Co za marnotrawstwo – powiedział pod nosem w swoim ojczystym języku.

Po chwili od stołu odeszli pozostali członkowie grupy i odstawili talerze. Giovanni podwinął rękawy i zabrał się za mycie.

– Jutro ty zmywasz, mała – oznajmił, zerkając przez ramię na Agnieszkę. – Jesteśmy jak wielka rodzina, rozumiesz? Mieszkamy razem, i pracujemy razem. Rozumiesz? Jutro twoja kolej. – Znowu puścił do niej oko, ale tego już nie widziała.

Nie patrzyła na niego. Bała się spojrzeć na któregokolwiek z nich. Słyszała, jak Giovanni zaczyna nucić jakąś piosenkę. Björn wciąż łkał.

– Mogę odejść? – zapytała.

Alessandro pokiwał głową. Wstała od stołu i zniknęła w łazience. Płakała, szczotkując zęby. Potem prześlizgnęła się cicho jak mysz do swojej sypialni, do swojej celi. W pokoju nie było niczego poza wersalką i obskurnym dywanem. Podbiegła do okna. Nie miało klamki. Widziała puste ulice skąpane w mętnym blasku latarni. Od czasu do czasu przejeżdżały pojedyncze samochody. Kilka poniszczonych, upstrzonych graffiti bloków. Chciała krzyczeć, tłuc w szyby, wołać o pomoc. Nie zrobiła tego. Wiedziała, że nie ma to najmniejszego sensu. Nikt nie był w stanie jej usłyszeć. Nikt nie mógł jej pomóc. Tak było wczoraj. Dzisiejszego ranka czuła się tak, jakby straciła kontrolę nad własnym ciałem. Wtuliła się w pościel. Chciała zniknąć. Zupełnie jak przerażone dziecko, które wierzy, że kołdra zapewni wystarczające schronienie. Znów słyszała ich podniesione głosy. Któryś z nich pogwizdywał. W tle grał telewizor. Zamknęła oczy. Ujrzała matkę i Bartka, a potem babcię. Wyobraźnia podsunęła jej nawet obraz ojca. Usta zaczęły jej drżeć. Próbowała być silna. Nie chciała płakać. Na próżno. Poczuła, jak przyciśnięta do policzków pościel wilgotnieje.

Drgnęła, gdy usłyszała pukanie do drzwi. Odrzuciła kołdrę, otarła łzy i usiadła. Alessandro nie czekał na zaproszenie.

– Śniadanie gotowe – oznajmił, jak zwykle stojąc w progu. Przyglądał się jej przez minutę czy dwie. – Wczoraj niewiele zjadłaś, pewnie jesteś głodna…

– Potrzebuję chwili – przerwała mu, poprawiając włosy.

– Jasne. Czekamy, ale się pospiesz, bo nic nie zostanie.

Wstała, gdy tylko drzwi się zamknęły. Poprawiła poduszkę i złożyła kołdrę. Wyjrzała przez okno. Nastał kolejny pochmurny dzień. Było widno, ale światło słoneczne wcale nie sprawiło, że ulice wyglądały radośniej. Wręcz przeciwnie. O ile późny wieczór tłumaczył pustkę, o tyle brak żywej duszy w ciągu dnia napawał grozą.

Wyszła z pokoju.

– Jest i nasza śpiąca królewna – usłyszała.

To był Giovanni. Nie miała co do tego najmniejszych wątpliwości, chociaż nawet nie zerknęła w kierunku siedzących przy stole postaci. Przemknęła do łazienki na palcach, zatrzaskując za sobą drzwi. Wyszła po około dziesięciu minutach.

– Jajecznica. Już prawie się skończyła – oznajmił Giovanni z pełnymi ustami.

Siedział bokiem do niej. Szeroki uśmiech jak zwykle zdobił jego okrągłą twarz. W sumie obrazek, który miała przed oczami, niewiele różnił się od tego, jaki widziała wczoraj, kiedy opuściła łazienkę. Gburowaty Flavio znowu nie zaszczycił jej spojrzeniem, za to Alessandro przyglądał się jej uważnie. Brakowało tylko tego nieznajomego. Chłopiec wsuwał płatki kukurydziane i mleko ściekało mu po brodzie. Wyglądał na spokojnego. Zupełnie jakby nie docierało do niego to, co się działo. Doprowadzało ją to do szału. Miała ochotę podejść do niego i potrząsnąć nim z całych sił. Krzyknąć, że już nigdy nie zobaczy rodziców. Zrobić cokolwiek, aby wreszcie zaczął zachowywać się jak dziecko, które właśnie zostało uprowadzone. Ale wtedy pomyślała, że może mały jest w szoku albo nafaszerowali go jakimiś lekami uspokajającymi.

– Nie szkodzi – usłyszała własny głos. – Zjem, co zostało…

Giovanni odsunął krzesło i poklepał siedzisko zachęcająco. Usiadła. Nałożyła na talerz resztę jajecznicy i zanurzyła w niej widelec. Była zimna.

– Kawy? – Gigi uniósł szklany dzbanek. Jego ciemna zawartość zafalowała. – Gorąca.

– Poproszę.

Napełnił kubek.

– Jak się spało? – zapytał Alessandro.

Zmrużyła oczy. Co niby mogła odpowiedzieć?

– Nie najgorzej.

– Ja nie mogę czasem spać… – wtrącił Giovanni, ale przerwał mu Flavio, wypowiadając kilka słów po włosku.

Grubasek zrobił zdziwioną minę. Szczęki na chwilę przestały przeżuwać. W końcu wzruszył ramionami i żuchwa znowu zaczęła pracować intensywnie. Zapanowała cisza. Agnieszka słyszała jedynie mlaskanie i zgrzyt sztućców. Zjadła i odsunęła talerz.

– Dziękuję. – Upiła łyk kawy. – Dzisiaj ja zmywam?

– Twoja kolej – przypomniał Giovanni. Kawałkiem chleba zbierał z talerza resztę jajecznicy. – Masz dyżur przez cały dzień.

Pokiwała głową i wstała od stołu, sięgając po naczynia. Zamarła, kiedy nagle otworzyły się drzwi. Wszyscy spojrzeli w ich stronę i zaraz potem stanęli niemal na baczność. Giovanni o mało nie zakrztusił się ostatnim kęsem, który ostatecznie przełknął głośno. Do środka wszedł mężczyzna, którego Agnieszka poznała wczoraj.

– Dzień dobry, don Felipe – przywitał go Giovanni, otarłszy usta wierzchem dłoni.

Mężczyzna jedynie kiwnął głową. Okazało się, że nie jest sam. Agnieszka rozpoznała człowieka, który wczoraj prowadził samochód. Chudy chłopak z wąsikiem i tatuażami.

– Przerwałem śniadanie? – zapytał Luciano.

– Nie – odparł Alessandro. – Właśnie skończyliśmy.

– To dobrze.

– Napijesz się kawy, don Felipe? – Giovanni znowu sięgnął po dzbanek.

Mężczyzna zignorował pytanie i spojrzał w stronę Agnieszki.

– Wszystko w porządku? Dobrze cię traktują?

Następne pytanie, na które nie mogła szczerze odpowiedzieć. Pokiwała głową, spuściła wzrok i zabrała się za sprzątanie talerzy ze stołu. Wędrując do zlewu z naręczem brudnych naczyń, czuła na sobie jego spojrzenie. Zaraz potem usłyszała, jak zwraca się po włosku do pozostałych. Nie zrozumiała ani słowa, ale zdecydowanie podniósł głos. Był zdenerwowany. Odkręciła wodę, ale nie zdążyła zmyć nawet jednego talerza, bo poczuła, jak ktoś ujmuje ją pod ramię. To był Giovanni. Miał minę skarconego chłopca.

– Daj. Ja pozmywam. Ty odpocznij.

Wytarła dłonie o spodnie i nie bardzo wiedząc, co ze sobą zrobić, pomaszerowała w stronę kanapy. Björn zdążył się już na niej rozsiąść. Włączył konsolę i z impetem wciskał kolorowe przyciski na padzie. Usiadła obok niego. Chciała się odezwać, powiedzieć cokolwiek, ale wiedziała, że dzieciak nie rozumie po angielsku ani słowa. Nagle Giovanni klapnął obok niej. Sięgnął po drugiego pada. Grał teraz z chłopcem w najlepsze, a ona siedziała pośrodku. Obserwowała kolorowe postacie strzelające do potworów różnej maści. Po prawej Flavio dyskutował z tym chudym mężczyzną. Tamten przyglądał jej się z zainteresowaniem. Uśmiechnął się, kiedy ich spojrzenia się spotkały. Speszona na powrót wlepiła wzrok w ekran telewizora. Nie słyszała innych głosów. Chciała się odwrócić i sprawdzić, gdzie są Alessandro i ten starszy mężczyzna, ale nie wystarczyło jej odwagi. Była jednak prawie pewna, że wyszli z mieszkania.

***

Don Felipe nachylił się nad Alessandrem, kiedy stali już na klatce schodowej.

– Mówiłem, że macie ją dobrze traktować – powiedział.

Alessandro wsparł się o ścianę i odpalił papierosa.

– Robimy, co kazałeś. Traktujemy ją jak księżniczkę…

– I każecie jej zmywać naczynia?

– To był pomysł Gigiego. Każdy ma dyżur…

– Myślałem, że ty tu rządzisz.

Nie odpowiedział. Chmura papierosowego dymu uleciała pod pokryty bohomazami sufit.

– Wystarczająco ją wymęczono. Najpierw okaleczono, a potem zamknięto w walizce. Koniec z tym. Jest więźniem, zakładniczką, ale nie służącą, zrozumiano?

Alessandro pokiwał głową.

– I mam nadzieję, że trzymacie łapy przy sobie. Jeżeli…

– Daj spokój, don Felipe…

Alessandro zamilkł, widząc palec wskazujący bossa tuż przy własnym nosie.

– Jeżeli ją tkniecie, to jak Bóg mi świadkiem poobcinam wam jaja.

– Nawet do głowy nam to nie przyszło. Możesz być spokojny.

Luciano wyprostował się i poprawił dłonią włosy, które zdążyły opaść mu na czoło. Przez chwilę żaden z nich się nie odzywał.

– Długo to jeszcze potrwa, don Felipe?

Luciano spojrzał na niego, jakby nie rozumiał pytania. Alessandro kiwnął głową w stronę ściany, o którą się opierał.

– Cała ta sytuacja z dziewczyną i tym dzieciakiem. Nie zrozum mnie źle, ale wydaje mi się, że poświęciłem temu już wystarczająco dużo uwagi. Zrobiłem, co chciałeś. Może bardziej przydam się teraz na dzielnicy? Nawet nie wiem, jak wygląda sytuacja na mieście. Dzieciaków spokojnie może pilnować...

– Nie.

Alessandro westchnął. Zaciągnął się po raz ostatni, rzucił niedopałek na schody i zgniótł obcasem buta.

– Wiesz, że zawsze byłem ci wdzięczny za to, co dla mnie zrobiłeś, don Felipe. Jesteś dla mnie jak ojciec. Bez mrugnięcia okiem zrobiłbym dla ciebie wszystko, ale...

– Ale co, Alessandro? Wyduś to z siebie.

– Opuściliśmy Włochy. Musieliśmy wyjechać z Neapolu. Kiedy tak postanowiłeś, nie wahałem się ani chwili. Zostawiliśmy wszystko.

– Nie mieliśmy wyboru.

– Wiem, don Felipe, wiem. Zbudowaliśmy wszystko od początku. Razem. I teraz, mam wrażenie, że to tracimy. Nasze wpływy, dzielnice... Doszły mnie słuchy, że dzieciaki kupują prochy gdzie indziej. Boję się, że chęć zemsty, choroba... przysłonią ci...

– Ty się boisz? A może oni? – Tym razem Luciano zerknął na ścianę, jakby jego wzrok mógł przeniknąć stary, gruby mur.

Alessandro nie odpowiedział. Felipe zawsze trafiał w punkt i nie było sensu zaprzeczać czemukolwiek. Czasami mężczyzna miał wrażenie, jakby boss potrafił przejrzeć jego myśli. Przez te wszystkie lata tylko raz nie był wobec niego szczery. Nigdy więcej się na to nie odważył. Luciano czytał w nim jak w otwartej księdze.

– Myślisz czasem o ojcu, Alessandro? – zapytał.

Mężczyzna odwrócił wzrok, ale Luciano chwycił go za podbródek, zmuszając, aby spojrzał mu w oczy.

– A może już nie? Może jego twarz nie prześladuje cię w snach, bo zdołałeś osiągnąć spokój? *Solo la vendetta porterà conforto*, pamiętasz? Tak ci powiedziałem, i dotrzymałem słowa. Zemsta to wspaniałe uczucie, prawda? Przynosi ulgę. Miód na serce. Pamiętasz jeszcze jej smak?

Alessandro przygryzł wargę. Zacisnął pięść. Przywoływał obraz ojca w swej pamięci dość często, podobnie jak matki, ale towarzyszyły temu takie uczucia jak kiedyś.

Tamtego dnia wracał ze szkoły. Biegł prosto do domu, tak jak kazała mu *madre*. Pokonywał schody i kładki „mrówkowców" głuchy na zaczepki starszych kolegów. Nie zatrzymywał się, nawet kiedy spotykał tych, których lubił. Zrobił to dopiero przed drzwiami mieszkania. Sięgnął do kieszeni po klucz, ale ostatecznie go nie wyjął. Drzwi były uchylone. Pomiędzy nimi a framugą sterczały drzazgi. Połyskujący łańcuch zwisał nieruchomo. Pchnął drzwi delikatnie i wszedł do środka, chociaż jakaś część jego ośmioletniego umysłu podpowiadała mu, żeby tego nie robił. Szeroko otwartymi oczami pochłaniał doskonale znaną rzeczywistość, stąpając na palcach cicho, przekonany, że ten, kto wdarł się do mieszkania, wciąż tu jest. Ale nie było nikogo. Nikogo poza ojcem. Alessandro na jego widok zrzucił plecak. Siedział z głową i rękoma na stole. Wyglądał, jakby spał. Czasami tak się zdarzało, kiedy wypił za dużo. Ale tego dnia było inaczej i Alessandro zrozumiał to, patrząc na strużkę ciemnej krwi ściekającą ze stołu. Na podłodze zdążyła się zebrać spora kałuża. Nie krzyczał. Nie uciekł. Tylko jak gdyby nigdy nic, odsunął krzesło i usiadł obok ojca. Patrzył w jego szkliste oczy i szkarłatny otwór na czole tak długo, aż usłyszał przeraźliwy wrzask. To była jego matka. Siatki z zakupami uderzyły o podłogę. Coś się rozbiło. Matka osunęła się na podłogę, oparła się plecami o ścianę i zakrywszy dłonią usta, na przemian płakała i robiła znak krzyża, nie mogąc uwierzyć w to, co widziała. W końcu zawołała do siebie Alessandra. Nie posłuchał jej od razu, nie mógł bowiem oderwać spojrzenia od niewidzących oczu ojca. Kiedy jednak to zrobił, wpadł w jej szeroko otwarte ramiona, a ona tuliła go długo, kołysząc się w tył i przód. Przywołując to wspomnienie, nigdy nie mógł przypomnieć sobie, jak długo to trwało. Nie pamiętał. Wiedział jednak ponad wszelką wątpliwość, że nie uronił choćby jednej łzy.

Któregoś razu, gdy był już dorosłym mężczyzną, Felipe Luciano położył dłoń na jego ramieniu. Stali na jednym z podziemnych neapolitańskich parkingów. Alessandro otworzył bagażnik samochodu. Z jego wnętrza spoglądały na nich szeroko otwarte oczy. Zdezorientowane i wściekłe. Zaklejone taśmą usta chciały coś wykrzyczeć, skrępowane ręce i nogi walczyły o uwolnienie. Francesco Chiellini, właściciel wielkiego koncernu farmaceutycznego, nie wyglądał na przerażonego. Wręcz przeciwnie, sprawiał wrażenie pewnego siebie. Wściekły milioner, nieuznający porażek, nieprzyjmujący do wiadomości faktu, że znajduje się na przegranej pozycji. A może tylko dobrze udawał? Musiał wiedzieć, co go czeka, inny na jego miejscu już dawno narobiłby w gacie. Pewnego dnia Felipe Luciano odwiedził Chielliniego w jego biurze. Przez szklaną ścianę don Felipe widział majaczące w oddali podnóże Wezuwiusza. Nawet on nie miał takiego gabinetu. Na taki komfort mogli sobie pozwolić jedynie uczciwi biznesmeni lub ci stwarzający pozory uczciwych. Don Felipe nie miał wątpliwości, że Chiellini należał do drugiej grupy. Koncern farmaceutyczny Francesco Chielliniego stwarzał nieograniczone możliwości do produkcji narkotyków. Luciano nie musiałby ich sprowadzać. Mógłby wytwarzać je sam pod szyldem znanej marki, której właściciel szczycił się nieposzlakowaną opinią. Przedstawił swoją propozycję Chielliniemu bez zbędnych ceregieli. Nie zdziwiła go jego odmowa. Wręcz przeciwnie, spodziewał się jej. Zaskoczyło go jego spojrzenie. Pewne, oburzone, poniekąd wręcz nienawistne i, co niezrozumiałe, nieprzejawiające strachu. Francesco Chiellini kazał mu wyjść. Nie tylko odrzucił jego propozycję, ale także znieważył go i ośmieszył. Felipe oznajmił mu, że właśnie podjął najgorszą decyzję w życiu, a wtedy Chiellini wstał, wskazał mu drzwi i wydarł się na niego jak na chłopca na posyłki. Luciano wyszedł. Marco czekał na niego przed gmachem. Widząc wściekłego szefa, otworzył mu pospiesznie drzwi samochodu. Nie zdążyli dojechać do domu, kiedy Luciano otrzymał telefon. Informator przekazał mu wiadomość, na którą czekał. Chiellini układał się z Grazianem Brasim od dawna. Felipe wybrał numer Alessandra. Dyspozycje były krótkie i konkretne. Francesco Chiellini wylądował w bagażniku samochodu jeszcze tego samego wieczora. Szybciej, niż Felipe się tego spodziewał. Stał nad skrępowanym ciałem potentata farmaceutycznego, klepiąc po ramieniu swojego najbardziej zaufanego człowieka, który spisał się wyśmienicie. To, co wydarzyło się później, nie zaskoczyło Alessandra. Nie było wyszukanych tortur, szantażu, grożenia śmiercią najbliższym Chielliniego. Cel, jakim była chęć przejęcia koncernu, zszedł na drugi plan. Liczyły się zemsta i fakt pokrzyżowania planów Brasiego. Każdy, kto się z nim układał, musiał zginąć. Luciano wyciągnął pistolet i strzelił Chielliniemu między oczy. Po wszystkim wyszeptał: *Solo la vendetta porterà conforto.* Potem raz jeszcze poklepał Alessandra po ramieniu i polecił mu zebrać chłopaków, bo trzeba było to uczcić. Alessandro nie mógł się jednak ruszyć z miejsca. Stał i wpatrywał się w ciemny otwór, który zakwitł tuż nad brwiami Chielliniego. Krew ściekała po bladej twarzy i wsiąkała w wykładzinę bagażnika. Tamtego dnia znowu miał osiem lat i siedział przy stole wpatrując się w szklane, martwe ojcowskie oczy. Wrócił do rzeczywistości dopiero wtedy, gdy don Felipe zatrzasnął klapę.

Tak jak obiecał Felipe, alkohol lał się tego wieczoru strumieniami. Kilkudziesięciu członków klanu Luciano bawiło się wśród świateł i dyskotekowego dymu. Wszyscy śmiali się i tańczyli pomiędzy skąpo odzianymi dziewczętami, co chwilę unosząc kieliszki w stronę siedzącego w loży Alessandra. Świętowali dzięki niemu. Jakaś blon-

dynka dosiadła się do niego i położyła mu dłoń na kolanie. Odprawił ją jednym słowem. Don Felipe pojawił się znikąd i zajął jej miejsce.
– Nie podoba ci się? – zapytał. – Wybrałem ją dla ciebie.
– Wybacz, don Felipe, nie jestem w nastroju.
– A dlaczego?
Alessandro nie odpowiedział od razu. Upił łyk szampana.
– *Solo la vendetta porterà conforto* – rzekł.
– Zapamiętałeś. – Luciano z uznaniem pokiwał głową i uniósł trzymany w ręce kieliszek.
– Tak, Felipe. Zapamiętałem…
Widok martwego Chielliniego sprawił, że koszmary, które prześladowały go po śmierci ojca, powróciły. Jego zabójstwo nie było niczym niezwykłym. Wszyscy wiedzieli, że chociaż był kaleką, rzadko bywał w domu i zadawał się z niewłaściwymi ludźmi. Jego żona każdego dnia prosiła, by zerwał kontakty z mafią, dla niej i ich syna. Nie posłuchał. Nie potrafił. Cierpiała po jego śmierci i nigdy nie była już sobą. Być może to, co się wtedy wydarzyło, było jednym z gwoździ do jej trumny. Alessandro nigdy nie mógł się z tym pogodzić i człowieka, który zabił mu ojca, obwiniał za śmierć obojga rodziców. Tamtej nocy wyznał to don Felipemu.

Jedne z ostatnich urodzin, które Alessandro świętował w Neapolu, zorganizowali w niedużym barze, choć „speluna" wydawała się lepszym określeniem. Przychodzili tu jeszcze jako kilkunastoletni chłopcy. Odrapane zielone ściany, kilka loży, zimne światło jarzeniówki, plansza do gry w darta, głośna muzyka. Nie potrzebowali niczego więcej. Specjalnie wybrali to miejsce. Chcieli wrócić pamięcią do dawnych czasów. Kiedy nagle do lokalu wszedł don Felipe, wszyscy stanęli na baczność. Alessandro również. Byli pewni, że impreza zakończy się wcześniej. Skoro boss pofatygował się osobiście, musiała na nich czekać jakaś niezaplanowana robota. Spodziewali się, że boss wkrótce zdradzi powód swojej wizyty. Tymczasem Luciano podszedł do Alessandra i objąwszy go ramieniem, szepnął mu do ucha:

– Chodź. Mam dla ciebie niespodziankę.

Marco czekał na nich przed lokalem. Alessandrowi szumiało w głowie, kiedy opuszczali Scampię. Jechali około dwudziestu minut w zupełnym milczeniu. Alessandro co jakiś czas zerkał w lusterko wsteczne na uśmiechniętego Marca. Skręcili w prawo. Mercedes sunął pomiędzy garażami wybudowanymi w pewnej odległości od blokowisk. Zatrzymali się.

– Co tu robimy? – zapytał Alessandro.

– Zobaczysz.

Luciano skinął w stronę kierowcy. Chłopak najpierw otworzył im drzwi, a potem ruszył w kierunku jednego z garaży. Brama powędrowała do góry z piskiem. Na początku Alessandro widział tylko mrok, do jego nozdrzy dotarł specyficzny zapach: mieszanina potu, moczu i krwi. Kiedy zabrzęczała jarzeniówka i rozbłysło jasne światło, musiał zmrużyć oczy. Na środku siedział około sześćdziesięcioletni mężczyzna, ubrany jedynie w bokserki i poplamioną koszulkę na ramiączkach. Był przywiązany do krzesła i miał zakneblowane usta. Rany na twarzy nie były świeże. Krew już dawno zdążyła zaschnąć. Cherlawe ciało było wykończone, ale na ich widok poruszyło się gwałtownie.

– Kto to jest? – zapytał Alessandro.

Felipe stał przez chwilę z rękami wciśniętymi w kieszenie płaszcza, wpatrując się w mężczyznę. W końcu zrobił kilka kroków, obszedł nieszczęśnika i położył dłonie na jego ramionach.

– A jak myślisz?

Czekał, ale gdy nie usłyszał odpowiedzi, wyjaśnił:

– Lorenzo Florenzi. Zabójca twojego ojca.

Alessandro milczał. Zerknął na stojącego obok Marca, potem na Luciana, a później skupił wzrok na obitej twarzy Florenziego.

– To niemożliwe… Ale jak…?

– Długo go szukaliśmy. Śmierć zadomowiła się w Scampii i Secondigliano na dobre. Mieszkańcy zdążyli się z nią oswoić, ale nigdy nie przychodziła niezauważona. Ludzie wiedzą wszystko.

– Przecież wypytywałem od…

– Ale nie wszystkim zdradzają swe tajemnice – dokończył boss.

Felipe podszedł do Alessandra.

– Lorenzo Florenzi opuścił Neapol przed piętnastoma laty. Znaleźliśmy go na przedmieściach Rzymu. Prawie pół roku temu. Ale czekaliśmy na specjalną okazję. – Felipe rozłożył szeroko ramiona. – A czy jest lepsza okazja niż twoje urodziny?

Alessandro przeczesał dłonią gęste włosy, a potem przetarł twarz, jakby chciał oprzytomnieć i utwierdzić się w przekonaniu, że to się dzieje naprawdę.

– To twój prezent. – Luciano podszedł do stojącego pod ścianą warsztatu. Otwierał i zamykał szuflady. Grzebał w narzędziach.

Florenzi próbował dosięgnąć go przerażonym wzrokiem, ale nie był w stanie.

– Masz tu wszystko, czego potrzebujesz. Młotki, piły, śrubokręty i gwoździe. – Zamknąwszy ostatnią z szuflad, ponownie zbliżył się do Alessandra. – Możesz uczcić swoje święto tak, jak podpowie ci wyobraźnia. – Poklepał mężczyznę po policzku. – Wszystkiego najlepszego. Marco przyjedzie po ciebie za godzinę. Ciałem zajmiemy się później. Baw się dobrze.

Drzwi od garażu się zamknęły. Świetlówka zamigotała, na ułamek sekundy zapanowała absolutna ciemność. Kiedy jasność powróciła, przerażony Lorenzo Florenzi kręcił głową i patrzył w oczy Alessandra prosząco. Alessandro zniknął za jego plecami. Podobnie jak wcześniej Felipe, sprawdzał zawartość szuflad, ostatecznie zdecydował się na długi, pordzewiały nóż. Stanął przed Florenzim. Zerwał brudną szmatę z jego ust.

– Proszę cię! – krzyknął morderca jego ojca. – Błagam cię, nie rób tego! Mam syna…

Reszty Alessandro nie zrozumiał. W bełkocie, który opuszczał wykrzywione usta, trudno było rozróżnić jakiekolwiek słowa.

– Człowiek, którego zabiłeś dwadzieścia lat temu, też miał syna. Nie stanowiło to dla ciebie problemu – powiedział Alessandro.

Marco przyjechał po godzinie, tak jak obiecał Felipe. Alessandro stał już przed garażem, wypalając któregoś z kolei papierosa. Na widok znajomego auta wrzucił niedopałek do kałuży i wyszedł mercedesowi naprzeciw.

– I jak? – zapytał podekscytowany Marco, kiedy Alessandro wsiadł.

– O co pytasz?

– Jakie to uczucie? Dopaść go po tych wszystkich latach?

Alessandro się uśmiechnął.

– Wspaniałe – wyznał. – Brakuje mi słów, aby opisać, jak wspaniałe, Marco.

– Chłopaki wpadną później posprzątać.

– Nie ma takiej potrzeby.

– Jak to? – zdziwił się Marco.

– Już posprzątałem. Zadbałem o wszystko.

– Serio? Don Felipe kazał mi…

– Serio! – Alessandro klepnął go w kolano. – Wracajmy do baru. Noc się jeszcze nie skończyła, a ja mam ochotę się napić. Mam co świętować.

Marco uśmiechnął się, prezentując krzywe zęby.

– Jasne, że tak!

Kiedy ruszyli, Alessandro spojrzał jeszcze raz w stronę garażu. Po uśmiechu na jego twarzy nie było już śladu.

– Ja też chcę osiągnąć spokój – powiedział don Felipe, przywracając Alessandra do rzeczywistości. Wciąż stali na klatce schodowej. – Pragnę zemsty. Bardziej niż czegokolwiek. Rozumiesz?

Alessandro pokiwał głową. Luciano wrócił do mieszkania, ale po chwili znowu z niego wyszedł. Tym razem towarzyszył mu Marco. Felipe zatrzymał się jeszcze na chwilę.

– Czekajcie na mój znak – powiedział i ruszył w dół schodów.

Alessandro odprowadził ich wzrokiem, a potem wcisnął do ust kolejnego papierosa i oparł głowę o ścianę.

– Wszystko w porządku? – usłyszał i spojrzał w stronę uchylonych drzwi. To był Flavio.

– W najlepszym – odparł.

– Co powiedział?

– Nic, czego bym się nie spodziewał. – Alessandro odpalił papierosa.

Zaciągnął się, wypuścił dym kącikiem ust i powiedział: – Musimy doprowadzić to do końca, Flavio.

43.

Christin Carlsson zdążyła przejechać prawie osiemdziesiąt kilometrów. Wciąż miała przed oczami zmieszanie na twarzy Gunnera, które wychwyciła w lusterku wstecznym, kiedy z impetem odjeżdżała spod domu Jönssonów jego samochodem. Błagalny ton Judith Jönsson sprawił, że zadziałała instynktownie. Nie mogła postąpić inaczej. Nie było czasu na kalkulacje i wyjaśnienia. Wcisnęła pedał gazu tak gwałtownie, że koła zabuksowały w miejscu, a gdy wreszcie stare volvo wyrwało do przodu, spod tylnego zderzaka wystrzeliła fontanna błota.

Christin zaczynała się oswajać z autem Lindberga. Skórzany fotel wysłużonego volvo miał zapadnięte siedzenie, więc musiała maksymalnie przysunąć je do kierownicy, aby móc cokolwiek zza niej zobaczyć. Wyglądała jak nastolatka, która przed egzaminem na prawo jazdy wsiadła bez pozwolenia do ojcowskiego wozu. Na szczęście samochód był nieźle wyposażony i aby zmienić położenie fotela, wystarczyło nacisnąć przycisk. Automatyczna skrzynia biegów stanowiła kolejny atut. Carlsson nie musiała zawracać sobie głowy zmianą przełożeń i całą uwagę mogła skupić na śledzeniu celu. Próbowała nawet ustawić w radiu swoją ulubioną stację RIX FM, ale nie mogła złapać odpowiedniej częstotliwości. Głośniki co chwilę trzeszczały niemiłosiernie, więc dała za wygraną.

Straciła pick-upa Svena z oczu jakieś pół godziny temu, ale nie panikowała. Regularnie spoglądała w ekran komputera leżącego na siedzeniu, by sprawdzić położenie migocącej czerwonej kropki. W ramce obok widziała dystans dzielący ją od Jönssona. Niecałe dwa kilometry.

Jönsson w zasadzie przez cały czas łamał przepisy i przekraczał prędkość, więc i ona – aby zachować bezpieczną, aczkolwiek nie za dużą odległość – musiała mocniej przycisnąć gaz. Większy problem stanowiło paliwo, a raczej jego brak. Wskaźnik już dawno zdążył przekroczyć czerwone pole, informując, że bak jest prawie pusty. Kiedy zawibrował telefon, z niemałym trudem wydobyła go z kieszeni dżinsów. Dzwonił Gunnar. Włączyła głośnomówiący i zaraz potem komórka wylądowała obok komputera.

– Cholera, Gunn, zawsze jeździsz na rezerwie? – zapytała z wyrzutem.

– Wybacz, mała, nie planowałem wycieczki do stolicy – odparł Lindberg.

„Jasny gwint, a jednak Sztokholm" – pomyślała Christin, przygryzając wargę. Jeżeli Gunnar mówił prawdę, to mieli przed sobą co najmniej trzy godziny drogi. Będzie musiała zatankować, i to jak najszybciej.

– Dobra, mów, czego się dowiedziałeś – powiedziała, odwracając lekko głowę w stronę telefonu.

– Miałaś rację co do przeszłości Jönssona, to znaczy... – Ostatnich słów Christin już nie usłyszała. Połączenie przerwał niemiły dla ucha świst.

– Halo, Gunn? Nie słyszę cię. Jesteś?

– Jestem. Jestem. Tylko strasznie tu wieje. Wyszedłem na papierosa przed dom. Nie chciałem rozmawiać przy nich. Poczekaj chwilę.

Przez kilka sekund wsłuchiwała się w szaleńcze zawodzenie wiatru, które w końcu ustało, a ona ponownie usłyszała głos swojego partnera.

– Dobra, schowałem się za szopą. Mówiłem, że miałaś rację co do przeszłości Jönssona. To znaczy, że zniknięcie dzieciaka ma z nią związek. Punkt dla ciebie. Ale tego, czego się dowiedziałem, w życiu byś nie wymyśliła. Większość opowiedział mi Backman, bo żona Jönssona nie mogła się uspokoić. Nie byłem do końca pewien, czy nie robią mnie w balona.

Carlsson zerknęła w ekran monitora. Odległość od Jönssona zwiększyła się do trzech kilometrów. W przednią szybę znowu zaczął walić deszcz. Włączyła wycieraczki, zmieniła pas na lewy i przyspieszyła.

– Do rzeczy, Gunnar – ponagliła zniecierpliwiona.

Westchnął.

– No więc, najkrócej rzecz ujmując, naszego Svena łączą niedokończone sprawy z mafią. – Lindberg milczał przez chwilę, jakby chciał zbudować odpowiednie napięcie. – Z camorrą. Słyszałaś o niej?

Christin Carlsson analizowała to, co przed chwilą usłyszała. Lindberg totalnie ją zaskoczył. Milczała.

– Christin, jesteś?

– Tak, tak – potwierdziła. – Faktycznie trochę mnie przytkało.

– Mówiłem. Pytałem, czy słyszałaś o camorrze.

– Co nieco.

– To najbardziej krwawa organizacja we Włoszech – wyjaśnił Lindberg. – Kilkanaście różnych klanów działających w Neapolu. Każdy ma swojego bossa, a don Corleone to przy nich miły starszy pan. Sven Jönsson zadarł z jednym z nich. Jego zdaniem to on uprowadził dzieciaka.

Przez następne kilkanaście minut Gunnar opowiadał Christin ze szczegółami to, czego udało mu się dowiedzieć od Backmana. Wspomniał o ciemnych interesach Mikaela Jönssona, a potem opisał, jak pewnego dnia Sven zastał w domu nieproszonych gości i po kłótni z ojcem uciekł.

– Wrócił po jakimś czasie, aby sprawdzić, co z matką. Zabrał ze sobą broń. W salonie spotkał chłopaka liczącego forsę i prochy. To był syn jakiegoś pieprzonego bossa. Wywiązała się kłótnia. W końcu obaj sięgnęli po broń. Padło kilka strzałów, ale jakimś cudem Jönssonowi udało się zwiać.

Znowu wiatr zawył w głośniku. Kiedy zawodzenie ustało, Lindberg zapytał:

– Nieźle, co?

Carlsson milczała. Faktycznie, aż takich rewelacji się nie spodziewała. Trudno było dać wiarę wydarzeniom, które mogły posłużyć za kanwę scenariusza filmowego. Rzuciła kontrolne spojrzenie na ekran monitora. Odległość od samochodu Jönssona zmniejszała się w błyskawicznym tempie. Czerwony pulsujący punkt nie znajdował się już w jednej linii z zieloną plamą oznaczającą jej pozycję. Pick-up zjechał z głównej trasy.

– Przez te wszystkie lata matka Jönssona utrzymywała z nimi sporadyczny kontakt – ciągnął Gunnar. – Przez ostatnie dwa w ogóle się nie odzywała. A dzisiejszego ranka Judith Jönsson znalazła w skrzynce na listy kopertę ze zdjęciami. Zabili jego matkę, Christin. Wycieli jej na ustach krzyż. Chcieli, żeby Jönsson nie miał wątpliwości, że to oni.

Christin dostrzegła neon stacji benzynowej. Ponownie zerknęła na mapę. Wyglądało na to, że Jönssonowi też kończyło się paliwo. Włączyła kierunkowskaz i zjechała na prawo. Volvo toczyło się, mijając dystrybutory w bezpiecznej odległości. W końcu Carlsson zatrzymała auto na tyłach parkingu. Szary pick-up Svena stał przy jednym ze stanowisk. Mężczyzna wcisnął pistolet do wlewu patrzył na ekran licznika.

– Gdzie jesteście? – zapytał Lindberg.

Carlsson znalazła na mapie najbliższą miejscowość.

– W okolicach Harmänger – oznajmiła. – Zdążyliśmy przejechać nieco ponad sto kilometrów. Jönsson zatrzymał się na stacji benzynowej. Ja też muszę zatankować, bo paliwa mam co najwyżej na kilkadziesiąt kilometrów.

Carlsson obserwowała Svena, który szybkim krokiem zmierzał w kierunku budynku stacji. Nie mogła uwierzyć, że cała ta historia wydarzyła się naprawdę. Christin słyszała, jak Gunnar sięga po kolejnego papierosa. Zaciągał się, cmokając niemiłosiernie.

– Backman potwierdził, że Jönsson jest uzbrojony. I to by było wszystko, mała. Co robimy? – zapytał.

Sven właśnie wyszedł przez rozsuwane drzwi. Wsiadł do samochodu i powoli ruszył w kierunku drogi ekspresowej. – Skontaktuj się ze Sztokholmem, Gunn. Niech czekają na nas przed granicami miasta. Musimy go zatrzymać, zanim będzie za późno. Rozmawiali jeszcze przez kilka chwil. W końcu Carlsson ruszyła w kierunku dystrybutorów. Zatankowała i pognała do kas. Płacąc za paliwo, nie wiedziała, czy bardziej chce jej się pić, czy sikać. Ostatecznie biorąc pod uwagę dystans, który pozostawał do pokonania, doszła do wniosku, że powinna zaspokoić obie potrzeby. Kupiła butelkę wody mineralnej, a potem pobiegła do toalety. Po pięciu minutach siedziała już w samochodzie i podążała śladem Svena Jönssona.

***

Evert Backman stał w oknie swojego domu i wpatrywał się w radiowóz. Wsparcie wezwał ten policjant, Lindberg, po czym zniknął. Podczas przesłuchania Evert czuł się jak zdrajca. Z każdym wypowiedzianym słowem cienkie igiełki wyrzutów sumienia kłuły go w okolicy serca. Ale czy miał inny wybór? Judith rozpaczliwie błagała o pomoc, a później ta policjantka wskoczyła do samochodu i odjechała. Nie było już odwrotu. Nawet gdyby chciał zachować milczenie, to stary, cwany glina wydusiłby z niego wszystko. Poza tym w głębi duszy Evert wiedział, że było to jedyne słuszne rozwiązanie. Jego przyjaciel pojechał na pewną śmierć.

Nagle poczuł, jak mała głowa wślizguje się pod jego prawe ramię, wyrywając go z zamyślenia. To był Olaf, jego dziesięcioletni syn, który teraz z nosem niemal przyciśniętym do szyby spoglądał na policyjny samochód. Evert poczochrał go po włosach.

– Dlaczego oni tu są, tato? – zapytał chłopiec, posyłając ojcu ciekawskie spojrzenie niebieskich oczu.

Evert przygotowywał w myślach jakąś sensowną odpowiedź, kiedy chłopiec odezwał się ponownie:

– To przez wujka Svena, prawda?

Evert zerknął w stronę pokoju gościnnego, w którym Lisa pomagała Judith się rozpakować, i doszedł do wniosku, że nie ma sensu zaprzeczać. Olaf był już wystarczająco dużym i dociekliwym chłopcem i na pewno nie da się łatwo zbyć.

– Tak – potwierdził. – To przez wujka Svena.

– Popełnił przestępstwo? – dopytywał Olaf.

Evert westchnął.

– Nie. Po prostu… – Zawahał się. W końcu uklęknął przy synu. Podejrzewał, że Lisa zganiłaby go za to, co zamierzał powiedzieć, ale trudno. – Posłuchaj, Olaf. Musisz zachować to dla siebie, okej?

Chłopiec pokiwał głową, aż blond grzywka opadła mu na oczy.

– Nie wspominaj o tym ani przy mamie, ani przy cioci Judith, a już broń Boże przy Astrid, zrozumiałeś?

– Zrozumiałem – potwierdził Olaf.

– Wujek Sven bardzo się martwi o Björna. Musiał pojechać go szukać, bo nie mógł wysiedzieć w domu. Nie ma się co dziwić. Gdybyś ty zniknął, zrobiłbym to samo. Policja… – Evert zerknął w okno, a potem ponownie spojrzał na syna. – Jest tu na wszelki wypadek, gdyby Björn pojawił się w domu wcześniej.

Olaf wydął wargi. Miał rozbiegany, niespokojny wzrok. Wyglądał na zagubionego. Nie był do końca usatysfakcjonowany odpowiedzią. Evert niemal wyczuwał kolejne pytanie, które cisnęło się chłopcu na usta.

– Tato, czy Björn został porwany?

Wziął syna za rękę.

– Mam nadzieję, że wujek Sven sprowadzi go do domu – odparł wymijająco. Nie chciał udzielać odpowiedzi, która przerazi jego syna. – Dzisiaj, zanim położysz się spać, uklęknij na chwilę i pomódl się, żeby obaj wrócili cali i zdrowi, okej?

Olaf znowu pokiwał głową, a ojciec raz jeszcze zmierzwił mu włosy.

– A teraz biegnij sprawdzić, co u siostry.

Backman odprowadził syna wzrokiem, wstał i przetarł twarz dłonią. Gdyby to Olafa porwano, odchodziłby od zmysłów. Nie mógłby siedzieć bezczynnie w domu, licząc, że policjanci wywiążą się ze swoich obowiązków. Sam musiałby działać, zrobić coś, cokolwiek… Sprawdzić każdy trop, zweryfikować najdrobniejsze podejrzenie. Te przemyślenia sprawiły, że oczami wyobraźni ponownie ujrzał Jerka i Hansa. Sven, spuszczając im łomot w przypływie frustracji, zachował się właśnie tak, mimo że było to absurdalne posunięcie. Evert raz jeszcze spojrzał na radiowóz i już miał odejść do Lisy i Judith, gdy uderzyło go pewne wspomnienie. Stał jak wryty. Jego oczy wpatrywały się w okno, ale tak naprawdę przed nimi jawił się zupełnie inny obraz. Był w domu, który wynajęli podczas ostatniego wyjazdu. Odpoczywali po robocie. Sven jak zwykle zniknął w swoim pokoju, aby porozmawiać z Judith przez Skype'a, a on właśnie wyszedł spod prysznica i opasany ręcznikiem nachylał się nad lodówką w poszukiwaniu piwa. Nie był zdziwiony, kiedy okazało się, że wszystkie puszki zniknęły. Jerk i Hans, jak to mieli w zwyczaju, postanowili poczęstować się jego browarem, zapominając zapytać o pozwolenie. Słysząc ich krzyki dobiegające z salonu, przewrócił oczami. Byli podchmieleni i podekscytowani. „Kolejny mecz" – pomyślał wtedy Evert i ruszył w kierunku pokoju, aby się przekonać, czy ma rację. Początkowo szykował w myślach jakąś reprymendę, ale ostatecznie, widząc, że jego współlokatorzy mają w czubie, postanowił poczekać z nią do jutra. Stanął w progu i oparł się o futrynę drzwi. Jerk i Hans byli bardzo pobudzeni. Nie widzieli go.

– Pieprzeni Włosi! – mamrotał Jerk. – Co oni sobie, kurwa, wyobrażają…

Evert spojrzał w ekran telewizora. Nie był ani wielkim fanem futbolu, ani jego znawcą, ale czasami oglądał mecze drużyny narodowej. Wyglądało na to, że Szwecja rozgrywa ostatnie w tym roku spotkanie towarzyskie, ale drużyną przeciwną na pewno nie byli Włosi.

– Znowu trują mi dupę, Hans. Mam się z nimi spotkać jutro...

Jerk wciąż bełkotał, ale tyle Evert zdołał zrozumieć, chociaż pojęcia nie miał, o czym mowa. Tamtego dnia z irytacją pokręcił głową i poszedł do swojego pokoju. Teraz, wciąż wpatrując się w okno, doznał olśnienia. Nie mógł się ruszyć z miejsca, a kiedy wreszcie mu się udało, zakręciło mu się w głowie. Podreptał do pokoju gościnnego. Lisa i Judith siedziały na łóżku. Judith znowu płakała. Mały Harry wiercił się na kolanach matki.

– Pojadę do sklepu.

Judith szybko otarła łzy.

– Zrobię drobne zakupy.

Lisa pokiwała głową i dodała, żeby pamiętał o kaszce dla Harry'ego. Zamiast jednak wyjść z domu, Evert poszedł do sypialni i klapnął na łóżku. Długo patrzył na wiszącą na ścianie kuszę. Pamiątka po ojcu. Kiedy ostatni raz z niej strzelał? Nie pamiętał, ale musiał upłynąć szmat czasu. Olaf systematycznie suszył mu głowę, aby pozwolił mu spróbować. Evert obiecał, że spełni jego prośbę, gdy jeszcze trochę podrośnie, choć Lisa nie była entuzjastką tego pomysłu. Tym bardziej że któregoś razu Olaf wykpił Björna, kiedy ten się pochwalił, że jego tata już uczy go strzelać z łuku. Wówczas ich syn oświadczył bezceremonialnie, że drewniana broń strugana przez Svena to tylko głupia zabawka dla małych dzieci. Björn o mało się nie rozpłakał. Lisa i Evert zganili syna i zapowiedzieli, że o strzelaniu z kuszy może zapomnieć. Ale któregoś razu Evert, leżąc w łóżku i wpatrując się w ścianę, spostrzegł, że kusza odrobinę zmieniła swoje położenie. Najwyraźniej podczas jego nieobecności Olaf musiał się nią bawić. Postanowił wtedy zdjąć wiszący obok kołczan ze strzałami i schować go w bezpiecznym miejscu. Lisa już dawno nalegała, by zrobił to, zanim dojdzie do tragedii. Bez zestawu strzał kusza była niegroźna. Teraz został po nim jedynie wyblakły ślad na ścianie.

Evert Backman przyglądał się pamiątce po ojcu jeszcze przez kilka minut. W końcu wstał, wyjął z szafy torbę i zapakował do niej drewnianą broń. Narzucił kurtkę i zanim wsiadł do samochodu, wstąpił do drewutni, gdzie kilka tygodni temu schował kołczan. Wyjeżdżając spod domu, zatrzymał się na chwilę przy radiowozie i poinformował policjantów, że jedzie do marketu, po czym furgon wtoczył się na główną drogę i obrał kurs na dom Jerka Magnussona.

Na miejscu był po około piętnastu minutach. Przez dziesięć kolejnych siedział w samochodzie, patrząc na zapuszczoną elewację domu Jerka i pytając sam siebie, co tak naprawdę zamierza zrobić. Kiedy wreszcie to sobie uzmysłowił, jakiś głos w jego głowie starał się odwieść go od tego pomysłu: „To wszystko może być tylko jednym wielkim zbiegiem okoliczności, chłopie. Wiesz o tym, prawda? Zastanów się dobrze, zanim będzie za późno…". Ale zaraz potem odzywał się kolejny, przekonując, że o pomyłce nie może być mowy. „Daj spokój – mówił. – Ci idioci zaledwie przed trzema tygodniami spotykali się z jakimiś Włochami. Teraz okazuje się, że Björna porwali właśnie Włosi. Czego więcej ci potrzeba? Sven miał rację. Jerk i Hans są zamieszani w porwanie dzieciaka".

Kiedy podjeżdżał pod dom, łudził się, że nikogo nie zastanie. Co prawda, Jerk miał zostać w szpitalu tylko przez dzień, ale istniała spora szansa, że jeszcze nie zdążył wrócić. Widok zdezelowanego golfa Magnussona sprawił, że ta teoria szybko straciła na aktualności. Evert gapił się przez kilka minut w pordzewiałego volkswagena. W końcu odetchnął głęboko i wysiadł z auta. Podążając w kierunku lekko uchylonej furtki, zauważył ruch w jednym z okien. To tylko utwierdziło go w przekonaniu, że gospodarz był w domu. Backman zapukał do drzwi, a potem nasłuchiwał odgłosu kroków. Cisza. Ponowił więc pukanie, tym razem bardziej stanowczo, aż zabolały go kości palców. „No dalej, Jerk. Wiem, że jesteś w środku…" Wreszcie usłyszał trzeszczenie podłogi, uginającej się pod ciężarem zbliżającego się Magnussona. Drzwi na początku jedynie się uchyliły.

– Evert? – Jerk udawał zaskoczonego, choć nie było możliwe, żeby nie widział go przez okno.

– Cześć, Jerk. – Evert odruchowo zaglądał Magnussonowi przez ramię. Niewiele jednak udało mu się dostrzec. – Już się bałem, że cię nie zastanę. Wpadłem zobaczyć, jak się czujesz...

Drzwi skrzypnęły, otwierając się szerzej.

– Niedawno przyjechaliśmy – oznajmił Magnusson. – Wchodź.

Evert przekroczył próg i zauważył, że Jerk nie jest sam. Hans siedział na kanapie z butelką piwa w ręce. Uniósł ją na widok Everta, jakby chciał wznieść toast. Backman skinął mu głową, a zaraz potem znów usłyszał znajomy głos: „No proszę. Lepiej być nie może. Dwie pieczenie przy jednym ogniu...".

– Hans odebrał mnie ze szpitala. – Jerk dotknął zabandażowanej głowy, przybierając cierpiętniczy wyraz twarzy. – Czacha wciąż mi pęka i kręci mi się we łbie. Nie mogłem sam prowadzić...

– Jasne – odparł Evert. – A co powiedzieli lekarze?

– Mam wpaść na kontrolę za kilka dni. Nie mogę się przemęczać.

Backman kiwał głową z udawaną troską, zerkając to na jednego, to na drugiego. Almkvist z zainteresowaniem przyglądał się torbie, którą Evert przewiesił sobie przez ramię. Odwiedzając chorego, nie wypadało przyjść z pustymi rękoma, prawda? Na jej dnie próżno jednak nak było szukać pomarańczy i batoników.

– Napijesz się piwka? – zapytał Magnusson, robiąc krok w stronę lodówki. Zatrzymał się jednak na widok uniesionej dłoni Everta.

– Nie, dzięki – powiedział Backman. – Dla mnie trochę za wcześnie. Poza tym jestem samochodem.

– No tak. – Magnusson usiadł ostrożnie na kanapie, jakby ktoś rozsypał na niej potłuczone szkło. Ruchem ręki wskazał fotel, ale Evert na razie nie zamierzał korzystać z propozycji. – Kurwa, Evert, Svenowi kompletnie odjebało – stwierdził nagle. – Powiem ci jedno, miał szczęście, że byłem nawalony, bo w przeciwnym razie nieźle bym go urządził. Dzieciak dzieciakiem, ale nie dam się tłuc po łbie. Ten psychol mógł nas pozabijać.

Hans kiwał głową, zgadzając się ze słowami kumpla. W końcu i on się odezwał:

– Jerk w szpitalu przemyślał to i owo. Na początku zaraz po wyjściu zamierzał jechać prosto do Jönssona i połamać mu łapy. Uprosiłem go jednak, żeby tego nie robił ze względu na dzieciaka.

„Bardzo to wspaniałomyślne z waszej strony" – pomyślał Evert. Almkvist przyssał się do zielonej butelki, pociągnął kilka solidnych łyków i oderwał usta od szkła z głośnym cmoknięciem.

– Musicie mu wybaczyć. – Evert odłożył torbę na podłogę z przesadną delikatnością i w końcu klapnął w fotelu. – Człowiek w takich sytuacjach nie myśli racjonalnie. Wiem, że komuś, kto nie jest rodzicem, trudno to sobie wyobrazić, ale możecie mi wierzyć, Sven przechodzi prawdziwe piekło.

Przyglądali się mu w milczeniu. Jerk nie wyglądał na przekonanego. Hans obracał butelkę w dłoni. Do kogo on to mówił? Siedziało przed nim dwóch znieczulonych półgłówków mających w sobie tyle empatii, co strach na wróble, którego w zeszłym roku postawili z Olafem przed domem.

– Nigdy za sobą nie przepadaliście, nie raz, nie dwa musiałem gasić pożary – ciągnął Backman. – Ale nie sądziłem, że Sven może was podejrzewać.

Zapadła niezręczna cisza.

– Bo chyba nie daliście mu żadnego powodu, co? – Przyglądał się im wyczekująco. – Nie rzuciliście po pijaku jakiegoś głupiego tekstu albo coś w tym stylu?

– No co ty, Evert! – Oburzony Jerk znowu przyłożył dłoń do skroni. – Nie trawiłem gościa od samego początku, to żadna tajemnica, ale nigdy... – Syknął, dając do zrozumienia, że znowu boli go głowa. – W życiu bym sobie nie robił jaj z poważnych spraw. Przecież wiesz...

Backman przeniósł spojrzenie na Almkvista. Ten zrobił kwaśną minę i zaprzeczył, kręcąc głową.

– Tak też myślałem. – Evert wzruszył ramionami. – Ale wolałem się upewnić.

Butelka znowu powędrowała do ust Hansa Almkvista. Evert widział, jak jego jabłko Adama unosi się i opada wraz z każdym łykiem.

– A co to za Włosi, z którymi spotkaliście się podczas ostatniej roboty?

Niespodziewane pytanie sprawiło, że Hans o mało się nie zakrztusił. Strużka piwa pociekła mu po brodzie. Kilka kropli skapnęło na koszulę, zanim zdołał otrzeć ją wierzchem dłoni. Jerk wytrzeszczył oczy. Nerwowo poprawił się na kanapie.

– Jacy znowu Włosi? O czym ty mówisz?

Backman próbował wyglądać na opanowanego. Spokojnie wyjaśnił, że któregoś dnia podsłuchał ich pijacki bełkot.

Jerk westchnął ciężko i wzruszył ramionami.

– Tak jak mówisz, byliśmy nawaleni i pletliśmy trzy po trzy. A może po prostu się przesłyszałeś? – Magnusson zerknął na Almkvista, szukając pomocy.

Hans tylko pokiwał głową.

– Pewnie macie rację… – Evert bezwiednie popatrzył na torbę. – Po prostu dzisiaj się dowiedziałem, że istnieje duże prawdopodobieństwo, że to właśnie jacyś Włosi uprowadzili Björna.

Evert żałował, że nie może teraz zrobić tym dwóm zdjęcia. Wystarczyło tylko na nich spojrzeć, żeby wiedzieć, że są winni.

– Sven wreszcie się otworzył – oznajmił Backman. – Zaczął mówić o swojej przeszłości. Mówię wam, co ten facet przeżył… – Urwał na moment. – Nie chcę wdawać się w szczegóły, bo nie wiem, czy Sven by sobie tego życzył, ale policja robi już wokół tego wiele zamieszania.

Jerk znowu poruszył się nerwowo. Jakby niewidzialne szkło rozrzucone na kanapie zaczęło wbijać mu się w tyłek.

Evert westchnął.

– Będę z wami szczery. Po tym, jak dopadł was Sven, gliniarze postanowili przyjrzeć wam się uważniej. Byli już u ciebie, Jerk, prawda?

– Taa. – Magnusson tylko tyle był w stanie z siebie wydusić. Głośno przełknął ślinę. Dokładnie pamiętał wizytę policjantów. Ładną blondynkę, która mimo filigranowej sylwetki sprawiała wrażenie twardej, niedostępnej sztuki, i znacznie starszego od niej dryblasa. Jerk nie chciał już więcej ich oglądać, no chyba że ta mała miałaby wylądować w jego łóżku. – To wszystko jest jakieś popieprzone, Evert – odezwał się wreszcie. – To my zostaliśmy napadnięci, a traktuje się nas jak jakichś podejrzanych!

– Sam już nie wiem, co o tym myśleć – przyznał Evert.

– Jak to nie wiesz, co o tym… – Magnusson nie zdążył dokończyć.

– Pijany czy nie, mówiłeś o spotkaniu z Włochami, Jerk. Jestem tego pewien.

Znów zapadła trudna do zniesienia cisza.

– Gdybyś powiedział mi, że spotkaliście się z jakimiś włoskimi znajomymi, których poznaliście w barze, być może bym uwierzył.

Evert sięgnął po torbę i położył ją sobie na kolanach. Jerk i Hans przyglądali się jej z niepokojem… – Tymczasem wyskakujesz z tekstem, że musiało mi się przesłyszeć. Wiem, co słyszałem, Jerk. Nie wciśniesz mi kitu…

Hans rozdziawił usta. Usłyszeli zgrzyt, kiedy Evert otwierał zamek. Ręka zniknęła we wnętrzu torby. Żaden z nich się nie ruszał. Wpatrywali się w Everta jak zahipnotyzowani. On był iluzjonistą, a oni dziećmi czekającymi na to, co wyciągnie z kapelusza.

Kiedy ich oczom ukazała się kusza, nie od razu zrozumieli, na co patrzą. Backman odrzucił torbę niemal pod same drzwi.

Usta Magnussona wykrzywiły się w czymś w rodzaju uśmiechu, ale bardzo szybko zamieniły się w cienką, prostą kreskę.

– Co to, kurwa, jest, Evert? – zapytał, znowu poruszając się nerwowo.

– Wykrywacz kłamstw.

– Jaki, kurwa, wykrywacz kłamstw?! Co ty pier…

Zamilkł, kiedy Evert wycelował w niego kuszę. Magnusson wpatrywał się w uchwyt cięciwy i kilka zapasowych krótkich strzał ulokowanych tuż pod nim. Wyglądało na to, że Backman nie zamierzał ich jedynie wystraszyć. Przygotował zapasową amunicję.

– Zaginął dzieciak Svena, którego kocham niemal jak własnego syna. – Teraz grot strzały przesunął się odrobinę w prawo. Backman mierzył dokładnie w przestrzeń między Jerkiem a Hansem. – Nie wiem, czy Sven jeszcze kiedykolwiek zobaczy Björna. Dlatego postanowiłem, że zadam wam kilka pytań, zanim zrobią to gliniarze.

– Evert, kurwa, to nie jest śmieszne. Odłóż tę rzecz...

– Mówi wam coś nazwisko Luciano?

Evert miał wrażenie, że twarz Jerka zrobiła się równie biała jak bandaż na jego głowie. To on pierwszy poderwał się z kanapy. Ale nie zamierzał rzucać się na Backmana, chociaż Evert w pierwszej chwili tak właśnie pomyślał. Zamiast tego wyrwał się w stronę drzwi. Pokonał zaledwie połowę drogi, bo właśnie w tym momencie strzała przeszyła mu nogę. Wbiła się w mięsień dwugłowy uda i wyszła po drugiej stronie, tuż nad rzepką. Jerk, drąc się wniebogłosy, najpierw klęknął na nieuszkodzone kolano, a potem przewrócił się na bok, mniej więcej w tym samym momencie, w którym Hans rzucił w Everta butelką. Celował w głowę, ale Backman zrobił unik i ostatecznie dostał w bark. Almkvist skoczył na niego. Evert odchylił się w fotelu i kopnął go w brzuch. Zapasowa strzała znalazła się w kanale trzonu kuszy niemal w tym samym momencie. Kiedy Hans zdał sobie z tego sprawę, stracił wszelką ochotę na kolejny atak.

– Siadaj na dupie – rozkazał Backman. Opuścił kuszę, a potem sięgnął do kieszeni po telefon. Wybrał numer Gunnara Lindberga.

Almkvist z uniesionymi rękoma spoglądał na wijącego się na podłodze kumpla.

44.

Przez większość drogi padało. Rozpogodziło się, dopiero gdy od Świnoujścia dzieliło ich około dwudziestu kilometrów. Na tym odcinku droga ekspresowa S3 wiła się pomiędzy terenami Wolińskiego Parku Narodowego. Szara kurtyna nieba rozszczelniła się i promienie słoneczne ozłociły pasma gęstych drzew, ciągnących się po obu stronach drogi. Obraz jesieni, który jawił się im przed oczami, wydawał się nierzeczywisty. Zupełnie jakby ktoś zastąpił go komputerową grafiką o wysokiej rozdzielczości. Światło odbijało się od przedniej szyby, więc Wolański najpierw opuścił osłonę podsufitki, a potem sięgnął po stare ray-bany przewieszone przez lusterko wsteczne, przy okazji zerkając na siedzącego z tyłu Wiktora Makowskiego. Tamten milczał przez większość czasu. Wpatrywał się w okno, jakby porażony widokami.

Adamski kręcił się w fotelu pasażera, po raz kolejny spoglądając na zegarek. Prom odpływał o trzynastej, a zgodnie z przepisami embarkacja kończyła się pół godziny wcześniej. Oznaczało to, że mieli jeszcze całe dwadzieścia minut, aby dotrzeć do celu. Zresztą nawet gdyby się spóźnili i załoga statku podniosłaby już rampę, policyjna odznaka przyciśnięta do okienka terminalowej kasy zadziałałaby jak magiczne zaklęcie. „Sezamie, otwórz się". Dlatego Borysa odrobinę dziwiło podenerwowanie Adamskiego. Funkcjonariusz CBŚP z trzydziestoletnim stażem raczej rzadko je przejawiał. Przez tych kilka lat pracy z nim Wolański ani razu nie był świadkiem sytuacji, w której Adamski straciłby fason. Zachowywał spokój nawet w obecności Biernackiej, która potrafiła wyprowadzić z równowagi każdego. Zawsze pewny siebie i swoich metod. To on pod koniec lat dziewięćdziesiątych uczestniczył w rozbiciu szczecińskiego gangu mającego powiązania z mafią pruszkowską. O sprawie było głośno nie tylko w Polsce, ale także za zachodnią granicą. A jednak zaprawiony w bojach, twardy gliniarz sprawiał wrażenie, jakby udzielił mu się syndrom niespokojnych rąk. Wolański nie miał pojęcia, czy w ogóle istnieje coś takiego. Nie sądził jednak, aby to ewentualne spóźnienie na statek mogło być powodem dziwnego zachowania Adamskiego. Chodziło raczej o rangę sprawy, którą prowadzili. Okazało się, że człowiek o nazwisku Luciano był poszukiwany listem gończym przez Interpol od dziesięciu lat. Zatrzymanie znanego bossa camorry byłoby znakomitym zwieńczeniem policyjnej kariery Adamskiego.

– Spokojnie – rzekł Wolański, posyłając mu krótkie spojrzenie. – Zdążymy.

Granice administracyjne miasta przekroczyli kwadrans po dwunastej. Drzewa ustąpiły miejsca pierwszym zabudowaniom. Minęli Biedronkę i stację paliw. Kiedy wjechali w Duńską, w oddali dostrzegli wielki biały prom cumujący przy kei. Statek wyglądał jak monument albo góra lodowa, która na pierwszy rzut oka w ogóle nie pasowała do otaczającej ich rzeczywistości. Po ich lewej ostatnie tiry toczyły się w kierunku odprawy. Zatrzymywały się przy bramkach kontrolnych i ruszały w stronę promu, którego rampa lada chwila miała zostać podniesiona. Tuż obok znajdował się pustoszejący powoli parking, na którym kilkadziesiąt godzin temu niejaki Alessandro Santoro złożył tureckiemu kierowcy propozycję nie do odrzucenia. Ale Wolański i Adamski nie mieli o tym zielonego pojęcia. Po prawej jakiś pociąg kończył bieg. Tory urywały się nagle, jakby znikały w innym, niewidzialnym wymiarze, a maszynista stwierdził, że nie ma ochoty jechać dalej. Wolański objechał ogrodzone torowisko i zatrzymał audi na parkingu tuż przed terminalem promowym. Stało na nim kilka aut, ale jedno z nich zwróciło uwagę komisarza. Interesujący był nie tyle sam samochód, ile jego właściciel, który spacerował obok wozu, paląc papierosa. Merk. Wolański nie był zdziwiony jego widokiem, podobnie zresztą jak Adamski. Za to Makowski wyglądał na zaskoczonego. Nocne przesłuchanie Merka trwało prawie dwie godziny. Na początku Biernacka sprawiała wrażenie, jakby chciała go pożreć żywcem, ale z każdą kolejną minutą i z każdym kolejnym słowem Olgierda wydawała się mięknąć. Wsłuchiwała się w historię o trzech przyjaciołach z dzieciństwa, od czasu do czasu spoglądając na stojącego pod ścianą Wolańskiego, jakby chciała wyczytać z jego twarzy potwierdzenie tego, czego właśnie słuchała. Merk powtórzył prokurator to samo, co opowiedział Borysowi w jego mieszkaniu, z tą tylko różnicą, że tym razem mógł poświęcić więcej czasu szczegółom. Potem Olgierd wspomniał o własnym śledztwie w sprawie Agnieszki: o wizycie w agencji modelek i o byłym chłopaku dziewczyny, zawodniku MMA, od którego dowiedział się, że jej porwanie zlecili Włosi. Na koniec wyjaśnił prokurator, w jaki sposób on i Wolański znaleźli się w domu Marty Makowskiej, w czasie gdy doszło do strzelaniny.

Kiedy Merk skończył, zarówno on, jak i Wolański spodziewali się kolejnej serii pytań ze strony Biernackiej, a zaraz potem litanii konsekwencji, jakie czekały wydalonego ze służby policjanta. Tymczasem prokurator zdusiła w popielniczce niedopałek papierosa, wstała od stołu i wyszła. Adamski wyłączał kamerę, a Wolański ruszył za pospiesznym stukotem obcasów. Rozmawiał z prokurator przez kilkanaście minut, Biernacka głównie wydawała mu dyspozycje dotyczące wyjazdu do Szwecji. I tym razem sądził, że usłyszy coś na temat Merka, ale prokurator nie wspomniała o nim choćby słowem. Posterunek opuścili o trzeciej nad ranem. Merk wcisnął papierosa do ust i zanim odszedł, zapytał Borysa, o której odpływa prom.

Trzech mężczyzn siedzących w samochodzie obserwowało, jak Olgierd Merk zdusza niedopałek obcasem buta, wyciąga niewielką torbę z bagażnika samochodu i rusza w ich stronę. Wolański zerknął na wiszący na płocie komunikat, informujący, że na parkingu możliwy jest jedynie godzinny postój. Przekroczenie tego czasu groziło odholowaniem auta. Merk najwyraźniej się tym nie przejmował. To było w jego stylu.

Borys wysiadł i otworzywszy kufer audi, czekał na kolejnego pasażera. Mewy skrzeczały nad ich głowami, a gdzieś w oddali odezwała się syrena promu.

– Już się zaczynałem martwić, że nie zdążycie – powiedział Merk, wrzucając torbę do bagażnika.

– Spory tłok na S3 – odparł Wolański.

Po chwili granatowe A6 zawróciło i ruszyło w kierunku odprawy. Prom oferował swoim pasażerom dwu-, trzy- i czteroosobowe kabiny. Sekretarka wydziału zabukowała im rano dwie dwuosobowe: jedną dla policjantów i drugą dla Makowskiego. Gdy Wolański zatrzymał się przy drzwiach wskazanej przez recepcjonistkę kabiny, Merk stanął tuż za nim, dając jasno do zrozumienia, że właśnie zdecydował o nowym zakwaterowaniu. Wiktor bez słowa poczłapał za Adamskim.

Po godzinie Wolański, Adamski i Merk weszli do restauracji. Makowski oznajmił, że nie jest głodny. Chudy kelner poprowadził ich do wolnego stolika po czerwonym dywanie, tak miękkim, że mieli wrażenie, jakby szli po piaszczystej plaży albo dawno niekoszonym trawniku. Wszyscy zamówili po krwistym steku i przez chwilę rozglądali się wokół, podziwiając luksus, z jakim dawno nie mieli do czynienia. W restauracji nie było specjalnie tłoczno, dlatego mogli usiąść tuż przy jednym z bulajów. Odpłynęli całkiem niedawno, a mimo to widoczna za oknem linia brzegowa z każdą chwilą stawała się coraz bardziej niewyraźna, niczym odległe wspomnienie.

– Do Ystad dobijemy około dwudziestej – oznajmił Wolański. – W Sztokholmie powinniśmy być po północy. – Podniósł się nieznacznie z krzesła i wsunął rękę do tylnej kieszeni dżinsów. Potem położył na stole pomiętoloną kartkę zapisaną bazgrołami, które mógł rozszyfrować tylko on sam. – Zarezerwowano nam pokoje w jakimś motelu niedaleko posterunku. Mamy umówione spotkanie na komisariacie przy Polhemsgatan.

– Nie podejrzewam, żebyście mówili po szwedzku. – Merk zerknął najpierw na Wolańskiego, a potem na Adamskiego.

– Podobno pracuje u nich kilku Polaków – uspokoił Wolański. Dostrzegłszy kelnera zmierzającego w ich kierunku, zabrał łokcie ze stołu. Po chwili stały przed nimi trzy parujące dania. Chłopak rzucił na odchodne „smacznego". Miękkie mięso wypuściło krwawy sok, kiedy wbili w nie widelce. Borys odkroił kawałek i włożył do ust. Przeżuwając, zapatrzył się przed siebie. Przy wyjściu z restauracji zauważył młodą kobietę z załogi. Zamiatała z podłogi chrupki, które rozsypał jakiś dzieciak. Pojęcia nie miał, że ta drobna blondynka podczas jednego z ostatnich rejsów znalazła w łazience zakrwawionego, pijanego pasażera. Myślała, że nie żyje, więc narobiła takiego rabanu, że po chwili zbiegli się inni członkowie załogi. Facet żył, ale miał załamany nos i szczękę pokruszoną jak tabliczka czekolady. Wezwano policję i karetkę. Kiedy gość wreszcie oprzytomniał, niczego nie pamiętał. Przełożony dziewczyny zlitował się nad nią i do umycia zakrwawionej podłogi oddelegował kogoś innego. Gdy kobieta zniknęła z pola widzenia, Borys dostrzegł znajomą postać. Przełknął kolejny kęs i wskazał brodą nadchodzącego mężczyznę.

– Wygląda na to, że nasz kompan zmienił zdanie.

Merk i Adamski podążyli za jego spojrzeniem. Makowski zmierzał w kierunku restauracji, ale ostatecznie nie przekroczył jej progu. Skręcił w prawo i usiadł przy barze. Po chwili kelner postawił przed nimi niewysoką szklaneczkę.

– Lepiej, żeby nie przesadził – powiedział Borys. – Kiepsko będziemy wyglądać, jeśli przywieziemy ze sobą skacowanego dziadziusia uprowadzonej.

– Jestem chyba ostatnim, który powinien zwrócić mu uwagę. – Merk skupił uwagę na talerzu.

– Wtedy, u mnie, powiedziałeś, że z Guzowskim zrobiliście wiele, by wyciągnąć Makowskiego z bagna – zaczął Wolański. Liczył, że Merk podejmie temat, ale tamten był bardziej zainteresowany swoim stekiem niż rozmową. – To ty załatwiłeś mu paszport. Pomogłeś uciec do Stanów. – Wolański nie pytał. Stwierdzał fakt.

Sztućce zaszurały na talerzu i w końcu Merk odłożył je na bok. Kawek wołowiny sterczał nabity na widelec.

– Kiedy ratujesz tonącego, ryzyko, że sam pójdziesz na dno, jest duże. Jan zginął przez Wiktora. Sam nie wiem, czy wierzę, że wrobił go ten Jönsson. Tak, to ja załatwiłem mu fałszywe papiery. I nie ma dnia, żebym tego nie żałował. Każdy powinien płacić za swoje błędy.

Wolański patrzył na Merka uważnie.

– Gdybyśmy trzymali się od tego z daleka, Jan wciąż by żył – ciągnął Olgierd. – Być może żyłby również syn Wiktora, a już na pewno nie płynęlibyśmy teraz do Szwecji, żeby znaleźć jego wnuczkę.

Przez kilka kolejnych minut jedli w milczeniu. Wolański obserwował, jak siedzący przy barze Makowski opróżnia kolejną szklaneczkę.

45.

Przejechali jedną z głównych ulic Rinkeby i zatrzymali się niedaleko Norra Stadsparken. Erika obserwowała ludzi spacerujących po parku, a Kurt – kilku czarnoskórych mężczyzn kopiących piłkę na boisku po drugiej stronie ulicy. Wiedział, że wszyscy byli taksówkarzami pochodzącymi z Somalii. Nagle Kallström bez słowa wysiadł z samochodu. Zaskoczona Berggern ruszyła za nim.

– Możesz powiedzieć, dokąd idziemy?

Biegła, próbując dotrzymać mu kroku.

– Zobaczysz – odburknął Kallström.

Po boisku biegało co najmniej kilku „Henrików Larssonów" i „Zlatanów Ibrahimoviciów". Kurt machnął w kierunku jednego z nich. Mężczyzna nie wyglądał na zadowolonego. Kallström pomachał raz jeszcze i ostatecznie Somalijczyk w żółtej koszulce podreptał ociężale w kierunku linii bocznej, jak niezadowolony napastnik, którego trener postanowił ściągnąć z boiska.

– Cześć, Otieno – przywitał się Kurt. – Jak leci?

– O co chodzi? Mam mecz.

Mężczyzna miał najwyżej trzydzieści lat i śmieszną prążkowaną fryzurę. Erika mierzyła go od stóp do głów.

– Widzę. – Kallström wskazał na stojące w równej linii taksówki. – Słaby dzień?

– Bywało lepiej.

– Być może będziemy mieli dla ciebie kurs. Przejdziemy się?

– Nie mogę. Mówiłem, mam mecz i…

– Spokojnie. – Kurt objął go ramieniem i zmusił do zrobienia kilku kroków. – Dadzą sobie radę. Widziałem, że oprócz ciebie gra tam jeszcze dwóch „Larssonów". Chodź, musimy pogadać.

Otieno westchnął niezadowolony i wzruszył ramionami. Jeden z zawodników krzyknął, żeby wrócił do gry, ale Otieno machnął ręką na znak, że mają kontynuować bez niego. Zatrzymali się przy taksówce.

– Co wy kombinujecie? Dokąd chcecie jechać? – spytał Otieno. – Przecież macie własny wóz.

– Ale nie wiemy, gdzie ich szukać, a ty pewnie tak.

– Kogo? – zdziwił się mężczyzna i zmarszczył brwi, przez co Erice jego twarz wydała się jeszcze... ciemniejsza.

– Włochów.

– Jakich znowu Włochów?

– W Rinkeby od lat działają członkowie camorry.

– Kto? Człowieku, ja nic nie wiem.

Otieno uniósł ręce w obronnym geście, jakby Kurt groził mu bronią. Kallström w istocie do niego mierzył, ale z palca wskazującego.

– Otieno, posłuchaj mnie bardzo uważnie, bo nie mamy za wiele czasu. Szukamy pewnej dziewczyny. Całkiem możliwe, że już nie żyje. Dostaliśmy cynk, że została porwana przez Włochów. Jeżeli oni naprawdę są w Rinkeby, ty na pewno wiesz gdzie.

Otieno zwiesił głowę, ale po chwili znowu ją podniósł. Rozglądał się wokoło, przygryzając dolną wargę. Jego nozdrza pracowały intensywnie. W końcu znów spojrzał na Kurta. Erika miała wrażenie, że taksówkarzowi łzy napłynęły do oczu.

– Ja naprawdę nic nie wiem...

– Otieno. – Kurt wymówił jego imię niemal czule. – Nie zmuszaj mnie do tego. Nie każ mi zrobić czegoś, czego bardzo bym nie chciał. Mówiłem ci, że nadejdzie dzień rewanżu. Oto on.

Somalijczyk znowu rozejrzał się nerwowo.

– Ty nic nie rozumiesz. Jeśli dowiedzą się, że to ja wam powiedziałem, już jestem trupem!

– Nikt się nie dowie, Otieno. – Kurt się uśmiechnął. – To będzie zwykły kurs. Dzień jak co dzień. Wyrzucisz nas pod ich domem. To wszystko.

– Nie wiem, gdzie to jest!

– Otieno...

– Słowo daję! Pojęcia nie mam. Myślisz, że tacy goście mieszkają w Rinkeby?

– W takim razie wyrzucisz mnie tam, gdzie widziałeś ich po raz ostatni.

Otieno znów zamknął oczy. Kiedy je otworzył, po ciemnych i odrobinę pulchnych policzkach płynęły łzy.

– Oni mnie zabiją...

– Nikt cię nie zabije – zapewnił Kallström, otwierając drzwi żółtej taksówki.

Otieno wsiadł za kierownicę niezadowolony. Kurt odwrócił się do swojej partnerki i podał jej kluczyki.

– Pojedziesz za nami moim samochodem.

Puścił do niej oko, władował się na tylne siedzenie taksówki i poklepał Otiena po ramieniu, jakby chciał dodać mu otuchy. Kiedy odjeżdżali, Kallström zauważył brązowego sedana zaparkowanego po przeciwnej stronie ulicy.

Somalijczyk rozglądał się uważnie na wszystkie strony i pocił się niemiłosiernie. Co chwilę zerkał w lusterko wsteczne, ocierając twarz i skronie. Skręcili w Rinkebysträket.

– Mów do mnie, Otieno – zachęcił go Kallström.

– Co mam mówić?

– Co wiesz na temat Włochów? Czym się zajmują, gdzie działają?

– Ja nic...

– Nie żartuję, Otieno – przerwał mu Kurt. – Szanuję to, że ciężko pracujesz i nie przesiadujesz na murkach jak reszta tych darmozjadów ciągnących z naszego kraju jak z dojnej krowy. Ale jeśli nie powiesz mi tego, co chcę usłyszeć, pójdziesz siedzieć. Masz moje słowo.

Taksówkarz kurczowo ściskał kierownicę. W końcu uderzył w nią otwartą dłonią.

– Człowieku, miałem cię tylko zawieźć!

– A w trakcie jazdy zabawiasz mnie rozmową. Tylko sobie gadamy. – Kurt uśmiechnął się od ucha do ucha. – Taksówkarz jak barman, musi nawijać z klientami. Mów, co wiesz. Kiedy pojawili się w Rinkeby?

– Nie pamiętam dokładnie. Na pewno ładnych parę lat temu.

Otieno zatrzymał się na skrzyżowaniu. Mimo że droga była wolna, rozejrzał się i dopiero potem skręcił w Hjulstavägen.

– Parę lat – powtórzył Kurt. – Trzy, cztery, pięć?

– Może nawet dziesięć. Nie zapisywałem w pamiętniku.

„Dziesięć lat" – pomyślał Kallström. Członkowie jednej z najbardziej znanych mafii na świecie działali w Sztokholmie od dekady. Kurt rzadko chodził do kościoła, ale pamiętał, jak podczas jednej z mszy ksiądz modlił się o powołania wśród młodych. Wtedy Kurt pomyślał, że kaznodzieja powinien się raczej modlić o powołania do służby w policji. Ten kraj stał nad przepaścią.

– Okej, powiedzmy, że przyjechali dziesięć lat temu – odparł Kallström. – Ilu ich jest?

– Nie wiem. Raczej niewielu. Przez te wszystkie lata widziałem może pięciu.

Kurt pokiwał głową i powiedział:

– Felipe Luciano. Mówi ci coś to nazwisko?

Otieno znowu otarł twarz. Milczał przez dłuższą chwilę, ciężko oddychając.

– Otieno, zadałem ci pytanie…

– Człowieku, to ich szef! – krzyknął wreszcie. – Pieprzony don, jak don Corleone! Tak się do niego zwracają.

– Znasz jeszcze jakieś nazwiska?

Znowu chwila ciszy.

– Nie znam reszty, ale wiem, że jego syn nazywał się Cesare.

– Nazywał się?

– Tak. Gość nie żyje. Ponoć go odstrzelili.

– Kto?

– Nie wiem.

– Ktoś z lokalnego gangu?

– Naprawdę nie wiem.

Kurt obejrzał się przez ramię, aby sprawdzić, czy nie zgubili Eriki. Saab jechał tuż za nimi. W pewnej odległości od swojego samochodu Kallström dostrzegł brązowego sedana, który wcześniej parkował przy boisku. Ponownie rozsiadł się na kanapie i wyciągnął telefon komórkowy. *Być może śledzi nas brązowy samochód. Siedzi ci na zderzaku. Miej go na oku –* wysłał Erice esemes. Nie chciał do niej dzwonić, by nie wystraszyć Otiena. Raz jeszcze obejrzał się do tyłu. Erika odczytywała wiadomość. Po chwili kiwnęła głową na znak, że zrozumiała, i zerknęła w lusterko wsteczne.

– Okej. Włosi przyjechali dekadę temu. – Kurt ponownie zwrócił się do Otiena, chowając telefon do wewnętrznej kieszeni płaszcza. – W pięciu raczej niewiele mogą. Zakładam, że głównie parają się dragami, może jakieś haracze, wymuszenia… Ale nie wierzę, że „nasi", ot tak, pozwalają wejść im na rynek. Z kim wchodzą w układ?

Otieno jak zwykle nie palił się do odpowiedzi. Ostatecznie jednak wymamrotał:

– Z Bractwem.

Kurt przygryzł kciuk i wyjrzał przez boczną szybę. Zamyślił się. Przypomniał sobie, jak mniej więcej w tym samym czasie zastrzelono przywódcę Lwów, jednego z najgroźniejszych gangów. Policja podejrzewała, że wyrok wykonali członkowie Bractwa, chociaż oba gangi zawarły coś na podobieństwo sojuszu.

– To Włosi „odpalili" Króla Lwa? – zapytał Kurt.

– Podobno. Zgrywał kozaka. Bruździł im i nie dał się zastraszyć.

– Co jeszcze wiesz o tym Luciano?

– Widziałem go kilka razy. Facet około sześćdziesiątki. Jeździ czarnym mercedesem klasy S. Zawsze z kierowcą.

– Dokąd jedziemy?

– Na Osbyringen. Tam cię zostawiam, człowieku, i już mnie nie ma.

Telefon Kurta zasygnalizował nadejście wiadomości.

Czysto – przeczytał i ponownie obejrzał się przez ramię. Faktycznie, brązowe auto zniknęło. Pokazał Erice kciuk.

– Dlaczego tam? – zapytał.

– Bo tam najczęściej widywaliśmy tego mercedesa. Ja i moi kumple. Tylko tyle wiem. Co z tym zrobisz, twoja sprawa. I jesteśmy kwita, tak? – Otieno przyglądał się bacznie odbiciu Kurta. – Będziemy kwita czy nie?

Kallström westchnął.

– Tak, Otieno, będziemy kwita.

– I nie pojawisz się za tydzień z prośbą o kolejną przysługę?

– Nie. Masz moje słowo.

Taksówkarz wydawał się być usatysfakcjonowany.

Smartfon ponownie zabrzęczał. Kurt odczytał wiadomość:

Znowu są za mną.

Otieno skręcił w Stenbygränd i już chciał się zatrzymać przy krawężniku, ale Kurt rozkazał, by jechał dalej. Wyjrzał przez tylną szybę dokładnie w tym samym momencie, kiedy usłyszeli pisk opon i ryk silnika. Zza saaba, za kierownicą którego siedziała Erika, ponownie wynurzył się brązowy sedan.

– Jedź! – wrzasnął Kallström.

Ale było już za późno. Zanim Otieno zdążył się zorientować, auto się z nimi zrównało. Czarne lufy kałasznikowów wysunęły się przez otwarte okna i wyrzuciły z siebie kilka serii. Kule podziurawiły bok auta. Szyby rozprysły się w drobny mak. Kurt padł na tylne siedzenie. Otieno nie mógł tego zrobić, bo zablokował go pas bezpieczeństwa.

– Chryste! – krzyknęła Erika.

Nie mogła uwierzyć własnym oczom. Przez chwilę wahała się, czy jechać za autem zamachowców, czy sprawdzić, co z Otienem i Kurtem. Ostatecznie zdecydowała się na to drugie, ale zanim wysiadła z samochodu, sięgnęła po komórkę. Przeklinała, wybierając numer. Kiedy w końcu usłyszała głos po drugiej stronie, powiedziała:

– Oficer ranny! Powtarzam, oficer ranny! Strzelanina w Rinkeby na Stenbygränd! Przyślijcie posiłki!

Sięgnęła za połę marynarki i wyciągnęła pistolet. Otworzyła drzwi. Klękając za nimi, widziała, jak brązowy samochód znika z pola widzenia. Po kilku sekundach po swojej prawej stronie dostrzegła kolejne poruszenie. Dwa samochody ruszyły spod jednego z bloków z piskiem opon. Jedno to białe bmw, marki drugiego auta nie zdołała rozpoznać. Pochylona z bronią wycelowaną w asfalt, pobiegła w kierunku taksówki. Modliła się w duchu, aby Kurt i Otieno przeżyli. Oparła się o tylny błotnik, który teraz bardziej przypominał durszlak, i otworzyła drzwi. Kurt leżał na siedzeniu obsypany odłamkami szkła. Krwawił, ale żył.

– Co z Otienem?! – wystękał.

Erika otworzyła drzwi kierowcy. Otieno siedział wciąż z rękoma zaciśniętymi na kierownicy. Żółta koszulka reprezentacji Szwecji przesiąkła krwią. W oddali słychać było syreny.

Cztery radiowozy podjechały kilka minut później. Jednak to nie ich najbardziej wyczekiwali. Erika z niecierpliwością wypatrywała karetki, która nie nadjeżdżała. Kallström zrzucił płaszcz i marynarkę i przycisnął ją do piersi taksówkarza, którego głowa zwisała bezwładnie. Umierał.

– Trzymaj się, Otieno! – zawołał Kurt. – Karetka już jedzie!

Kilku policjantów z pistoletami gotowymi do strzału stało obok. Inni pobiegli w miejsce wskazane przez Berggern, spod którego wcześniej w pośpiechu odjechały dwa samochody. Erika właśnie zgłaszała ten fakt centrali.

– Marka tego drugiego? – zapytał Kurt, kiedy się rozłączyła. Sam wciąż próbował zatrzymać krwawienie.

– Nie wiem, cholera! Wszystko działo się tak szybko – wyjaśniła Erika.

Wreszcie na horyzoncie dostrzegli biały kształt ambulansu.

– Najwyższy czas! – podsumował Kurt.

Na miejsce dotarła nie tylko karetka, ale także samochód oddziału antyterrorystycznego. Sanitariusze delikatnie wyciągnęli Otiena z samochodu i położyli go na nosze. Kurt zrozumiał to pierwszy. Otieno był martwy.

– Kurwa! – zaklął Kallström. – Obiecałem mu, że nic mu się nie stanie!

– To nie twoja wina, Kurt – próbowała go pocieszyć Erika, ale on zdawał się jej nie słuchać.

Szedł za sanitariuszami, którzy transportowali ciało do ambulansu. Kiedy drzwi samochodu się zamknęły, podszedł do nich Alvar Olofsson, szef brygady antyterrorystycznej.

– Nawet ich zdążyłaś ściągnąć? – Kurt nie krył zdziwienia, patrząc na Erikę.

– To nie ona. To Hakansson – sprostował Olofsson. – Przez alarm terrorystyczny i tak cały zespół jest w pogotowiu – wyjaśnił. Rozejrzał się po okolicy, a jego ludzie zdążyli już się rozbiec i zająć strategiczne pozycje.

Erika raz jeszcze streściła bieg wydarzeń i wskazała blok, spod którego odjechało bmw i to drugie auto. Niemal w tym samym czasie Olofsson wydał polecenia swoim ludziom. Uzbrojone po zęby postacie w ciemnych uniformach przemieściły się pod budynek jak cienie. Olofsson ruszył ich śladem, a za nim Erika i Kurt.

– Na pewno dasz radę? – zapytała Berggern, spoglądając na poranioną twarz Kallströma.

– To tylko zadrapania – odparł, sięgając po pistolet.

Antyterroryści znikali wewnątrz klatki schodowej jeden po drugim. Zajęli pierwsze dwie kondygnacje, zanim Kurt i Erika zdążyli dobiec. Na każdym z pięter było troje drzwi. Jedne z nich się otworzyły i przez szparę spojrzały na nich wystraszone oczy jakiejś kobiety. Stojący najbliżej policjant przyłożył palec do ust. Dotarli na trzecie piętro. Drzwi do jednego z mieszkań stały otworem. Ludzie Olofssona weszli do środka. Reszta dołączyła, gdy ktoś krzyknął:

– Czysto!

Erika i Kurt rozglądali się po pomieszczeniu. Stan mieszkania pozostawiał wiele do życzenia. Uwagę policjantów zwróciły duży telewizor i materac rozłożony pod oknem. Tuż obok leżał mały kolorowy but. Dziecko, które go zgubiło, nie mogło mieć więcej niż dziesięć lat.

– Niech chłopaki natychmiast przesłuchają sąsiadów – zarządził Kallström, ruszając w kierunku łazienki.

Berggern westchnęła głośno.

– Jasne. Nie sądzę jednak, aby byli skorzy do rozmów.

***

Na komendę wrócili dwie godziny później. W tym czasie Kurt musiał pojechać do szpitala, aby go opatrzono i zbadano, co uczynił raczej niechętnie. Na miejscu dowiedział się, że miał sporo szczęścia. Już po zdjęciu kamizelki okazało się, że z tyłu, na wysokości łopatki, utkwił w niej jeden z pocisków. Po wszystkim Kallström wpadł jeszcze do swojego mieszkania, żeby się przebrać. Erika zaproponowała mu, że z nim pójdzie, ale kazał jej zaczekać w samochodzie. Gdy wyszedł, zauważyła, że nie zrezygnował ze swojego ulubionego płaszcza.

– Kurt miał dzisiaj wyjątkowy fart – powiedziała Hakanssonowi, kiedy ten wszedł do biura Kallströma.

Kamizelka kuloodporna leżała na biurku niczym trofeum.

– Jasna cholera, Kurt, dobrze, że miałeś to ustrojstwo na sobie. – Hakansson zerknął najpierw na nią, a potem na siedzącego na krześle Kallströma. – Gdyby nie to... – Urwał, widząc jego cierpiętniczą minę. – Kurt, to nie twoja wina... – powtórzyła bez przekonania Erika.

– Gówno prawda! Mogłem dać mu spokój! – Ręka Kallströma odruchowo powędrowała do jednego z opatrunków na twarzy. Chciał go zerwać, ale Erika mu nie pozwoliła. – Otieno miał żonę i ośmioletniego syna… – wyjaśnił.

– Jak poszło przesłuchanie sąsiadów? – zapytał Hakansson.

– Tak jak podejrzewaliśmy – odparła Berggern. – Nic nie widzieli i nic nie słyszeli.

Potem dokładnie streściła przebieg wydarzeń. Hakansson słuchał z zainteresowaniem. Kiedy komisarz wspomniała o znalezionym adidasie, przerwał jej.

– Dziecięcy but? – zdziwił się.

Erika pokiwała głową.

– Trzymali tam jeszcze dziecko. Na miejscu znaleźliśmy konsolę do gier. Poza tym ktoś zadbał, żeby w lodówce nie zabrakło coli i lodów.

Marcus Hakansson wydął usta.

– Trzeba sprawdzić, czy zgłoszono ostatnio zaginięcie jakiegoś dzieciaka – powiedział w końcu. – A co z dziewczyną?

– W łazience technicy zabezpieczyli szczotkę do włosów – odpowiedziała Berggern. – Były na niej długie blond włosy. W pokoju obok znaleźliśmy damską piżamę.

Hakansson zaczął krążyć po pomieszczeniu na tyle, na ile pozwalało na to niewielkie biuro.

– Polisflyget wysłała dwa śmigłowce – oznajmił. – Ale na razie nic nie mają. Samochody zapadły się pod ziemię. Jesteś pewna, że jeden z nich to bmw? – zwrócił się do Eriki.

– Na stówę. Ale nie zdążyłam przyjrzeć się drugiemu.

– A samochód, z którego strzelali?

– Toyota, ale nie zapamiętałam nic szczególnego.

– A co z naszym terrorystą? – Erika postanowiła chwilowo zmienić temat.

– Na razie cisza, i oby tak zostało – odparł Hakansson. – Informatycy SÄPO przesiadują w siedzibie TT i stają na rzęsach, żeby ustalić adres IP komputera, z którego wysłano wiadomość z pogróżkami.

Antyterroryści są rozsiani po całym mieście, dlatego Olofsson dotarł do was tak szybko.

Krzesło skrzypnęło głośno, gdy Kallström się z niego podniósł. Zaraz potem syknął z bólu.

– Zabierajmy się do roboty – zarządził.

– Na pewno dasz radę? – zapytała Erika.

Kallström nie odpowiedział. Narzucił na siebie płaszcz i pomaszerował w kierunku wyjścia. Hakansson i Berggern najpierw zerknęli na sporych rozmiarów dziurę po kuli na plecach komisarza, a potem wymienili porozumiewawcze spojrzenia.

***

Siedzieli w samochodzie, kiedy rozdzwoniła się komórka Kallströma. Kurt słuchał przez kilka chwil, a potem rzucił:

– Okej, już jedziemy. A brązowy sedan? – zapytał.

Erika widziała malujące się na twarzy partnera rozczarowanie. Oparł głowę o zagłówek, unosząc brwi, i Berggern pomyślała, że może jednak jest nadzieja na dobre wieści.

– I co? – spytała, kiedy Kallström skończył rozmawiać.

– Znaleźli bmw – oznajmił. – Auto zostało porzucone. Ale to nie wszystko. W pobliżu natrafiono na trupa. Facet nie miał dokumentów. Prawdopodobnie uciekają jego samochodem.

Ruszyli i jechali w ciszy przez kilka minut. Erika odezwała się pierwsza.

– Co miałeś na Otiena?

Kallström nie odpowiedział.

– W parku powiedziałeś mu, że przyszedł czas rewanżu. – Berggern nie zamierzała odpuścić. – Co miałeś na myśli?

– Jakieś dwa lata temu przejeżdżałem przez Rinkeby. Zobaczyłem grupę podejrzanych czarnoskórych dzieciaków kręcących się przy taksówce. Nic szczególnego w tej okolicy i przyznam ci szczerze, że miałem zamiar to olać. Ale wtedy z domu wybiegł Otieno z jakąś rurką w ręce. Sam nie wiem, na co liczył, ale generalnie postanowił ich przegonić. Mogło się to skończyć tylko w jeden sposób. Zaczęli go katować i gdybym nie zareagował... Musiałem mu pomóc. Nie tylko jako policjant, ale jako człowiek. – Kurt zerknął w boczne lusterko i zmienił pas. – Ale mówiąc o rewanżu, nie to miałem na myśli. Napastnicy uciekli, a Otieno leżał przed blokiem zakrwawiony. Kiedy do niego podbiegłem, nie wiadomo skąd pojawiła się kobieta z dzieciakiem. Pokazałem żonie Otiena odznakę i kazałem zabrać syna do domu, bo na zewnątrz wciąż było niebezpiecznie. Oczywiście nie posłuchała, tylko przyglądała się całemu zajściu z pewnej odległości. Kiedy Otieno doszedł do siebie, od razu podbiegł do samochodu. Sprawdzał wnętrze, jakby chciał się przekonać, że nic nie zginęło. W oddali słychać było już syreny. Otieno wygramolił się z taksówki z niewielką torebką w ręce. To była amfetamina.

Erika uniosła brwi zdziwiona.

– Otieno machał mi nią przed oczami, zanosząc się płaczem i zarzekając się, że to nie jego. Że mu to podrzucili już któryś raz.

– Uwierzyłeś?

– Na początku nie. Potem powiedział, że członkowie Lwów chcieli wykorzystać jego taksówkę do szmuglowania narkotyków i broni. Odmówił. Zastraszali go, kilka razy pobili, grozili jego żonie i dzieciakowi. Kiedy i to nie przynosiło rezultatów, postanowili go udupić. Podrzucali mu prochy, chcieli nasłać na niego policję, gdy tylko Otieno wyjedzie poza granicę dzielnicy.

– I co zrobiłeś?

Kurt westchnął.

– Spojrzałem raz jeszcze na jego żonę i tego chłopaka, a potem zabrałem mu torebkę i schowałem do kieszeni.

Erika opadła na fotel, ciężko wypuszczając powietrze.

– Ja pieprzę, Kurt – powiedziała.

– A potem po prostu je wyrzuciłem – kontynuował Kallström. –

Wiedziałem, ile ryzykuję, choć pojęcia nie miałem, czy mówi prawdę. To był odruch. Otieno dziękował mi i mówił, że ma u mnie dług wdzięczności. Przez pewien czas go sprawdzałem. W bazie nic na niego nie mieliśmy. Kilka razy śledziłem go na mieście i nigdy nie zobaczyłem niczego, co mogłoby sugerować, że ma coś za uszami.

Erika spojrzała na niego, czule się uśmiechając.

– Dobrze zrobiłeś, Kurt – powiedziała.

46.

Wjechali do sąsiedniej dzielnicy. Bmw prowadził Flavio. Siedzący na miejscu pasażera Giovanni kurczowo trzymał się uchwytu nad boczną szybą, co chwilę zerkając na Alessandra i dwójkę dzieciaków na tylnej kanapie. Björn zanosił się płaczem. Flavio wybierał mniej uczęszczane drogi, z dala od zabudowań. Teraz po ich lewej stronie ciągnęło się pole, a po prawej – las. Auto z zawrotną prędkością zbliżało się do jadącego przed nimi samochodu. Giovanni wcisnął plecy w oparcie fotela, prostując przy tym nogi, jakby chciał wcisnąć pedał hamulca. Zderzaki aut prawie się stykały.

– Co ty wyprawiasz?! – krzyknął Giovanni.

Kiedy wydawało się, że dojdzie do kolizji, Flavio odbił w ostatniej chwili i wyprzedził SUV-a. Rozległ się głośny dźwięk klaksonu, kiedy zdezorientowany i poirytowany kierowca volvo XC90 dał upust swojej złości. Flavio gwałtownie skręcił kierownicą w prawo i auto stanęło bokiem. Potężny SUV jechał wprost na nich.

– Chryste!!! – darł się Giovanni.

Agnieszka, która teraz dokładnie widziała reflektory zbliżającego się samochodu, również zaczęła krzyczeć, zasłaniając twarz dłońmi. Kierowca volvo wcisnął hamulec do dechy. Guma zaczęła trzeć o asfalt i ostatecznie samochód zatrzymał się zaledwie kilka centymetrów od białego bmw. Flavio wyskoczył z auta, zostawiając drzwi szeroko otwarte. Podbiegł do volva, celując do kierowcy. Przestraszony, okołosześćdziesięcioletni Szwed wysiadł z wysoko uniesionymi rękoma. Flavio chwycił go za koszulę i pociągnął w kierunku pobocza, a potem dalej, w stronę pierwszej linii drzew. Zmusił mężczyznę, by uklęknął. Ten na początku protestował, kręcił głową, ale ostatecznie posłuchał. Usłyszeli głośne błaganie i płacz, kiedy Flavio przyłożył lufę pistoletu do jego czoła. Alessandro przycisnął do siebie mocno głowę Björna, a Agnieszce zasłonił oczy. Rozległ się huk wystrzału. Ptactwo skryte w koronach drzew wzbiło się do lotu. Bezwładne i martwe ciało osunęło się na bok. Flavio przeszukał zwłoki i z kieszeni kurtki wyciągnął portfel.

– Na co czekacie?! – zapytał, kiedy ponownie stanął przy drzwiach bmw.

Wewnątrz panował istny szał. Przez płacz dziewczyny i chłopca ledwie było go słychać.

– Zamknijcie się! – wrzasnął po szwedzku.

Giovanni zapytał po włosku:

– Po cholerę odpaliłeś tego gościa?!

– A jak myślisz?! To nasza jedyna szansa. Potrzebujemy jego wozu. Nie mogłem go przecież tak zostawić. Ruszcie się wreszcie!

Giovanni wysiadł, otworzył drzwi i chwycił Agnieszkę za ramię. Zaraz potem z wnętrza auta wyłonił się Alessandro, ciągnąc za rękę Björna. Pobiegli do volva, a w tym czasie Flavio ponownie wskoczył za kierownicę bmw. Cofnął, a potem pojechał kilkadziesiąt metrów do przodu i skręcił w prawo, w jedną z leśnych dróg. Zostawił auto między drzewami i wrócił na główną drogę. Volvo zatrzymało się tuż przy nim. Za kierownicą siedział Giovanni. Gdy tylko Flavio wsiadł, Gigi ruszył z piskiem opon.

– *Cazzo*! – wrzasnął Flavio, oglądając się przez ramię i na Alessandra. – I po co nam to było?! Don Felipemu całkowicie odjebało! Mamy przesrane! Już po nas! – Flavio, wsparty na fotelu bokiem, na zmianę to obserwował drogę, to wpatrywał się w Alessandra. Jego spokój i opanowanie doprowadzały go do szału. – Zobacz, w co nas wpędziła ta jego obsesja zemsty! Przez dziesięć lat rozgrywaliśmy wszystko tak, że gliny nawet nie wiedziały o naszym istnieniu! Mamy to teraz stracić przez jakąś małą dziwkę i dzieciaka?! Poza tym on i tak umiera, do diabła! To tylko kwestia czasu!

Alessandro patrzył na przyjaciela, ale przed oczami stanął mu inny obraz. Stał w progu gabinetu lekarskiego. W drzwiach minął lekarza, z którego twarzy mógł w zasadzie wyczytać wszystko, co powinien wiedzieć. Luciano siedział zgarbiony na kozetce.

– Don Felipe? – odezwał się Alessandro przyciszonym głosem, jakby niepewny, czy powinien wchodzić do środka.

Luciano skinął głową.

– Co powiedział lekarz?

Boss westchnął i spojrzał mu w oczy.

– Trzy miesiące, Alessandro. Tyle mi zostało. To rak.

Alessandro zaklął pod nosem, przeczesując dłonią włosy.

– Chryste, don Felipe. Musisz o siebie zadbać, a ja zajmę się wszystkim. Ściągniemy najlepszych lekarzy i…

– *Abbastanza*, Alessandro! To koniec!

Santoro zamilkł.

– Nikt nie jest mi już w stanie pomóc. Nikt. Mam mało czasu i pewne niedokończone sprawy.

– Zajmę się wszystkim – powtórzył Alessandro, choć nie do końca wiedział, o czym mówi boss. Ten odezwał się ponownie, rozwiewając wszelkie wątpliwości.

– Skontaktuj się z tymi Szwedami. Umów spotkanie. Wyślijcie zdjęcia do Chicago.

Alessandro przytaknął i wyszedł. Łzy popłynęły mu po policzkach, dopiero gdy stał przed gmachem szpitala.

Teraz zamrugał, powracając do rzeczywistości. Sięgnął po telefon, wybrał numer i przyłożył aparat do ucha.

– Do kogo dzwonisz? – spytał Flavio.

– Do don Felipego. Chcesz z nim pogadać? Podzielić się przemyśleniami?

Flavio z założonymi na piersi rękami wpatrywał się w boczną szybę, cedząc pod nosem kolejne przekleństwa. W tym czasie Alessandro cierpliwie i spokojnie – jak to miał w zwyczaju – rozmawiał z bossem. Kiedy skończył, Flavio spojrzał na niego wyczekująco. To samo zrobił Giovanni, zerknąwszy w lusterko wsteczne.

***

Dawny dom Mikaela Jönssona mieścił się w jednej z bogatszych dzielnic Sztokholmu, Djursholmie, oddalonej od Rinkeby o zaledwie kilkanaście kilometrów. Aż trudno było uwierzyć, że jedynie dwadzieścia minut jazdy drogą E18 dzieliło od siebie świat luksusu i świat nędzy. Jeżeli Rinkeby była wyschniętą i nieurodzajną pustynią, to Djursholm można było nazwać ziemią obiecaną.

Felipe Luciano zakończył połączenie i wsunął komórkę do wewnętrznej kieszeni marynarki. To był Alessandro. Znaleźli ich. Niedobrze. Nalał sobie solidnego drinka. To był już drugi tego dnia. Upił łyk whisky, odstawił szklaneczkę i sięgnął po portfel. Wyciągnął kilka fotografii. Cała rodzina w komplecie. On, Isabella, Cesare i Rosa. Nie miał już nikogo. Został sam. Łzy napłynęły mu do oczu. Zabójca jego żony i córki już dawno smażył się w piekle. Istniała spora szansa, że niebawem sam do niego dołączy. Każdego dnia widział, jak choroba postępuje, jak rak pożera jego ciało centymetr po centymetrze. Ból stawał się nie do zniesienia. Lekarz uprzedzał go, że tak właśnie będzie. Pozostało mu niewiele czasu. Miał jednak nadzieję, że zachowa świadomość jak najdłużej. Wystarczająco długo, by dokończyć to, co rozpoczął. Musiał załatwić swoje sprawy. A potem? Potem mógł umierać. Przyjmie śmierć z otwartymi ramionami. Przecież czaiła się za jego plecami przez całe życie, nieprawdaż? Towarzyszyła mu na każdym kroku jak niechciany kompan. Zmęczył się uciekaniem przed nią. Tak bardzo zmęczył… Był gotowy na spotkanie zarówno z nią, jak i z samym diabłem. Czy się bał? Nie, nie odczuwał strachu.

A może przez to, że obcował z nim od najmłodszych lat, po prostu zdążył się do niego przyzwyczaić? Jedyne, czego pragnął, to ujrzeć przed śmiercią twarz Svena Jönssona. Chciał na jego oczach poderżnąć gardło dzieciakowi i zobaczyć w nich to, co przed laty widział w swoim spojrzeniu, kiedy patrzył w lustro: niewysłowione cierpienie, pustkę po niepowetowanej stracie i nienawiść, nienawiść do mordercy własnego syna, ale i do siebie samego za to, że nie zdołał go powstrzymać. Za to, że zawiódł jako ojciec i jako mąż. Żałował, że nie widział wyrazu twarzy Szweda, kiedy ten przyglądał się martwemu obliczu swojej matki. Zdjęcia były manifestem, wyznaniem i zaproszeniem. Wiedział, że Sven Jönsson przyjedzie po swojego dzieciaka. Zamierzał tu na niego czekać. W jego rodzinnym domu. Niepokoił go jednak fakt, że nie mógł się skontaktować ani z Magnussonem, ani z Almkvistem. Żaden z durnych Szwedów nie odbierał telefonu… Powoli tracił nadzieję, że i Makowskiego uda mu się dorwać. Zdrajcom odbierało się życie osobiście, w wyjątkowo okrutny sposób, a on nie miał już siły na podróż na drugą stronę globu. Potrzebował przynęty… Dziewczyna pewnie spełniłaby swoje zadanie i Wiktor wcześniej czy później pojawiłby się w Sztokholmie. Ale jego „później" było bardzo ograniczone. Chciał więc dokonać tego, co najważniejsze: dopaść Jönssona.

Nagle targnął nim spazm. Felipe odkaszlnął, plując krwią. Czerwone kropki opryskały czarno-białą twarz jego żony. Przyglądał się zdjęciu przez dłuższą chwilę, czując, jak do oczu napływają mu łzy. Przymknął powieki, przełykając ślinę przemieszaną z krwią. Poczuł znajomy metaliczny posmak. Sięgnął do drugiej kieszeni i wyciągnął plastikową fiolkę. Wsypał dwie tabletki prosto do ust. Rozgryzł je w nadziei, że przyniosą ukojenie szybciej niż zwykle. Dwa solidne łyki whisky dopełniły całości. Przetarł fotografię rękawem marynarki i z powrotem wsunął do portfela. Odwrócił się i podreptał w kierunku schodów.

– Marco! – krzyknął.

Chłopak pojawił się niemal natychmiast. Na jego twarzy malowało się zaskoczenie.

– Znaleźli ich – powiedział Felipe. – Udało im się uciec i już tu jadą. Wypatruj ich.

Chłopak skinął głową i pobiegł w kierunku okna. Luciano, wspinając się na piętro, widział, jak jego etatowy kierowca lufą pistoletu odsuwa firankę, wyglądając na zewnątrz.

Na górze znajdowały się cztery pary drzwi. Tylko jedne z nich, prowadzące niegdyś do sypialni Mikaela i Anny, były uchylone. Luciano pchnął je delikatnie i wślizgnął się do środka. Mikael Jönsson stał tyłem do niego przy regałach zajmujących niemal całą północną ścianę. Z tej perspektywy zwyczajny obserwator nie zobaczyłby nic szczególnego w mężczyźnie, który wolno przesuwał się wzdłuż poustawianych na półce książek. Jednak ktoś, kto znał Mikaela z czasów, kiedy robił najlepsze interesy w Sztokholmie, nie uwierzyłby, że to on. Zamiast garnituru miał na sobie dżinsy i koszulę z rękawami podwiniętymi do łokci. Wprawne oko psychologa lub terapeuty bez trudu wychwyciłoby nienaturalność jego ruchów. Mikael Jönsson był cieniem dawnego siebie. Muskał grzbiety książek, jakby nie mogła się zdecydować, który tytuł wybrać. Ale Mikael nie szukał lektury. Przyglądał się zdjęciom. Wziął jedno z nich.

Fotografia przedstawiała kobietę siedzącą na trawie. W tle widać było dom nad jeziorem, do którego wyjeżdżali w każdy weekend, kiedy Sven był mały. W bystrym, odrobinę zawadiackim spojrzeniu niebieskich oczu Anny było coś wyzywającego. Włosy jasną falą spływały na odkryte ramię. Idealnie ukształtowane usta składały się do lekkiego uśmiechu, będącego jedynie nieśmiałą obietnicą tego, co mógł nastąpić... Mikael często o niej śnił, słyszał w myślach jej śmiech, głos, kiedy wołała jego imię. Budził się zlany potem i odruchowo patrzył na drugą połowę łóżka, która od dawna była pusta i zimna. Zimna jak ona. Płakał tak jak teraz. Pamiętał usta swojej żony, które całował miliony razy, usta, które wypowiedziały do niego niezliczoną ilość słów, i oczami wyobraźni widział martwe sine usta, które zamilkły na zawsze. I krzyż, który na nich wycięto, zwiastujący wieczną ciszę.

– Piękna – odezwał się za jego plecami głos, którego tak bardzo nienawidził.

Ramka upadła z trzaskiem na podłogę. Szyba pękła. Na twarzy Anny pojawiła się gruba rysa.

– Ależ z ciebie niezdara, Mikael – powiedział Felipe. Podniósł ramkę i na podłogę posypał się srebrzysty deszcz odłamków. – Nie martw się. Załatwimy nową. Na szczęście zdjęciu nic się nie stało.

Odłożył fotografię na półkę i uniósł szklaneczkę odrobinę wyżej, jakby chciał wznieść toast.

– Wypiję za jej pamięć, Mikael. Anna była naprawdę wyjątkową kobietą.

Luciano pogrzebał w kieszeni i wyjął kilka białych kapsułek. Gestem nakazał, aby Mikael wysunął dłoń. Kiedy to zrobił, Felipe kciukiem strącił na nią dwie z nich. Na stoliku obok stał dzbanek z wodą. Luciano napełnił szklankę i podał ją Jönssonowi.

– Połknij je – zachęcił. – Zrobi ci się lepiej. Jak zawsze.

Mikael posłuchał. Nie wiedział, czym są proszki, które Felipe przynosił mu od czasu, kiedy Anna odeszła. Interesowało go to tylko na początku. Luciano nie chciał mu tego powiedzieć, więc Mikael udawał, że połyka pigułki, a potem chował je pod materacem. Ale kiedy ich nie zażywał, budziły się potwory. Przychodziły nocą. Wynurzały się zza zasłon i wyłaziły spod łóżka. Wtedy wpychał rękę pod materac i szukał po omacku tabletek. Połykał je od razu, popijając alkoholem. Felipe podrzucał mu butelkę raz na jakiś czas. Potwory odchodziły, rozmywały się w powietrzu jak mgła albo rozsypywały niczym czarny piasek. Inne znikały, wciskając się w szczeliny podłogi i skomląc niemiłosiernie. Tak działały magiczne pigułki. Ale miały jeszcze jedną, być może nawet ważniejszą właściwość. Pozwalały zapomnieć. Tak też było dzisiejszego ranka. Mikael przypomniał sobie, jak kiedyś schodził po schodach z niezawiązanym krawatem przewieszonym przez szyję. Zamierzał poprosić żonę o pomoc, kiedy usłyszał krzyki dobiegające z kuchni. Pobiegł, aby sprawdzić, co się dzieje. Zobaczył tego wytatuowanego chłopaka, jak stojąc przed Anną, gestykulował żywo w typowy dla Włochów sposób. Ich nosy prawie się stykały, choć Anna z każdą chwilą robiła się coraz mniejsza, jakby chciała zniknąć, zapaść się pod ziemię. Marco krzyczał, mieszając włoskie słowa z angielskimi i szwedzkimi. W pewnym momencie wskazał na stojący na kuchennym blacie talerz, a drugą ręką zamachnął się do ciosu.

– Wystarczy! – wrzasnął Mikael.

Marco spojrzał na niego. Potem znowu na Annę i na talerz. Splunął na niego. Praktycznie nieruszone, wciąż parujące danie wyraźnie nie smakowało chłopakowi.

– *Porcheria*! – rzucił pod nosem i raz jeszcze wykonał gwałtowny gest ręką, jakby odganiał natrętną muchę.

Anna uniosła do twarzy dłonie w obronnym geście. Zanim Marco wyszedł, posłał Mikaelowi prowokujące, zdecydowanie za długie spojrzenie. To Mikael pierwszy oderwał wzrok. Podszedł do żony, słysząc kroki za plecami, a potem trzaśnięcie zamykanych drzwi. Chciał ją objąć, ale mu nie pozwoliła.

– Zostaw mnie!

Zabrakło mu słów. W jej spojrzeniu dostrzegł pogardę i obrzydzenie. On sam żywił podobne uczucia do człowieka, którego każdego dnia widział w lustrze. Nie miał odwagi, by stanąć w obronie własnej żony i wyplewić zarazę, która na jego życzenie zagnieździła się w ich domu. Patrząc na własne odbicie, nie potrafił sobie darować, że przez niego wyprowadził się ich jedyny syn, a on nie zrobił nic, żeby go zatrzymać.

Tamtego dnia Anna wymierzyła mu policzek i wybiegła z domu. Przez chwilę stał w oknie i patrzył, jak wsiada do swojego małego autka i odjeżdża z piskiem opon. Serce kazało mu pojechać za nią, rozum podpowiadał, że nie powinien tego robić. Wiedział, że Anna musi

ochłonąć, kolejny raz przeanalizować sprawy, które poruszali w nie-
zliczonych rozmowach. Nie mieli innego wyjścia. Przyjęcie Luciana
pod ich dach było błędem, ale z tej drogi nie było już odwrotu. Nie
mogli się zatrzymać i po prostu wysiąść. Pędzili na złamanie karku
stromym zboczem. Wyjścia były dwa: albo się rozbiją, albo ukończą
tę szaleńczą podróż, u kresu której czekały jeszcze większe pieniądze.
Felipe coraz częściej przebąkiwał o powrocie do Włoch. Mikael
pielęgnował w pamięci te słowa, wierząc, że wkrótce staną się faktem.
Mógłby wówczas wynagrodzić swojej żonie wszelkie krzywdy po sto-
kroć, a zacząłby od próby sprowadzenia do domu Svena.

Po kłótni z Anną Mikael wskoczył za kierownicę jaguara i ruszył
w miasto. Chciał odwiedzić parę miejsc. Sprawdzić, jak idą interesy,
i przy okazji odgonić niechciane myśli. Później zamierzał zdać relację
Felipemu. Kiedy po powrocie parkował przed domem, nad Djursholm
zapadał zmrok. Na podjeździe stał czerwony samochód Anny – na ten
widok na twarzy Mikaela pojawił się delikatny uśmiech. Wrócił do niego spokój. Spoglądał przez dłuższą chwilę w okna, w których w większości świeciły się światła. Westchnął ciężko, zgasił silnik i wysiadł.

– Dobry wieczór! – zawołał zaraz po przekroczeniu progu. Ściągając kurtkę, kątem oka dostrzegł poruszające się w kuchni cienie.

Zbliżała się pora kolacji. Miał rację. Anna wszystko przemyślała,
ochłonęła i zrozumiała, że tak trzeba. Wszystko jej wynagrodzi. Boże,
jak on kochał tę kobietę…

Kiedy wszedł do kuchni i zobaczył Annę siedzącą przy stole, zachwiał się. Gdyby oparł się o ścianę, zapewne by upadł. Usta mu drżały. Na czole pojawiły się dwie głębokie bruzdy. Płakał.

– Nie… – powiedział, kręcąc głową. Umysł wypierał to, co widział, ale bezduszne oczy zapewniały, że makabryczny obraz nie jest
koszmarem, z którego przyjdzie mu się obudzić.

Jego żona siedziała na krześle z odchyloną do tyłu głową i rękoma zwieszonymi po bokach. Puszyste włosy jak zwykle opadły na
ramiona, ale nie było w nich blasku. Szkliste oczy, choć skierowane

wprost na niego, nie były już w stanie dostrzec czegokolwiek. Delikatnie rozchylone usta wyglądały, jakby Anna chciała coś powiedzieć, ale nie wydobywał się z nich żaden dźwięk. Na sinych wargach wycięto dwie prostopadłe linie układające się w znak krzyża.

Stało się wreszcie to, co było nieuniknione. Mikael opadł na kolana i skrywając twarz w dłoniach, łkał jak dziecko. Alessandro – jako jedyny – wpatrywał się w okno, jakby niezainteresowany całym wydarzeniem. Flavio stał wsparty o ścianę, z wykałaczką w ustach, przyglądając się klęczącemu mężczyźnie. Giovanni odwrócił wzrok, nie chcąc, aby pozostali zauważyli, że i w jego oczach zaszkliły się łzy. Marco siedział na kanapie i zupełnie niewzruszony wpatrywał się w sufit. Pod jego prawym okiem widniała fioletowa opuchlizna. Felipe Luciano stał na środku pomieszczenia z rękoma założonymi na piersi.

– Przykro mi, Mikael – powiedział. – To nie powinno się wydarzyć. Na pewno nie w ten sposób.

Podszedł do Mikaela i przyklęknął przy nim. Położył dłoń na jego plecach.

– Nie mieliśmy wyjścia. Anna chciała... – Felipe spojrzał na siedzącego na kanapie Marca, a potem znów skupił wzrok na skulonej sylwetce cierpiącego człowieka, którego ważył się nazywać przyjacielem. – Ona chciała *denunciare*, Mikael.

Luciano powiedział, że śledzili Annę za każdym razem, kiedy opuszczała dom. Nie mogli ryzykować. Tym razem podjechała pod najbliższy posterunek policji. Chłopcy zatrzymali ją w ostatnim momencie. Walczyła, groziła i obiecywała zemstę... Jej śmierć była jedynym rozwiązaniem. Znak krzyża pojawił się na jej ustach, kiedy była już martwa. Luciano oznajmił, że to sprawka Marca i że chłopak został już za to ukarany. Kiedy skończył, skinął głową w kierunku Giovanniego i Flavia. Pierwszy otarł przedramieniem oczy, drugi wyciągnął z ust wykałaczkę i obaj, jak posłuszne psy, ruszyli w stronę swojego pana. Podźwignęli Mikaela i zanieśli na kanapę, na której wciąż siedział Marco. Podali mu garść tabletek i mocnego drinka. Zanim Mikael je przyjął, raz jeszcze spojrzał na nieruchome ciało swojej żony. Wyglądała, jakby czekała na niego. Jakby umówili się na obiad w jej restauracji, a on jak zwykle się spóźniał... Przez te wszystkie lata Anna, jak mało kto, zdążyła poznać, czym jest samotność i tęsknota. Od tamtej pory te dwie miały kołysać Mikaela do snu każdej nocy aż do końca jego życia.

***

Marco usłyszał chrzęst kół na podjeździe i natychmiast podbiegł do drzwi. Dyskretnie wyjrzał przez okno. Czarny chrysler 300C na dwudziestodwucalowych chromowanych felgach właśnie parkował przed domem. Marco doskonale wiedział, do kogo należy auto, podobnie zresztą jak to, że wizyta jego właściciela w takim momencie nie może wróżyć niczego dobrego. Zastanawiał się, czy nie sięgnąć po telefon i nie wybrać numeru Alessandra, ale ostatecznie odrzucił ten pomysł i klnąc pod nosem, wbiegł po schodach.

Felipe odwrócił się gwałtownie, kiedy zaskrzypiały drzwi.

– O co chodzi? – zapytał.

– Przyjechał Jazid.

Felipe westchnął i bez słowa podał Mikaelowi ramkę, którą trzymał w dłoni. Zdjęcie przedstawiało kilkunastoletniego Svena. Chłopak siedział na tarasie ich domu letniskowego i popijał lemoniadę. Był mokry. Przed kilkoma minutami wyszedł z jeziora.

Kiedy Marco i Felipe opuścili pokój, zamykając za sobą drzwi, Mikael przycisnął ramkę do piersi.

***

Jazid Muhammad nie zawracał sobie głowy pukaniem. On i dwaj inni jego ludzie stali już na środku salonu z grobowymi minami.

– Ktoś umarł? – zapytał Felipe, zmuszając się do uśmiechu.

449

– Nie, ale niewiele, kurwa, brakowało.

Muhammad miał na sobie białą puchową kurtkę, przez co przypominał ludzika Michelina. Zawiązana na głowie czarna chusta kontrastowała z resztą stroju. Towarzysze chowali swoje posępne oblicza w narzuconych na głowę kapturach. Wszyscy mieli na nosach ciemne okulary, chociaż od kilku dni słońce nie wychyliło się nawet na chwilę zza chmur.

– Znaleźli ich, don Felipe! Moi ludzie ledwo zdążyli uciec. – Przywódca Bractwa wyciągnął w kierunku Luciana wyprostowany palec.

Don Felipe przyglądał się mu przez moment, a potem, jak gdyby nigdy nic, ruszył w kierunku dębowego barku.

– Najważniejsze, że się udało – powiedział. – W czym problem? Może się napijesz?

– Nie pogrywaj ze mną, don Felipe.

Jazid podszedł do niego, zdejmując okulary. Felipe przyrządzał drinka, a Marco wciąż obserwował ludzi Muhammada. Stali niewzruszeni z dłońmi w kieszeniach, a ich palce najpewniej zaciskały się na rękojeściach pistoletów. Za chwilę mogła się tu rozegrać prawdziwa jatka. Marco był w opresji wielokrotnie, ale zawsze wychodził z nich cało. Tak jak tamtego dnia, kiedy ludzie Graziana Brasiego podziurawili ich samochód jak sito, a on sam zgniótł mu jądro, które pękło niczym dojrzała śliwka. Wtedy Marco żegnał się z życiem. Ale ostatecznie nie umarł, w dodatku zyskał uznanie i szacunek w oczach swego bossa. Miał zamiar uczynić wszystko, aby dzisiaj było podobnie.

– Skończyło się dobrze, bo moi ludzie cały czas patrolowali ulicę. Wyczaili nieoznakowany samochód glin i ostrzegli twoich. – Jazid stanął tuż przed Lucianem, zupełnie ignorując szklaneczkę, którą ten wyciągnął w jego stronę. – Ale ja zaczynam mieć tego dość.

Luciano cofnął rękę i odstawił szkło na stolik. Sam upił łyk, a potem rozsiadł się na kanapie. Był opanowany, jak zawsze. Jego wewnętrzny spokój wyprowadzał wrogów z równowagi.

– Możesz jaśniej?

– Zaufałem ci, don Felipe. – Brązowy palec znów tańczył przed nosem Włocha. Oczy Jazida lśniły jak dwie skrzące się w słońcu monety. – Przed laty przyjąłem cię jak swojego. Pozwoliłem kierować własną armią. – Nie żebyś źle na tym wyszedł, Jazid. Pozbyliśmy się twojego największego wroga. Można rzec, że na mieście mamy monopol… – Powiedziałeś, że to będzie łatwy biznes! Że za te dzieciaki dostaniemy kupę forsy. Gdzie ona jest, don Felipe?!

Towarzyszący Jazidowi ludzie kiwali się niespokojnie na nogach, odzianych w zbyt luźne dżinsy. Od czasu do czasu pocierali nerwowo nosy, jakby chcieli otrzeć niewidzialne smarki. Marco nie spuszczał z nich oczu. Jazid podszedł jeszcze bliżej bossa i wtedy chłopak poruszył się gwałtownie. To samo zrobili dwaj żołnierze Muhammada, ale wszyscy ponownie zastygli w miejscu, kiedy Luciano uniósł dłoń.

– Tu nie chodzi o okup, don Felipe, prawda? – ciągnął Muhammad. – Nigdy nie chodziło. A teraz gliny siedzą nam na dupie. Dla tych dzieciaków zaryzykowałeś wszystko, co udało nam się osiągnąć! Chcę wiedzieć dlaczego!

Felipe szybkim ruchem wlał w siebie resztę drinka.

– A ja nie muszę mówić ci więcej, niż uważam za stosowne. Masz dwa wyjścia. – Tym razem to Luciano wyciągnął rękę w kierunku Muhammada. Jego palce ułożyły się w kształt litery V. – Albo siedzisz w tym z nami do końca, albo…

– Albo co?

Na ustach Jazida pojawił się uśmiech. Zerknął w stronę swoich ludzi, którzy natychmiast również wyszczerzyli zęby. Wiedział, że ma przewagę. Nie tylko tu, w tym domu, ale przede wszystkim na mieście. Felipemu udało się zjednać wielu ludzi, ale w samym Sztokholmie Bractwo liczyło co najmniej dwustu członków. Poza tym słyszał plotkę, że Luciano umiera. Patrząc na wychudzoną i bladą jak ściana twarz Włocha, był w stanie w nią uwierzyć.

– Albo ze względu na naszą przyjaźń pozwolę ci odejść – dokończył Luciano.

Jazid Muhammad parsknął śmiechem. Znów chciał się odwrócić do swoich ludzi, aby sprawdzić, czy sytuacja nadal ich bawi, ale nie zdążył. Włoch poderwał się z kanapy i trafił go karafką prosto w skroń. Jazid runął na podłogę jak długi. Marco wyciągnął pistolet w tym samym momencie, w którym po broń sięgnęli ludzie Jazida. Rozległ się huk wystrzałów. Jeden z członków Bractwa padł od razu, drugiemu wcześniej udało się trafić Marca, który przeleciał przez stół. Podniósł się i schował za nim jak za wielką tarczą. Z prawego boku młodego Włocha sączyła się krew. Arab w kapturze skrył się za kolumną. Marco najpierw spojrzał na swoją zakrwawioną dłoń, którą oderwał od brzucha, a potem na Luciana, który wciąż tłukł karafką dawno już martwego Muhammada. Naczynie unosiło się i opadało ze straszliwą siłą. Krew tryskała na wszystkie strony. Osłabiony chorobą Luciano było jak w amoku, i Marco dobrze o tym wiedział. W końcu karafka pękła w dłoni Felipego, który stanowił teraz łatwy cel dla arabskiego gangstera. Marco wysunął się zza drewnianego blatu, naciskając spust. Krew trysnęła na białą kolumnę i mężczyzna osunął się na ziemię.

Luciano stał nad rozciągniętymi zwłokami Jazida, ciężko dysząc. Krew Araba zalewała mu oczy. Otarł je przedramieniem i spojrzał na rannego Marca. Kiwnął z uznaniem w stronę chłopaka.

– Trzeba cię opatrzyć – rzekł.

Marco zacisnął zęby.

Luciano nalał solidną porcję whisky i podał szklankę swojemu żołnierzowi.

– Jak zwykle się spisałeś, Marco. Napij się.

Chłopak posłuchał, a potem Luciano pomógł mu wstać. Wyszli z domu i siedli na werandzie. Nie odzywali się już ani słowem. Czekali. W jednej dłoni Luciano ściskał telefon komórkowy, w drugiej pistolet. Marcowi robiło się zimno, bardzo zimno, mimo że Felipe opatulił go kurtką…

47.

Kiedy przekroczył granicę Sztokholmu, dochodziła szesnasta. Szarówkę za oknami zaczęło przeganiać światło miejskich latarni. Svena ogarnęło dziwne uczucie. Chociaż opuścił to miasto, ono tak naprawdę nigdy nie pozwoliło mu odejść. Wyjeżdżał w pośpiechu, niczym pacjent chcący jak najszybciej zostawić za sobą mury szpitala. Ale co z tego, skoro trawiącą go chorobę zabrał ze sobą? Ucieczka była jedynie iluzją, a powrót – kwestią czasu. Felipe Luciano tym właśnie był. Chorobą, która po dziesięciu latach zmusiła Svena do powrotu.

Tak naprawdę nie wiedział, co zamierza zrobić. Zastanawiał się nad tym podczas pięciu godzin jazdy i nic konkretnego nie przyszło mu do głowy. Rozsądne wydawało się, by zacząć poszukiwania od domu rodzinnego. To na Djursholm powinien obrać kurs w pierwszej kolejności. Czy ludzie, którzy zniszczyli jego rodzinę, zabili mu matkę, porwali syna i sprawili, że znienawidził własnego ojca, wciąż tam byli? Zagryzł zęby. Drgał mu prawy policzek. Zacisnął na kierownicy palce tak mocno, że kłykcie dłoni pobielały. Czy właśnie tam był Björn?

Podążał Uppsalavägen, po lewej stronie ciągnęła się Kista, licząca kilkadziesiąt tysięcy mieszkańców dzielnica Sztokholmu. W jej wschodniej, typowo przemysłowej części swe siedziby miały między innymi Ericsson, IBM i Nokia. Nagle samochody jadące przed nim zaczęły zwalniać. Pick-up toczył się przez kilka minut, i w końcu Sven zmuszony był go zatrzymać. Ruch w przeciwną stronę płynął swobodnie. Auta mijały go jeden po drugim, a do jego uszu docierał szum opon. Cholera. Zaklął pod nosem. Pewnie zdarzył się jakiś wypadek. Nie widział powodu przestoju. Ciężarówka przed nimi zasłaniała cały widok. Po paru minutach auta powoli ruszyły, ale tylko po to, aby po przejechaniu kilku metrów ponownie się zatrzymać. Pick-up miał automatyczną skrzynię biegów, więc Jönsson musiał jedynie zwalniać i wciskać hamulec. Niekończąca się sekwencja, która zaczynała doprowadzać go do szału. Westchnął nerwowo, drapiąc się po brodzie. Zerknął na zegarek na desce rozdzielczej. Szesnasta czternaście. Dwieście metrów dalej Uppsalavägen wyginała się w łuk. Sven opuścił szybę i wyjrzał przez okno. W oddali dojrzał pulsujące niebieskie światło na dachu białego kombi. Policja. Wyprostował się gwałtownie. Najpierw uderzył pięścią w kierownicę, a potem zacisnął na niej obie dłonie. Czy to możliwe, że to jego szukali? Spojrzał na schowek na rękawiczki, w którym tkwił pistolet. Nawet jeśli to nie on był celem gliniarzy, to bardzo możliwe, że się nim stanie, jeśli odkryją broń. Poczuł, jak skronie zaczynają mu pulsować. Co powinien zrobić? Policyjna blokada zaczynała się jeszcze przed zjazdem w 172 Trafikplats Tureberg. Nie miał szans, żeby odbić w tę drogę. Rozejrzał się dookoła. Po jego prawej stronie ciągnął się las, za którym zaczynały się pierwsze zabudowania.

Niebieska toyota przed nim znowu ruszyła. Sven zwolnił hamulec, ale nie podjechał do przodu, tylko odbił lekko w prawo i zatrzymał pick-upa na skraju drogi przy bocznej linii. Otworzył schowek. Wyciągnął pistolet i wcisnął go za pasek spodni. Włączył światła awaryjne i wysiadł z auta. Kierowcy samochodów stojących w korku przyglądali mu się z zainteresowaniem. Jeden z nich, niezadowolony z faktu, że musi go ominąć, nacisnął klakson. Sven zdawał się tego nie słyszeć. Ruszył w kierunku lasu.

***

– Poczekaj, Gunn, samochody zaczynają zwalniać – rzuciła Christin do telefonu, który przytrzymywała policzkiem i prawym barkiem.

454

Lindberg zadzwonił akurat w chwili, gdy zderzak czerwonego sportowego audi zaczął się do niej szybko zbliżać. Gwałtownie nacisnęła hamulec, poczuła wstrząs i komórka upadła jej pod stopy.

– Cholera!

Sięgnęła po nią, nie spuszczając wzroku z przedniej szyby. Włączyła tryb głośnomówiący i odrzuciła telefon na siedzenie obok. Smartfon wylądował przy laptopie.

– Co się dzieje? – wrzeszczał Gunnar.

– Nic, tylko musiałam gwałtownie przyhamować.

– Jasny gwint, mam nadzieję, że nie uszkodziłaś auta...

– Nie – uspokoiła go Christin.

– Całe szczęście, bo bym tego nie przeżył.

– Oboje byśmy nie przeżyli, gdybym wjechała w samochód przede mną. Twój wóz musi być wart fortunę.

– Niczego nie rozumiesz, moje volvo ma duszę...

– Z pewnością – odparła. – A ja głupia myślałam, że tylko niedziałające radio i dziurawe fotele...

Gunnar rzucił jej jakąś kąśliwą uwagę, ale już go nie słuchała. Wyprostowała się jak struna, próbując dostrzec przyczynę postoju.

– Chyba właśnie tu zaczyna się blokada – powiedziała bardziej do siebie.

Stołeczni mieli jej współrzędne. Wiedzieli, że Jönsson będzie jechał najwyżej kilka kilometrów przed nią. Umówili się, że zaczną kontrolować auta gdzieś na odcinku Uppsalavägen.

Christin zerknęła na ekran laptopa. Nad niebieską linią drogi oznaczonej na mapie rzeczywiście widniała ta nazwa. Przesunęła wzrok wyżej i utkwiła spojrzenie w migającym punkcie. Program informował, że od Jönssona dzieli ją dwieście metrów, natomiast do policyjnej obławy pozostawało około czterystu.

Czerwone audi ruszyło, ale zatrzymało się ponownie po przejechaniu kilkudziesięciu metrów.

– Posłuchaj, dzwonię, bo kontaktowali się z nami stołeczni –

powiedział Lindberg. – W Rinkeby przetrzymywano dwójkę dzieciaków. Chłopaka i dziewczynę. Na ślad wpadli gliniarze z lokalnego posterunku. Porywacze uciekli, a po dzieciakach nie ma śladu.

Christin słuchała w skupieniu, nie mogąc uwierzyć, że Gunn przechodzi do rzeczy dopiero teraz, po tym przydługim wstępie o wyjątkowości swojego samochodu.

– Na miejscu znaleziono między innymi szczoteczki do zębów i szczotkę do włosów. Poddano je analizie DNA. Na wyniki trzeba będzie trochę poczekać. Ale mamy coś jeszcze.

– Dawaj…

– But. Dziecięcy. Mógł należeć do ośmio-, może dziewięcioletniego chłopca. Stołeczni w ostatnim czasie nie odnotowali zaginięcia żadnego dzieciaka w podobnym wieku.

Christin przez chwilę milczała.

– Masz zdjęcie tego buta?

– Taa…

– Prześlij mi je natychmiast.

– Właśnie miałem to zaproponować.

– Powiedziałeś, że dzieciaków było dwoje?

– Tak. Liczą na to, że to dziewczyna z Polski. Szukają jej od pewnego czasu. Ale to nie przypadek. Jej dziadek, tak jak ojciec Svena, miał jakieś układy z włoską mafią. Facet nazywa się Makołski, Maciołski. Jakoś tak. Cholerny polski język!

– Dobra, wysiadam – powiedziała Carlsson, kiedy auta znowu się zatrzymały.

– Poczekaj, jeszcze jedno…

Christin zastygła z ręką na klamce.

– Magnusson i Almkvist rzeczywiście byli zamieszani w porwanie Björna Jönssona. Sven miał rację.

– Skąd wiesz?

– Backman. Odwiedził ich ze swoją kuszą…

Zaskoczona Carlsson słuchała jeszcze przez kilka minut. Zanim zdążyła się rozłączyć, Lindberg błagał, aby zostawiła volvo w bezpiecznym miejscu.

Włączyła awaryjne i wysiadła. Gdy kierunkowskazy zaczęły migać, starszy kierowca siedzący w samochodzie tuż za nią rozłożył ręce w geście niezrozumienia. Pokazała mu odznakę. Nie była pewna, czy w ogóle ją dostrzegł.

Podbiegła skrajem drogi, przyciągając spojrzenia zniecierpliwionych pasażerów. Dostrzegła znajomy samochód, a jeszcze dalej – migające światła kogutów. Kiedy wreszcie dotarła do auta Jönssona, wsparła dłonie na kolanach, ciężko dysząc. W środku nie było nikogo. Zaklęła pod nosem, odgarniając z czoła kosmyk włosów. Rozejrzała się wkoło. Zmrużyła oczy. Robiło się ciemno, ale mimo to mogłaby przysiąc, że pole oddzielające drogę od lasu przemierzała ledwo widoczna w świetle stojących przy drodze latarni postać, granatowy cień wkomponowany w szary pejzaż. Christin zerknęła w kierunku migających policyjnych świateł. Podjęła decyzję w ułamku sekundy. Musiała dogonić Svena Jönssona.

**

Biegła, wsłuchując się w swój przyspieszony i świszczący oddech. Kiedyś była w zdecydowanie lepszej formie. Poranny jogging i wizyta na wydziałowej siłowni co najmniej dwa razy w tygodniu stanowiły odległe wspomnienie. Zaniedbała się i chociaż nie paliła, jej organizm jasno dawał do zrozumienia, że znowu powinna popracować nad kondycją. Starała się patrzeć pod nogi, aby nie wpaść w jakąś dziurę, a jednocześnie kontrolować odległość dzielącą ją od Jönssona.

Sven zbliżał się do pierwszej linii drzew i to była zła wiadomość. Jeśli ją przekroczy, istniała spora szansa, że Christin go zgubi. Dobra była taka, że od lasu dzieliło ją już tylko jakieś sto pięćdziesiąt metrów. Nie miała innego wyjścia. Jej własny głos zabrzmiał odrobinę obco:

– Jönsson!

Mężczyzna się zatrzymał. Christin przyspieszyła. Wiedziała, że musi wykorzystać jego wahanie. Czuła w ustach miedziany posmak krwi. Pusty żołądek buntował się przeciwko takiemu nieplanowanemu wysiłkowi, a w prawym boku kolka zaczynała dawać o sobie znać.

– Sven, poczekaj!

Przez chwilę wyglądało, że Jönsson zamierzał jej posłuchać. Gdy ruszył z miejsca, Carlsson zrozumiała, że zaskoczony po prostu starał się rozpoznać właścicielkę głosu. Kiedy się udało, ponownie zaczął biec.

– Kurwa – zaklęła Christin. Dotarła do lasu, przystanęła i oparła się o jedno z drzew. Serce waliło jej w piersi jak oszalałe. W zapadającej nocy wszystko zlewało się w jedną całość, zupełnie jakby ktoś na górze zdecydował się spuścić kotarę. Jönsson zniknął.

– Niech to szlag!

Musiała zaryzykować. Jej głos odbił się echem.

– Sven! Znaleźliśmy Björna… örna… örna… örna…!

Nie sądziła, żeby Jönsson uwierzył. Pewnie uznał to za wyjątkowe słabe i desperackie zagranie. Zrezygnowana usiadła na kamieniu i oparła plecy o pień. Oddech powoli zaczynał się stabilizować. Dużo by dała za łyk wody… Odchyliła głowę i poczuła we włosach miękką korę sosny. Zamknęła oczy, a kiedy ponownie je otworzyła, zobaczyła Svena Jönssona stojącego kilkadziesiąt metrów od niej.

– Mam nadzieję, że mówisz prawdę…

W jego głosie brzmiała groźba tego, co się stanie, gdyby jednak okazało się, że jest inaczej. Tak naprawdę nie znała przecież Svena Jönssona. Nie wiedziała, do czego był zdolny. Nie wiedziała, jak daleko może się posunąć uzbrojony, zrozpaczony ojciec.

– W jednym z obskurnych mieszkań w Rinkeby policjanci znaleźli kolorowego adidasa. Należał prawdopodobnie do ośmio-, może dziewięcioletniego chłopca. W tym samym czasie nie zgłoszono żadnego innego zaginięcia. – Christin starała się mówić rzeczowo i szybko, tak aby przekazać Jönssonowi jak najwięcej informacji. – Mam zdjęcie tego buta. Chcę, żebyś spróbował go zidentyfikować.

Sięgnęła po komórkę, modląc się w duchu, aby wysłany przez Gunnara ememes zdążył dojść. W lesie prawdopodobnie nie było zasięgu. Poczuła ulgę, kiedy ujrzała kopertę zwiastującą nową wiadomość. Kolejne ukłucie niepewności pojawiło się, gdy próbowała pobrać jej zawartość. Małe kółeczko na ekranie komórki zdawało się obracać w nieskończoność. Czuła na sobie zniecierpliwione spojrzenie Jönssona.

– Musimy wyjść z lasu, nie mogę załadować wiado…

– W co ty pogrywasz? – przerwał jej.

– Mówię prawdę. To prawdopodobnie but Björna. Musisz na to spojrzeć. Po prostu musimy wyjść z lasu.

Nie wyglądał na przekonanego. Patrzył w kierunku pola i drogi ekspresowej. Spodziewał się pościgu.

– Musisz mi zaufać, Sven.

Wstała, wciąż wpatrując się w ekran telefonu. Ruszyła w stronę drogi. Sven Jönsson podążył za nią. Nagle przystanęła. Podsunęła mu pod nos telefon.

– Czy to but Björna?

Mężczyzna zacisnął zęby. Carlsson widziała ten gest już wcześniej w domu Jönssonów. Sven skinął głową.

– To tylko but… – powiedział z wyrzutem. – Mówiłaś, że go znaleźliście.

Przełknęła ślinę. Poczuła, jakby ktoś wbił jej w skroń niewidzialną szpilkę.

– Odnajdziemy go, obiecuję, ale tylko jeśli będziemy współpracować…

48.

Przemierzali ulice Akallalänken. Giovanni zawrócił volvo i jechali teraz drogą 275 w kierunku E18.

– Może powinniśmy zjechać w osiedla? – zaproponował. – Tam nikt nas nie zauważy. Dotrzemy później, ale…

– Nie – zaprzeczył Alessandro. – Na E4 będzie mnóstwo samochodów. Nie zauważą nas z powietrza. – Wyjrzał przez tylną szybę, sprawdzając, czy widać gdzieś helikopter. Pracę silników słyszeli od czasu, gdy Alessandro skończył rozmawiać z don Felipem. Na szczęście na niebie wciąż nie było śladu maszyny. Z ulgą odchylił się na oparcie kanapy. Björn zdążył się uspokoić. Chyba był w szoku. Niewidzącym wzrokiem wpatrywał się przed siebie. Agnieszka przylgnęła do bocznych drzwi. Włosy częściowo zakrywały jej twarz, przyklejając się do mokrych policzków. Drżąc, patrzyła na Włochów, zwłaszcza na tego z nich, który przed kilkunastoma minutami zabił tego biednego człowieka. Takie rzeczy widziała jedynie w filmach…

– Powinniśmy się stąd zabierać – powiedział Flavio.

Auto zakołysało się niebezpiecznie.

– Patrz na drogę! – krzyknął Alessandro i Giovanni natychmiast posłuchał.

– To obłęd! – Flavio utkwił teraz wzrok w przedniej szybie, ale nie było najmniejszych wątpliwości, że kieruje swoje słowa do Alessandra. – Wszystkich nas wsadzą! Don Felipe nie myśli trzeźwo. Jemu już nie zależy na niczym poza zemstą! Wie, że nie zostało mu już wiele czasu, i ma nas w dupie! Mówię wam, zwijajmy się stąd, póki jeszcze mamy szansę.

Alessandro napotkał w lusterku wstecznym wystraszone, niepewne spojrzenie Giovanniego. Auto prowadził dorosły mężczyzna, ale jego oczy wciąż zdawały się należeć do dziesięcioletniego chłopca. Dziecko w ciele kamorysty. Tę samą niepewność widział, kiedy przed laty wraz z kumplami namawiali go do ucieczki z lekcji albo gdy Gigi miał dokonać wyboru, w której drużynie zagra w meczu rozgrywanym na brudnych ulicach Scampii. Kopali zdartą piłkę z nadzieją, że być może kiedyś wystąpią na stadionie Napoli. Alessandro miał wrażenie, że Giovanni nigdy nie dorósł, że jest tak samo zagubiony jak przed laty i analizuje teraz w głowie słowa Flavia, nie wiedząc, jak powinien się zachować.

– Zjedź na jakiś bezpieczny parking, Gigi. Musimy to obgadać – zarządził Alessandro.

Flavio obejrzał się przez ramię, jakby nie bardzo mógł uwierzyć w to, co właśnie usłyszał. Jechali ekspresówką i trudno było znaleźć dogodne miejsce do zjazdu. Wokół było za dużo zabudowań i ludzi, a las po ich lewej stronie oddzielało od drogi pole. Alessandro polecił Giovanniemu nie przekraczać dozwolonej prędkości i poruszać się prawym pasem, żeby nie zwracać uwagi innych użytkowników drogi. Nad głowami usłyszeli znów silniki helikoptera. Flavio przykleił twarz do bocznej szyby i dostrzegł na niebie ciemną plamę. Przeklął głośno.

– To znowu oni!

– Spokojnie.

Alessandro zerknął na właśnie mijaną tablicę. Za niespełna kilometr mieli odbić w lewo. Zjechali w Bergshamravägen i ponownie znaleźli się na E18. Kiedy po swojej prawej stronie dostrzegli zatokę, Giovanni skręcił w lewo, w znikającą w lesie Ulrikssdalsvägen. Przejechali kilka kilometrów, mijając pojedyncze auta, i w końcu Giovanni wjechał w jedną z ubitych dróg, po czym zatrzymał volvo na dzikim parkingu.

– Zostań z dzieciakami – rozkazał Alessandro. – Przejdziemy się z Flaviem. Ustalimy, co dalej.

Giovanni nie był zadowolony z tego, co usłyszał. Włączył blokadę rodzicielską w drzwiach, żeby dziewczyna i chłopak nie mogli uciec. Potem wrócił za kierownicę i z grobową miną patrzył, jak Alessandro częstuje Flavia papierosem. Obserwował, jak dwójka jego przyjaciół przystaje na chwilę, żywo dyskutuje, a potem... rusza w kierunku lasu. Kiedy zniknęli, Gigi odwrócił się w stronę dzieciaków i powiedział po angielsku ze śmiesznym akcentem:

– Nic się nie martwcie. Wszystko jest okej.

Björn nawet na niego nie spojrzał. Agnieszka poczuła się odrobinę swobodniej, kiedy pozostali mężczyźni zniknęli. Giovanni wyciągnął z kieszeni telefon komórkowy i uruchomił jakąś grę. Podsunął go w stronę chłopca, ale ten nie zareagował.

– Nie? To może muzyka, co? – zapytał Giovanni, szczerząc zęby w uśmiechu. – Włączę muzykę. – Bez odzewu. – No wiecie *la musica*... – powtórzył, ale widząc brak zainteresowania, urwał w pół zdania.

Opadł ciężko na fotel, westchnął i włączył radio. Jak na złość, z głośników nie popłynęła muzyka, tylko głos spikera, który wyraźnie podekscytowany przekazywał wiadomości z ostatniej chwili. Giovanni nigdy nie był pilnym uczniem. Nie miał smykałki ani do przedmiotów ścisłych, ani humanistycznych. Kiedy był dzieckiem, nauka języków przychodziła mu z wyjątkowym trudem i w zasadzie nic się w tej kwestii nie zmieniło. Po dziesięciu latach pobytu w Szwecji jego znajomość szwedzkiego nie była najlepsza. Wystarczająca jednak, aby zrozumiał, że głos z radia mówi o strzelaninie w dzielnicy Rinkeby i porywaczach uciekających białym bmw.

Flavio szedł za Alessandrem z nadzieją, że być może raz w życiu uda mu się wpłynąć na jego decyzję. Przez te wszystkie lata wszelkie jego uwagi czy pomysły Alessandra traktował co najwyżej jak sugestie, a często nie brał ich na poważnie. Kochali się jak bracia, ale czasami Flavio miał dość. Zaakceptował fakt bycia drugim w hierarchii. To Alessandro był ulubieńcem don Felipego. Były momenty, kiedy miał ochotę złapać Alessandra za kark i wykrzyczeć mu prosto w twarz:

„Jesteś, kim jesteś, tylko dzięki mnie! Nie zapominaj o tym!". Kiedy wracał pamięcią do czasów dzieciństwa i młodości, trudno mu było wskazać przełomowy moment, w którym Alessandro tak bardzo się zmienił. Z wystraszonego, odrobinę fajtłapowatego chłopaczka w wyrostka przejawiającego instynkt przywódcy.

– Myślisz, że łatwo mi o tym mówić? – zaczął wreszcie Flavio.

Przystanęli. Alessandro wpatrywał się w las nieobecnym wzrokiem. Zaciągał się raz za razem, podczas gdy Flavio kontynuował swój monolog.

– Kiedy opuszczaliśmy Neapol, bracie, nie miałem dobrych przeczuć. Myślałem, że wszystko straciliśmy, że to, co zostawiamy za sobą, już nigdy nie wróci. Mieliśmy jechać do nowego kraju, zacząć wszystko od początku, bo Felipe był w mieście skończony. Muszę powiedzieć ci szczerze, że wtedy straciłem do niego zaufanie. Do końca się zastanawiałem, czy powinienem jechać. W końcu to on był udupiony. Nie my.

– Bez niego byłbyś nikim – rzekł Alessandro i wypuścił smużkę dymu. – Ja również…

Flavio cisnął niedopałek na ziemię, przydeptał go obcasem buta i założywszy ręce na biodrach, przez dłuższą chwilę przyglądał się swojemu dziełu. Splunął.

– Potem, kiedy przyjechaliśmy do Sztokholmu i ułożyliśmy się z Bractwem, a dzięki autorytetowi Felipego interes się kręcił, znowu zacząłem darzyć go szacunkiem.

– Don Felipe jest dla nas jak ojciec, Flavio.

– Wiem.

– Byliśmy tylko zagubionymi dzieciakami bez perspektyw. Gdyby nie on, pracowałbyś w fabryce albo wywoził śmieci z ulic Neapolu. On nas przygarnął, Flavio, jak dwa zapchlone szczeniaki, których nikt nie chciał.

Flavio podrapał się po łysej czaszce.

– On nie myśli już racjonalnie, Alessandro. Nie widzisz tego? Choroba odebrała mu rozum. Już mu nie zależy. Rak zżera go od środka i ostatnią rzeczą, o którą teraz dba, są interesy. Liczy się tylko zemsta i czy z nią zdąży, zanim wykituje. Nic więcej. Starałem się to zrozumieć. Ty pewnie nie masz z tym problemu, bo też pragnąłeś dorwać skurwysyna, który zabił twojego ojca. – Flavio przerwał na chwilę, patrząc na przyjaciela. Oceniał, jakie wrażenie zrobiły na nim słowa, które przed chwilą wypowiedział. – Być może czujesz się zobowiązany, skoro Felipe podał ci go na tacy. Najlepszy prezent urodzinowy, jaki można sobie wyobrazić. Nigdy nawet nie opowiedziałeś, co zrobiłeś temu facetowi, wtedy w tym garażu, ale to była inna sprawa niż…

– Wypuściłem go – przerwał mu Alessandro.

Flavio przyglądał mu się z otwartymi ustami. Wydawało się, że minęła cała wieczność, zanim zdołał się odezwać.

– Co zrobiłeś?

– To, co słyszałeś. Wypuściłem go.

Flavio kręcił głową z niedowierzaniem.

– Ale jak to…

– Wypuściłem go, bo był taki jak my, Flavio. Wypuściłem go, bo nagle zrozumiałem, że to niczego nie zmieni, że nie przyniesie mi ulgi. Czułem się spragniony, a przed sobą miałem szklankę zimnej wody. Wiedziałem jednak, że nie ugaszę nią pragnienia. Być może dlatego, że tak naprawdę mój ojciec był kawałem sukinsyna. Zasłużył sobie na to, co go spotkało, tym, jak traktował mnie i moją matkę. Zrozumiałem, że tak naprawdę przez te wszystkie lata chciałem dorwać zabójcę ojca właśnie ze względu na nią. Ale gdybym tamtego dnia wydłubał temu facetowi oczy, obciął język i palce, nie znalazłbym ukojenia… Być może zrobiłbym to, gdyby na tym krześle zamiast niego siedział mój ojciec. Być może wtedy bym się nie zawahał. Chcę, aby don Felipe poczuł ukojenie przed śmiercią. Chcę, żeby jego rany się zabliźniły, chociaż on nigdy nie znajdzie tego, który je otworzył.

Flavio zmarszczył brwi.

– Jak to?

– Bo to ja zabiłem jego syna, Flavio. To ja zabiłem Cesarego.

Flavio zrobił dwa kroki w tył, nawet nie zdając sobie z tego sprawy. Jego umysł nie chciał, nie potrafił zaakceptować tego, co przed chwilą usłyszał.

– Ale... ale dlaczego?

– Nie mogłem znieść myśli, że to nie ja jestem synem don Felipego. Tamtego dnia, kiedy w domu pojawił się Sven, byłem w ogrodzie. Usłyszałem strzały i pobiegłem do salonu. Cesare krwawił, ale żył. Wyjrzałem przez okno i zobaczyłem uciekającego dzieciaka Jönssonów. Zadziałałem odruchowo. Wiedziałem, że lepsza okazja na pewno się nie trafi. Wymierzyłem w Cesarego i po prostu nacisnąłem spust. Raz za razem, aż opróżniłem cały magazynek.

Flavio wbił wzrok w poszarzałe niebo. Kilka pojedynczych kropel spadło mu na twarz. Kiedy przyjechali do Szwecji, najbardziej brakowało mu słońca. Tęsknił za Neapolem i żarem, który lał się z kampańskiego nieba. Zamknął oczy. Nie mógł uwierzyć. Nie mógł zrozumieć.

– Uciekajmy – powiedział. Podszedł do Alessandra i chwycił go za ramiona. – Załatwmy te dzieciaki albo wypuśćmy je, jak chcesz, i zabierajmy się stąd. Ten okręt tonie, a ja nie zamierzam iść na dno razem z nim.

Alessandro nie musiał nic mówić. Wystarczyło, że Flavio spojrzał mu w oczy. Odpuścił i cofnął się o kilka kroków.

Stali tak długo. Dwaj przyjaciele z przeklętych przedmieść Neapolu. Znowu byli dziećmi. Biegli za piłką, siedzieli na murku, pogwizdując na przechodzące dziewczęta, i uciekali przed starszymi kolegami, którym zaleźli za skórę.

– Jak chcesz... – powiedział Flavio niemal szeptem. Zrobił kolejne dwa kroki w tył i w końcu obrócił się na pięcie.

– Zaczekaj!

Kiedy się odwrócił, poczuł przypływ nadziei. Ale trwało to zaledwie ułamek sekundy. Zaraz potem jego klatkę piersiową przeszył potężny ból, jakby ktoś wymierzył mu kopniaka. Flavio zachwiał się i zerknął w dół. Na białej koszuli zakwitła czerwona plama. Dotknął rany, jakby nie mógł uwierzyć, że jest prawdziwa. Umazana we krwi dłoń zastygła na chwilę w powietrzu. Brwi uniosły się w pytającym geście, kiedy Flavio upadł na kolana. Widział dym unoszący się z broni, z której Alessandro wciąż do niego mierzył.

Znów byli dziećmi. Szli na spotkanie ze swoim przeznaczeniem. Flavio dodawał mu animuszu, kiedy Alessandro stał przed budynkiem, którego mroczne wnętrze skrywało niewiadomą. Włożono im kamizelki kuloodporne. Strzelano do nich. Wystawiono ich na próbę. Zdali test, dowiedli swojej odwagi i teraz biegli do domów dumni i roześmiani, poklepując się po plecach.

Alessandro strzelił ponownie i Flavio, człowiek, który zmienił jego życie, runął na ziemię.

Kiedy Giovanni usłyszał huk wystrzałów, aż podskoczył w fotelu. Na zmianę wpatrywał się w las i lusterko wsteczne, starając się podjąć jakąś decyzję. Płakać zaczął, dopiero kiedy na horyzoncie pojawił się Alessandro. Nagle wszystko stało się oczywiste.

**

Całą drogę jechali w milczeniu. Giovanni włączył radio i co chwilę ocierał oczy wierzchem dłoni. Przez głowę przewijały mi się dziesiątki myśli. Nie wiedział, jak powinien się zachować i co może przynieść przyszłość. Nie znał planów Alessandra. Człowiek, który był mu jak brat, stał się nieprzewidywalny. Zabił Flavia. Niebawem umrze również don Felipe i wówczas być może Alessandro zechce zabić i jego. Zerknął w lusterko wsteczne i zauważył, że siedząca z tyłu dziewczyna wciąż na niego patrzy.

Czarnego chryslera rozpoznał, gdy tylko wjechali na posesję Jönssona.

– To Jazid – powiedział.

Alessandro sięgnął za połę kurtki, wyciągnął pistolet i położył go sobie na kolanach.

– Jedź – rozkazał.

Giovanni posłuchał, czując, jak serce znów zaczyna wybijać mu w piersi szaleńczy rytm. Byli mniej więcej w połowie podjazdu, kiedy dostrzegli dwie osoby siedzące na werandzie. Gdy dotarło do nich, na kogo patrzą, volvo przyspieszyło i zatrzymało się dopiero przy samym domu, tratując tuje i kwiaty. Wyskoczyli z samochodu w tym samym momencie. W aucie rozległo się pikanie informujące, że kierowca zostawił włączone światła.

Björn wyglądał przez boczną szybę, Agnieszka przesunęła się na środek kanapy, aby mieć lepszy widok. Przez głowę przeszła jej myśl, że być może teraz powinni uciec. Sięgnęła do klamki, choć dobrze wiedziała, że drzwi będą zamknięte. Mogła przecisnąć się na przednie siedzenie, ale… odrzuciła tę myśl. Zabrakło jej odwagi. Grubasek nie zdołałby jej dogonić, ale Alessandro mógł być w całkiem niezłej formie.

Wsparty o ramię Felipego Marco wydawał się spać. Alessandro i Giovanni szybko jednak zrozumieli, że jest inaczej. Nikt przecież nie śpi z otwartymi oczami. Krew kapiąca z rany w brzuchu zdążyła już zebrać się na podłodze w niedużą kałużę. Luciano patrzył na nich niewzruszonym wzrokiem. Czujne oczy wydawały się nienaturalnie wielkie w chudej, upstrzonej krwią twarzy. Giovanni przyklęknął przy Marcu. Alessandro uniósł pistolet i najwyraźniej zamierzał wejść do domu, ale przystanął, kiedy usłyszał głos Felipego.

– Jazid nie żyje. I trzej jego ludzie też.

W zasadzie nie trzeba było mówić więcej. Alessandro pokiwał głową na znak, że rozumie, i rozejrzał się po okolicy.

– Musimy się zmywać – powiedział. – Mogą przyjechać kolejni. Giovanni odprowadzi samochód Jazida za dom.

– Gdzie jest Flavio? – zapytał boss.

Nie doczekał się odpowiedzi, więc spojrzał najpierw na Alessandra, a potem na Giovanniego. Kiedy ten drugi odwrócił głowę, Luciano zwrócił się do swojego najbardziej zaufanego człowieka.

– Pytałem, gdzie jest Flavio.

– On… nie żyje, don Felipe.

Luciano pochylił się i przymknął oczy, do których nabiegły łzy. Z trudem przełknął ślinę. Felipe popatrzył na Marca. Kolejny jego człowiek był martwy.

– Jak?

Alessandro mógł przecież skłamać. Powiedzieć, że Flavio został trafiony przez gliniarzy w Rinkeby. Wystraszony Giovanni nie odezwałby się ani słowem. Kto wie, być może nawet poparłby jego wersję? Ale Alessandro nigdy nie skłamał bossowi. Nigdy. Był pewien, że kłamstwo byłoby wymalowane na jego twarzy. Tak jak wówczas, gdy skłamał swojemu ojcu po raz pierwszy w życiu. Stary zlał go tak, że aż stracił przytomność. Gdyby matka nie wróciła na czas, prawdopodobnie zatłukłby go na śmierć.

– On… on chciał nas zostawić, don Felipe. Odejść i… Mówił rzeczy, jakich nie…

Nagle Luciano delikatnie odepchnął od siebie ciało Marca. Ostrożnie, niemal z namaszczeniem oparł głowę chłopaka o ścianę domu. Próbował się podnieść i Alessandro chciał mu pomóc, ale Felipe odtrącił jego dłoń.

– I dlatego go zabiłeś… – powiedział, kiedy ich oczy znajdowały się już na tej samej wysokości.

Alessandro przytaknął skinieniem głowy. Kosmyk czarnych włosów znów opadł mu na czoło.

– Trzeba mu było na to pozwolić… – rzekł Luciano.

Już na niego nie patrzył. Chwiejnym krokiem ruszył w stronę samochodu. Giovanni pobiegł, aby otworzyć mu drzwi. Felipe usiadł na miejscu pasażera. Nie bez trudu obejrzał się przez ramię. Agnieszka, patrząc na jego bladą, zbryzganą krwią twarz, poczuła, jak serce podchodzi jej do gardła.

– Dzień dobry – powiedział, zmuszając się do uśmiechu. Jego spojrzenie przesunęło się z jej twarzy na twarz chłopca jakby w zwolnionym tempie. – Wygląda na to, że wybierzemy się na małą wycieczkę…

Giovanni zamknął drzwi i pobiegł do domu. Alessandro był już w środku. Salon wyglądał jak pobojowisko. Potłuczone szkło, poprzewracane i roztrzaskane meble. Na ścianach widniały dziury po kulach i smugi krwi, które ciągnęły się przez długość holu i salonu. Zupełnie jakby jakiś malarz abstrakcjonista wpadł w artystyczny szał. Ciało Jazida w białej puchowej kurtce przypominało zakrwawionego bałwana i stanowiło kontrast do dwóch pozostałych trupów. Giovanni ukłęknął przy przywódcy Bractwa i zaczął przeszukiwać jego kieszenie. Kiedy znalazł klucze od samochodu, machnął nimi ostentacyjnie w powietrzu. Alessandro kiwnął głową i Giovanni wybiegł, aby przestawić chryslera w bezpieczne miejsce.

Alessandro przypatrywał się martwym ciałom jeszcze przez jakiś czas, gdy nagle usłyszał coś na górze. Wyciągnął pistolet i ruszył w kierunku schodów. Wspinał się powoli, krok po kroku, z plecami przyciśniętymi do barierki. Gdy wszedł na górę, spojrzał w stronę uchylonych drzwi. Zupełnie o nim zapomniał. Mikael siedział na łóżku, przypatrując się leżącej na kolanach fotografii. Alessandro wyciągnął ramię przez szparę w drzwiach i wycelował. Palec wskazujący muskał spust, który w końcu delikatnie zmienił swoje położenie pod jego naporem. Miał wielką ochotę, aby nacisnąć go do końca. Mikael Jönsson nie był już im do niczego potrzebny. Ale nie mógł tego zrobić. Gdyby Luciano się dowiedział, że zabił i jego, nie wybaczyłby mu. Z powodów, których Alessandro nie mógł zrozumieć, don Felipe wciąż uważał tego człowieka za przyjaciela. Pistolet wrócił za połę kurtki. Alessandro Santoro zbiegł po schodach.

49.

Erika Berggern miała zajęte ręce, więc drzwi pokoju Kurta Kallströma zmuszona była otworzyć łokciem. Kurt podniósł wzrok akurat w chwili, kiedy przymykała je nogą.

– Kawy? – zapytała.

– Serwisanci doładowali kubki?

– Nie. – Berggern podała jeden Kurtowi. – Zawsze tam były.

– Więc dlaczego, na litość boską, mnie ciągle wyświetla się ten pieprzony komunikat?

– Mówiłam już. Nawet z maszyną trzeba umieć się obchodzić – odparła Erika, lekko się uśmiechając, i upiła łyk. Brodą wskazała papiery leżące na biurku. – Znalazłeś coś?

Kallström pokręcił głową. Włosy sterczały mu każdy w inną stronę, jakby właśnie wstał z kanapy po dłuższej drzemce. Raz jeszcze przeglądał akta sprawy, które dostali od Hakanssona. Berggern dostrzegła pierwsze objawy zmęczenia na twarzy partnera. Niedawno wrócili z obskurnego mieszkania, w którym przetrzymywano dwójkę dzieciaków. Pojechali tam ponownie w nadziei, że być może uda im się ustalić coś, co za pierwszym razem umknęło ich uwadze. Kallström lubił działać w ten sposób. Pojawiał się na miejscu zdarzenia po pewnym czasie, jakby było areną bitwy, a kurz, który zdążył już po niej opaść, odsłonił ważne szczegóły. Ale nic nie znaleźli. Jak można się było spodziewać, technicy dobrze wykonali swoją robotę i teraz w zaciszu laboratorium pracowali nad zebranymi dowodami. Zabezpieczyli pety, szklanki i sztućce, włosy znalezione w pościeli w drugim pokoju, a nawet opatrunek zabarwiony zeschniętą krwią, na który natrafili w łazienkowym koszu na śmieci. Lepiej być nie mogło, ale na wyniki pierwszych analiz Berggern i Kallström musieli jeszcze poczekać. Znów odwiedzili sąsiadów, a ci raz jeszcze zapewnili ich, że niczego nie widzieli ani nie słyszeli.

Drzwi uchyliły się i do środka zajrzał Marcus Hakansson.

– Chodźcie – rzucił tajemniczo i zniknął.

Erika i Kurt wymienili zaskoczone spojrzenia. Berggern dopiła kawę i ruszyła za szefem.

– Mamy gości z Komendy Głównej – wyjaśnił Hakansson, kiedy szli korytarzem w kierunku sali konferencyjnej.

W środku czekało na nich dwóch mężczyzn. Pierwszy z nich był wysokim i chudym blondynem. Kallströmowi przyszedł na myśl Dirk Nowitzki, niemiecki koszykarz z Dallas Mavericks. Swego czasu Kurt oglądał w telewizji wszystkie mecze NBA. Drugi zaś stanowił jego zupełne przeciwieństwo. Niski, korpulentny brunet z wyraźnymi zakolami wyglądał przy nim dość zabawnie. Berggern ściągnęła usta, aby się nie roześmiać. Zdążyło jej przejść przez myśl, że ci dwaj nie powinni razem pracować ze względu na przytłaczający wizualny kontrast.

– To inspektorzy Ake Ingelsten i Edvard Koltanowski – powiedział Marcus Hakansson. – A to Erika Berggern i Kurt Kallström.

Kurt i Erika skinęli głowami niemalże w tym samym momencie.

– Inspektorzy mają dla nas kilka nowych szczegółów dotyczących sprawy – oznajmił Hakansson, splatając ręce na piersi.

Dla Ingelstena i Koltanowskiego był to znak, że udzielono im głosu. Jako pierwszy odezwał się „koszykarz".

– Jak już wiecie, helikopter namierzył białe bmw, którym uciekali zbiegowie. Porzucili je w Akalli. Nieopodal znaleźliśmy zwłoki. Mężczyzna, sześćdziesiąt kilka lat. Teraz prawdopodobnie poruszają się jego samochodem. Niestety, nie wiemy, jakiej marki. Złe wiadomości są takie, że przy ciele nie znaleźliśmy żadnych dokumentów. Pewnie zabrali je sprawcy. Musimy poczekać, aż zaniepokojeni członkowie rodziny ofiary zgłoszą zaginięcie.

– A są jakieś dobre? – zapytał Kurt.

Tym razem odezwał się niższy.

– Wiemy, do kogo należał but, który znaleźliście na miejscu zdarzenia.

Wyłuskał teczkę trzymaną pod pachą i rozłożył przed śledczymi niczym restauracyjne menu. Kallström i Berggern wpatrywali się w roześmianą chłopięcą twarz.

– To Björn Jönsson. Mieszka z rodzicami w Härnösand. Chłopiec został uprowadzony przez tych samych ludzi, co dziewczyna, której szukamy.

Berggern oparła się o jeden ze stołów. Wszyscy troje słuchali z zainteresowaniem. Inspektorzy z Komendy Głównej mówili na zmianę – zupełnie jakby wcześniej podzielili się rolami – przez dobre kilkanaście minut. Przedstawili tyle szczegółów dotyczących Svena Jönssona, z iloma zapoznał ich telefonicznie i mailowo niejaki Gunnar Lindberg.

– Ojciec chłopca jest już w Sztokholmie. Towarzyszy mu policjantka z Härnösand – oznajmił Koltanowski. – Śledczy z Polski dotrą w okolicach północy. Zaplanowaliśmy wtedy odprawę.

***

– Miałeś rację, Sven – oznajmiła Christin, kiedy minęli policyjną blokadę.

Policjanci odjechali, gdy Carlsson wyjaśniła im, że człowiek, którego szukali, siedzi już w jej samochodzie. Auta natychmiast ruszyły płynnie.

Jönsson czekał na ciąg dalszy.

– Miałeś rację co do Magnussona i Almkvista.

Ich oczy spotkały się na chwilę, po czym policjantka znów skupiła uwagę na prowadzeniu. Ta chwila wystarczyła jednak, by dostrzegła na twarzy Jönssona to, co widziała już wcześniej. Szczęki zacisnęły się natychmiast, oczy zmieniły w dwie wąskie szparki, na czole pojawiła się pojedyncza, długa bruzda. Człowiek siedzący obok był zdeterminowany i gotowy do działania. W pewnym sensie nieprzewidywalny.

– Ci dwaj uczestniczyli w uprowadzeniu Björna.

Jönsson milczał, jakby przetrawiał to, co usłyszał. W końcu wyszeptał:

– Skurwysyny… Skąd to wiecie?

– Nie znam szczegółów, ale mój partner zdążył mi przekazać, że Jerka i Hansa odwiedził Evert Backman i… miał ze sobą kuszę.

Znowu udało się jej go zainteresować. Skinął głową.

– Wiedziałeś, że trzymał w domu taką broń?

– Taa. Pamiątka po ojcu.

– Z której najwyraźniej od czasu do czasu musiał robić użytek – stwierdziła. – Przestrzelił Magnussonowi nogę na wysokości kolana. Zatrzymaliśmy i jego, i Almkvista.

Nie odpowiadał. Christin wiedziała, że takie rozwiązanie wcale go nie satysfakcjonuje, nie przynosi ulgi zrozpaczonemu, zranionemu i wściekłemu ojcu. Sven Jönsson nie miał jej zaznać, dopóki sam nie wymierzy sprawiedliwości, dopóki nie dokończy tego, co rozpoczął w barze U Jensa.

– Przyznał się tylko Almkvist – ciągnęła Christin. – Ale szybko zmienił zdanie. Backman mierzył do niego z kuszy, więc żaden sędzia nie weźmie takich zeznań na poważnie. Kiedy na miejscu pojawił się Lindberg, Almkvist śpiewał zupełnie inaczej. Wszystkiego się wyparł.

– Przecież to oni, na litość boską… – Znów na nią patrzył.

– Ty to wiesz, Evert Backman to wie i… – Umilkła, po czym dodała: – I powiedzmy, że ja to wiem. Trzeba to jeszcze udowodnić.

Znowu zapadła cisza. Pierwsza przerwała ją Christin.

– Włóż pistolet do schowka na rękawiczki, Sven – powiedziała.

Spojrzał na nią zaskoczony.

– Sven… – powtórzyła.

Nie sądziła, że posłucha, jednak on odchylił się na fotelu, sięgnął za pasek spodni, wydobył broń i zrobił, o co prosiła.

– Mówi ci coś nazwisko Małkowski? Makołski? Jakoś tak… to polskie nazwisko.

Jönsson nie reagował, więc Christin kontynuowała:

– Nie tylko Björna przetrzymywano w tym mieszkaniu. Uprowadzono również dziewczynę. Z Polski. Jej dziadek, podobnie jak twój ojciec, ponoć współpracował z człowiekiem o nazwisku Luciano.

Carlsson zerknęła na Jönssona. Mężczyzna wciąż wpatrywał się w przednią szybę. Wiedziała, że myśli.

– Mój ojciec go wrobił – odezwał się wreszcie. – Chciał się wykręcić ze współpracy z tą włoską gnidą. Dlatego podstawił mu tego biedaka. Wpakował w to gówno własnego przyjaciela. Luciano najwyraźniej chce wyrównać jakieś zaległe rachunki…

Christin na zmianę to spoglądała na drogę, to na swojego pasażera. Korciło ją, by zadać kolejne pytanie. Tak naprawdę to miała ich jeszcze całkiem sporo. Wszystko działo się bardzo szybko i mimo że informacje, które otrzymała od Gunnara, zaczynały układać się w całość, to w układance wciąż było sporo dziur. Nie zdążyła się jednak odezwać, bo pierwszy zrobił to Jönsson.

– Za chwilę zjedziesz z E4. Pojedziemy w kierunku drogi 265.

Christin nie widziała, czy bardziej zaskoczyło ją to, co przed chwilą usłyszała, czy raczej spokojny ton Svena. Zupełnie jakby wybrali się na wspólną wycieczkę, a on wcielił się w rolę przewodnika.

– Jedziemy prosto na posterunek na Polhemsgatan – odparła. – Będą tam na nas czekać…

– Zaufałem ci! – Jönsson uderzył ręką w kolano. – To miałaś na myśli, mówiąc o współpracy? Że pojedziemy na posterunek i będziemy wszystko wałkować od początku? Nie ma na to czasu! Już raz mnie nabrałaś, kiedy powiedziałaś, że znaleźliście Björna. Tymczasem nie macie nic poza butem mojego syna!

– Posłuchaj, Sven…

Urwała, kiedy sięgnął do schowka na rękawiczki. Po chwili poczuła zimną lufę pistoletu na swojej skroni.

– Powiedziałem, że pojedziemy w kierunku 265. Rób, co mówię!

Drgnęła. Włączyła prawy kierunkowskaz.

– Nie rób głupot, Jönsson. Odłóż broń…

Nieprzyjemny dotyk stali zniknął. Ale Sven wciąż do niej mierzył. Zaciśnięta na rękojeści pistoletu dłoń spoczęła na kolanach.

– Dokąd jedziemy? – zapytała Carlsson, dając za wygraną.

– Tam, gdzie się wychowałem. Do mojego domu rodzinnego.

***

Po dwudziestu minutach przekroczyli granice administracyjne gminy Danderyd. Przez większość czasu milczeli, nie licząc wskazówek dotyczących drogi, których Jönsson udzielał mechanicznie niczym nawigacja samochodowa. Christin od czasu do czasu rzucała przelotne spojrzenie na broń spoczywającą na kolanach Svena. Z niemałym zaskoczeniem zauważyła, że ogarnął ją dziwny spokój. Zaledwie przed kilkudziesięcioma minutami, chłód i determinacja, które widziała w oczach Jönssona, sprawiły, że po plecach przeszedł jej dreszcz. Teraz, nie wiedzieć czemu, zyskała pewność, że chociaż Sven miał broń, to z jego strony nie groziło jej żadne niebezpieczeństwo. Zamierzała jednak grzecznie wykonywać jego polecenia.

– A więc to tu dorastałeś, Sven… – odezwała się, chcąc wreszcie przerwać ciszę.

Jechali Djursholms Ösby. Po obu stronach Vendevägen wyrastały drzewa i prawie bliźniacze domy jednorodzinne. Obrazek za szybą był niemal sielski. Jakaś kobieta w drzwiach domu machała w kierunku SUV-a opuszczającego podjazd. Dwie posesje dalej kilku chłopców wysiadało z minivana. Pewnie jakiś rodzic odwiózł ich do domu po treningu piłki nożnej. Jeszcze dalej nastolatek z długimi włosami pomagał swojej matce wyciągnąć zakupy z bagażnika samochodu. Choć moment był wyjątkowo nieodpowiedni, Christin znów poczuła tęsknotę. Była przykra i równie niechciana jak zgaga. W takich chwilach jakiś głos w jej głowie powtarzał: „Ciebie już nic takiego nie czeka, maleńka. Wybacz, ale kiepsko ulokowałaś swoje uczucia, wybrałaś zły pociąg. Następny już nie nadjedzie…".

– Cały czas prosto – polecił Jönsson, wyrywając ją z zamyślenia. Minęli kilka restauracji, stację paliw. Dotarli do ronda. Christin zerknęła na Svena. Machnął ręką odrobinę zbyt nerwowo, jakby chciał powiedzieć: „Przecież mówiłem, że prosto!". Gdy tylko zjechali ze skrzyżowania, Jönsson zaczął się rozglądać. Był coraz bardziej niespokojny.

– Musiało się sporo pozmieniać, odkąd byłeś tu po raz ostatni. – Carlsson podjęła kolejną próbę nawiązania rozmowy.

Kiedy wydawało się, że i tym razem nic z tego nie wyjdzie, Jönsson odburknął:

– Odrobinę…

Dobre i to. Jeszcze jedno mimowolne spojrzenie na broń leżącą na kolanach Svena. Christin również zaczęła lustrować okolicę. Widoki po obu stronach ulicy robiły wrażenie. Tradycyjne domy jednorodzinne ustąpiły miejsca bogatym willom i ogrodom, które czasami oglądało się w telewizji. Przed sobą widzieli zatokę.

– O rany, jak tu pięknie…

– Następna w prawo – powiedział Jönsson.

Jechali Strandvägen. Mijali zacumowane jachty i kołyszące się sennie motorówki. Posesje po drugiej stronie ulicy były ukryte za wysokimi żywopłotami.

– Znowu w prawo. O tu!

Christin zahamowała dość gwałtownie i włączyła kierunkowskaz. Skręcili w zdecydowanie węższą ulicę, a zaraz potem w szutrową drogę, obramowaną kolorowymi liśćmi. Drzewa, w koronach których siedziało ptactwo, tworzyły nad starym volvem baldachim.

Christin nie mogła się przyjrzeć posiadłości, kiedy wynurzyli się z leśnego tunelu. Wielki dom z czerwonej cegły zszedł na drugi plan. Carlsson zatrzymała samochód. Oboje wpatrywali się w radiowozy, na dachach których migały koguty. Niebieskie światło ślizgało się po kostce brukowej i ścianie elewacji. Kilku umundurowanych policjantów zwróciło na nich spojrzenia. Dwóch sanitariuszy właśnie wyłoniło się z wnętrza domu. Prowadzili łóżko, na którym leżały zwłoki skryte w czarnym worku.

Christin usłyszała, jak drzwi volvo się otwierają, i odruchowo złapała Jönssona za rękę. Spojrzał na nią zaskoczony. Ona zaś utkwiła wzrok w pistolecie, który wciąż tkwił w jego dłoni.

– Na litość boską, Sven, odłóż to, zanim podziurawią nas jak sito! Szeroko otwarte niebieskie oczy przyglądały się jej uważnie.

– Powiedziałam: schowaj broń. Już!

Carlsson wskazała podbródkiem schowek na rękawiczki. Jönsson otworzył go i ukrył broń. Wysiedli. Zaskoczeni mundurowi nie odrywali od nich wzroku. Stojący najbliżej ruszył w ich stronę. Christin uniosła jedną rękę, a drugą wsunęła za połę kurtki, szukając odznaki.

– Spokojnie, jestem policjantką!

Funkcjonariusz przystanął. Carlsson zauważyła, że jego dłoń powędrowała do kabury przypiętej przy pasku. Uspokoił się dopiero, gdy dokładnie przyjrzał się dokumentowi, który mu podała. Potem spojrzał na Jönssona.

– To Sven Jönsson. Mieszka tutaj. To znaczy mieszkał… – wyjaśniła. – Co tu się wydarzyło?

Zwłoki zniknęły w ambulansie, ale po chwili z wnętrza domu wyłonili się kolejni sanitariusze. Ciał było więcej.

– Strzelanina. Gangsterskie porachunki… – odpowiedział funkcjonariusz.

Jönsson podszedł do karetki.

Rozmawiający z nimi policjant nie zdążył zareagować, ale zrobił to inny:

– Stój! Nie wolno…!

Sven przystanął, ale nie z powodu policyjnego nakazu. Jak zahipnotyzowany przyglądał się mężczyźnie i sanitariuszce siedzącym na schodach werandy. Kobieta okryła pacjenta kocem, a potem zabrała się za mierzenie ciśnienia. W końcu Jönsson ruszył w ich stronę. Carlsson pobiegła za nim.

– Znasz tego człowieka? – zapytała, patrząc to na Svena, to na wychudzoną i bladą twarz tamtego.

Jönsson nieznacznie skinął głową.

– To mój ojciec – odparł.

50.

Dobiegający z głośników głos recepcjonistki poinformował, że prom wpłynie do portu o dwudziestej. Merk zerknął na zegarek. Zostało jeszcze prawie czterdzieści minut. Kabiny musieli opuścić wcześniej, więc Wolański z Adamskim poszli po bagaże. On sam postanowił wykorzystać ten czas i zapalić. Przeszedł przez wiatrołap i wyszedł na pokład zewnętrzny. Przy barierce tłoczyło się kilkunastu pasażerów. Minął ich i ruszył w poszukiwaniu odrobiny prywatności. Wolną przestrzeń znalazł kilkadziesiąt metrów dalej, na rufie statku. Wiatr wiał tu tak mocno, że Merk miał wrażenie, że zaraz urwie mu głowę. Postawił kołnierz, zerkając na banderę, która owinęła się wokół pałąka, przypominającego teraz pochodnię czekającą, aż ktoś łaskawie ją zapali. Spojrzał na granatowoczarną toń. Fale rozbijały się o białą burtę statku z łoskotem, podobnie jak myśli w jego głowie. Miał ambiwalentne odczucia. Gdzieś w głębi jego umysłu ponownie rozbrzmiał znienawidzony podszept: „I po co ci to wszystko? Przecież to już dawno nie twoja sprawa. Jeżeli w ogóle kiedykolwiek to była twoja sprawa". Trudno się było z nim nie zgodzić, a odpowiedzi na to pytanie Merk poszukiwał od dawna. A ta na pewno nie była jednoznaczna. Po części chciał zrobić coś dla tej dziewczyny. Wnuczka Wiktora była praktycznie w wieku jego córki. Nie wiedzieć czemu, wciąż naiwnie wierzył, że jeżeli uda mu się ją uratować, łaskawy Bóg, kierując się zasadą wzajemności, zdecyduje się pomóc Natalii. Sprawi, że jego córka się obudzi, wyrwie ją ze szponów nałogu i ... I co? Natalia odzyska wewnętrzny spokój i znowu będą rodziną? A może chodziło o Joannę? Kobietę, którą kochał tak jak później żadną inną? Nawet do Bożeny nie żywił tak silnego uczucia, choć przez te wszystkie lata wmawiał sobie, że jest inaczej. Być może chciał to zrobić dla niej, chociaż go odrzuciła i wybrała Wiktora. A może sam Wiktor był powodem? Może Olgierd wciąż poświęcał się dla człowieka, którego już dawno przestał nazywać przyjacielem?

Merk włożył papierosa do ust i sięgnął po zapalniczkę. Bezskutecznie próbował zrobić z niej użytek, bo wiatr natychmiast tłumił płomień.

– Niech to szlag! – zaklął, starając się osłonić zapalniczkę dłońmi. Nagle usłyszał charakterystyczny metaliczny dźwięk i ujrzał czyjeś dłonie przy swojej twarzy. Ktoś podsunął mu zapalniczkę. Płomień dostrzegł dopiero wtedy, gdy koniec papierosa zaczął się żarzyć.

– Najlepsze są żarowe – powiedział Wiktor. Odpalił własnego papierosa i schował zapalniczkę do kieszeni. – Żaden wiatr im niestraszny, dlatego nazywają je sztormowymi. Taki stary palacz jak ty już dawno powinien sobie taką sprawić.

Merk zaciągnął się zachłannie. Papieros podskoczył kilkakrotnie przyklejony do dolnej wargi. Po obu stronach promu widoczny był ląd. Portowe światła wyglądały z daleka jak lampki choinkowe.

– W moim przypadku to kiepski pomysł. Nieustannie je gubię. Wiktor się uśmiechnął. Horyzont spowijała mgła.

– Taa, pamiętam. Zresztą nie tylko zapalniczki gubiłeś. Pamiętasz, jak zwinęliśmy samochód mojemu ojcu? Pojechaliśmy na imprezę do Stargardu. Ty prowadziłeś, bo ja i Jan mieliśmy już w czubie. Wszystko było dobrze aż do powrotu. Okazało się, że zgubiłeś te pieprzone kluczyki. Myślałem, że ojciec mi wtedy nogi z dupy powyrywa.

Przez dłuższą chwilę palili w milczeniu. W końcu Wiktor oparł się o barierkę i odezwał się ponownie:

– Możesz mi nie wierzyć, Olgierd, ale nigdy nie przestałem tego żałować. – Patrzył na dawnego przyjaciela, który nie zamierzał nawet zaszczycić go spojrzeniem. – Nigdy nie mogłem sobie darować tego, że zostawiłem Aśkę i Adama. Ja…Kurwa, nie wiem, co sobie wtedy myślałem. Chciałem wrócić, ale ona… wiesz, jaka była Aśka, Olgierd. Nie chciała mnie już widzieć. A potem wdepnąłem w to bagno. Przez całe życie miałem poczucie, że to moja pokuta. Że tylko w ten sposób jestem w stanie odkupić swoje winy. Gdyby nie ty i Jan, już byłbym trupem. Znowu milczeli. Merk zdusił papierosa w metalowej popielniczce przytwierdzonej do barierki.

– Myślisz, że nie wiem, co ci chodziło po głowie przez te wszystkie lata, Olgierd? – podjął Makowski. – Uważałeś, że w to wszedłem, prawda? Że byłem człowiekiem Luciana. Że gdy wreszcie chciałem się z tego wyrwać, przybiegłem z płaczem do Jana, bo wiedziałem, że on pójdzie prosto do ciebie. Bo do kogóżby innego? Tylko ty, wielki glina, mogłeś mi pomóc. To nieprawda, Olgierd. Słyszysz?! Musisz to wiedzieć! Ten skurwysyn Jönsson mnie wrobił! – Makowski teraz już krzyczał.

Załogant, który zbierał pozostawione na pokładzie filiżanki i śmieci, przyjrzał im się uważnie. Wiktor to zauważył i ściszył głos.

– Mój syn zginął przeze mnie. Od samego początku wiedziałem, że to nie był żaden wypadek. Przepisanie mu hurtowni było błędem. Ale on nigdy w tym nie uczestniczył, Olgierd. Musisz mi uwierzyć. Adam nie miał z mafią nic wspólnego.

Głos Wiktora zaczął się łamać. Merk wreszcie na niego spojrzał.

– Kiedy Jan powiedział mi o śmierci Adama… Ja… Chciałem palnąć sobie w łeb. Ale nigdy nie wystarczyło mi odwagi. Po pijaku wlazłem na dach, myśląc, że łatwiej będzie po prostu zrobić o jeden krok za dużo, ale…. – Przerwał. Łzy pociekły mu po policzkach. – Nie mogę cofnąć czasu, Olgierd. Odpokutuję swoje w piekle. Ale wcześniej muszę ją uratować. Mam wnuczkę, której nigdy nie poznałem. Ja…

Merk westchnął.

– Idź po bagaż, Wiktor. Za kilkanaście minut będziemy musieli zejść do samochodu – powiedział i odszedł.

Przechodząc przez wiatrołap, spojrzał raz jeszcze w stronę rufy. Po grupie pasażerów nie było już śladu. Został tylko pogrążony w swoich myślach Wiktor. Szara postać, ledwo widoczna na tle popielatego nieba. Olgierd zdał sobie sprawę, że nigdy wcześniej nie widział go płaczącego.

***

Agnieszka nie wiedziała, jak długo jechali. Na pewno zdążyli pokonać co najmniej kilkadziesiąt kilometrów. Ostatnie kilka przez gęsty las, po drodze pełnej dziur, wybojów i korzeni wyrastających z ziemi. Reflektory wyławiały z mroku krętą drogę i niekończące się pasma drzew. Od czasu do czasu wpatrywały się w nich lśniące ślepia jakiegoś zwierzęcia, które zaraz potem czmychało w przestrachu. Alessandro obejmował ją ramieniem, zupełnie jakby byli parą siedzącą w sali kinowej. Czuła jego intensywny zapach, pot zmieszany z wodą toaletową, ciepły oddech i kosmyk wilgotnych włosów na swoim policzku. Widziała tylko nogi Björna. Resztę zasłaniało silne ciało Włocha. Niewiele słyszała poza słowami jakiejś piosenki dobiegającej z głośników.

Samochód wreszcie się zatrzymał. Jego światła padały na werandę, drzwi i zasłonięte roletami antywłamaniowymi okna drewnianego domu, niczym na najistotniejszy element teatralnej scenografii. Stał na skraju lasu, skryty wśród sosen i jodeł, które w całości zasłaniały część spadzistego dachu. Silnik SUV-a zgasł nagle i zamarł jak pies, który do tej pory warczał niespokojnie. Poświata rzucana przez reflektory zmatowiała, dacza znowu pogrążyła się w mroku. Zapanowała cisza, zgasło nawet radio. Agnieszka słyszała własne myśli, podobnie jak bicie swojego serca. „To tu was zabiją – powtarzał głos w jej głowie. – Zabiją i zakopią w tym lesie. Coś poszło nie tak. Nie jesteście im już potrzebni". Lewą dłoń przesunęła delikatnie po kolanie, w stronę klamki. Zrobiła to odruchowo, chociaż wiedziała, że drzwi samochodu są zamknięte. Ciężkie męskie ramię, które wciąż czuła na swoich barkach, pozbawiało ją złudzeń, że jakakolwiek ucieczka jest możliwa. Drzwi od strony kierowcy się otworzyły. Z podsufitki auta rozbłysło blade światło. Wystarczająco jednak intensywne, by Agnieszka zmrużyła przyzwyczajone do mroku oczy. Giovanni wysiadł. Otworzył drzwi po jej stronie i natychmiast chwycił ją za przedramię. Mocno. Zabolało. Dopiero wtedy Alessandro zabrał rękę. Znowu powiedział coś po włosku.

– Wysiadać – rozkazał Giovanni. Mówił cicho, niemal szeptem.

Posłuchała. Alessandro wynurzył się z wnętrza auta zaraz za nią, wlokąc za sobą chłopca. Björn wciąż milczał. Nie uronił nawet jednej łzy. Prowadzili ich do chaty. Agnieszka zdążyła się obejrzeć. Felipe wciąż siedział w samochodzie, z głową opartą o szybę. Nie patrzył na nich. Wyglądał, jakby spał. Kiedy dotarli na werandę, Giovanni wziął chłopca za rękę, a Alessandro zaczął majstrować przy drzwiach domu. Po chwili stały otworem.

– Wchodźcie. – Giovanni pchnął ich do środka.

Pokój zalało światło, ukazując jego wnętrze. Duża kanapa z brązowej skóry, dwa fotele, a przed nimi ława stojąca na grubym, zielonym dywanie, kontrastującym z surową, zakurzoną podłogą. Kominek, a obok niego poukładane równo niemal do sufitu drewno. Nie było telewizora, nawet radia, żadnego atrybutu nowoczesności. Po lewej znajdowały się schody wiodące na górę, a pod nimi – niknący w cieniu korytarz, prowadzący zapewne do kuchni i łazienki.

Zimna dłoń na jej karku bez krzty subtelności zmusiła Agnieszkę do wykonania kolejnego kroku.

– Siadajcie – polecił im Alessandro.

Agnieszka ujęła Björna za rękę i poprowadziła go do kanapy. Alessandro przyglądał im się przez chwilę, a potem odwrócił się do Giovanniego. Rozmawiali w ojczystym języku. Właściwie mówił Alessandro, a Giovanni ograniczył się do roli słuchacza. Potem przyklęknął przy kominku i wrzucił do niego kilka drew. Alessandro wyszedł z chaty. Usłyszeli zgrzyt klucza w zamku. Zamknięto ich na dwa spusty.

– Zimno? – Giovanni obejrzał się przez ramię.

Agnieszka oderwała wzrok od drzwi i pokiwała głową.

– Zaraz będzie ciepło – powiedział Włoch, wrzucając zapałkę do paleniska.

Drwa zajęły się powoli. Ciepło było ledwie wyczuwalne, ale przyjemne. Ogień odbijał się w szeroko otwartych źrenicach uprowadzonej dwójki. Agnieszka obserwowała, jak Włoch przytrzymuje nad paleniskiem dłonie. Kiwnął głową w ich stronę, zachęcając, by zrobili to samo. Agnieszka objęła Björna. Chłopiec spojrzał na nią niepewnie. Uśmiechnęła się i wstając, delikatnie pociągnęła go za sobą. Usiedli przy palenisku po turecku, zupełnie jakby byli na obozie harcerskim. Giovanni uśmiechnął się, wrzucając do kominka kolejną szczapę drewna.

– Głodni? – zapytał.

Agnieszka potwierdziła skinieniem głowy.

– Niedługo wszyscy coś zjemy – powiedział, wpatrując się w trzaskające płomienie.

– Dlaczego Alessandro zabił Flavia?

Pytanie sprawiło, że dziewczynie znów udało się przykuć jego uwagę.

Spoważniał. Cienie tańczyły na jego pulchnej twarzy.

– Dlaczego to zrobił? – Agnieszka nie dawała za wygraną.

Mężczyzna wstał. Dziewczyna zrobiła to samo. Patrzyła pewnie w brązowe oczy, próbując nie dać po sobie poznać, że się boi. Nie zdobyłaby się na to, gdyby miała przed sobą Alessandra.

– Co z nami będzie? Dlaczego tu jesteśmy?!

Kolejne pytania sprawiały, że Włoch czuł się coraz bardziej zakłopotany. W końcu odwrócił się na pięcie i już chciał odejść, ale Agnieszka zastąpiła mu drogę.

– Powiedz mi. Mam prawo wiedzieć. Dlaczego nas porwaliście? Tu chodzi o coś więcej niż tylko o pieniądze, prawda?

Włoch zerknął na drzwi, jakby się spodziewał, że w każdej chwili może pojawić się w nich Alessandro. Agnieszka powiodła wzrokiem za jego spojrzeniem.

– Aż tak się go boisz? Przecież nikomu nie wygadam, nie mogę uciec. Proszę, powiedz mi, o co w tym wszystkim chodzi…

***

Alessandro zamknął drzwi na klucz. Schodząc z werandy, spojrzał w atramentowe niebo. Gwiazdy zaczynały być widoczne. Nie dostrzegł nic, co mogłoby go zaniepokoić. Żadnego światła ani odgłosu nadlatującego helikoptera. Ruszył w kierunku volva. Do przejścia miał kilkanaście metrów, ale już w połowie drogi, mimo panującego mroku, zauważył, że siedzenie pasażera jest puste. Przystanął. Rozejrzał się dookoła. Drzewa szumiały Nieopodal rozległ się odgłos łamanej gałązki, szelest ugniatanych liści. Jakieś zwierzę wychodziło na żer. „Noc to szczególny czas zarówno dla drapieżnika, jak i jego ofiary" – pomyślał. W swoim życiu był i jednym, i drugim. Ile czasu musiało upłynąć, zanim sam stał się drapieżnikiem? Ile odwagi musiał w sobie znaleźć, by po raz pierwszy złamać zakaz *madre* i ruszyć w nocne otchłanie Neapolu? Był owcą wśród wilków, dobrowolnie wchodzącą do ich jaskini. Ale wtedy miał przy sobie Flavia. Wtedy to on był jego przewodnikiem i bratem. Dziś strzelił swemu bratu w serce. Teraz czuł, że jest całkiem sam.

Dostrzegł zarysy pomostu ciągnącego się w głąb jeziora. Obcasy jego butów stukały o spróchniałe deski, odbijając się głośnym echem, kiedy po nim kroczył. Zaalarmowały człowieka stojącego na jego końcu. Czarna postać się odwróciła. Przez chwilę Alessandro nie mógł się oprzeć wrażeniu, że obok don Felipego stoi ktoś jeszcze. *L'ombra della morte* – pomyślał. Cień śmierci. Każdy człowiek był nim naznaczony, nieprawdaż? Już w chwili narodzin śmierć była jedyną pewną rzeczą w życiu. A jej cień stawał się coraz wyraźniejszy, gdy zbliżała się ostatnia godzina.

– Don Felipe – rzekł niemal czule, zatrzymując się przed bossem. – Powinniśmy wejść do środka, zanim się przeziębisz.

– Jeszcze chwila. – Luciano ponownie zapatrzył się w dal. – Alessandro poszedł w jego ślady. Księżyc rzucał na wodę srebrzyste refleksy, tworząc swego rodzaju świetlistą drogę.

– Pamiętasz, kiedy przyjechaliśmy tu po raz pierwszy? Alessandro sięgnął po paczkę papierosów. Włożył jednego do ust i zapalił. Wypuścił dym, jednocześnie kiwając głową. Pamiętał. Kiedy zabili przywódcę Lwów, musieli zniknąć na pewien czas, ukryć się, dopóki sprawa trochę nie przycichnie. Mikael Jönsson miał dwa domy nad jeziorem. Pierwszy, oddalony zaledwie kilkanaście kilometrów od stolicy, bardziej przypominał willę niż daczę. Ale był jeszcze drugi, skromniejszy, który Jönsson postawił w czasach, gdy nie przychodziło mu do głowy, by nazywać się wielkim biznesmenem. Wybór Felipego padł na niego. Spędzili tu miesiąc. On, Alessandro, Flavio, Giovanni, Cesare i Marco. Czas upływał im na odpoczywaniu, piciu i snuciu wielkich planów. Cesare, Marco i Flavio byli już martwi. Niebawem ich los miał podzielić również Felipe, a potem pewnie on i Giovanni.

– Wiem, że nigdy nie ufałeś Mikaelowi. – Felipe ścisnął mocniej poły płaszcza i włożył ręce do kieszeni. – Ale to on wyciągnął wtedy do nas pomocną dłoń.

Pomarańczowy ognik zażarzył się intensywniej, kiedy Alessandro ponownie się zaciągnął.

– Dłoń Mikaela trzęsła się ze strachu, don Felipe. Propozycja przyjazdu do Sztokholmu nie wyszła od niego.

Milczeli obaj przez dłuższą chwilę.

– Pamiętam, jak spędziliśmy tu kilka tygodni – odezwał się wreszcie don Felipe. – Nie mogliśmy przywyknąć do spartańskich warunków, ale mimo wszystko dobrze wspominam ten czas. Byliśmy wszyscy razem. Jak rodzina, która musiała opuścić dom, ale nadal pozostała rodziną.

– Możemy tam jeszcze wrócić, don Felipe…

Luciano zerknął w stronę Alessandra. Mężczyzna wrzucił niedopałek do jeziora. Rozległ się cichy, niemalże niesłyszalny syk.

– Wrócić do Neapolu…?

– Tak, don Felipe. Wrócić do Neapolu.

Luciano znowu spojrzał na srebrzystą, falującą ścieżkę wyznaczoną przez księżyc. Mimo braku sił i mimo bólu miał ochotę zrobić krok do przodu i biec przed siebie bez opamiętania. Wiedział jednak, że świetlista droga była równie nierealna jak ta wiodąca do domu. Obaj to wiedzieli.

– Tego właśnie chciał Flavio, prawda? – zapytał boss.

Alessandro nie odpowiedział.

– To miałeś na myśli, mówiąc, że nas zdradził? Chciał wrócić, ale beze mnie. On nas nie zdradził, Alessandro. Zdradził mnie. Dlaczego go nie posłuchałeś?

– Co to za pytanie, don Felipe? Ja…

– Wiesz, że to już koniec.

– Wiem, don Felipe. Ale wciąż to od nas zależy, jak będzie on wyglądał.

Luciano się uśmiechnął. Zaraz potem zaczął się krztusić. Kaszlał przez chwilę w zwiniętą dłoń. Gdy wreszcie zdołał dojść do siebie, wytarł zakrwawione palce o spodnie i powoli, krokiem starca ruszył w stronę brzegu.

– A więc chodźmy. Musimy się przygotować…

Alessandro Santoro stał jeszcze przez chwilę, spoglądając w granatową toń jeziora. Patrzył na swoje falujące odbicie. Patrzył na swoją *l'ombra della morte*.

51.

Przy windzie tłoczyło się wielu pasażerów, więc wybrali schody. Kiedy rozsuwały się przed nimi drzwi pokładu piątego, rozdzwonił się telefon Borysa. Merk przystanął, z zaciekawieniem przyglądając się Borysowi. Adamski i Makowski przeciskali się wśród dziesiątek samochodów, próbując zlokalizować ten właściwy. Komisarz zatykał jedno ucho palcem wskazującym i przycisnął telefon do drugiego. Merk po jego skwaszonej minie wywnioskował, że Borys usilnie stara się usłyszeć swojego rozmówcę. Wokół panował straszny harmider. Ludzie przekrzykiwali się między sobą. Kółka bagaży zgrzytały o zielony stalowy pokład. Drzwi i bagażniki aut otwierały się i zamykały. Warkot silników odbijał się ogłuszającym echem od ścian promu. Na jednej z nich Olgierd dostrzegł znak olbrzymiego papierosa w kółku, przekreślonego czerwoną linią. Dla niego była to kiepska wiadomość. Obserwował Wolańskiego jeszcze kilka minut. Przez cały ten czas komisarz stał wciśnięty w ścianę, jakby mogło to w czymkolwiek pomóc. Gdy pierwsze samochody ruszyły w kierunku rufy, Olgierd ułożył dłonie w kształt litery T, sugerując Wolańskiemu, że musi kończyć. Komisarz pokiwał głową i schował telefon do kieszeni.

– Dominika? – zapytał Merk.

Wolański pokręcił głową.

– Biernacka.

– Już zdążyła się stęsknić?

Borys posłał mu wymowne spojrzenie.

– Znaleźli ją.

Merk zmarszczył brwi.

– Dziewczynę. To znaczy udało się ją zlokalizować, ale porywacze zdołali uciec. Na trop wpadli policjanci z Rinkeby.

– To emigrancka dzielnica.

Wolański przytaknął skinieniem głowy.

– A teraz najlepsze. Dziewczyna nie była sama. Przetrzymywany z nią był jeszcze jeden dzieciak. Chłopak nazywa się Björn Jönsson. Usłyszeli piskliwy dźwięk gwizdka, który rozerwał im bębenki. Obaj spojrzeli w kierunku, z którego dobiegał. Marynarz stojący przy ich samochodzie wyglądał na poirytowanego. Ruszyli w stronę audi szybkim krokiem.

***

Szpital Uniwersytecki był kompleksem kilkupiętrowych budynków z brązowej cegły, mieszczących się przy Karolinska Vägen. Spędzili w nim już ponad dwie godziny i Christin Carlsson czuła, że marnują czas. Szła teraz prędko w kierunku dwóch postaci na końcu korytarza, niosąc dwie gorące kawy. Kiedy podeszła bliżej, lekarz, którego zdążyła poznać wcześniej, skinął w jej stronę, odwrócił się i zniknął w pokoju, w którym leżał Mikael Jönsson. Sven został sam.

– Coś ciepłego dobrze nam zrobi – powiedziała, podając Svenowi kubek.

Ociągał się z jego przyjęciem. Nie patrzył na nią. Był jakby nieobecny.

Christin zamierzała prosto spod domu Svena udać się na posterunek, ale plany pokrzyżował jej Mikael Jönsson. Na widok syna dostał ataku epilepsji. Sanitariuszom udało się nad tym zapanować, ale mężczyzna odpłynął. Sven uparł się, że pojedzie do szpitala razem z nim. Wcześniej jednak obecni na miejscu zdarzenia policjanci poprosili, by przyjrzał się ciałom. Rozpoznał jedno z nich. Był to niejaki Marco, człowiek Felipego Luciana. Po reszcie Włochów nie było śladu. Potem razem z Carlsson ruszyli za ambulansem. Towarzyszyło im dwóch umundurowanych policjantów, Anne Rydström i Thomas Söderberg, którzy po drodze opowiedzieli im dokładnie, co zaszło w rodzinnym domu Svena. Teraz oboje czekali przed budynkiem.

– Co powiedział lekarz? – zapytała Christin.

– Nie pozwalają mi się z nim zobaczyć. Nadal jest nieprzytomny. Mam czekać. Twierdzi, że ojciec został odurzony jakimiś prochami. Szok plus narkotyki wywołały atak padaczki.

Sven upił łyk i zapatrzył się w drzwi, za którymi leżał człowiek, którego nie widział od dekady.

– Powinniśmy już jechać, Sven – powiedziała Christin. – Czekają na nas na dole. W ten sposób nie odnajdziemy Björna. Musimy spotkać się z tutejszymi policjantami. Niebawem też pojawią się ludzie z Polski i dziadek dziewczyny, którą uprowadzono z twoim synem.

Jönsson nieznacznie skinął głową i nawet zrobił krok w jej stronę, ale przystanął ponownie, gdy otworzyły się drzwi sali.

– Twój ojciec się wybudził – powiedział lekarz.

***

Przekraczając próg pokoju, Sven czuł, jak nogi zaczynają się pod nim uginać. Jakaś pielęgniarka przemknęła obok niego. Doktor Martin Ekholm skinął głową i szepnął, że w razie potrzeby będzie za drzwiami, po czym również wyszedł. Sven został z ojcem sam. Duże niebieskie oczy zwróciły się w jego stronę. Mikael Jönsson wyglądał jak żywy trup. Serce Svena, który przez te wszystkie lata pielęgnował w sobie nienawiść, biło w szaleńczym rytmie. Czasami zadawał sobie pytanie, czy ojciec żyje, i gdy jakiś głos w jego głowie zaprzeczał, Sven odczuwał coś podobnego do… ulgi. Widok, który miał przed sobą, sprawił, że coś zaczynało w nim pękać. Toczył wewnętrzną walkę z samym sobą, aby się nie rozpłakać.

– Sven… – odezwał się chrapliwy, niemalże obcy głos. – Synu…

Jönsson obejrzał się przez ramię, jakby chciał się upewnić, że drzwi są zamknięte i nikt nie usłyszy ich rozmowy. Usiadł na skraju łóżka. Cherlawa klatka piersiowa ojca, skryta pod prześcieradłem, unosiła się wraz z każdym płytkim oddechem.

– Myślałem, że... że już cię nigdy nie zobaczę... – wyznał Mikael Jönsson. – Wróciłeś...

W głowie Svena kotłowały się dziesiątki myśli. Jeszcze więcej oskarżycielskich, pełnych wyrzutu słów cisnęło mu się na usta. Zdarzało się, że oczami wyobraźni widział tę scenę. Myślał, co powiedziałby ojcu, gdyby dane im było się spotkać raz jeszcze. Chciał mu wykrzyczeć, że za to, co zrobił ich rodzinie, będzie się smażył w piekle. Teraz te wszystkie pretensje nie potrafiły mu przejść przez gardło. Wiedział, że prawdopodobieństwo wystąpienia kolejnego ataku było duże. Ojciec mógł go nie przeżyć. Ale było coś, o czym Mikael musiał wiedzieć. Było coś, o co on sam musiał zapytać, nawet gdyby jego ojciec miał dzisiaj umrzeć.

– Twój wnuk ma na imię Björn – rzekł.

Oczy mężczyzny rozszerzyły się jeszcze bardziej. Jego oddech nieznacznie przyspieszył. Kościste palce zacisnęły się na prześcieradle.

– Ma osiem lat i uwielbia wikingów. To dla niego tu jestem. Nie dla ciebie.

Jego ojciec miał sześćdziesiąt lat, a wyglądał, jakby przybyło mu co najmniej dwadzieścia. Patrzył wyczekująco na syna.

– Luciano go uprowadził. Ten skurwysyn mnie znalazł i porwał mi dziecko spod mojego domu. – Głos Svena zaczął się łamać. – Policja twierdzi, że uprowadził również wnuczkę tamtego Polaka. Makowskiego. Pamiętasz go jeszcze?

Mikael Jönsson przełknął ślinę i dla odmiany przeniósł wzrok na sufit.

– Chcę, żebyś się zastanowił... Pomyślał. Gdzie on może być?

– On umiera, Sven... – wymamrotał Mikael.

– Kto?

– Luciano. On i jego ludzie… Nie mogli uciec daleko…

Nagle Mikael Jönsson podniósł koc i przyjrzał się swojemu ubraniu. Kiedy zorientował się, że przebrano go w szpitalną odzież, zaczął się rozglądać wokół.

– Gdzie one są? – zapytał Mikael.

– Co?

– Moje rzeczy.

– Nie wiem…

Mikael usiadł z trudem. Sięgnął do szafki stojącej przy łóżku. Otworzył szufladę i grzebał w niej przez dłuższą chwilę. Kiedy wreszcie znalazł to, czego szukał, z wyraźną ulgą opadł na poduszkę. Trzymał w ręku pogniecione i lekko podarte zdjęcie. Przyglądał się mu załzawionymi oczami. W końcu podał fotografię synowi. Sven nie od razu rozpoznał siebie. Ile mógł mieć lat? Prawdopodobnie był w wieku Björna. Może niewiele starszy. Siedział uśmiechnięty i mokry na pomoście. Przed chwilą wyszedł z wody. Pamiętał, że to matka zrobiła to zdjęcie. Ojciec nosił je przy sobie przez te wszystkie lata. W tle majaczył ich stary dom nad jeziorem. Później, kiedy Mikael kupił daczę niedaleko Djursholmu, już tam nie jeździli. Nagle wszystko stało się takie oczywiste. Sven spojrzał na ojca i wybiegł z sali.

***

Klucz zazgrzytał w zamku, po czym drzwi się otworzyły. Widok, który ujrzeli, wyraźnie ich zaskoczył. Patrzyli na zakłopotanego Giovanniego, dziewczynę stojącą pewnie na szeroko rozstawionych nogach i chłopca siedzącego przy kominku. Zaciśnięte pięści młodej Polki i poniekąd groźna mina sprawiały, że wyglądała, jakby szykowała się do ataku.

– Co tu się dzieje? – zapytał Alessandro Giovanniego, ale to dziewczyna udzieliła odpowiedzi.

– Chcę wreszcie się dowiedzieć, dlaczego tu jesteśmy… i… co… co zamierzacie z nami zrobić… – zażądała płaczliwym tonem.

Stojący obok Alessandra Felipe przyglądał się jej w milczeniu. Alessandro zrobił krok w jej stronę, ale przystanął, gdy poczuł na ramieniu dłoń Luciana. Boss szepnął mu kilka słów. Alessandro skinął na Giovanniego, powiedział coś po włosku i ruszył w stronę schodów. Tamten chwycił za rękę zdziwionego Björna i obaj poszli za nim. Felipe poczekał, aż cała trójka zniknie na górze i podszedł do dziewczyny. Uśmiechnął się i musnął ją po policzku. Wzdrygnęła się, kiedy poczuła dotyk. Spojrzenie jego nienaturalnie dużych oczu peszyło ją, lecz mimo to nie odwróciła wzroku.

– *Bellezza* – szepnął po włosku. – *Bellezza e coraggio.*

Zrozumiała tylko pierwsze słowo. Wskazał ręką kanapę i nie przestając się uśmiechać, tym razem po angielsku zachęcił ją, by usiadła. Zrobiła niepewny krok w tył. W końcu podeszła do niego. Zajęła miejsce na brzegu, licząc, że uda jej się zachować bezpieczny dystans, ale Włoch spoczął na samym środku. Założył nogę na nogę, wsparł ramię na oparciu, zapatrzył się w ogień i zaczął mówić.

***

Pomieszczenie na górze miało zaledwie kilkanaście metrów kwadratowych. Umeblowanie było skromne, bo ostre skosy poddasza nie pozwalały na więcej. Składały się na nie jedynie stara, skórzana kanapa, na której usiadł Björn, i stół, który Alessandro Santoro przesuwał teraz po drewnianej podłodze. Nogi mebla szurały po zakurzonych deskach, zostawiając na nich wyraźne ślady.

– Może byś mi łaskawie pomógł? – Alessandro posłał Giovanniemu stojącemu u szczytu schodów piorunujące spojrzenie.

Grubaska najwyraźniej jednak bardziej interesowało to, co się działo na dole. Opierał się o poręcz, starając się usłyszeć jak najwięcej z rozmowy, która toczyła się w salonie. Kiedy dotarł do niego podniesiony głos Alessandra, drgnął gwałtownie, jak stróż przyłapany na drzemce w miejscu pracy.

– Już, już…

Z każdym jego krokiem deski jęczały niemiłosiernie. Złapał za jedną stronę blatu i pomógł Alessandrowi odstawić stół. Potem przyglądał się uważnie, jak mężczyzna odrzuca na bok leżący na podłodze zmatowiały dywanik, wzbijając w powietrze tumany kurzu. Giovanni zaczął się krztusić. Machał przed nosem otwartą dłonią, jakby chciał odpędzić natarczywego owada. Alessandro podważył pierwszą z desek i odłożył ją na bok. Wreszcie przykucnął i sam sięgnął po następną, w obawie, że może dostać kolejną reprymendę. Zawartość skrytki przykrywał niebieski brezent. Po chwili również i on wylądował obok desek. Ujrzeli arsenał przykryty siwym pyłem. Czechosłowackie pistolety Skorpion, kilka karabinów AK-47, parę granatów i… jeden karabin snajperski, rosyjski Dragunov. Giovanni usiadł na tyłku, ciężko sapiąc, jakby przed chwilą przerzucał kilkudziesięciokilogramowe worki z cementem. Przetarł czoło, patrząc na broń, jak gdyby widział ją pierwszy raz w życiu, a prawda była przecież taka, że przed laty schowali ją tu razem. On, Flavio, Marco, Cesare i Alessandro. Don Felipe kazał im to zrobić. „Musimy mieć miejsce, w którym będziemy mogli się ukryć i w którym, jeśli będzie taka konieczność, stawimy czoła naszym wrogom". Tak wtedy powiedział. W Scampii i Secondigliano mieli mnóstwo kryjówek w piwnicach, garażach i podziemiach mrówkowców. Tam praktycznie każdej nocy coś się działo. W Sztokholmie miało być inaczej, choć Giovanni, kiedy tamtej nocy ukrywał broń w podłodze, wiedział, że kiedyś nadejdzie dzień, gdy będą musieli z niej skorzystać. Nie przypuszczał jednak, że gdy się to stanie, na polu walki zostaną tylko don Felipe, Alessandro i on. Na tę myśl ogarniało go przytłaczające uczucie osamotnienia, dziwne i niechciane przekonanie, że dotarli do końca drogi. Szykowali się do ostatniej batalii. To było pewne. Nie wiedzieli tylko, czy jako pierwsi odnajdą ich ludzie Jazida czy policja. Z zamyślenia wyrwało go nieprzyjemne uderzenie i ciężar, który poczuł w rękach. Spojrzał na kałasznikowa, którego rzucił mu Alessandro.

– Rusz się wreszcie. – Mężczyzna wskazał brodą jedno z brudnych okien.

Giovanni skinął głową i począłapał w jego stronę zgarbiony, aby nie uderzyć głową w sufit poddasza. Przyklęknął i przetarł szybę. Przez smugę, jaką zostawiła jego dłoń, niewiele można było zobaczyć.

– Musimy je umyć – postanowił Alessandro. – Wszystkie, ale na razie rozstawmy broń.

Giovanni znowu kiwnął głową, oparł karabin o ścianę i poszedł po kolejną sztukę. Björn przyglądał im się zafascynowany. Alessandro podał Gigiemu jeden z nienaładowanych czechosłowackich pistoletów i kiwnął głową w stronę chłopca.

– Daj mu go. Widzę, że mu się podobają.

Giovanni posłuchał, ale mały bez cienia zainteresowania wpatrywał się w wysuniętą w jego stronę broń.

– To jak gra komputerowa. Wiesz… – zachęcał Giovanni, zupełnie nie przejmując się faktem, że pewnie Björn i tak nie zrozumie ani słowa. W końcu wzruszył ramionami i położył pistolet na jego kolanach.

W tym czasie Alessandro przyglądał się karabinowi snajperskiemu. Był to prezent, który przed laty podarował don Felipemu partner biznesowy z Rosji. Moskiewski oligarcha chciał się odwdzięczyć za niezwykle dobrą cenę równie dobrej kokainy. Przez pewien czas karabin wisiał na honorowym miejscu w domu Luciana. Zaczęli go używać dopiero po śmierci jego żony i córki. Zdarzało się, że ostrzeliwali z niego samochody konkurencyjnych klanów. Jeżeli trafiło się w kierowcę, efekt – choć mniej spektakularny niż przy użyciu karabinu szturmowego – był natychmiastowy. Auto wypadało z drogi i było po sprawie. Alessandro podniósł się z klęczek i podszedł do okna.

– Otwórz je i zgaś światło.

Giovanni wykonał polecenie. Santoro położył się na podłodze, czując na twarzy powiew zimnego powietrza i drewnianą kolbę broni. Długa lufa karabinu wysunęła się poza krawędź okna. Przymknął jedno oko, drugie zbliżył do lunety. Pamiętał, jak Rosjanin wychwalał pod niebiosa karabin, chcąc uświadomić don Felipemu wartość prezentu. Opracowany w Związku Radzieckim dragunov debiutował w Wietnamie. Dzięki lufie zakończonej szczelinowym tłumikiem płomienia snajper podczas strzelania nie zdradzał swojej pozycji. Wyposażona w celownik noktowizyjny broń pozwalała trafić w cel oddalony o ponad kilometr. Kiedy strzelał z niego ostatni raz? Miał wrażenie, że było to wieki temu. Alessandro odrobinę poprawił pozycję i roztaczający się przed nim las stał się jeszcze wyraźniejszy. Widział drogę, drzewa przypominające stojącą na baczność armię i pomost, na którym pół godziny wcześniej rozmawiał z don Felipem. To była wspaniała broń. Prawdziwa maszyna do zadawania śmierci z ukrycia. Już miał wstać, kiedy nagle jego uwagę przykuł jakiś ruch. Nieduży kształt poruszał się powoli. Zatrzymał się na chwilę za jedną z sosen, po czym rozpoczął dalszą wędrówkę. Lis. Palec Alessandra ześlizgnął się na język spustowy. Zwierzak znowu się zatrzymał. Spojrzał w jego stronę, jakby wyczuł zagrożenie, co było przecież niemożliwe. Alessandro delikatnie nacisnął cyngiel. I wtedy usłyszeli krzyk. Mężczyzna zaklął pod nosem. Lis czmychnął i zniknął w zaroślach. Alessandro odstawił karabin i popatrzył najpierw na Giovanniego, a potem w kierunku schodów. To była dziewczyna. Westchnął i wstał poirytowany.

Spojrzała na nich, kiedy schodzili po schodach. Stała przy drzwiach, opierając się o nie plecami. Wyglądała, jakby przed chwilą próbowała je sforsować. Oddychała ciężko. W jej oczach zamiast strachu, do którego Alessandro zdążył się już przyzwyczaić, pojawiły się złość i determinacja.

– Wypuśćcie nas! – krzyczała. – To chore! Ja nawet nie znałam tego człowieka!

Alessandro zerknął na don Felipego. Ten z rezygnacją pokręcił głową. Santoro nie wiedział, dlaczego Luciano zdradził jej powody, dla których została porwana. Nigdy jednak nie kwestionował decyzji bossa, nawet jeśli wydawały się nieracjonalne albo wręcz absurdalne.

Zawsze liczyła się tylko lojalność. Nic więcej. On to rozumiał. Flavio od pewnego czasu miał z tym problemy.

Kiedy zrobił krok w jej stronę, dziewczyna zaczęła krzyczeć. Szarpała się i kopała, gdy chwycił ją za rękę. Stojący na schodach Björn zaczął płakać. Alessandro uderzył ją w twarz. Raz, drugi. Może byłby i trzeci, gdyby Luciano nie wrzasnął:

– *Abbastanza!*

Giovanni złapał dziewczynę za drugie ramię. Jej stopy szurały pod podłodze. Podnieśli ją. Dziewczyna nie przestawała walczyć. Po chwili cała trójka zniknęła w zacienionym miejscu pod schodami. Otworzyły się drzwi. Krzyczała jeszcze głośniej, gdy wrzucali ją do środka. Pomieszczenie było mikroskopijnych rozmiarów. Schowek na szczotki, grabie i detergenty. Panował tu dziwny, mdlący zapach.

– Jeżeli się nie uspokoisz, zwiążemy ci ręce i nogi. Jeśli nie przestaniesz się wydzierać, znowu zakleimy ci usta. Naprawdę tego chcesz?

Zamilkła. Siedziała w kącie pomieszczenia, oddychając ciężko. Łzy spłynęły jej po policzkach.

– Grzeczna dziewczynka – powiedział Alessandro.

Drzwi zamknęły się z trzaskiem. Zalały ją ciemność i rozpacz.

***

Drzwi otworzyły się z impetem i z sali wybiegł Sven Jönsson. Dobrze, że kawa zdążyła już wystygnąć, bo w przeciwnym razie Christin na pewno by się poparzyła, a tak zapewne skończy się jedynie na plamie.

– Niech to szlag! – zaklęła, próbując ją wytrzeć, ale efekt był jeszcze gorszy. – Dokąd biegniesz, Sven?!

Ruszyła za nim, po drodze rzucając kubek z niedopitym napojem w kierunku śmietnika. Nie trafiła. Biegła za Jönssonem korytarzem, przyciągając spojrzenia nielicznego personelu.

– Sven, zatrzymaj się, do jasnej cholery!

Zbiegli po schodach i udało jej się go dogonić przy głównych drzwiach szpitala. Uderzyła w niego całym ciałem i w rezultacie oboje wypadli z budynku, chociaż jakimś cudem zdołali utrzymać równowagę. Niespodziewany widok sprawił, że Anne Rydström i Thomas Söderberg wysiedli z radiowozu. Sztokholmscy policjanci ruszyli w kierunku szamoczącej się pary, trzymając dłonie na kaburach.

– Co się stało, Sven?! – Carlsson ciągnęła go za ramię i miała wrażenie, że mocuje się przydrożną latarnią. – O co chodzi?

– Gdzie samochód?! Musimy jechać!

– Dokąd?

Anne Rydström uczepiła się drugiej ręki Jönssona. Patrzyła na nich, nie rozumiejąc. Söderberg pospieszył z pomocą Christin.

– Wiem, gdzie może być Björn! – wysapał Sven. – Wiem, gdzie mogli się ukryć!

Carlsson zmarszczyła czoło. Potem skinęła w stronę funkcjonariuszy, dając do zrozumienia, że mogą odpuścić.

– Gdzie?

Jönsson sięgnął do tylnej kieszeni spodni i wyciągnął pogniecioną fotografię.

– Tam.

Komisarz uniosła brwi, czekając na ciąg dalszy.

– Kiedy ci dranie potrzebowali kryjówki, mój ojciec pozwolił im się zatrzymać w naszym starym domku nad jeziorem. To on dał mi to zdjęcie. Mogą tam być!

– Okej, ale musimy to zgłosić, potrzebne nam wsparcie… – Carlsson urwała, kiedy Jönsson wyrwał jej zdjęcie z ręki.

– Nie ma czasu! Musimy jechać!

Christin zerknęła na policjantów. Anne Rydström szeptała coś do krótkofalówki przyczepionej do barku. Po chwili cała czwórka biegła w kierunku radiowozu.

52.

Światło nie było mocne, ale wystarczyło, żeby jej oczy przyzwyczajone do ciemności zareagowały chwilowym szokiem. Zmrużyła je, unosząc otwartą dłoń na wysokość twarzy.

– Wstań – usłyszała.

Podniosła się, ale wciąż trzymała się blisko ściany. Nogi zdążyły jej ścierpnąć, jednak dyskomfort, który temu towarzyszył, był niczym w porównaniu z tym, co czuła, gdy po raz pierwszy opuściła walizkę, w której ją przewozili. Nie widziała dokładnie twarzy mężczyzny stojącego w drzwiach, ale wiedziała, że to Alessandro.

– Chodź – powiedział. – I lepiej się zachowuj, bo w przeciwnym razie położysz się dziś bez kolacji.

Położyć? A gdzie niby miałaby to zrobić? W pokoju była przecież tylko kanapa, a ich było pięcioro. Być może były jeszcze jakieś łóżka na górze, ale… to tak naprawdę nie miało znaczenia. I tak nie byłaby w stanie usnąć.

Drzwi otworzyły się szerzej i do środka wpadło więcej światła. Teraz widziała już dobrze jego zniecierpliwioną twarz. Kiedy wreszcie opuściła pomieszczenie, przekonała się, że salon jest pusty. Ogień w kominku przygasał. Alessandro pchnął ją w kierunku pomieszczenia, w którym jeszcze nie była. Niewielka kuchnia mieściła się po prawej, pod schodami. Björn siedział przy stole i zajadał makaron, który raz po raz nieumiejętnie nawijał na widelec. Felipe Luciano zajął miejsce naprzeciwko niego.

– Pewnie jesteś głodna – rzekł.

Nie odpowiedziała. Tak naprawdę umierała jednak z głodu. Odsunął delikatnie krzesło.

– Siadaj – powiedział.

Odrobinę się ociągała, więc stojący za nią Alessandro pomógł jej podjąć decyzję. Zaraz potem postawił przed nią talerz z parującym daniem. Patrzyła na nie, starając się rozpoznać jego zawartość. Na pewno makaron, jakiś sos i...

– To fasola – wyjaśnił Luciano, jakby czytał jej w myślach. – Żaden rarytas, ale tylko to mamy. Przez jakiś czas będzie musiało nam wystarczyć.

Dziewczyna podniosła widelec i odsunęła warzywa na skraj talerza.

– Nie lubisz fasoli?

– Niespecjalnie.

– Jest niezła. I co najważniejsze, zdrowa.

– Być może.

– Jeśli nie chcesz, nie musisz jeść – usłyszała za plecami.

Alessandro, który najwyraźniej zdecydował, że czas posiłku się skończył, sięgnął po jej talerz. Ku własnemu zdziwieniu stanowczo odtrąciła jego rękę. Felipe uśmiechnął się, obserwując, jak dziewczyna nawija na widelec makaron.

– To Giovanni gotował?

Luciano najpierw skinął głową, a potem powiedział:

– Jak zawsze.

– Gdzie on jest?

Rozejrzała się po kuchni, po czym spojrzała wyczekująco w zmęczone i pełne bólu oczy Włocha. Nieobecność grubaska zdziwiła ją i zaniepokoiła. Wydawał jej się najmniej niebezpieczny.

– Jest na górze – wyjaśnił Luciano. – Można powiedzieć, że stoi na warcie.

Przełknęła porcję makaronu. Był dość pikantny, ale całkiem zjadliwy. Björn skończył jeść. Buzię miał umorusaną pomarańczowym sosem. Otarł ją przedramieniem.

– Idź i umyj buzię – polecił Felipe.

Chłopiec zeskoczył z krzesła i podszedł do zlewu znajdującego się w rogu pomieszczenia.

– To niesprawiedliwe – odezwała się Agnieszka.

– Co takiego?

– Że jestem tu przez niego – odparła. – Przez człowieka, którego nawet nie poznałam. – Odsunęła talerz.

Felipe machnął w kierunku Alessandra, żeby go zabrał.

– Nie rozumiem. – Pokręciła głową. – Nie wiem, czego pan oczekuje. Dlaczego pan myśli, że on może się tu pojawić, że może mu zależeć...

– Na twoim ojcu mu zależało – odpowiedział Luciano, lekko wychylając się w jej stronę.

Zaniemówiła.

– Był na jego pogrzebie. Stał niedaleko twojej matki i brata. Najwyraźniej twój dziadek to całkiem rodzinny człowiek. Nie zdołał zapobiec śmierci syna, więc może będzie chciał uratować chociaż wnuczkę...

Zmarszczyła brwi.

– Mój ojciec zginął w wypadku... – Urwała, widząc, że Włoch kręci głową.

– Obawiam się, skarbie, że to nie był wypadek.

Nagle usłyszeli kroki na schodach. Po chwili w kuchennych drzwiach, ledwo się w nich mieszcząc, stanął Giovanni.

– Znaleźli nas! – wysapał.

***

– Sven, jesteś pewien, że dobrze jedziemy? – zapytała Christin, wyglądając przez boczną szybę, za którą niewiele było widać.

Pogrążony w mroku las otaczał ich z każdej strony. Od dobrych kilkunastu minut podążali wyboistą leśną drogą, a ostatnie zabudowania minęli co najmniej pół godziny temu. Prowadził Söderberg. Jego partnerka, zajęła miejsce pasażera, natomiast Jönsson i Carlsson usiedli z tyłu. Zaraz po opuszczeniu terenu szpitala policjantka skontaktowała się z Komendą Główną Policji. Przekazała ich współrzędne i mniej więcej wskazała miejsce, do którego jechali. Kontakt jednak się urwał, choć od czasu do czasu Rydström próbowała go ponownie nawiązać.

Sven nie odpowiadał, więc Christin powtórzyła pytanie, ale tym razem głośniej:

– Sven, czy dobrze jedziemy?

Przyłożył pięść do ust, jakby miał zamiar ją zjeść. Ten gest mówił więcej niż dziesiątki słów. Nie wiedział.

– Ostatni raz byłem tam jako dzieciak – odburknął Jönsson. – Do tego ciemno tu jak w dupie… Możliwe, że skręciliśmy nie tu, gdzie powinniśmy…

– Zaczekajcie – odezwał się Söderberg, zatrzymując samochód.

Wysiadł, a pozostała trójka zrobiła to samo. Podążali wzrokiem za latarką policjanta. Obserwowali, jak klęka na skraju drogi i wkłada palec w wyraźną koleinę.

– Wcześniej droga była ubita i przysypana liśćmi. Tu jest bardziej piaszczysta i można zobaczyć ślady. – Wyprostował się. – Widzicie? Wyraźne odbicie opon. – Potem przesunął wiązkę światła w mroczną otchłań przed nimi. – Całkiem niedawno musiał przejeżdżać tędy jakiś samochód.

– W sąsiedztwie nie było żadnych innych domów – oznajmił Sven. – No chyba że zdążyło się to zmienić. Możemy jechać? – Spojrzał na Carlsson niemal błagalnie.

Komisarz kiwnęła głową. W tym samym czasie zatrzeszczało radio Rydström. Słyszeli co drugie słowo. „Podajcie… pozycję… nie… możemy… namierzyć… odbiór…" Policjantka zbliżyła urządzenie do ust.

– Słabo słyszę. Powtarzam, bardzo słabo słyszę. Nie potrafimy określić swojej pozycji, odbiór.

Głos odezwał się ponownie, ale tym razem zrozumieli jeszcze mniej.

– Niech to szlag! – Rydström z rezygnacją uderzyła w nieduży głośnik.

Söderberg sięgnął do kieszeni po telefon komórkowy. Prostokąt jasnego światła wyłonił z ciemności jego zrezygnowaną twarz. Westchnął.

– Nie ma zasięgu.

– Możemy po prostu jechać?! – ponaglił ich Jönsson.

Söderberg zerknął najpierw na swoją partnerkę, a potem na Carlsson, jakby to ona miała podjąć ostateczną decyzję. Komisarz pokiwała głową.

Volvo podskakiwało na wyboistej drodze, a po kilkudziesięciu metrach buksowało już w błocie i piachu. Napęd na obie osie dał jednak radę. Söderberg informował ich za każdym razem, gdy zobaczył kolejne ślady opon.

Mieli wrażenie, że niekończąca się droga prowadzi donikąd, ale wtedy usłyszeli głos Jönssona.

– To tutaj!

Carlsson rozejrzała się dookoła, ale nie dostrzegła jakiejś szczególnej zmiany w otoczeniu.

– Skąd wiesz?

– Tam! – Jönsson wyciągnął ramię między fotelami, celując w przednią szybę. – Na drzewie…

Samochód ledwo się toczył, a palec Svena delikatnie zmieniał swoje położenie. Wreszcie zobaczyli to, co wskazywał. Kształt zbity ze starych desek tkwił na bezlistnej koronie niczym drogowskaz.

– Domek na drzewie? – zapytała Carlsson.

– Kiedyś nim był. Ojciec zrobił go dla mnie wieki temu, zanim wdepnął w całe to gówno. Dacza jest za zakrętem.

Wpatrywali się w konstrukcję jeszcze przez kilka chwil. W małym oknie powiewała jakaś szmata, która zapewne kiedyś pełniła funkcję zasłony. Christin pomyślała, że w tym widoku jest coś upiornego. Ruszyli dalej. Nie zajechali jednak daleko, volvo bowiem zatrzymało się, gdy tylko jego reflektory rozjaśniły oddaloną o kilkadziesiąt metrów starą chatę.

– Raczej nikogo tu nie ma… – oceniła Rydström, ale Söderberg mimo to wyłączył długie światła.

Obraz przed nimi częściowo zniknął. Nagle jakaś niewidzialna siła wstrząsnęła policjantem, który w następnej sekundzie opadł na kierownicę. Rozległ się jednostajny dźwięk wciśniętego klaksonu. Carlsson intuicyjnie przylgnęła do przedniego fotela. Jönsson zrobił to samo. Wymienili przerażone spojrzenia.

– Co jest, kurwa?!

Mimo rozdzierającego krzyku Anne Rydström, słyszeli, jak policjantka mocuje się z klamką drzwi. Zaraz potem i jej ciało runęło na deskę rozdzielczą, a sekundę później na martwego partnera, przyciskając go do drzwi. Klakson przestał wyć. Nastała cisza. Carlsson i Jönsson mogli teraz wyraźnie usłyszeć swoje oddechy i bicie serc. Christin sięgnęła za pasek spodni i dopiero gdy trzymała w ręku pistolet, wyjrzała delikatnie zza fotela. W zbryzganej krwią szybie tkwiły dwie dziury.

– To snajper… – wyjąkała.

– Co?!

– Snajper! – powtórzyła tym razem głośno i wyraźnie. – Dwa bezbłędne strzały. Jest ciemno, a samochód ma włączone światła. Przez przednią szybę gówno widać. Tak precyzyjnie mógł strzelić tylko snajper!

Jönsson uniósł ostrożnie głowę, ale Christin krzyknęła:

– Nie ruszaj się, do cholery!

Posłuchał.

– To co robimy?! Będziemy czekać, aż i nas załatwi?!

Myślała. W końcu chwyciła mundur policjantki i odrobinę zmieniła położenie jej ciała. Zerwała radio i przycisnęła je do ust.

– Martwy policjant! – wrzeszczała do urządzenia. – Powtarzam, martwy policjant!

Odpowiedziało jej jedynie trzeszczenie. Powtórzyła ten sam komunikat jeszcze kilkakrotnie, ale poważnie wątpiła, żeby ktokolwiek ją usłyszał. Zrezygnowana cisnęła radio na podłogę. Przygryzła wargę i znowu spojrzała na Svena.

– Posłuchaj, zrobimy tak…

***

Alessandro oderwał od policzka kolbę karabinu.

– Ja pieprzę, nieźle! – zawołał Giovanni, klęcząc obok.

Santoro uśmiechnął się, a potem ponownie spojrzał przez lunetę. Widział wyraźnie strużki krwi ściekające po szybie i dwa martwe ciała leżące jedno na drugim. Kąciki ust Włocha opadły jednak w chwili, kiedy dostrzegł ruch na tylnej kanapie.

– W samochodzie jest ktoś jeszcze… – burknął pod nosem.

– Jak to? – spytał Giovanni, ale Alessandro nie zamierzał odpowiadać.

Nie mógł dostrzec celu, chciał jednak wymierzyć w sam środek fotela pasażera. Już miał nacisnąć spust, kiedy rozległy się strzały. Kule trafiły w drewnianą elewację chaty, prawdopodobnie zostały wystrzelone na oślep, ale mimo to Włoch odruchowo przeturlał się na prawą stronę. Giovanni klapnął na tyłek i oparł się plecami o ścianę.

Usłyszeli kroki na schodach, a potem głos bossa.

– Co tam się dzieje?!

– Wszystko pod kontrolą, don Felipe! – odpowiedział Giovanni, chociaż nie była to prawda.

***

Pierwszy z samochodu wyskoczył Sven. Tak kazała mu zrobić Carlsson. Nie przywykł słuchać czyichkolwiek rozkazów. Ale tym razem było inaczej. Chciał żyć. Nie dla siebie. Dla Judith i Björna. Ta policjantka była twardą sztuką i zdążył się o tym przekonać już w chwili, kiedy pierwszy raz zobaczył ją w swoim domu. Drobna kobieta o pewnym, nieznoszącym sprzeciwu spojrzeniu. Jeżeli ktoś z ich dwójki wiedział, co powinni zrobić, by przeżyć, to właśnie ona. Odbił się od progu radiowozu, jakby skakał do basenu. Przeturlał się pod jedno z drzew i coś strzeliło mu w prawym barku. Ostry ból czuł jednak tylko przez chwilę, bo przytłumiła go płynąca w jego żyłach adrenalina. Oparł się o chropowaty pień i trzymając się za ramię, spoglądał na policjantkę klęczącą na kanapie. Przypominała wystraszonego, ale zdeterminowanego kota. Ich oczy spotkały się na chwilę. Zaczął żałować, że oddał jej broń. Chciałby pomóc. Zrobić coś, cokolwiek, ale pojęcia nie miał co…

Carlsson znowu wystawiła rękę przez boczne okno i strzeliła. Raz, drugi, trzeci. Skrupulatnie liczył wystrzały. Dodał do pierwszych czterech, które przeszyły las głośnym echem. A więc razem siedem, a to oznaczało, że magazynek był pusty. Zanim wyskoczyła, posłała mu porozumiewawcze spojrzenie. Przesunął się odrobinę, robiąc jej miejsce. Złapał ją, gdy na niego wpadła. Ból powrócił. Usłyszeli charakterystyczny metaliczny odgłos. Tym razem pocisk przeszył blachę radiowozu. Snajper wciąż tkwił na swojej pozycji. Sven pomógł Carlsson usiąść. Oboje wspierali się teraz o to samo drzewo.

– Chyba możemy uznać, że pierwszą część planu udało się zrealizować – powiedziała, sięgając do kabury po zapasowy magazynek.

Sven poczuł ulgę, widząc, jak wciska go w rękojeść pistoletu.

– To ostatni – powiedziała.

– Co dalej?

– Musimy pójść w głąb lasu. Znaleźć jakieś bezpieczne miejsce, z którego będziemy mogli przynajmniej częściowo widzieć chatę.

Kiwnął głową i ruszył pierwszy.

***

– Jest jeszcze dwoje – oznajmił Alessandro, ponownie przyciskając oko do lunety dragunova. Potem spojrzał na stojącego na ostatnim stopniu don Felipego. Boss jak zwykle miał niewzruszoną minę. Przez te wszystkie lata przyzwyczaił ich do tego, że nie tracił rezonu, nawet w najbardziej beznadziejnych sytuacjach. Zawsze istniało rozwiązanie. Należało je jedynie znaleźć. Luciano miał przegrać w życiu tylko jedną walkę. Jego najgorszy przeciwnik był niewidzialny dla oka i tkwił gdzieś w jego ciele. Armia wroga zdążyła się rozproszyć po całym organizmie, siejąc spustoszenie od środka. W porównaniu z nim policjanci kryjący się w lesie nie stanowili żadnego zagrożenia.

– Co robimy? – zapytał Giovanni.

– Najważniejsze, żeby nie było ich więcej – powiedział Santoro.

– Załóżmy jednak, że nie będzie – powiedział Luciano. – Może w tej kwestii nam się poszczęści. Nie możemy pozwolić im uciec.

Giovanni ostrożnie wyjrzał przez uchylone okno. Poczuł na policzku zimny powiew wiatru.

– Widzisz ich, Alessandro? – zapytał.

Santoro pokręcił głową.

– Kiedy zwierzyna znika z pola widzenia, myśliwy podąża jej śladem – skwitował Luciano.

Giovanni zerknął na Alessandra.

– Ty pójdziesz, Giovanni.

Gigi spojrzał na don Felipego.

– Ja?

– Tak, ty. Alessandro jest potrzebny tutaj. Strzelałeś kiedyś z tej broni? – Don Felipe wskazał brodą długą lufę dragunova.

– Nie…

– No właśnie. Alessandro będzie cię ubezpieczał.

Grubasek westchnął i zwiesił głowę. Potem, stękając, z trudem się podniósł. Popatrzył na Alessandra w nadziei, że ten podsunie jakiś lepszy pomysł. Wiedział jednak, że nic takiego się nie stanie.

– To twoje polowanie, Gigi – powiedział don Felipe, lekko się uśmiechając, zupełnie jakby czytał w jego myślach. – Pokaż, na co cię stać.

Giovanni sięgnął po stojącego przy oknie kałasznikowa i przerzucił go sobie przez ramię. Potem przeszedł na środek pokoju i chwycił jeszcze jeden pistolet marki Skorpion.

– Na wszelki wypadek – rzekł i ruszył w dół schodów. Wyglądał jak dzieciak skarcony przez ojca.

Idąc do drzwi, widział chłopca i dziewczynę przyglądających mu się z zainteresowaniem. Luciano zszedł za nim. Poklepał go po ramieniu, jakby chciał dodać animuszu jednemu ze swoich ostatnich żołnierzy. Otworzył drzwi i kiedy Giovanni wyszedł, ponownie zamknął je na cztery spusty. Potem odwrócił się w stronę Björna i Agnieszki.

– Na jakiś czas muszę zamknąć was pod schodami – powiedział.

53.

Kiedy przybyli na miejsce, dochodził kwadrans po północy. Główny posterunek policji w Kungsholmen mieścił się przy Polhemsgatan 30. Był siedmiopiętrowym molochem z brązowej blachy i szkła, ciągnącym się przez całą długość ulicy. Tuż za nim wyrastał bliźniaczy obiekt, ale pasażerowie audi zatrzymującego się przy parku Kronoberg, nie byli w stanie go dostrzec.

Wolański, parkując auto, poczuł ulgę. Był zmęczony. Od ciągłego patrzenia na drogę bolały go oczy, ale o żadnym postoju nie mogło być mowy. Biernacka poinformowała go, że na komendzie będą na nich czekać przedstawiciele praktycznie wszystkich posterunków w mieście. Odprawa miała odbyć się w jednej z sal konferencyjnych gmachu. Gdy niespełna pół godziny temu telefon Borysa zadzwonił ponownie, myślał, że to znowu prokurator. Tymczasem po drugiej stronie, ku jego zaskoczeniu, odezwał się męski głos. Przedstawił się jako Edvard Koltanowski, inspektor szwedzkiej policji polskiego pochodzenia. Wyraźnie zniecierpliwiony spytał, kiedy dotrą do Sztokholmu, bo dosłownie przed chwilą dostali informację o potencjalnym miejscu pobytu porywaczy. Od tego czasu Borys gnał na złamanie karku.

Umówili się, że inspektor będzie czekał na nich przy wejściu. Wolański pozostawił włączony silnik, ale wysiadł, by rozprostować kości. Merk, Adamski i Makowski zrobili to samo. Olgierd i Wiktor niemal natychmiast włożyli do ust papierosy. Nie zdążyli się jednak porządnie zaciągnąć, kiedy szklane drzwi budynku się rozsunęły i wybiegł z nich niewysoki, korpulentny człowieczek.

– Dobry wieczór – rzucił odrobinę zdyszany mężczyzna. – Jestem inspektor Koltanowski – wyjaśnił dla formalności, pospiesznie ściskając każdą dłoń.

Polacy również szybko się przedstawili. Kiedy Makowski powiedział, że jest dziadkiem uprowadzonej dziewczyny, Koltanowski zatrzymał na nim wzrok na dłużej. W końcu kiwnął głową i stwierdził:

– Powinniśmy już jechać.

Gdy tylko wsiedli do samochodu, Wolański ruszył z piskiem opon, chociaż pojęcia nie miał, w którym kierunku jechać. Policjant o polsko brzmiącym nazwisku udzielił kilku zdawkowych instrukcji i streścił przebieg ostatnich wydarzeń. Wyjaśnił, że kidnaperzy prawdopodobnie ukryli się w lesie, w jakiejś chacie nad jeziorem. Taką właśnie informację otrzymali od policjantów towarzyszących Svenowi Jönssonowi i policjantce prowadzącej śledztwo w sprawie uprowadzenia jego syna, Christin Carlsson. Borys, podobnie jak pozostali, poczuł się odrobinę zagubiony.

– Komisarz Carlsson śledziła Jönssona aż z Härnösand. To tam mieszka. Zatrzymała go przed samym Sztokholmem. Wiemy, że pojechali do jego rodzinnego domu, gdzie wcześniej rozegrała się prawdziwa jatka…

Inspektor opowiedział im o strzelaninie między Włochami i ludźmi z lokalnego gangu. Wspomniał też o tym, w jaki sposób policjanci z Rinkeby, którzy również poszukiwali teraz chaty, wpadli na ślad uprowadzonej dwójki. Wszystkie informacje były jednak zdawkowe, przekazywane w ekspresowym tempie i pozbawione chronologicznego porządku. Ostatecznie Koltanowski stwierdził, że na wyjaśnienia przyjdzie jeszcze czas, i zasugerował Wolańskiemu, by przyspieszył.

– Nie znamy dokładnej lokalizacji chaty, ale wstępnie wiemy, że to gdzieś nad jeziorem Lejondalssjön. – Spojrzał na Wolańskiego, jakby ten miał wiedzieć, gdzie to jest. – To jakieś czterdzieści kilometrów stąd – dodał. – Nasi ludzie są już w połowie trasy, ale najgorsze jest to, że wokół jeziora rośnie las, a część dróg na pewno jest nieprzejezdna. Skierowaliśmy w ten rejon dwa helikoptery. Prawdopodobnie dom będzie można zlokalizować tylko z powietrza.

– Byłeś tam kiedyś? – Olgierd zwrócił się do siedzącego obok Wiktora.

Ten tylko pokręcił głową. Koltanowski mówił dalej:

– Na miejsce jedzie już brygada antyterrorystyczna. Wkroczą do akcji, gdy tylko piloci prześlą współrzędne.

– Nie można zrobić tego ciszej…? – zapytał Makowski.

Koltanowski spojrzał na niego, jakby akurat tych polskich wyrazów nie był w stanie zrozumieć.

– Ciszej?

– Tak, ciszej. Jeśli Włosi wyczują zagrożenie, to albo uciekną, albo zabiją któreś z dzieci. Skurwysyny. Są zdolni do wszystkiego.

Koltanowski westchnął.

– Tak jak mówię, to ogromny las. Jeżeli nie zaangażujemy helikopterów, będziemy jak ślepcy. – Ostatnie słowa Koltanowski wymówił już po szwedzku. Ich znaczenie było jednak oczywiste. – Nie mamy wyjścia.

Makowski opadł na oparcie fotela. Wjechali teraz na drogę ekspresową numer 167, pędząc prawie sto sześćdziesiąt kilometrów na godzinę.

***

Księżyc rozświetlał drogę oraz polanę i rzucał refleksy na granatową taflę jeziora. Nie był jednak w stanie przebić się przez gęsto porośnięte drzewa, i to martwiło Giovanniego najbardziej. Nie miał latarki, której światło mogłoby chociaż częściowo rozproszyć ciemności… Zresztą nawet gdyby ją miał, nie mógłby jej użyć. Stałby się wówczas łatwym celem. Gdy dotarło do niego, że w zasadzie już nim jest, kiedy tak stoi bez ruchu na werandzie, natychmiast z niej zszedł. Skrył się za rogiem budynku i patrząc na pierwszą linię drzew, zastanawiał się, co powinien zrobić. Najchętniej po prostu by zawrócił, ukrył się w pokoju na poddaszu, i czekał na dalszy rozwój wypadków. Wiedział jednak, że takie rozwiązanie nie wchodziło w grę. Don Felipe podjął decyzję i Giovanni musiał ją zaakceptować. Musiał wykonać rozkaz. Pojęcia jednak nie miał jak. Lekko zgarbiony ruszył w kierunku lasu.

***

– Widzisz go, Christin? – zapytał Sven, choć odpowiedź mogła być tylko jedna.

– Tak.

Nie spodziewał się jednak, że będzie tak zwięzła. Liczył, że zaraz potem Carlsson poda kolejny pomysł. Może uniesie broń i spróbuje wymierzyć. Tymczasem policjantka tkwiła bez ruchu wsparta o drzewo, z pistoletem skierowanym w ziemię.

– Na Boga, zamierzasz tak stać? – szepnął.

Spojrzała na niego. Jej oczy mówiły: „A co niby mam zrobić?".

– Nie możesz strzelić?

– Z tej odległości? Poza tym, gdybyś nie zauważył, jest ciemno. Do tego widok przysłaniają drzewa.

– Ale jeszcze go widzimy. Jeśli wejdzie do lasu…

– Do cholery, Sven, to ja jestem policjantką, nie ty!

Ostatnie słowa powiedziała zdecydowanie za głośno. Rozejrzała się, żeby sprawdzić, gdzie jest zmierzający w ich kierunku mężczyzna. Najwyraźniej ją usłyszał, bo zatrzymał się i teraz patrzył wprost na nich.

– Niech to szlag – zaklęła pod nosem i obniżyła pozycję. Chwyciła Jönssona za rękaw kurtki, zmuszając go, by poszedł w jej ślady. – Posłuchaj, Sven. Zrobimy tak.

Jönsson zdał sobie sprawę, że takie same słowa usłyszał zaledwie parę minut temu. Trudno było stwierdzić, czy ich sytuacja od tego czasu uległa jakiejkolwiek poprawie. Miał nadzieję, że teraz będzie inaczej.

– Chcę, żebyś spróbował odciągnąć jego uwagę…

Spojrzał na nią zaskoczony. Usłyszeli kolejne kroki. Ich prześladowca wznowił wędrówkę.

– A niby jak? – zapytał.

– Musisz przejść w inną stronę lasu, najciszej, jak potrafisz. Kiedy znajdziesz się za chatą, możesz zacząć hałasować, ale musi to zabrzmieć naturalnie. Złamiesz jakąś gałąź, nie wiem, cokolwiek. Jeśli wszystko pójdzie po naszej myśli, on ruszy za tobą. Ważne, żeby wtedy nie było cię już w tym miejscu. Ja spróbuję zajść go od tyłu i... – Urwała. – Może uda mi się wypatrzeć, skąd strzela snajper. I jak to brzmi?

– Fatalnie – odparł, nie owijając w bawełnę.

– Masz lepszy pomysł?

Nie odpowiedział.

– Tak myślałam.

Już miał ruszyć, ale chwyciła go za łokieć.

– Musisz przejść za chatę – przypomniała. – Z boku jest jedno małe okno. A to oznacza, że snajper może zmieniać pozycję. Okien prawdopodobnie nie ma z tyłu, więc tam, teoretycznie, powinieneś być bezpieczny.

– Teoretycznie – powtórzył.

– Chcesz odzyskać syna?

Oczy mu zabłysły. Niczego nie pragnął bardziej i Christin dobrze o tym wiedziała. Jego wątpliwości czy krytyka naszkicowanego przez nią planu nie wynikały ze strachu o swoje życie czy zdrowie. Stojący przed nią mężczyzna bał się, że jeżeli teraz zginą, Björna nie uda się uratować. Wyszarpnął rękę i ruszył, ostrożnie stawiając każdy krok. Christin Carlsson patrzyła na przemieszczający się cień Jönssona, jednocześnie starając się kontrolować pozycję zbliżającego się napastnika. W końcu Sven zniknął. Włoch znajdował się maksymalnie dwadzieścia metrów od niej. Przyłożyła policzek do wilgotnego pnia. Uniosła pistolet. I wtedy to się stało. Głośny wyraźny trzask. Jedyne, co zdążyło przemknąć jej przez myśl to „Za szybko!". Ale zaraz potem pojawiła się druga. Sven nie zrobił tego specjalnie. Prawdopodobnie nastąpił na gałąź niechcący. Włoch obrócił się w stronę, z której dobiegł hałas. Zaczął biec. Rozległa się seria z karabinu. Kule świstały, trafiając w drzewa i zarośla.

– Kurwa mać! – zaklęła Christin i pobiegła przed siebie. To, czy ktoś ją teraz usłyszy, nie miało już znaczenia. Nie chciała wybiegać na drogę, ale aby widzieć biegnącego Włocha i – co ważne – dobrze wymierzyć, musiała skryć się za pierwszą linią drzew. Tak też zrobiła, przyklejając się do kolejnego pnia. Najpierw usłyszała głuchy świst, a potem pocisk odrzucił ją do tyłu. Pistolet zniknął w zaroślach. Zostały przejmujący ból, ciepło własnej krwi i absurdalna myśl, że bez względu na to, kim jest strzelec, jest naprawdę dobry.

***

Dwa helikoptery Bell 429 przez większość czasu leciały blisko siebie. Obie załogi odbiły w przeciwnych kierunkach, dopiero gdy dostrzegły pierwsze korony drzew. Dwa śmigłowce i cztery pary bacznych oczu, poszukujących chaty wśród roztaczającego się w dole bezkresu. Łuny jaskrawego światła rozświetlały pasma lasu niczym gigantyczne latarki.

Odgłos, jaki usłyszał na początku, wydawał się jedynie cichym buczeniem. Wciąż patrzył przez zielone oko lunety i pomyślał nawet, że się przesłyszał. Czasami tak jest, że gdy układ nerwowy wytęża do maksimum jeden ze zmysłów, pozostałe ulegają przytępieniu. Alessandro Santoro miał nadzieję, że to właśnie się stało tym razem. Hałas przybrał jednak na sile, pozbawiając go złudzeń. Charakterystycznego warkotu, zwiastującego nadlatującą maszynę, nie można było pomylić z żadnym innym. Mężczyzna odrzucił dragunova i spojrzał w atramentowe niebo, na którym zakwitła świetlista plama. Potem zerknął w stronę schodów. Don Felipe wciąż stał w tym samym miejscu. Alessandro podniósł karabin. Wymierzył i wystrzelił…

***

Kiedy potężne silniki rozcięły nocną ciszę, Christin Carlsson poczuła przypływ nadziei. Patrzyła na światło sączące się przez gałęzie drzew nad jej głową. Wyciągnęła dłoń w jego kierunku, dostrzegając krew ściekającą wzdłuż nadgarstka. Próbowała się podnieść, ale ból rozdzierał jej prawe ramię. Kurtka już w połowie zdążyła nasiąknąć krwią. Carlsson wiedziała, że snajperska kula prawdopodobnie przeszła na wylot przez bark. Ale zdawała sobie sprawę z jeszcze jednej, o wiele istotniejszej rzeczy. Jeżeli tu zostanie, jeśli się podda – umrze. Próbowała przechylić się na lewy bok i z jej gardła wyrwał się okrzyk bólu, jakiego nie czuła jeszcze nigdy w życiu. A potem stało się coś niezrozumiałego. Światło zniknęło, a wraz z nim wszelka wiara w to, że być może wyjdzie z tego cało…

***

Sven Jönsson pomyślał, że to znowu seria z karabinu maszynowego, dlatego wciąż leżał na brzuchu z twarzą przyciśniętą do mokrej ziemi. Dopiero snop białego światła prześlizgujący się tuż obok uświadomił mu, co się dzieje. Obrócił głowę w prawo, raniąc sobie policzek o ostry kamień. Nie wiedział, czy któraś z kul zdołała go dosięgnąć. Nie czuł bólu. W sumie mógłby uznać to za dobry znak, gdyby nie jeden drobny szczegół. W ogóle niczego nie czuł. Zmrużył oczy. Niespodziewana jasność pozwoliła mu dostrzec mężczyznę z karabinem, który wpatrywał się w niebo z uniesioną bronią. Sven nie słyszał strzałów, więc postanowił wykorzystać fakt, że uwaga napastnika skupiona jest na wiszącej na niebie maszynie. Podniósł się do pozycji klęczącej, potem wstał i ponownie przylgnął plecami do drzewa. Wiedział, że nie może zostać w tym miejscu. Pień nie był na tyle gruby, by zapewnić mu schronienie. Spojrzał na ziemię, jakby czegoś szukał, choć nie był do końca pewien czego. Wreszcie zatrzymał wzrok na kawałku grubej, ułamanej gałęzi. Sięgnął po nią i już chciał ruszyć pędem w głąb lasu, gdy ciszę rozdarła kolejna kanonada. Znowu przywarł do drzewa, kuląc się w sobie. Zacisnął powieki, wiedząc, że niewiele więcej może zrobić. Kule świstały w powietrzu, trafiały w rosnące obok drzewa, ocierały się o pnie buków i sosen, kosiły krzaki i zarośla, i w końcu Sven poczuł, jak jedna z nich prześlizguje się po jego lewym udzie, a potem druga po prawym ramieniu, niczym ostrze skalpela. Usłyszał krzyk mężczyzny. Słyszał odgłosy zbliżających się kroków. I wtedy światło zniknęło. Odgłosy wystrzałów i pociski świszczące nad jego głową również. Ruszył z miejsca, ale nie mógł biec. Ból w udzie promieniował do miednicy i pozwalał jedynie na przyspieszony marsz. Sven kulał. Potknął się o przewrócone drzewo, za którym zaczynało się gwałtowne obniżenie terenu. Przekoziołkował kilkakrotnie, wypuszczając z rąk prowizoryczną broń. Ślizgał się na mokrych liściach. Rozpaczliwie wbił palce w miękkie podłoże, niczym spadający himalaista czekan w twardą skałę bezdusznej góry. Zatrzymał się i leżał na brzuchu, ciężko dysząc. Czuł w ustach smak przegniłej ziemi. Splunął kilkakrotnie i przeturlał się na prawo. Mrok był tu jeszcze bardziej nieprzenikniony. Coś rozpościerało się nad jego głową. Nie wiedział co. Być może gęste zarośla albo wyrwany korzeń olbrzymiego drzewa. To nie miało jednak znaczenia. Ważne, że znowu był w ukryciu. Wielkie i pokaleczone dłonie przeczesywały najbliższe otoczenie. W końcu palce wyczuły obły i wilgotny kształt. Coś twardego. Kamień albo kawałek skały. Sven przycisnął go do piersi, a potem nasłuchiwał i czekał.

***

– *Vad fan*! – zaklął Peter Mober, kapitan śmigłowca, przechylając drążek sterowy maksymalnie w prawo, kiedy kula uderzyła w kadłub. – Jakiś skurwysyn do nas strzela! – wrzasnął, patrząc na drugiego pilota.

Siedzący obok niego Lars Svensson darł się teraz do mikrofonu zainstalowanego przy ustach.

– Delta 1 do Delta 2! Znaleźliśmy cel! Napastnicy są uzbrojeni! Strzelają do nas! Powtarzam, strzelają do nas! Wycofujemy się!

Helikopter zawrócił i oddalił się na bezpieczną odległość. Mober obniżył wysokość, tak że płozy śmigłowca niemal muskały korony bezlistnych drzew. Wszystko po to, aby znaleźć się poza zasięgiem snajpera. Po chwili dołączyła do niego druga maszyna. Dzieliło ich teraz od siebie zaledwie kilkanaście metrów. Rozświetlały znajdującą się pod nimi krętą leśną drogę. Były jak wielka gwiazda betlejemska wisząca na niebie i wskazująca kierunek wędrowcom ze Wschodu.

***

– Tam! – krzyknął Ake Ingelsten, wskazując kierunek ręką.

Samochód prowadził umundurowany policjant. Na tylnej kanapie siedzieli Erika Berggern i Kurt Kallström, którzy natychmiast spojrzeli w wirujące nad lasem świetliste kształty.

– To jakieś trzy kilometry stąd – oceniła komisarz, oglądając się przez ramię.

Reflektory jadącego za nimi radiowozu raziły ją w oczy. Nie miała najmniejszych wątpliwości, że jego pasażerowie również dostrzegli wiszące na niebie helikoptery.

– Szybciej! – rozkazał Ingelsten.

Volvo przyspieszyło.

***

Sven niewiele widział. W zasadzie mógłby zamknąć oczy i pewnie nie zrobiłoby to większej różnicy. Ale słyszał. Wyraźnie. Zbliżające się kroki. Trzask łamanych gałęzi i szyszek strzelających pod ciężarem ciała tamtego. Kilka z nich potoczyło się po zboczu i znieruchomiało tuż obok dłoni Jönssona. Przełknął ślinę. Chciał podciągnąć kolana do brody, by poprawić pozycję, ale bał się wykonać jakikolwiek ruch, żeby nie narobić hałasu. Blisko... Jeszcze bliżej... Głośno... Jeszcze głośniej. Popatrzył w prawo. Czerń i granat mieszały się ze sobą.

I wtedy to dostrzegł. Pojedynczy nikły blask, księżycowy refleks, który najprawdopodobniej odbił się od lufy karabinu. „Teraz albo nigdy" – powiedział jakiś głos w jego głowie. Wystarczyło, że napastnik spojrzałby w prawo i byłoby po sprawie. Sven rzucił kamień daleko przed siebie. Huk wystrzałów, który rozległ się ułamek sekundy potem, był ogłuszający. Ogniki ziejące z wypluwającej kolejne pociski lufy zdradzały położenie strzelca. Sven skoczył. Nie zdawał sobie sprawy, że wrzeszczy. Giovanni odwrócił się w jego stronę, ale było już za późno. Jönsson runął na niego całym ciałem. Ich waga była podobna, ale to Szwed był wyższy i bardziej muskularny. Mięśnie przeciwko wałkom tłuszczu. Potoczyli się w dół zbocza. Pierwsze ciosy Sven zaczął zadawać, jeszcze zanim się zatrzymali. Bił na oślep. Pięści trafiały w czoło i twarz Włocha, czasami mijały cel i zagłębiały się w miękką ziemię. Ale Jönsson szybko wyprowadzał kolejne uderzenia, nie zamierzając dawać Giovanniemu najmniejszej szansy. Włoch darł się wniebogłosy, rozpaczliwie wyrzucając przed siebie rozwarte dłonie. Jego palce zacisnęły się na podbródku Svena i wbiły się w skórę, zostawiając krwawe ślady. Jönsson nie czuł bólu, nie czuł niczego poza furią. Odtrącił ręce człowieka, który porwał mu syna, i teraz uderzał ciosami młotkowymi. Na zmianę, raz po raz. Krew tryskała mu na twarz. Tłukł długo i zaciekle, aż tamten przestał stawiać opór. Odetchnął głęboko, siedząc na nim okrakiem jeszcze przez kilkadziesiąt sekund. Wreszcie upadł na bok, walcząc o każdy haust powietrza. Musiał chwilę odpocząć, ale pojękiwanie Włocha zwiastowało, że to jeszcze nie był koniec. Palce dłoni znowu rozpoczęły poszukiwania. Przesuwały się po śliskich liściach, przewalały grudy mokrej ziemi i wreszcie natrafiły na to, czego szukał. Kolejna gałąź. Podniósł ją. Mogłaby być większa, ale woda, którą nasiąknęła, sprawiła, że była wystarczająco ciężka. Sven wstał. Przybrał pozycję, jakby zabierał się do rąbania drewna. Wziął potężny zamach. Uderzył z całą siłą i dokończył dzieła. Potem odrzucił kij i utkwił spojrzenie w wiszącym na niebie księżycu. Chciał wrzeszczeć. Ostatecznie ruszył w górę zbocza.

54.

Policyjne volvo wjechało w ścianę światła niczym w gęstą mgłę, która pojawiła się na drodze niespodziewanie. Kierowca gwałtownym ruchem opuścił osłonę podsufitki, a siedzący obok Ingelsten osłonił oczy ręką. Jednemu i drugiemu kolorowe refleksy tańczyły przed oczami jeszcze długo po tym, jak samochód przedarł się przez świetlistą łunę. Usłyszeli odgłos pękającego szkła. Pocisk trafił w jeden z reflektorów. Kierowca wcisnął hamulec, ustawiając samochód pod dziwacznym kątem.

– Kurwa! – wrzasnął Ingelsten. – Cofaj! Cofaj!

Policjant przesunął dźwignię automatycznej skrzyni biegów na pozycję R, ale w tym samym momencie jadący z tyłu radiowóz uderzył w błotnik volva. Następny strzał. Tym razem kula trafiła w tylny słupek karoserii, zaledwie kilkanaście centymetrów od siedzącego na tylnej kanapie Kallströma, który skulił się w sobie, klnąc siarczyście.

– Tu Delta 1! Zabierajcie się stamtąd! Mówiłem, że napastnicy są uzbrojeni! To cholerny snajper! – krzyczał głos z radia, które teraz wylądowało na podłodze tuż pod stopami Ingelstena.

Kierowca osunął się nieznacznie na siedzeniu, ale wciąż próbował wycofać pojazd. Koła buksowały w miejscu. Drugi z radiowozów uniemożliwiał jakikolwiek manewr. Kolejny strzał. Tym razem celny. Kula przeszła przez szybę i trafiła policjanta w głowę, która wręcz eksplodowała wewnątrz samochodu.

– Kurwa! Kurwa! – wrzeszczał Ingelsten.

Otworzył drzwi i wypadł na drogę. To samo zrobiła Berggern,

a zaraz za nią Kallström. Kierowca drugiego wozu wrzucił wsteczny i volvo wystrzeliło w tył, wyrzucając spod wszystkich kół kaskady ziemi. Zatrzymał samochód dopiero w chwili, kiedy ponownie przebili się przez snop światła rzucanego przez śmigłowiec. Funkcjonariusze wyskoczyli i natychmiast zastopowali jadące z tyłu pozostałe radiowozy. Samochody rozjeżdżały się na boki, parkując na skraju drogi. Tylko jeden, znacznie większy od pozostałych, przemknął obok Kallströma.

– To Olofsson! – powiedział Kurt.

– W samą porę – skwitowała Erika, patrząc na przejeżdżający furgon brygady antyterrorystycznej.

Czarny – jak otaczająca ich noc – samochód zaparkował bokiem na całej szerokości leśnej drogi, kilkanaście metrów przed radiowozem, w którym wciąż siedziały przypięte pasem bezpieczeństwa bezgłowe zwłoki policjanta. W tym samym czasie, jak na zawołanie, piloci obu maszyn poderwali śmigłowce do góry. Okrążyli chatę z dwóch stron, zachowując bezpieczną odległość, i skierowali światła reflektorów wprost na nią. Alvar Olofsson wyskoczył z samochodu pierwszy. Zaraz potem drzwi furgonu się rozsunęły i z wnętrza wysypało się kilkanaście przygarbionych, ubranych w ciemne uniformy sylwetek. Wyglądały jak cienie. Rozpraszały się po jednej i drugiej stronie drogi, znikając między drzewami. Kiedy Olofsson odprowadził wzrokiem ostatniego z antyterrorystów, przykląkł przy przednim kole furgonu i przyłożył do ust megafon. Wykrzyczał kilka słów po szwedzku, a potem po angielsku.

– Tu oddział antyterrorystyczny szwedzkiej policji! Poddajcie się! Jesteście otoczeni!

***

Warkot potężnych silników i siła wirujących łopat wiszących nad chatą śmigłowców wprawiały ją w delikatne drżenie. Czuli to obaj wyraźnie, podobnie jak to, że ich wspólna droga dobiega końca. Alessandro spojrzał w twarz swojego bossa. Felipe mógł czytać w nim jak w otwartej księdze. Był mu jak syn, chociaż nigdy go tak nie nazwał. Wielokrotnie chciał, ale chyba nie wystarczyło mu odwagi. Jakaś część jego duszy czuła, że nie byłoby to w porządku wobec Cesarego. Oddanie i wdzięczność – właśnie one biły z ciemnych oczu Alessandra Santora, który znów był małym chłopcem, jak wtedy, gdy Felipe spotkał go po raz pierwszy ponad dwadzieścia lat temu. Na krótką chwilę obaj przenieśli się w inny czas i inne miejsce. Byli w Neapolu, na jednej z brudnych ulic Scampii. Nieopodal leżały dwa ciała. To wtedy Alessandro ujrzał śmierć z bliska. Przeszła tuż obok niego. Mógł jej dotknąć, poczuć ją, przyjrzeć się jej dokładnie i bez pośpiechu niczym własnemu odbiciu w lustrze. To wtedy zobaczył, jak odbiera się życie drugiemu człowiekowi. Ludzie don Felipego zabili jego prześladowców, którzy wykorzystywali go do przemytu narkotyków. Tak to się wszystko zaczęło. Alessandro tamtego dnia nie czuł strachu. Był dziwnie spokojny, tak jak teraz. Był wdzięczny, tak jak teraz. I tak jak teraz chciał to wyrazić, ale nie znalazł właściwych słów...

– Po śmierci Cesarego w moim sercu powstała pustka, której w żaden sposób nie potrafiłem wypełnić – odezwał się nagle Felipe. – Cierpiałem, gdy zabito mi żonę i córkę. Kiedy Brasi je zamordował, umarła również cząstka mnie. Od tamtej pory już nic nie było takie samo, Alessandro. Ale... – Rozkaszlał się, wspierając się ramieniem o drewnianą ścianę chaty. – Ale gdy ten chłopak zabił Cesarego... Straciłem wszystko. Nic nie miało już sensu. Rozumiesz?

Alessandro pokiwał głową. W tle brzmiały kolejne rozkazy szefa brygady antyterrorystycznej, których nie słuchali.

– Nie możesz rozumieć, skoro nie miałeś własnej rodziny...

Alessandro spuścił wzrok.

– Nie, don Felipe. Po tym, jak straciłem *madre*, miałem jeszcze ciebie... Miałem Flavia, miałem Gigiego, Marca i Cesarego. Byliście moją rodziną. A ty byłeś mi jak ojciec...

Milczeli. Nie wiedzieli, jak długo.

W końcu odezwał się Luciano.

– Chodź, mój synu. Zakończmy to wreszcie…

***

Agnieszka z całych sił tłukła pięściami w drzwi kanciapy, rozpaczliwie wykrzykując słowa, których stojący obok niej chłopiec nie rozumiał. Słyszała policyjne komendy i warkot silników helikopterów. Po raz pierwszy od dawna jej serce wypełniła nadzieja. Spojrzała na Björna niemal wściekła. Szok czy nie, bezczynna postawa dzieciaka doprowadzała ją do szału. Chwyciła go za nadgarstki i zmusiła, żeby jej pomógł.

– Wal w te cholerne drzwi!

Chłopak zrozumiał. Uderzał jednak anemicznie i zupełnie bez przekonania, ale wtedy niespodziewanie drzwi się otworzyły. Blade światło chwilowo rozproszyło panujący wewnątrz mrok, ale po chwili zasłonił je cień. Jego cień.

Alessandro Santoro powiedział kilka słów po szwedzku i wyciągnął rękę w kierunku chłopca. Björn nie reagował i ruszył się z miejsca dopiero wtedy, gdy mężczyzna odezwał się bardziej stanowczo. Kiedy Agnieszka zrozumiała, że tylko chłopiec ma opuścić pomieszczenie, zaczęła protestować. Krzycząc, złapała Włocha za rękę, ale mężczyzna popchnął ją na przeciwległą ścianę. Upadła.

– Ty skurwysynu! Ty pieprzony skurwysynu!

Drzwi zamknęły się z trzaskiem.

***

Alvar Olofsson powtarzał przez megafon wciąż te same słowa, a gdy tego nie robił, przez radio wydawał kolejne rozkazy swoim ludziom. Czekał też na ich komunikaty. Zadanie było jasne. Musieli znaleźć sposób, aby niepostrzeżenie dostać się do wnętrza chaty. Balkon, otwarte okno. Cokolwiek. Mogli nawet wejść przez komin jak pieprzony Święty Mikołaj, byle tylko się udało. Ale to nie szef brygady antyterrorystycznej zauważył, jak otwierają się drzwi i pojawiają się w nich mężczyzna i chłopiec. Pierwszy zobaczył to Kurt Kallström.

– Zobaczcie! – wrzasnął.

Patrzyli na stojącego w drzwiach chaty Włocha. Był z nim chłopiec.

– Tu Alvar Olofsson! Dowódca brygady antyterrorystycznej! – krzyczał Olofsson, nie spuszczając wzroku z mężczyzny. – Unieś ręce i wypuść chłopca. Powtarzam, wypuść chłopca…

Olofsson sięgnął po lornetkę noktowizyjną. Teraz widział dokładnie pistolet przyciśnięty do skroni Björna Jönssona. Wiedział, że porywacz nie posłucha. Szansa na to była jak jeden do miliona. Chodziło o czas. Musieli zyskać go jak najwięcej. Nie byli też w stanie usłyszeć tego, co mówi tamten. Być może w ogóle się nie odzywał. Chodziło o pokazanie zakładnika. Olofsson wypatrywał jakiegokolwiek ruchu. Nic z tego. Spojrzał wyżej. Z okna na piętrze dostrzegł lufę karabinu.

– Mam cię – szepnął pod nosem, a potem rzucił do radia: – Karabin snajperski w oknie na górze. Ale nie widać strzelca. Powtarzam: nie widać strzelca.

Nagle stało się coś nieoczekiwanego. Mężczyzna wepchnął chłopca z powrotem do wnętrza chaty i celował w bliżej nieokreślonym kierunku wyraźnie niespokojny. Olofsson przesunął lornetkę na lewo i dostrzegł jakąś postać wychodzącą z lasu z uniesionymi rękoma.

***

Sven Jönsson chciał sprawdzić, co się dzieje z Christin Carlsson, ale gdy dostrzegł znajome światło, zmienił zdanie. Helikoptery wisiały teraz nad samą chatą. Odgłos pracujących silników ogłuszał. Impet śmigieł przechylał mniejsze drzewa i niemal zupełnie kładł na ziemi nieduże krzewy i zarośla.

Na początku sądził, że mu się przywidziało, że zmęczony i nie-funkcjonujący jak należy umysł podsuwa mu przed oczy obrazy, które chciałby zobaczyć.

– Björn – wyszeptał pod nosem.

I wtedy usłyszał:

– Unieś ręce i wypuść chłopca. Powtarzam, wypuść chłopca.

– Wypuść chłopca – powtórzył i po prostu ruszył przed siebie. Gdy go zauważył, stojący na ganku mężczyzna cofnął się gwał-townie, ciągnąc za sobą jego syna. Sven nie był pewien, czy Björn go widział, czy w ogóle wiedział, co się z nim dzieje. Przepełniały go roz-pacz i niepohamowana złość. Zrobił kilka kroków do przodu. Męż-czyzna krzyczał. Sven słyszał go, ale nie rozumiał. Był jak w transie. Wszystkie jego zmysły były skupione tylko na jednym.

– Stój! – wrzeszczał Włoch. – Stój albo rozwalę dzieciakowi łeb!

Dopiero teraz do Jönssona dotarł ciężar tych słów. Nie odrywał jednak oczu od syna.

– Björn… Synku… Jestem tu… – Głos mu drżał. – Przyjecha-łem po ciebie…

Alessandro zmarszczył brwi. Kołysał się na nogach, jakby nie wiedział, co zrobić. Patrzył na stojącego przed nim mężczyznę, od czasu do czasu zerkając w stronę drzwi.

***

Alessandro nie musiał nic mówić. Po prostu się cofał, a Sven Jönsson podążał za nim. Björn wyciągnął przed siebie ręce, jakby dopiero te-raz zdał sobie sprawę z obecności ojca. I być może tak właśnie było. Sven poczuł, jak łzy napływają mu do oczu. On również rozłożył ra-miona, chociaż wiedział, że nie zdoła dosięgnąć syna. Dzieliły ich co najmniej dwa metry.

– Już dobrze, synku… Jestem tu… Zabiorę cię do domu – wy-szeptał.

Włoch spojrzał za siebie, ale znowu skupił się na Jönssonie.

– Powoli! – krzyknął po szwedzku. – Bardzo powoli! – A potem rzucił przez ramię, ale tym razem już po włosku: – Don Felipe! Zobacz, kogo przyprowadziłem!

Luciano stał tuż przy drzwiach. Poznał go, gdy tylko Jönsson przekroczył próg domu. Poznał i nie mógł uwierzyć. Przez chwilę stał bez ruchu i obserwował, jak cała trójka jednostajnym tempem zmierza na środek pokoju.

– Zamknij drzwi! – rozkazał Santoro.

Sven popchnął je zdecydowanie. Usłyszeli trzask. Plama rozlanego na podłodze światła zniknęła. Dopiero teraz Jönsson spojrzał na stojącego obok mężczyznę. Felipe Luciano, człowiek, który zmienił życie jego rodziny w piekło, był cieniem samego siebie. Niewiele pozostało z dobrze zbudowanego przywódcy klanu kamory.

– Kopę lat, Sven... – powiedział Luciano. – Zmieniłeś się. Chyba na lepsze. Zmężniałeś.

– Nie mogę tego samego powiedzieć o tobie – odparł Jönsson.

Luciano zmusił się do uśmiechu. Szybko jednak zacisnął usta i znowu zaczął się dusić. Atak kaszlu trwał jednak zdecydowanie krócej niż ostatnim razem.

– Przyszedłeś po swojego syna, Sven. Dobry z ciebie ojciec. Zaimponowałeś mi.

– Wypuść go... – przerwał mu Jönsson.

– Wiesz, że nie mogę, chłopcze. *Sangue per sangue...* Rozumiesz, co to znaczy, Sven? Krew za krew. Zabiłeś mi syna. Zabiłeś najważniejszą osobę w moim życiu i chcę odpłacić ci dokładnie tym samym. Chcę wyrównania rachunków. Pragnąłem tego przez te wszystkie lata. Ale nie chciałem robić tego ot tak. Chciałem, żebyś patrzył, jak umiera twój syn...

Przez dłuższą chwilę Sven nie potrafił wydusić z siebie słowa. Znów znalazł się w swoim domu. Syn Felipego siedział przy stole, na którym paczki narkotyków tworzyły piramidę. Wokół walały się pieniądze. Sven nie mógł znieść tego widoku i kazał chłopakowi się wynosić. Zaczęli się kłócić. Cesare pierwszy sięgnął po broń, padły strzały.

– Ja go nie zabiłem – powiedział wreszcie.

Don Luciano parsknął.

– Mój syn miał dopiero dziewiętnaście lat.

– Wszystko działo się tak szybko! Nie chciałem tego! Przyjechałem zobaczyć się z matką. Chciałem ją zabrać. – Sven wciąż zerkał na Björna. – Pozwól mu odejść, Felipe. Wypuść mojego syna. Ja zostanę… i…

Chłopiec kwilił. Sven zerkał to na niego, to na Luciana. – Pozwól mi go przytulić, uspokoić – błagał niemal. Głos mu drżał i nie mógł nad nim zapanować.

– Ja przytulałem do siebie martwe ciało swojego syna, Sven. Wiesz, jakie to uczucie? Szeptałem mu do ucha. Prosiłem, by się obudził… otworzył oczy.

– Na litość boską! On ma dziewięć lat! Nie wie, co się dzieje… Pozwól mi tylko go przytulić!

Alessandro czekał na rozkaz. Boss skinął głową. Santoro puścił chłopca, a ten wpadł w ojcowskie ramiona. Obaj Włosi wpatrywali się we wzruszający obrazek. Ojciec i syn, którzy myśleli, że już nigdy się nie zobaczą. Stopy malca nie dotykały podłogi. Po policzkach Svena spływały łzy. Miał zamknięte oczy. Gdy ponownie je otworzył, spojrzał na Luciana.

– Zabiłeś mi matkę – powiedział.

– Nie mieliśmy wyjścia…

– Przestań pieprzyć!

Luciano westchnął.

– Niestety, musieliśmy ją uciszyć.

Björn drgnął w ojcowskich ramionach, słysząc podniesiony ton.

– Siadajcie! – rozkazał don Felipe.

Cienie tańczyły po podłodze, gdy niosąc chłopca, Sven szedł w stronę kanapy. Krążące nad chatą helikoptery zmieniały swoje położenie. Sven usiadł i posadził sobie syna na kolanach. Björn natychmiast wtulił się w ojca.

– Czekałem na to spotkanie prawie dekadę. – Felipe stanął naprzeciwko nich. – Śniłem o nim. Wyobrażałem sobie, jak będzie wyglądać. Sven obserwował go, przyciskając policzek syna do piersi. Od czasu do czasu szeptał jakieś pokrzepiające słowa. Obiecał Björnowi, że niebawem zobaczy mamę, że już niedługo znowu będą w domu. Wybiorą się do lasku i razem będą strugać kolejne miecze i topory, jeszcze lepsze niż ostatnio.

– Wiedziałem o tobie wszystko, Sven – ciągnął Luciano. – Naprawdę myślałeś, że jeśli zaszyjesz się w jakiejś dziurze niespełna pięćset kilometrów stąd, to będziesz bezpieczny? Ty i twoja rodzina? – Znów się rozkaszlał. – Wystarczyło jedno moje słowo, a byłbyś martwy. Jeden rozkaz, a przywieźliby cię do mnie związanego jak psa. Z jednej strony pragnąłem tego, z drugiej wyobrażałem sobie najróżniejsze scenariusze i żaden, absolutnie żaden nie był w stanie ugasić ognia, który we mnie płonął. Rozumiesz?

Kolejne pytanie, które pozostało bez odpowiedzi.

– Postanowiłem poczekać, zobaczyć, jak ułożysz sobie życie. Wiedziałem, że poznałeś kobietę. I wtedy pojawił się jakiś pomysł, który być może przyniósłby chwilowe ukojenie. Wezwałem nawet do siebie chłopaków. Mieli dobrać się do twojej Judith. Tak ma na imię, prawda, Sven?

Jönsson poruszył się nerwowo. Jego żuchwa pracowała rytmicznie. Mimo wszystko wciąż milczał, a jego spojrzenie przesuwało się z jednego Włocha na drugiego.

– Ale wtedy dotarła do mnie kolejna ważna informacja, która zmieniła wszystko. Dowiedziałem się, że zostaniesz ojcem. Musiałem być cierpliwy, choć wiedziałem, że to nie będzie łatwe. Anielska cierpliwość wymagała ode mnie diabelskiej siły. – Felipe westchnął. –

Kiedy twój chłopak przyszedł na świat, mogłem zabić go od razu. Ale czy twoje cierpienie byłoby wtedy tak samo wielkie jak moje? Czy cierpiałbyś po śmierci niemowlęcia, tak jak ja cierpiałem po śmierci dorosłego już syna? Nie sądzę… – Luciano urwał. Chciał napawać się skutkiem swoich słów. Wpatrywał się w Jönssona, w którym wrzało. – Wciąż odkładałem w czasie moment, kiedy będę ci się mógł odpłacić. Wyjeżdżałeś do pracy i wracałeś, a twój chłopak witał cię z coraz większym utęsknieniem i świadomością. Zaczęła łączyć was niesamowita i jedyna w swoim rodzaju więź. Taka, która rodzi się pomiędzy ojcem i synem. Chciałem jeszcze poczekać. Kto wie, może znalazłbym w sobie kolejne pokłady cierpliwości i pozwoliłbym twojemu chłopakowi dorosnąć, zmężnieć. Zabiłbym go zaraz po osiemnastych urodzinach. Uwierz mi, Sven, były chwile, kiedy poważnie to rozważałem. Ale nie dano mi tyle czasu.

Na zewnątrz znowu zagrzmiał głos Olofssona. Tym razem szef brygady antyterrorystycznej zapowiadał zdecydowany szturm, jeśli Włosi nie wypuszczą zakładników i nie pojawią się przed chatą z uniesionymi rękoma.

Luciano wyciągnął dłoń w kierunku Alessandra. Santoro podał bossowi pistolet i sam dobył następnego.

– Ucisz tego idiotę! – rozkazał don Felipe.

Wskazał drzwi kanciapy i Alessandro zrozumiał. Sven odprowadzał go wzrokiem, gdy ten ruszył w kierunku spowitych mrokiem schodów. Słyszał, jak się otwierają, a potem odgłosy szamotania się, kilka przekleństw i zdecydowany protest po angielsku i polsku.

Włoch trzymał dziewczynę za włosy. Próbowała się wyrywać, ale grymas bólu na jej twarzy zdradzał, że nie ma siły na dalszą walkę. Mężczyzna pchnął ją w stronę głównych drzwi.

– Wiesz, kim jest ta dziewczyna, Sven? – zapytał Luciano.

Sven kiwnął głową. Miał wrażenie, że i tak już nienaturalnie wielkie oczy Włocha rozszerzyły się jeszcze bardziej.

– Naprawdę?

– To wnuczka Makowskiego – odparł Jönsson. – Człowieka, którego mój ojciec ci wystawił... Wrobił go, bo nie miał dość odwagi, by strzelić ci w łeb...

Luciano uniósł pistolet. Sven znowu mocno przycisnął do siebie głowę syna. Nie potrafił ocenić, czy Włoch celuje w niego, czy Björna.

– Podobnie jak twój syn, dziewczyna jest jedynie elementem w grze, chłopcze. Młodą, niewinną istotą, która znalazła się tutaj przez grzechy swojej rodziny. Jest narzędziem w moim ręku. – Felipe spojrzał na Agnieszkę, która wciąż rozpaczliwie zaciskała dłonie na trzymającej ją za włosy ręce Santora. – Wiktor Makowski mnie zdradził, sprzedał... Złamał prawo milczenia. Wszedł w układ z moim największym wrogiem, a tego się nie wybacza, podobnie jak nie wybacza się temu, kto zabija ci syna! – Luciano znowu zdecydowanym ruchem wskazał drzwi.

Alessandro popchnął dziewczynę w ich stronę.

***

Dostrzegli helikoptery, gdy tylko zjechali z głównej drogi. Audi podskakiwało na nierównościach. Koltanowski próbował nawiązać łączność przez radio, ale odpuścił, gdy zrozumiał, że traci czas. Sięgnął po komórkę, lecz po kilku chwilach i ją odrzucił.

– Nic z tego – powiedział zrezygnowany bardziej do siebie niż towarzyszących mu policjantów z Polski.

Przejechali około kilometra, kiedy samochód zakołysał się nieprzyjemnie, w końcu osuwając się na pobocze. Wolański zaklął pod nosem. Na zmianę wrzucał pierwszy bieg i wsteczny, próbując wydobyć auto z błota. Bezskutecznie. Zaklął, uderzając dłonią w kierownicę.

– Dobra, wysiadamy! – zarządził Merk i jako pierwszy wyskoczył z samochodu.

Po chwili dołączyli do niego pozostali. Wszyscy oprócz Makowskiego dobyli broni i ruszyli biegiem krętą, błotnistą leśną drogą.

55.

– Alvar, to trwa za długo! – krzyknął Ake Ingelsten. – Powinniśmy wejść, już!

Olofsson spojrzał na niego wymownie. To on dowodził zespołem i to on decydował, kiedy ma nastąpić szturm. Zapowiadał go już od co najmniej kilkunastu minut, a mimo to jego ludzie pozostawali na swoich pozycjach. Jednak zdaniem Olofssona ryzyko wciąż było zbyt duże. W środku byli zakładnicy, których nie widzieli. Chłopak, dziewczyna, a teraz prawdopodobnie jeszcze ojciec dzieciaka. Przyłożył do ust radio, szykując się do wydania konkretnych rozkazów, gdy nagle któryś ze stojących z nim policjantów krzyknął:

– Patrzcie!

Oczy wszystkich skierowały się we wskazanym kierunku. Z mroku za ich plecami wynurzyło się kilka sylwetek.

– To Edvard! – Pierwszy rozpoznał Koltanowskiego Ingelsten. – Nie jest sam. – Inspektor machnął w stronę nowo przybyłych, wyraźnie dając do zrozumienia, że powinni obniżyć pozycje. Zaraz potem krzyknął, wskazując kciukiem przez prawe ramię: – *Prickskytt*!

Koltanowski zrozumiał i natychmiast powtórzył Polakom.

– W środku jest snajper! Obniżcie się!

Posłuchali i po chwili cała piątka podbiegła w kierunku furgonu antyterrorystów. Koltanowski pospiesznie wyjaśnił szwedzkim policjantom, kogo przyprowadził. Ingelsten z kolei streścił mu przebieg wydarzeń. Wiktor spytał o Agnieszkę.

– Widzieliście ją?!

Ingelsten zaprzeczył ruchem głowy. I wtedy – jak na zawołanie – drzwi domu się otworzyły. Stanął w nich długowłosy mężczyzna, którego widzieli wcześniej. I tym razem nie był sam. Jednak miejsce chłopca zajęła teraz dziewczyna.

– Ma ją! – krzyknął Merk.

Makowski drgnął. Chciał wyjrzeć zza samochodu, ale Wolański złapał go za ramię.

– Spokojnie!

Wiktor nie zamierzał słuchać. Stał teraz na palcach, wyglądając zza pleców Olofssona.

– Zabierzcie go stąd! – wrzasnął dowódca i na powrót skupił wzrok na werandzie.

Mężczyzna krzyczał i potrząsał swoją ofiarą. Do tego wykonywał zamaszyste ruchy ręką, w której trzymał pistolet. Nie mogli go zrozumieć, bo warkot silników śmigłowców zagłuszał wszystko.

– Chce, żebyśmy odwołali helikoptery – zauważył Ingelsten.

Alvar Olofsson krzyknął do radia kilka słów. Maszyny odleciały w przeciwnych kierunkach. Chata znowu utonęła w mroku. Teraz napastnika i jego ofiarę widział jedynie spoglądający przez lornetkę noktowizyjną dowódca brygady. Krzyki Włocha słyszeli jednak wszyscy.

– Jeżeli spróbujecie wejść, rozwalę dziewczynie łeb! – Alessandro ostentacyjnie podniósł pistolet, tak żeby policjanci mogli go dostrzec w ciemności. – *Capito*?!

Olofsson wychylił się zza furgonetki, unosząc prawą dłoń. Potem powiedział kilka słów do radia. Jeszcze przed chwilą rozważał wejście do domu. Teraz nakazał swoim ludziom zostać na pozycjach i czekać na dalszy rozwój sytuacji. A ta zmieniła się dość szybko, drzwi zamknęły się bowiem z trzaskiem i zarówno Włoch, jak i dziewczyna zniknęli równie niespodziewanie, jak się pojawili.

Makowski wciąż szarpał się w objęciach Wolańskiego, ale ten zwolnił uścisk dopiero wtedy, gdy się upewnił, że Wiktor jako tako się uspokoił.

– Zróbcie coś, do jasnej cholery!

Makowski stanął teraz tuż przed Ingelstenem i Olofssonem, ci jednak nie zwrócili na niego uwagi.

– Co robimy? – zapytał Kallström.

Olofsson znowu przyłożył do oczu lornetkę. Najpierw omiótł wzrokiem drzwi, potem okno na piętrze i znowu drzwi.

– Okno – powiedział wreszcie. – Snajpera prawdopodobnie nie ma już na pozycji. To jedyna szansa dla naszych ludzi. Zanim jednak wydam rozkaz, musimy odwrócić ich uwagę. Ktoś ma jakiś pomysł? – zapytał, zerkając na pozostałych.

– Ja! – odezwał się Makowski, gdy tylko Koltanowski przetłumaczył jego słowa.

***

Alessandro Santoro oczami wyobraźni widział chłopca leżącego na kanapie z dziurą w głowie. Nie mógł wykluczyć, że podczas jego nieobecności don Felipe zrobił to, o czym marzył od dawna. Jednak kiedy ponownie przekroczył próg domu, okazało się, że zarówno dzieciak, jak i jego ojciec wciąż żyją. Pchnął dziewczynę w ich stronę. Usiadła tuż przy Jönssonie, odgarniając z twarzy posklejane kosmyki włosów.

– Na pewien czas mamy spokój – rzekł Alessandro po włosku.

Luciano, wciąż patrząc na przerażoną trójkę, jedynie skinął głową.

– Ale musimy coś zdecydować, don Felipe. Zakończyć to. To tylko kwestia czasu, kiedy spróbują się dostać do środka. Jeśli naprawdę tego chcesz, zabij ich teraz. – Włoch wskazał ruchem głowy trójkę siedzącą na kanapie. – Możemy zostawić jedno z nich jako kartę przetargową. Zażądać transportu albo...

Alessandro zamilkł, kiedy Luciano na niego popatrzył. Znał to spojrzenie. Karcące. Nieznoszące sprzeciwu. Boss uniósł broń. Wycelował w przestrzeń między chłopakiem a dziewczyną.

– Zrób to, sukinsynu! – Sven Jönsson zerwał się na równe nogi, szeroko rozkładając ręce. Wyglądał jak obrońca rozgrywający mecz koszykówki albo piłki ręcznej. Ale on nie bronił dostępu do bramki. Zasłonił syna i dziewczynę własnym ciałem. – Zabij mnie! Przecież to o mnie chodzi! Jestem tu! O tym marzyłeś, zasrańcu, więc pociągnij za ten pierdolony spust!

Luciano przyglądał się temu aktowi desperacji ze spokojem. Nagle na zewnątrz usłyszeli głos, na dźwięk którego Włoch zmienił się na twarzy. Dotychczasowe nawoływania i groźby nie robiły na nim wrażenia.

– Felipe! To ja Wiktor! Jestem tu!

Schorowany mężczyzna spojrzał na równie zaskoczonego Alessandra.

– Idę do ciebie.

***

– Co ty wyprawiasz?! – Merk złapał Makowskiego za rękaw kurtki i lekko nim potrząsnął.

Wiktor był jednak bardziej zainteresowany tym, co się działo przed chatą, którą z powrotem rozjaśniło światło helikopterów. Ujrzeli ten sam obrazek. W otwartych drzwiach stał Włoch zasłaniający się dziewczyną jak żywą tarczą. Merk wciąż wrzeszczał na Makowskiego, a Olofsson posłał Koltanowskiemu pytające spojrzenie. Tłumacz pospiesznie przybliżył mu sytuację.

– Przecież on cię, kurwa, zabije!

Merk w końcu zmusił Makowskiego, aby ten na niego spojrzał. Nie przestawali się szarpać i Wolański miał wrażenie, że zaraz padną pierwsze ciosy. Dlatego złapał Merka za fraki i odciągnął go na bok, a Adamski objął Wiktora za szyję, jakby chciał go udusić.

– Puszczaj! – protestował Makowski.

Adamski w końcu zwolnił uścisk, ale nie dlatego, że postanowił posłuchać rozkazu. Usłyszeli, jak ktoś woła:

– Wiktor!

A potem:

– Chodź tu, sukinsynu!

Wiktor wyjrzał zza furgonu i ujrzał Włocha przykładającego pistolet do skroni jego wnuczki, a potem oznajmił, patrząc na Merka:

– Muszę to zrobić! Po to tu przyjechałem, nie rozumiesz?! Jestem jej to winien, Olgierd! Jej, Adamowi i jego matce!

– Wiktor! Chodź tu, mówię, albo rozwalę jej łeb!

Wyszedł zza furgonetki antyterrorystów, tym samym stając się łatwym celem. Nie czekał na żadne konkretne instrukcje ze strony Olofssona czy pozostałych, bo niby co mieliby mu powiedzieć? Działał instynktownie. Wiedział, że prawdopodobnie umrze, ale nie sądził, żeby Luciano kazał snajperowi zabić go już teraz. Stary drań chciał spojrzeć mu w oczy i pociągnąć za spust osobiście.

Z każdym kolejnym krokiem sylwetki stojące w drzwiach domu stawały się coraz wyraźniejsze. Alessandro znowu krzyczał. Po przejściu kilkudziesięciu metrów Makowski mógł dokładnie przyjrzeć się przerażonej twarzy swojej wnuczki. Jej oczy otwierały się i zamykały drażnione rażącym światłem. Usta zakrywała jej dłoń Włocha. Przez głowę Wiktora przemknęła myśl, że oto ma przed sobą dziewczynę, której życie zmienił w piekło, mimo że nigdy się nie spotkali. Gdzieś w głębi duszy wiedział, że jest tu po to, by odpokutować za grzechy przeszłości, naprawić to, co zniszczył przed laty, uratować wnuczkę za cenę własnego życia. Był tchórzem, przez te wszystkie lata patrzył na swoje odbicie z obrzydzeniem. Teraz nie czuł lęku, nie czuł absolutnie nic, i to było najbardziej przerażające.

– Właź do środka! – rozkazał Santoro. Sam cofnął się do wnętrza domu, ciągnąc za sobą dziewczynę.

Wiktorowi rzuciły się w oczy jej plączące się nogi, jakby w jakimś nieudolnym tańcu. W końcu kidnaper i ofiara zniknęli, zostawiając za sobą otwarte drzwi jak zaproszenie.

***

Henrik Törnkvist należał do brygady Alvara Olofssona od pięciu lat. Jak na antyterrorystę nie wyróżniał się imponującymi warunkami fizycznymi. Mierząc zaledwie sto siedemdziesiąt pięć centymetrów i ważąc niespełna osiemdziesiąt kilogramów, często stawał się obiektem drwin potężnie zbudowanych kolegów, przy których wyglądał jak dzieciak. Ale Olofsson błyskawicznie nauczył się czerpać korzyści z fizycznych niedoskonałości jednego ze swoich ludzi i jak najszybciej chciał to uzmysłowić reszcie brygady. Törnkvist był zwinny jak małpka, szybki i przede wszystkim lekki. Może nie dysponował wielką siłą, ale podczas desantu z powietrza nie miał sobie równych. Podobnie było ze wspinaniem się po elewacjach budynków, kiedy zmuszeni byli działać z zaskoczenia i w zasadzie bez używania jakiekolwiek sprzętu. Gdy w głośniku rozbrzmiały rozkazy szefa brygady, wszyscy wiedzieli, że przez okno jako pierwszy wejdzie właśnie Törnkvist. Dwóch antyterrorystów ustawiło się pod ścianą, a Henrik odbił się od ich kolan jak od stopni i zawisł na parapecie uchylonego okna. Podciągnął się bez problemu, uderzając jednak ciężkimi butami o drewnianą elewację chaty. Odgłos, jaki temu towarzyszył, rozniósł się echem jedynie w jego głowie, wiedział bowiem, że warkot krążących helikopterów musiał kompletnie go zagłuszyć.

Törnkvist ujrzał lufę karabinu snajperskiego i serce na kilka chwil zabiło mu szybciej, chociaż wiedział, że w ciemnym pokoiku nie powinno nikogo być. Tak twierdził Olofsson. Henrik opuścił na nos gogle noktowizyjne, które do tej pory spoczywały na hełmie, i rozejrzał się po pomieszczeniu. Z ulgą przyznał mu rację. Nie dostrzegł żadnego ruchu czy chociażby cienia. Dragunov leżał samotnie, jakby ktoś porzucił go w pośpiechu. Törnkvist ostrożnie odsunął broń na bok i wślizgnął się do środka. Po chwili na powrót wychylił się z okna, pokazując kompanom uniesiony kciuk.

***

– Czasami powtarzałem sobie, że *Dio* już dawno się ode mnie odwrócił. – Felipe Luciano opuścił broń i ruszył wolnym krokiem w kierunku mężczyzny, który przekroczył próg domu. – Jak mogłoby być inaczej w przypadku kogoś takiego jak ja? Bóg nie ma litości dla takich ludzi. Nie chce mieć z nimi nic wspólnego i skazuje ich na wieczne potępienie. Jednak zanim to nastąpi, jeszcze podczas ziemskiej wędrówki zsyła na nich wszelkie nieszczęścia. Najpierw odebrał mi żonę i córkę, potem syna… Wpuścił w moje ciało zarazę, pozwalając, aby zżerała mnie od środka. Ale to, co się dzisiaj wydarzyło, uświadomiło mi, że jednak nie jestem mu obojętny, Wiktorze. Jak inaczej mogę wytłumaczyć fakt, że udało mi się zrealizować coś, co planowałem przez lata? Że tu jesteś? Że on tu jest? – Felipe odwrócił się i wskazał na Svena, który znów przytulał swojego syna.

Alessandro stał kilka metrów od nich, wciąż trzymając Agnieszkę za włosy. Luciano wyciągnął rękę w ich stronę i Santoro pchnął dziewczynę. Bezwładne i obolałe ciało było jak pacynka, którą przekazuje się z rąk do rąk.

– Wiesz, kto to jest, kochanie? – zapytał Felipe, trzymając dziewczynę za rękę. – To twój dziadek, skarbie. To przez niego to wszystko…

Makowski zobaczył, jak po twarzy jego wnuczki spływają łzy, zatrzymując się w okolicy ust. Mógł teraz przyjrzeć się jej dokładnie. Na myśl o tym, jak bardzo podobna jest do Adama, sam poczuł pieczenie pod powiekami. Jego życie mogło wyglądać zupełnie inaczej. Ta przerażona dziewczyna mogła go kochać, a nie nienawidzić.

– Wypuść ją – powiedział. – Proszę…

– Twój dziadek to zdrajca, kochanie, ale o tym zdążyłem ci już powiedzieć. – szeptał dziewczynie do ucha Felipe. Nie spuszczał jednak wzroku z Wiktora. – Sprzedał mnie mojemu najgorszemu wrogowi. To przez niego zginął twój ojciec. To przez niego ty dzisiaj umrzesz, dziecino…

Luciano uniósł pistolet i usłyszeli strzał. Dziewczyna krzyknęła. Sven poczuł, jak Björn drży w jego ramionach, i spojrzał w stronę Wiktora Makowskiego. Ten z jakichś niezrozumiałych powodów wciąż stał na nogach. To Felipe Luciano upadł. Rozpętało się prawdziwe piekło. Kule świstały. Sven rzucił syna na kanapę i zakrył go własnym ciałem. Podniósł ostrożnie głowę i ujrzał sylwetkę wypadającą przez połamaną barierkę schodów. Jeden z antyterrorystów dostał, dwaj pozostali cofnęli się na poddasze. Jönsson, ciężko dysząc, szeptał synowi do ucha jakieś słowa, próbując go uspokoić. Jednocześnie patrzył w lewo. Alessandro leżał przy swoim umierającym bossie, sam ciężko ranny, ale mimo to wciąż trzymał dziewczynę za włosy. Wciągał ją na siebie, jakby chciał się nią przykryć niczym kołdrą w wyjątkowo mroźną noc. A prawda była taka, że robiło mu się zimno, z każdą chwilą coraz bardziej, i dobrze wiedział, co to oznacza. Rozległy się kolejne krzyki i rozkazy. Do pomieszczenia wdarły się cienie i rozbiegły po całym pokoju. „To moje *ombre della morte*" – pomyślał Alessandro.

***

Kiedy usłyszeli strzały, Merk wybiegł zza furgonu. Wolański, Adamski oraz szwedzcy policjanci byli tuż za nim. Na miejscu została jedynie Erika Berggern, która miała ich ubezpieczać. Widzieli, jak reszta ludzi Olofssona ładuje się do środka. Słyszeli krzyki i przeraźliwe wrzaski. Wpadli do chaty i pogrążyli się w absolutnym chaosie. Potrzebowali chwili, aby rozeznać się w sytuacji.

– Puść ją! – krzyczał Makowski, wyciągając przed siebie ręce. – To koniec!

– *Låtflickangå*! – wtórował mu po szwedzku Alvar Olofsson, ale Alessandro Santoro zdawał się ich nie słyszeć.

Powoli był już w innym miejscu. Rozlegające się wokół głosy, docierały do niego z bardzo, bardzo daleka. Spojrzał na swojego bossa. Pragnął jedynie, żeby don Felipe popatrzył na niego ten jeden, ostatni raz… Kiedy to się stało, przełknął ślinę wymieszaną z krwią i rzekł:

– *Scusa, don Felipe…*

W półprzytomnych oczach Luciana odmalowało się niezrozumienie.

– *Perdona mi, don Felipe. Ho ucciso Cesare…*

Powieki włoskiego przywódcy zadrżały. Łzy popłynęły po jego policzkach, po czym wydał z siebie ostatnie tchnienie. Wtedy zapłakał i Alessandro. Wszystkie jego mięśnie zaczęły się rozluźniać. Dziewczyna wymsknęła mu się z rąk, a on raz jeszcze spojrzał na otaczające go cienie śmierci. Nic się nie działo, i to doprowadzało go do szału. Poruszył się nieznacznie i sięgnął po leżący obok pistolet. Dopiero gdy udało mu się go dotknąć, stało się to, na co czekał. Serie z karabinów i pojedyncze strzały z pistoletów wstrząsnęły jego ciałem. Nie czuł bólu, wręcz przeciwnie, pojawiło się ukojenie, którego nie doświadczył nigdy wcześniej. Zobaczył znajome twarze, było ich wiele… Mógłby przysiąc, że w tym tłumie dostrzegł *madre*. A potem wszyscy zaczęli się rozchodzić, a ich miejsce zajęli ci, których zabił w ciągu całego swojego życia. Wśród nich, z przodu, stał Flavio. A potem oni także zniknęli i pojawiły się potwory. Przyszły po niego…

***

– Już dobrze, już po wszystkim… – szeptał Wiktor, próbując odsunąć od twarzy dziewczyny jej zakrwawione dłonie.

Agnieszka nie chciała mu na to pozwolić. Makowski spojrzał bezradnie na stojących nad nim Wolańskiego i Merka. Policjanci ze Szczecina rozstąpili się, kiedy usłyszeli za plecami podniesione głosy sanitariuszy. Dwaj Szwedzi przyklęknęli przy dziewczynie. Po chwili podali jej środek uspokajający. Dwóch innych podbiegło do Svena, który trzymał na rękach Björna. Chcieli zająć się chłopcem, ale Jönsson mocniej przycisnął go do siebie i wybiegł z chaty. Nie chciał, aby mały przebywał w domu ani chwili dłużej. Sanitariusze posłusznie podążyli za nim. Ludzie Olofssona stali nad ciałami dwóch kamorystów, jakby ci mieli jeszcze powrócić z krainy umarłych. Ingelsten wzywał właśnie przez radio grupę techników. Koltanowski rozmawiał z Adamskim i Kallströmem. Jasnowłosy mężczyzna w czerwonym uniformie zajmujący się Agnieszką skinął głową i inny wprowadził do środka nosze. Głowa dziewczyny opadła nieznacznie, kiedy ją podnosili. Zupełnie jakby niespodziewanie zmorzył ją sen. Wiktor wstał dopiero wtedy, gdy zniknęli mu z pola widzenia.

– Jesteś cały? – zapytał Merk.

Wiktor podążył za jego spojrzeniem. Kurtkę Makowskiego pokrywały czerwone plamy.

– Taa – odparł zdawkowo, nieustannie zerkając w stronę wyjścia. – To nie moja krew… – Wyglądał na zagubionego, jakby nie wiedział, co ma zrobić. W końcu pobiegł za ludźmi, którzy zabrali jego wnuczkę.

Merk i Wolański wyszli na zewnątrz po kilku minutach. Olgierd natychmiast włożył do ust papierosa. Patrzył na odjeżdżające ambulanse, unoszące się helikoptery. Borys sięgnął po telefon. Merk wiedział, do kogo dzwoni komisarz. Mimo późnej pory ktoś po drugiej stronie nie spał. Odebrał zaledwie po trzecim sygnale. Wolański nie zdołał powiedzieć wszystkiego, co zamierzał. Po kilku słowach przerwał mu płacz Marty Makowskiej. Były to łzy niewyobrażalnego szczęścia.

56.

Przewieziono ich do tego samego szpitala, w którym leżał Mikael Jöns-son. Wolański, Makowski, Adamski i Koltanowski stali pod zamknię-tymi drzwiami sali, za którą lekarze badali Agnieszkę. Usłyszeli odgłos kroków na opustoszałym korytarzu i wszyscy trzej podnieśli głowy. To wracał Merk. Wychodził na papierosa systematycznie co dziesięć minut.

– I co? – zapytał.

– Na razie nic – odparł Wolański. – Wciąż czekamy.

Makowskiemu też chciało się palić jak diabli i wystarczająco dłu-go tłumił w sobie tę potrzebę. Już miał poprosić Olgierda o papierosa, kiedy drzwi nagle się otworzyły.

Wysoki blondyn w niebieskim kitlu wychodzący z pokoju, nie mógł mieć więcej niż trzydzieści lat. Zniecierpliwieni mężczyźni na-tychmiast go otoczyli.

– Dziewczyna jest osłabiona. Bardzo. Podaliśmy jej kolejne środ-ku uspokajające. Musi teraz odpocząć. Wciąż jest w szoku, podobnie jak ten chłopiec… – Lekarz urwał nagle, kiedy zrozumiał, że jeden z policjantów przekłada jego słowa na polski. – Ale mały nie ma żad-nych fizycznych obrażeń, natomiast ona… jest obolała, posiniaczona. Tuż nad kolanem ma brzydką ranę, wycięto jej kawałek skóry. Miej-sce nie zdążyło się jeszcze całkowicie zabliźnić.

Wolański skinął głową ze zrozumieniem, gdy Koltanowski tłu-maczył kolejne zdania.

– I na pewno została zgwałcona. Prawdopodobnie wielokrot-nie – dodał lekarz. – Stało się to, co prawda, jakiś czas temu, ale…

Chciałbym, żeby pacjentka została u nas na obserwacji chociaż kilka dni, zanim zabierzecie ją do Polski. Gdy tylko poczuje się lepiej, natychmiast oddamy ją w ręce psychologa.

– Mogę ją zobaczyć? – zapytał Wiktor.

Mina lekarza zdradzała, że pomysł raczej nie przypadł mu do gustu.

– Za jakiś czas. Niech odpocznie.

Makowski skinął głową. Lekarz zdobył się na pokrzepiający uśmiech, odwrócił się i odszedł. Odprowadzili go wzrokiem. Wiktor usiadł na krześle. Merk zajął miejsce obok niego. Wolański początkowo oparł się o ścianę, krzyżując stopy. Gdy jednak tych dwóch zaczęło rozmawiać, pomyślał, że powinien się przejść.

– Idę na kawę – powiedział. – Przynieść wam?

Odszedł razem z Adamskim, nie doczekawszy się odpowiedzi.

Merk westchnął. Zerknął na Makowskiego, a potem utkwił wzrok we własnych dłoniach. Makowski odchylił głowę.

– Uratowałeś ją – rzekł nagle Merk, a potem przetarł oczy, jakby słowa, które przed chwilą wypowiedział, kosztowały go wiele wysiłku. I w gruncie rzeczy tak właśnie było. – Uratowałeś ich wszystkich. Gdybyś tam nie wszedł, gdyby ten Olofsson zwlekał odrobinę dłużej, wszystko mogłoby się skończyć zupełnie inaczej.

Makowski nie odpowiadał. Wciąż siedział niewzruszony, gapiąc się w jeden punkt. Dlatego Merk postanowił mówić dalej.

– To, co zrobiłeś Joannie, Wiktor… To było skurwysyństwo. Chcę, żebyś wiedział, że tak właśnie myślę, i to nigdy się nie zmieni…

Zadra, którą nosił w sercu, siedziała zbyt głęboko. Nie mógł i nie potrafił wybaczyć. W pewnym sensie nie potrafił również przebaczyć Joannie.

Makowski prychnął.

– Myślę, że dałeś mi to odczuć wystarczająco wiele razy. Wiesz, jak się czułem, kiedy wdepnąłem w to całe gówno i Jan poprosił cię o pomoc? Jak ostatni śmieć. Zresztą tak na mnie wtedy patrzyłeś, kiedy załatwiłeś mi papiery… Jak na insekta, którego najchętniej rozgniótłbyś obcasem buta. Na promie mówiłem poważnie, Olgierd. Nigdy, przenigdy niczego nie żałowałem bardziej niż tego, że skrzywdziłem Aśkę i że Adam… Że zginął przeze mnie. Nie mogłem cofnąć czasu, ale mogłem spróbować… – Urwał na chwilę. – Chociaż spróbować zmienić coś, na co być może będę jeszcze miał wpływ. Po prostu chciałem ją uratować. Dzisiejszej nocy w ogóle się nie bałem. Nie bałem się, że zginę, w zasadzie to nie miałbym nic przeciwko. Bałem się jedynie, że może mi się nie udać.

Wiktor spoglądał na swoje dłonie, jakby próbował odczytać zapisaną na nich przyszłość. Olgierd widział łzy spływające mu po policzkach i pomyślał o przebaczeniu. Każdy ma do odpokutowania jakieś winy, jakieś długi do spłacenia. Za niektóre grzechy można zadośćuczynić, za niektóre nie… Wszystkie można jednak wybaczyć. Może i jego będzie kiedyś na to stać. Chciał jeszcze coś powiedzieć, ale w oddali dostrzegł sylwetkę wracającego lekarza. Wstał i odszedł bez słowa.

***

To on mówił. Ona słuchała. Przynajmniej taką miał nadzieję. Siedział przy jej łóżku od dobrych dziesięciu minut. Właśnie kończył się dany mu przez lekarza czas. Agnieszka leżała z głową odwróconą w bok, wpatrując się w ścianę. Gdyby miała zamknięte oczy, pomyślałby, że wciąż śpi. Powiedział wszystko, co leżało mu na sercu. Jedno słowo powtarzało się cyklicznie niczym refren w przydługiej piosence. „Przepraszam… Przepraszam… Przepraszam…"

Czuł, że poniósł porażkę. Ale czego innego mógł się spodziewać? Że dziewczyna spojrzy mu w oczy i powie: „Wybaczam ci, dziadku"?

– Nie wiem, jak twój brat, ale ty… ty jesteś bardzo podobna do swojego ojca – powiedział w nadziei, że być może na koniec uda mu się zwrócić jej uwagę.

Nic z tego. Wstał i wyszedł. Agnieszka odwróciła głowę dopiero wtedy, gdy Wiktor zamykał drzwi. Płakała.

***

Sven siedział na szpitalnym korytarzu, tuląc do siebie Björna. Myślał o Christin Carlsson i czuł się parszywie. Kiedy wybiegł z chaty z synem na rękach, od razu wskazał policjantom miejsce, gdzie widział ją po raz ostatni. Była martwa. Miał ogromne wyrzuty sumienia, a teraz, gdy znowu wyobraził sobie jej ciało leżące w lesie, był bliski łez. Te jednak nie zdążyły popłynąć, bo usłyszał głos chłopca:

– Na co czekamy, tatusiu?

– Musimy kogoś odwiedzić – wyjaśnił Sven. – Kogoś bardzo chorego.

– A kogo?

– Zobaczysz.

***

Mimo że niedawno skończył się poranny obchód, a na wizytę pielęgniarki było jeszcze za wcześnie, kiedy otworzyły się drzwi, Mikael Jönsson był przekonany, że ujrzy kogoś z personelu medycznego. Zamarł, gdy zrozumiał, że jest inaczej.

Sven stał przez chwilę w progu, opierając dłonie na ramionach syna, jakby nie do końca pewien, czy powinni wchodzić. Ostatecznie pchnął delikatnie chłopca. Mikael poprawił się na łóżku. Kołdra opadła, częściowo odsłaniając jego wątłe ramiona.

– Co się mówi? – szepnął Sven Björnowi do ucha.

– Dzień dobry – odpowiedział chłopiec.

– Dzień dobry. – Na wychudzonej twarzy Mikaela pojawił się uśmiech. Przyglądał się chłopcu przez dłuższą chwilę. W końcu przyłożył do ust drżącą dłoń. Łzy napłynęły mu do oczu.

Wtedy Sven odprowadził syna w kąt pokoju i posadził go na krześle. Powiedział mu kilka słów, których Mikael Jönsson nie mógł usłyszeć. Malec skinął głową ze zrozumieniem.

Rozmawiali zaledwie kilka minut. Głównie mówił Sven. Opowiedział o tym, co się wydarzyło w domu nad jeziorem, a potem wrócił do czasu, kiedy Włosi pojawili się w ich domu po raz pierwszy. Urwał, kiedy zauważył, że wyraz twarzy jego ojca gwałtownie się zmienił...

– Pamiętasz, gdzie leży mama?

Mikael przytaknął skinieniem głowy. Podał mu numer kwatery.

Sven wstał i wyciągnął rękę do syna, a mały natychmiast zeskoczył z krzesła. Ruszyli w stronę wyjścia, ale Sven zatrzymał się przy drzwiach.

– Chcę, żebyś wiedział, że widzimy się ostatni raz – oznajmił, odwracając się w stronę ojca. – Ale chcę ci również powiedzieć, że... że ci wybaczam. Pewnie właśnie tego pragnęłaby mama.

Mikael Jönsson został sam. Poczucie pustki i osamotnienia jeszcze nigdy nie było tak przytłaczające. Nawet po śmierci Anny. Cisza była wszechobecna. Otaczała go ze wszystkich stron. Dusiła. Łzy znowu pociekły mu po policzkach. A potem poczuł, jak się zbliża... Nastąpił atak. Mięśnie zaczęły mu sztywnieć. Plecy wygięły się w łuk. Serce zaczęło palić żywym ogniem. Rozpaczliwie poszukiwał dłonią przycisku wzywającego pielęgniarkę. Mógł go nacisnąć, ale... Zamknąwszy oczy, świadomie z tego zrezygnował. Po dwóch minutach był już martwy.

***

– Ta pani ma na nazwisko tak samo jak my – powiedział Björn, spoglądając na nagrobek.

– Bo to twoja babcia.

– Naprawdę?

– Uhm.

– Ładna.

Sven również zapatrzył się na owalne zdjęcie w kolorze sepii. Matka mogła mieć na nim około czterdziestu lat. Lekko się uśmiechała. Kaskada włosów opadała jej na ramiona.

– Tak jak twoja mama.

– Tak! – Chłopiec się rozpromienił.

– Połóż kwiaty.

Björn złożył bukiet i przyglądał się z zainteresowaniem, jak ojciec zapala znicz. Kiedy we wnętrzu białej kuli pojawił się płomień, Sven podał ją Björnowi. Zmówili krótką modlitwę.

– Tato?

– Tak?

– Czy możemy już jechać do domu? Tak bardzo tęsknię za mamą.

Sven uśmiechnął się przez łzy i przytulił go.

– Ja też, synku... Ja też...

***

Była przyzwyczajona do czekania. Stało się częścią jej życia. Ale zazwyczaj to Björn był jej oczami i alarmował, kiedy tylko dostrzegł nadchodzącego ojca, podczas gdy ona krzątała się po kuchni. Dziś było inaczej. Samo wyczekiwanie było inne. Takie, jakiego nie miała już nigdy doświadczyć. Judith czekała nie tylko na męża, ale również na swojego syna, którego przecież mogła utracić na zawsze. Nie była jednak sama. Towarzyszyła jej cała rodzina Backmanów i Gunnar Lindberg. Policjant, którego zdążyła już odrobinę poznać, był teraz cieniem samego siebie. Był blady i z kiepskim skutkiem próbował ukryć rozdzierające go od środka cierpienie. Z Christin Carlsson łączyła go wyjątkowa więź i Judith o tym wiedziała. Nie miała najmniejszych wątpliwości, że komisarz obwinia się o śmierć partnerki. Gdyby mógł cofnąć czas, pewnie nie pozwoliłby jej odjechać. Ale wszystko działo się tak szybko.

Teraz Gunnar Lindberg stał przed drzwiami jej domu, wpatrując się w dal i odpalając papierosa od papierosa. On też oczekiwał Svena. Chciał zapewne usłyszeć dokładną wersję wydarzeń. Judith było bardzo przykro z powodu tej kobiety. Choć obecność Lindberga sprawiała, że czuła się nieswojo, to nic nie mogło przyćmić radości, która wypełniała jej serce na myśl, że niebawem zobaczy męża i syna.

Kiedy dostrzegła światła samochodu przecinające mrok lasku Björna, wybiegła z domu. Była bosa, ale nie miało to żadnego znaczenia. Pick-up zatrzymał się i dwaj najważniejsi w jej życiu mężczyźni ruszyli w jej kierunku.

– Mamo! Mamo! – krzyczał Björn. Wpadł jej w ramiona z takim impetem, że aż oboje wylądowali na ziemi.

Po chwili dołączył do nich Sven.

57.

SZCZECIN

Marta chciała płynąć do Szwecji jeszcze tego samego dnia, gdy zadzwonił Wolański. Agnieszka jednak prosiła, żeby tego nie robiła. Chciała, by matka poczekała na nią w domu. Marcie trudno było zrozumieć i zaakceptować tę decyzję, ale ostatecznie posłuchała. Lekarze zgodzili się, żeby Agnieszkę przewieziono do Polski już po dwóch dniach. Tej nocy Marta długo stała pod prysznicem. Parzył ją strumień gorącej wody, a ona zanosiła się płaczem. Matka pomogła jej wyjść. Osuszyła ciało córki ręcznikiem, a potem płakały już obie.

Prom dobił do portu w Świnoujściu piętnaście minut wcześniej, niż zapowiadano. Umówili się na najbliższej stacji benzynowej, bo pod samym terminalem czekały na nich zastępy dziennikarzy, którym Merk i Adamski przyglądali się teraz z wysokości pierwszego piętra. Z dziewczyną pojechali Wolański i Makowski. Agnieszka rozpoznała białą toyotę stojącą w sąsiedztwie dwóch radiowozów, gdy tylko zbliżyli się do stacji. Dostrzegła matkę, Bartka, babcię, nawet koleżankę mamy i... Fifi. Wyskoczyła z samochodu, zanim Wolański zdążył porządnie zaparkować. Wpadła w ramiona matki i obie, jak na zawołanie, zaczęły płakać. Kręciły się w kółko jak w wolnym tańcu. Wreszcie Marta odsunęła od siebie córkę i uważnie się jej przyjrzała, jakby chciała się upewnić, że jest cała i zdrowa i że to, co się dzieje, nie jest tylko jednym ze snów, które prześladowały ją po spożyciu leków nasennych.

– Przepraszam, mamo… – wyszeptała Agnieszka łamiącym głosem. – Tak bardzo cię przepraszam…

– Córeczko… – Marta ocierała jej łzy.

Znowu padły sobie w ramiona. Potem przyszedł czas na powitanie z innymi. Wiktor przyglądał się temu wszystkiemu z bezpiecznej odległości. Chciał podejść, ale nie wystarczyło mu odwagi.

**

Zapukał do drzwi ich domu dopiero po dwóch dniach. Stał, walcząc ze sobą, aby nie odwrócić się na pięcie i nie odejść, gdy drzwi nagle się uchyliły. Niewielka szpara, łańcuch i to spojrzenie tuż nad nim, wrogie, pełne wyrzutu. „Pewnie już tak zostanie” – pomyślał. Wzmożona, przesadna ostrożność, spowodowana traumą, którą przeszli.

– Wylatuję z samego rana – powiedział bez przywitania.

Marta milczała.

– Chciałem… chciałem… – Urwał. – Chyba po prostu chciałem się pożegnać. Powiedzieć, jak bardzo jest mi przykro. – Nie mógł wytrzymać ciężaru tego spojrzenia. Co chwila uciekał wzrokiem. – Pożegnać się z Agnieszką i…

Drzwi się zamknęły. Ot tak, po prostu. Drewniane skrzydło o grubości pięciu centymetrów oddzieliło od siebie dwie w zasadzie obce sobie osoby. Jedna z nich wpatrywała się w nie tępo, druga oparła o nie czoło, cicho płacząc.

W końcu Wiktor odszedł. Zatrzymał się jeszcze na chwilę przy furtce, by rzucić ostatnie spojrzenie na dom, w którym kiedyś mieszkał ze swoją rodziną jego syn. I wtedy zobaczył ją w oknie na piętrze. Agnieszka siedziała na parapecie i patrzyła wprost na niego. Pomachał jej. Odpowiedziała, choć nie od razu. Uśmiechnął się i ruszył przed siebie. Nigdy więcej się nie zobaczyli.

**

Dochodziła dziesiąta, kiedy wjeżdżał do Szczecina. Tej nocy sen nie przyszedł, na domiar złego promem bujało jak diabli i teraz czuł, jak powieki zaczynają mu ciążyć. Wstąpił do domu jedynie na chwilę, aby zabrać kilka rzeczy, i zaraz potem obrał kurs na szpital. Chciał zobaczyć Natalię tak szybko, jak to możliwe. Siedząca w dyżurce pielęgniarka przyjrzała mu się uważnie. Nie zdążył się wykąpać i ogolić, więc znowu wyglądał dość niechlujnie. Mimo wszystko przed wejściem do budynku upewnił się, że koszula nie wyłazi mu ze spodni. Kiwnął głową w jej stronę, wypowiadając nieme „dzień dobry". Odpowiedziała mu tym samym. Odprowadziła go wzrokiem aż do końca korytarza, zastanawiając się w duchu, co taszczy w reklamówce, którą niósł pod pachą.

Drzwi były uchylone. Wszedł po cichu, zupełnie jakby przekraczał próg jej sypialni, kiedy była małą dziewczynką, a on nie chciał jej obudzić. A przecież było dokładnie odwrotnie, pragnął, żeby otworzyła oczy. Pragnął tego bardziej niż czegokolwiek.

Przysunął krzesło pod samo łóżko i usiadł. Nawet nie zdjął płaszcza. Położył wypchaną po brzegi reklamówkę na podłodze i… patrzył. Drobna, blada twarz na równie białej poduszce. Rurki wciśnięte do nosa, cienkie usta i pierś unosząca się delikatnie z każdym równym oddechem. Niby nic się nie zmieniło od ostatniego razu, ale mógłby przysiąc, że włosy jego córki zdążyły odrobinę odrosnąć.

– Cześć, skarbie – wyszeptał. – Za każdym razem, kiedy do ciebie przychodzę, nie wiedzieć czemu przypomina mi się ten film, *Ja cię kocham, a ty śpisz*. – Uśmiechnął się przez łzy. Chciał myśleć, że Natalię rozbawiłyby te słowa, gdyby tylko była w stanie go usłyszeć. Pewnie tak by się stało jeszcze dwa, trzy lata temu, kiedy jego córka śmiała się z jego żartów. – Przyniosłem trochę zdjęć. – Sięgnął po plastikową torbę. Położywszy ją sobie na kolanach, grzebał w niej przez chwilę. – Znalazłem je ostatnio i pomyślałem, że gdy będę miał trochę czasu, to powspominam dawne czasy. Ale potem wpadłem na pomysł, że przecież możemy zrobić to razem. – Trzymał w ręce różowy album. – Twoja mama zawsze lubiła gromadzić zdjęcia. Pamiętasz? Nie wystarczyło jej, że były na dysku komputera. Biegła do fotografa, aby je wywołać, i żadna siła nie była w stanie jej powstrzymać. Pamiętam, jak któregoś razu przyniosła do domu ponad tysiąc zdjęć. Jak się potem okazało, większość z nich się powtarzała, więc rozdała je rodzinie i znajomym. – Znów zerknął na bladą twarz Natalii, a potem otworzył album, przerzucił szeleszczącą folię i spojrzał na pierwszą stronę. – Zobaczmy, co my tu mamy – westchnął.

Na zdjęciu byli oboje. On popychał różowy rowerek, na którym siedziała Natalia. Ubrana była w czapkę z daszkiem i sukieneczkę tego samego koloru. Pamiętał, jak wołała: „Tatusiu, tylko mnie nie puszczaj, nie puszczaj mnie!". On uśmiechał się od ucha do ucha, bo ich córka już od pewnego czasu jechała bez jego pomocy. Ile mogła mieć lat? Pięć, sześć? Opisał Natalii skrupulatnie, co widzi na fotografii, a potem dodał:

– Doskonale dawałaś sobie radę sama i nawet o tym nie wiedziałaś. Widziałem przerażenie w oczach twojej mamy. Jednocześnie rozpierała ją duma i umierała ze strachu.

Zamyślił się. Uśmiech odrobinę przybladł na jego twarzy. Zawsze chciał, aby jego córka była samodzielna. Szła w świat z wysoko podniesionym czołem, lecz mimo tego świadoma, że za nią kroczy ktoś, kto zawsze pomoże jej w chwili kryzysu. Przez te wszystkie lata był jej cieniem. Chciał być najlepszym ojcem, jakiego może sobie wyobrazić. Chciał być jej obrońcą i przyjacielem… Gdzie popełnił błąd? Kartki znowu zaszeleściły. Tym razem się roześmiał.

– Twoja komunia. Wyglądałaś jak księżniczka. Czekałaś na nas przed domem i mama prosiła cię, abyś nie biegała, ale ty oczywiście nie posłuchałaś. Potknęłaś się i upadłaś wprost na trawnik. Sukienka w połowie była zielona. Myślałem, że mama dostanie szału…

Przeglądał i opisywał zdjęcia jeszcze przez godzinę. Wspominał ich wspólny wyjazd pod namiot, zagraniczne wycieczki, egzamin gimnazjalny, szkolne występy i święta. W końcu zamknął go z trzaskiem. Wszystko, co było później, nie zostało uwiecznione. Ostatnia fotografia wyznaczała początek mrocznego etapu ich życia. Siedział w milczeniu jeszcze przez trzydzieści minut. W końcu wstał, pocałował córkę w czoło i wyszedł. Jego telefon zdzwonił, kiedy siedział już w samochodzie. To był lekarz.

– Panie Merk, Natalia właśnie się obudziła…

Pewnie mówił coś jeszcze, ale Olgierd już go nie słuchał. Wyskoczył z auta, zostawiając drzwi szeroko otwarte. Wpadł do szpitala i nie zawracając sobie głowy windą, wbiegł na trzecie piętro. Przemknął obok dyżurki, po drodze o mało nie potrącając kogoś z personelu. Pielęgniarka podniosła się z krzesła, ale o dziwo nie odezwała się nawet słowem. Być może chciała, ale on już zniknął za rogiem. Zatrzymał się dopiero, gdy dotarł do sali, w której leżała Natalia. Stał w drzwiach, ciężko dysząc i zupełnie nie zwracając uwagi na stojących przy łóżku córki lekarzy. Byli niczym statyści, nieistotne postacie drugiego planu. Liczyła się tylko ona. Jej otwarte oczy i usta… Mógłby przysiąc, że jego córka się do niego uśmiecha. Wszedł do środka i przyklęknął przy łóżku. Uniósł jej dłoń do swoich ust i pozwolił popłynąć łzom.

***

Wrzucał rzeczy do walizki jak do pralki. Opróżniał szuflady i szafę, ładując spodnie, koszule i bieliznę. Zapakował laptopa, kilka magazynów motoryzacyjnych, książkę i łazienkowe przybory. Potem opuścił wieko, ale nie chciało się zamknąć. Docisnął je łokciem i dopiero wtedy udało mu się zasunąć zamek. Ściągnął walizkę z łóżka i ruszył w kierunku drzwi. Dominika stała przy nich z ręką na klamce. Kiedy Borys się zbliżył, otworzyła je szeroko niczym pracownik hotelowy żegnający gościa. Zatrzymał się przy niej. Chciał spojrzeć jej w oczy, ale patrzyła w podłogę. Wyszedł. Drzwi się zamknęły. Kobieta, która nosiła pod sercem jego dziecko, płakała. Schodził po schodach z głową ciężką, jakby ktoś założył mu na nią kamienny hełm. Czuł się parszywie. Chciał zawrócić, wbiec do mieszkania, rzucić się jej do stóp i błagać, by mu wybaczyła.

Kiedy wrócił wczoraj, padli sobie w ramiona. Całowali się w progu, jakby nie widzieli się co najmniej kilka tygodni, a nie zaledwie kilka dni. Wtuliła się w niego, szepcząc mu do ucha, jak bardzo się za nim stęskniła. Zjedli kolację, a potem poszli razem pod prysznic. Kiedy zorientowali się, że jest w ciąży, sporo czytali na temat życia seksualnego w pierwszym trymestrze. Dowiedzieli się, że libido przyszłej mamy z powodu zmian zachodzących w jej organizmie może gwałtownie spaść lub… wręcz odwrotnie, wystrzelić w górę. Borys, czując, z jaką siłą przyciąga go do siebie Dominika, nie miał wątpliwości, że w jej przypadku mają do czynienia z podręcznikowym przykładem drugiej możliwości.

Potem długo nie mogli usnąć. Opowiedział jej o wydarzeniach ze Sztokholmu. Nie mogła w to uwierzyć. Czuła się, jakby streszczał jej scenariusz jednego z najnowszych filmów.

– Boże, co te dzieciaki przeżyły – wyszeptała, gładząc go po piersi już na wpół przytomna. – Obiecaj mi, że nie pozwolisz, aby naszym dzieciom stało się coś złego… – Ostatnie słowa wypowiedziała już właściwie przez sen.

On nie zmrużył oka przez całą noc. Nad ranem, kiedy Dominika jeszcze spała, chwycił komórkę i wyszedł na balkon w samych majtkach, mimo że termometr na zewnątrz wskazywał trzy stopnie na plusie. Karina nie była specjalnie zadowolona z jego telefonu.

– Człowieku, wiesz, która jest godzina? – Była zaspana i mówiła niewyraźnie. – Aż tak się stęskniłeś? Może poczekasz chociaż do wieczora?

– W życiu zrobiłem kilka głupich rzeczy, z których nie jestem dumny – powiedział, opierając się o barierkę. – Ale najbardziej żałuję, że wylądowałem w twoim łóżku…

Cisza po drugiej stronie bardzo go zdziwiła. Trudno było zszokować nieustępliwą prokurator Biernacką. Jemu najwyraźniej się udało. Kiedy jednak się odezwała, zrozumiał, że nie na długo.

– No proszę. Musiałeś wyjechać, żeby dojść do takich wniosków? Rozumiem, że w ten wyjątkowo mało subtelny sposób dajesz mi do zrozumienia, że między nami koniec?

– Przychodzi mi do głowy kilka bardziej dosadnych, ale poprzestanę na tym.

Prychnęła. Słyszał pogardę i irytację w jej głosie. A może to była urażona duma kobiety, która nie tolerowała porażek? Żadnych, zarówno tych dotyczących życia zawodowego, jak i osobistego? Takich kobiet jak Karina Biernacka się nie porzucało, takim kobietom się nie odmawiało. Tylko ona miała do tego prawo.

– Tylko nie wracaj do mnie z podkulonym ogonem, kiedy stwierdzisz, że ta twoja artystka ci nie wystarcza. Swoją drogą, ciekawe, jakby zareagowała, gdyby się dowiedziała, że...

– Nie pogrążaj się. Sam jej powiem.

Rozłączył się. Kiedy się odwrócił, Dominika wstawała z łóżka. Była piękna. Idealne ciało nie zdradzało jeszcze żadnych oznak ciąży. Okryła się kołdrą. Drżała.

– Borys? Co ty wyprawiasz? Jest zimno jak diabli, przeziębisz się...

– Skarbie, jest coś, o czym muszę ci powiedzieć.

Patrzyła na niego wyczekująco. Widział niepokój w jej oczach.

– Muszę to zrobić. Bo inaczej... bo inaczej nie będę mógł z tym żyć...

Łzy popłynęły niemal natychmiast, gdy wyznał prawdę, ale mimo to nie przestawał mówić. Tłumaczył, przepraszał, zapewniał, ale ona zdawała się go nie słyszeć. Kiedy wreszcie na niego spojrzała, powiedziała:

– Nie chcę cię znać, Borys.

Zapakował walizkę do bagażnika i zatrzaskując klapę, zerknął w stronę ich balkonu. Nie widział jej, ale czuł, że stoi skryta za firanką. Wczoraj byli w niebie, dziś czuł się, jakby złapał ostatnią windę do piekła. Siedział w samochodzie dobre kilka minut. W końcu odpalił silnik i ruszył. Pojęcia nie miał dokąd.

***

Tego dnia spadł pierwszy śnieg. W zasadzie to więcej było deszczu niż śniegu, ale mimo to Agnieszka przywarła do balkonowego okna, opierając ręce na szybie. Marta stała kilka metrów za nią. Nowe okno wstawili dwa dni temu. Zagipsowali dziury po kulach i odmalowali ściany. Marta nie wyobrażała sobie, że Agnieszka może zastać po powrocie zdewastowany salon. Fachowcy, których wynajęła, pracowali do późnej nocy. Nie wspomniała córce o strzelaninie ani o tym, że w ich domu zginął człowiek. Spoglądała na rozpuszczone włosy Agnieszki i pomyślała sobie, że jej córka znowu jest pięcioletnią dziewczynką, która z utęsknieniem wypatruje pierwszej gwiazdki. „Boże, ile bym dała, by cofnąć czas do tego momentu…" Wsadziłaby wszystkich do samochodu i kazała Adamowi jechać. Daleko, jak najdalej stąd.

Agnieszka musiała dostrzec jej odbicie w szybie. Odwróciła się, a Marta się uśmiechnęła i podeszła do niej. Przytuliła ją mocno. Tak naprawdę najchętniej w ogóle nie wypuszczałaby jej z objęć.

– Jesteś gotowa? – zapytała.

Pierwszą wizytę psycholog wyznaczył na dzisiaj. Agnieszka pokiwała głową, wciąż opierając ją o matczyny policzek.

– Będzie dobrze, skarbie. Obiecuję. I nigdy, przenigdy nie pozwolę cię już skrzywdzić…

Rozpłakały się.

– Mamo… – Agnieszka wreszcie się od niej odsunęła. – To wszystko moja wina, ja…

– Ciii. – Marta znowu przytuliła do siebie córkę. – To nieprawda i proszę, nie myśl w ten sposób… Tego, co się wydarzyło, nie możemy już zmienić. Musimy skupić się na tym, co przed nami, skarbie.

Kiedy wychodziły z domu, radiowóz czekał na nie z włączonym silnikiem. Marta wyjaśniła wcześniej Agnieszce, że na polecenie prokurator policjanci będą jej towarzyszyć jeszcze przez jakiś czas. Nie zamierzała mówić, że zdaniem prokuratury ich rodzinie wciąż może zagrażać niebezpieczeństwo ze strony warszawskiej mafii. Zatrzymały się na schodach. Dostrzegły dwie kobiety stojące pod parasolem po drugiej stronie ulicy. Anka i jej matka.

– Nie chcę z nią rozmawiać, mamo. Jeszcze nie teraz…

– I nie musisz, kochanie.

Policjant otworzył im drzwi. Samochód ruszył. Agnieszka odwróciła się, patrząc przez tylną szybę tak długo, aż kobiety zniknęły jej z oczu.

Podziękowania

Kiedy piszę, to trochę tak, jakbym zapuszczał się w dzikie rejony mglistej pustyni Atakama. Jedyna pewna rzecz to pierwszy krok, który stawiam na kamienistym, ciągnącym się przez co najmniej tysiąc kilometrów terenie. Nie wiem, co kryje horyzont i czy zdołam przebyć pustynię. W tym wszystkim jest sporo szaleństwa, a kryzys wydaje się tylko kwestią czasu. Mam niebywałe szczęście, że w eskapadach zawsze towarzyszy mi żona, której w tym miejscu chciałbym serdecznie podziękować. To zasługa Aleksandry, że fabuła *Piętna mafii* przybrała właśnie taką formę. Po skończonej podróży jestem wykończony. Wygrażam, że to ostatnia w moim życiu... Wtedy Ola czyta skrypt, patrzy na mnie, a to, co widzę w jej oczach, nie do końca mi się podoba. „Musisz tam wrócić. Musisz pokonać tę trasę raz jeszcze, bo o czymś zapomniałeś..." Tego dnia jestem przybity i nie chce mi się nic, ale nazajutrz szykuję się do drogi. Tym razem wyposażony w mapę, którą nakreśliła Ola. Siła jej motywacji jest ogromna. W taki oto sposób powstaje pierwsza, druga i trzecia wersja powieści.

Na każdym etapie wyprawy mogę liczyć także na wsparcie siostry i mamy, za co bardzo dziękuję.

Pragnę serdecznie podziękować zespołowi Wydawnictwa Sonia Draga. W sposób szczególny Pani Prezes Soni Dradze za to, że dostrzegła potencjał w *Piętnie mafii* i zdecydowała się na wydanie powieści. Dziękuję za promocję, każde miłe słowo, czas i cierpliwość, którą się wykazała, odpowiadając na niezliczoną ilość moich pytań...

Dziękuję Pani Agnieszce Jedlińskiej za pracę, którą włożyła w promocję książki, Panu Tomaszowi Majewskiemu za wspaniały projekt okładki oraz Pani Katarzynie Wiśniewskiej, która czuwała nad całym procesem jej powstawania. Ostateczny wygląd obwoluty to zasługa Pani Kasi. Wyrazy wdzięczności składam również na ręce Pani Aleksandry Mól, która nadzorowała i koordynowała wszelkie sprawy redakcyjne. Dziękuję Pani Anecie Satławie, z którą pracowałem na samym początku. Mam wrażenie, że wszystkie wymienione osoby to anioły cierpliwości.

Ogromne podziękowania należą się Paniom Dorocie Koprowskiej i Lenie Marciniak z firmy Słowne Babki oraz Pani Marcie Chmarzyńskiej, które zajmowały się redakcją i korektą tekstu. Autor, kiedy kończy powieść i wreszcie decyduje się pokazać ją światu, jest trochę jak krawiec, który przywdziewa własnoręcznie uszyty garnitur. Wspomniane panie wyprasowały wszelkie zagniecenia, poobcinały sterczące nitki, sprawiły, że kanty spodni stały się ostre niczym brzytwa. Co więcej! Zaproponowały drobną zmianę fasonu, inny kolor i dobrały idealną koszulę i krawat! Dobrzy redaktor i korektor to skarby, a Pani Dorota, Pani Lena i Pani Marta zrobiły świetną robotę.

Ponad wszystko dziękuję Tobie, Czytelniku, bez względu na to, czy to pierwsza nasza wspólna wyprawa, czy czwarta z kolei. Jakkolwiek jest, mam nadzieję, że Ci się podobało i dasz się namówić na następną… Nie potrafię siedzieć w miejscu i nie miej wątpliwości, że kiedy czytasz te słowa, ja znów jestem w drodze. Przecieram szlaki, ale obiecuję, że wrócę po Ciebie. Pewnie porwałem się na coś jeszcze bardziej ekstremalnego. Ale to nic. Mając takich ludzi przy sobie, po prostu nie może się nie udać.

DZIĘKUJĘ
Piotr Rozmus

Cent 26 .03.21